梅溪集

매계집

조선 전기 최고의 문장가
조위의 한시와 산문

조위 曺偉(1454~1503)

조선 성종 때 대표적인 문신이다 본관은 창녕昌寧이고 자는 태허太虛이며 호는 매계梅溪이다. 김종직 문하의 신진사류이면서도 여말선초에 영의정의 반열에 오른 명문거족의 후예로 조선 건국이념인 성리학을 정신적 토대로 삼아 수기치인 했던 전형적인 사대부였다. 스물한 살에 과거에 급제하였고 성종의 총애를 받으며 중앙의 요직을 두루 거쳤다. 연산군 때 일어난 무오사화에 스승인 점필재 김종직의 시문집을 찬집하였다는 죄로 연루되어 의주로 유배되었고 다시 순천에서 귀양을 살다가 병으로 50년의 생을 마감하였다. 이 후 갑자사화에 죄가 추가되어 부관참시를 당하고 가계가 몰락하게 되었다. 그 후 중종반정으로 신원이 되었다. 저서로는 《매계집》과 미완성 유고인 《매계총화梅溪叢話》가 있고 우리나라 최초의 유배가사인 〈만분가萬憤歌〉를 남겼다.

옮긴이 이동재 李東宰(공주대학교 한문교육학과 교수)

〈매계 조위의 시문학 연구〉로 박사학위를 받았으며, 저서로는 《매계 조위의 삶과 문학》이 있다. 옮긴 책으로는 《조선의 젊은 선비들 개성을 가다》, 편역서로는 《교양 한문》과 《실용 한문의 이해》 등이 있다. 또한 〈매계 조위의 「유송도遊松都」시 연구〉 등 매계 관련 논문과 한문학 및 한문교육 관련 논문이 다수 있다.

매계 집 梅溪集
– 조선 전기 최고의 문장가 조위의 한시와 산문

1판1쇄 펴냄 2009년 3월 1일

지은이 | 조위
옮긴이 | 이동재
펴낸곳 | 평사리
신　고 | 313-2004-172(2004. 7. 1)
주　소 | 서울시 마포구 신수동 448-6 한국출판협동조합 B동 2층
전　화 | (02) 706-1970
팩　스 | (02) 706-1971
Homepage | www.commonlifebooks.com
e-mail | jontong@jontong.co.kr
ISBN 987-89-92241-06-9 (93810)
CIP제어번호 2009000610

梅溪集

매계집

조위 曺偉 지음 이동재 옮김

조위의 한시와 산문

조선 전기 최고의 문장가

평사리
Common Life Books

해제

1. 매계梅溪 조위曺偉의 생애

매계 조위[단종 2년(1454년)~연산군 10년(1503년)]는 조선 성종시대의 대표적인 문신이다. 그는 1454년(단종 2년) 경상도 금산군 봉계리[현 경상북도 김천시 봉산면 인의동]에서 태어났으며, 본관이 창녕昌寧이고, 자는 태허太虛이며, 호는 매계梅溪·하산夏山, 시호는 문장文莊이다.

그는 21세 때 과거에 급제하여 출사出仕한 이후 25년간을 걸군乞郡하여 외직인 함양군수를 역임한 것을 제외하고 거의 대부분을 중앙의 요직을 맡아 성종成宗의 권우眷遇를 받으며 벼슬살이를 하였다. 그러나 연산군燕山君의 등극과 함께 다시 외직인 전라도 관찰사로 나갔다가 다시 중앙을 돌아와 성절사聖節使로 명나라에 다녀오다가 무오년戊午年(1498년, 연산군 4년)에 일어난 무오사화戊午士禍에 스승인 점필재佔畢齋 김종직金宗直의 시문집을 찬집撰集하였다는 죄로 연루되어 용만[의주]로 유배되었다가 다시 승평[순천]으로 이배되어 5년여의 귀양살이를 하다가 적소인 승평에서 병으로 50년의 생을 마감했다. 그 후 갑자년甲子年(1504년, 연산군 10년)에 일어난 갑자사화甲子士禍에 죄가 추가 되어 부관참시剖棺斬屍를 당하고 가산이 적몰籍沒되었다. 그는 중종반정 직후인 중종 2년(1507년)에 신원伸寃되어 가정대부嘉靖大夫·이조참판겸경연吏曹參判兼經筵·춘추관春秋館·성균관사成均館事·동지의금부사同知義禁府事·홍문관제학弘文館提學·예문관제학藝文館提學·오위도총부부총관五衛都摠府副摠管으로 추증되었고, 숙종 35년(1709년) 순천 유생들

의 상소로 다시 자헌대부이조판서겸지경연의금부사資憲大夫吏曹判書兼知經筵義
禁府事·홍문관대제학弘文館大提學·예문관대제학藝文館大提學·지춘추관성균관사
知春秋館成均館事·세자좌빈객世子左賓客·오위도총부도총관五衛都摠府都摠管 태상
의太常議로 가증加增되고 문장文莊이란 시호를 받았다.

그는 김종직金宗直의 문하에서 수학한 신진사류이면서도, 여말선초에 증
조부인 조민수曺敏修·조경수曺敬修 형제의 발신發身과 당숙부堂叔父인 조석문
曺錫文이 영의정의 반열에 오른 명문거족의 후예로, 조선의 건국이념인 성
리학을 정신적 토대로 삼아 수기치인修己治人하는 사대부의 전형적인 모습
을 보여준 인물이다.

그의 저서는 서제庶弟인 신伸에 의해 찬차撰次된 『매계집梅溪集』과 미성고
未成藁 유고遺稿인 『매계총화梅溪叢話』, 우리나라 최초의 한글 유배가사인
〈만분가萬憤歌〉 등을 남겼다.

2. 매계집의 간행

매계는 50 평생을 출사出仕의 여가에 한묵翰墨과 함께 살다 간 문인으로
수많은 시詩, 학문과 도를 논한 글을 남겼으나, 애석하게도 그가 다시 갑
자사화甲子士禍에 연루되어 부관참시剖棺斬屍를 당하고 가산家産이 적몰籍沒
당할 때 모두 일실되었다.

후에 서제庶弟인 조신曺伸이 수집하여 찬차撰次해서 집안에 전해오다가 무
술년戊戌年(1718년, 숙종 44년) 금릉군수[금산군수]로 있던 김무金楙의 주
선과 노력으로 조신이 엮은 원고를 바탕으로 정호鄭澔의 서문序文과 권상하
權尙夏의 발문을 책의 머리에 싣고, 책미冊尾에 김무金楙 자신의 발문跋文, 여

기에 그의 형인 김유金栁의 발문과 후손인 조술曹述의 발문을 더하여 목판으로 간행하였다.

그 후 후손들에 의해 여러 차례 중간重刊이 시도되었으나 경제적인 문제로 뜻을 이루지 못하다가 약 150여 년이 지난 무진년戊辰年(1928년)에 와서야 중간본이 간행되었다. 이 중간본인 무진본은 매계의 13세손 조경승曹璟承과 후손 조병태曹秉台의 주도로 김영한金寧漢의 서문을 받아 석인판으로 간행한 것이다.

초간본인 무술본은 권두卷頭에 매계의 연보와 4권의 시문詩文, 1권의 부록으로 구성되어 있으며, 중간본인 무진본에서는 연보와 시문, 그리고 부록을 포함하여 10권으로 구성되어 있다. 즉 무진본은 무술본의 시문원고詩文原稿를 증정增訂하고, 여기에 『경연일기經筵日記』와 『왕조실록王朝實錄』에서 찾아낸 매계와 관련된 내용을 추가하여 석인판으로 간행한 것이다.

현재 일반인에게 널리 알려진 『매계집』은 목판으로 판각한 무술본[서강대학교 중앙도서관소장본]으로 민족문화추진회에서 『한국문집총간』16권으로 표점·영인하여 간행한 것이며, 여기에 1988년 석인판으로 간행한 무진본을 홍순석 박사의 주도로 한국고문헌연구회에서 편집하여 계명문화사에 의해 영인된 것이다.

목판본인 무술본의 석판본인 무진본의 편차編次를 비교하면 아래의 표와 같다.

〈표-1〉 판본의 편차비교

권차＼판본	무술본(1718년간)	무진본(1928년간)
권두	· 년보	
권1	· 5언절구(7제, 9수) · 5언율시(19제, 30수) · 5언고시(9제, 9수) · 6언절구(3제, 4수) · 6언4운(2제, 2수) · 7언절구(27제, 45수)	· 년보
권2	· 7언율시(143제, 188수)	· 5언절구(7제, 9수) · 5언율시(22제, 30수) · 5언고시(9제, 9수) · 6언절구(3제, 4수) · 6언4운(2제, 2수)
권3	· 7언율시(53제, 73수) · 7언고시(8제, 8수) · 7언장편(18제, 18수)	· 7언절구(27제, 41수) · 7언율시(86제, 103수)
권4	· 서(書, 1) · 기(記, 10) · 서(序, 7) · 묘지(墓誌, 1) · 묘표(墓表, 3)	· 7언율시(110제, 155수)
권5	· 부록	· 7언고시(8제, 8수) · 7언장편(11제, 11수) · 악부(7) · 서(書, 1) · 서(序, 5) · 기(記, 10)
권6		· 묘지명(1) · 묘표(2) · 소(疏, 1) · 전(箋, 1) · 잡저(雜著, 3)
권7		· 계(啓, 1) · 의(議, 1)
권8~10		· 부록

무술본과 무진본을 비교해 보면, 위의 〈표-1〉에서 보듯이, 분량은 무술본은 5권으로 구성되어 있으나 무진본은 10권으로 구성되어 있다. 이는 무진본에는 『경연일기經筵日記』와 『왕조실록王朝實錄』 등에서 찾아낸 매계 관련 자료를 추가하였기 때문이다. 그러나 시와 문의 분량은 양 본이 거의 차이가 없다. 다만 초간본이 무술본에 실려 있는 시 〈차순부운次淳夫韻〉과 〈용순부운증이낭옹用淳夫韻贈李浪翁〉은 무진본의 총 목차에는 올라 있으나 본문이 빠져있고, 〈영상윤공서정領相尹公西征〉은 목차와 내용이 모두 빠져 있다. 반면 중간본인 무술본에는 없으나 무진본에는 〈차김굉감개정운次金宏鑑開亭韻〉과 〈경차점필선생노송운敬次佔畢先生老松韻〉, 〈제처곡조부정유거題處谷趙副正遺居〉, 〈경차필재선생운敬次畢齋先生韻〉, 〈송이춘보부제주送李春甫赴濟州〉 등 5수의 시가 무진본에 와서 추기되었다.

따라서 초간본인 무술본에는 시가 모두 289제 386수가 실려 있고, 중간본인 무술본에는 시가 292제 379수가 실려 있어 초간본인 무술본이 중간본 무인본보다 7수의 시가 더 실려 있다.

또한 동일한 작품에서 글자를 다르게 쓴 예가 상당수 발견된다. 그 상이하게 쓰인 예는 본문의 주注로 처리하여 제시하였다.

3. 『매계집梅溪集』의 내용

매계가 활동하던 시기는 조선 성종조 시대로 겉으로는 국가의 체제가 안정되어 보다 정비되고 발전된 제도 하에서 농업 생산력이 향상되고 전통문화가 가장 활발했던 시대였지만 조선 건국에 참여한 훈구대신들의 후손들이 권귀화되어 왕권이 약화되어 가고 있었다. 성종은 이들 훈구파를 견제하기 위해 김종직을 중심으로 한 신진사류들을 등용시키는데, 이들의 세력은 아직 훈구파에 비해 미미하였지만 절의의식과 도덕적 정당성을 갖춘 세력이었다.

매계는 여말선초에 크게 발신하여 명문거족이 된 창녕 조씨의 후예에다 신진사류의 영수인 점필재 김종직의 문하에서 수학한 신진사류였기 때문에 훈구파와 신진사류의 속성을 동시에 지닌 양면성을 띤다. 또한 그는 21세에 관직에 들어온 이후 25년간을 성종의 총애를 받으며 순탄한 사환仕宦의 길을 걸은 관료문인이었기 때문에 그가 지은 시문은 직간접적으로 여기에 관련되어 있으며, 그가 남긴 일련의 시문을 통해 그의 학문적 성향과 문학관, 시세계 등을 살펴볼 수가 있다.

첫째, 매계의 학문적 성향을 살펴보면, 그는 당대의 현실을 태평성대로 인식하고 이를 수성하기위해 현능賢能한 인재를 양성할 것을 주장하였으며, 나아가 덕德있는 일민逸民이 없도록 보거保擧를 통해 널리 인재를 구하여야 한다고 하였다. 또한 백성은 국가의 근본으로 이들에게 함포고복含哺鼓腹의 즐거움을 주는 것이 경세經世의 도道이며, 목민관牧民官은 인서仁恕를 바탕으로 하여야 하며, 청렴으로 조신操身하고 공역公役에 백성들을 동원할 때에는 농사에 실기失期하지 않도록 해야 한다고 하였다. 이는 유가儒家의 민본주의에 바탕을 둔 덕치주의의 경세론經世論이라고 할 수 있다.

둘째, 매계의 문학관을 살펴보면, 그는 김종직을 위시한 신진사류의 범주를 벗어나지 않았다. 즉 그는 문장은 덕德을 드러내는 도구라는 재도론적載道論的 문학관을 수용하여 문학의 효용적 가치는 치교治敎에 도움을 주어야 하며, 덕을 갖추지 못한 문예文藝는 발현될 수도 없고, 그것은 풍교風敎에 도움을 주지 못한다는 것이다.

마지막으로 매계의 시세계를 살펴보면, 현전하는 매계시는 285제 389수가 전하는데, 그 중에서 7언율시가 2/3를 차지하고 있으며, 화和·차운시次韻詩, 송送·증시贈詩 등이 차지하는 비율이 1/3을 넘는 것으로 보아 친교의 목적으로 지어진 시가 많은 것이 특징이다.

이를 내용 별로 살펴보면, 시들은 어떤 특정한 의미만을 가지고 있는 것이 아니고, 일탈을 주로 드러낸 시에도 역사의 회고를 포함하기도 하여 도식적으로 나눌 수는 없지만 시의 행간에서 읽을 수 있는 주된 분위기를 가지고 분류하였다. 먼저, 우국애민의 시로 그가 현실을 긍정적으로 인식하고, 이를 바탕으로 왕조 개창의 정당성과 자신이 처한 시대를 태평성대로 분식粉飾하고, 백성들의 고통을 사실로 시화한 시가 31수, 그 자신이 동국문명에 대한 독자성을 바탕으로 구안자具眼者가 되어 동국의 승경을 시화한 시와, 연행燕行길에서 본 경물의 거대함과 신기함을 칭탄稱歎 시가 98수首가 있다. 다음으로, 신라와 백제, 고려 및 중국의 역사적 유허지를 찾아서 회고를 통한 감계鑑戒로 당대의 현실을 우회적으로 비판하는 의지를 드러낸 시 28수이며, 동료관원, 친구, 형제들과 주고받은 교유시交遊詩는 118수이다. 또, 무오사화에 연루되어 의주와 순천의 유배지에서 유배지流配地의 정한情恨을 읊은 시는 45수와 환로宦路의 여정에서 느끼는 갈등의 해소 공간으로 설정된 관념의 유선세계儒仙世界에 침잠을 드러낸 시가 21수이다. 마지막으로, 유한청절幽閑淸節의 대상인 매화를 소재로 하여 쓴 작품이 18수와 기타 48수 등 다양한 소재와 내용을 담고 있는 시를 남겼다.

이는 그의 삶의 대부분이 환로宦路에 있으면서 임금을 지근거리에서 보좌했고, 공사 간에 다양한 여행 경험과 무오사화戊午士禍에 연루되어 자신의 의지와 무관하게 좌절한 경험의 응축물凝縮物이라고 할 수 있다.

매계 조위는 조선 전기 사장 중심의 문학에서 15세기 후반 이후 문학이 인간 심성에 대한 관심을 기울여가는 사림파 문학의 혼재기에서 현실 긍정의 자신의 시세계를 구축하였으며, 두시杜詩를 언해諺解하여 우리 민족의 문화로 재정립하는데 이바지하였고, 유배지에서 만난 정희량에게 적지 않은 영향을 미쳐 중종이 이후 새로운 시문학을 형성하는데 기여하였다고 할 수 있다.

梅溪集

오언절구 五言絶句

오언율시 五言律詩

칠언율시 七言律詩

칠언고시 七言古時

칠언장편 七言長篇

매계선생문집 梅溪先生文集

매계집 부록

매계 조 선생 문집서

　조선이 건국된 후 300년이 흐르는 동안 사화士禍가 일어난 것이 한 두
번이 아니나, 무오戊午·갑자사화甲子士禍와 같은 참람함은 일찍이 없었다.
불충한 신하인 유자광柳子光[1]이 그의 사사로운 유감을 풀려고 크게 사옥史獄
을 일으키자, 한 시대의 명현과 석사碩士들이 연달아 죽임을 당하거나 귀양
을 가게 되어 거의 다 제거되었다.

　돌아가신 참판 매계梅溪 조 선생도 그 중에 한 분이시다. 선생은 타고난
자질이 어질고 후덕하였고, 재주와 행실이 매우 뛰어났으며, 어려서부터
의관을 갖추고 점필재佔畢齋[2]의 문하에서 한훤당寒暄堂[3]과 일두一蠹[4] 등 제현

1　유자광(柳子光, 1439~1512) : 조선 세조·연산군 때의 문신. 본관은 영광靈光이고, 자는
　우복于復이며, 서자庶子로 원래 건춘문建春門을 지키는 갑사甲士였다. 연산군을 충동질하
　여 무오사화를 일으킴으로써 수많은 충신이 죽거나 축출 유배되었다. 중종반정이 일어
　나자 의거에 참여하여 이번에는 정국공신靖國功臣 1등에 무령부원군으로 봉해졌다. 다음
　해 대간 ·홍문관 등이 들고 일어나 탄핵하여 훈작이 취소되고 유배되어 죽었다.

2　점필재佔畢齋 : 김종직(金宗直, 1431~1492)의 호이다. 김종직은 본관이 선산善山이고, 자
　는 계온季昷·효관孝盥, 호는 점필재佔畢齋, 시호는 문충文忠이다. 조선 전기의 학자·문
　신. 영남학파의 종조이며, 그가 생전에 지은 조의제문이 그가 죽은 후인 1498년(연산
　군4년) 무오사화가 일어나는 원인이 되었다. 그는 부관참시를 당하였으며, 많은 제자
　가 죽음을 당하였다. 문집인『점필재집佔畢齋集』이 있다.

3　한훤당寒暄堂 : 김굉필(金宏弼, 1454~1504)의 호이다. 김굉필은 조선 전기의 성리학자로
　자는 대유大猷이고, 호는 한훤당寒暄堂·사옹養翁이다. 김종직의 문인으로, 형조刑曹 좌랑佐郎
　을 지냈고 무오사화 때 유배되었다가 갑자사화 때 사사賜死되었다. 저서에『한훤당집』,
　『경현록景賢錄』등이 있다.

4　일두一蠹 : 정여창(鄭汝昌, 1450~1504)의 호이다. 정여창은 본관이 하동河東이고, 자는
　백욱伯勗이며, 호는 일두一蠹, 시호는 문헌文獻이다. 김종직金宗直의 문인. 지리산에 들어
　가 3년간 오경五經과 성리학을 연구하여, 성리학의 대가로서 경사經史에 통달하고 실천

諸賢들과 시종일관 서로 도우며 학문과 품성을 닦았다. 태평성대인 성종成宗 때에 문과에 급제하여 처음으로 출사하여 홍문관弘文館에서 명성이 자자하였고, 마치 구름이 용을 따르고 바람이 호랑이를 따르듯 하여, 천재일우千載一遇라고 이를 만 했다.

그러나 불행하게도 성종이 갑자기 승하하시자, 시사時事가 크게 변하여 임금[연산군]의 덕이 날로 어두워지고, 간악한 불꽃이 날로 거세어져서 6, 7년 동안 무덤을 파헤쳐서 관을 부수고 육시戮屍하는 참상이 갈수록 더욱 참혹하였다.

무릇 여러 현인들의 말과 저술들은 거의 다 없어져서 전해지지 않게 되었다. 그러나 다만 선생의 이력과 일부 작품들은 다행히 서제庶弟인 적암適庵 조신曺伸5이 수장하고 있던 책 상자 안에 남아있어서 다 유실되지 않아 후인들로 하여금 헤아려 볼 수 있게 하였다.

작위와 시호를 추증하고 사우祠宇를 세워 제향을 받드는 일은 처음부터 많은 선비들이 청원함이 있었고, 결국 성조聖朝6의 승낙을 받게 되었다. 어찌 하늘이 정한 것이 사람이 정한 것을 움직인 것이 아니겠는가?

금릉金陵7은 본래 선생이 태어나고 조상祖上의 산소가 있는 고향이다. 내 친구인 김덕보金德甫가 이 고을의 군수로 부임하여 선생의 후손들이 보잘

을 위한 독서를 주로 하였다. 문집으로 『일두유집一蠹遺集』이 있다.

5 조신(曺伸, 1454~?) : 조선 성종 때의 문인. 본관은 창녕이고, 자는 숙분叔奮이며, 호는 적암適庵이다. 문장과 어학에 능하여 사역원정司譯院正으로 발탁되었고, 저서에 『적암시집』, 『소문쇄록』등이 있다.

6 성조聖朝 : 조선 19대 왕인 숙종(肅宗, 1661~1720)을 가리킨다. 숙종 34년(1708년) 순천의 유생인 장이당張以堂 등이 상소하여, 벼슬과 시호를 올려줄 것을 청하자, 벼슬과 시호를 내려준 것을 말한다.

7 금릉金陵 : 지금의 경북 김천시 일원을 말한다.

것 없게 된 것을 애석하게 여기고, 선생에 대해 알 수 있는 문헌을 구할 수 없음을 개탄하여, 선생이 지은 문장과 시 약간 편을 찾아 결국 봉급을 털어서 기술자를 구하여 선생의 시문집이 오래도록 전할 수 있도록 일을 추진하였다.

선생의 후손인 세붕世鵬[8]은 그 일이 고향의 많은 선비들이 뜻이라고 여기고, 나를 찾아와서 책의 서문을 써줄 것을 청하였다. 아아! 나는 보고 들은 것이 적은데, 어찌 감히 떨쳐 드러낼 수 있겠는가? 나는 이미 옛날부터, 점필재가 일찍이 선생 학문의 경지를 인정하고, 말하기를 "내가 태허 [조위]와 학문을 강론하면 마치 강하江河를 터놓은 듯하니, 태허는 진정 나의 스승이다."라는 소리를 들었다. 또 홍허백[9]이 일찍이 선생의 문장을 칭찬하기를 "구름을 쏟아놓고 무지개를 뿜어낸 듯, 문채가 만 길이나 빛난다."라고 했다. 그 후 문정공 우암尤庵[10] 선생이 선생의 문장과 도학道學을 논평하여 단정하기를 "학문의 여사餘事[11]인 문장으로 왕조를 아름답게 빛내고, 경연에서 경술經術을 강론할 때, 그 자신이 기夔와 고요皐陶[12]가 될

---

8 조세붕曺世鵬 : 문신. 본관은 창녕이고, 자는 운거雲擧이며, 호는 경지재敬知齋이다. 사마시司馬試에 합격하고 참봉參奉을 역임하였으며, 저서로『경지재집敬止齋集』이 있다.

9 홍귀달(洪貴達, 1438~1504) : 조선 연산군 때의 문신. 자는 겸선兼善. 호는 허백당虛白堂, 함허정涵虛亭이다. 1598년 무오사화 때에 왕의 실책을 10여 조목에 걸쳐 간諫하다가 미움을 사서 좌천되었으며, 갑자사화 때에 모함을 입어 처형되었다. 저서에 『허백정문집』이 있다.

10 우암尤庵 : 송시열(宋時烈, 1607~1689)의 호이다. 송시열은 조선 후기 문신 겸 학자, 노론의 영수이다. 본관은 은진恩津이고, 자는 영보英甫, 호는 우암尤庵 · 화양동주華陽洞主이며, 시호는 문정文正이다. 주요 저서에는 『송자대전』 등이 있다.

11 여사餘事 : 그다지 중요하지 않은 일을 말한다.

12 기고夔皐 : 『서경書經』「우서虞書」편에, 기고夔皐는 '기夔'와 '고요皐陶'의 병칭으로, 순舜임금 시대에 훌륭한 신하들이다. '기夔'는 교육과 음악을 전담하였고, 고요皐陶는 법의

것을 기약하였다. 또 퇴계退溪와 고봉高峰 등 여러 선생들도 손수 누대의 편액을 짓기도 했고, 연원淵源을 기술하여 남은 유감이 없게 하였다.

아아! 이러한 말들을 본다면 선생의 시말始末을 대략 알 수 있을 것이니, 어찌 나의 한 두 마디의 군더더기 말이 필요하겠는가? 김 군수의 이름은 무樑요, 덕보德甫는 그의 자이다. 그가 깊숙이 숨겨져 있는 것을 드러낸 공은 또한 칭찬할 만하다.

숭정 갑신 후 75년 무술(1718년, 숙종 44년) 늦봄 하순, 오천후인烏川後人 정호鄭澔13가 서하다.

원문   **梅溪曺先生文集序[鄭澔稿]**

國朝三百年來, 士禍之作, 非止一二, 而未有若戊午甲子之憯. 賊臣子光, 逞其私憾, 大起史獄, 一代名賢碩士, 誅竄相繼, 芟夷殆盡. 故參判梅溪曺先生, 卽其一也. 先生天資仁厚, 才行卓絶, 少束脩佔畢齋之門, 與寒暄一蠹諸賢, 終始麗澤. 釋褐當成廟盛際, 金華玉署, 聲譽藹蔚, 風雲契遇, 可謂千載一時, 而不幸弓劍遽遺, 時事大變, 主德日昏, 奸焰日熾, 首尾六七年間, 戮骫錮骨之慘, 愈往愈酷. 凡諸賢言論著述, 殆將堙圮不傳, 而獨先生事行及些略文字, 賴有庶弟適庵伸收藏篋笥, 不盡遺失, 能使後人有所考据. 爵諡之贈, 院宇之享, 始有多士之建請, 終蒙聖朝之獎許, 豈所謂天定勝人者非耶? 金陵是先生水丘桑梓之鄕, 吾友金侯德甫來守是郡, 惜其子姓之零替, 慨其文獻之無徵, 搜訪其遺文及詩章若干篇, 遂捐俸鳩工, 謀壽其傳. 先生裔孫世鵬以其鄕多士之意, 來請弁卷之文於余. 噫! 以余謏聞寡見, 顧何敢有所發揮乎? 曾聞佔畢公嘗許先生之學, 有曰: "吾與太虛講論 若決江河 太虛眞我師也." 洪虛白嘗稱先生之文 曰: "噓雲吐虹 萬丈文光." 其後, 尤庵文正先生論斷先生之文章道學 則曰: "餘事文章, 黼黻王

집행을 맡던 신하들이다.

13 정호(鄭澔, 1648~1736) : 조선 인조, 영조 때의 문신, 학자. 자는 중순仲淳이고, 호는 장암丈巖이다. 송시열의 문인으로, 글씨와 시문에 능하였고 노론의 선봉으로 활약하였으며, 벼슬은 영의정을 지냈다. 저서에 『장암집』이 있다.

朝, 經術論思, 身許夔皐." 又退溪高峰諸先生, 或手題臺扁, 或記述淵源, 無復餘憾. 嗚呼! 觀於此, 足以槩先生之始末矣. 奚待余一二贅辭乎? 金侯名㮽, 德甫其字也. 其發潛闡幽之功, 亦可尚也已.

崇禎 甲申後, 七十五年, 戊戌, 季春, 下澣, 烏川後人, 鄭澔稿.

매계집 발문

　무오·갑자사화는 실로 나라의 재앙이었으니, 한 시대의 대현大賢들이 모두 이를 벗어나지 못했다. 매계 조 선생과 한훤당, 일두 선생은 모두 점필재의 문하생으로 극심한 참화를 입었는데, 지금도 사림들은 그것을 원통하게 여기고, 그들의 명예를 열렬히 흠모하여 우러러 보기를 북두칠성처럼 하니, 그들이 남긴 시문을 어찌 즐겨 외우며 소중히 여기지 않겠는가? 그러나 그들이 저술한 책들은 사화士禍에 흩어져 없어지게 되었고 집안에 보관되어 전해오는 것은 겨우 몇 편에 불과할 뿐이다. 애석하게도 그들의 아름다운 말과 착한 행실은 거의 세상에 전해지지 않으니, 후학들이 무엇을 스승으로 삼아 본받겠는가?

　지금의 금산金山[1] 군수인 김무金楙는 평생 선생을 매우 공경하였는데, 하루는 개탄하기를 "남아있는 몇 권의 책이 만에 하나 전부 흔적 없이 사라진다면, 이는 후학의 책임이 아닌가?"하고는 쓸데없는 비용을 절약하여 목판에 새기어 세상에 내놓았으니, 그 정성이 지극하다고 하겠다.

　나 권상하權尙夏[2]는 태어남이 늦어서 선생에 대해 아는 것이 없지만, 일찍이 선사先師인 문정공文正公[3]의 유고를 수찬修撰하였는데, 문정공이 선생

1　금산金山 : 지금의 경북 김천시의 옛 이름이다.

2　권상하(權尙夏, 1641~1721) : 조선 시대의 학자. 자는 치도致道. 호는 수암遂菴, 한수재寒水齋. 송시열의 수제자였으며, 글씨에도 뛰어났다. 저서에 『한수재집』, 『삼서집의三書輯疑』 등이 있다.

3　송시열宋時烈, 1607~1689) : 조선 숙종 때의 문신, 학자. 자는 영보英甫이고, 호는 우암尤庵이다. 노론의 영수領袖로서 숙종 15년(1689)에 왕세자의 책봉에 반대하다가 사사賜死

을 칭송하기를 "경연에서 경술經術을 강론할 때, 그 자신이 기夔와 고요皋陶가 될 것을 기약하였고, 여사餘事인 문장으로 왕조를 아름답게 빛냈다."하셨으니, 또한 선생의 대략적인 모습을 상상할 수 있겠다. 그러나 지금 이렇게 남아있는 것이 지극히 간략하지만, 한 점만 먹어보고도 솥 안에 있는 음식의 맛을 알 수 있지 않겠는가?

김 군수의 정성스런 마음을 씀은 절실하고 긴요함을 알았다고 할 만하다. 선생의 후손인 세붕世鵬은 나와 우의友誼가 매우 돈독한 사이다. 하루는 그가 그의 막내 작은 아버지인 술述의 명을 받들어, 나를 찾아와서 책의 서문을 부탁하였다. 그러나 나의 졸렬한 글은 부처님 머리 위에 똥을 칠하는 것 같으니, 어찌 감히 감당할 수 있겠는가? 다만 서너 줄을 써서 돌려보내 책의 마지막 부분에다 새기도록 하였다.

숭정 후 무술년(1718년, 숙종 44년) 늦봄 일, 후학 안동 권상하權尙夏[4]가 삼가 발문을 쓰다.

원문 ### 梅溪集跋

戊午甲子之禍, 實邦運之陽九, 一時大賢, 皆不免焉. 梅溪曹先生與寒暄·一蠹, 俱以佔畢門人, 被禍極慘. 士林至今痛寃, 而激昻風聲, 望若魁衡, 於其咳唾之餘, 安得不玩誦而珍愛之也. 然其所述作, 散逸於大禍, 藏于家者, 只寂寥數篇而已. 惜乎! 其嘉言善行, 不盡傳於世也, 後之學者 何所師法. 今金山太守金侯㴋, 平生慕先生最深, 慨然發歎曰: "所存若干篇萬一盡歸泯滅, 此非後學之責耶?" 遂節縮冗費而剞劂之, 以行於世, 其誠至矣. 尙夏生晚無所知識, 然嘗修先

되었다. 저서에 『우암집』, 『송자대전宋子大全』등이 있다.

4 권상하(權尙夏, 1641~1721) : 조선 시대의 학자. 본관은 안동이고, 자는 치도致道이며, 호는 수암遂菴, 한수재寒水齋이다. 송시열의 수제자로 글씨에도 뛰어났으며, 저서에 『한수재집』, 『삼서집의三書輯疑』가 있다.

師文正公遺稿, 其稱道先生之語曰: "經術論思, 方許夔皐, 餘事文章, 黼黻王朝, 亦可以想先生之大略矣." 然則今玆餘存, 雖極草草, 一臠足以知全鼎之味耶? 金侯之用心, 可謂知所切要矣. 先生之後孫世鵬, 與余交好甚篤, 一日奉其季父述之命, 來請弁卷之文. 顧余拙構, 有如佛頭鋪糞, 何敢當也? 只題數行而歸之, 俾刻于下方.

崇禎後, 戊戌, 暮春, 日, 後學, 安東, 權尙夏, 謹跋書.

매계 선생 연보 *서제 적암 신 편차

* 1454년(명나라 공종恭宗 경태 5년, 조선 단종대왕端宗大王 2년) 7월 10
  일庚申, 공은 금산 봉계리 집에서 태어났다. 어렸을 때의 자는 오룡五龍
  이다.

* 1455년(경태 6년, 조선 세조대왕世祖大王 원년) 공의 나이가 2살이다.

* 1456년(경태 7년, 조선 세조대왕 2년) 공의 나이 3세이다. 8월에 아
  버지가 삼군진무拜三軍鎭撫[1]을 제수받았다.

* 1457년(영종英宗 천순天順 원년, 조선 세조대왕 3년) 공의 나이 4세이
  다. 8월, 아버지가 증약찰방增若察訪[2]을 제수받았다.

* 1458년(천순 2년, 조선 세조대왕 4년) 공의 나이 5세이다. 공은 말을
  배우자마자 곧 글자를 알았다. 서제庶弟인 신伸[3]과 함께 배웠는데, 재주
  가 탁월하여 사람들이 모두 기특하게 여겼다.

* 1459년(천순 3년, 조선 세조대왕 5년) 공의 나이 6세이다. 7월, 아
  버지가 전농시典農寺[4] 주부主簿[5]를 제수받았고, 9월에 감찰監察[6]로 전임

---

1 삼군진무拜三軍鎭撫 : 조선 전기에, 중앙 군부대인 삼군부에 속한 무관 벼슬이다.
2 증약찰방增若察訪 : 지금의 충북 옥천군 군북면 증약리에 있었던 역참驛站의 책임자를 말
   한다.
3 조신(曺伸, 1454~?) : 조선 성종 때의 문인. 본관은 창녕이고, 자는 숙분叔奮이며, 호는
   적암適庵이다. 문장과 어학에 능하여 사역원정司譯院正으로 발탁되었고, 저서에『적암시
   집』,『소문쇄록』등이 있다.
4 전농시典農寺 : 조선조 때 제향祭享에 쓸 곡식을 맡아보던 관청이다.
5 주부主簿 : 조선시대 때 돈령부敦寧府・봉상시奉常寺・종부시宗簿寺・내의원內醫院・사복
   시司僕寺 및 그 밖의 여러 관아에 딸린 종6품從六品의 낭관 벼슬이다.

되었다.

* 1460년(천순 4년, 조선 세조대왕 6년) 공의 나이 7세이다. 이미 시를 지을 줄 알았고, 학업이 나날이 발전하여 사람들은 모두 크게 될 인물이라고 기대하였다. 7월에 아버지가 현풍玄風7현감에 제수되었다.

* 1461년(천순 5년, 조선 세조대왕 7년) 공의 나이 8세이다. 현풍의 관아에서 생활하였는데, 오직 강독하는 데만 몰두하고 화려한 것에 마음을 허비하지 않았다.

* 1462년(천순 6년, 조선 세조대왕 8년) 공의 나이 9살이다.

* 1463년(천순 7년, 조선 세조대왕 9년) 공의 나이 10세이다. 6월에 아버지가 현풍현감의 임기를 마치고 돌아왔다. 가을에 공은 자형姉兄인 점필재佔畢齋에게 가서 배웠다.

* 1464년(천순 8년, 조선 세조대왕 10년) 공의 나이 11세이다. 정월에 서모인 민 씨閔氏부인을 따라 개령開寧8에 가서 살았다. 가을에 아버지가 공을 데리고 서울로 가서 당숙堂叔인 충간공忠簡公9께 질품質稟하니, 충간공이 보고서 크게 될 인물이라고 여기고, 집안에 머물게 하고 친히 소학을 가르쳤다. 충간공의 휘는 석문錫文이다.

---

6 감찰監察 : 조선시대 사헌부의 종6품 관직으로 관리들의 비위 규찰, 재정 부문의 회계 감사, 의례 행사 때의 의전 감독 등 감찰 실무를 담당하였다.

7 현풍玄風 : 지금의 대구광역시 달성지역의 옛 지명이다.

8 개령開寧 : 지금의 경상북도 김천시 북동부에 있는 개령면 일원을 말한다.

9 조석문(曺錫文, 1413~1477) : 조선 전기의 문신. 자는 순보順甫이며, 시호는 충간忠簡이다. 1434년(세종 16) 알성문과에 을과로 급제, 이조참판, 호조판서 등을 역임하였다. 세조의 즉위에 공을 세우고 1467년 이시애의 난을 평정하였다. 1476년 다시 좌의정에 임명되었으나 병으로 사면하고 창녕부원군昌寧府院君에 봉해졌으며, 이듬해 영중추부사가 되었다.

＊ 1465년(헌종憲宗 성화成化 원년, 조선 세조대왕 11년) 공의 나이 12세
이다. 창령군昌寧君의 집에서 독서를 하며, 경전의 이치를 따져서 물으
며 학문하는 방법을 터득하였다. 창령군은 충간공이다.

＊ 1466년(성화 2년, 조선 세조대왕 12년) 공의 나이 13살이다.

＊ 1467년(성화 3년 조선 세조대왕 13년) 공의 나이 14세이다. 10월,
아버지가 울진蔚珍10 현령으로 부임하자 수행하였다. 12월, 집으로 돌
아왔다가 어머니를 모시고 울진 관아로 돌아왔다.

＊ 1468년(성화 4년, 조선 세조대왕 14년) 공의 나이 15세이다. 9월,
세조대왕이 돌아가시고, 12월에 장순왕후 한 씨韓氏가 돌아가셨다.

＊ 1469년(성화 5년, 조선 예종대왕睿宗大王 원년) 공의 나이 16세이다.
11월, 예종대왕睿宗大王이 돌아가셨다.

＊ 1470년(성화 6년, 조선 성종대왕成宗大王 원년) 공의 나이 17세이다.
3월, 공은 강릉에서 독서를 하였는데, 당시의 강릉부사는 철성鐵城 박
식朴殖이었다. 8월, 울진으로 귀성했다가, 다시 강릉을 경유하여 서울
로 올라갔다.

＊ 1471년(성화 7년, 조선 성종대왕 2년) 공의 나이 18세이다. 8월, 생
원生員·진사進士·초시初試11를 모두 수석으로 급제했다.

＊ 1472년(성화 8년, 조선 종종대왕 3년) 공의 나이가 19세이다. 정월,
사마시司馬試12와 복시覆試13에 모두 합격하여 창녕군집에 방을 내붙였

10 울진蔚珍 : 지금의 경상북도 동쪽에 위치한 울진군 일원을 말한다.
11 초시初試 : 고려·조선시대 각종 과거의 제1차 시험을 말한다.
12 사마시司馬試 : 고려와 조선 시대 때 생원生員과 진사進士를 뽑는 소과小科로, 초시初試와
   복시覆試로 나뉜다.
13 복시覆試 : 조선시대, 과거에서 초시에 합격한 사람이 2차로 보는 시험을 말한다.

다. 금산金山에 가서 영예롭게 선영先塋을 소분하고, 울진에 가서 축하 연을 베풀었다. 이어 창녕昌寧14과 영산靈山15에 있는 선산을 성묘하고, 되돌아 함양咸陽에 가서 강론하고 질문하는데 아는 것이 많아 막힌 데가 없었다. 그때 점필재가 군수로 역임하고 있었다. 대개 공은 어려서부터 점필재에게 학업을 전수받았는데, 사림에서 우러러 봄이 점필재에 버금갔다. 6월, 아버지가 울진에서 임무를 마치고 돌아왔다. 아버지는 관직에 있으면서 백성을 다스릴 때는 한결같이 검약儉約을 힘썼으며, 공이 과거에 급제한 이후로 다시는 출사出仕에 뜻을 두지 않았다.

* 1473년(성화 9년, 조선 성종대왕 4년) 공의 나이가 20세이다. 반궁泮宮16에 다니면서 관시館試17에 합격하였다.

* 1474년(성화 10년, 조선 성종대왕 5년) 공의 나이가 21세이다. 봄에 실시한 식년시式年試18에 병과丙科로 급제하여 창녕군집에 방榜이 나붙었다. 4월, 공혜왕후恭惠王后 한 씨韓氏19가 돌아가셨다. 승문원承文院20 정자正字21에 임명되었다. 겨울, 신 씨申氏를 아내로 맞이했다. 부인은 거

---

14 창녕昌寧 : 지금의 경상북도 창녕군 일원을 말한다.

15 영산靈山 : 지금의 경상남도 창녕 지역의 옛 지명이다.

16 반궁泮宮 : 성균관成均館을 달리 부르는 명칭이다.

17 관시館試 : 조선시대 때, 성균관 유생儒生들만이 볼 수 있던 문과文科의 초시이다.

18 식년시式年試 : 조선시대 3년마다 정기적으로 시행된 과거. 대비과大比科라고도 하였다.

19 공혜왕후(恭惠王后, 1456~1474) : 조선 성종의 비妃로 성은 한韓씨이다. 영의정 한명회의 딸로, 1469년에 성종이 즉위하자 왕비에 책봉되었으며, 성종 5년에 19세로 소생이 없이 죽었다.

20 승문원承文院 : 조선시대 때, 외교 문서를 맡은 관청이다.

21 정자正字 : 교서관, 승문원에서 경서經書 및 기타 문서文書의 교정校正을 맡아보던 정9품 正九品 벼슬이다.

창縣監 현감인 윤범允範의 여식이다.

* 1475년(성화 11년, 조선 성종대왕 6년) 공의 나이 22세이다. 정월, 금산으로 귀근하여 조모인 정 씨鄭氏부인상에 슬픔을 다하였다. 3월, 상경하였다. 10월, 한림연翰林宴으로 귀양22을 가게 되어 금산으로 돌아왔다. 12월, 조모를 금산 방목산放牧山의 북동쪽 언덕에 장사지내고, 서제庶弟인 신伸과 능여사能如寺23에서 독서를 하였다.

* 1476년(성화 12년, 조선 성종대왕 7년) 공의 나이 23세이다. 6월, 성종 임금은 공과 채수蔡壽·권건權健·허침許琛·유호인俞好仁·양희지楊熙止 등 6명을 선발하여 장의사藏義寺24에서 사가독서賜暇讀書를 명하였다.

* 1477년(성화 13년, 조선 성종대왕 8년) 공의 나이 24세이다. 정월에 홍문원弘文院 정자正字 겸 독서당讀書堂 봉교奉敎에 임명되어 독서당기讀書堂記를 찬진撰進했다. 봄에 여러 친구들과 송도松都를 유람할 것을 약속하고, 서로 주고받은 시를 모아 『송도록松都錄』을 간행하였다. 8월, 충간공忠簡公이 작고하자, 공이 가정판관加定判官이 되었다. 10월, 충간공을 장단長湍25에 장사지내고, 독서당으로 돌아왔다.

* 1478년(성화 14년, 조선 성종대왕 9년) 공의 나이 25세이다. 3월, 홍문관弘文館 저작著作으로 승진하여 다시 본관本館에 근무하도록 명을 받았다. 4월, 금산金山에 귀근歸覲하였다. 6월, 다시 홍문관으로 돌아

---

22 한림연翰林宴으로 귀양 : 매계梅溪가 예문관 검열檢閱로 국상國喪중에 술을 마시고 음악을 연주한 죄로 사헌부의 탄핵을 받아 경상도 개령현에 부처付處되었다가 임금의 명에 따라 고향인 금산으로 부처된 것을 말한다.

23 능여사能如寺 : 지금의 경북 김천시 황악산黃嶽山에 있는 직지사直指寺의 말사이다.

24 장의사藏義寺 : 지금의 서울시 종로구 평창동 세검정 초등학교 자리에 있었던 절이다.

25 장단長湍 : 지금의 북한 땅에 속하는 경기도 장단군에 있는 한 읍. 군청 소재지이다.

와 임사홍任士洪26을 논박論駁하였다. 7월, 박사로 승진하였다. 충간공의 행장을 찬撰하여 이승소李承召27에게 신도비명神道碑銘을 청하여 비석을 세웠다.

* 1479년(성화 15년, 조선 성종대왕 10년) 공의 나이 26세이다. 2월, 영친연榮親宴28을 베풀었다. 5월, 부수찬副修撰으로 승진하였다. 9월, 영안도永安道29 경차관敬差官30으로 임명되어 길을 떠났다.

* 1480년(성화 16년, 조선 성종대왕 11년) 공의 나이 27세이다. 2월, 영안도에서 돌아왔다. 8월 포쇄관曝曬官31으로 임명되어 가족을 이끌고 고향으로 내려와 본가에 귀근하고, 성주星州로부터 창녕昌寧과 영산靈山을 거치며 조상의 묘소에 술과 과일 등 간단한 제물을 올리고 제사를 지내고, 밀양密陽으로 점필재 선생을 찾아뵙고, 다시 성주로 돌아와서 포쇄하였다. 10월, 다시 가족을 이끌고 서울 집으로 돌아왔다.

* 1481년(성화 17년, 조선 성종대왕 12년) 공의 나이 28세이다. 3월,

---

26 임사홍(任士洪, ?~1506) : 조선 연산군 때의 권신. 두 아들이 각각 예종과 성종의 사위가 되면서 권세를 누렸으며, 무오사화와 갑자사화를 일으켜 많은 중신과 선비를 죽였다. 중종반정 때 잡혀 부자가 함께 처 형되었다.

27 이승소(李承召, 1422~1484) : 조선 전기의 문신. 자는 윤보胤保이고, 호는 삼탄三灘이다. 예문관 제학이 되어 왕명으로 『명황계감明皇誡鑑』을 한글로 옮겼으며, 신숙주 등과 함께 『국조오례의』를 편찬하였다. 저서에 『삼탄집三灘集』이 있다.

28 영친연榮親宴 : 조선시대, 과거에 급제한 사람이 부모를 영화롭게 하기 위하여 벌이던 잔치이다.

29 영안도永安道 : 조선시대, 함경도를 이르던 말이다.

30 경차관敬差官 : 조선시대, 지방에 파견하여 임시로 일을 보게 하던 벼슬로 주로 전곡田穀의 손실을 조사하고 민정을 살피는 일을 하였다.

31 포쇄관曝曬官 : 조선시대, 사고史庫의 서적을 점검하고 바람에 쐬는 일을 맡아 하던 벼슬아치로 주로 예문관의 봉교, 대교待敎, 검열이 맡았다.

원접사遠接使32인 강희맹姜希孟33의 종사관從事官이 되었다. 8월, 반송사
伴送使34 종사관으로 사명使命을 받들고 관서關西지방에 갔다가 황해도黃
海道를 지나며 변경 고을의 농사를 두루 살폈다. 12월, 금산金山으로 귀
성했다가, 왕명을 받들어 〈두시서杜詩序〉를 지어 올렸다.

* 1482년(성화 18년, 조선 성종대왕 13년) 공의 나이 29세이다. 4월,
임금이 전지傳旨하기를 "조위曹偉와 김흔金訢35은 둘 다 진용進用한 자이
니, 한 계급을 올려주라."고 명하셨다. 7월, 지평持平에 임명되었다. 8
월, 사직서를 올리고 귀근하였다.

* 1483년(성화 19년, 조선 성종대왕 14년) 공의 나이 30세이다. 3월,
정희왕후貞熹王后 윤 씨尹氏가 돌아가셨다. 성종은 시강원侍講院의 설치하
고 문학文學에 임명하였으며, 10월에 명나라 사신이 돌아가자, 반송사
종사관이 되었다. 이 때 전당錢塘사람인 갈귀葛貴가 칙사勅使를 따라 왔
는데, 문장에 조예가 있었다. 성종은 공과 신종호申從濩36에게 명하여

---

32 원접사遠接使 : 조선시대 때, 중국의 사신을 멀리까지 나가 맞아들이던 임시 벼슬이다.
33 강희맹(姜希孟, 1424 ~1483) : 조선 전기의 문신. 본관은 진주晉州이고, 자는 경순景醇이
  며, 호는 사숙재私淑齋ㆍ운송거사雲松居士ㆍ국오菊塢ㆍ만송강萬松岡 등이다. 판중추부사ㆍ
  이조판서ㆍ판돈녕부사ㆍ우찬성ㆍ좌찬성 등을 역임했다. 인품이 겸손하고 치밀해 맡은
  일을 잘 처리했으며, 또 경사經史와 전고典故에 통달했던 당대의 뛰어난 문장가로,『신
  찬국조보감 新撰國朝寶鑑』ㆍ『경국대전』의 편찬과 사서삼경의 언해, 성종 때는『동문
  선』ㆍ『동국여지승람』ㆍ『국조오례의』ㆍ『국조오례의서례』등의 편찬에 참여했다.
34 반송사伴送使 : 중국의 사신을 호송護送하던 임시 벼슬이다.
35 김흔(金訢, 1448~?) : 조선 전기의 문신. 본관은 연안延安이고, 자는 군절君節이며, 호
  는 안락당顏樂堂, 시호는 문광文匡이다. 성종 때 성균관전적ㆍ부교리ㆍ교리ㆍ직제학ㆍ시
  강관ㆍ공조참의 등을 지냈다. 문집에『안락당집』이 있다.
36 신종호(申從濩, 1456~1497) : 조선 전기의 문신. 본관은 고령高靈이고, 자는 차소次韶이
  며, 호는 삼괴당三魁堂이다. 관후寬厚한 장자의 풍모를 지녔으며, 문장과 시ㆍ글씨에 뛰

갈귀葛貴를 접대하라고 하였는데, 그의 학문을 묻고, 이어 중국의 일을 묻자, 갈귀葛貴가 공의 재주와 학식에 탄복하고 '유자儒者의 기상이 있다.'고 칭송했다.

* 1484년(성화 20년, 조선 성종대왕 15년) 공의 나이 31세이다. 2월, 공은 명나라에서 돌아왔다. 4월, 손소孫昭[37]의 치전관致奠官[38]이 되어 금산으로 귀성했다가 선산善山을 길잡아 영천, 경주, 양산, 밀양을 거쳐, 다시 영산과 창녕의 조상 묘소에 간단한 제물로 제를 올리고 돌아왔다. 5월, 응교應敎[39]에 임명되었다. 8월, 걸군乞郡하여 함양군수에 임명되었다. 그가 함양을 다스리는데, 어짊과 너그러움, 간결하고 검소한 것으로 근본을 삼았으며, 학교를 일으키고 인재를 기르는 것을 의무로 여겼다. 9월, 백부상을 당하여 분곡奔哭하고, 12월, 장례를 마치고 관아로 돌아왔다.

* 1485년(성화 21년, 조선 성종대왕 16년) 공의 나이 32세이다. 성종의 명령으로 세초시歲抄詩[40]를 지어 올리자, 칭찬을 하고 부모님께 쌀과 콩을 하사하였다. 또 하서下書하여 포상하여 상을 주자, 공은 진사陳謝의 표전表箋을 올렸다.

어났다. 저서로 『삼괴당집』이 있다.

37 손소(孫昭, 1433~1484) : 조선 전기의 문신. 자는 일장日章이고, 호는 송재松齋이며, 시호는 양민襄敏이다. 이시애李施愛의 난 때 출정하여 공을 세우고, 뒤에 계천군溪川君에 봉하여졌다.

38 치전관致奠官 : 국가에 공훈이 있는 사람이 죽으면, 국가에서 문상을 보내는 관리이다.

39 응교應敎 : 조선시대 홍문관·예문관에 있던 정4품직의 벼슬이다.

40 세초시歲抄詩 : 지방관이 한 해 동안 지은 시 가운데, 골라 임금에게 올려 평가를 받는 시이다.

* 1486년(성화 22년, 조선 성종대왕 17년) 공의 나이 33세이다.

* 1487년(성화 23년, 조선 성종대왕 18년) 공의 나이 34세이다.

* 1488년(효종 경황제 홍치弘治 1년, 조선 성종대왕 19년) 공의 나이 35세이다.

* 1489년(홍치 2년, 조선 성종대왕 20년) 공의 나이 36세이다. 공은 군청에 근무하며 정무를 본 6년을 하루같이 하였으며, 귀근歸覲의 예와 봉양의 물품을 준비하는데, 그 정성을 다하였다. 2월, 아버지가 돌아가시자, 임금께서 부의로 쌀과 콩, 기름, 꿀 등을 하사하였다. 5월, 황간현41 마암산 자좌子坐의 언덕에 장사를 지냈다.

* 1490년(홍치 3년, 조선 성종대왕 21년) 공의 나이 37세이다.

* 1491년(홍치 4년, 조선 성종대왕 22년) 공의 나이 38세이다. 2월, 3년 상을 마쳤다. 4월, 담사禫祀42를 지냈다. 5월, 검상檢詳43에 임명되어 상경하였다. 장령掌令44으로 옮겼다가 동부승지同副承旨45로 승진하였다. 12월, 금산으로 돌아와서 어머니를 모시고 서울 집으로 돌아왔다. 집안에 돌을 모아 계단을 만들고, 꽃을 심어서 그윽한 운치가 나도록 하였는데, 당시 사람들이 그곳을 "매계동"이라고 하였다.

---

41 황간현 : 지금의 충북 영동군 황간면 일원이다.

42 담사禫祀 : 초상初喪으로부터 27개월 만인 대상大祥을 치른 그 다음 다음 달 하순의 정일丁日이나 해일亥日에 지내는 제사. 부父가 생존한 모상母喪이나 처상妻喪의 경우에는 초상 후, 15개월 만에 지낸다.

43 검상檢詳 : 조선시대, 의정부議政府의 정5품正五品 벼슬. 죄인을 심리審理하여 검사檢查하는 일을 맡았다.

44 장령掌令 : 사헌부司憲府의 정4품正四品 벼슬이다.

45 동부승지同副承旨 : 조선시대, 승정원承政院의 정3품正三品 벼슬. 여섯 승지 가운데의 끝자리로 공방工房의 일을 맡았다.

＊ 1492년(홍치 5년, 조선 성종대왕 23년) 공의 나이 39세이다. 도승지
都承旨46로 옮겼다. 이 해 가을 점필재가 돌아가시자, 가서 곡을 하였다.

＊ 1493년(홍치 6년, 조선 성종대왕 24년) 공의 나이 40세이다. 6월,
가선대부嘉善大夫47 호조참판戸曹參判48에 임명되었다. 임금이 공에게 점
필재의 시문詩文을 모아 책으로 엮으라고 명했다. 8월, 정조사正朝使49
로 임명되었으나, 어버이가 연로함을 이유로 장계를 올려 관직을 내놓
고 물러났다. 어머니의 수연壽宴을 베풀고 금산으로 돌아와 살았다. 9
월, 선영先塋에 분황제焚黃祭50를 올렸으며, 아버지의 묘 앞에 표석을 세
우고, 비석의 뒤에 관력과 생년월일을 간략하게 서술하였다. 또한 전비
前妣의 묘에도 비석을 세웠다. 점필재의 신도비명神道碑銘을 허백당虛白堂
홍귀달洪貴達51에게 청하였다. 공은 작은 시냇가에 초당을 지으며, 계단
을 쌓고 소나무와 국화, 매화, 대나무 등을 심고서 이름을 짓기를 "매
계당"이라고 이름했다. 홍 허백洪虛白이 기문을 지어 그곳을 빛냈다.

---

46 도승지都承旨 : 조선시대, 승정원承政院의 여섯 승지承旨 가운데의 으뜸인 정3품正三品의
벼슬로 이방吏房을 맡았다.

47 가선대부嘉善大夫 : 조선시대, 종2품의 하계下階 문관의 품계이다.

48 호조참판戸曹參判 : 조선시대, 종2품 당상관직으로 수장인 판서를 보좌하는 역할을 하
고, 예하기관을 감독하는 제조提調의 업무도 겸했다. 오늘날의 차관이다.

49 정조사正朝使 : 조선시대, 명明나라나 청淸나라로 정월正月 초하룻날 새해를 축하하러 가
던 사신으로 동지사冬至使가 정조사正朝使를 겸하였다.

50 분황제焚黃祭 : 죽은 자에 대한 임금의 고명문誥命文의 부본副本을 그 영전에서 불살라 고
하던 제사이다.

51 홍귀달(洪貴達, 1438~1504) : 조선 전기의 문신. 자는 겸선兼善이고, 호는 허백당虛白堂,
함허정涵虛亭이다. 1598년 무오사화 때에 왕의 실책을 10여 조목에 걸쳐 간諫하다가 미
움을 사서 좌천되었으며, 갑자사화 때에 모함을 받아 처형되었다. 저서에 『허백정문
집』이 있다.

* 1494년(홍치 7년, 조선 조선성종대왕 25년) 공의 나이 41세이다. 충
  청감사에 임명되었다. 성색聲色을 드러내지 않았는데도 온 도내가 화합
  하였다. 12월, 순행 길에 황간에 와서 마암산 선영에 성묘하였다. 이
  달, 성종대왕이 돌아가시자, 반염攀髥52하지 못함을 원통하게 여기고
  10편의 절구시를 써서 애모哀慕하는 마음을 붙였다.

* 1495년(홍치 8년, 조선 연산군 1년) 공의 나이 42세이다. 4월, 체직
  遞職되어 한성우윤漢城右尹53에 임명되어 서울에 도착하자, 대사성大司
  成54으로 옮겨졌다. 7월, 금산으로 돌아오자, 같은 달 23일에 전라감
  사로 임명되어, 8월에 부임하였다. 10월에 어머니가 금산에서 돌아가
  시자, 분상奔喪55하는데, 너무 슬퍼서 거의 죽을 지경에 이르렀다. 묘지
  墓誌를 홍 허백洪虛白에게 청하여 12월에 마암산 축좌丑坐의 언덕에 장례
  를 치루고 3년 동안 시묘살이를 하였다.

* 1496년(홍치 9년, 조선 연산군 2년) 공의 나이 43세이다. 4월, 어머
  니의 묘 앞에 표석을 세웠다.

* 1497년(홍치 10년, 조선 연산군 3년) 공의 나이 44세이다. 10월,
  3년상을 마쳤다. 12월, 담례禫禮를 지내고 창녕과 영산에 가서 조상의
  묘소에 간단한 제물로 제를 올렸으며, 밀양에 가서 점필재 선생의 묘에
  제를 올렸다.

---

52 반염攀髥 : '황제黃帝가 용의 갈기를 잡고 승천했다.'는 고사에서 나온 말로 임금의 승하
  에 따라 죽지 못함을 의미한다.
53 한성우윤漢城右尹 : 조선시대 한성부漢城府의 종2품從二品 벼슬이다.
54 대사성大司成 : 조선시대 성균관의 정3품 당상관직이다.
55 분상奔喪 : 외지에 나가 있는 자식이 부모의 상喪을 당해 부음訃音을 전해 듣고 집으로
  돌아가기까지 취하는 행동 절차이다.

* 1498년(홍치 11년, 조선 연산군 4년) 공의 나이 45세이다. 2월, 동지중추부사同知中樞府事56에 임명되어 성절사聖節使57가 되었다. 4월에 출발하는데, 홍 허백이 송서送序를 지어 송별하였으며, 서제庶弟인 신伸이 수행하였다. 5월에 압록강을 건너서 6월 8일 북경에 도착하였다. 7월, 적신賊臣 유자광柳子光이 사옥史獄을 일으키고 점필재가 지은 조의제문弔義帝文58이 반역을 꾀할 뜻이 있다고 하였다. 연산군은 평상시에도 선비들에게 원한을 갖고 있었는데, 참언讒言을 듣고는 크게 기뻐하며 점필재를 대역죄인으로 논죄하고, 즉시 부관참시剖棺斬屍59하고 김일손金馹孫60 등을 극형에 처하도록 명령하니, 한 시대의 명사들이 모두 당고黨錮의 화61를 입었다. 그때 공은 중국에서 돌아오지 않았는데, 연

---

56 동지중추부사同知中樞府事 : 조선시대 중추부中樞府의 종2품從二品 벼슬이다.

57 성절사聖節使 : 조선시대 명나라 또는 청나라의 황제·황후의 생일을 축하하기 위해 보내던 사절 또는 그 사신이다.

58 조의제문弔義帝文 : 김종직이 1457년(세조 3) 10월 밀양에서 경산京山으로 가다가 답계역踏溪驛에서 숙박했는데, 그날 밤 꿈에 신인神人이 칠장복七章服을 입고 나타나 전한 말을 듣고 슬퍼하며 지은 글로, 서초패왕 항우項羽를 세조에, 의제義帝를 노산군(魯山君, 단종)에 비유해 세조가 찬위한 것을 비난한 내용이다. 이후 김종직의 제자인 김일손金馹孫이 사관史官으로 있으면서, 이를 사초史草에 기록하여 스승을 칭찬했다. 1498년(연산군 4) 이극돈李克墩·유자광柳子光·노사신盧思愼 등이 왕에게 조의제문이 세조를 비방하는 내용이라고 알려, 김일손 등 많은 사람들이 죽고 김종직은 부관참시되는 무오사화戊午士禍가 일어났다.

59 부관참시剖棺斬屍 : 죽은 사람에게 가하던 극형極刑으로 무덤을 파고 관을 꺼내 주검을 베거나, 목을 잘라 거리에 내걸었던 형벌이다.

60 김일손(金馹孫, 1464~1498) : 조선 전기의 학자·문인. 본관은 김해金海이고, 자는 계운季雲이며, 호는 탁영濯纓·소미산인少微山人이다. 1486년(성종 17년)에 문과에 급제하고, 이조 정랑을 지냈다. 춘추관 사관史官으로 있으면서 『성종실록』을 편찬할 때에, 이극돈의 비행非行을 그대로 쓰고 김종직의 〈조의제문〉을 실었다고 하여 무오사화 때에 처형되었다.

산군은 압록강을 건너오자마자 처형하라고 명령하였다. 8월 15일, 공이 요동遼東에 도착하여 비로소 그 소식을 들었다. 26일, 압록강에 도착하자 멀리 금오랑金吾郞[62]이 와서 기다리는 것이 보였다. 일행이 모두 두려워하였으나, 다만 공은 얼굴빛도 변하지 않았으며, 강을 건너자 형벌이 바뀌어 붙잡아 오라는 명으로 바뀌었다. 9월 9일, 서울에 들어와 하옥되었고, 같은 달 17일에 죄가 판결이 났으며, 같은 달 20일 의주로 귀양을 갔다.

* 1499년(홍치 12년, 조선 연산군 5년) 공의 나이 46세이다. 여름, 유배지에 작은 정자를 지어서 "규정葵亭"이라고 이름 짓고, 그 기문을 지어서 임금을 그리워하는 정성을 붙였다.

* 1500년(홍치 13년, 조선 연산군 6년) 공의 나이 47세이다. 여름, 날씨가 가문데도 천둥벼락이 궐문 밖에 사람에게 치자, 원통하게 옥살이를 하는 사람을 풀어주라고 명령하고, 귀양간 신하들을 이배하라는 명령이 있었다. 5월, 순천부順天府[63]로 이배되어 서문 밖에서 우거寓居하였다. 이때 한훤당寒暄堂 김굉필金宏弼 공도 또한 희천熙川[64]에서 이곳으로 이배되어서 서로 도의道義를 강론했다.

* 1501년(홍치 14년, 조선 연산군 7년) 공의 나이 48세이다. 순천부의 서쪽에 시내가 있었는데, 이름이 "옥천玉川"이라고 했다. 수석이 청아

---

61 당고黨錮의 화 : 중국 후한後漢의 환제桓帝, 영제靈帝 때에 환관들이 정권을 장악하여 국사를 마음대로 하자 진번陳蕃, 이응李膺 등의 학자와 태학생들이 환관들을 탄핵하였으나, 도리어 환관들이 이들을 종신 금고에 처하여 벼슬길을 막아 버린 일을 말한다.
62 금오랑金吾郞 : 조선 시대에, 의금부에 속한 도사都事를 이르던 말이다.
63 순천부順天府 : 지금의 전남 순천시, 승주군 일원이다.
64 희천熙川 : 지금의 평북 희천군 일원이다.

하고 수려하고, 오래된 고목들이 앙상하게 하늘을 가리고 있으며, 공이 살고 있는 집과도 거리가 매우 가까웠다. 마침 돌을 쌓아 누대를 만들고, "임청"이라고 이름을 짓고 유유자적하는 장소로 삼았으며, 또 기문을 지어서 그 뜻을 붙였다. 또한 한훤당 김 공金公도 일찍이 오고가며 학문을 논하였다.

✻ 1502년(홍치 15년, 조선 연산군 8년) 공의 나이 49세이다. 공은 폐적廢謫된 이후 학문에만 전념하느라 거의 침식寢食을 잊었으며, 오직 간신이 나라를 그르치지 않을까 하는 걱정만 하였다.

✻ 1503년(홍치 16년, 조선 연산군 9년) 공의 나이 50세이다. 나랏일이 날로 잘못되어 감을 알고 괴로워하다가 병이 생겨 11월 26일 유배지에서 작고했다. 한훤당이 고을사람들을 이끌고 예를 갖추어 상喪을 치렀다. 그때 동생인 신伸은 금산에 있었는데, 공의 병이 심하다는 소식을 듣고 말을 달려갔으나 이미 염斂을 마친 뒤였다. 고향으로 운구運柩하고, 묘지墓誌를 홍 허백에게 청하였다. 다음 해(1054년) 3월 일, 마암산 선산언덕의 동쪽 봉우리에 장사를 지냈다. 9월, 진신搢紳의 화[65]가 다시 일어나자, 공은 전죄前罪가 추록되고 가산家産이 적몰籍沒[66]되었으며, 11월에 화禍가 구천에까지 미쳐, 마침내 공의 시신이 다시 아버지의 묘 앞에 놓여졌다.

공의 정실부인과 첩은 모두 자식이 있었으나, 모두 요절하여, 신伸 부인이 종제從弟인 군수郡守 척倜의 아들 사우士虞를 아들로 삼았다.

✻ 1506년(무종 의황제 정덕 1년, 조선 중종대왕 1년) 중종이 나라를 다

---

65 진신搢紳의 화禍 : 벼슬아치들의 화로 갑자사화를 가리킨다.
66 적몰籍沒 : 중죄인의 재산을 몰수하고 가족까지 벌罰하는 것이다.

스려 대평하게 한 지 2년인 정묘년(1507년), 원통한 죄를 거슬러 올라가 풀어주고, 공을 가정대부嘉靖大夫[67] 이조참판吏曹參判 겸 경연춘추관성균관사經筵春秋館成均館事·동지의금부사同知義禁府事·홍문관弘文館 제학提學·예문관藝文館 제학提學·오위도총부五衛都摠府 부총관副摠管에 추증하였으며, 자손에게 녹용錄用하도록 명하였다.

* 1518년(정덕 13년, 조선 중종 13년) 신申부인이 신伸에게 명하여 표석을 세우라고 명하였다.

대개 공은 평생토록 자신을 낮추고 실력을 남에게 들어내지 않는 것을 스스로의 경계로 삼았는데, 공이 일찍이 말하기를 "나는 임금의 잘못을 바로잡지도 못하고 먼 변방으로 내침을 당했으니, 실로 나의 죄가 크다. 내가 죽거든 절대로 나의 행적을 선양하지 말고, 다만 묘석墓石에 관위官位와 성명만 쓰라."고 하셨다. 지금 연표를 기록하는데, 공의 출처의 대강만 서술하고, 끝까지 그 덕행을 칭찬하지 않은 것은 공의 명령을 따른 것이다.

* 1527년(가정嘉靖 6년, 조선 중종 22년) 2월 10일, 신申부인이 세상을 하직하니, 4월에 공의 묘소 아래에 장사를 지냈다. 부인은 시부모를 섬기는데, 예를 다하였으며, 남편을 받드는 데에도 한 치의 어긋남이 없었다. 일상의 일을 처리하거나 임시변통을 할 때에도 마땅하지 않음이 없었으니, 실로 부인 가운데 군자君子이다.

---

67 가정대부嘉靖大夫 : 조선시대 종2품 상계上階 문관의 품계. 고려시대의 영록대부榮祿大夫에 해당한다.

梅溪先生年譜 *庶弟 適菴 伸 編次

* 皇明恭宗景皇帝景泰五年, 我端宗大王二年, 甲戌七月十日庚申, 公生于金山鳳溪里第. 小字五龍.
* 景泰六年, 我世祖大王元年, 乙亥, 公二歲.
* 景泰七年, 我世祖大王二年, 丙子, 公三歲. 八月, 先公拜三軍鎭撫.
* 英宗皇帝天順元年, 我世祖大王三年, 丁丑, 公四歲. 八月, 先公拜增若察訪.
* 天順二年, 我世祖大王四年, 戊寅, 公五歲. 公學語, 便知文字, 與庶弟伸同學, 才思卓越, 人皆異之.
* 天順三年, 我世祖大王五年, 己卯, 公六歲. 七月, 先公拜典農主簿, 九月, 轉拜監察.
* 天順四年, 我世祖大王六年, 庚辰, 公七歲. 已有能詩聲, 學業日就, 人皆期以遠大. 七月, 先公拜玄風縣監.
* 天順五年, 我世祖大王七年, 辛巳, 公八歲. 在衙中, 惟能着力於講讀, 未嘗馳志於紛華.
* 天順六年, 我世祖大王八年, 壬午, 公九歲.
* 天順七年, 我世祖大王九年, 癸未, 公十歲. 六月, 先公自玄風遞還. 秋, 公往學于姊兄佔畢齋.
* 天順八年, 我世祖大王十年 甲申, 公十一歲. 正月, 隨庶母閔氏, 寓居開寧. 秋, 先公率公上京, 質其從父兄忠簡公. 忠簡公見而器之, 親授小學, 置之家塾. 忠簡公諱錫文.
* 憲宗純皇帝成化元年, 我世祖大王十一年, 乙酉, 公十二歲. 讀書于昌寧君第, 講問經理, 得聞爲學之方. 昌寧君卽忠簡公.
* 成化二年, 我世祖大王十二年, 丙戌, 公十三歲.
* 成化三年, 我世祖大王十三年, 丁亥, 公十四歲. 十月, 先公拜蔚珍縣令, 公隨行. 十二月, 歸家, 陪先妣還衙.
* 成化四年, 我世祖大王十四年, 戊子, 公十五歲. 九月, 哭世祖大王喪, 十二月, 哭章順王后韓氏喪.
* 成化五年, 我睿宗大王元年, 己丑, 公十六歲. 十一月, 哭睿宗大王喪.
* 成化六年, 我成宗大王元年, 庚寅, 公十七歲. 三月, 公讀書于江陵, 時鐵城朴殖爲府使. 八月, 歸覲于蔚珍, 還由江陵上京.

＊成化七年, 我成宗大王二年, 辛卯, 公十八歲. 八月, 中生員進士及第初試三場俱魁.

＊成化八年, 我成宗大王三年, 壬辰, 公十九歲. 正月, 中司馬覆試兩場, 應榜于昌寧君第. 到金山, 榮掃先塋, 到蔚珍, 設慶席. 仍往昌寧·靈山, 省掃先山, 轉往咸陽, 講問博洽, 時佔畢公爲郡守. 蓋公自少, 受業於畢齋, 士林宗仰, 亞於畢公. 六月, 先公自蔚珍遞還. 先公居官莅民, 一以簡儉爲務, 而自公登第, 更不致意於仕進.

＊成化九年, 我成宗大王四年, 癸巳, 公二十歲. 居泮中館試.

＊成化十年, 我成宗大王五年, 甲午, 公二十一歲. 春, 中式年丙科及第, 應榜于昌寧君第. 四月, 哭恭惠王后韓氏喪. 拜承文正字. 冬, 娶申氏婦, 居昌縣監允範女也.

＊成化十一年, 我成宗大王六年, 乙未, 公二十二歲. 正月, 歸覲金山, 哭祖母鄭夫人喪. 三月, 上京, 十月, 以翰林宴被謫, 來金山. 十二月, 葬祖母于金山放牧艮坐之原, 與庶弟伸, 讀書于能如寺.

＊成化十二年, 我成宗大王七年, 丙申, 公二十三歲. 六月, 上命選公及蔡壽·權健·許琛·兪好仁·楊熙止等六人, 賜暇讀書于藏義寺.

＊成化十三年, 我成宗大王八年, 丁酉, 公二十四歲. 正月, 拜弘文正字, 兼讀書堂奉教, 撰讀書堂記. 春, 與諸友約遊松都, 相與唱酬, 有松都錄, 行于世. 八月, 忠簡公卒, 公爲加定判官, 十月, 葬忠簡公于長湍, 還于讀書堂.

＊成化十四年, 我成宗大王九年, 戊戌, 公二十五歲. 三月, 陞弘文著作, 命還仕本館. 四月, 歸覲金山, 六月, 還京弘文館, 論任士洪. 七月, 陞博士, 公撰忠簡公行狀, 以請神道碑銘于李公承召, 刻石立之.

＊成化十五年, 我成宗大王十年, 己亥, 公二十六歲. 二月, 設榮親宴. 五月, 陞副修撰, 九月, 以永安道敬差官發行.

＊成化十六年, 我成宗大王十一年, 庚子, 公二十七歲. 二月, 自永安道還. 八月, 以曝曬官, 挈室南下, 覲于親庭, 自星州歷昌寧·靈山, 澆奠先墳, 謁畢齋先生于密陽, 還至星州曝曬. 十月, 挈室還京第.

＊成化十七年, 我成宗大王十二年, 辛丑, 公二十八歲. 三月, 爲遠接使姜希孟從事, 八月, 以伴送使從事 奉使關西, 仍歷黃海道, 覆審邊邑農事. 十二月, 歸覲金山, 承命撰杜詩序.

＊成化十八年, 我成宗大王十三年, 壬寅, 公二十九歲. 四月, 傳曰: "曹偉·金訢皆當進用者 命加一級." 七月, 拜持平. 八月, 呈辭歸覲.

成化十九年, 我成宗大王十四年, 癸卯, 公三十歲. 三月, 哭貞喜王后尹氏喪. 設侍講院, 拜文學, 十月, 天使還, 爲從事官. 時錢塘人葛貴, 隨勑使到本國,

有文藻. 上命公及申公從護, 與貴遊處, 微扣其學, 仍訪中朝事, 貴歎服公之
才學, 且稱有儒者氣像云.

* 成化二十年, 我成宗大王十五年, 甲辰, 公三十一歲. 二月, 公自天朝還. 四
月, 爲孫昭致奠官, 歸覲金山, 向善山, 歷永川·慶州·梁山·密陽, 還澆奠于靈
山·昌寧先墳. 五月, 拜應敎, 八月, 乞郡, 拜咸陽郡守. 其治以仁恕簡儉爲本,
以興學育才爲務. 九月, 遭伯父喪奔哭, 十二月, 過葬禮還衙.

* 成化二十一年, 我成宗大王十六年, 乙巳, 公三十二歲. 上令歲抄詩製進, 稱
旨, 命賜父母米豆. 又下書褒獎, 公上箋陳謝.

* 成化二十二年, 我成宗大王十七年, 丙午, 公三十三歲.

* 成化二十三年, 我成宗大王十八年, 丁未, 公三十四歲.

  孝宗敬皇帝弘治元年, 我成宗大王十九年, 戊申, 公三十五歲.

* 弘治二年, 我成宗大王二十年, 己酉, 公三十六歲. 公在郡爲政, 六年如一日,
若其歸覲之禮, 奉養之具, 極殫其誠. 二月, 丁先考憂, 命賜賻祭米豆油蜜. 五
月, 葬于黃澗馬巖山子坐之原.

* 弘治三年, 我成宗大王二十一年, 庚戌, 公三十七歲.

* 弘治四年, 我成宗大王二十二年, 辛亥, 公三十八歲. 二月, 服闋. 四月, 過禫
祀. 五月, 拜檢詳, 上京, 遷掌令, 超陞同副承旨. 十二月, 歸金山, 陪先妣還
京第, 所居聚石爲階, 種花卉, 以助幽趣, 時人指其居曰: "梅溪洞."

* 弘治五年, 我成宗大王二十三年, 壬子, 公三十九歲. 遷都承旨. 是秋, 遭畢齋
喪, 往哭之.

* 弘治六年, 我成宗大王二十四年, 癸丑, 公四十歲. 六月, 拜嘉善大夫戶曹參
判. 上命公纂集佔畢齋詩文. 八月, 拜正朝使, 以親老上章辭免. 設壽宴, 歸居
金山. 九月, 行焚黃祭于先塋, 立表石于先公墓前, 而略敍官次及生卒月日于
石陰, 前妣墓亦立石, 請佔畢齋神道碑銘于虛白堂洪貴達. 公搆草堂于小溪
上, 仍築階, 種松菊梅竹, 名之曰: "梅溪堂." 洪虛白作其記以美之.

* 弘治七年, 我成宗大王二十五年, 甲寅, 公四十一歲. 拜忠淸監司. 不動聲色,
一道瀟然. 十二月, 巡到黃澗, 省掃于馬巖先塋. 是月, 哭成宗大王喪, 恨未得
攀擗, 聊書十絶, 以寓哀慕之意.

* 弘治八年, 我燕山元年, 乙卯, 公四十二歲. 四月, 遞拜漢城右尹, 至京, 遷大
司成. 七月, 歸金山, 二十三日, 拜全羅監司, 八月, 赴任. 十月, 先妣卒于金山,
公奔喪哀毀幾殊. 請墓誌于洪虛白. 十二月, 葬于馬巖山丑坐之原, 盧墓三年.

* 弘治九年, 我燕山二年, 丙辰, 公四十三歲. 四月, 立表石于先妣墓.

* 弘治十年, 我燕山三年, 丁巳, 公四十四歲. 十月, 服闋. 十二月, 過禫禮, 往昌寧·靈山, 澆奠先墳, 往密陽, 祭佔畢齋先生墓.

* 弘治十一年, 我燕山四年, 戊午, 公四十五歲. 二月, 拜同知中樞府事, 爲聖節使. 四月, 發行, 洪虛白作序送別, 庶弟伸隨行. 五月, 渡江, 六月八日, 到北京. 七月, 賊臣子光起史獄, 以畢齋弔義帝文, 爲有亂逆之意. 燕山常憤士類, 旣聞讒舌, 大喜, 畢齋論以大逆, 卽令剖棺, 金馹孫等, 置極刑, 一時名流, 盡被黨錮. 時公朝天未還, 燕山命越江時卽處斬之. 八月十五日, 公到遼東, 始聞之. 廿六日, 到鴨江, 望見金吾郞來候. 一行皆懼, 公獨顏色不變, 及渡, 更有拿命. 九月九日, 入京逮獄, 十七日, 決罪, 二十日, 發謫義州.

* 弘治十二年, 我燕山五年, 己未, 公四十六歲. 夏, 搆小亭于謫所, 名曰: "葵亭," 作其記, 以寓戀闕之誠. 弘治十三年, 我燕山六年, 庚申, 公四十七歲. 夏, 天旱而雷, 震人于闕門外, 命決冤獄, 有謫臣量移之命. 五月, 移配于順天府, 僑居西門外. 時寒暄堂金公, 亦自熙川移配于此, 相與講論道義.

* 弘治十四年, 我燕山七年, 辛酉, 公四十八歲. 順天府西有溪, 名玉川. 水石淸麗, 老樹槎牙, 距公所居甚近, 遂累石爲臺, 名之曰: "臨淸", 以爲遊適之所. 又作記以著之. 金寒暄亦嘗從遊論學.

* 弘治十五年, 我燕山八年, 壬戌, 公四十九歲. 公自廢謫以來, 專心於學問, 殆忘寢食, 惟以奸臣誤國爲憂.

* 弘治十六年, 我燕山九年, 癸亥, 公五十歲. 知國事日非, 憂悴成疾, 十一月二十六日, 卒于謫所. 金寒暄率邑人, 備禮治喪. 時弟伸在金山, 聞公疾革, 馳進則已斂矣. 奉柩還鄉, 請墓誌於洪虛白. 明年三月日 葬于馬巖山先壟之東峯. 九月, 搢紳禍再起, 追錄前罪, 籍沒家財, 十一月, 禍及泉壤, 遂改厝于先公墓下. 公嫡妾俱有息而夭, 申夫人取從弟郡守倜之子士虞, 子之.

* 武宗毅皇帝正德元年, 我中宗大王元年, 丙寅, 中廟靖國二年, 丁卯, 追雪冤罪, 贈公嘉靖大夫吏曹參判兼經筵春秋館成均館事·同知義禁府事·弘文館提學·藝文館提學·五衛都摠府副摠管, 命錄用子孫.

* 正德十三年, 戊寅, 申夫人命伸立表石. 蓋公平生, 謙晦自牧. 嘗曰: "吾不能格君之非, 擯棄遐荒, 我罪實多, 我死, 切勿揄揚, 只書官位姓名于墓石云云." 今於表誌, 敍公出處之大略, 而竟不稱道其德行者, 從治命也.

* 嘉靖六年, 丁亥, 二月十日, 申夫人下世. 四月, 葬于公墓下, 夫人事舅姑盡禮, 奉君子無違, 處常制變, 無不合宜, 實夫人中君子也.

＊ 추가하여 보충함

    1708년(숭정崇禎 후 81년, 숙종 34년) 10월 일, 순천의 유생인 장이당張以堂 등이 상소하기를, "청컨대 벼슬과 시호를 올려주시어, 사림士林을 다행으로 여기소서."라고 하였다. 이에 비답批答하기를, "해당 부서에서 맡아 처리하는데, 좌랑佐郎 홍상빈洪尙賓68이 맡아 처리하라."고 하였다. 전지傳旨하기를 "도덕과 학문은 이와 같이 빛났으나 혼란한 시절을 만나 화禍가 구천九泉에까지 미쳤다. 추증하는 일은 예조禮曹에 수교한다." 이에 자헌대부·이조판서 겸 지경연 의금부사·홍문관 대제학·예문관 대제학·지춘추관 성균관사·세자 좌빈객·오위도총부 도총관을 추증하였다. 태상太常69에서 시호를 의논하기를 "문장文莊"이라고 하였다. 학문에 힘쓰고 묻기를 좋아하는 것을 '문文'이라 하고, 정당한 것을 실천하고 화목한 마음을 '장莊'이라 한다.

[원문]   **追補**

崇禎後八十一年戊子十月日 順天儒生張以堂等上疏"請隆爵尊諡 以幸士林." 批下 令該曹稟處 佐郎洪尙賓次知. 傳曰:"道德學問 如彼燁燁 遭時昏亂 禍及泉壤. 加贈事 禮曹受敎."於是 贈資憲大夫吏曹判書兼知經筵義禁府事·弘文館大提學·藝文館大提學·知春秋館成均館事·世子左賓客·五衛都摠府都摠管. 太常議諡 曰:"文莊." 勤學好問曰: '文.' 履正志和曰: '莊.'

---

68 홍상빈(洪尙賓, 1672~1740) : 조선 후기의 문신. 본관은 남양南陽. 자는 광국光國. 1736년 동의금부사同義禁府事에 제수되었다가 이듬해 형조참판으로 1738년에는 동지의금부사同知義禁府事로 제수되었다가 2년 후 죽었다. 경연에서 홍문관 출신들이 『주역』문의를 잘 알지 못하자 대신 이를 강의하였고, 문신이면서도 활쏘기를 잘하였다고 한다.
69 태상太常 : 시호諡號의 일을 맡던 관아官衙이다.

백련사에서 서형인 자진子眞[1]의 시에 차운하다

고갯마루 나무는 새벽바람에 윙윙거리고
산매화 꽃이 핀 이른 봄이라.
푸른 댕댕이 덩굴 있는 곳을 떠나려니
원숭이와 학이 성낼까 조바심 든다.

원문　　在白蓮次庶兄子眞(佺)韻

嶺樹鳴殘夜　　　山梅候早春　　　欲辭綠蘿去　　　猿鶴恐生嗔

1　자진子眞 : 서형인 조전曹佺의 자字이다. 조전은 신분상의 한계를 절감하고 고향 금산에
　서 농사를 지으며 살았기 때문에 그의 자세한 이력은 알 수가 없다.

압록강에서 뱃놀이하며 송가중[1]의 시에 차운하다

바람은 천길 숲 속의 안개를 몰아가고

파도는 만길 높은 성을 삼킬 듯

하늘 끝에 선 모두가 나그네 신세

고향의 정일랑 이야기 하지 마소.

원문   鴨江舟中次宋可重(軼)韻

風捲千林霧　　　波涵萬雉城　　　天涯俱是客　　　莫說故鄕情

---

1 송질(宋軼, 1454~1520) : 조선 전의 문신. 본관은 여산礪山이고, 자는 가중可仲이며, 시
   호는 숙정肅靖이다. 중종반정 때 예조판서로서 정국공신靖國功臣 3등에 책록되고, 여원
   군礪原君에 봉군되었고, 후에 좌의정을 거쳐 영의정에 임명되었으며, 여원부원군礪原府院
   君에 진봉進封되었다.

두기진

백조는 피어오르는 연기 속으로 사라지고
청산은 옛 나루에 가로 비껴있다.
마치 그림처럼 분명한데
홀로 강둑에서 찬비를 맞고 서있다.

원문 **豆岐津**

白鳥沒飛烟　　　青山横古渡　　　分明如畫中　　　獨立寒江雨

서제庶弟 숙분叔奮[1]에게

길 떠나는 기러기 줄지어 날지 않고
변방에선 날 저무니 울음소리만 들린다.
그리움에 부질없이 흰머리만 느는데
쓸쓸히 천리 밖 사람을 바라본다.

세월은 부질없이 빠르게 흐르는데
속상한 마음에 저절로 우울해진다.
매번 집에 편지를 쓰고자 하나
망연자실 몇 자 적기가 어렵구나.

아득히 변방은 멀리 떨어져 있는데
속으로 고향가는 길을 헤아려 본다.
어느 때 나란히 잠자리에 누워
고향집에 내리는 빗소리를 들을거나.

원문 寄庶弟叔奮(伸)

旅雁不成行	邊聲日暮起	相思空白頭	悵望人千里
歲月空崢嶸	愁腸自鬱屈	每欲作家書	茫然難下筆
迢迢關塞長	黙數家山路	何時連夜床	共聽梅堂雨

1 숙분叔奮 : 조신의 자字이다.

금강대 *황악산의 가장 높은 곳에 있는 암자이다

자라머리 치켜든 듯한 만 길의 정상
천봉千峰이 눈앞에 들어온다.
반쯤 구름 개인 곳에
한 마리 새가 장공長空을 향해 날아간다.

원문 **金剛臺** *黃岳山最上庵

萬仞攙鰲頂　　　千峰落眼中　　　半邊雲盡處　　　孤鳥渡長空

삼가 홍겸선(귀달)의 시에 화운하다.

하늘이 만물을 퍼뜨리니
거북점으로 의심을 풀어 본다.
오늘날의 덕업德業이 이와 같으니
마땅히 태평성대를 도와야 하리.

원 문 奉和洪兼善(貴達)韻

大專能播物　　靈蔡用稽疑　　德業今如此　　端宜佐聖時

송가중에게 주다

음양이 끊임없이 순환하니
따스한 기운과 찬 기운이 뒤바뀌네.
추연鄒衍[1]의 율력律曆이 아니어도
인간 세상에 봄기운이 가득하네.

원문 **寄宋可中**

二氣無停轍　　　陽和遞沍寒　　　不須鄒子律　　　春意滿人間

---

1 추연(鄒衍, ?~?) : 중국 전국시대의 사상가. 추연騶衍이라고도 한다. 세상의 모든 사상
   事象은 토土 · 목木 · 금金 · 화火 · 수水의 오행상승五行相勝 원리에 의하여 일어나는 것이라
   하였다.

오언율시
五言律詩

의주 통군정[1]

백길 높은 성은 하늘 위로 솟아있고

붉게 칠한 난간에 온종일 기대어 있다.

변방의 성은 호표虎豹처럼 삼엄하고

저 멀리 바다로 곤붕鯤鵬이 펼치는구나.

지세는 서남쪽으로 트여있고

하늘에는 구름 한 점 없이 맑다.

배회하여 끝없이 생기는 의기

호기豪氣는 진등陳登[2]보다 배가 되는구나.

마자령馬訾嶺[3]분기점은 멀기만 하고

용만 땅 옛 변경은 쓸쓸하구나.

강물은 금대襟帶[4]처럼 굳게 하였고

지세는 한병翰屏[5]처럼 웅장하구나.

---

1 통군정統軍亭 : 평안북도 의주군 의주읍에 있는 조선시대의 누정樓亭으로 정면 4칸, 측
   면 4칸의 합각지붕건물이다. 의주읍성義州邑城에서 제일 높은 압록강 기슭 삼각산三角山
   봉우리에 자리잡고 있는 관서팔경의 하나이다.
2 진등陳登 : 후한말後漢末 때 조조曹操의 부장部將. 고향은 하비下邳이고, 자가 원룡元龍이
   다. 여포呂布를 죽이는데 공로가 커서 복파장군伏波將軍이 되었다.
3 마자령馬訾嶺 : 압록강의 별칭이다.
4 금대襟帶 : 산천에 둘린 요해지要害地를 말한다.
5 한병翰屏 : 지세가 높고 깎은 듯이 험준한 모양을 의미한다.

삼도三島6는 논밭 너머에 있고
고성孤城은 마을 한가운데 펼쳐 있다.
저물녘에 오래도록 휘파람 불며 서 있는데,
석양은 강물을 붉게 물들인다.

사방을 돌아봐도 한 점 막힘이 없고
끝없이 만상萬象만 분주하구나.
일편단심은 우주 끝까지 다하여
두 눈엔 하늘땅이 좁아 보인다.
저녁노을에 강 빛이 출렁이고
안개 걷힌 바다는 해기海氣가 짙구나.
장군은 오늘날의 극곡郤縠7이라
국경 서쪽 문을 굳게 걸어 잠근다.

형승形勝은 예전부터 으뜸
금성탕지金城湯池로 만고에 알려졌다.
군영의 울타리엔 예전의 달이 걸려있고
성벽의 낮은 담엔 찬 구름이 잠겨있다.
나팔소리에 병사의 함성은 웅장하고

---

6 삼도三島 : 압록강 서쪽과 적강狄江 동쪽에 있는 섬으로 장자도獐子島·원직도圓直島·위
   화도威化島를 가리킨다.
7 극곡郤縠 : 춘추春秋시대 진晉나라 사람. 예악禮樂을 설설設設하고 시서詩書에 조예가 깊어 문
   공文公에게 발탁되어 대장이 되었다.

산과 강은 경계는 분명하다.

무재武才를 조정의 책략에 보태니

오랫동안 문치文治에 젖은 사람들만 믿지 말라.

원문   **義州統軍亭** 四首

百雉層城迥　　朱欄盡日憑　　塞垣嚴虎豹　　溟海轉鷗鵬
地勢西南坼　　天容上下澄　　徘徊無限意　　豪氣倍陳登

馬訾分壇遠　　龍灣古塞空　　江爲襟帶固　　地作翰屏雄
三島耕犁外　　孤城聚落中　　晚來長嘯立　　斜日滿江紅

四顧都無礙　　茫茫萬象奔　　丹心窮宇宙　　兩眼隘乾坤
日落江光動　　烟消海氣昏　　將軍今郤縠　　鎖鑰國西門

形勝由來獨　　金湯萬古聞　　儲胥臨古月　　睥睨鎖寒雲
鼓角軍聲壯　　山河境界分　　止戈資廟略　　莫倚久修文

해주 봉지루鳳池樓[1]

먼 유람길에 한 해도 저무는데

병을 앓고 나니 술 먹기가 겁난다.

낙엽도 다 져 가을빛도 희미한데

다락이 높아 길게 저녁 그림자가 드리운다.

경치는 가는 곳마다 다른데

삽상한 기운은 앉은 자리까지 들어온다.

반나절을 스님과 대화하고

외로운 회포를 짧게나마 읊조린다.

원문   海州鳳池樓

遠遊將歲暮   病起怯盃深   木落減秋色   樓高生夕陰
風光隨處異   爽氣坐來侵   半日逢僧話   孤懷寄短吟

1 봉지루鳳池樓 : 황해도 해주 객사의 동쪽에 있는 누각을 말한다.

허암[1]의 〈영설詠雪〉시를 차운하다.

눈꽃이 땅에 내려앉기 시작하더니

밤새 언 구름은 먹구름이 되었다.

우주는 하늘의 어둠 속에 있고

호수와 산에는 흰 비단이 쌓인다.

한 해 농사를 점치며 다투어 풍년이라 말하는데

때늦은 태양이 갑자기 공중에 떠오른다.

양원부梁園賦[2]에 견줄 수는 없으나

혼자서 쓸쓸히 읊조리는 변방의 늙은이라오.

눈은 주렴과 창을 뚫고 들어오고

나무와 숲에 하얗게 쌓였다.

언덕길에는 말 타고 지나는 사람도 없고

1 정희량(鄭希良, 1469~?) : 조선 전기 문신. 본관은 해주海州이고, 자는 순부淳夫, 호는
   허암虛庵이다. 대교待教 때 왕에게 경연經筵에 충실할 것과 신하들의 간언諫言을 받아들
   일 것을 상소하여 왕의 미움을 샀고, 무오사화戊午史禍로 의주義州에 유배되어 매계와 교
   육하였으며, 다시 김해로 이배移配된 뒤 1501년 풀려났다. 시문에 능하고 음양학 에 밝
   았으며, 저서에 『허암유집』이 있다.
2 양원부梁園賦 : 중국 남조南朝 양梁나라의 문학가인 강엄(江淹, 444~505)이 지은 부. 강
   엄은 어릴 때부터 문명을 날렸으며 관직은 금자광록대부金紫光祿大夫)에 이르렀다. 부귀
   와 영화를 누리면서 문학재능이 현저히 감퇴하게 되었고, 당시 사람들은 "강엄의 재주
   가 다했다."고 말했다. 여러 사람의 풍격을 잘 모방해서 의고시擬古詩를 많이 썼다. 그
   의 부賦 가운데 한과 이별의 정서를 그린 〈한부恨賦〉와 〈별부別賦〉가 유명하며, 저서
   로 『강문통집江文通集』이 있다.

처마 밑엔 움츠린 새들만 모여 있다.

담요를 물어뜯으며 견뎠던 고절을 회고하고[3]

솜을 노래한 여류시인의 마음을 상상한다.[4]

아울러 산음山陰의 흥이 일어나니

달빛 아래 조각배 타고 찾아간다.[5]

원문 次鄭虛菴淳夫(希良)詠雪韻

天花繞着地	一夜凍雲濃	宇宙窮陰裏	湖山積縞中
占年爭道瑞	遲日旋成空	未擬梁園賦	孤吟塞上翁
穿簾兼透戶	壓樹更堆林	陌上無遊騎	簷間有凍禽
嚙氈懷苦節	咏絮想芳心	併起山陰興	扁舟月下尋

---

3 중국 한나라의 충신인 소무(蘇武, ?~BC 60)의 절개를 말한다. 소무는 한무제漢武帝 때에 중랑장中郞將으로서 흉노匈奴에 사신으로 갔다가 체포되어 항복을 강요받았다. 그러나 절의를 굽히지 않고 이를 거부하자 바이칼 호 주변의 황야로 보내져 가죽 담요를 씹어 먹으며 19년에 걸친 억류생활을 했다. 소제昭帝가 즉위한 후 흉노와의 화해가 성립되어 BC 81년 장안長安으로 돌아왔다. 소제는 그의 충절을 높이 사 전속국典屬國에 봉했으며, 그 후 절개를 말할 때에는 '소무고절'이라고 하였다.

4 진晉나라의 시인인 사안謝安이 자녀들에게, "저 눈 오는 것이 무엇과 같다고 비유하겠는가?"하고 물으니, 어린 딸 도온道蘊이 "버들개지가 바람에 날리는 것柳絮因風飛"과 같다고 한 말을 말한다.

5 『세설신어世說新語』「임탄任誕」에 의하면, 왕휘지王徽之가 산음山陰에 살았는데, 밤에 크게 눈이 내리자 갑자기 친구인 대규戴逵가 보고 싶어졌다. 그래서 얼른 밤에 작은 배를 타고 대규의 집을 찾아가서 대문 앞에 이르자마자 되돌아왔다. 사람들이 그 이유를 물으니, "나는 본래 흥이 나서 찾아갔고, 흥이 다하여 되돌아왔을 뿐인데, 어찌 대규를 만날 필요가 있겠는가?"라고 하였다. 후에 '산음승흥山陰乘興'은 친구를 찾아가는 것을 의미한다.

허암의 시에 차운하다

봄날은 점점 가까워 오는데
산괴山鬼는 어리석은 나를 비웃는구나.[1]
몇 고을을 잘못 다스렸던가?
서너 말의 티끌을 인내로 삼켰다.[2]
꿈속의 혼은 먼 길에서 맴돌고
세월은 외로운 신하를 늙게 만든다.
하루살이 식량도 구할 수 없는데[3]
또다시 어느 누가 기꺼이 도와줄까?[4]

---

1 진인陳人 : 남에게 자신을 낮추는 겸사謙辭이다.

2 宋송나라 시인인 진여의陳與義의 〈송왕주사부발운사속관送王周士赴發運司屬官〉 시에 "차라리 서 말의 먼지를 먹을지언정, 남들에게 시인이 아니라는 소리를 듣지 않겠다.寧食三斗塵, 有手不揖無詩人"라는 표현을 용사用事한 것이다. 여기에서 '삼두진三斗塵'은 사람들이 먹기 어려운 음식물을 의미한다.

3 『장자莊子』「외물外物」편에, "장자는 집안이 가난하여 나루 감독관에게 양식을 빌리러 갔다."라고 하였다. 후에 '감하監河'라는 말은 '남에게 돈이나 물건을 꿔오는 사람'을 의미한다.『莊子』「外物」,"莊周家貧, 故往貸粟於監河侯." 后因以'監河'或'監河侯'泛指出貸錢物的人. 宋송나라 육유陸遊의 〈막소은배소답교태부莫笑銀杯小答喬太傅〉 시에 "언젠간 반드시 옷자락을 휘날리며 고향땅으로 돌아가야 하건만, 나루 감독관에게 곡식을 꿔달라고 대신 편지를 쓴다.會當拂衣歸故丘, 代書貸粟監河侯."라는 시를 용사한 것이다.

4 『삼국지三國志』「오지吳志」〈노숙전魯肅傳〉에, "주유周瑜가 거소居巢의 장이 되어 일부러 수백 사람을 이끌고 후소候肅라는 땅을 지나며 식량을 요구했다. 그러자 노숙魯肅의 집안에는 두 개의 쌀 창고가 있었는데, 각기 3,000곡이나 저장되어 있었다. 이에 노숙이 한 창고를 가리키며 주유에게 주었다."고 한다. 훗날 '지균指囷'을 가리켜 '아낌없이 도와주다.'라는 의미가 되었다.

사종嗣宗5은 통달한 선비가 아니거니

어찌하여 막 다른 길에서 통곡했던가?

세상에는 진실로 신기神驥가 남아 있건만

사람들은 모두들 그린 용만 좋아하는구나.

굶주린 까마귀는 새벽에 울고

날랜 송골매는 추풍에 날개를 접는다.

적막 속에서 태현경太玄經6이나 끄적거리며

장양부長楊賦7나 지어 받치던 늙은이라오.

원문   次盧蓭韻

| 靑春看漸近 | 山鬼笑陳人 | 誤鑄幾州錯 | 忍呑三斗塵 |
| 夢魂遠遠道 | 歲月老孤臣 | 未免監河貸 | 何人更指囷 |

| 嗣宗非達士 | 何用哭途窮 | 世固遺神驥 | 人多好畵龍 |
| 飢鳥鳴曉日 | 健鶻下秋風 | 寂寞草玄子 | 長楊獻賦翁 |

5 사종嗣宗 : 중국 삼국 시대 위魏나라의 사상가, 문학자, 시인인 완적(阮籍, 210~263)의
   자이다. 그는 죽림칠현의 한 사람으로, 술과 청담淸談으로 세월을 보냈다. 저서에『완사
   종집』,『달장론達莊論』등이 있다.

6 태현경太玄經 : 중국 한나라의 양웅이 지은 역서.『주역』에 비겨 우주 만물의 근원을 논
   하고,『주역』의 음양 이원론 대신에 시始, 중中, 종終의 삼원론으로 설명하였다.

7 장양부長楊賦 : 중국 전한前漢 말의 학자 겸 문인인 양웅(揚雄, BC53~AD18)이 지은 부賦
   로 성제成帝의 사치를 화려한 문장으로 풍자한 부이다.

영흥[1] 객관에서 밤에 앉자

청아한 밤 빈집에 홀로 앉아 있으니
가을 소리가 숲 사이에서 들린다.
달 밝은 수면 위에 산 그림자가 떨어지고
달이 뜨자 이슬이 한없이 반짝인다.
이름 모를 새들은 깊은 골짝에서 울고
물속의 고기들이 다른 여울을 지난다.
속세의 생각이 멈춰지는 순간
그윽한 흥취가 붓끝에 모인다.

원문   永興客館夜坐

清夜坐虛閣   秋聲在樹間   水明山影落   月上露華溥
怪鳥啼深壑   潛魚過別灣   此時塵慮靜   幽興集毫端

1 영흥永興 : 지금의 함경남도 영흥군 일원이다.

삼가 점필재 선생의 운에 화운함

북으로 돌아가는 길, 한식도 가까운데
억지로 화창한 봄 경치를 구경한다.
물가의 어린 싹들은 윤기가 흐르고
하늘에선 가랑비가 빗기 내린다.
맑은 날 창가에선 시 짓기가 좋아
막걸리 마시다가 차를 끓인다.
모루누어 서산에 지는 해를 바라보다가
부질없이 갈가마귀만 바라본다.

원문　奉和佔畢齊金先生韻

北歸寒食近	强半閱韶華	釰水稚苗剡	垂空細雨斜
晴窓宜覓句	薄酒當煎茶	側臥倒西日	畢逋看暮鴉

고양高陽[1] 가는 길

서산에 해가 기우니 말을 재촉하고
서풍에 짧은 옷자락이 펄럭인다.
가을 바람소리는 언덕 숲에서 들리고
누런 가을빛은 촌가에까지 이어져 있다.
내 신세는 가난과 질병뿐인데
사람들은 또 옳고 그름을 따진다.
맥없이 해오라기만 바라보지만
마음만은 고향땅 낚시터 고정되어 있다오.

원문 高陽途中

落日催征騎　　西風挽短衣　　秋聲連岸樹　　野色到郊扉
身外還貧病　　人間且是非　　茫然對鷗鷺　　憶着舊漁磯

---

1 고양高陽 : 지금의 경기도 고양시 일원이다.

울산

고을원님은 모름지기 훌륭한 관리라야 하며
병마사는 장군의 재주를 필요로 하다네.
바닷가라 소금에 부과하는 세금이 무겁고
남방의 물건과 바다에서 나는 보석을 요구하네.
아득히 임금 계신 서울 땅은 멀어
처량하게 나발소리만 슬프네.
이 시대의 설곡雪谷[1]선생으로 늙어가며
이처럼 복조부鵩鳥賦[2]만 읊으며 배회한다오.

원문 **蔚山**

| 邑守須良吏[3] | 元戎要將才 | 地征鹽課重 | 蠻貨海眸來 |
| 迢遞神州遠 | 凄涼畫角哀 | 當年雪谷老 | 鵩鵩此徘徊 |

---

1 설곡雪谷 : 고려 말기의 문신인 정포(鄭誧, 1309~1345)의 호이다. 정포는 본관은 청주清
州이고, 자는 중부仲孚이며, 호는 설곡雪谷이다. 충혜왕 때, 좌사간대부左司諫大夫가 되었
으나, 당시의 잘못된 정치를 바로잡고자 상소하였다가 도리어 파면 당하였으며, 이어
참소讒訴를 받아 울주蔚州 : 지금의 울산로 유배당하였다. 유배중에도 오히려 태연자약
하여 활달한 장부의 기질을 잊지 않고 풍류생활을 즐겼다.
2 복조부鵩鳥賦 : 중국 한漢 문제文帝 때에 가의賈誼가 장사왕 태부長沙王太傅로 폄척되어 나
가 있을 때, 그의 집에 복조鵩鳥가 날아 들어오자 복조를 상서롭지 못한 새라고 여겨 불
길한 생각에 상심하여 스스로 위로하고자 지은 부이다.
3 무진본에는 '須'가 '循'으로 표기되어 있다.

해인사 감물당 제영

나막신 신고 깊은 골짜기까지 찾아드니
명산이라는 평소의 소문이 딱 들어맞네.
계원鷄園[1]은 부처님의 자리가 되고
기러기 내린 자리에는 비둘기가 떼를 지었네.
향불이 처음으로 사그러 들고
승려들은 밤이 되어 잠자리를 찾아가네.
고승은 찻잔을 내면서
손님을 위로함이 자못 은근하네.

조용한 가운데 자주 맹렬한 성찰을 하는데
목탁소리는 허공에 울려 퍼지네.
일찍이 완란鵷鸞[2]의 순서를 묶다가
용상龍象[3]의 무리를 찾아왔네.
계수나무 향기는 하늘 끝까지 퍼지고
운영雲影은 평상 모서리에서 나누어지네.
도리어 벽돌을 다듬는 고통을 비웃으며[4]

---

1 계원鷄園 : 스님들이 거처하는 집을 의미한다.
2 완란鵷鸞 : 원추새와 난새는 의용儀容이 한아閒雅함에 비유한 것으로 조정의 반열을 의미
한다.
3 용상龍象 : 높은 덕과 큰 학식을 갖추어 뚜렷한 행적行蹟이 있는 스님을 사후에 일컫는
말이다.

다시 함께 마시며 은근히 떠받드네.

신라의 유선자儒仙子5 최치원은

명성이 온 천하에 알려졌다네.

어찌하여 구름과 함께 떠나서

즐거이 짐승들과 살았나?

커다란 글씨는 천년세월에도 웅장한데

육신은 몇으로 나뉘었나?

남긴 자취는 찾을 길 없어

슬피 바라보니 생각만 부질없이 바쁘네.

신라 땅으로 돌아와 벼슬을 버린 후

높은 발자취 아득히 소문이 없었네.

영원히 강남의 꿈을 접어두고

일찍이 서울의 고관대작과 함께 하지 못했네.

구름과 산은 오래도록 친하게 지내고

바람과 달은 평생의 연분이었네.

---

4   『경덕전등록景德傳燈錄』「혜능대사慧能大師」조에, 어떤 스님이 혜능을 찾아와 묻기를
    '대덕大德께서는 좌선은 왜 하십니까?'라고 하자, 혜능이 대답하기를 '부처가 되려고 한
    다.'라고 하고는 벽돌 하나를 주워서 암자 앞에 있는 바위에 갈았다. 한 스님이 묻기를
    '스승님 무엇을 만드십니까?'라고 하자, 대답하기를 '거울을 만든다.' 스님이 '벽돌을
    간다고 어찌 거울이 되겠습니까?'라고 반문하자, 선사께서 '좌선한다고 어찌 부처가 될
    수 있겠는가?'라고 대답하였다고 한다. 그래서 훗날 '마전磨甎'은 성공할 수 없는 일을
    비유하는 말이다.

5   유선자儒仙子 : 유가儒家와 도가道家를 겸비한 사람을 말한다.

바위 위에 시가 써져 있어

부질없이 혼자서 어루만진다.

원문 海印鑑物堂題詠 四首

蠟屐窮幽討	名山愜素聞	鷄園猊作座	鴈落鴿成群
寶篆香初歇	蒲團夜向分	高僧供茗椀	慰客頗殷勤
靜中頻猛省	鈴鐸半空聞	曾綴鴉鸞序6	來尋龍象群
桂香天外落	雲影林頭分	却笑磨甎苦	還同喫捧勤
羅代儒仙子	聲名四海聞	如何雲共往	甘與獸同群
鉅筆雄千古	殘膏丙幾分	遺蹤不可覓	悵望意徒勤
東還挂冠後	高踏杳無聞	永隔江南夢	曾空冀北群
雲山長媚嫵	風月自平分	石上題詩處	摩挲謾自勤

---

6 무진본에는 '鷺'로 되어 있다. 시의 의미상 무술본을 따라 '鸞'로 바로 잡았다.

귀법사 옛터

인간세상 세월은 빨라
상전벽해가 몇 번이나 되었나?
절은 무너져 들은 넓어지고
텅 빈 산에 석양만 걸려있다.
유생들이 기예를 견주는 땅
깃 달린 임금 수레가 피난 떠나간 곳.
지나간 일 이미 흔적조차 없으니
시냇가에 서성이며 마음만 아파한다.

원문   歸法寺古基

| 人間歲月速 | 碧海幾桑田 | 寺廢野燒遍 | 山空夕照懸 |
| 青衿較藝地 | 羽葆蒙塵年 | 往事已無跡1 | 傷心溪水邊 |

---

1   무진본에는 '往'자가 '住'자로 표기되어 있다.

화담花潭

비 끝이라 여울은 세차게 흐르는데
화담은 맑고도 깊구나.
잔잔한 수면은 스님의 눈같이 푸르고
물결은 청둥오리 머리처럼 파랗다.
바위 절벽에는 꽃잎이 흩날리고
산등성이에선 장끼가 운다.
애오라지 속세에 찌든 먼지는 씻을 수 있어
길게 읊조리며 화담을 굽어본다.

원문 花潭

| 雨後湍流急 | 花潭深更清 | 靜涵僧眼碧 | 細皺鴨頭青 |
| 石岸幽花落 | 山梁彩翟鳴 | 塵纓聯可濯 | 長嘯俯清冷1 |

---

1   무술본에는 '令'으로 되어 있으나, 의미상 무진본을 따라 '冷'으로 표기한다.

길을 가면서 여러 형들을 생각함

일 년여를 길에 나그네 신세 되어
만 리 길을 바람에 맡긴 떠돌이라오.
영榮과 욕辱은 모두 운명이며
슬픔과 기쁨도 모두 같지가 않네.
하늘은 나의 졸렬함을 용서하고
태양은 나의 충정을 알아주네.
말없이 부질없는 회포를 푸니
강산도 이 늙은이를 비웃네.

원문   途中憶諸兄

| 一年長作客 | 萬里任飄蓬 | 榮辱都由命 | 悲歡了不同 |
| 皇天容我拙 | 白日鑑余衷 | 憫黙空懷抱 | 江山笑此翁 |

동화사桐華寺[1]

아득하고 고요한 언덕길 따라가면

숲 속에 졸졸 소리 내어 흐르는 샘

숲 속 평지에 절집을 지었는데

법당은 예스럽고 불상도 오래 되었고

차茶꽃이 만발하여 눈이 내린 듯

석등에 불붙이자 하얀 연기가 오른다.

진세塵世를 오간 십여 년 꿈같은 세월

하루 밤 묵으니 다시 아득하구나.

개운산 깊은 골짜기 안

안개속의 한줄기 오솔길

숲이 우거져 산색山色은 푸른빛을 더하고

시내가 맑아 달빛은 더욱 빛난다.

담 너머엔 이슬 젖은 대나무가 서 있고

섬돌 둘레엔 서리 맞은 국화꽃이 피어 있다.

이곳은 숨어 살만한 곳

서쪽 산속의 집이 몹시도 좋아라.

1 동화사桐華寺 : 낙안군(전라남도 순천시 낙안면 · 외서면과 보성군 벌교읍 일대에 1908
년까지 있었던 옛 고을) 개운산에 있다.

桐華寺 *在樂安郡開雲山

窈窕緣崖路	林間吼濕泉	地平開紺宇	殿古老金仙
茗椀花飜雪	龕燈燄吐烟	塵埃十年夢	一宿便攸然

開雲深洞府	一逕入烟蘿	樹密補山色	溪明添月華
出墻垂露竹	繞砌傲霜花	是處堪棲遯	絶憐西崦家

군청에서 우연히 쓰다

빠르게 흐르는 세월 하루도 저물어
끝없이 부는 바람에 날이 차구나.
황당黃堂에는 꽃화분을 두고
검은 안석에 기대어 차를 마신다.
버들의 눈은 봄인데도 아직 옅고
매화가지에는 눈이 아직 마르지 않았다.
내일 아침이면 관양주官釀酒1가 익으리니
손님이 와도 환대할 수 있겠구나.

원문 郡齊偶書

忽忽歲華晩　　脩脩風日寒　　黃堂閣花華　　烏几嚌龍團
柳眼春猶淺　　梅梢雪未乾　　明朝官釀熟　　客至足爲歡

1　관양주官釀酒 : 관청에서 공용으로 빚은 술을 말한다.

의주 가는 길에 형제를 생각하며

두 형님은 모두 영남 땅에 계시고
한 아우는 한양 땅에 있다.
만남과 헤어짐이 꿈만 같은데
다시 우리 만남은 어느 때려나?
재회의 기쁨을 길이 점지하고자
부질없이 〈척령장鶺鴒章〉[1]만 읊조린다.
가도 가도 고향 땅은 멀기만 해
머리를 돌려도 이렇게 슬프기만 하구나.

원문 義州途中憶昆季

| 兩兄俱嶺外 | 一弟在京師 | 聚散渾如夢 | 團圓復幾時 |
| 長占烏鵲喜 | 空咏鶺鴒詩 | 去去關山遠 | 回頭祇自悲 |

---

1 척령장鶺鴒章 : 『시경詩經』「소아小雅」〈상체常棣〉에, "할미새가 언덕에 있으니, 형제가 급한 일 있는가?鶺鴒在原, 兄弟急難"이라고 하여, 형제간의 우애를 읊은 것이다.

통주[1]

통주通州는 천하의 명승지
누대가 구름 위로 솟아있다.
시장에는 금릉金陵[2]의 물건들이 쌓여있고
강물은 양자강의 조수潮水와 통한다.
싸늘한 구름은 가을 물속에 떨어지고
한 마리 학이 저물녘에 요동으로 돌아간다.
말에 몸을 싣고 천리 길을 내달았으니
올라와 굽어보니 고국 땅은 아득하구나.

通州 *在中原

通州天下勝　　樓觀出雲霽　　市積金陵貨　　江通楊子潮
寒雲秋落渚　　獨鶴暮歸遼　　鞍馬身千里　　登臨故國遙

1 통주通州 : 지금의 중국 중원에 있다.
2 금릉金陵 : 지금의 중국 남쪽지역인 남경의 옛 명칭이다.

매
제
집
❀
60

신덕우辛德優[1]에게 주다

바닷가 정자에 가을밤도 짧은데
한 번 이별에 다시 무슨 말을 하리.
괴우怪雨[2]는 바다 저 멀리까지 내리고
뭉게구름은 귀문鬼門[3]에 걸려있다.
야위고 머리가 센 모습이 구리거울에 비치고
흐르는 눈물로 온산이 흐리게 보이지만
다시 이소경離騷經[4]을 보면서
그대와 자세히 논하고 싶다오.

원문 贈辛德優

海亭秋夜短　　一別復何言　　怪雨連鯨窟　　頑雲接鬼門
青銅衰鬢色　　危涕滿山痕　　更把離騷語　　憑君欲細論

1　신덕우辛德優 : 신영희辛永禧의 자이다. 신영희는 성균관 생원 때, 승려의 도첩度牒을 허여하는 왕의 교지가 내리자 성균관 유생들과 함께 이에 반대하는 상소문을 제진製進하였다. 그 뒤 사림으로 자처하며 여러 곳을 전전하다가, 김굉필로부터 시국이 어지럽게 될 것이라는 암시를 받고 직산稷山에 은둔하여 학문에 정진, 그곳에서 일생을 마쳤다. 저술로 약간의 시문이 『안정실기安亭實紀』에 실려 있다.

2　괴우怪雨 : 괴상한 비로 회오리바람과 같은 이동성 저기압이 호수, 늪, 바다 등지에 나타날 때 공중으로 휩쓸려 올라간 흙이나 벌레, 물고기 등이 다른 지역에서 섞여 내리는 비를 이른다.

3　귀문鬼門 : 음양설에서 여러 귀신이 출입하는 하는 문을 말한다.

4　이소경離騷經 : 초楚나라 굴원屈原이 지은 부賦로, 굴원이 반대파의 참소讒訴를 받아 조정에서 쫓겨나 임금을 만날 기회를 잃은 시름을 읊은 부를 높여 부른 명칭이다.

정혜사[1]에서 자며

계족산 속의 정혜사
절집은 병란 뒤에도 남아 있네.
백목련은 담을 따라 피어 있고
대웅전 감싼 나무들이 높이 서 있다.
고요한 밤이라 신령스런 소리가 나고
바람이 맑아 목어소리가 은은하게 울린다.
속세의 인연에 근심이 멈추지 않았으니
이곳에 이른 내 마음은 어떠할까?

혜조慧照[2]스님이 처음 개창한 곳
명찰이라는 소문이 딱 들어맞네.
댓통을 이어 석간수를 끌어들이고
불을 붙여 화로에 향을 사른다.
아직도 상자 속에 시주한 땅문서가 남아 있고
여전히 함 속에는 조탑문造塔文이 들어있다.
모금하여 일찍이 죄다 갖고 떠났으니
정성껏 제祭를 올리는 것을 생각지 않는다.

---

1 정혜사定慧寺 : 전남 순천시 서면西面 청소리淸所里에 있는 절이다.
2 혜조(慧照, 생몰년 미상) : 고려 예종 때의 승려. 칙명을 받고 서방에 가서 요본遼本 대장
   경 3부를 가지고 귀국하여 정혜사定惠寺, 해인사海印寺, 허 참정許參政의 집에 1부씩 보관
   하였다고 한다.

원문 宿定慧寺 *在順天

鷄足山中寺　　祇林劫火餘　　履墻花區匝　　繞殿樹扶疏
夜靜生靈籟　　風淸響木魚　　塵機愁未息　　到此意何如

慧照初開地　　名藍愜所聞　　連筒引石澗　　添火爇爐薰
尙麓施田券　　猶函造塔文　　撲金曾攫去　　不念薦誠勤

다시 장의사에서 놀면서 지은 시를 기록하여
우의정인 허침許琛에게 주다

우연히 책 상자를 뒤지다가 이 시초詩草를 얻었다. 임자년(1492년, 성종 23년) 3월 17일 기지耆之·숙강叔强·차소次韶·헌지獻之·극기克己와 장의사에 놀러가서 지은 것이다. 이때에 기지는 동추同樞[1]였으며, 숙강은 소사도小司徒,[2] 차소는 소사마小司馬,[3] 헌지는 좌승지左承旨,[4] 극기는 부교리副校理[5]여서 휴가를 얻어 놀러갔다. 가행可行은 눈병으로 참석하지 못했다.

물가 누각에서 조금 마시다가 시냇가로 자리를 옮겨 발을 씻으며, 두 다리를 내놓고 반석에 걸터앉아서 손사래를 치며 담소했다. 조지서造紙署[6] 별좌別坐[7]인 박수경과 이이李崲가 함께 작은 술자리를 마련해 주어서 날이 저물어서야 돌아왔다.

그 전 병신년(1476년, 성종 7년)에 왕명으로 이 절에서 독서를 하여 무술년(1478년, 성종 9년) 3월에 끝났었다. 임자년까지 15년이 지나는

---

1 동추同樞 : 동지중추부사同知中樞府事를 달리 부르는 말이다. 조선시대 중추부의 종2품 관직으로 일정한 직무가 없는 당상관堂上官들을 우대하기 위해 설치된 벼슬이다.
2 소사도小司徒 : 호조참판戶曹參判의 별칭이다.
3 소사마小司馬 : 병조참판兵曹參判의 별칭이다.
4 좌승지左承旨 : 조선 시대에, 중추원이나 승정원에 속하여 왕명의 출납을 맡아 하던 정3품 벼슬이다.
5 부교리副校理 : 조선시대 홍문관弘文館의 종5품 관직으로 주로 경서經書와 사적史籍을 제찬·검토하였으며, 춘추관기주관春秋館記注官·지제교 등을 겸하기도 하였다.
6 조지서造紙署 : 조선시대 종이 만드는 일을 관리 담당하던 관청이다.
7 별좌別坐 : 조선 시대에, 각 관아에 둔 정·종 5품 벼슬이다.

동안 우리 여섯 사람은 모두 아무런 탈이 없고 지위도 현달하여 영화가
지극하였다. 직무를 수행하는 여가에 옛날 놀던 곳을 찾아 실력을 서로 견
주어보고 함께 노래 부르니, 그 얼마나 즐거운 일이 아니겠는가?

임자년(1492년, 성종 23년)에서 지금에 이르기까지 겨우 10년이 지났
는데, 차소와 극기는 이미 세상을 떠났고, 나와 가행은 바닷가로 쫓겨났
다. 지난 일을 생각하니 멍하니 꿈만 같아 세상일이란 영원하기가 어렵고,
슬픔과 기쁨이 쉽게 변하니, 개탄할 만하다. 다시 전에 지은 시에 차운하
여 감상의 회포를 붙인다.

신유년(1501년, 연산군 7년) 3월 1일, 승평의 첨복사에서 쓰다.

〈앞의 운〉

광산匡山은 내가 독서하던 곳

다시 오니 옛 생각이 아득하구나.

꽃향기가 절간을 향기롭게 하고

차 연기가 석대石臺에서 모락모락 피어오른다.

물고기는 푸른 물속에서 뛰어 오르고

새는 짙푸른 이끼 위에 내려앉는다.

삶이란 삼생三生8의 꿈과 같아

머뭇거리며 해 저물어도 돌아가지 않는다.

8 삼생三生 : 과거, 현재, 미래의 세상이라는 뜻에서, 전생前生과 현생現生과 후생後生의 총
   칭이다.

〈다시 차운함〉

십년 전에 환담하며 놀던 곳

머리 돌리니 생각은 아득하구나.

부지런히 난성蘭省9에 올랐는데

아득히 먼 야대夜臺10로 떨어졌구나.

감실龕室의 등불은 석등을 밝게 비추고

산비는 섬돌의 이끼를 적신다.

옛일들이 뚜렷이 기억이 나나

오직 꿈결에서만 자주 돌아본다.

원문 **錄重遊藏義寺詩寄許右相獻之(琛)**

偶閱書篋, 得此詩草, 乃壬子三月十七日, 同耆之·叔强·次韶·獻之·克己, 遊藏
義寺所作也. 是時, 耆之同樞叔强小司徒, 次韶小司馬, 獻之左承旨, 克己副校
理. 因休出遊. 可行(楊熙止作祉)以眼疾不從. 坐水閣小飮, 移坐溪上, 濯足露
雙脚, 據盤石, 抵掌劇談. 造紙署別坐朴(或云林)守經·李峴, 供具設小酌, 及暮
而還. 初丙申, 承命讀書本寺, 至戊戌三月而罷. 及今壬子, 十五年, 吾六人者俱
無恙, 位通顯, 榮華至矣. 供職之暇, 尋討舊遊, 珪璧相映, 塤篪相和, 其爲樂何
如也. 自壬子抵今僅十稔, 而次韶·克己, 俱已下世, 余與可行, 流落海隅. 追念
往日, 怳然如夢. 世事之難常, 悲歡之易變, 可勝慨耶. 復次前韻, 以寓感傷之懷
云. 辛酉三月初吉, 書于昇平之簷葍寺.

〈前韻〉

| 匡山讀書處 | 重到意悠哉 | 花氣薰金地 | 茶烟颺石臺 |
| 魚躍戲碧澗 | 鳥下印蒼苔 | 彷佛三生夢 | 夷猶晚未回 |

---

9 난성蘭省 : 일반 행정을 집행하던 의정부 산하의 중앙 관청이다.

10 야대夜臺 : 무덤을 달리 표현하는 말이다.

<追次>

| 十年歡笑地 | 回首意悠哉 | 袞袞登蘭省 | 冥冥隔夜臺 |
| 龕燈明石瓮 | 山雨濕階苔 | 歷歷追前事 | 惟應夢屢回 |

오언고시
五言古詩

김선원(맹성)¹ 및 숙도²와 함께 직지사에 가서 함께 읊다

고향 땅에도 가을이 저무는데

절간을 객들과 함께 찾았다. (태허)

읊조림 속에 맑은 냇물은 콸콸 흐르고

바라보니 산안개는 더욱 짙어만 간다. (선원)

해가 비취자 새와 물고기 그림자가 어지럽고

바람결에 꼴 베는 목동들의 노랫소리가 들려온다. (숙도)

안개 짙어지자 마을은 쉬이 어두워지고

잎 떨어진 나무들은 그늘도 없다. (태허)

동서쪽 고개 마루는 풀들도 시들었건만

높고 낮은 위아래로 숲이 무성하다. (선원)

서리 무서워 늦은 수확을 재촉하고

세상살이는 홑옷을 압박한다. (숙도)

개울 건너에선 개짓는 소리가 들리고

마을마다 다듬질 소리가 요란하다. (선원)

절름발이 나귀타고 푸른 숲을 지나고

단장을 짚고 산꼭대기에 오른다. (태허)

---

1 김맹성(金孟性, 1437~1487) : 조선 전기의 문신. 본관은 해평海平이고, 자는 선원善源, 호는 지지당止止堂이다. 김종직의 문하에서 수학하여 이조정랑·수찬 등을 지낸 뒤 사직하였다. 임사홍任士洪, 현석규玄錫圭를 탄핵한 죄로 고령에 유배되었다가 풀려나서 향리에 정사精舍를 지어 후진을 가르쳤다. 저서로 『지지당시집』이 있다.

2 숙도叔度 : 조신曹伸의 자인 숙분叔奮이외의 다른 자字이다.

저녁노을에 구름이 떠가는 것을 감탄하며

나그네는 속세의 생각을 떨쳤다. (숙도)

종소리가 들리니 절간은 가까이 있고

외상술은 있는데, 한스럽게도 거문고가 없구나. (태허)

굽어보니 시냇가엔 높다란 망루가 서 있어

사람을 맞아들인 늙은 스님은 좋아한다. (선원)

맑은 놀이가 이를 더럽히지 않으니

이곳의 즐거움은 그만두기가 어렵구나. (숙도)

달밤에 스님들의 염불소리 들리고

솔바람에 학울음 소리가 실려 온다. (태허)

주고받는 고상한 얘기소리는 눈가루가 날리는 듯

좋은 시구는 금가루를 뿌린 듯 (선원)

대웅전의 붉은 편액은 반짝이고

금향로엔 푸른 연기가 피어오른다. (태허)

산천은 예나 지금이나 변함없는데

인연 따라 얽기여 지금에야 이르렀다. (숙도)

의지하며 함께 세속 먼지를 털어 내고

큰 소리로 떠들며 속마음을 이야기한다. (선원)

오밤중을 알리는 종소리도 이미 지나

촛불 들고 있는 노복도 견디기 어렵구나. (숙도)

갈증을 풀기 위해 배를 꺼내 한입 물고

두견주를 마시니 근심은 사라진다. (선원)

마땅히 알리라. 정이란 끈끈하게 이어진다는 것을

또한 한탄하노라. 세월이 빠르게 흘러감을(숙도)

산수는 즐길 만하지만

벼슬살이는 흠모할 게 못된다.(선원)

다른 땐 나누어주길 좋아했으나

다시 또 마음먹고 오른다.(숙도)

원문 與金善源(孟性)·叔度往直指寺 聯句

故國秋將盡	招提共客尋(太虛)	清川吟裏咽	香霧望中深(善源)
日亂禽魚影	風傳樵牧音(叔度)	烟濃村易暝	葉脫樹無陰(太虛)
癯瘦東西嶺	高低上下林(善源)	霜威催晚稼	世事迫單襟(叔度)
隔水聞寒犬	連村響石砧(善源)	寒驢穿翠密	短策上嶔岑(太虛)
境訝雲霞雜	客無塵累侵(叔度)	鳴鍾知近寺	賖酒恨無琴(太虛)
俯澗高臺闢	迎人老衲欽(善源)	清遊茲不忝	福地興難禁(叔度)
夜月聞僧偈	松風聽鶴吟(太虛)	高談霏似屑	佳句擲如金(善源)
寶殿輝丹牓	金爐起綠沉(太虛)	山川元自古	結搆到如今(叔度)
遁許同揮塵	陳雷共話心(善源)	報更鈴已轉	執燭僕難任(叔度)
渴解張梨嚼	愁消杜酒斟(善源)	當知情款款	宜恨歲駸駸(叔度)
山水堪行樂	簪纓不足歆(善源)	他時好分付	作意更登臨(叔度)

비 개인 통군정에서 함께 읊다

장맛비가 저 멀리 변방에서 걷히더니
바람결에 날씨가 금세 맑아진다.
한줄기 강물은 아득히 흐르고
수많은 골짜기에선 물살이 세차게 흐른다. (태허)
절벽에 부딪치면 천둥소리가 나고
바람에 스칠 때면 항아리 안에서 소리가 나는 듯
성난 기세로 높은 언덕을 타고 넘으며
맑은 곳은 새 술을 빚는 곳이라오. (문)
오르락내리락 하는 것은 해오라기 그림자
나타났다 사라졌다 하는 것은 물고기들의 모습
흙탕물을 받아들이고 버리지 않으니
죄다 받아들여도 끝이 없다오. (순부)
아득히 쏟아내려는 듯
물결소리는 더욱 더 장엄하구나. (태허)
수많은 북을 두드려대고
급하게 수 만대의 수레가 내달리는 듯
채찍을 휘둘러도 어찌 막을 수 있으며
잔을 가지고서 쉽게 헤아릴 수 없다네. (문)
음습한 기운이 쌓여 요얼妖孽1이 되나

---

1 요얼妖孽 : 요사妖邪스러운 귀신, 또는 그 귀신이 끼치는 재앙을 뜻한다.

상쾌한 기운이 풍토병을 씻어낸다. (순부)

숲을 삼킬 듯 아득히 끝이 없고

언덕을 뒤덮어 갈 곳을 모르겠구나. (태허)

노를 높이 들어 젓기도 힘들고

하늘과 땅은 물결 위에 떠 있다. (문)

저 멀리 섬들은 작게 자라 등처럼 보이고

파도는 잔잔하여 솜을 펼쳐 놓은 듯

황홀하게 물안개가 피어오르는데

하백河伯의 광기에 강물은 세차게 물결치며

붕새의 날갯짓에 태풍으로 몰려오고

이를 가는 고래가 물살을 토하네. (순부)

자라와 악어는 굴에서 나오고

악어는 꾸벅꾸벅 정신없이 조네.

상양商羊2의 춤이 처음으로 그치자

풍이馮夷3의 기운이 바야흐로 극성하네. (태허)

도도하게 천리를 달려와서는

겨우 한 번에 들여 마시네. (문)

땅 속으로 파고 들어가

빤짝빤짝 빛나는 은하수와 통하네.

---

2 상양商羊 : 중국의 전설상에 등장하는 다리가 하나인 새로, 큰비가 내리기 전에 항상 한
   쪽 다리를 일으켜 춤을 추었다고 한다.

3 풍이馮夷 : 『산해경山海經』「해내북경海內北經」에, 중국의 전설상에 등장하는 하신河神으
   로 사람의 얼굴을 하고 두 마리의 용을 타고 다닌다고 한다.

아득히 우주와 하나 되고

은은하게 무지개로 펼쳐지네.

하얀 이슬은 흩어져 보슬비로 내리고

청산은 묘하게 병풍이 되네.(순부)

주악奏樂소리는 아직도 들리는데

배를 띄우니 생각은 고상해졌네.(문)

눈을 비비자 더욱 밝아지고

종양을 터트리자 마음은 더욱 유쾌해지네.(순부)

솜털 구름은 하늘에 비질한 듯 깔려있고

저녁노을에 수많은 산들을 머금었네.

일람一覽하느라 두 눈은 실눈이 되어

밤하늘을 올려다본다.(태허)

즐겁도다. 우리들의 놀이여

뒷날에 다시 찾아올 것을 기약하네.(순부)

원문   雨後登統軍亭聯句

積雨收遠塞　風日忽清亮　一水來浩渺　萬壑極奔湃(太虛)
觸壁轟雷霆　遇風喧甕盎　怒勢駕高陵　澄處發新釀(文)
浮沈鷗鷺影　出沒魚龍狀　納污不相捨　涵虛無盡藏(淳夫)
汪洋憤欲淺　澎湃聲愈壯(太虛)　亂打鼓百面　急越車萬兩(淳夫)
投鞭詎能斷　持盃未易量(文)　陰機畜妖孼　爽氣洗炎瘴(淳夫)
吞林渺無涯　掩陸迷所向(太虛)　舟楫困掀舞　乾坤浮湯瀁(文)
島嶼縮如鰲　派流鋪似繡　怳惚天吳騰　腥䶞河伯旺
擧翮鵬送颷　磨牙鯨吐浪(淳夫)　黿鼉移窟穴　鮫鰐昧俯仰
商羊舞初已　馮夷氣方冗(太虛)　滔滔赴千里　忽忽繞一餉(文)

潛入土囊底　　　潤通星漢上　　　茫茫宇宙合　　　隱隱虹蜿放
白霧散成霏　　　青山巧作障(淳夫)　奏樂聲猶在　　　垂槎意可尙(文)
刮膜增眼明　　　決癃愜志暢(淳夫)　纖雲掃寥廓　　　落日銜千嶂
逮覽恣眈眛　　　冥搜傔空曠(太虛)　樂哉吾輩遊　　　他年期再訪(淳夫)

시를 지어 쌍청당 송유[1]에게 주다

하늘과 땅은 높고 낮음이 있고

만물은 저절로 만들어졌다네.

어떤 물건이 본디부터 맑디맑아

내 마음을 비추어 함께 맑아지게 하네.

높다란 나뭇가지 끝에서 솟아나와

희디 흰 모습으로 어둠속에서 떠오르네.

뜬구름은 하늘을 가리고

흰 광채는 마당 가운데로 흐르네.

뜨거운 열기는 창밖으로 흩어지고

물 떨어지는 소리가 가을 바람소리로 들리네.

이것은 무진장하여

이곳에 가면 마음이 흡족해지네.

점잖은 주렴계[2]에게서

이러한 광풍제월의 이름을 얻었네.

당시의 소강절[3]은

---

1 송유(宋愉, 1389~1446) : 조선 전기의 문신. 자는 이숙怡叔이고, 호는 쌍청당雙淸堂이다. 아버지를 일찍 여의고, 어머니인 열녀烈女 고흥 류씨高興柳氏 손에서 자랐지만 천성이 강직하고 효성이 지극하였다고 한다. 쌍청당은 박팽년朴彭年이 지어준 당호이다.

2 주돈이(周敦頤, 1017~1073) : 중국 북송의 유학자. 자는 무숙茂叔이고, 호는 염계濂溪이다. 당대唐代의 경전 주석의 경향에서 벗어나 불교와 도교의 이치를 응용한 유교 철학을 창시하였다. 저서에 『태극도설』, 『통서』 등이 있다.

홀로 뜻을 아는 이가 적음을 탄식하였네.

쓸쓸히 죽은 후에

상음賞音을 누가 다시 잇겠는가?

충청도 은진 땅의 명문집안

드높게 사람들 속에 들어 난 인물이네.

봉선奉先4을 위해 정성으로 제사를 지내는데

이슬 서리 내려 회포는 더하네.

사당을 지어 그 속에서 제계하며

향 사르고 혼자서 깨끗이 쓸어내네.

마음을 안정시키니 만 가지 생각들이 사라지고

속세의 일이 어찌 어지럽힐 수 있겠는가?

이 때문에 쌍청雙淸이라 이름하였고

묘한 곳을 진실로 홀로 찾네.

묻거니 가슴속에는 무엇이 있겠는가?

풍월은 저절로 요료了了하구나.

올려보고 굽어보며 오묘한 이치를 터득했으니

지극한 즐거움이 어찌 끝이 있겠는가?

한 치 마음속에

끝없이 넓은 만상萬象을 담았네.

---

3 소강절(邵康節, 1011~1077) : 중국 송宋나라 때의 유학자. 이름은 옹雍, 자는 요부堯夫이
   고, 시호는 강절이다. 이정지李挺之에게 도가의 도서선천상수圖書先天象數의 학을 배워 신
   비적인 수리 학설學說을 세웠으며, 저서著書로 『황극경세서皇極經世書』, 『격양집擊壤集』등
   이 있다.
4 봉선奉先 : 선조의 덕업德業을 받들어 선양하는 것을 말한다.

조상의 아름다운 일을 세습하여

당堂을 짓는데도 소략하게 하였네.

대대로 충忠과 효孝를 돈독히 하고

찬란하게 문재文才가 성하게 떨쳐지네.

남은 경사가 어찌 끝이 있겠는가?

전곡戩穀5을 영원히 보존할 것을 기약하네.

題寄雙淸堂宋(愉)

天地有高下	品彙自流形	何物本澄澈6	參我心俱淸
脩脩生樹梢	皎皎昇靑冥	浮雲掩玉宇	晧彩流中庭
炎塵散戶牖	漸瀝聞秋聲	是爲無盡藏	適此恰性靈
珍重無極翁	得此光霽名	當時安樂老	獨歎知意少
寥寥百歲後	賞音誰復紹	市津詩禮家	矯矯人中表
奉先虔孝祀	霜露增懷抱	架堂齋其中	焚香獨淨掃
凝心汰萬慮	塵事那能擾	爲此雙淸名7	妙處眞獨討
胸中問何有	風月自了了	俯仰得妙契	至樂何穹吳
由來方寸地	萬象涵浩浩	箕裘世襲徽	堂構宜草草
世敦忠與孝	炳蔚振文藻	餘慶詎有涯	戩穀期永保

5 전곡戩穀 : 복록福祿을 말한다. 『시경詩經』 「소아小雅」〈천보天保〉에, "하늘이 뒤에서 받
    쳐주니, 임에게 큰 복이 있도다.天保定爾, 俾爾戩穀"라고 하였다.

6 무진본에는 '澈'이 '澄'로 표기되어 있다.

7 무진본에는 '爲'이 '扁'로 표기되어 있다.

용인 양벽정

적현赤縣1은 모여드는 땅이라

벼슬아치들이 벌집처럼 모여 사네.

주인은 옛 순리循吏2라

한 해가 가도록 세금도 징수하지 않았다네.

정치 잘한다는 소문, 날로 널리 퍼져서

기뻐서 부르는 오고가五袴歌3가 들리고

잘 생긴 용모와 신통한 꾀를

화정華亭에서 감탄하는 소리가 들리네.

몇 이랑의 땅을 개간하여

갈대와 연꽃을 심고

맑은 물을 끌어들여

산언덕을 감싸 흐르게 하였네.

물소리는 폐옥佩玉이 짤랑거리는 소리인 듯

맑기는 청동거울을 닦아 놓은 듯

1　적현赤縣 : 고려시대 경기京畿의 모체인 적기현赤畿縣. 고려 성종 14년(995년) 전국을 10
　도道) 12주州) 절도사체제의 지방제도를 실시함과 동시에 당나라의 경조부京兆府를 모방
　하여 개주開州를 개성부로 개편하여 부윤을 두고 그 관하에 적현 6개와 기현畿縣 7개를
　두어 다스리게 하였다.

2　순리循吏 : 법을 잘 지키며 열심히 근무하는 관리이다.

3　오고가五袴歌 : 후한後漢의 염범廉范이 촉군蜀郡에 부임했을 때, 밤에 불 켜기를 금지하였
　던 것을 해제한 뒤 백성들에게 길쌈을 하게 하였다. 백성들이 칭송하기를 "전에는 중의
　도 없었더니 지금은 바지가 다섯 벌이로다."라고 하며, 태수를 칭송한 노래이다.

물고기는 향기로운 먹이에 모여들고

살랑살랑 푸른 물결 위를 뛰어 오르네.

너울대는 녹음은 맑고

노거수는 가지가 엉켜 있네.

소낙비에 흙물이 튀어 오르고

우르릉 우르릉 우뢰를 몰고 오네.

하늘을 가로질러 번갯불이 번뜩이고

수면 위엔 어지럽게 소용돌이가 이네.

맑은 바람에 집안은 깨끗이 씻기고

어두움은 저녁 까마귀 따라 찾아오네.

깊이 읊조리며 한 번에 씻어버리고

술은 깊어가는 밤기운을 막아주네.

이러한 한가로움을 사랑하여

삼성參星이 기울 때까지 앉아있네.[4]

시를 지어 승경을 기록하고자 하나

묘구妙句는 음·하陰何[5]에 부끄럽구나.

원문   龍仁漾碧亭

赤縣走集地	冠盖如蜂衙	主人古循吏	終歲無徵科
政聲日以遠	欣聞五袴歌	意匠與神謀	華亭生咄嗟

---

4 삼성參星이 기운다는 것은 새벽이 온다는 의미이므로 앉아서 밤을 세는 것을 의미한다.

5 음·하陰何 : 중국 위진 남북조시대의 진晉나라 시인 음갱陰鏗과 양梁나라 시인 하손何遜을 가리킨다.

鑿開數畝地　種之蒲與荷　溪流引清派　繚繞來山阿
淙淙環珮響　澹澹銅鏡磨　纖鱗簇芳餌　漸漸跳清波
婆娑綠陰淨　老樹交枝柯　急雨破塊圮　隱隱驅雷車
橫空萬銀竹　水面生亂渦　清風洗庭宇　暝色隨暮鴉
沈吟付一抉　酒闌夜氣多　我愛此閒適　坐到參橫斜
題詩欲記勝　妙句愧陰何

경천사

말을 몰아 서쪽 성 밖으로 나가니
들에 있는 절은 동풍 앞에 펼쳐 있다.
버들가지는 말갈기처럼 휘날리고
원추리 풀은 평평한 들에 쭉 깔려 있다.
골짜기는 깊숙하고도 길며
절집은 반쯤 기울어져 퇴락했다.
어찌하여 불에 태워지는 재앙을 만나고
불의 신이 뜨거운 연기를 토해냈나
법당은 언덕으로 변하고
한 칸 방만 홀로 남아 있으며
텅 빈 마당에 서있는 보탑寶塔은
백 길 높이 푸른 하늘에 닿을 듯
옥 그림자는 새벽달 아래 일렁이고
풍경소리는 교외 밖으로 흩어진다.
정미精微함을 자세히 궁구하여 보니
어지럽게 수만 영령들이 꽉 들어 차 있다.
중이 말하기를 "지정至正 년간1에
기황후奇皇后2가 경영한 곳"이라고 한다.

---

1 지정至正 년간 : 중국 원元나라 순제順帝가 재위 기간 동안(1341~1367) 사용한 연호年號
   이다.

위복威福을 전단專斷하며 교만 방자하여

피폐한 백성들을 어찌 구휼하였으리.

몇 해 동안 바다 건너 옮겨왔을까?

수많은 남정네들 어깨가 붉게 피멍이 들었으리.

이 절을 지은 뜻은 진실로 고통이었건만

멀리 산과 더불어 우뚝하구나.

부용꽃 수놓은 깃발들은

오색五色은 청홍색으로 어릿하고

보배로운 구슬로 더욱 치장을 하니

광채는 발 사이로 밝게 드리운다.

모두 말하기를 "내탕금에서 나온 것"이라고

시주하여 부처님의 힘을 빌리고자 함이었나?

마침내 복전福田이 무슨 의지가 되었나?

온 집안이 재앙을 당했네.

무너진 벽에는 화상畵像이 있는데

가사와 곤룡포가 그려져 있다.

사람들이 전하기를 '탈태사脫太師3는

---

2 기황후(奇皇后, ?~?) : 중국 원나라 순제의 황후. 고려인 기자오奇子敖의 딸로, 고려 출신 환관 고용보高龍普의 추천으로 궁녀가 되어, 황자 아이유시리다라愛猶識理達臘를 낳고, 제2황후로 책봉되었으며, 그 후 30년 동안 권세를 부렸다. 고려에도 큰 영향을 미쳐서 오빠인 기철 일파가 탐학과 횡포를 일삼는 데에 결정적인 힘이 되었다.

3 탈태사脫太師 : 중국 원元나라 성종成宗 때의 명신인 탈탈脫脫을 가리킨다. 탈탈은 어릴 때부터 원나라 세조世祖에게 양육되었는데, 엄격한 가르침을 받아 지혜와 무략이 뛰어난 인물이 되었다. 후에 여러 전쟁에 참여하여 많은 공을 세웠으며, 절강행성浙江行省의 외직에 나가 다스릴 때, 공사公私의 구분을 잘하여 다스려서 백성들로부터 신망이 두터

엄연히 관검冠劍4의 우두머리였다.'고 한다.
당시의 고통을 겨우 말할 수 있지만
백세에 아름다운 이름 전하리.
옛 일을 조문하자니 생각은 끝이 없고
바람 앞에 서니 더욱 강개해진다.
세상일은 이렇게 변하는데
강산만 홀로 울창하고
시를 지어 경승을 기록하자니
산과 강에서 미풍이 불어온다.

원문 敬天寺

聯鞍出西郭	野寺東風前	遊絲颭馬鬃	麓景熙平田
洞壑窅而邃	佛屋半敧顯	胡爲遭劫火	回祿嘘炎烟
金碧化丘原	一室巍獨存	寶塔立空庭	百仞磨青冥
玉影動曉月	鈴音散郊坰	刻削究精微	紛羅森萬靈
僧言至正間	奇后所經營	驕橫弄威福	豈恤疲吾氓
幾年渡海來	萬夫肩赤頳	構此意良苦	迥與山崢嶸
錯落繡芙蓉	五色眩青紅	副以寶珠顆	光彩明簾櫳
皆云內部藏	舍施要空王	福田竟何賴	闔門嬰禍殃
破壁有畵像	緇塵棲哀裳	人傳脫太師	儼然冠劍長
當時困纏舌	百世名流芳	弔古意何限	臨風增慨慷
世事如許變	江山獨老蒼	題詩記勝迹	山水送微涼

왔다고 한다.

4 관검冠劍 : 관冠은 문관文官을 의미하고, 검劍은 무관武官을 뜻하므로, 관검冠劍은 문무관
  文武官을 말한다.

왕형공王荊公[1]의 운韻으로 눈을 읊다.

하늘 가득히 옥가루가 날고

땅에는 흥건히 은물결이 솟누나.

하늘 꽃을 교묘히 마름질하였으니

눈은 참으로 신기하구나.

빛이 싸늘하니 바라보기가 눈부시고

추위가 맹렬하여 겹옷을 뚫는다.

영롱함이 가지마다 매달리고

산더미를 이루어 언덕에 쌓인다.

나무꾼의 나뭇짐은 젖어들고

어옹漁翁의 갈삿갓은 무거워진다.

한 색깔로 달과 함께 희고

일만 구멍에서 솟는 바람에 휘몰아친다.

원안袁安의 집은 문마다 꽉 닫혀있고[2]

동곽東郭의 발자국은 깊이 묻힌다.[3]

1 왕안석(王安石, 1021~1086) : 중국 북송北宋의 정치가, 학자. 자는 개보介甫이고, 호는 반산半山이다. 부국강병을 위한 신법新法을 제정하여 실시하였다. 당송 팔대가의 한 사람으로 저서에 『주관신의周官信義』, 『임천집』등이 있다.

2 『후한서後漢書』「원안전袁安傳」에, 후한後漢 때 몇 자나 되는 폭설이 내리자 낙양洛陽의 영令이 순행을 하였다. 백성들이 모두 나와 걸식을 하는데도 원안袁安의 문 앞에만 발자국이 나지 않았으므로 이상히 여겨 물어 보았다. 원안이 누워 있다가 대답하기를 "대설에 사람들 모두가 굶주리고 있으니 남을 찾아가는 것은 온당치 못하다."고 하였다 한다.

해 뜨자 바로 물이 되고

구름 걷히자 바로 쏟아지니

처마를 쪼는 참새들은 근심에 쌓이고

흙 속에 겨울잠을 자는 황충이도 공포에 떤다.

소금을 읊은 사가謝家 딸의 재주4

서간書簡을 주었으니 사마司馬의 은총5

군재郡齋에 명주 이불 덮고 누워 있으며

일이 없으니 어찌 용관冗官6이 아니리오.

애오라지 도곡차陶穀茶를 끓여 마시며7

---

3 『사기史記』「골계전滑稽傳」에, "한漢나라 무제 때, 동곽東郭은 집안이 가난하여 낡은 옷을
  입고 성한 신발이 없었다. 그가 눈길을 가는데, 신발은 위 부분만 있고 바닥이 없어서
  맨발로 땅을 걸었다. 길 가는 사람들이 비웃자, 동곽이 응수하기를 '누가 눈 위를 거를
  수 있는가? 사람들이 보는 것은 그 위에 있는 신발이지, 그 신발 아래에 처한 것은 사
  람의 발이 아닌가?'라고 하였다고 한다.史記」「滑稽傳」, 東郭先生 久待詔公車 貧困飢寒 衣敝 履
  不完. 行雪中 履有上無下 足盡踐地. 道中人笑之. 東郭先生應之曰 誰能履行雪中 令人視之 其上履也 其履下
  處乃似人足者乎."

4 『진서晉書』「사안전謝安傳」에, 사안謝安이 눈 오는 날에 집안 자녀들과 놀면서 시를 읊기
  를 "흰 눈이 분분紛紛하니 무엇과 같으냐?"하니, 조카가 "공중에 소금 흩는 것을 견줄
  만하네."하고, 질녀 도온道韞은 "버들개지 바람에 날라 일어나는 것보다 못하네."라고
  하였다.

5 남조南朝 송 문제宋文帝 때 사혜련謝惠連이 사도司徒 팽성왕彭城王의 법조행참군法曹行參軍으
  로 있으면서 지은 〈설부雪賦〉의 내용을 말한다. 〈설부雪賦〉에, 한漢나라 양효왕이 토원
  兎園에서 추양鄒陽·매승枚乘·사마상여 등 당대의 유수한 사부가를 불러 함께 놀 때 함
  박눈이 내리자, 사마상여司馬相如에게 간簡을 주면서 자신을 위해서 눈에 대한 시를 짓
  도록 부탁하였다.

6 용관冗官 : 별로 중요하지 않은 벼슬, 또는 그 벼슬아치를 말한다.

7 도곡(陶穀, ?~970) : 중국 송나라 때 학사, 문인. 그는 눈 오는 날에 당태위黨太尉 집에
  서 살던 미인을 데리고 눈을 녹인 물雪水에 차를 다려 마셨다. 그는 미인에게 묻기를,

저 옛날 이소李愬[8]의 용맹을 회고한다.

적막하니 누구와 함께 시를 읊으리?

빈 들보 위엔 주린 쥐가 웅크리고 있구나.

賦雪王荊公韻

塡空玉屑飛	匝地銀濤湧	天花巧剪裁	六出實奇種
光寒眩眺望	威凜穿襲擁	玲瓏綴枝條	汗漫堆丘壟
山客樵擔濕	江翁蒻笠重	一色月同皎	萬竅風兼泂
牢閉袁安戶	深沒東郭踵	日出旋成漸	雲披俄抉擁
啄簷鳥雀愁	蟄壤蝗螟恐	詠鹽謝女才	授簡司馬寵
郡齋臥紬被9	無事豈非冗	聯煎陶穀茶	緬懷李愬勇
寂寞伴誰吟	空樑飢鼠拱		

"당태위도 이런 운치를 알던가?"하니, 미인이 "그는 비단 장막 안에서 고아주羔兒酒를 마시면서 우리에게 나직하게 노래 부르라고 하였습니다."라고 대답 하였다는 고사를 용사한 것이다.

8 이소李愬 : 『당서唐書』「이소전李愬傳」에, 당 헌종唐憲宗 때 이소李愬가 눈 오는 밤에 군사 를 거느리고 몰래 회서淮西에 들어가서 오원제吳元濟를 공격하여 승리를 거두었다.

9 무술본에는 '袖'으로 되어 있다. 의미상 무진본을 따라 '紬'으로 표기한다.

계림팔관

소동파蘇東坡[1]가 봉상鳳翔[2]의 방백으로 부임해서 고적을 읊어 '팔관'이라고 제목을 붙였다. 그 중에 왕유王維[3]와 오도자吳道子[4]가 그린 유마상維摩像[5]과 진흥사각 같은 것은 단지 한 불사를 본 것이니 짓지 않아도 좋았을 것이다. 계림은 신라의 옛 도읍으로 번화했던 문물이 지금은 다 없어졌으나, 그 유적은 역력히 헤아릴만하다.

내가 감사의 명을 받고 부임하는 길에 여기를 지나게 되었다. 먼저 우리 태조의 진전에 배알한 뒤 신라의 고적을 두루 돌아보고 배회하면서 감개하여 이따금 시로 읊조린 것이 있어 이를 또한 제목하여 '팔관'이라 했다. 이것은 감히 소동파를 본뜨고자 함이 아니요, 지은 것이 대개 여덟 수에 그쳤기 때문이었다.

영묘사와 금장대 같은 것은 비록 기록할 만한 일이 없으나, 영묘사는

---

1 소동파(蘇東坡, 1036~1101) : 중국 북송시대의 시인·산문가·예술가·정치가. 소동파 본명은 소식蘇軾이고, 자는 자첨子瞻이며, 호는 동파거사東坡居士, 파공坡公 ·파선坡仙이다. 소순蘇洵의 아들로동생인 소철蘇轍과 함께 삼소三蘇로 불렸다. 송나라 제1의 시인이며, 문장에 있어서도 당송팔대가唐宋八大家의 한 사람이다.

2 봉상鳳翔 : 중국 섬서성陝西省 위수渭水 유역에 있는 도시이다.

3 왕유(王維, 699~759) : 중국 당唐나라 때의 시인. 화가. 남종문인화南宗文人畵의 시조. 자는 마힐摩詰이며, 자연自然을 소재素材로 한 오언절구에 뛰어났으며, 저서로 『왕우승집王右丞集』이 있다.

4 오도현(吳道玄, ?~?) : 중국 당나라의 화가. 자는 도자道子이다. 불화佛畵, 산수화에서 당대唐代 제일로 꼽혔으며, 자유로운 필법과 강도가 변화하는 생생하고도 표현력 있는 필선을 창출해내어 후대 회화에 많은 영향을 미쳤다.

5 유마維摩 : 인도 비사리국의 장자長者. 석가의 재가在家 제자로서 속가俗家에서 보살 행업行業을 닦았으며, 대승 불교의 경전인 유마경의 주인공이다.

당나라 정관貞觀 연간6에 창건된 것으로 지금도 홀로 남아있고, 금장대는 계림을 굽어보아 일망무제하니 도성의 으뜸가는 경승지이기에 아울러 근체시로 읊어 훗날에 와서 유람하는 사람에게 끼쳐준다.

아! 이 계림은 해동의 구석진 곳에 있어 중국과의 거리가 만 리나 된다. 그러나 만약 소동파가 한번 와서 구경하였다면 뛰어난 역작을 남겨 삼한을 뒤흔들고 빛냈을 것이다. 그 지은 바가 어찌 팔관에서 그치겠는가? 이 어찌 이 땅의 불행이 아니겠는가?

원문 鷄林八觀

蘇東坡出佐鳳翔, 題詠古蹟, 目爲八觀. 其中如王維吳道子畵·維摩像·眞興寺閣, 乃一佛寺間所覩, 雖不作, 可也. 鷄林, 新羅古都, 繁華文物, 今皆煙滅, 而遺跡則歷歷可數.

余承監司符, 道出于此. 首謁我太祖眞殿, 遍觀新羅古迹. 徘徊感慨間, 有形於吟詠者, 亦目之曰: "八觀," 非敢效坡也. 所作, 盖止此耳.

如靈妙寺·金藏臺, 雖無可紀之事, 然靈妙創於唐貞觀, 㟪然獨存. 金藏俯視鷄林, 一望無餘, 最爲一道之勝. 用是幷詠以近體詩, 以遺後之來遊者.

噫! 鷄林僻在海東, 距中國萬里. 若使坡老一來, 寓目於此, 則眷容大篇. 震耀三韓, 其所作, 豈止八觀而已耶? 此豈非玆地之不幸耶?

---

6 정관貞觀 연간 : 중국 당나라 태종(627~649)의 연호이다.

영묘사靈妙寺[1]

큰길가의 옛 절

만 길 높이로 솟아있다.

지붕 아래로 구름이 지나가고

처마 밑으로 바다 해가 떠오른다.

현판엔 묵은 안개가 깃들고

흐르는 노을은 금방金牓으로 숨어든다.

요사채는 하늘밖에 펼쳐져 있고

풍경風磬은 허공을 향해 메아리친다.

번쩍이는 황금 불상

휘황찬란한 달빛

사방 벽엔 단청이 현란하고

탱화에는 여러 상像들이 그려져 있다.

주당珠幢[2]과 보개寶蓋[3]들은

얼룩져 뒤섞여있다.

잠깐 그 안을 들여다보니

기둥들이 미로처럼 위아래로 엮여있어

'이것은 인력人力이 미칠 수 없으리라.'

1 영묘사靈妙寺 : 경주 사천미沙川尾에 세워졌던 절로 현재의 흥륜사가 영묘사로 추정된다.
2 주당珠幢 : 구슬로 장식한 깃발을 가리킨다.
3 보개寶蓋 : 탑에서 보륜 위에 덮개 모양模樣을 이루고 있는 부분이다.

감탄하며 아득한 상상을 일으킨다.

옛날 선덕여왕4이 나라를 다스릴 때에

부처를 섬기고 장려함이 지나쳤네.

나무 하나에 백금百金을 허비하고

주춧돌 하나에 만금萬金을 버렸다네.

나라 경영이 이 지경에 이르러도

내탕금 허비하는 것을 걱정하지 않았네.

부처의 힘을 빌려서

넓디넓은 사바세계를 다스리려고 하였었네.

어찌 원망 탄식 소리 없으리

복리福利5는 마침내 허사가 되었네.

재앙을 당한 천년 뒤에도

우뚝이 서서 용상龍象을 지키고 있구나.

당시의 조정과 시장은 흔적 없어도

귀신같은 공적은 찬탄할 만하다.

정관년貞觀年6을 손꼽아 헤아려 보고

바람 속에 손바닥을 부빈다.

---

4 선덕여왕(善德女王, ?~647) : 신라 제27대 왕(재위 632~647). 성은 김金이고, 휘諱는
   덕만德曼이며, 호는 성조황고聖祖皇姑, 시호는 선덕이다. 내정에서는 선정을 베풀어 민생
   을 향상시켰고 구휼사업에 힘썼으며, 불법佛法 등 당나라의 문화를 수입하여 첨성대·
   황룡사 9층탑을 건립하는 등의 업적을 남겼다.

5 복리福利 : 행복과 이익을 아울러 이르는 말이다.

6 정관년貞觀年 : 중국 당나라 태종 때의 연호(627~649)로 여기에서는 선덕여왕 재위시
   기를 의미한다.

靈妙寺

古刹臨官道	巍峩高萬丈	棟宇行雲低	舳艫海日上
宿霧栖璇題	流霞隱金牓	紀寮天外開	風鐸空中響
赫赫金仙軀	綵暈光滉朗	四壁絢青紅	人天繪衆像
珠幢與寶蓋	漫漶集坌垎	我暫窺其中	結構迷俯仰
謂非人力施	感歎起邈想	善德昔司晨	事佛過崇奬
一木費百金	一礎損萬鎰	經營乃至此	不恤傾帑藏
欲借迦維力	普沾世界廣	豈無怨咨聲7	福利竟蟒曠
劫火千載餘	巍然護龍象	當時朝市空	鬼功嗟可賞
屈指貞觀年	臨風一拊掌		

7 무진본에는 '咨'가 '嗟'로 표기되어 있다.

집경전集慶殿¹

보전寶殿은 엄숙하고도 음습한데
새벽빛이 높이 떠오른다.
요지瑤池는 꽃나무로 벌려있고
단청한 문들은 향연香煙에 둘려있다.
궁지기가 문을 열고 닫으니
푸르름에 쌓여 깊고도 그윽하구나.
소신小臣은 절하고 머리 조아리며
삼가 공경하며 영정을 바라본다.
얼굴과 이마는
준수하여 천하에 드물었다네.
어찌 생각했으랴. 임금님의 모습이
신묘한 붓끝에서 나왔음을
몸이 움츠러들어 감히 우러러 보지 못하고
땀이 비오는 듯 도포를 적신다.
아! 나는 너무도 늦게 태어나
태조의 승하가 아득하구나.
크도다! 백성을 편안하게 하신 공이여
하늘과 같이 넓고 넓도다!

---

1 집경전集慶殿 : 조선 태조의 영정을 모셔두기 위해 세운 전각으로 지금의 경주여중이 그
   터이다.

고려의 운이 이미 쇠약하여

연달아 전쟁으로 요란했다네.

몇 년을 수고로이 비바람을 맞으며

남과 북을 평정하였네.

예지叡智와 천모天謀를 갖추고

신병神兵으로 신속히 쓸어내었네.

마침내 삼한三韓의 백성들로 하여금

신음하며 살다가 태평성대를 맞게 하셨네.

육룡六龍2이 잠시 하늘로 날아

하루 만에 어거馭車가 황도黃道에 이르렀네.

화산華山3의 남쪽에 길을 열어

경사京師를 주나라의 서울과 같게 했네.

태평성대가 펼쳐지니

문물은 극히 아름다웠네.

전대前代의 규범을 비루하게 여기니

자손들에게 남겨준 계책이 어찌 소략하겠는가?

우뚝하게 현달한 신성神聖의 자손들이

자자손손子子孫孫 끝이 없어라.

유상遺像은 고도古都를 진정시키고

황령皇靈은 하늘나라에 있구나.

---

2 육룡六龍 : 수레를 끄는 여섯 마리의 말이라는 뜻으로, 임금의 어가御駕를 이르는 말이다.

3 화산華山 : 서울시에 있는 북한산을 달리 이르는 말이다.

集慶殿

寶殿肅陰陰　　晨光升杲杲　　瑤池綵杖列　　繡闥香煙繞
宮官開闇闔　　青鎖深更窈　　小臣拜稽首　　穆穆瞻天表
容顏與日角　　俊爽天下少　　何意重瞳光　　出自毫端妙
踧踖不敢仰　　汗流浹袍襖　　嗟余生苦晚　　鼎湖弓劒杳
大哉濟安功　　與天同浩浩　　操鷄運已衰　　湏洞兵塵擾
幾年勞櫛沐　　南征與北討　　睿略與天謀　　神兵資迅掃
遂令三韓民　　呻吟變熙皡　　六龍俄飛天　　日馭當黃道
闢道華山陽　　神京等豐鎬　　恢張太平具　　文物極繪藻
陋彼前代規　　貽謀豈草草　　丕顯神聖孫　　繼繼無窮了
遺像鎭古都　　皇靈在窮昊

무열왕릉武烈王陵[1]

길옆 무너진 궁궐터에는
푸른 보리가 이미 이삭이 패었네.
작은 봉우리가 서너 개 솟아있고
둥근 봉분은 짐승이 엎드려 있는 듯
작은 비석은 누런 풀 속에 누워있고
높다랗게 귀수龜首만 보인다.
가시덤불만 언덕 위에 자라고
냇물은 내달리듯 길게 이어져 있다.
이것을 무열왕릉이라 하는데
인산因山[2]의 제도가 비루하지 않도다.
말에서 내리니, 머리털이 쭈뼛하여
공손히 서서 양 소매를 여민다.
비석을 만지며 비문을 읽으니
결락缺落하여 다 읽어보기가 어렵다.
아득한 세월에 거칠어지고
내버려진 채 지키는 사람도 없구나.
생각건대, 옛날 음陰이 양陽이 되었으니

---

1 무열왕릉武烈王陵 : 경상북도 경주시 서악동에 있는 신라 태종 무열왕의 능이다.
2 인산因山 : 태상왕과 태상왕비, 상왕과 상왕비, 왕과 왕비, 세자와 세자빈, 세손과 세손
   빈 등의 장례를 일컫는 말이다.

덕만德曼3과 승만勝曼4은 참 임금이 아니었네.

강한 이웃나라가 제멋대로 침범하고

국경마다 싸움도 많았다.

오직 무열왕이 들어가 왕통을 잇자

탁월하게 공덕이 무성하였네.

병권兵權은 김유신에게 맡기었고

무략武略은 거의 하늘이 내려주신 것

백제를 병합하여 패도覇道를 열었고

백 년의 도둑을 다 쓸어 내었네.

당나라가 그 공을 가상히 여겨

비단을 산더미 같이 내려주었네.

제후로 책봉하는 큰 명 내리니

개척한 땅 널리 이어졌네.

뛰어난 인재는 다 등용하였고

창고는 날로 풍부해졌네.

우물물 갑자기 피로 변하고

대운大運은 슬프게도 구할 수 없었네.

육신은 지하로 들고

3　덕만德曼 : 선덕여왕의 휘諱가 덕만德曼이다.

4　승만勝曼 : 신라 제28대 왕인 진덕여왕(眞德女王, ?~654)으로 휘諱는 승만勝曼으로 진평왕眞平王의 모제母弟인 갈문왕 국반國飯의 딸로 선덕여왕의 뒤를 이어 즉위, 연호를 태화太和라 하였다. 당나라와의 친교를 돈독히 하였으며 백제 정벌의 원군을 요청하기도 하였다. 국내적으로는 명장 김유신으로 하여금 국력을 튼튼히 하여 삼국통일의 기틀을 다졌다.

영령은 하늘로 돌아가셨네.

옛 기록을 대강 참조해 보나

엉성한 기록이 원망스럽구나.

인사人事란 마치 뜬구름과 같아

누가 능히 우주를 헤아리겠는가?

아름다운 노래 소리 만고에 끊어지고

날 저무니 족제비 울음소리만 들린다.

원문 武烈王陵

道傍墟落間　　青青麥已秀　　斗起數仞峰　　穹窿如伏獸
短碣臥黃草　　昂然見龜首　　莽蒼原陸長　　迤邐川源走
云是武烈陵　　因山制非陋　　下馬髮蕭森　　拱立斂雙袖
摩挲讀碑文　　缺落難悉究　　茫茫歲月荒　　委棄無人守
憶昔陰爲陽　　二曼非眞后　　強隣肆侵軼　　四境多兵鬪
惟王入繼統　　卓焉功德茂　　爪牙委庾信　　武略殆天授
幷濟開霸圖　　劃掃百年寇　　皇唐嘉乃勳　　闕簾堆錦繡
疇庸錫鴻命　　闢土錦廣袤　　俊乂共登庸　　倉廩日隱富
井水忽爲血　　大運嗟莫救　　劒履就窀穸　　英爽歸昂宿
舊史粗可徵　　記載恨疎漏　　人事如浮雲　　誰能了宇宙
佳聲萬古閟　　日暮嘯鼯鼬

육언절구
六言絶句

허암의 〈강남우어지락〉 시에 차운함

백조는 한가로이 쌍쌍이 날고
비단잉어는 비늘이 촘촘히 박혀있다.
푸른 부들이 파랗게 돋아나는 것에 방해되지 않으니
인간 세상의 수선水仙1되었다고 부르리라.

원문 次虛菴江南又魚之樂韻

白鳥閑飛兩兩　　　紅鱗潑剌千千　　　未妨綠裏靑蒲　　　喚作人間水仙

1　수선水仙 : 물속에 산다는 신선神仙을 가리킨다.

환희암

공암空巖은 만길 쇳돌을 쌓아 놓은 듯
험로險路는 한줄기 뱀이 똬리를 튼 듯
위태로워 벌벌 떨며 산마루를 내려오는데
돌무더기와 낡은 사다리가 발끝에 체인다.

들으니, 암자의 스님은
광채를 갈무리한지 몇 년이런가?
모금교위를 만날까 두려운데
때때로 보배로운 기운이 하늘에 반짝인다.

원문　**歡喜菴**

空巖萬仞積鐵　　危路一線縈蛇　　側足凌兢下嶺　　彭鏗亂石古槎

聞說菴中大士　　韜光埋彩幾年　　恐遭模金校尉　　時時寶氣燭天

송골산[1]

맑은 구름에 말머리 같은 산이 뒤덮여
청산은 반쯤 정상을 감추었네.
언뜻 해가 떠 구름이 흩어지자
옛 모습처럼 산은 곱게 단장한 듯

원문   松骨山

馬首晴雲掩翳　　　青山半隱鋒鋩　　　須臾日出雲散　　　依舊烟鬟整粧

---

1 송골산 : 압록강 맞은편에 있는 산으로 일명 해청산海青山이라고도 한다.

육
언
사
운

六
言
四
韻

양자강으로 내려오며

나그네길 오래도록 물길 따라 가는데
모래언덕에서 말을 세우고 배를 부른다.
물이 맑아 기러기 그림자가 물속에 박혀있고
들이 넓어 안개가 흐르는 듯하구나.
어둑어둑 저문 산은 해를 가리고
우수수 가을바람에 강가의 나무들이 운다.
삐걱삐걱 노 젓는 소리는 점점 멀어지고
머리를 돌려 백구白鷗들과 작별인사를 나눈다.

원문   下楊子江

客路長行水國   沙墩立馬喚舟   波澄雁影盡落   野曠烟光欲流
黯黯暮山碍日   颼颼江樹鳴秋   鴉軋櫓聲漸遠   回頭謝爾白鷗

문소閭韶[1] 북루에서 삼가 포은 정 선생[2]의 시에 차운함

달맞이하러 누대에 올라 길게 휘파람 불고
호기롭게 취하니 모자도 삐뚤어졌네.
임금 계신 서울은 천리 머나먼 곳인데
산 아래 마을은 인가가 몇 채나 되는가?
요염한 살구꽃, 복사꽃이 성안 가득 피어
은 혁대, 옥 젓가락을 비단으로 감싼 듯
떠돌이 생활에 또 한식날을 만나니
서글프게도 또 한 해를 저버렸구나.

원문   聞韶北樓敬次圃隱鄭先生韻

待月登樓長嘯　　軒昻醉帽欹斜　　日邊京國千里　　山下閭閻幾家
艷杏妖桃滿郭　　銀鉤玉筋籠紗　　客中又逢寒食　　惆悵每負年華

---

1 문소閭韶 : 경상북도 의성군의 옛 지명이다.
2 정몽주(鄭夢周, 1337~1392) : 고려 말기 문신 겸 학자. 본관은 연일延日이고, 자는 달가
　　達可이며, 호는 포은圃隱, 시호는 문충文忠이다. 성리학에 밝아 『주자가례』를 따라 개성
　　에 5부 학당과 지방에 향교를 세워 교육진흥을 꾀했다. 시문에도 뛰어나 시조 〈단심
　　가〉 외에 많은 한시가 전해지며, 문집으로 『포은집圃隱集』이 있다.

칠언절구
七言絶句

삼가 주자[1] 〈죽창〉시에 차운함

전에는 미언微言에 어두워 벽만 보고 서 있다가
시의 가르침을 보고 선善의 실마리가 열렸네.
이 마음 통달함은 창문을 활짝 연 듯
샘물이 샘 속에서 졸졸 흘러나오는 듯

원 문   敬次朱子竹窓韻

昔昧微言面壁立　今觀詩訓善端開　此心洞若排斯牖　活水源頭潑潑來

---

1   주자(朱子, 1130~1200) : 중국 송대宋代의 유학자. 자는 원회元晦 · 중회仲晦이고, 호는
    회암晦庵 · 회옹晦翁 · 운곡산인雲谷山人 · 창주병수滄洲病叟 · 둔옹遯翁이며, 이름은 희희이
    다. 성리학을 집대성하였으며, 저서로『주문공문집朱文公文集』, 문인과의 평생문답을 수
    록한 『주자어류朱子語類』가 있다.

책을 보며 스스로 경계함

해마다 헛되이 마음 씀을 후회하니

마음을 먼저 바로잡는 것이 좋은 잠계

싹트는 것이 산의 나무와 같지 않음이 없지만

다만 우양‡¥이 날마다 침범할까 조바심 든다.

원문   觀書自警

悔却當年枉費心　心源先正是良箴　非無萌蘖如山木　秪恐牛羊日日侵

동학인 친구들에게 주다

시간은 청춘에만 머물 수 없는 것
누런 머리가 갑자기 희어짐에 놀랐네.
지금 함께 배우는 여러분께 말하노니
공부는 모름지기 젊은 시절에 힘써야 한다네.

원문 贈同學諸子

光陰曾不住扶桑　黃髦俄驚忽已蒼　寄語如今同學子　工夫須勉在靑陽

스스로 경계하다

도道라는 것은 잠간 사이라도 일상日常에 있는 것
구하여 안자顏子[1]의 경지에 이르기를 바라네.
진실로 정일精一공부에 종사한다면
천리天理는 분명히 다시 돌아온다네.

自警

道在須臾日用間　求而卽至是希顏　苟能從事於精一　天理分明也復還

---

1 안연(顏淵, BC. 521~490) : 중국 춘추春秋시대 노魯나라의 현인賢人. 자字는 연淵이고,
   이름은 회回이다. 공자가 가장 신임하였던 제자이며, 공자보다 30살이나 적었으나 공
   자보다 먼저 죽었다. 공자가 그를 가리켜 학문과 덕이 높으며, 가난하면서도 도道를 즐
   긴 사람이라고 칭찬하였다.

매화를 대하며 밤에 『주역』을 읽다.

인적 끊긴 조용한 밤 홀로 문을 걸고서
안채에서 등불을 짝하여 주역周易을 읽는다.
책을 읽느라 매화 지는 줄도 몰랐는데
상머리에 사뿐히 내려앉은 하얀 반점

원문　　對梅夜讀周易

夜靜人閑獨閉門　伴燈看易對幽軒　讀來不覺梅花落　飛撲床頭點素痕

초당 즉사

한낮 되어 하인 불러 사립을 열어놓고
산등성이를 걸어올라 이끼 낀 돌 위에 앉는다.
이곳에는 그윽한 일 적다는 말을 마시게
졸졸 흐르는 물 따라 꽃잎이 떠내려 온다.

원문 草堂卽事

柴扉日午喚人開　步出林丘坐石苔　莫道此間幽事少　潺湲流水泛花來

직지사에서 잠을 자며

젊은 시절 금대金臺[1]에서 사관史官 노릇했었는데
오늘밤은 절간에서 잠자리를 빌려서 잠을 잔다.
등불 걸어두고 조용히 능엄경[2]을 읽으며
바람 부는 창가에서 싸늘한 눈의 한기를 느낀다.

원문 **宿直指寺**

綠髮金臺舊史官　祇園夜宿借蒲團　篝燈細話楞加字　樸欸風檀雪意寒

---

1 금대金臺 : 임금이 계신 궁궐을 달리 이르는 말이다.
2 능엄경 : 불교 경전經典의 하나. 선종禪宗의 주요 경전으로 인연因緣과 만유萬有를 설설設說한
　　경전이다.

홍주제영

용단차龍團茶¹ 한 잔을 마시고 나니
꿈이 깨었어도 궁궐이 또렷이 기억나네.
남쪽을 주유하며 몇 달을 할 일 없이 머무는데
꽃 핀 돌배나무는 한 그루도 보이질 않네.²

영천潁川의 자사는 당일에 명성이 넘쳐나
임금께 아뢰어서 잘 한 정치를 보고하네.
사십 년 동안의 선정이 남아 있으니
지금에도 등후鄧侯³의 청렴함을 말한다네.

원문   洪州題詠

啜罷龍團一椀茶　夢回猶記紫宸衙　周南數月空留滯　不見棠梨一樹花
穎川當日藹佳聲　奏徹宸旒報政成　四十年來遺愛在　至今猶說鄧侯淸

1 용단차龍團茶 : 복건성福建省 건주建州에서 생산되는 차로 송나라의 정위丁謂와 채양蔡襄이
   처음 만들었다 하며, 찻잎을 둥근 다식판에 넣고 다져 누른 다음 햇볕에 말려서 만든다.
2 『사기史記』「연소공세가燕召公世家」에, 주周나라 무왕武王 주紂를 멸망시키고, 소공召公을
   연燕에 봉封하였다. 소공이 연나라의 여러 고을들을 순행하는데, 돌배나무가 있었다.
   소공은 그 나무 아래에서 형옥刑獄을 판결하였는데, 원통하거나 원망하는 자가 없었다.
   소공이 죽자 그를 사모하여 돌배나무를 베지 않고 〈감당甘棠〉시를 지어 불렀다고 한다.
   그래서 훗날 '감당甘棠'은 순리循吏의 선정과 유애遺愛를 칭송하는 말이 되었다.
3 등후鄧侯 : 등우鄧禹라고도 한다. 등우는 한 광무제漢光武帝를 섬겨 천하를 평정하고 중흥
   中興의 제일공신이 되었는데, 나이 24세에 대사도大司徒가 되고 찬후酇侯로 봉작되었다.

진안 마이산[1]

오똑하게 솟은 한 쌍의 뾰족한 마이봉
구름 위로 높이 솟은 푸른 부용처럼 보인다.
어느 날에 충천沖天의 날개를 구해서
산정山頂에 날아올라 가슴을 씻을까?

조금 취한 채 말 위에서 시를 다듬는데
하늘 끝 저 멀리 푸른 옥잠화가 보인다.
나그네 길에 몇 사람이나 꼭대기에 이르렀나?
공중에 솟은 창끝이 산안개 위로 솟아있다.

반짝이는 빛이 가을 하늘에 빛나고
눈비에 씻기어 만고萬古에 새롭구나.
내 평생 일찍이 보지 못했으니
그림으로 그려서 서울사람들에게 자랑해야겠다.

원문   鎭安馬耳山

突兀雙尖馬耳峰   雲端擎出碧芙蓉   何當揷得冲天翼   飛上峰頭一盪胸

1 마이산 : 전라북도 진안군 진안읍 단양리와 마령면 동촌리의 경계에 있는 산이다.

推敲馬上帶微酣　天末遙看碧玉簪　客路幾人來絕頂　倚空劍戟出烟嵐

稜稜秀色暎秋旻　雨洗霜磨萬古新　入眼平生未曾見　畫圖誇與北來人

예산 객관

공문서 쌓여있는 책상에는 촛불도 다하고
붓을 끄적이니, 열 손가락이 곱아든다.
누가 알겠는가? 이 가운데 시의 재료가 있음을
동쪽 고개 마루에 달이 솟아오르자 깜짝 놀란다.

禮山客館

薄書堆案燭花殘   栗尾鴉翩十指寒   誰識此中詩料在   忽驚東嶺溶銀盤

국상國喪을 듣고

예부禮部의 부고가 역마로 전해오니
통곡한들 어찌 어버이 돌아가신 슬픔을 감당하겠는가?
눈물도 다하여 눈은 마르고, 창자는 찢어질 듯
청산은 말이 없고 해는 서산으로 기운다.

선유仙遊를 아득히 흰 구름 머무는 곳에 하시리니
상상컨대 옥색은 의연히 밝게 빛나겠지.
서캐보다 못한 소신小臣은 피눈물을 훔치며
쥐어뜯으며 울부짖어도 어찌 쥐가 창자를 뜯는 것만 하랴.

해는 몽사濛汜1에 지고 하늘은 멎었으니
쓸쓸히 바라보니 창오蒼梧2엔 다시 돌아오지 못하시리.
임금을 사모하는 백성들은 부질없이 빗물 흐르듯 우는데
정호鼎湖에 용어龍馭는 어느 시절에 오려나?3

---

1 몽사濛汜 : 고대 중국에서 해가 지는 곳을 가리킨다. 당唐나라 백거이白居易의 〈개성대행
   황제만가사開成大行皇帝挽歌詞〉의 3번째 시에, "정호에 용이 점점 멀어지고, 몽사에 해사
   처음으로 가라앉네.鼎湖龍漸遠, 濛汜日初沈를 용사한 것이다.
2 창오蒼梧 : 옛날 순舜임금이 붕어崩御한 곳이다.
3 정호鼎湖는 중국의 고대의 전설상 임금인 황제黃帝가 용을 타고 하늘로 오른 곳으로, 두
   보杜甫의 〈여산驪山〉 시에, "정호에 용이 떠난 지도 아득하고, 은해에 기러기가 날아 간
   지도 매우 오래되었네.鼎湖龍去遠, 銀海雁飛深"를 용사한 것이다.

지난날 궁궐에서 오랫동안 향기 머금은 일을 회상하니
자주 주청奏請하며 오래도록 임금 곁에 있었다.
보배롭게 하사하신 도포는 아직도 상자 속에 있는데
펼쳐보자 나도 모르게 눈물이 질펀하게 흐른다.

원 문   聞國哀

禮官傳訃驛書來　痛哭那堪喪考哀　淚盡眼枯腸欲裂　青山無語日西頹

仙遊杳杳白雲鄉　玉色依然想耿光　蟻虱小臣揮血淚　攀號其奈鼠搤腸

日沉濛汜杞天催4　悵望蒼梧不復回　孺慕黎元空雨泣　鼎湖龍馭幾時來

憶曾蘭省久含香　敷奏長趨寶座傍　珍重賜袍猶在篋　披來不覺涕雙滂

---

4 무진본에는 '沉'이 '浸'으로 표기되어 있다.

속리사 주지 학의學誼에게 주다

사나흘을 산에서 놀았는데도 산이 싫지 않아
오늘 아침에야 겨우 운관雲關에서 나왔다.
산승山僧이 친절히 나를 맞고 또 전송하니
도리어 한가롭지 못함에 또 웃음이 나온다.

원문　　寄俗離寺住持學誼

數日遊山不厭山　　今朝胡乃出雲關　　殷勤邀我又相送　　却笑山僧亦未閑

정허암의 〈강남우어지락〉 시에 차운하여

안개 쌓인 들은 넓어 멀리까지 푸르게 보이고
썰물 때라 무지개는 푸른 마름 위에 걸려있다.
작년엔 남쪽 물가에서 두약杜若1을 캤는데
한가한 오늘은 물고기 잡아서 돌아온다.

물은 거울같이 맑아 눈은 어릿어릿한데
그물 내린 뱃사공은 마음이 오히려 한가해
고기비늘 낭자하니 비린내가 풍겨오고
즐거움은 노를 두드리고 노래 부르는 데 있다오.

작은 배는 궁궁이2 핀 물가를 지나가고
날 세게 내닫는 말은 버들바람 타고 온다.
압록강의 잘게 썬 은어회가 벌써 물리니
서생書生의 입맛은 본래 끝이 없구나.

---

1   두약杜若 : 생강과의 여러해살이풀. 줄기는 높이가 30cm 정도이며, 잎은 어긋나고 긴
    타원형으로 끝이 뾰족하다. 여름철에 이삭 모양의 꽃이 묵은 줄기의 잎겨드랑이에서
    핀다. 따뜻한 지방의 산기슭 그늘진 곳에 저절로 나는데 한국, 일본, 중국 등지에 분포
    한다.
2   궁궁이(蘼蕪) : 산형과의 여러해살이풀. 높이는 1.5~2미터이며, 잎은 깃 모양으로 깊게
    갈라진다. 가을에 희고 작은 꽃이 우산 모양으로 피고 날개가 달린 납작한 타원형의 열
    매를 맺는다. 어린잎은 식용하고, 뿌리는 한약재로 쓴다. 산이나 골짜기에서 자라는데
    한국, 일본 등지에 분포한다.

次鄭虛菴江南又魚之樂韻　三首

烟籠野闊靑蕪遠　　潮落虹移綠荇開　　南滬去年搴杜若　　等閑今日打魚來

鏡面澄澄潑眼寒　　投叉艇子意猶閑　　鱗鬐狼藉腥風起　　興在鳴榔鼓枻間

輕橈去傍蘼蕪渚　　快馬來乘楊柳風　　已厭鴨江銀縷膾　　書生口業本無窮

〈강촌잡흥〉을 읊어 허암에게 주다

물고기들은 푸른 물결 속에서 지느러미를 흔들고
숲 속의 새들도 조잘거리며 내 노래를 도와준다.
사물이 자득自得할 때 천기天機를 자득하고
사람은 응당 사물을 볼 때 천심天心을 볼 수 있다오.

해안의 조수가 돌 때마다 낚시 줄이 말리어 들고
한 통술에 도시락 반찬으로 물고기를 굽는다.
방황하며 필마匹馬로 저녁 늦게 돌아오니
누가 궁궐에서 시종侍從하던 신하인줄 알겠는가?

몽염蒙恬1은 큰 붓으로 크게 칭찬을 받았는데
연석燕石2이 어찌 물의 푸르름과 비교될 수 있으랴.
탄식하는 형양滎陽3이 진실로 두렵지만
요즈음 시율詩律은 진·황陳黃4에 가깝다오.

---

1 몽염(蒙恬, ?~BC 209) : 만리장성을 수축한 중국 진秦나라의 장군이며, 쟁箏과 붓을 개
   발하였다고 한다.
2 연석燕石 : 중국 북경 근처에 있는 연산에서 나는 돌로 모양이 옥과 비슷하나 별 가치는
   없다고 한다.
3 형양滎陽 : 정건鄭虔을 가리킨다. 『신당서新唐書』「정건전鄭虔傳」에 의하면, 당唐나라 정건
   鄭虔은 형양滎陽에 살았는데, 집안이 가난하여 종이를 구할 수 없자 감나무 잎에 붓글씨
   연습을 하여, 훗날 시詩, 서書, 화畵 삼절三絶로 일컬어졌다고 한다.
4 진황陳黃 : 중국 송宋나라 때, 시인인 진사도와 황정견을 가리킨다. 이들은 강서江西 출

咏江村雜興呈虛菴

遊魚鼓鬣綠波深　林鳥和鳴助我吟　物自得時機自得　人應觀物見天心

海岸潮回捲釣綸　山樽野飯煮霜鱗　伶俜匹馬歸來晚　誰識金華侍從臣

蒙君巨筆過揄揚　燕石何容較水蒼　呫呫滎陽眞可畏　邇來詩律逼陳黃

신의 시인 황정견을 시조로 하여 자구字句를 가다듬고, 어려운 전거典據를 써서 고상한 경지를 나타내려고 하였다.

황매화 족자를 보고

요대瑤臺에서 꿈을 깨 달빛아래 거니는데
향혼香魂은 반짝이고 달그림자가 드리운다.
마치 옥이 본디 흰색인 것을 꺼려서인지
밤새 동풍이 고운 노을빛으로 물들였다.

원문 **題黃梅畫簇**

夢覺瑤臺踏月華　香魂耿耿影橫斜　似嫌玉色天然白　一夜東風染彩霞

지례객관[1]

    귀성龜城의 담장 아래에 늙은 매화나무 두 그루가 있는데 해마다 꽃을 활짝 피운다. 을미년(1475년, 성종 6년) 봄에 내가 그 현을 지나다가 절구 한 수를 지었으며, 그 해 겨울 또 절구 두 수를 지었다.

    을묘년(1495년, 연산군 1년)에 또 지나는데 관청을 개수하여 그 동쪽 담을 헐어 매화는 마당 가운데 있게 되었고, 무성하게 자라 한 아름이나 되어 있었다. 20여 년이 지났지만, 물색物色이 의연함을 생각하며, 서성이며 감상하기를 오랫동안 하였다.

    지난밤 비에 한기가 들어 옥 같은 꽃잎이 시들어
    날이 밝자 나무를 감싸며 긴 가지를 끌어 당겨본다.
    지금은 파발사자가 온다는 소식이 없으니
    비록 한향寒香이 있은들 누구에게 전해 주겠는가?

    백설 같은 꽃잎, 얼음 같은 꽃술 아직 열리지 않았는데
    삭정이로 변한 곧은 가지가 무너진 담 모퉁이로 뻗어있다.
    한 가지 휘어잡고 봄소식 묻고자 하지만
    지금 유랑劉郞이 홀로 온 것을 비웃겠지.[2]

1   지례객관 : 지금의 경북 김천시 남부에 있는 고을로 현재는 지례면이다.
2   당나라 때 시인인 유우석劉禹錫의 〈재유현도관再游玄都觀〉 시에, "도화꽃 심은 도사는 어디로 돌아갔나? 지난 번 유랑이 오늘 다시 왔노라種桃道士歸何處, 前度劉郞今又來"라고 한 것을

옥 같은 꽃송이 비단을 매달아 놓은 듯

봄바람은 분명 한 해의 꽃소식을 관장하니

정녕 올해에도 강남의 소식 있을 것이니

돌아가고 싶은 마음에 이미 절반은 집에 이르렀다오.

원문　　**知禮客館** 三首(幷書)

龜城墻下, 有古梅二樹, 每歲盛開. 乙未春, 余過其縣, 作一絶, 其冬, 又賦二絶. 乙卯歲, 重過, 館宇改構, 闢其東墻, 梅在庭中, 扶踈已合抱矣. 俯仰二十載, 物色依然, 躊躇感念者久之.

夜雨生寒瘦玉肌	平明繞樹挽長枝	如今驛使無消息	縱有寒香寄與誰
雪瓣水黐未放開	槎牙直幹古墻隈	攀條欲問春消息	笑殺劉郎今獨來
玉蘂攢枝簇絳紗	東風應是領年華	丁寧今歲江南信	一半歸心已到家

용사하였다. 이 시에서의 유랑은 매계 자신이 지례객관을 다시 찾아 온 것을 가리킨다.

덧붙임 : 서제인 적암(신)이 차운한 시

원래부터 고선姑仙[1]의 아름다운 피부여서
평범한 풀들과 속된 꽃가지와 다르다네.
이 열매로 간을 맞출 수 있음을 전부터 알았는데
비바람에 시들어 떨어지니 누구를 원망하겠는가?

간직한 수천 겹의 꽃잎이 반도 피지 않았는데
말라버려 지저분한 꽃잎이 마당 언저리에 떨어진다.
방혼芳魂은 춘광春光이 가득하길 기다리나
옥 같은 자질을 다시 불러낼 방법이 없구나.

노안이라 몽롱하여 흡사 깁으로 막힌 듯한데
어찌 빨리 내달아 서울로 갈 수 있을까?
형님의 시구詩句를 고향집에서 외는데
마치 고산처사孤山處士[2]의 집에 와 있는 듯

---

1 고선姑仙 : 『신선전神仙傳』에 나오는 여자 신선으로 아름다운 미모를 지녔다고 한다.
2 고산처사孤山處士 : 송나라 때 은자인 임포(林逋, 967~1028)를 가리킨다. 그의 자는 군복君復이며, 시호는 화정선생和靖先生이다. 서호西湖의 고산孤山에 은거하며, 매화梅花와 학鶴을 사랑하면서 독신으로 생애를 마쳤다. 문집으로 『임화정집林和靖集』4권이 있다.

元是姑仙綽約肌　不同凡草俗花枝　從知此實當調鼎　風雨凋零怨阿誰

蘊抱千重半未開　委身荒穢謝庭隈　芳魂可待春光滿　玉質無由喚起來

老眼朦朧似隔紗　何堪趨走踏京華　誦公詩句梅溪上　如在孤山處士家

매월루

단청한 누각 동쪽 언저리에 붉은 담장 둘러치고
부용을 심으니 작은 연못 위에 점을 찍어 놓은 듯
지척에 아름다운 절경이 있음을 뉘 알리오.
주인이 마음을 써서 처음으로 꾸며놨으니

밤 깊어 향로에 푸른 연기 가늘게 피어오르니
이때가 바로 누각에서 술자리가 파할 때라네.
명월은 하늘에 가득하고 매화는 눈꽃처럼 피어 있으니
난간에 기대어 옥적玉笛일랑 불지 마시게

강과 산은 그림 속에 펼쳐진 듯
아로새긴 난간에는 먼지 한 점 없구나.
달을 향해 원결圓缺을 묻지 마소
이미 성긴 그림자에 그윽한 향기를 가져왔으니

원문　　**梅月樓** 三首

畫樓東畔繞丹墻	種得芙蓉點小塘	跬步誰知有佳致	主人心匠破天荒
夜闌金鴨篆煙微	正是樓頭酒散時	明月滿天梅似雪	休將玉笛倚欄吹
江山如在畫中開	曲檻雕欄絶點埃	莫向纖阿問圓缺	已將疎影暗香來

정자건[석견]이 낙양에 간다는 소식을 듣고 시를 지어 주다

서쪽 궁궐 창문으로 안개 속을 바라보니
궁중의 홰나무는 잎이 지고 새벽달만 싸늘하네.
가을바람에 강과 바다에는 금제옥회金齏玉鱠1가 있건만
묻노니, 어찌 목숙苜蓿2밥상만 하겠는가?

원문 聞鄭子健(錫堅)赴洛 作詩寄之

西掖罘罳隔霧看　宮槐葉落曉光寒　秋風江海金齏鱠　爲問何如苜蓿盤

---

1 금제옥회金齏玉鱠 : 누렇게 잘 익은 조밥과 농어회로 맛있는 음식을 의미한다. 송末나라
　소식蘇軾의 시에, "남해의 맛있는 음식을 가지고, 함부로 동파의 옥수수밥을 비교하지
　말라.莫將南海金齏膾 輕比東坡玉糝羹"라는 시가 있다.
2 목숙苜蓿 : 콩과에 속하는 일년생 풀로 소나 말의 사료, 또는 비료로 쓰임. 전하여 거친
　음식을 의미한다.

귀법사 앞 냇가에서 술을 마시며

곡수曲水에 잔 띄워 해 저녁에 이르니
하늘 저편 푸른 산 빛이 옷에 젖어든다.
머뭇거리며 석양의 달을 기다리다
술 취해 한가로이 홀로 그림자를 짝하여 돌아온다.

원문 **飮歸法寺前溪**

曲水傳觴到落暉　半空山翠濕人衣　留連擬待黃昏月[1]　酩酊閑携隻影歸

---

1 무진본에는 '擬'가 '應'으로 표기되어 있다.

추암

그 시절엔 소등 타고 새로운 시구를 찾았는데
눈 덮인 산봉우리는 백옥으로 둘려있다.
서글프게도 이제는 두 눈엔 아니 보이고
반암半岩에 꽃비가 내려 꽃잎만 흩날린다.

원문 鄒岩

當年牛背覓新詩　雪擁峯巒白玉圍　惘悵雙明今不見　半岩紅雨落花飛

남쪽으로 한강을 건너며

시름 속에 돌아오니, 하늘도 아니 보이더니
종남산은 지척인데, 산 구름만 보이는구나.
외로운 신하가 눈물 속에 보낸 삼 년의 변방살이
오늘 강 머리에 서 있자니 곱절이나 슬퍼진다.

南遷過漢江

眊㤼歸來不見天　終南咫尺望雲烟　三年塞下孤臣淚　今日江頭倍黯然

허 헌지[침]에게 주다

영릉零陵의 유사마柳司馬를 비웃을 만한데1

괴로운 말을 장문의 편지로 친구에게 보내네.

부질없이 소허蕭許에 기대어 지기지우를 삼았건만

상남湘南의 오무릉吳武陵에게도 미치지 못하네.2

듣자니 산중의 유랑주劉朗州3는

죽지사竹枝詞 맑은 노래로 오랑캐의 노래를 변하게 했다네.

책을 써서 장승상張丞相을 소급하여 욕을 하였는데

현도玄都4에서 먼 유랑객이 될 줄을 깨닫지 못하네.

---

1 유종원柳宗元의 〈영릉복유혈기零陵復乳穴記〉에, 영주永州 영릉현零陵縣에서 석종유石鍾乳가
   생산되는데, 국가에서는 그것을 공물로 받았기 때문에 해마다 힘들여 그것을 채취하고
   서도 별 보상도 받지 못한 지방민들이 그에 싫증을 느끼고는, 그곳 석종유가 이제 바닥
   이 나고 없다고 보고하였다. 그러다가 그 후 5년이 지나서 최민崔敏이 영주 자사永州刺史
   로 부임하여 선정善政을 베풀자 그곳 백성들이, 이제 석종유가 되살아났다고 보고하였
   다고 한다.
2 『신당서新唐書 · 오무릉전吳武陵傳』에 의하면, 오무릉은 신천사람으로 오원제가 반란을
   일으키자, 토벌사령관인 배도의 종사관으로 참여하여 공을 세웠다. 후에 태학박사로
   승진하여 외직으로 나가 소주자사를 역임했다.
3 유랑주劉朗州 : 중국 당나라의 시인인 유우석(劉禹錫, 772~842)을 가리킨다 . 그는 혁신
   파 관료인 왕숙문, 유종원 등과 정치 개혁을 기도하였으나 좌천되어 낭주사마郞州司馬로
   있으면서 농민의 생활 감정을 노래한 『죽지사竹枝詞』를 펴냈으며, 시문집에 『유몽득문
   집』, 『유빈객집劉賓客集』, 『외집外集』 등이 있다.
4 현도玄都 : 중국 수隋나라가 수도를 장안長安에서 통도관通道觀을 옮기고 현도玄都로 이름
   한 것을 가리킨다. 즉 수도, 서울을 의미한다.

검남黔南5의 산과 물은 부옹涪翁6에게 달렸는데
강서시파江西詩派7의 필력이 웅장하구나.
병석에서 일어나 형강정荊江亭8 바라보는데
온 천지에 가을바람 불어도 견딜만하구나.

원문　　**寄許獻之(琛)** 三首

堪笑零陵柳司馬　　長書苦語托親朋　　謾憑蕭許爲知己　　不及湘南吳武陵

聞說山中劉朗州　　竹枝淸絶變蠻謳　　著書追咎張丞相　　不悟玄都作遠遊

黔南山水着涪翁　　一派江西筆力雄　　病起荊江亭上望　　可堪天地又秋風

5　검남黔南 : 중국 귀주성에 있는 도시이다.

6　부옹涪翁 : 황정견黃庭堅의 호이다. 황정견(黃庭堅, 1045~1105)은 자가 노직魯直이고, 호
　　는 산곡山谷·부옹涪翁이다. 시인으로서의 명성이 높았으며, 스승인 소식(蘇軾 : 東坡)과
　　나란히 송대宋代를 대표하는 시인으로 꼽힌다. 강서파江西派의 시조로 그의 시는 고전주
　　의적인 작풍을 지녔으며, 학식에 의한 전고典故와, 수련을 거듭한 조사措辭를 특색으로
　　한다. 문집으로『예장 황선생문집豫章黃先生文集』이 있다.

7　강서시파江西詩派 : 중국 북송北宋 말기부터 남송 초기에 걸친 시의 유파. 강서종파江西宗
　　派 또는 강서파라고도 한다. 황정견黃庭堅을 시종詩宗으로 하며, 자구字句를 가다듬고, 어
　　려운 전거典據를 써서 고상한 경지를 나타내려고 하였으며, 대표적인 시인으로 진사도陳
　　師道·조충지晁冲之 등이 있다.

8　형강정荊江亭 : 중국 호북성湖北省 강릉江陵에 있는 정자로, 황정견黃庭堅이 57살 때, 이곳
　　에서 머물면서 〈병기형강정즉사病起荊江亭卽事〉라는 제목의 시 10수를 지었다.

여사女史를 읊다

가후賈后1

풍순馮筍이 석양정夕陽亭2에서 재앙을 전가하니

뜨거운 남풍에 사방 바다는 끓어오르네.3

만년에 금용성金墉城에 갇힌 것을 후회하지만4

오랑캐의 먼지가 낙양성에 가득하네.

양비楊妃

예상무霓裳舞5라는 법곡法曲6이 전해지니

초봄이 오기 전에 화청궁에서는

몰래 변방의 연유煉乳 마시며 오랑캐 아이와 놀며

---

1 가후賈后 : 중국 위진 남북조시대 진晉나라 혜제(惠帝, 291~306년)의 황후로 흉악하고
   음란하여 국정을 어지럽히다가 8왕의 난을 초래하였다가 처단되었다.

2 석양정夕陽亭 : 중국 하남성 낙양시 서쪽에 있는 정자이다.

3 남풍은 가황후의 비행을 풍자한 것이다. 『진서晉書』권卷31에, 낙중洛中에서, "남풍이 맹
   렬하게 누런 모래 불어대니, 석 달 뒤에는 너의 집을 멸망시키리라南風烈烈吹黃沙, 前至三
   月滅汝家."라는 노래가 유행하였다고 한다.

4 가후는 본디 황음하고 방자하여 간계를 써서 조서詔書를 위조하여 양황태후楊皇太后와
   희회태자愍懷太子를 폐출하여 금용성에 안치시켰다가 모두 죽였다. 이로 인해 가후도 결
   국 조왕 윤趙王倫에 의해 폐해졌다가 사사賜死되었고, 혜제도 조왕 윤에게 제위를 찬탈
   당하고 금용성에 안치되었다.

5 예상무霓裳舞 : 예상우의무霓裳羽衣舞의 준말. 당 현종唐玄宗이 꿈에 본 달나라 선녀들의
   모습을 본떠서 만들었다는 춤으로 양 귀비楊貴妃가 잘 추었다고 한다.

6 법곡法曲 : 당 현종唐玄宗 때의 이원성梨園省에서 만든 악곡이름이다.

또 삼랑三郎⁷을 향해 세아전洗兒錢8을 찾는다.

원문   咏女史

賈后

馮箌嫁禍夕陽亭　　烈烈南風沸四溟　　晚向金墉悔拘縶　　胡塵吹滿洛陽城

楊妃

按舞霓裳法曲傳　　華清宮裏小春前　　塞酥暗與胡兒戲　　又向三郎覓洗錢

---

7 삼랑三郎 : 당唐나라 현종玄宗의 어렸을 때의 이름이다.

8 세아전洗兒錢 : 아이를 씻기는데 드는 돈으로 양귀비가 안록산을 황제의 수양아들이라
　　고 말한 지 7일째 되는 날, 안록산을 궁중으로 데려다가 아이를 씻긴다고 하여 궁녀들
　　과 함께 어린애 옷을 만들어서 입히고, 포대기로 싸고 하면서 웃고 떠들어대니, 현종이
　　들어가 보고 아이 씻는 돈 백만百萬을 하사한 것을 말한다.

용만龍灣[1] 즉사

밤은 깊지 않았는데, 눈은 긴 처마에 수북이 쌓이고
한등寒燈은 가물거리고 딱따기 소린 끊이질 않는구나.
이런 때 단정히 앉아 있으면 마음은 천리千里에 닿고
침상머리엔 등불 하나 가물거리다 꺼진다.

원문   龍灣卽事

雪壓深簷夜未央   寒燈生暈柝聲長   此時危坐心千里   燼盡床頭一炷香

---

1   용만龍灣 : 지금의 평안북도 신의주의 옛 명칭으로 매계가 이곳에서 정희량과 함께 유
    배생활을 하였다.

도연진[1]에서 신계거辛季琚[2]와 함께 읊다

쓸쓸한 갈대가 물가에 무성하게 뒤덮여 있고
벽제소리에 백구白鷗가 깰까 조바심이 든다.
강가 정자에 기대에 부질없이 바라보는데
아득히 물안개 낀 저녁 산이 향수를 자아낸다.

원문   渡延津與辛季琚同賦

蕭蕭蘆葦滿汀洲   却恐前呵起白鷗   徙倚江亭空悵望   煙波渺渺晚山愁

---

1 도연진渡延津 : 황해도 안악安岳에 있는 나루이다.
2 신계거(辛季琚, ?~?) : 조선 성종 때 문신. 본관은 영월寧越이고, 자는 옥오玉뜸이며,
   1477년(성종 8년) 춘당대시春塘臺試에 갑과甲科로 급제하여 장사랑將仕郞을 거쳐 교리校理
   를 역임하였다.

칠언율시
七言律詩

길을 가다 우연히 읊다

하찮은 선비가 당일에 운룡雲龍1에 뜻을 품고
서쪽 장안 길 바라보니 끝이 없구나.
옹자翁子2처럼 이제라도 대궐로 돌아가고
계응季鷹3처럼 어찌 오중吳中을 생각할 수 있으랴.
소나무 꼭대기의 학은 천산千山의 달을 꿈꾸고
바다가 공활하니 붕새는 만 리 바람에 날개 짓는다.
하늘 끝으로 머리 돌리자 마음은 더욱 감개한데
흰 구름 떠 있는 어느 곳이 바로 관동 땅이런가?

원문   途中偶吟

小儒當日志雲龍　西望長安路不窮　翁子從今歸闕下　季鷹那得憶吳中
松高鶴夢千山月　海闊鵬翔萬里風　回首天涯心更感　白雲何處是關東

---

1 운룡雲龍 : 구름을 타고 하늘로 오르는 용이라는 뜻으로 영웅을 이르는 말이다.
2 옹자翁子 : 주매신(朱買臣, ?~BC 109)의 자이다. 주매신은 중국 전한前漢시대 무제武帝 때의 정치가로 자는 옹자翁子이며, 오吳나라 강소성江蘇省 소주蘇州출신이다. 군국郡國의 장부를 관리하는 관직에 있던 중, 무제에게 『춘추春秋』를 강설하게 되어 중앙관직에 올랐다. 승상장사丞相長史가 된 뒤 어사대부御史大夫 장탕의 죄상을 파헤쳐 그를 자살하게 한 일이 무제의 분노를 사 죽임을 당하게 되었다.
3 계응季鷹 : 장한張翰의 자이다. 『진서晉書』「장한전張翰傳」에 의하면, 장한은 진晉나라 오군吳郡 사람으로 자는 계응季鷹이고, 호는 강동보병江東步兵이다. 제齊나라 왕인 경冏이 그를 불러 대사마 동조연大司馬東曹掾을 삼았는데, 하루는 가을바람이 일어나는 것을 보고 문득 오중吳中의 순채蓴菜국과 농어鱸魚회가 생각나서 말하기를 "인생이란 제 마음에 맞는 대로 살아야지 무엇 때문에 고향을 떠나 천 리 밖에 나와서 벼슬에 얽매이겠느냐?"하고서 바로 고향에 돌아갔다는 고사가 있다.

동래 해운대

홍진紅塵 이십 년에 그 이름을 들은 지 오래
정상에 오르자 갑자기 푸른 바다가 보인다.
서각犀角1을 태워서 바다귀신을 살필 것 없고
때맞추어 비파를 연주하니 상수湘水의 신령이 감응한다.
구름이 걷히니 난학鸞鶴2들은 삼신산으로 돌아오고
하늘 드넓으니 곤붕鯤鵬3이 구명九溟4에 날고 있다.
동쪽을 바라보니 안기생安期生5이 있는 곳 멀지 않은 듯
영단靈丹을 만들어 어느 날이나 날개를 달아볼까?

원문　**東萊海雲臺**

紅塵卄載久聞名　一躡鰲峰眼忽靑　不用燃犀窺海怪　應須鼓瑟感湘靈
雲開鸞鶴歸三島　天闊鯤鵬簸九溟　東望安期知不遠　丹成何日揷脩翎

1　서각犀角 : 한의학에서 약재로 사용하는 무소의 뿔을 말한다.
2　난학鸞鶴 : 신선들이 타고 다닌다는 전설상의 난새이다.
3　곤붕鯤鵬 : 『장자』에 나오는 상상의 큰 물고기와 새. 흔히 매우 큰 사물을 비유적으로 이를 때에 쓰는 말이다.
4　구명九溟 : 사해四海를 가리킨다.
5　안기생安期生 : 『사기史記』 「열선전列仙傳」에 나오는 진秦 나라 때의 은자로 바닷가에서 약을 팔며 살았는데, 진시황秦始皇이 동유東游할 때 함께 대화를 나누다가 자신을 보고 싶으면 수십 년 뒤에 봉래산蓬萊山으로 찾아오라고 한 뒤 자취를 감췄다는 신선의 이름이다.

옛 생각

세상의 갈림길은 진흙 먼지로 혼탁한데

부질없이 헛된 이름에 이 몸을 얽매였다.

음풍영월하는 천성은 오직 묘구妙句만 찾고

강호江湖의 생활은 한 윤건綸巾으로 만족한다.

사종嗣宗1은 백안白眼으로 동료들을 놀라게 하였고

사조謝眺2는 청산을 후인後人들에게 남겼구나.

온갖 일 아득하여 개탄할 일 많아

때때로 통술과 더욱 친하게 지낸다.

원문　　古意

世間岐路混泥塵　　謾爲浮名絆此身　　風月性靈惟妙句　　江湖生理一綸巾
嗣宗白眼驚時輩　　謝眺青山屬後人　　萬事悠悠多慷慨　　時時樽酒更相親

1　사종嗣宗 : 중국 삼국시대의 위魏나라 사상가, 문학자 겸 시인인 완적(阮籍, 210~263)의
　　자이다. 그의 아버지는 후한後漢 말 건안칠자建安七子의 한 사람인 완우阮瑀이며, 혜강嵇康
　　과 함께 죽림칠현竹林七賢의 중심인물이다. 위나라 말기의 정치적 위기 속에서 강한 개
　　성과 자아自我 및 반예교적反禮敎的 사상을 관철하기 위하여 술과 기행奇行으로 자신을
　　위장하고 살았다. 많은 기행 중 '청안백안青眼白眼'의 고사가 유명하다. 대표작인 〈영회詠
　　懷〉의 시 85수는 자기의 내면세계를 제재로 한 철학적 표백의 연작이다.
2　사조(謝眺, 464~499) : 『남제서南齊書』「사조열전 謝眺列傳」에 의하면, 사조는 남제南齊
　　때 사람으로, 자가 현휘玄暉이며, 선성 태수宣城太守를 역임하였다. 글씨를 잘 썼으며,
　　특히 5언시를 시를 잘 지었는데, 시가 청아하고 아름다웠다고 한다.

늦은 봄 김선원[1]·박규보[2]·정자건[3]·권숙옥[4]·권계옥[5]·안공염·황영중·최명윤·박거비·이장원 등과 목멱산 서쪽 봉우리에 오르다.

몇 년이나 티끌 세상에 갇히어 곤욕을 치렀나?

봄날을 따라 푸른 봉우리에 올랐다.

도성의 나무들은 구름 걷히자 신록을 떨치고

바위 위에 핀 꽃은 비 끝이라 붉은 빛이 반쯤 바랬다.

안개에 희미한 북악산은 푸르게 에워싸고

해지는 서호西湖에는 옥빛 무지개가 걸려있다.

동풍이 취기 오른 얼굴에 불어오니

어찌 호기가 원룡元龍[6]을 압도하지 않으랴?

1 김맹성(金孟性, 1437~1487) : 조선 전기의 문신. 본관은 해평海平이고, 자는 선원善源, 호는 지지당止止堂이다. 김종직金宗直의 문하에서 수학하여, 1476년 별시문과에 병과로 급제하여 사간원의 헌납과 정언, 이조정랑·수찬 등을 지낸 뒤 사직하였다. 향리에 정사精舍를 지어 후진을 양성에 힘썼으며, 저서로는 『지지당시집』이 있다.

2 박형문(朴衡文, 1421~?) : 조선 성종 때의 문신, 자는 규보奎甫이고, 호는 이예당二藝堂이다.

3 정석견(鄭錫堅, ?~1500) : 조선 전기 문신. 본관은 해주海州이고, 자는 자건子健, 호는 한벽재寒碧齋이다. 1474년(성종 5) 문과에 급제, 정언·지평·예안禮安현감을 거쳐 1485년 이조좌랑이 되어 『삼강행실三綱行實』을 산정하였다. 이어 장령·경상도 경차관·동부승지·성균관지사·병조참지·대사간·이조참판을 역임했다. 무오사화 때 김종직의 문집을 편찬한 혐의로 투옥되었으나 고령으로 파직에 그쳤다.

4 권빈(權璸, ?~?) : 본관은 안동이고, 자는 숙옥叔玉이다. 1482년(성종 13년) 친시親試에 을과乙科로 급제하여 전적典籍을 역임했다.

5 권유(權瑠, ?~?) : 본관은 안동이고, 자는 계옥季玉이며, 권빈權璸의 동생이다. 1483년(성종 14년) 춘당대시春塘臺試에 을과乙科로 급제하여 전한典翰을 역임하였다.

원문 暮春與金(善源)·朴(奎甫)·鄭(子健)·權(叔玉·季玉)·
安(公琰)·黃(瑩仲)·崔(明允)·朴(去非)·李壯元(士雅)
登木覓西峰

幾年塵土困樊籠　　趁取靑春上翠峰　　城樹拂雲新撼綠　　巖花經雨半凋紅
烟微北岳圍靑障　　日落西湖曳玉虹　　劃地東風吹醉面　　不堪豪氣壓元龍

6　원룡元龍 : 진등의 자字이다. 『삼국지三國志』 「진등전陳登傳」에, 중국 삼국시대 위魏나라
진등陳登이 허사許汜의 방문을 받았을 때, 말 상대도 해 주지 않으면서 자기는 높은 침
상 위에서 자고 허사는 낮은 곳에 눕게 하였다. 뒷날 허사가 유비劉備와 얘기하면서 "진
원룡은 강해江海와 같은 선비로 호기를 제거할 수 없다.陳元龍湖海之士, 豪氣不除"라고 불평
했던 고사가 유래한다.

부여를 지나며 박규보朴奎甫[1]에게 주다

남쪽으로 온 나그네, 시간은 빠르게 흐르고
요란한 비바람 속에 밤잠을 이룬다.
꿈속에서도 안개 자욱한 궁궐을 맴도는데
몸은 차령 너머 백운白雲가에 있다.
푸른 산에 기대어 고향생각에 마음 아파하는데
눈앞의 맑은 강물에는 푸른 하늘이 잠겨있다.
동각東閣의 매화는 이미 시들어 버렸으리니
몇 번이나 공무를 마친 후 새로이 시를 읊는다.

원문   過扶餘贈朴奎甫

南來客況轉翛然　山雨東風鬧夜眠　夢繞烟花紫禁內　身歸嶺嶠白雲邊
傷心故國依靑障　澄眼澄江蘸碧天　東閣梅花開已老　幾回衙罷賦新篇

---

1 박형문(朴衡文, 1421~?) : 조선 성종 때의 문신. 자는 규보奎甫이고, 호는 이예당二藝堂
이다.

설날의 감회

오늘 하늘에 화창한 햇살 퍼지니

문득 근심 속에 새날로 바뀜을 깨닫는다.

쓸쓸하고 음습한 기운이 대지에서 걷히고

시들었던 생기는 마른 그루터기에서 돋아난다.

조금 놀란 뒤 도소주屠蘇酒1를 마시느라

채승화綵勝花2를 내려주시는 것을 보지 못했다.

대궐로 머리 돌리니 정신은 꿈처럼 아득한데

봄바람이 하늘가에 먼저 와 닿는구나.

원문 **元日有感**

今日天氣布陽和　忽覺愁邊換歲華　慘慘陰機收大地　離離生意放枯槎
漸驚後飲屠蘇酒　不見新頒綵勝花　回首九閽魂夢遠　春風先已到天涯

1　도수주屠蘇酒 : 사기邪氣를 물리치고 오래 산다 하여 설날 아침 차례茶禮를 마치고 세찬歲
　　饌과 함께 마시는 술이다.
2　채승화綵勝花 : 비단이나 금은으로 만든 조화造花이다.

삼가 점필재 김 선생의 시에 차운하다

그믐밤 역마을 객사에서 꿈속에 가위눌리고
한밤중 우렛소리에 깜짝 놀라 두려워한다.
근심은 풀빛에 이어져 빗물에 이르고
꽃을 시샘하는 추위가 하늘 밖에서 찾아온다.
집을 뒤흔드는 광풍이 어찌나 거세던지?
망루에 기대어 부르는 변방의 노래는 저절로 슬퍼진다.
곁에 있는 사람아, 내 행색 비웃지 마오.
일부러 봄빛을 쫓아가도 재촉받지 않는다오.

원문 奉和佔畢齋金先生韻

月黑郵亭夢成魘　　忽驚虩虩三更雷　　愁連草色雨邊到　　寒妬花期天外來
撼屋獰風何太急　　倚樓塞曲自生哀　　傍人莫笑吾行李　　故逐春光不受催

다시 앞의 시에 화운하다

잔잔히 흐르는 여울에서 낮잠을 자는데
졸음은 천둥같이 코고는 소리에 놀라 달아난다.
한가로운 꽃은 몇 그루에서 몇 번이나 피고졌나?
필마匹馬로 삼 년에 세 차례나 오고 갔다오.
아전은 술병 들고 옛정을 환기시키고
누군가 피리불어 애상哀傷한 마음을 푸는데
뽕따는 일 게을리 하지 마시라고
숲 속의 새들이 은근히 재촉한다.

원문 **再和前韻**

尾溜潺潺來午枕　　睡魔驚散鼻中雷　　閑花幾樹幾開落　　匹馬三年三往來
有吏提壺叩舊款　　何人吹竹攄幽哀　　桑田攀趾須莫懶　　林梢有鳥勤來催

중시重試 후 숙도叔度¹와 송도를 유람할 것을 약속하며

지난해엔 바닷가에서 이소離騷를 읊었는데

거듭 대궐문에 들어가 자포赭袍²를 바라본다.

짧은 재주로 어찌 세상의 그물에 맞겠는가?³

이 몸은 바로 강가에서 생활하는 것이 합당하다오.

광사宏詞⁴로 창려昌黎⁵의 한을 풀지 못했으나

술을 즐기며 항상 완적阮籍⁶의 호방함을 품었다오.

약속은 올해도 저버리지 않았으니

소륙小陸⁷과 함께 전조前朝를 찾고자한다.

---

1 숙도叔度 : 조신曺伸의 자字이다.

2 자포赭袍 : 임금이 입고 있는 붉은 빛이 나는 곤룡포로 임금을 의미한다.

3 『장자莊子』「덕충부德充符」에, 예곡羿彀은 예羿의 화살이 미치는 곳을 의미하며, 훗날 세
  상의 그물, 즉 과거에 급제하는 것을 의미한다.

4 광사宏詞 : 당현종唐玄宗 개원開元 9년에 실시된 과거의 한 과목으로 해박該博·능문能文
  을 의미한다.

5 한유(韓愈, 768~824) : 송 대 이후 성리학의 선구자였던 중국 당나라의 문학가 겸 사상
  가. 자는 퇴지退之이며, 시호는 문공文公이다. 산문의 문체개혁文體改革과 시에 있어 지적
  인 흥미를 정련精練된 표현으로 나타낼 것을 시도하는 등 문학상의 공적을 세웠으며,
  이는 송대 이후 중국 산문문체의 표준이 되고 제재題材의 확장을 주는 영향을 주었다.

6 완적(阮籍, 210~263) : 중국 삼국 시대 위魏나라의 사상가, 문학자, 시인. 자는 사종嗣
  宗이며, 죽림칠현의 한 사람으로 술과 청담淸談으로 세월을 보냈다. 저서에 『완사종집』,
  『달장론達莊論』 등이 있다.

7 소륙小陸 : 서진西晉 시대의 문장가인 육기陸機의 아우인 육운陸雲을 가리키는 말로, 이들
  형제는 똑같이 시문으로 당시에 이름을 떨쳤다. 여기에서는 자신의 아우인 조신曺伸을
  가리킨다.

　重試後與叔度約遊松都

去年海上賦離騷　重入脩門望赭袍　短技豈能容蟁蠛　此身端合臥江臯
宏詞未遣昌黎恨　嗜酒常懷老阮豪　結習年來消不盡　擬同小陸訪前朝

송도 복령사 벽에 써 있는 시에 차운하다.

시 주머니에 길고 짧은 시를 수습하는데

저 한길에는 안개가 깊고도 깊구나.

무너진 절간 나뭇가지에선 새소리도 감추고

반쯤 걷어 올린 발 틈으로 산 그림자가 거문고에 내려앉는다.

마음을 상쾌하게 하려고 조계수曹溪水를 마시려는데

코에 들어오는 향기가 먼저 꽃 수풀을 찾게 한다.

천여 년을 부질없이 방차률房次律1을 전하니

스님을 만나면 과거, 현재, 미래를 말하지 마오.

원문　　松都福靈寺次壁上韻

奚囊收拾短長吟　　一路烟霞深復深　　廢院鳥聲藏樹杪　　半簾山影落琴心2
爽襟欲試曹溪水3　　入鼻先尋蒼薈林　　千載謾傳房次律　　逢僧莫話去來今

1　방차율房次律 : 차율次律은 당唐 나라 때 사람 방관房琯의 자. 방관房琯은 현종玄宗·숙종肅
　　宗의 신임을 받아 장군이 되었으며, 또 세상일을 다 아는 체했지만, 실은 일을 모르고
　　사람을 잘 쓰지 못하여 진도사陳濤斜 싸움에서 군사 4만 명을 잃는 패전한 인물이다.
2　무진본에는 '簾'이 '詹'으로 표기되어 있다.
3　무진본에는 '曹'가 '漕'으로 표기되어 있다.

연복사 충각에 오르며

절간은 퇴락하여 흥도 사라진지 오래

동쪽과 서쪽에 있는 쾌각快閣은 텅 비어 있다.

날 저물자 재를 알리는 종소리는 마을에까지 들리고

봄이 오자 잡초가 우거져 마당을 뒤덮여 있다.

회오리바람이 불자 옥진玉塵은 천화天花1가 되고

먼지 쌓인 보석 상자에는 불경서가 들어 있다.

어리석은 중은 많은 서적을 사들이지만

누가 삼매三昧2에 들어 바로 진여眞如를 깨달았는가?

<table>
<tr><td>원문</td><td></td></tr>
</table>

登演福寺層閣

梵宮寥落廢興餘　　快閣東西望眼虛　　日暮齋鍾聞聚落　　春來荒草沒庭除
風飄玉塵天花雨　　塵積琅函貝葉書　　貿貿居僧多市籍　　定中誰是悟眞如

1　천화天花 : 하늘에서 내리는 꽃이라는 뜻으로 '눈'을 의미한다.
2　삼매三昧: 잡념을 떠나서 오직 하나의 대상에만 정신을 집중하는 경지를 말한다.

화원

마디충[1]이 무슨 벌레이기에 조정을 더럽히고
빈둥거리며 이곳에 자주 와 놀았나.
반생半生토록 음란하여 어찌 천명인들 알았겠으며
죽기로 발광하였으니 백성을 두려워하랴
태산 같은 괴석怪石들이 허공에 쌓여있고
기이한 꽃들은 군락을 이뤄 요염함을 다툰다.
남악南岳이 병란의 폐허로 어두워진 이래
쓸쓸한 행궁行宮에는 봄은 다시 아니 온다네.

원 문 **花園**

花物螟蛉忝紫宸　等閑來此樂遊頻　半生淫亂寧知命　抵死昏狂肯畏民
怪石如山空磊砢　奇花作陣鬪妖新　自從南岳兵塵暗　寥落行宮不復春

---

1 마디충 : 식물의 줄기 속을 파먹는 곤충의 총칭으로 명충, 또는 이화명충이라고 한다.
마디충은 고려의 우왕(禑王, 1365~1389)을 상징한다. 그는 공민왕恭愍王과 신돈辛旽의
시녀인 반야般若의 소생으로 10세에 이인임李仁任에 의해 왕으로 추대된 후, 처음에는
경연經筵을 열어 학문을 닦기에 힘썼고, 명덕태후의 훈계를 받아 몸가짐을 바르게 하여
신임을 받았으나, 명덕태후가 죽은 다음 사냥·음주가무·엽색 등 방탕에 빠져 백성들
의 신망을 잃었다. 이 화원은 바로 우왕이 음주가무와 엽색을 일삼던 장소였다.

성균관

고색창연한 대성전은 반수泮水가1에 있는데
젊은 학생들 다시는 채근가採芹歌2를 부르지 않는다.
부질없이 공자孔子의 소상塑像만 남아있어
감개가 무량함을 참을 수가 없구나.
서글프게 영웅도 이제는 적막 속으로 묻히고
아득한 세월도 모두 사라졌구나.
그 당시 교문橋門에 모여든 사람들을 추억하며3
책 상자 뒤지며 마루에 오른들 무엇 하겠는가?

원문 成均館

古殿荒凉泮水涯　青衿無復採芹歌　空餘尼父儀容在　不耐鯫生感慨多
袞袞英雄今寂寞　悠悠歲月棧消磨　追思當日橋門會　鼓篋升堂有幾麼

1 반수泮水가 : 반궁泮宮의 옆을 흐르는 물로 성균관의 주변을 가리킨다.
2 채근가採芹歌 : 『시경詩經』「노송魯頌」〈반수泮水〉에, "즐겁구나. 반수 가에서, 캐세, 캐세 미나리思樂泮水, 薄采其芹."라고 하여, 반궁에서 연회를 즐기며, 임금의 덕을 칭송하는 노래이다.
3 성균관[태학]에서 시행하는 향사례와 경연經筵을 구경하기 위해 모여든 수많은 사람을 의미한다.

안화동 수락석

절벽에서 샘솟는 샘물이 석연石淵으로 흐르고

드넓은 골짜기엔 푸른 안개가 내려있다.

황성의 옛터엔 천문千門마져 닫혀있고

봄 지나 늦게 핀 꽃나무만 서너 그루

겁화劫火1로 이미 조정도 바뀌었으니

사람들이 찾아와 옛날 청담淸談하던 것을 비웃는다.

해 저녁까지 머물며 나무꾼과 대화하는데

아직도 중암거사2의 이름을 말하더라.

원문　安和洞　水落石

一道巖泉瀉石泓　嵒谽洞口碧烟橫　年荒古礎千門廢　春去幽花幾樹明
刧已成灰朝市改　人來訪古笑談淸　日斜留與樵蘇話　猶說中菴居士名

1　겁화劫火 : 세계가 파멸될 때 일어나는 큰불. 여기에서는 위화도 회군과 조선왕조의 개
　　창을 의미한다.
2　이곡(李穀, 1298~1351) : 고려 말엽의 학자. 본관은 한산韓山이고, 자는 중보仲父이며,
　　호는 가정稼亭, 시호는 문효文孝이다. 저서로 『가정집』이 있다.

수창궁

오백 년 왕조의 그 모습이 아니거니
나그네는 부질없이 슬픈 서리가黍離歌[1]를 짓는다.
남아 있는 옥기와는 오랜 풍상에 낡았고
퇴락한 동타銅駝는 세월을 알려준다.
날이 저물자 산안개가 푸르게 숲을 감싸고
도성이 비자 봄풀이 푸르게 성가퀴까지 뻗었다.
선도仙桃의 옛일은 모두 다 사라지고
수레와 가마가 화산·한수[2]로 이동했다.

원문 **壽昌宮**

五百年來朝代非　行人空作黍離悲　欹殘玉瓦風霜古　零落銅駝歲月知
日暮山嵐青繞樹　城空春草綠侵陴　仙桃舊業消磨盡　輸與華山漢水移

---

1 서리가黍離歌 : 서리지탄黍離之歎이라고 하며, 나라가 망하고 종묘·궁전이 없어져 그 터
　가 기장밭이 된 것을 탄식하는 것을 말한다.
2 화산華山 : 서울 북쪽에 있는 삼각산의 옛 이름. 한수漢水는 한강漢江이므로 오늘날의 서
　울을 가리킨다.

박연

두 산은 아득히 높아 파란 산 기운이 이어지고

한 줄기 물이 가늘게 하늘로부터 내려온다.

하얀 실 같은 물줄기 곧바로 깎아지른 절벽으로 떨어지고

긴 무지개는 흐르는 샘물 마시려 거꾸로 매달려 있다.

운문산雲門山1을 어떻게 하루에 헤아릴 수 있나?

천년의 여산廬山2이 단지 부질없이 전해온다.

평생토록 두고 살펴도 일찍이 보지 못했으니

부질없이 시구詩句를 남겨 구름에게 답해본다.

시계 밖 청산은 구천九天에서 내려왔거니

마치 바가지가 허공에 매달린 듯

악시惡詩로는 장차 서릉徐陵3을 조롱 말라.

미구美句는 오늘날 누가 이백李白을 이을 수 있겠는가?

수많은 눈서리가 가루되어 흩날리고

---

1 운문산雲門山 : 중국 산둥성山東省 이두현益都縣에 있는 산이다.

2 여산廬山 : 중국 강서성江西省 북부 막부幕阜산맥의 동단부를 이루는 명산으로 남장산南障
山 · 남강산南康山 · 광산匡山 등으로도 불리며 높이가 약 1,600m이다. 중국 정토종淨土宗
의 성지가 되어 산속에 300여 개를 헤아리는 사찰이 들어서는 한편, 고승과 문인묵객
들이 끊임없이 찾아들어 많은 명소 · 유적과 시화가 남아 있다.

3 서릉(徐陵, 507~583) :중국 남조 진陳의 문학가. 자는 효목孝穆이고, 궁체시宮體詩의 대
표적인 한 사람이며, 『옥대신영玉臺新詠』을 편찬하였다.

때때로 뇌우雷雨가 용연靈淵에서 일어난다.

요즈음 세상은 가뭄으로 걱정이니

신룡神龍에게 긴 잠에서 깨라고 말하리라.

원문　朴淵

雨山迢遞翠微連　一水源從小有天　素練直垂磨峭壁　長虹倒掛飲流泉
雲門當日那堪數　廬岳千年只浪傳　着眼平生曾未見　空留詩句答雲烟

界破青山下九天　怳如瓠子半空懸　惡詩且莫嘲徐子　美句今誰繼謫仙
無限雪霜飛亂沫　有時雷雨起靈淵　于今下土方憂旱　說與神龍莫久眠

관음굴 앞의 냇가에서 밤에 술을 마시며

짚신 신고 짙푸른 험준한 산을 오르니
절집은 조용히 안개 속에 갇혀있다.
밤은 찬데 연못 속의 교룡蛟龍은 춤을 추고
달이 뜨자 나무 위의 놀란 학은 날아간다.
온 천지의 산 빛은 푸르게 술잔 위에 떠 있고
개울 건너 솔바람 소리는 금 이불 속까지 들린다.
다리 위에서 서로 모를 만큼 취하여
산발하고 미친 듯 노래 부르며 돌아갈 줄 모른다.

관음사 경내를 비추는 오늘밤의 달
평생 이처럼 신기한 줄 미처 몰랐다.
시냇물에 일렁이는 산 그림자는 은하수 밖까지 흔들리고
희미한 생황소리에 학은 요지에 내려앉는다.
낭랑하게 읊조리다 문득 진기塵機가 다함을 깨닫고
마음껏 취하여 춤사위가 더디어도 어찌 방해되리.
바빴던 십 년 세월 부질없이 오갔나니
이러한 유람을 속인俗人들은 모르게 하리.

원문   觀音窟前溪夜吟

芒蹻崎嶇步翠微　寶坊蕭洒鎖烟霏　夜寒潭底潛蛟舞　月上林梢警鶴飛
滿座山光浮綠蓑　隔溪松韻入金徽　相忘一醉橋頭石　散髮狂歌未擬歸

觀音寺裏今宵月　未信平生有此奇　激灩溪山動銀闕　依俙笙鶴下瑤池
朗吟徒覺塵機盡　兀醉何妨舞袖遲　十載奔忙空役役　玆遊莫遣俗人知

운거사

절름발이 나귀 타고 운거사 찾아 나선 길
푸른 숲을 지나 산촌山村을 찾아간다.
황량한 옛 절은 숲 속에 자리 잡고 있는데
졸졸졸 찬 샘물이 돌에 부딪혀 시끄럽게 흐른다.
불기 없는 화로엔 푸른 연기가 실처럼 피어오르고
비 갠 후라 꽃기운이 채색한 담장에 가득하다.
피곤하여 잠시 갈자리 펴고 눈을 붙였는데
이미 아침 해가 따뜻하게 비추는지도 몰랐다.

원문 雲居寺

瘦策騫驢恣踏雲　行穿翠密度山村　荒凉古寺依林住　淅瀝寒泉得石喧
火冷篆烟飄碧縷　雨晴花氣満彤垣　因來暫着蒲團睡　不覺朝暾已安溫

영통사 벽에 있는 시에 차운하여

들쑥날쑥한 산봉우리가 옛 절을 휘감아 앉고
수목은 지엽枝葉이 무성하여 그늘을 만들었다.
사대四大1는 어휘가 은미하여 붉은 태양 곁에 있고
삼생三生은 돌길 같아 백운白雲 속에 있다.
또한 속객俗客이라 미래와 과거를 참구參究할 수 없지만
다만 소인騷人에게 고금을 이야기하게 한다.
눈앞에는 반쯤 무너진 귀부龜趺가 보이지만
인간 세상은 겁화劫火에 몇 번이나 사라졌나?

원문　　**靈通寺次壁上韻**

亂山環擁古祇林　　樹木扶疎結暝陰　　四大語微紅日側　　三生石路白雲深2
也無俗客參來往　　只許騷人話古今　　眼見龜趺半零落　　人間劫火幾消沈

1　사대四大 : 불교의 용어로 세상의 만물을 이루는 근본이 되는 지地·수水·화火·풍風의 네 가지로 사람의 몸을 가리킨다.
2　무진본에는 '路'가 '老'로 표기되어 있다.

동쪽 교외에서 사냥을 구경하며

아침 일찍 성남에서 사냥 구경을 하는데
불탄 자리엔 푸른 풀들이 정말 꽃처럼 예쁘구나.
태양 아래 빛나는 채색 깃발은 사냥꾼들을 가리고
구름 같은 별동대는 수많은 짐승을 잡아서 돌아온다.
들을 막아 그물쳐서 교활한 토끼가 오갈 데 없고
허공엔 모혈毛血을 뿌리며 흰 매가 난다.
생고기 안주삼아 취한 후에 말을 몰아 다시 돌아오는데
후회스럽구나. 미리 짧은 옷 입지 않은 것을

원문　**東郊觀獵**

早向城南看打圍　燒痕靑草正芳菲　彩旗曜日遮群去　別隊如雲得雋歸
塞野羅罢狡兎窮　洒空毛血白鷹飛　割鮮醉後還馳馬　悔不從前着短衣

장원정

걸어서 오른 산언덕 푸른 산안개로 젖어있고
바라보는 곳마다 아지랑이 피어 모두 희미하구나.
해문海門의 파도는 청산에 부딪혀 용솟음치고
모래 언덕엔 바람 따라 백조가 날아든다.
저녁노을이 질 때 뿔피리 소리 처량하고
옛사람의 잘못으로 행궁엔 잡초만 뒤덮였다.
경승景勝을 탐하여 저 멀리 아득히 바라보니
다만 외딴 배가 달을 싣고 돌아온다.

원문 **長源亭**

步上岡頭濕翠霏　　望中烟火摠熹微　　海門浪蹙青山湧　　沙岸風來白鳥飛
斷角凄涼殘日落　　行宮蕪沒昔人非　　貪看目盡鴻濛外　　只有孤帆載月歸

숙도의 〈꿈속에서 돌아가다〉 시에 차운하여

비에 씻긴 꽃잎 아름다운 자태도 다했는데
꿈속에서나 집에 가는 나그네 생활 어찌 감당하랴?
고향땅은 여전하니 원래 환상이 아니리
객지 생활의 고생에 마음이 걸려 자주 탄식한다.
옹자翁子1는 고생스러워도 스스로를 귀히 여겼고
양웅楊雄도 죽었으니 누구를 허물할꼬.
그대에 의지하여 시험 삼아 한단邯鄲2을 향해 찾으리니
관인官印차고 돌아올 계획이 어긋날까 두렵구나.

원문　　次(叔度)夢歸韻

退盡臙脂雨洗花　　那堪客裏夢歸家　　溪山如昨元非幻　　桂玉關心屢發嗟
翁子辛勤要自貴　　楊雄寂寞許誰過　　憑君試向邯鄲覓　　佩印歸來計恐差

1　옹자翁子 : 주매신의 자이다. 주매신(朱買臣, ?~BC 109)은 중국 전한前漢시대 무제武帝
　　때의 정치가. 자는 옹자翁子이며, 오吳나라 강소성江蘇省 소주蘇州출신이다. 학문을 좋아
　　하였지만 집안이 가난하여 아내와 헤어지고 나무를 팔아 생계를 이으면서도 부끄러워
　　하지 않았다. 훗날 중앙의 주작도위主爵都尉가 되어 구경九卿의 반열에 올랐으며, 승상장
　　사丞相長史가 되었다.
2　한단邯鄲 : 중국 하북성河北省 남부에 있는 도시로 전국시대 조趙나라의 도읍지였으므로,
　　이 시에서는 '서울'을 의미한다.

압구정[1]

조회하고 돌아온 날 긴 강물을 굽어보고
물고기와 새도 잊은 지 이미 십여 년의 세월
고관대작들은 채색한 기둥에 빛나고
임금이 내린 편액 글씨가 창주蒼州에 비춘다.
글이 웅장하여 쉽게 입 놀리기도 어려운데
신세는 닻을 내리지 않은 배처럼 떠돈다.
만고에 이 강산은 임금의 은총이 내렸으니
자연과 벗하여 한가로이 근심을 달랜다.

원문 狎鷗亭

朝會日日俯長流　魚鳥相忘已十秋　玉筋銀鉤輝綵棟　宸章奎藻照蒼州
詞源渾灝難容喙　身世浮遊不繫舟　萬古江山留異寵　水雲深處遣閑愁

---

1 압구정狎鷗亭 : 조선 전기의 문신인 한명회가 지금의 서울시 강남구 압구정동의 한강 가
　에 세운 정자이다.

2월에 새 견사를 팔다[1]

부잣집도 척박한 땅이라 수레도 채우지 못했는데
봄이 오니 조세租稅 독촉을 어이 견디리.
가난하여 바지 없이 몇 년째 도롱이 차림인데
이월 지나 따뜻해지니 백목련은 피려 하는구나.
누에가 완전한 고치되는 것을 보지 못하는 것은
앞서 흰 견사를 부잣집에 팔기 때문이라네.
천년 세월에 섭이중聶夷中의 말이 분명하니
시경詩經의 〈칠월가七月歌〉와 비견되는구나.

원문   二月賣新絲

富家汚邪不滿車   春來其奈動催科   幾年襏襫貧無袴   二月辛夷暖欲花
未見吳蠶成獨繭   先將雪縷賣豪家   分明千載夷中語   准擬當時七月歌

---

1 이 시는 중국 당唐나라 말기의 시인인 섭이중聶夷中이 지은 〈상전가傷田家〉를 용사用事하
   여 백성들의 고통을 읊은 시이다. 섭이중의 〈상전가〉의 내용은, "2월에는 앞으로 나올
   비단을 미리 팔고, 5월이면 가을걷이를 담보로 양식을 빌린다. 눈앞의 종기는 고칠 수
   있지만, 그것은 심장을 도려내는 일과 같구나. 내 진정 임금께 바라노니, 부디 밝게 빛
   나는 촛불이 되시어, 화려한 잔치자리 비추지 마옵시고, 사방으로 도망간 백성 집들을
   밝게 비추소서二月賣新絲, 五月糶新穀, 醫得眼前瘡, 剜卻心頭肉, 我願君王心, 化作光明燭, 不照綺羅
   筵, 徧照逃亡屋"이다.

경상도사 이충언을 전송하며

누가 고향생각이 점점 희미해진다고 말했던가?

나는야 고향땅을 밤마다 꿈속에서 날아간다오.

그대가 도사都事[1]로 부임하는 늠름한 모습이 부럽고

나는 공무에 매여 혼정신성昏定晨省을 못함이 부끄럽다오.

아득히 고향땅 죽순 맛이 좋음을 상상하며

또한 샛물에 쏘가리가 살졌음을 알겠구나.

남쪽 사람들이여, 보통으로 보지마소

앞서 간 유랑劉郎이 오늘 또 돌아간다오.[2]

원문   送慶尚都事李(忠彦)

| 誰道鄉心積漸微 | 家山夜夜夢魂飛 | 羨君佐幕風儀壯 | 愧我縻官定省稀 |
| 遙想故園篁筍美 | 亦知新水鱖魚肥 | 南人莫作尋常看 | 前度劉郎今又歸 |

1　도사都事 : 조선시대에 감영監營의 종5품從五品 벼슬로 감사監司의 다음가는 벼슬이다.

2　당나라 때 시인인 유우석劉禹錫의 〈재유현도관再游玄都觀〉에서, "도화꽃 심은 도사는 어디로 돌아갔나? 지난 번 유랑이 오늘 다시 왔노라. 種桃道士歸何處, 前度劉郎今又來"를 용사하였다. 이 시에서의 유랑은 도사인 이충언을 가리킨다.

숙도가 임금이 불러 벼슬을 제수했다는 소식을 듣고 시를 써 주다

십 년의 궁핍한 생활 갈옷 입고 추위에 떨었으나
자유의 몸으로 강산을 편력했었지.
매번 가경佳境을 찾아 시로써 회포를 풀고
오랜 세월 문을 닫고 책을 보았었지.
장한 뜻 현실에 초연하니, 무엇이 방해되리
허명虛名은 조정에서 많이 드날렸었지.
일찍부터 곤궁과 영달이 모두 운명에 달려 있으니
죽음에 이르러도 변치 않을 단심丹心이 있을 뿐이라오.

단장 짚고 눈길을 밟으며 가야산을 찾아가다
다시 금오산金烏山과 낙동강을 지나갔지.
마음이야 나는 구름 같아 어찌 흔적이 있으랴
그대의 형색은 집나간 누추한 개 같아
거침없이 흐르는 세월에 장탄식長歎息은 잦아지고
아득히 멀리 구름에 쌓인 숲에서 호탕한 노랫소리 들린다.
신기한 경치를 보면 붓끝에 힘이 솟고
침착하고 조용히 지은 시구는 모두 자랑할 만하구나.

승정원의 학사로 재주와 이름이 천거되어
임금의 조서가 서울에서 나는 듯이 내려왔네.
바삐 봄옷차림으로 역말타고 서울로 오르는데

야복野服1과 좀먹은 책들을 가지고 떠났네.

시제주어 금란전金鑾殿2에 불러 시험하니

종이 펼쳐 한가로이 글을 쓰니 채필彩筆3은 소리가 나네.

잠시 후 연달아 열 수의 시를 지으니

하루아침 성가聲價가 성안에 으뜸이었네.

시를 짓고 돌아왔어도 해는 아직 이른데

또 임금이 불러 대궐로 들어가네.

임금의 풍채는 빛나서 천권天眷4에 허리 숙이고

내려주신 하사품이 많아서 성은에 감복하네.

다만 우로雨露에 흠뻑 젖은 것을 깨달았고

바야흐로 길러주신 은혜가 천지 같음을 알았네.

외람되고 영광스럽게 또 벼슬아치 되었으니

죽기 살기로 하여도 어떻게 임금께 보답할까?

재주있는 선비 궁핍하고 한미한 곳에서 나와

그대 아우가 입은 은총 세상에는 드물다네.

산해진미는 끊임없이 대궐 주방에서 보내주고

향기로 빚은 어사주御賜酒에 취하여 부축받고 돌아오네.

---

1 야복野服 : 평민平民이 입는 옷이다.

2 금란전金鑾殿 : 중국 당나라 때, 한림학사들이 거처하는 곳으로 궁궐을 의미한다.

3 채필彩筆 : 채색彩色하는 데 쓰는 붓이다.

4 天眷천권 : 하늘의 은혜恩惠. 임금의 사랑을 의미한다.

오직 아름다운 뜻 가지고 어려움을 맛보리니

옆 사람에게 시비是非를 말하지 말게나.

진중히 형제들에게 안부의 말을 전하니

훗날 모름지기 곤궁에 처한 사람을 염두에 두게나.

원문   聞(叔度)蒙召除官以詩寄贈

十載窮居布褐寒	奇遊落落遍江山	每尋佳境憑詩遣	長把陣編掩戶看
壯志何妨超物表	虛名贏得播朝端	早知窮達皆由命	只有孤心抵死丹
短筇衝雪訪伽倻	又歷烏山洛水涯	心似飛雲寧有迹	形如累狗況無家
堂堂歲月頻長歎	渺渺雲林發浩歌	剩把奇觀驅筆力	舂容句律摠堪誇
銀臺學士薦才名	尺一如飛下玉京	旋促春裝乘驛去	便將野服蠹書行
命題召試金鑾近	展紙閒揮彩筆鳴	俄頃詩成連十首	一朝聲價也傾城
罷賦歸來日未昏	又承宣喚入金門	龍光煥赫紆天眷	錫賚便蕃荷聖恩
徒覺沾濡渾雨露	方知長養寔乾坤	叨榮又作簪纓客	生死何由報至尊
由來才士起窮微	荷寵如君世所稀	珍送內廚來雜遝	香添法醞醉扶歸
惟將雅志嘗夷險	莫向傍人說是非	珍重鶺原相寄語	異時須念泣牛衣

황학루 그림족자

선옹仙翁은 피리 불며 어느 때나 돌아오려나?
아득히 높은 누각 푸른 하늘에 접해있네.
단장한 벽엔 일찍이 머물던 황학이 떠나가고
날개옷 입고 다시 흰 구름 타고 날아갔네.
한양성은 쾌청한 물가에 접해있고
물가는 안개에 원래의 모습 보이지 않네.
몇 사람이 난간에 기대에 쓸쓸히 바라보는데
세상에는 어떻게 정령위丁令威1를 본받겠는가?

원문   黃鶴樓 畫簇

仙翁捻笛幾時歸   縹緲層樓接翠微   粉壁曾留黃鶴去   羽衣還跨白雲飛
漢陽城郭臨晴浦   鄂渚風烟暗舊磯   多少倚欄人悵望   世間安得學令威

---

1 정령위丁令威 : 『수신후기搜神後記』에, 중국 한漢나라 때, 요동사람으로 영허산靈虛山에서
   도道를 배우고 학鶴으로 변해서 요동 땅 고향에 돌아와 성문의 화표주華表柱에 내려앉았
   는데, 어떤 소년이 활을 쏘려고 하자, 공중을 배회하며 말하기를 "집 떠난 지 천 년 만
   에 돌아왔는데 성곽은 옛모습 그대로이나 사람은 다르구나."하고 떠나갔다는 설화가
   있다.

취하여 양가행(희지)과 헤어지며 즉석에서 써서 주다

바닷가 경승지에서 놀이를 주관하게 되어
백 척의 누각에서 길게 읊조린다.
만 리 변성邊城에서 벼슬살이 하다가
삼 년을 조용한 절에서 함께 살았네.
등불 앞에 잘 차린 술상도 다하고
영남 땅, 저 멀리에서 세월은 다 흘러 보냈네.
웃으며 서로 만남도 또한 신기한 일인데
하늘 끝 저 멀리로 헤어져도 근심할 필요가 없다네.

원문   醉別楊可行(熙止)席上書贈

海山佳處作遨頭　　長嘯陳登百尺樓　　萬里邊城剖符竹　　三年蕭寺共袞裯
燈前衰衰盃盤盡　　嶺外迢迢歲月遒　　一笑相逢亦奇事　　天涯遠別不須愁

동관인 이희증·이정경·권숙강·권사효·김미수와 한강에 배를
띄우고 물결을 거슬러 압구정에 배를 대다

압구정 아래 흐르는 쪽빛 강물

한 번 노 저어 찾아오니, 술자리가 금세 무르익는다.

하늘이 내려앉은 평호平湖엔 구름이 넘실넘실

안개 깔린 별포別浦엔 버들가지가 살랑살랑

언덕 위 화각畵閣의 문들은 붉게 단청했고

그 너머 청산에는 푸른 이내가 뭉게뭉게 피어오른다.

노 젓는 소리는 단적短笛에 화운和韻하고

오늘처럼 즐거운 놀이에 강남江南을 상상해본다.

與同館李禧中(祐甫)·李正卿(世匡)·權叔强(健)·權士
孝(勺)·金眉叟(壽童)·泛舟漢江泝流 泊狎鷗亭

狎鷗亭下水如藍　一棹來尋酒正酣　天落平湖雲澹澹　烟橫別浦柳毿毿
岸邊畵閣扁朱戶　蓬外靑山捲翠嵐　鴉軋櫓聲和短笛　勝遊今日想江南

구월 이십일 일 이른 밤 풍전역豊田驛[1]에 들며

우활한 내가 옥당을 더럽힘을 부끄럽게 여기더니
갈바람 따라 부절을 지니고 북변 고을로 떠난다.
험한 길 마부를 채근하나 갈 길은 멀고
아득히 떠가는 구름을 보니 눈앞이 아득하구나.
마음속 생각을 헤아리니 어제 일이 그르고
이 내 신세를 생각하니 타향살이가 옳구나.
누가 동주東州[2]길의 필마匹馬를 가련히 여기랴?
천림千林에 한밤중 내린 서리를 다 밟고 간다.

| 원문 | 九月二十一日冒夜投豊田驛 |

自愧迂踈忝玉堂　秋風持節向龍荒　崎嶇叱馭行程遠　迢遞看雲望眼長
料理襟懷非昨日　商量身世是他鄉　誰憐匹馬東州路　踏盡千林半夜霜

1 　풍전역豊田驛 : 강원도 철원군 갈말읍 군탄1리의 풍전마을에 있었던 역원驛院이다.
2 　동주東州 : 강원도 철원군의 옛 이름이다.

칠언율시　**177**

철령[1]

철벽은 만 길의 산 허공에 가로 놓여있어

태초부터 요새지인 백 겹의 장중한 관문

길은 돌고 도는 자갈 길 구절양장九折羊膓으로 험하고

지세는 신기루가 싸늘하게 피어오르는 푸른 바다를 압도한다.

된서리에 나뭇잎이 시들어 가는 것을 문득 알았는데

높은 산 위에선 신령한 소리가 아스라이 들려온다.

요즘에는 변방에는 봉화불이 오르지 않아

말 위에서 안장에 기댄 채 편안히 시를 짓는다.

원문 **鐵嶺**

鐵壁橫空萬仞山　由來百二壯重關　路回犖埆羊膓險　地壓滄溟蜃氣寒
陡覺嚴霜凋木葉　遙聞靈籟在巖巒　于今塞北無烽火　馬上題詩穩據鞍

1　철령鐵嶺 : 함경남도 안변군 신고산면과 강원도 회양군 하북면 사이에 있는 고개로 높
　이 685m이며, 고개의 북쪽을 관북지방, 동쪽을 관동지방이라고 한다.

변방에서

백두산이 다한 곳, 동쪽바다 끝머리
여러 군영들은 상류에 별처럼 진을 치고 있네.
수많은 천막들은 말갈족 마을에 이어져 있고
유사시를 대비해 진지에는 용맹한 군대가 주둔해 있네.
서리 차가운데 화각畫角소리로 군령軍令을 알리고
눈 개인 뒤 부는 광풍은 병든 눈에 파고드네.
예로부터 변방의 수비는 고통스러운데
어느 날에 방비를 끝낼지 알 수 없다네.

두만강은 맑고도 한없이 깊고
강변의 눈 덮인 준령은 먹구름 속에 가려있네.
오랑캐 땅까지 이어진 산은 누가 길을 내었나?
속되고 잡된 오랑캐라 소리마저 알 수 없네.
일찍이 영토가 고구려 백제에 귀속되지 못하여
인仁을 흥기시킬 생각 요금遼金이 주관했네.
천년 세월을 어둡고 버려진 땅
예의 바른 민족으로 교화시키는 것은 지금부터라네.

질펀하게 펼쳐진 모래 언덕은 장성長城에 막혀있고
사막 북쪽엔 나쁜 기운이 없이 들판은 깨끗하네.

만 리 길 구름 따라 북쪽으로 갔으니
몇 날 밤을 꿈속에서 기러기 쫓아 남쪽으로 갔나?
해마다 수초水草는 호마胡馬를 살찌우고
여기저기 군영의 울타리는 병사들이 지키네.
해 저물어 쓸쓸하게도 향수 더욱 간절한데
어떻게 변방에서 호드기 소리를 들을 수 있으랴.

잎이 진 누런 느릅나무는 세찬 바람소리에 윙윙거리고
관문은 굳게 잠기고 병사들은 무기 들고 지키네.
취하여 지휘봉을 잡고 노래 부르는 자리에서
한가로이 병서를 보면서 전포戰袍를 살펴보네.
용기 자랑하는 건아들은 용맹을 떨칠 것을 생각하건만
넋 나간 오랑캐 패잔병은 다 죽일 필요가 없네.
사방이 바로 승평일昇平日을 만났으니
요계堯階에선 간우干羽[1]로 춤을 추며 구소九韶[2]를 연주하네.

원문 **塞上**

白山地盡海東頭　列鎮星羅控上游　無限穹盧連鞲鞻　有時區脫駐貔貅

1 간우干羽 : 방패干와 깃羽을 가리킨다. 『서경書經』「대우모大禹謨」편에, "순舜 임금이 일찍
   이 문덕을 크게 펴고 방패와 깃을 들고 두 섬돌 사이에서 춤을 추었는데, 그런 지 70일
   만에 완악한 묘족이 감복하였다.帝乃誕敷文德, 舞干羽于兩階, 七旬有苗格"고 한 데서 온 말로,
   임금의 훌륭한 덕화德化가 멀리 미침을 의미한다.
2 구소九韶 : 중국 고대 순임금 때의 음악으로 아홉 곡으로 끝나는 데서 붙여진 이름이다.

不知何日罷防秋
俗雜蕃夷未辨音
化盡衣冠式自今

幾宵夢逐鴈南征
那堪塞曲聽笳聲

閑把鞱鈐閱戰袍
干羽堯階奏九韶

從古玉關邊戍苦
山連粟末誰通道
千年貿貿腥膻地

萬里身隨雲北去
落日凄凉更愁絕

醉携如意當歌席
四方正值昇平日

雪霽狂風射病眸
江邊雪嶺接層陰
興仁想亦管遼金

漠北無氛胖野清
處處儲胥護戍兵

關門長鎖守弓刀
遊魂殘虜不須鏖

霜寒畫角申軍令
豆滿江清百尺深
版籍不曾歸麗濟

漫漫沙磧限長城
年年水草肥胡馬

落盡黃楡風怒號
賈勇健兒思自效

박백인[1]에게 화답함

만 리 밖으로 귀양 오니 문안하는 사람도 없고
공명功名은 예로부터 낚시에 걸린 고기신세
영락한 신세는 신 새벽의 꿈만 같은데
쓸쓸한 생애는 서책 읽는 일 뿐
벼슬살이 인연이야 참으로 우연이니
이리저리 헤매다가 필경에는 어떠한가?
초췌한 모습으로 바뀌었다고 말하지 마시게
예전의 원룡元龍같은 호기는 아직도 사라지지 않았다오.

원문 **和朴伯仁(孝元)**

萬里無人問謫居　功名從古似竿魚　飄零身世五更夢　蕭散生涯數簏書
得鹿由來眞偶爾　亡羊畢竟亦何如　莫言憔悴形容改　依舊元龍氣不除

---

1 박효원(朴孝元, ?~?) : 조선 전기의 문신. 본관은 비안比安이며, 자는 백인伯仁이다.
   1465년(세조 11년) 식년문과에 병과로 급제하여 병조좌랑, 장령, 사간 등을 지냈으나,
   성종 때 정치를 어지럽힐 인물로 인식되어 요직에 오르지 못했다.

다시 함흥으로 가는 길에

객지에서 부르는 긴 노래, 나그네길 어려운데
관하關河 천 리 길에 함박눈이 날린다.
얼음물 마실 때마다 창자는 얼얼하고
해를 바라볼 때마다 두 눈이 시려 옴을 어찌 견디리.
기러기 소리마저 끊긴 변방에서 수심에 겨워
조각구름 떠 있는 곳 장안長安1을 상상한다.
까닭 없이 또 함주咸州2 길 밟고 보니
두어 달 나그네 길 이미 흥마저 끊겼다오.

원문   再向咸興途中

客裏長歌行路難　　關河千里雪漫漫　　飮氷每覺寸腸熱　　望日那堪雙眼寒
斷雁聲中愁絶塞　　片雲飛處想長安　　無端又踏咸州路　　兩月驅馳興已闌

---

1 장안長安 : 임금이 계신 서울을 의미한다.
2 함주咸州 : 지금의 평안남도 함흥을 달리 이른 이름이다.

숙도叔度가 대마도에서 한양으로 돌아왔다는 소식을 듣고

대마도에서 돌아온 지 겨우 일 년인데
몇 번이나 꿈속에서 대마도를 맴돌았던가?
일찍이 곧은 마음은 소나무처럼 되기를 맹세하였건만
고향소식마저 황이黃耳[1]시켜 전하기 어려웠네.
북극에 먼지 개이니, 옥절玉節[2]을 차고 내달려서
남쪽바다 바람 편에 누선樓船을 보냈었네.
어느 때나 사신 일 대강이라도 마치고 돌아와
비 내리는 밤 외로운 침상에 함께 잠들 수 있을까?

원문 聞叔度自對馬島還京

馬島歸來動一年　幾回魂夢繞蠻煙　貞心早與蒼髥契　鄉信難憑黃耳傳
北極塵清馳玉節　南溟風便送樓船　何時粗了皇華事　夜雨寒床共對眠

---

1 황이黃耳 : 『술이기述異記』에 중국 위진 남북조 시대 진晉나라의 육기陸機라는 시인이 기르던 황이黃耳라는 개가 있었는데, 이 개가 육기를 위해 멀리까지 편지를 전달해 주었다고 한다. 후에 이를 '소식을 전해주는 사람'이라는 의미가 되었다.
2 玉節옥절 : 옥으로 만든 부신符信으로 옛날 관직을 받을 때에 증서로 받았다.

단오 날 그네뛰기

화창한 좋은 시절을 만나 경치를 감상하는데
언덕 위에서 노는 사람들 웃음소리 자지러진다.
비벼 꼬아 만든 채색 밧줄 버드나무 그림자를 흔들고
가볍게 뒤집혀진 비단 버선에 짙은 향이 묻어난다.
나는 제비 따라 숲 속으로 들어갈까?
흡사 한화閑花 좇아 땅에 떨어질까?
놀이가 끝난 후, 창감주昌歜酒1를 권하며
꿈속에서도 비바람이 지나간 연못을 돌아본다오.

원문 **端午鞦韆**

恰逢佳節賞年光　陌上遊人笑語狂　斜挈彩繩搖柳影　輕飜羅襪就塵香
恐隨飛燕穿林去　似逐閑花墮地壯　戲罷勸提昌歜酒　夢回風雨過方塘

1　창감주昌歜酒 : 물대신 좋은 술로 빚어 감미를 더한 주도가 낮은 술이다.

제갈량의 사당을 지나며

면양洒陽땅2 고강古江가에 있는 사당
시인은 지나가며 슬픔에 정신을 잃은 듯
널리 알려진 높은 명성은 역사에 쓰여 있고
당당한 대절大節은 건곤乾坤을 비춘다.
수운愁雲은 참담하게 삼국三國에 오락가락하고
지는 해는 처량하게 오장원五丈原3에 진다.
세운 뜻 한漢나라를 일으키지 못했으니
청산은 만고의 세월 속에 원통함을 머금었다.

원문　**過諸葛亮墓**

洒陽遺廟古江濱　詞客經過易斷魂　落落高名垂簡策　堂堂大節照乾坤
愁雲慘憺三分國　落日凄凉五丈原　有志未能扶漢業　青山萬古亦含寃

1　제갈량(諸葛亮, 181~234) : 중국 삼국시대 촉한의 정치가 겸 전략가. 자는 공명孔明이
　고, 시호는 충무忠武이며, 명성이 높아 와룡선생이라 불렀다. 오의 손권과 연합해 남하
　하는 조조의 대군을 적벽의 싸움에서 대파하고 형주·익주를 점령했으며, 그 후에도
　수많은 공을 세웠고, 221년 한의 멸망을 계기로 유비가 제위에 오르자 재상이 되었다.
　위魏의 장군 사마의司馬懿와 오장원五丈原에서 대진 중 병몰하였다. 그가 지은『전출사표
　前出師表』와 『후출사표後出師表』는 천고의 명문으로 지금도 애독된다.
2　면양洒陽땅 : 지금의 중국 호북성湖北省 면양현이다.
3　오장원五丈原 : 중국 섬서성에 있는 언덕으로 234년 촉觸나라의 제갈공명이 위장魏將 사
　마의와 대진對陣 중 병사한 곳이다. 이 때 촉은 공명의 목상木像을 진두陳頭에 내걸었는
　데, 이를 본 사마의가 싸우지도 않고 퇴진하였으므로, '죽은 공명이 산 중달仲達- 사마
　의의 자을 쫓았다.'라는 말을 낳았다.

권(숙강)이 연경에 가는 것을 전송하며

옛날 조용한 산사에서 함께 지냈던 일 추억하니
그대는 괄목할 만한 문장에 뛰어난 풍채
뛰어난 실력으로 일찍이 국기國器[1]로 추천되어
고명高名이 널리 알려져 시대의 인물에 속했지.
운우雲雨[2]를 가지고 청총마靑驄馬[3]에 머물지 마라
눈 비비고 보니 강산은 붓끝으로 들어온다.
남의 시문을 모방하여 짓는 조 대제曹待制를 비웃을 만하니[4]
배롱나무 아래에서 취하여 곤드레가 되었다오.

送權(叔强)赴燕京

憶曾蕭寺舊同袍　　刮目文章有鳳毛　　茂實早應推國器　　高名嬴得預時髦
莫將雲雨留驄馬　　剩刮江山入綵毫　　堪笑斷窓曺待制　　紫微花下醉酕醄

1 국기國器 : 나라를 맡아 다스릴 만한 능력. 또는 그런 능력을 가진 사람.
2 운우雲雨 : ① 구름과 비. ② 대업大業을 이룰 기회. ③ 남녀 간의 육체적인 사랑 등의
   의미가 있으나, 여기에서는 대업을 이룰 큰 기회, 즉 높은 벼슬을 의미한다.
3 청총마靑驄馬 : 총이말로 지방의 현감과 같은 낮은 벼슬아치가 타는 말이다. 여기에서는
   낮은 현감과 같은 낮은 신분을 의미한다.
4 착창斷窓은 문장을 짓는 재주가 부족하여 다른 사람의 작품을 모방하기만 한다는 뜻이
   다. 『조야첨재朝野僉載』에, 당나라의 양도陽滔가 중서사인中書舍人으로 있을 때 급히 제사
   制詞를 지어 올리라는 명이 하달되자, 마침 사관이 열쇠를 가지고 다른 곳에 가 있어서
   구본舊本을 참고해 볼 수가 없었다. 이에 급한 마음에 창문을 뚫고 가져다가 보았다. 당
   시 사람들이 이로 인하여 양도를 착창사인斷窓舍人이라고 불렀다. 여기에서 조 대제曹待
   制는 규장각 봉교인 조위曺偉 자신을 의미한다.

김군절(흔)이 연경에 가는 것을 전송하며

장절壯節[1]한 그대가 어찌 길이 어렵다고 고사하랴?
궁궐에서 잠시 종신從臣의 반열에 매였었지.
구름 걷힌 요동 땅 삼천리 머나먼 길
산은 거용관居庸關[2] 열두 관문을 에워쌌네.
드높은 하늘의 별자리를 우러러보고
궁궐 문을 열고 임금께 절을 올린다.
봄바람은 점점 먼 연행燕行길에 흙먼지를 몰아오고
난새와 곡새도 어두워서 잡을 수가 없구나.

원문   送金君節(訢)赴燕京

壯節那謝道路難　鑾坡暫綴從臣班　雲開遼海三千里　山拱居庸十二關
黃道句陳瞻象魏　紫宸閶闔拜龍顔　春風漸逐行塵遠　鸞鵠冥冥不可攀

---

1 장절壯節 : 기상이 씩씩하고 절의가 있음을 가리킨다.
2 거용관居庸關 : 중국 베이징 북서쪽에 있는 만리장성의 8대 관문의 하나. 팔달령八達嶺
　기슭에 있는 협곡으로, 몽골고원으로 가는 통로가 된다.

현사재(석규)[1]의 죽음을 애도하다

장원급제한 지 이십여 년 세월

청운의 자취는 출세 길에 들어섰네.

승진하기를 부지런히 하여 화려한 명예를 얻었고

포부가 커서 원대한 계략이 있다는 말도 들었네.

궁궐에서 임금 교서를 지어 받쳤고

변방의 관찰사가 되어 유랑하는 백성을 추슬렀네.

나라 걱정에 몸이 먼저 병들었으나

청사靑史에 남긴 공명 분명 속일 수 없으리.

원문   輓玄四宰(碩圭)

黃甲題名二紀餘　青雲步武展通衢　騰驤衮衮延華譽　抱負恢恢有遠圖
鳳沼演綸勤獻替　龍荒按節槭流逋　只緣憂國身先病　青史功名定不誣

1　현석규(玄碩圭, 1430~1480) : 조선 전기의 문신. 본관은 창원昌原이고, 자는 덕장德璋이
며, 호는 청단淸湍, 시호는 정경貞景이다. 1460년(세조 6년) 문과에 급제, 감찰 · 개성부
도사都事, 형조 · 예조의 정랑 · 집의執義를 역임하였다. 정직과 청렴으로 공사公事를 잘
처리하여 성종의 신임이 두터웠다. 중추부지사로 사은사가 되어 명나라에 다녀온 후,
평안도 관찰사로 선정을 베풀어 백성들의 청원으로 임기가 끝난 후 1년간 더 재직하고
어의御衣를 하사받았다.

밤에 무계茂溪¹를 건너며

황혼에 말을 몰아 강변을 지나다가
급히 쪽배 불러 언덕 가까이로 노를 저어오게 한다.
서리 내린 갈대숲엔 가을 기운이 쓸쓸하고
안개 자욱한 모래톱엔 이슬이 밝게 빛난다.
호각소리에 물결이 일자 고기들은 흩어지고
횃불에 숲 속이 밝아지자 자던 새들이 놀라 퍼덕인다.
달빛 아래 분주한 사람들 그림자가 어지럽더니
겨우 동아줄을 거두고 나서야 앞으로 나아간다.

원 문　夜渡茂溪

黃昏策馬傍江行　急喚扁舟近岸撑　霜落蒹葭秋氣肅　烟籠沙渚露華淸
角聲搖水游魚散　炬火明林宿鳥驚　踏月紛紛人影亂　纔收百丈赴前程

---

1 무계茂溪 : 지금의 경남 진해시 장유면 무계리에 있는 시냇물이다.

고령에서 김선원(맹성)¹이 지은 시에 차운함

우수수 서풍에 낙엽이 지는 시절

긴 여정 어느 곳에서 시름을 달래볼까?

객지 생활 속 한 통 술에 두 눈을 뜨고

귀양살이에 몇 편의 시를 썼나?

단칼로 말 많은 입을 다물게 하고

한 잔 술로 더러운 창자를 씻어 내리라.

완전히 속마음을 드러내어 그대에게 전하노니

그대가 스스로도 속이지 않는데, 어찌 나를 속이겠는가?

원문 高靈次金善源(孟性)韻

摵摵西風木落時　長程何處展愁眉　客中樽酒開雙眼　謫裏江山費幾詩
三尺可休論事喙　一盃聊瀹飮塵脾　十分傾瀉輸懷抱　君自不欺寧我欺

1 　김맹성(金孟性, 1437~1487) : 조선 전기의 문신. 본관은 해평海平이고, 자는 선원善源,
호는 지지당止止堂이다. 김종직의 문하에서 수학하여 이조정랑·수찬 등을 지낸 뒤 사
직하였다. 임사홍任士洪, 현석규玄錫圭를 탄핵한 죄로 고령에 유배되었다가 풀려나서 향
리에 정사精舍를 지어 후진을 가르쳤다. 저서로 『지지당시집』이 있다.

태수가 연못가 남쪽 봉우리에 나를 초대하여 중구절의 모임을
만들고 향사례를 베풀었다. 다음날 시를 지어 태수에게 받쳤다.

남으로 온 후 세월이 흐르는 것도 모르고
용산龍山의 좋은 모임에서 멋지게 놀았네.
국화 꺾고 술통 열어 아름다운 시절을 읊으며
단에 올라 화살 꽂으며 명사들이 뒤섞이네.
냇물에 반쯤 해가 기운 단풍든 숲의 저녁노을
수만 송이 마른 연잎에 옥로玉露 내리는 가을
시골에서 성대한 일 구경하는 것도 다행이니
거리마다 노래 부르며 현명한 태수를 칭송하네.

원문   太守邀余 于蓮池上南峰 作重九 仍設鄕射禮.
          明日 以詩 呈太守.

南來不覺歲華遒   佳會龍山作勝遊   擷菊開樽酬令節   登壇擂矢襍名流
半川落日霜林晚   萬柄枯荷玉露秋   自幸桑鄕瞻盛事   歌呼滿路頌明侯

웅진¹에서 김동지(순경)가 남쪽으로 가며 지은 시에 차운함

잠시 관복 벗고 낚싯대를 쥐고 보니
곰나루 봄물이 앞 여울을 넘친다.
몇 번의 노 젓는 소리 물결 따라 사라지고
한줄기 석양빛이 나루 건너에 남아있다.
뽕따는 아낙네 돌아올 때 머리에 꽃을 꽂고
나무꾼은 술 취한 뒤라 죽순껍질로 모자를 썼다.
영욕을 헤아려 보니 아득히 먼 일
이르는 곳마다 강산은 모두 기쁨을 준다.

밤비에 새로 몇 자 물이 불어
배들이 다투어 금강의 여울로 내려온다.
관복 차림으로 시가 비로소 지어지자
맛있는 안주와 술이 남아 있지 않구나.
십 년 풍진세월에 찌든 얼굴
낡은 의관을 걸치고 한 통 술로 담소한다.
서로 만나거든 부귀공명의 일일랑 말마시게
뜬구름 인생에 반나절의 기쁨을 넉넉히 얻었으니.

---

1 웅진熊津 : 지금의 충남 공주시의 옛 명칭으로, 웅진 외에 웅주熊州, 공산公山 등의 이름
   이 있다.

熊津次金同知(順卿)南遷時韻

暫脫朝衣把釣竿　熊津春水沒前灘　數聲柔櫓隨潮去　一抹斜陽隔浦殘
桑女歸時花揷髻　山翁醉後撻爲冠　算來榮辱悠悠事　到處江山足盡歡

夜雨新添水幾竿　蘭橈爭下錦江灘　玉簪羅帶詩初就　雪縷金虀飮未殘
十載風塵餘面目　一樽談笑舊衣冠　相逢莫話名途事　贏取浮生半日歡

삼가 금교역金郊驛[1]에 있는 시에 화운하다

우러러보니 태산북두와 같아 오르기 어려워
몇 달을 모시고 함께 다닌 것을 자랑스럽네.
봄눈은 홀연히 흐르는 물 따라 다 녹아버렸는데
나그네 마음은 어찌 떨어지는 꽃잎처럼 한가하랴?
느릅나무 버드나무 숲은 짙은 안개에 어둑하고
소와 양들은 언덕 위로 모여들어 집으로 돌아가네.
해 저문 긴 여정에 애수는 곱절이나 간절하여
아직도 꿈속에서조차 궁궐의 반열에 매여 있네.

원문   奉和金郊驛韻

仰如山斗逈難攀   自記追陪數月間   春雪忽隨流水盡   客心那似落花閑
濛濛榆柳烟中暝   戰戰牛羊壟上還   日暮長程倍愁絶   夢魂猶綴紫宸班

---

1   금교역金郊驛 : 황해도 금천군에 있었던 역원驛院이다.

사인 장성의 시에 차운하여 고양군(신준)[1] 선위사에게 바치다

나그네 생활 속에 어떻게 봄바람을 보내나?

강산을 둘러봐도 온 천지가 모두 같구나.

들판의 물과 안개는 처음으로 푸르름이 넘쳐나고

복숭아는 햇볕을 받아 이미 붉게 익었네.

일 년 중 아름다운 계절에 혼자 읊조리며

만 리로 떠난 나그네는 애수에 매여 통음痛飲을 한다.

오랫동안 난간에 기대어 앉아 한가로이 시구詩句를 찾으며

높은 음으로 길게 휘파람 불자 구름위로 하늘로 울려 퍼진다.

원문   次張舍人(城)韻 呈高陽君(申浚)宣慰使

那堪客裏送春風　擧目江山處處同　野水和烟初漲綠　園桃烘日已蒸紅
一年佳節孤吟裏　萬里羈愁痛飲中　坐久憑欄閑索句　劃然長嘯薄雲空

1　신준(申浚, 1444~1509) : 조선 전기의 문신. 본관은 고령高靈이고, 자는 언시彦施이며,
　호는 나헌懶軒, 시호는 소안昭安이다. 이조· 공조 판서, 한성부판윤, 대사헌을 지냈고,
　다시 1495년 공조, 형조 판서가 되어 지경연사를 겸하였다. 1506년 중종반정의 공으로
　고양부원군에 봉하여졌다.

통군정[1]에서 노 승지와 조순천과 함께 읊다

육지의 끝 서남쪽바다는 하늘에 맞닿고
홍정紅亭은 높이 압록강 언저리에 솟아있다.
깊은 밤 달빛아래 바람에 고각鼓角[2]이 울고
찬이슬 내린 군영의 굴뚝에선 연기가 피어오른다.
멀리 산봉우리들은 아득히 자라등처럼 보이고
장림長林에 멀리 새 날아가는 모습이 은은히 비춘다.
높이 올라 멀리 바라보아도 향수를 주체할 수 없어
고향땅 바라볼 때마다 망연자실해진다.

원문 · 統軍亭 與盧承旨 · 曺順川同賦

地盡西南海襯天　紅亭高壓鴨江堧　風傳鼓角三更月　露冷儲胥萬竈烟
遠岫微茫鰲背外　長林隱暎鳥飛邊　憑高望遠愁無奈　一望鄕關一悃然

---

1 통군정 : 평안북도 의주군 의주읍에 있는 조선시대의 누정樓亭으로 정면 4칸, 측면 4칸
   의 합각지붕건물이다. 의주읍성義州邑城에서 제일 높은 압록강 기슭 삼각산三角山) 봉우
   리에 자리잡고 있는 관서팔경의 하나이다.
2 고각鼓角 : 군중軍中에서 호령號令할 때 쓰던 북과 나팔을 가리킨다.

삼가 강 상공(희맹)이 병중에 준 시에 화운함

만 리 길 말달리면서 몇 번이나 얼음물 먹었나?
관서 땅의 역말들은 뾰족한 산처럼 야위었네.
공을 따라 막사에 들어와도 대책이 없음이 꺼려지고
경치보고 시를 지으려 하나 재능이 없음이 부끄럽네.
늦가을 변경엔 새벽 행차를 재촉하고
홍루紅樓의 밤 연회에서 청사초롱에 취했네.
이제부터 외람되이 용문龍門의 객이 되었으니1
구만리 장천長天에 날아오르는 붕새도 부럽지 않네.

방안에 불어오는 청풍에 벼루에는 살얼음이 얼고
종남산의 산 빛은 바라볼수록 험준하네.
대나무도 죽취일2이 지나 옮겨 심을 곳이 없고
매실도 누렇게 익을 때가 되어 씹어 먹을 수가 없네.
가랑비에 꽃잎 지는데 한가로이 문을 걸어 잠그고
작은 창에 조용히 등불 밝히고 책을 읽네.

---

1 『후한서後漢書』「이응전李膺傳」에, 후한後漢 때 이응李膺이 고사高士로 명망이 높아, 누구
   든지 그로부터 한 번 접견만 받으면, 사람들은 그 접견받은 사람에게 "용문에 올랐다."
   고 일컬었다. 용문龍門은 성망聲望이 높은 사람을 비유한 말로 훌륭한 자리에 참석하게
   된 것을 비유한다.

2 죽취일竹醉日 : 음력 5월 13일을 일컬음. 중국의 속설에 이 날 대나무를 옮겨 심으면 잘
   산다 한다.

진공晉公은 녹야綠野3을 어찌 헤아리랴?

작은 새를 가지고 대붕大鵬과 비교하지 마라.

원문   奉和姜相公(希孟)病中見寄

萬里驅馳幾飮氷   關西驛騎瘦崚嶒   陪公入幕嫌無策   對景題詩愧未能
紫塞曉裝催玉節   紅樓夜宴醉紗燈   從今叨作龍門客   不羨扶搖九萬鵬

一室淸風硯欲氷   終南山色望崚嶒   竹過醉日移無所   梅到黃時嚼未能
細雨落花閑閉戶   小窓黃卷靜篝燈   晉公綠野何須數   莫把希而較大鵬

3 녹야綠野 : 별장을 짓고 시주를 나누며 생활하는 것을 말한다. 『신당서新唐書』 「배도전裵
   度傳」에, 당唐나라 재상인 배도裵度는 환관이 득세하는 조정에 염증을 느끼고, 벼슬을 그
   만두고 나서 녹야당綠野堂이라는 별장을 지어 놓고는 백거이白居易, 유우석劉禹錫 등과 함
   께 시주詩酒를 나누며 유유자적한 생활을 하였다고 한다.

쌍성雙城[1]에 있으면서 숙도의 시에 차운하다

유유히 말 위에서 세월을 허비하니
이르는 곳마다 오직 옛집을 그리는 마음뿐
가련한 이 내 신세, 천리밖에 떨어져 있고
벌써 여러 해를 벼슬길에서 고생하였다.
지난 일을 생각하면 진정으로 힘써야 하나
초심初心과 비교해 보면 매번 같지가 않다오.
객지에서 매번 계절이 바뀔 때마다 놀라고
기러기에 전해오는 가서家書에 아직도 마음 설레누나.

질풍에 흩날리는 눈이 창문을 때리는데
동쪽 바다를 바라보며 거울을 닦는다.
붓에 입김을 불어가며 즉경卽景을 그리고
말에 기댄 채 부는 긴 휘파람은 큰 소리로 불려진다.
몇 년 전쟁에 뼈는 가을 풀에 묻히고
한 곡조 피리소리가 저문 강 너머에서 들려온다.
두 번 행차에 머리가 희끗희끗해지고
대궐로 돌아갈 꿈 평시에도 더욱 많아진다.

1 쌍성雙城 : 지금의 함경남도 영흥의 옛 이름이다.

在雙城次(叔度)韻

悠悠馬上費居諸　　到處惟應戀故廬[2]　　身世自憐千里外　　名途已困數年餘
商量往事眞當勉　　比較初心每不如　　客裏屢驚時節換　　雁來猶喜得家書

風飄朔雪打窓紗　　起瞰東溟鏡拭磨　　呵筆小題摸卽景　　凭鞍長嘯當高歌
幾年戰骨淪秋草　　一曲胡笳隔暮河　　兩度行邊頭欲白　　禁園歸夢覺增多

2 무진본에는 '惟'가 '猶'로 표기되어 있다.

홍주[1] 목사 임수경을 전송하며

반평생 공명을 젊은 시절에 이루어

무관 출신으로 큰 고을 목사가 되었네.

난새는 탱자나무에 깃드는 날 많지 않고

봉새는 밤하늘에 날아오르는 시기가 있다네.

기름진 봄 동산에 소들은 논밭갈이를 하고

어둡게 내리는 해우海雨 속에 자고새는 우네.

좌천된 관리 중에 장원급제자가 있어

때때로 술잔 들고 여수旅愁를 위로하네.

원문   送洪州牧林秀卿

半世功名尚黑頭　　朱幡榮戟牧雄州　　鸞栖枳棘無多日　　鵬上雲宵自有秋
膴膴春原耕穀觫　　濛濛海雨吚鉤輈　　謫官亦有龍頭客　　把酒時時慰旅愁

1 홍주 : 지금의 충남 홍성군의 옛 지명이다.

매
계
집

작은 연못에 봄풀이 돋다

사공謝公은 재주가 매우 뛰어나서
매번 서당西堂을 향해 자주 꿈속에 나타나네.[1]
천리 길 달려 혼이 이미 하나 되니
한 번 붓으로 쓰니 처음으로 참신하여지네.
고향사람들이 오히려 멀어져 가슴 아픈데
눈앞의 연못에는 풀들도 저절로 봄이 깊어가네.
화려한 문장을 매번 동생 때문에 지었으니
지금도 오히려 친한 정을 상상할 수 있다네.

원문   池塘生春草

謝公才調絶無倫　每向西堂入夢頻[2]　千里馳神魂己合　一番下筆句初新傷
心傷心鄕國人猶遠 滿眼池塘草自春　華藻每因阿弟發　只今猶可想情親

---

1 동진東晋의 시인 사령운謝靈運이, "매번 시를 지을 때에 혜련惠連, 사령운의 족제을 대하
   면 문득 아름다운 귀절을 이루었다. 일찍 내가 서당西堂에서 시를 생각하다가 온종일
   못 지었는데, 문득 혜련을 꿈에 보고 '지당생춘초池塘生春草'라는 구를 얻었는데, 그것은
   신공神功이지, 내 말이 아니다."라고 한 것을 말한다.
2 무진본에는 '西'가 '書'로 표기되어 있다.

5월 14일 오랜 가뭄 끝에 조금 비가 내렸다. 대궐에서 홍소주와 수정잔을 승지와 경연관들에게 내려주시고, 이어 시를 짓기를 명하셨다. 이에 신 이길보, 신 노공필[1], 신 조위, 신 신계거[2] 등이 함께 지어서 바쳤다.

한결같은 마음 하늘에 통하여
잠시 후 먹구름에 온 천지가 어두워지더니
영우靈雨[3]가 처마에 떨어지자 낙숫물이 되고
푸른 벼 자라는 논에는 홀연히 안개가 깔린 듯
수정 술잔 속에는 붉은 술이 진하고
구슬자리 위엔 신선들이 모였다.
은총이 치우침을 부끄럽게 여겼는데
취하여 돌아갈 때 오히려 금촛대를 하사하셨다.

원문   五月十四日, 久旱小雨. 內出紅燒酒水晶盞, 命饋承旨
及經筵官于承政院, 仍命題詩.   臣李(吉甫)·臣盧(公
弼)·臣(文幹)·臣辛(季琚)等, 同賦以進.

---

1 노공필(盧公弼, 1445~1516) : 조선 전기의 문신. 본관은 교하交河이고, 자는 희량希亮, 호는 국일재菊逸齋이다. 대사헌, 공조판서, 찬성贊成 등을 지냈으며, 중종반정 뒤 영경연사領經筵事가 되어 명나라에 가서 중종의 승습承襲에 대해 승인을 받아왔다.
2 신계거(辛季琚, ?~?) : 조선 성종 때 문신. 본관은 영월寧越이고, 자는 옥오玉吾이며, 1477년(성종 8년) 춘당대시春塘臺試에 갑과甲科로 급제하여 장사랑將仕郎을 거쳐 교리校理를 역임하였다.
3 영우靈雨 : 필요한 때에 신통神通하게 내리는 비. 호우好雨를 말한다.

由來一念可通天　　俄頃陰雲暗八埏　　靈雨滴簷纔作溜　　綠秧平水忽如烟
水晶盞底濃霞液　　玳瑁筵中集地仙　　愧殺年來偏寵渥　　醉歸猶得賜金蓮

채기지(수)¹가 파면되어 남쪽 고향으로 돌아가는 것을 전송하며

당시에 물수리 하나가 조정에 있으며
평생을 철석간장鐵石肝腸²으로 자부했네.
일편단심으로 성주에 보답코자 하였으나
자주 바른말하여 임금의 심사를 건드렸네.
벼슬살이에 만족을 기대했으나, 어느 때나 충족되려나?
늙기 전에 얻은 한가함이 진정한 한가함이라네.
내일 아침 필마匹馬로 고향 길을 찾아 나서면
가을바람에 흥겨워 고향 땅도 진동하겠지.

원문 送蔡耆之(壽)罷官南歸

當時一鶚在朝端　自負平生鐵石肝　欲把丹心酬聖主　頻將危語犯天眼
居官待足何時足　未老得閑眞是閑　匹馬明朝尋舊路　秋風歸興動鄉關

---

1 채수(蔡壽, 1449~1515) :조선 전기의 문신. 본관 인천仁川이고, 자는 기지耆之이며, 호
　는 나재懶齋, 시호는 양정襄靖이다.
2 철석간장鐵石肝腸 : 철이나 돌 같은 간과 창자란 뜻으로, 굳고 단단한 절개節槪 · 마음을
　가리킨다.

최 판관(유강)[1]이 연경에 가는 것을 전송하며

늙어 갈수록 재명才名과 기상은 오히려 호방한데

노둔한 말과 준마가 오랫동안 한 마구간에서 견뎠네.

관산關山땅 만 리 밖에서 외로이 칼을 들고

백년 인생에 반백으로 늙어감이 슬프다네.

여관에서 추운 밤 지새는데 닭은 너무 빨리 울고

국경에 가을이 깊어가니 기러기가 높이 나네.

관광觀光은 본시 남아의 일

해마다 다리 힘이 빠진다고 탄식 말게나.

원문 送崔判官(有江)赴燕 *有江 譯官也. 性元寡合 而能書

老去才名氣尙豪　可堪駑驥久同槽　關山萬里携孤劍　身世百年悲二毛
旅館夜寒鷄唱早　塞垣秋盡鴈飛高　觀光自是男兒事　莫歎年年脾肉消

---

1 최유강(崔有江, ?~?): 조선 전기의 한어 통역관. 본관은 강화江華)이며, 할아버지는 밀
  직제학密直提學) 수진秀眞)이고, 아버지는 부사副使) 항恒)이다. 한어에 능통해 세조~성
  종대 승문원의 한학교육과 각급 사신을 수행하면서 대명외교 및 대여진정책의 수립 등
  에 공헌을 많이 하였다.

남으로 돌아가며 이 익재李益齋[1]의 〈감회시〉에 용운하다

게으름을 피우며 제멋대로 비부非夫[2]를 비웃고
반발 짝 밖에 외도畏途[3]가 있음을 항상 염려한다.
천리 길 고향땅에도 가을이 무르익는데
한번 들어선 벼슬길에 외로이 새벽 차림을 한다.
임금의 주변에 있는 여러 친구들은 봉새를 말하는데
강남에 떠도는 나는 농조弄鳥를 상상한다.[4]
끙끙거리며 시 짓는 습관을 버리지 못하고
때때로 수염을 만지작거리는 것도 모른다.

원문　　**南歸途中用李益齋感懷韻**

疎慵任却笑非夫　　跬步常虞有畏途　　千里家山秋興熟　　一鞭官路曉裝孤
群公天上稱鳴鳳　　游子江南想弄鳥　　未遣吟哦餘結習　　時時不覺捼髭鬚

1　이제현(李齊賢, 1287~1367) : 고려 말기의 문신, 학자. 초명은 지공之公이고, 자는 중사
仲思이며, 호는 역옹翁, 익재益齋이다. 벼슬은 문하시중에 이르렀으며 당대의 명문장가
로 정주학의 기초를 닦았다. 저서로는 『익재집』, 『역옹패설』, 『익재난고』가 있다.

2　비부非夫 : 대장부가 못되는 사람을 가리킨다.

3　외도畏途 : 무섭고 두려운 길을 가리킨다.

4　춘추전국시대 초楚나라의 효자인 노래자老萊子가 나이 70에 부모 앞에서 어린애 옷을
입고 새 새끼를 희롱하여 부모의 마음을 기쁘게 하였듯이, 자신도 어버이를 가까이서
봉양하기 위해서 걸군乞郡하겠다는 뜻이다.

직지사[1]에서 잠을 자며 김(선원)과 함께 읊다

동화문東華門2에서의 십년 세월 길을 헤매다가
오늘 선방에서 각건角巾이 비스듬하여졌다.
서리 내린 뒤라 기장은 모두 잎이 지고
달빛 아래 원앙와鴛鴦瓦는 점점 번득인다.
향내도 가늘어지면서 추위를 더욱 재촉하고
불탑의 등불도 가물거리며 부드럽게 진眞을 말한다.
귀에 가득히 들려오는 돌 샘물 소리에 잠 못 이루는데
내일 아침이면 다시 홍진紅塵을 밟음을 어이하랴.

원 문　　宿直指寺與金(善源)同賦

東華十載久迷津　今日禪房岸角巾　霜後烏稗渾脫葉　月中鴛瓦漸生鱗
篆盤香細寒更促　佛榻燈昏軟語眞　滿耳石泉清不寐　明朝其奈踏紅塵

1 직지사直指寺 : 경북 김천시 황악산에 있는 절이다.
2 동화문東華門 : 동화문은 백관이 입조할 때에 출입하던 문으로 벼슬살이를 의미한다.

강도江都[1] 회고

드높이 솟아 있는 마니산 푸른 봉우리
외로운 성에 왕이 머문 사십여 년 세월
임금의 깃발을 해교海嶠[2]에 머물게는 할 수 있어도
백골들을 전쟁터에 버려 둔 것이 마음 아프구나.
봄바람에 임금도 없는 궁궐에는 보리가 패고
달밤이라 갑곶진에는 연기가 낮게 깔린다.
어찌 권간權奸들만 유독 건재했던가?
당시에 고기 먹는 사람들 중에 인재가 없는 것이 괴이하구나.

원문   江都懷古

摩尼山色翠嶙峋   駐蹕孤城四十春   可使翠華留海嶠   傷心白骨委兵塵
春風麥秀升天闕   夜月煙橫甲串津   豈必權奸能獨健   當時肉食怪無人

---

1 강도江都 : 지금의 인천광역시 강화군(강화도)를 달리 부르는 지명이다.
2 해교海嶠 : 바닷가에 있는 험준한 산으로 강화도의 마니산을 가리킨다.

조 판관(달생)[1]이 영흥으로 부임하는 것을 전송하며

화령和寧[2] 옛 고을은 번화한 땅
묻거니 백수白水에서 용이 난 것이 몇 년이던가?
성곽을 싸고도는 강물은 바다로 통하고
다락에 가득한 산 빛은 맑은 연기에 싸여있다.
금당琴堂에 해가 길면 화필花筆이라도 잡아보고
객실에 한가한 밤이면 비단자리에서 취하시게.
묘수는 모름지기 뒤얽혀 복잡한 곳에 쓰이는 것이니
황량한 변방에서 흰머리로 늙어 감을 근심하지 말게나.

원문   送趙判官(達生)赴永興

和寧舊府繁華地　白水龍飛問幾年　繞郭江流通瀚海　滿樓山色疊晴烟
琴堂日永摻花筆　賓榻宵閑醉綺筵　妙手政須盤錯用　莫愁蒼鬢老荒邊

1 　조달생(趙達生, ?~?) : 본관은 미상이고, 자는 가행可行이다. 1468년(세조 14년) 춘당대
　　시春塘臺試에 병과丙科로 급제하여 전적典籍을 역임했다.
2 　화령和寧 : 지금의 함경남도 영흥의 옛 지명이다.

대보름날 왕명을 받들어 짓다

수역壽域1은 빛나는 태평성대
향가香街2에 가랑비 개자 봄처럼 화창해진다.
구름 걷힌 대궐은 별천지로 빛나고
바람 이는 오산鰲山에는 둥근달이 밝구나.
때때로 수만 개의 불티가 흩어지는 것이 보이는데
천문千門 어느 곳에서 자고신紫姑神3을 맞이할까?
늦은 밤 시신侍臣이 술 취해 돌아오니
새해의 기쁜 웃음소리를 즐겨들을 수 있었다.

원문   上元應製

壽域熙熙屬太平　香街小雨斂春晴　雲開鳳闕壺天逈　風動鰲山璧月明
萬顆時看紅荔撒　天門何處紫姑迎　侍臣扶醉歸來晚　喜聽新年歡笑聲

---

1 수역壽域 : 『한서漢書』「예악지禮樂志」에, "온 세상의 백성을 이끌어 인수仁壽의 지역에
   오르게 한다."라고 하여, 좋은 세상을 말한다.
2 향가香街 : 임금이 계시는 서울의 거리를 말한다.
3 자고신紫姑神 : 이경李景의 첩으로, 적처嫡妻에게 구박받아 궂은 일만 하였다가 죽은 하
   미何媚의 신을 말하며, 정월 보름 저녁에 맞이하여 농사와 여러 가지 길흉을 점친다고
   한다.

정자건(석견)¹이 연경에 가는 것을 전송하며

요란한 버들가지 수레에 걸리는데
벼슬아치들은 뒤섞이어 길 떠나는 사람을 전송한다.
총이말 탄 남대南臺²의 사신을 함께 바라보다가
아득히 어두운 밤하늘의 북극성을 가리킨다.
골령鶻嶺³의 봉우리는 맑게 높이 솟아 있고
압록강의 물결은 푸르고도 맑게 출렁인다.
풍광이 또렷하여 사물들을 시의 소재로 삼을 만하니
분명 그대는 새로 시를 읊느라 침이 튀기리라.

원문　送鄭子健(錫堅)赴燕

撩亂楊花襯畵輪　　衣冠雜沓送行人　　共看驄馬南臺使　　遙指雲宵北極辰
鶻嶺峰巒晴兀兀　　鴨江波浪綠粼粼　　風光歷歷堪題品　　應把新詩唾玉津

1　정석견(鄭錫堅, ?~1500) : 조선 전기 문신. 본관은 해주海州이고, 자는 자건子健, 호는
　한벽재寒碧齋이다. 1474년(성종 5) 문과에 급제, 정언 · 지평 · 예안禮安현감을 거쳐 1485
　년 이조좌랑이 되어 『삼강행실三綱行實』을 산정하였다. 이어 장령 · 경상도 경차관·동부
　승지·성균관지사 · 병조참지·대사간·이조참판을 역임했다. 무오사화 때 김종직의 문집
　을 편찬한 혐의로 투옥되었으나 고령으로 파직에 그쳤다.
2　남대南臺 : 학문學問과 덕행德行에 뛰어나서 추천을 받아 대관으로 뽑힌 사람을 말한다.
3　골령鶻嶺 : 평안북도 성천군에 있는 산으로, 그 곳에는 고구려 동명왕 천신이 도와서 만
　든 성과 궁대宮臺가 있다.

이자준이 영안도[1]에 절도사로 떠나는 것을 전송하며

은전恩典으로 호남에 보내져 두 해도 되지 않았는데
임금이 무릎을 치며 기뻐하여 돌아올 것을 명하였네.
옛날부터 대궐에서 함께 병략兵略을 이야기하고
웅번雄藩[2]을 호령하며 무위武威를 떨쳤었지.
드넓은 옥문관玉門關[3]은 모래사막 밖에 있는데
아득한 변방에는 깃발들만 휘날리네.
이제는 오랑캐 땅에서 화살이 날 일 없으리니
모두 만리장성처럼 만 리를 지킬 것으로 여기네.

열렬한 국사國士의 풍모 맞설 자가 없어
당당히 제일가는 젊은 재상이라네.
대장기 아래에서 육진六鎭[4]을 지휘하고
채찍으로 오랑캐를 질타하겠네.
넓은 바다 동쪽 끝이라 말도 먹일 수 없어
남쪽 서울에서 오는 기러기가 있는가를 바라보네.

---

1 영안도永安道 : 조선 시대에, 함경도를 이르던 명칭이며, 영길도永吉道를 고친 것이다.
2 웅번雄藩 : 변방의 큰 번진藩鎭을 가리킨다.
3 옥문관玉門關 : 고대 중국의 서쪽 요지였던 감숙성甘肅省 둔황현敦煌縣 부근에 배치되었던 관문이지만 일반적으로 북방의 관문을 의미한다.
4 육진六鎭 : 조선 세종 때, 북변에 설치한 여섯 진으로 경원慶源, 경흥, 부령, 온성, 종성, 회령에 설치하였다.

동봉해온 편지에 고향일 실렸나 물어보고

임금께 보은하려 일찍부터 공 세울 꾀를 품었네.

천리마 같은 재주로 험한 언덕 내달리고

물수리 같은 준재로 파란 하늘을 오르네.

궁궐에서는 한안국韓安國을 생각하는데5

제장諸將들은 모두 경백소耿伯昭를 추천하네.6

기세는 장백산을 압도하여 지축을 뒤흔들고

가슴속에는 창해를 뒤엎어 타고난 교만함을 씻었네.

군영의 달빛 아래 다섯 수레의 책을 읽고

술 취해 서풍을 맞으며 가죽외투를 추스르네.

---

5 『한서漢書』「한안국전韓安國傳」에, 한漢나라의 무제武帝는 평화조약을 무시하고 북방을
번번이 침범하는 흉노족을 무력으로 응징하기 위해 대신들의 의견을 물었다. 이때 어
사대부御史大夫인 한안국韓安國이 "강한 쇠뇌에서 힘차게 나간 화살이라도 최후에는 힘이
떨어져 노魯나라에서 만든 얇은 비단 조차 뚫을 수가 없습니다. 마찬가지로 아무리 강
한 군사력도 원정에는 여러 모로 군사력이 쇠퇴하는 법입니다."라고 반대하였다고 한
다. 이는 조정에서 북방의 오랑캐를 무력에 의한 진압이 아닌 평화적인 방법으로 화친
을 맺고자하는 것을 염두에 두고 있다는 의미이다.

6 『후한서後漢書』「경엄전耿弇傳」에, 경엄은 자字가 백소伯昭이며, 후한後漢의 광무제光武帝
때 장수이다. 광무제가 경엄에게 장보張步를 공격하라는 명령을 내렸다. 파죽지세로 진
격한 경엄의 부대는 임치의 동쪽 성에 이르러 장보의 주력부대와 맞붙게 되었다. 이 싸
움에서 경엄은 허벅다리에 화살을 맞고 피투성이가 되었지만 부하들을 독려하며 앞장
서 싸웠으나 고전을 면할 수 없었다. 이런 전황을 보고 받은 광무제는 몸소 군대를 이
끌고 경엄을 도우러 나섰다. 그때 경엄의 부하 한 사람이 원군이 올 때까지 잠시 후퇴
했다가 병력을 재정비하여 다시 싸우자는 건의를 했다. 그러자 경엄은 호통을 치며 "황
제가 오시는데 소를 잡아 술상을 차려놓고 맞지는 못할망정 어찌 섬멸하지 못한 적군
을 남겨둔단 말인가?"라고 말했다. 사기충천한 경엄군은 임치를 함락시켜 황제로부터
크게 칭찬을 받았다.

送李子俊節度永安道

恩遣湖南未再期　君王拊髀賜環歸　已從宣室談兵略　却領雄藩振武威
浩浩玉關沙磧遠　茫茫楡塞旌旗飛　從今黑水無傳箭　共擬長城萬里圍

烈烈無雙國士風　堂堂第一黑頭公　指揮六鎭牙旗底　叱咤諸蕃尺蓳中
瀚海東窮無飮馬　華山南望有來鴻　織書宜問乘鄕事　報主應懷早策功

才似驊騮馳絶坂　俊如鵬鶚上晴霄7　九重却念韓安國　諸將咸推耿伯昭
氣壓白山掀地軸　胸翻滄海洗天驕　五車讀盡營門月　醉倚西風擁邑貂

7　무진본에는 '晴'이 '淸'으로 표기되어 있다.

또 남을 대신해서

기개는 세상을 뒤덮는 영웅이라고 모두들 인정하는데
젊은 나이에 사신으로 파견되어 제공諸公을 압도하네.
황사 바람 속에 피리소리도 슬픈데
흑수黑水[1]의 파도는 취중에도 푸르구나.
호령하며 번개처럼 내달리니 표호豹虎도 쩔쩔매고
위엄있는 명성으로 쓸어내니 견양犬羊도 없어졌네.
정녕 알겠네. 임금이 알고 불러 돌아오는 날
응당 변방을 개척한 일등의 공 아뢸 것을

원문   又代人

共許潭潭盖世雄　青年擁節壓諸公　黃沙鼓角悲風裏　黑水波濤醉眼中
號令雷馳豹虎慸　威聲彗掃犬羊空　定知宣召歸來日　應奏開邊第一功

1　흑수黑水 : 흑룡강黑龍江의 다른 명칭이다.

김중용(종유)의 시에 차운함

매번 경림瓊林1을 향할 때마다 한은 사라지지 않으니

남명南溟2에서 어느 날이나 부상할 수 있나?

그대가 벽안碧眼으로 산수를 찾아다니는 것 가련히 여겼는데3

도리어 내가 청삼青衫4으로 조시朝市5에서 고생함을 비웃는다.

도道를 배우면 예부터 고기 맛을 잊어야 하는데

생계를 꾀하려면 누가 이 같은 진로塵勞6를 면할 수 있으랴?

밀양 땅에서 옛날 놀던 일 추억하니

봄바람을 부는 봄날 백옥교白玉橋에서 함께 취했었지

물결치는 강호江湖에서 몇 편의 시를 지었으니

만일 벼슬길에 들어선다면 늦었다는 말 하지마소.

소반에 놓인 나물 반찬도 달기만 하고

집안 가득한 시서詩書로 스스로 즐길 줄 안다.

---

1 경림瓊林 : 송나라 때 進士진사시험에 합격한 사람들을 위해 잔치를 베푸는 곳이다.

2 남명南溟 : 남명南冥. 남쪽에 있다고 하는 큰 바다로 김종유가 지방의 영남의 청송青松에
   서 교수敎授로 근무하고 있는 것을 말한다.

3 벽안碧眼은 도력이 높은 스님을 가리키는 의미이나 이 시에서는 김종유가 스님처럼 청
   빈하게 사는 것을 의미한다.

4 청삼青衫 : 조복朝服 안에 받쳐 입는 옷으로 남빛 바탕에 청은 빛깔로 가를 꾸미고 큰 소
   매가 달렸다. 매계 자신이 벼슬살이를 하고 있다는 의미이다.

5 조시朝市 : 조정朝廷과 시정市井을 아울러 이르는 말이다.

6 진로塵勞 : 번뇌煩惱. 세속적世俗的인 노고勞苦이다.

세상사란 구름처럼 모였다 흩어지는 것을 견뎌야 하는 것

소식을 자주 돌아가는 기러기 편으로 보내네.

가을날에는 반드시 강남의 약속이 있으리니

등불 앞에서 다정한 눈빛으로 이별을 이야기하네.

원문   次金仲容(宗裕)韻

每向瓊林恨未消　南溟何日起扶搖　憐君碧眼尋山水　笑我靑衫困市朝
學道從來忘肉味　謀生誰是免塵勞　舊遊却憶凝川月　共醉東風白玉橋

漫浪江湖幾首詩　倘來軒冕莫言遲　橫盤苜蓿甘如許　滿屋詩書樂自知
世事可堪雲聚散　信音頻寄鴈來歸　秋風定有江南約　靑眼燈前話別離

대궐에서 입춘첩을 짓다

어젯밤 북동풍이 승명전承明殿1에 불자

잠시 후 궁궐에는 조화를 만들어 달았네.

기후가 시절을 알아 매화와 버들도 피니

삼광三光2이 순조로운 태평성대로세.

한 상 가득한 오신반五辛盤3은 봄나물이라 부드럽고

섣달에 내린 눈에 나무들은 구슬 달고 반짝이네.

일찍이 봄철에 신령新令을 반포하자

태평한 기운이 먼저 서울 땅에 가득하네.

원문   **大殿立春帖**

條風昨夜入承明　　俄頃宮花剪綵成　　一氣知時梅柳動　　三光順軌泰階平
辛盤狼藉春蔬軟　　琪樹糢糊臘雪晴　　早向靑陽布新令　　昭光先滿洛陽城

1 승명전承明殿 : 중국의 한漢나라 궁궐에 있던 궁전으로 임금이 계신 궁궐을 의미한다.
2 삼광三光 : 해와 달과 별의 세 가지를 이르는 말인데, 별은 북두칠성을 이른다.
3 오신반五辛盤 : 입춘 때 돋아나는 봄나물을 겨자에 버무려서 만든 음식으로 겨울동안 부
   족했던 비타민의 보충으로 유용했던 음식이다.

유극기(호인)이 궁궐로 가는 것을 전송하며

옛날 성균관에서 다정하게 지내던 일을 생각하니

중간에 만나고 헤어져 서로 아득하였구나.

새벽이면 함께 금란전金鑾殿으로 내달렸고

갈바람 맞으며 함께 지리산에도 올랐었지

원·백元白은 서로 그리워 시통이 자주 오고 갔고[1]

서·진徐陳은 이별 뒤엔 탑상榻床만 부질없이 걸렸었지.[2]

곤붕鯤鵬이 한번 부상하여 날갯짓을 하면

아득히 먼 봉래산도 하루거리에 있으리.

원문	送兪克己(好仁)赴闕

憶昔芹宮傾蓋年　　中間聚散兩茫然　　同趨曉日金鑾殿　　共躡秋風方丈顚[3]
元白相思筒屢遞　　徐陳別後榻空懸　　鯤鵬一去扶搖翼　　飄渺蓬萊在日邊

1　당나라 시인인 원진(元稹, 779~831, 자는 미지微之)과 백거이(白居易, 772~846, 자는
　　낙천樂天이고, 호는 취음선생醉吟先生, 향산거사香山居士)는 서로 우정이 돈독하였다. 백
　　거이가 절강성 항주杭州로 좌천되었을 때, 〈가을날 원진에게 주는 12운〉에, "바빠도 술
　　통을 대할 때가 많았고, 흥이 시들면 시통을 열어본다네.〈秋寄微之十二韻〉, 忙多對酒樽, 興
　　少閱詩筒."라고 읊고 스스로 주를 달기를 '이는 내가 항주에 있을 때, 양절兩浙에서 창화
　　唱和詩하여 주고받은 시를 시통에 넣어 오고가게 하였다. 自注 : 此在杭州 兩浙唱和詩贈答 於筒
　　中遞來往'라고 한 것을 말한다.
2　『후한서後漢書』「서치전徐穉傳」에, 후한後漢 진번陳蕃이 태수로 있으면서 다른 빈객은 일
　　체 사절하고 서치徐穉가 올 때에만 특별히 의자를 내려놓았다가 그가 가면 다시 올려놓
　　았다고 한다. 후에 이를 현사賢士를 대접하는 의자를 의미한다.
3　무진본에는 '顚'이 '巓'으로 표기되어 있다.

취수옹의 양화헌에 붙여

인간 세상에 시비를 관여하지 않으니
이 늙은이는 취한 채 조니 온전한 미치광이는 아니라네.
백 잔의 술에 길이 흐뭇한 경지에 들고
한번 잠에 들어 잠시 황홀함에 놀랐네.
둑 가득히 붉은 꽃에 봄비가 가늘게 내리고
주렴 사이로 희붉은 석양빛이 길게 비춰네.
동풍에 떨어진 꽃잎이 비질하듯 한데
자신이 화서국華胥國에 있는 줄도 모르네.[1]

題醉睡翁養花軒

不管人間是與非　此翁醉睡未全癡　百觚長入陶陶境　一枕俄驚栩栩時
滿塢嫣紅春雨細　映簾微紫夕陽遲　東風落去渾如掃　身在華胥不自知

---

1 낮잠을 자며 꿈을 꾸는 것을 말한다. 『열자列子』「황제편皇帝篇」에, "황제가 낮잠을 자는
데, 꿈속에서 화서씨華胥氏의 나라에 가니 그 나라는 군장君長도 없이 자연에 맡길 따름
이요, 그 백성을 욕심이 없고 자연에 맡길 따름이었다. 이윽고 잠을 깨어 깨달음이 있
어 천하가 크게 다스려졌다."고 하였다.

우우정

낙동강 가에 작은 정자를 지어놓고
좋은 이름으로 편액하니, 생각도 아름다워라.
이륙二陸[1]의 재주와 명성을 감히 누가 상대하며
삼양三楊[2]의 가법家法은 세상에 흔치 않다네.
봄이 오자, 함께 〈형수장荊樹章〉[3]을 읊으며
술 취해 〈체화편棣華篇〉[4]을 읊조린다.
또 다시 영원鴒原[5]을 향해 한가로이 서서 바라보니
저 멀리 푸른 구름 사이로 기러기 떼 날아간다.

---

1 이륙二陸 : 중국 서진西晉의 문학가인 육기(陸機, 261~303)와 그의 동생인 육운陸云 형제를 가리킨다.
2 삼양三楊 : 중국 명나라 때 서예로 유명한 양사기楊士奇·양영楊榮·양부楊溥를 가리킨다.
3 형수荊樹 : 옛날에 전진田眞의 형제 3인이 재산을 똑같이 나누고 나니 오직 자형수紫荊樹 한 그루만 남았다. 이것을 셋으로 쪼개서 나누자고 의논하고서 다음날 그 나무를 베러 가보니 나무가 이미 말라 있었다. 전진이 크게 놀라 아우들에게 이르기를, "이 나무의 뿌리가 본래 하나인지라, 장차 쪼개 나눈다는 말을 듣고 이렇게 마른 것이니 우리는 나무만도 못하다."하고는, 나누었던 재산을 다시 합하여 형제간에 아주 화목하게 살았다는 고사에서 온 것으로 형제간의 우애를 비유한 말이다.
4 『시경詩經』「소아 小雅」〈상체常棣〉에, "아가위꽃, 그 꽃송이 울긋불긋 아름답네. 오늘의 모든 사람 중에, 형제같이 좋은 건 없네.常棣之華, 鄂不韡韡, 凡今之人, 莫如兄弟"에서 나온 것으로, 형제간의 우애 가리킨다.
5 영원鴒原 : 척령재원鴒在原의 준말로 형제가 있는 고향을 가리킨다.

友于亭

小亭新構洛江涯　扁以佳名意所嘉　二陸才名誰敢敵　三楊家法世無多
春來長共吟荊樹　醉後相將賦棣華　更向鴒原閑騁望　碧雲迢遞鴈行斜

유극기[1]와 함께 단속사[2]를 유람하며

문밖의 귀부龜趺는 오랜 풍상에도 굳건하고
명승名僧의 높으신 자취는 선림禪林에 남아있다.
무서리에 단풍나무는 아름답게 물들고
처마 끝 풍경은 때때로 묘한 소리를 낸다.
옛날 놀던 곳을 찾으니 어찌 감회가 없으랴
가을에 슬픈 마음이 들어 부질없이 장단구를 읊는다.
간밤의 산비에 파초잎이 울고
등불 아래 차를 끓이니, 가을 흥취를 자제할 수 없구나.

원문 與兪克己同遊斷俗寺

門外龜趺歲月深　名僧高躅在禪林　霜楓樹樹着佳色　風鐸時時遺妙音
訪古那堪多少感　悲秋空有短長吟　夜來山雨鳴蕉葉　煮茗篝燈興不禁

---

1 유극기兪克己 : 유호인兪好仁의 자이다.
2 단속사斷俗寺 : 경상남도 산청군 단성면 지리산 동쪽에 있던 신라 때에 지어진 절이다.

월영대[1]에서 다시 정(지상)[2]이 지운 시에 차운하다

해문海門 동쪽으로 바라보니, 커다란 파도가 밀려오고
천년 전 유선儒仙[3]이 놀던 옛 누대가 남아있다.
구름 그림자는 아득히 배 그림자 따라가고
노 젓는 소리는 기러기 소리와 뒤섞여 들린다.
반석 위에 흐릿한 글자를 어루만지며
통술 앞에 넘쳤던 술잔을 상상한다.
당시의 풍류를 물을 길 없는데
물가에는 한월寒月 아래 새들만 배회한다.

원문　**月影臺追次鄭(知常)韻**

海門東望浪崔嵬　千古儒仙有古臺　雲影遙連帆影去　櫓聲仍帶鴈聲來
摩挲石上糢糊字　想像樽前激灩盃　當日風流無處問　滿汀寒月鳥飛回

---

1 경상남도 마산시 무학산에 있는 누대로 최치원선생이 쌓았다고 전한다.
2 정지상(鄭知常, ?~1135) : 고려 인종 때의 문신·시인. 초명은 지원之元이고, 호는 남호
南湖이다. 묘청의 난에 연루되어 김부식에게 피살되었다. 고려시대 가장 뛰어난 시인이
었으며 저서에 『정사간집鄭司諫集』이 있다.
3 유선儒仙 : 신라말기의 문인인 최치원을 가리킨다.

상원 날 바다를 건너며

관해루觀海樓 앞에 짙은 안개 걷히고
동풍에 작은 배를 떠나보낸다.
청산 가는 길은 부용도芙蓉島를 감싸 돌고
푸른 시내 조수물은 유자섬으로 관통한다.
세월은 가는 곳마다 좋은데
비로소 신세가 부평초임을 알겠구나.
매화가 눈처럼 피고, 보리가 파릇파릇한 봄
술잔을 들고 나그네 길의 향수를 모두 잊는다.

원문   上元渡海

觀海樓前瘴霧收   東風吹送木蘭舟   青山路繞芙蓉島   碧澗潮通橘柚州
聊喜年華隨處好   始知身世本來浮   梅花如雪秣牟綠1   把酒都忘客裏愁

---

1 무진본에는 '秣'가 '來'로 표기되어 있다.

군청에는 옛날에 꽃나무가 없었는데, 손수 매화 네 그루를 심었다. 일 년이 지나자 모두 꽃이 피어 시를 지어서 읊었다.

동헌의 창가에 앉아 형으로 삼아 불러보는데
봄빛이 죄다 산성으로 옮겨온 듯
매화는 꽃 가운데 가장 먼저 피는데, 어찌 등급을 논하랴
기상이 뭇 꽃들을 압도하여 성가를 떨치는구나.
다만 거문고를 타며 달빛 아래 취할 것을 생각하며
쇠솥의 국에 맛을 맞추는 것에 상관하지 않는다.
봄의 신에게 기르는 힘을 빌려서
그윽한 향기가 정원에 가득하게 하리라.

맑은 흥취는 예전같이 아름다운 형상을 연모하여
군청의 뜰에 인적도 없으니, 공무도 놓아둔다.
봄이 오기 전에 영롱한 옥을 훔쳐 심으니
눈 속에서 먼저 희고 고운 꽃을 피운다.
하손何遜1의 풍취는 원래 노숙하지가 않고
광평廣平의 사부詞賦는 매우 자랑할 만하다. 2

1 하손(何遜, ?~517) : 중국의 남조 양梁나라의 시인으로 자는 중언仲言이다. 왕족들의 사
  랑을 받아서 막료幕僚를 역임했고, 유효표劉孝標와 더불어 '하류何劉'라 불렸다. 청신한
  시풍의 가작佳作을 남겼다.
2 광평廣平의 사부詞賦 : 중국 당나라 현종 때의 재상인 송경(宋璟, 663~737)의 자이다.
  그는 절개가 곧고 법도를 잘 지켰으며, 성격이 강직剛直하여 농공상벌論功賞罰에 사사로

천향天香3과 국색國色이 진실로 아까우니

어지럽고 지저분한 모래밭에 내버려두진 마오.

원문　郡齋舊無花卉, 手種梅四條. 一年皆着花, 賦詩詠之

坐對軒窓喚作兄　　盡輸春色到山城　　花先百種寧論品　　氣壓群芳合擅聲
但得瑤琴思醉月　　非關金鼎要調羹　　東君幷借栽培力　　開盡幽香滿院生

清興依然戀物華　　郡庭人靜放朝衙　　春前偸種玲瓏玉　　雪裏先開的皪花
何遜風情元不老　　廣平詞賦最堪誇　　天香國色眞爲惜　　莫遣紛紛委亂沙

움이 없었으므로, 그를 피일휴皮日休가, "송광평宋廣平은 강직하기가 쇠 마음 돌 창자鐵心石腸인 줄 알았더니 그의 지은 매화부梅花賦를 본즉 맑고 고와서 그의 사람됨과는 다르다."한 것을 용사한 것이다.

3　천향天香 : 뛰어나게 좋은 향기이다.

구황[1]

눈앞의 굶주린 백성을 어찌 구할 수 있을까?

곡식 한 말이 천 전錢이니 도모하기가 쉽지 않네.

왕명을 바로 잡음을 누가 급도위汲都尉[2]같이 하랴

백성 살리는 길 마땅히 청주靑州를 넉넉히 한 것을 본받아야 하리.

비록 좋은 시절에 피는 꽃이 바다 같을지라도

어이하리. 궁핍한 마을에 보리도 아직 익지 않았으니

어떻게 하면 큰 수레에다 쌀가마를 실어내어

온 백성들을 배불리 먹이고 편히 살게 할 수 있으려나?

원문 **救荒**

眼中捐瘵可能收　斗粟千錢不易謨　矯制誰同汲都尉　活民當法富青州
縱然佳節花如海　其奈窮閭麥未秋　安得連雲車載米　盡教黔首飽休休[3]

1　구황救荒 : 흉년 따위로 기근이 심할 때 빈민들을 굶주림에서 벗어나도록 도움을 주는
　것이다.
2　급도위汲都尉 : 급암(汲黯, ?~B.C.112)의 별칭이다. 그는 중국 전한前漢 무제 때의 간신
　諫臣으로 자는 장유長孺이다. 성정이 엄격하고 직간을 잘하여 무제로부터 '사직社稷의
　신하'라는 말을 들었으며, 회양淮陽태수로 나가 선정을 베풀었다.
3　무진본에는 '敎'가 '放'으로 표기되어 있다.

영천[1] 청량당에서 짓다

새로 엮은 화당華堂이 물가에 우뚝 솟아있어
올라가서 오랜 시간을 서서 조망하였네.
훈풍에 꽃 풀은 돋아나고, 맑은 시내는 아득히 흐르고
석양의 구름 속으로 한 마리 새가 뒤늦게 돌아온다.
파란 안개가 피어올라 주렴 밖에 맺히고
버들개지는 어지러이 모자 곁으로 날아온다.
밤이 깊어 난간 모퉁이로 달 떠 오르니
이곳의 청량한 맛은 나 혼자만 알리라.

원문 題永川淸凉堂

新構華堂壓水湄　我來登眺立多時　薰風芳草晴川遠　落日孤雲獨鳥遲
嵐氣空濛簾外滴　楊花撓亂帽邊吹　夜深月上欄干曲　一味淸凉獨自知

1　영천永川 : 지금의 경상북도 남동부에 있는 영천시 일원이다.

배를 타고 가다 우연히 읊다

한강가 뭇 산들은 눈앞에 펼쳐 있고
배는 텅 빈 수면 위를 화살처럼 나아간다.
한쪽은 어둑어둑 먹구름이 들판에 드리우고
온 종일 우수수 비는 뱃전을 두드린다.
노를 저으면 물결 위에 하얀 포말이 일고
낚시 줄은 지나가는 강바람에 흔들린다.
어느 때나 명예의 굴레를 버리고 돌아가
한가로이 낚시터에서 사립옹簑笠翁과 짝하여 지낼까?

> **원문**   舟中偶吟

漢上群山在眼中　舟行如箭水如空　半邊黯黯雲垂野　盡日蕭蕭雨打篷
浪面撒開翻棹雪　釣絲斜裊過江風　何時脫却名韁去　閑伴磯頭簑笠翁

홍 판관(형)[1]이 경원에 부임하는 것을 전송하며

홍씨 삼형제, 모두 과거에 급제한 뛰어난 인물
백씨伯氏는 성격이 온후하여 가장 유명하다네.
옛날부터 관리되어 대궐문을 드나들더니
지금은 갓끈을 늘어뜨리고 창을 빗기 들고 있네.
성루에 북소리는 끊겨도 대장기는 세워져 있고
변방의 들에 무서리가 내려 사냥 말이 가벼우리.
나라 위한 일편단심 충절을 다할 것을 기약하였으니
한 몸 변방에서 늙어간다고 근심 마시게나.

원문   送洪判官 (泂)赴慶源

三洪射策總翹英　伯氏醞醇最有名　簪筆昔趨青瑣闥　橫戈今着縵瑚纓[2]
譙樓鼓歇牙旗竪[3]　朔野霜清獵騎輕　報國寸心期盡節　莫愁身世老邊城

---

1 홍형(洪泂, 1446~1500) : 조선 전기의 문신. 본관은 남양南陽, 자는 자연子淵이다. 성종
   8년(1477년) 식년문과式年文科에 병과丙科로 급제하여 검열檢閱 등 여러 벼슬을 역임하고
   성종 20년(1489년)에는 무재武才가 있는 문신으로 변방을 맡김에 경원부 판관慶源府判官
   으로 뽑혔다. 이어 연산군 때 부제학副提學·동부승지同副承旨를 지내고 이듬해 우부승지
   右副承旨를 역임했다.
2 무술본에는 '胡'로 표기되어 있으나, 의미상 무진본을 따라 '瑚'로 바로 잡는다.
3 무술본에는 '譙'가 '醮'로 표기되어 있다.

영상 윤공(필상)¹이 서정西征함

세상을 덮을 만한 훈호勳號²가 있어도 아직은 검은머리

단에 올라 백만의 용맹한 군인들을 통솔하네.

채색한 창과 구리 방패를 든 모습은 배승상裴丞相³ 같으며

우선羽扇 들고 윤건綸巾을 쓴 모습은 갈무후葛武侯라네.⁴

눈 개인 포주蒲州⁵는 푸른 장막에 어리어리하고

무서리 내린 변경에는 푸른 구름만 싸늘하네.

우리 모두 보겠네. 개선하여 돌아오는 날

명광전에서 개선주를 마시며 임금님을 뵙는 것을

---

1 윤필상(尹弼商, 1427~1504) : 조선 전기의 문신. 본관은 파평坡平이고, 자는 양좌陽佐이다. 세종 시대부터 연산군 시대에 이르기까지 여러 관직에 올랐으나, 1504년 갑자사화 때 연산군의 생모윤씨의 폐위를 막지 못했다는 죄로 진도에 유배, 사약을 받았다.

2 훈호勳號 : 훈공勳功이 있는 사람에 주는 칭호稱號이다.

3 배도(裴度, 765~839) :중국 당나라 때의 명재상. 자는 중립中立이고, 시호는 문충文忠이다. 절도사를 억압하고 환관에 대해서도 강경책을 취하여 헌종, 목종, 경종, 문종의 4조朝에 걸쳐 활약했다.

4 제갈량(諸葛亮, 181~234) : 중국 삼국시대 촉한의 정치가 겸 전략가. 자는 공명孔明이고, 시호는 충무忠武, 명성이 높아 와룡선생이라 일컬어졌다. 오吳의 손권과 연합해 남하하는 조조의 대군을 적벽의 싸움에서 대파하고, 형주·익주를 점령했다. 그 후도 수많은 공을 세웠고, 221년 한의 멸망을 계기로 유비가 제위에 오르자 재상이 되었다.

5 포주蒲州 : 발해시대에 있었던 62주州 중의 하나로 철리부鐵利府에 속하며, 그 명칭은 철리국鐵利國의 포곡蒲谷에서 발원한다는 포하蒲河에서 유래된 것으로 추정된다. 위치에 대해서는 흑룡강성黑龍江省 의란현依蘭縣으로 추정하는 설과 소련의 하바로프스크시伯力市 부근으로 추정하는 설이 있다.

領相尹公(弼商)西征

盖世勳名尙黑頭　　登壇百萬擁貔貅　　雕戈錫盾襄丞相　　羽扇綸巾葛武侯
雪霽蒲州迷玉帳　　霜深楡塞冷靑油　　共看獻捷歸來日　　飮至明光拜冕旒

섣달 그믐날 밤

서책을 손에 잡고 등잔을 마주하니

고병古瓶의 매화꽃이 유독 다정하구나.

서리꽃은 기와에 피고, 벼루에는 살얼음이 얼며

달무리가 공중에 지자, 온 성안에선 다듬이 소리

풍속에 따라 납제蠟祭1를 보는 것이 어찌 방해가 되랴

시를 지어 태평성대를 알릴 수 있으리.

술에 취하여 문득 대낮 꿈속에 들었다가

초루譙樓의 화각소리에 놀라 잠에서 깬다.

원문 | 臘夜

手把緗篇對短檠　古瓶梅蕚獨多情　霜花着瓦氷生硯　月彙當空杵滿城
徇俗何妨觀蠟祭　題詩聊可報嘉平　醉來忽入白天夢　驚罷譙樓畫角聲

---

1 납제蠟祭 : 납일에 그 한 해 동안 지은 농사 형편形便과 그 밖의 일을 여러 신에게 고하
   는 제사이다.

가을 곡식이 조금 여물어가자 잔뜩 술에 취한 자가 있었다. 그
래서 지난 봄 기근에 고생한 것을 생각하여 육방옹[1]의 〈엄주술
회〉시[2]의 운을 써서 짓다.

남으로 와 속함速含[3] 땅에서 가을을 세 번 맞으니

한 해 내내 노력해도 반은 근심이었지.

단솔한 생애는 팽택彭澤[4]과 비슷하건만

당당한 기상으로 엄주嚴州를 생각해 본다.[5]

1 육유(陸游, 1125~1210) : 중국 송나라의 시인. 자는 무관務觀이고, 호가 방옹放翁이다.
  그는 침략자 금金나라에 대하여 철저한 항전주의자로 일관하는 격렬한 기질의 소유자
  였으며, 65세 때에 향리에 은퇴하여 농촌에 묻혀 지냈다. 그의 시는 국토회복의 절규를
  담은 비통한 우국의 시와 가난하면서도 평화스러운 전원생활의 기쁨을 노래한 시가 주
  류를 이루고 있으며, 저서로『검남시고劍南詩稿』가 있다.
2 육유의 〈엄주술회〉시 가운데 〈추흥秋興〉은 다음과 같다. 백발이 쓸쓸히 온 머리를 뒤덮
  으려 하는데, 고향으로 돌아와서 옛 산의 가을 모습을 세 번이나 보았네. 고각에 기대
  어 취하는데, 건곤乾坤이 오그라들고, 중년에 병이 드니 세월만 다가오네. 부질없이 나
  라를 위해 백 번이나 전쟁에서 갑옷을 입었고, 다만 근심은 한 밤중 나팔소리에서 생기
  네. 내일 아침 동강 기슭에 안개비라도 내리면, 잠시 그곳을 차지한 단풍에 낚시 배를
  매어보리라. 白髮蕭蕭欲滿頭, 歸來三見故山秋. 醉凭高閣乾坤迮, 病入中年日月遒. 百戰鐵衣空許國, 三更
  畵角只生愁. 明朝煙雨桐江岸, 且占丹楓繫釣舟
3 속함速含 : 경상남도 함양군의 옛 명칭이다.
4 도연명(陶淵明, 365~427) : 중국 동진東晉의 시인. 이름은 잠潛이고, 자는 연명이며, 호
  는 오류선생五柳先生이다. 팽택현彭澤縣의 현령이 되었으나, 80여 일 뒤에 〈귀거래사〉를
  남기고 관직에서 물러나 귀향하였다. 자연을 노래한 시가 많으며, 당나라 이후 육조六朝
  최고의 시인이라 불린다.
5 육유가 금金나라와 화친을 맺고자 하는 조정의 화친주의자에게 밀려 지금의 절강성浙江
  省 건덕建德에 있는 엄주嚴州의 지주知州로 좌천되었어도, 침략자에 대한 철저한 항전정

감방에는 죄수가 없으니 기뻐할 만하고
가을걷이도 이미 끝났으니 쉬어도 좋으리라.
봄바람에 머리 돌려 빈궁한 곳을 구휼하니
집집마다 피리 불며 사당 안에서 놀고 있네.

눈앞에 황금빛의 벼가 익어가는 가을
이제는 백성들도 배부르니 근심이 없으리.
정령 너희들은 어려운 시절을 잊지 말며
다른 해를 헤아려 모여 놀지를 말라.
책상머리에서 공문서 정리의 번거로움이 싫으니
길이 야외에서 수레를 부리는 일도 그만두리라.
벼슬과 세상사에 서로 얽매였으니
나막신 신고 등산하는 놀이도 못하겠구나.

원문 秋稼稍稔, 有醉飽者. 因念去春饑饉之苦, 用陸放翁嚴
州述懷詩韻

南來三見速含秋　辛歲塵勞半是愁　坦率生涯類彭澤　軒昂氣槪想嚴州
圄無荷校聊堪喜　稼已登場便可休　回首春風賑窮處　家家鼓笛社中遊

滿眼黃雲穮稏秋6　民今得飽可無愁　丁寧汝輩無忘苦　商略他年莫作州
厭見案頭公簿劇　遙知野外役車休　塵纓世網相牽縛　未擬登山蠟屐遊

신이 줄지 않았음을 가리킨다.
6 원본에는 '稏'로 표기되어 있으나 의미상 '벼'라는 뜻이므로 '稏'로 바로 잡는다.

동생 신仲의 시에 차운하여 모란을 읊다

아름답고 수줍은 자태 흡사 봄빛을 아끼듯
황폐한 성에 일소一笑를 하니, 뭇 꽃들을 압도한다.
한전漢殿의 아름다운 모습과 견줄 수 있는데
낙양洛陽의 모란꽃은 몇 번이나 피고 지었나?
사향노루 배꼽에서 나는 향기를 반쯤 품어내고
해장술에 취기가 올라 화장한 아가씨를 처음을 상상한다.
이러한 농염한 꽃을 대하니 정이 어찌 얕으랴?
미리 비바람에 바빠짐을 근심한다오.

원 문　　詠牧丹次弟(伸)韻

嬌羞似欲惜春光　　一笑荒城壓衆芳　　漢殿嬋娟堪比幷　　洛陽姚魏幾存亡
麝臍半吐霏香霧　　卯酒初酣想宿粧　　對此濃華情豈淺　　豫愁風雨一番忙

금장대

깎아지른 언덕 위에서 강 너머를 굽어보고
흥에 겨워 올라와 아득히 멀리 바라본다.
고총古塚은 층층이 겹쳐있고 석수石獸는 기울고
청산 속에 금오산金鰲山[1]만 높이 솟아있다.
안개 속의 무너진 금장대는 마음 아픈데
텅 빈 성엔 묘탑墓廟만 높다랗게 들어온다.
천지는 옛날같이 무정하고
인간은 눈에 놀이처럼 작아 보인다.

누대는 아늑히 푸른 하늘로 솟아 안개 속에 그림자 지는데
어찌 옛일을 조상弔喪하느라 위태로움을 감내하겠는가.
언덕의 냉이와 보리는 봄빛을 다투고
성 안의 사람들은 옛날의 사람들이 아니라네.
애오라지 완적阮籍은 광무성光武城에서 탄식하고[2]
부질없이 추담鄒湛은 현산峴山에서 슬픔을 지었다.[3]

---

1 금오산金鰲山 : 경주에 있는 남산의 다른 이름이다.

2 중국 삼국시대 위魏나라의 문학가·사상가인 완적(阮籍, 210~263)은 자가 사종嗣宗이
며, 일찍이 보병교위步兵校尉 벼슬을 지내서 보통 완보병阮步兵이라고 불린다. 그는 일찍
이 광무성廣武城에 올라서 옛날 초한楚漢의 전쟁하던 터를 보고 탄식하기를, "때에 영웅
이 없어서 더벅머리 자식들로 하여금 이름을 이루게 하였도다."라고 하였다.

3 현산峴山은 호북성湖北省 양양현襄陽縣에 있는 산으로 현수산峴首山이라고도 한다. 송나라

흥망興亡은 만고에 길이 이와 같으리니
슬픈 노래로 서리가黍離歌4를 읊지 않아야 하리.

| 원문 | 金藏臺 |

坡陀斷岸俯江皐　乘興登臨望眼遙　古塚累累歌石獸　靑山隱隱聳金鼇
傷心廢院烟花鬧　滿目空城塔廟高　天地無情如昨日　人間蟻蠓等秋毫

臺上蒼茫烟景遲　那堪弔古更憑危　丘園薺麥爭春色　城郭人民異昔時
阮籍聊與廣武歎　鄒湛空作峴山悲　興亡萬古長如此　不用哀歌詠黍離

위거안韋居安의 『매간시화梅磵詩話』에, 양호羊祜가 양양에 진을 치고 있을 때, 일찍이 종
사관인 추담鄒湛과 현산에 올라 쓸쓸히 '자취도 없이 사라지고 세상에 알려지지 못함'
을 탄식하였다고 한다. 『梅磵詩話』, 羊叔子鎭襄陽, 嘗與從事鄒湛登峴山, 慨然有 '湮沒無聞'之嘆, 峴
山因是以傳.

4　서리가黍離歌 : 『시경詩經』 「왕풍장王風章」의 편명으로 주周나라 평왕平王이 동쪽으로 왕
성에 도읍을 옮긴 뒤 대부가 부역 가는 길에 옛날 왕궁 터를 지나며, 나라가 망하고 종
묘·궁전이 없어져 그 터가 기장 밭이 된 것을 탄식한 것을 말한다.

유곡기(호인)에게 좋은 일이 있다는 소식을 듣고 붙이다

스스로 믿는 우리의 도道가 어찌 다하랴?

슬픔과 기쁨의 출처는 대략 서로 같다네.

처음으로 대궐에서 양억楊億을 불렀다는 소식을 듣고[1]

또다시 저산滁山에서 취옹醉翁만 사는 것을 보겠네.[2]

마음속에 생각했던 일은 함께 강하침江夏枕에 관심을 두었지만[3]

시편을 짓는 일은 오래도록 월주越州의 시통에 끊겼네.[4]

---

1 양억(楊億, 974~1020): 북송北宋의 문학가. 자는 대년大年으로 시문에 뛰어나 서곤파西
   昆派의 한 사람으로 시어의 수식이 화려하며 성률이 조화롭고 대구의 구성이 매우 짜임
   새가 있었다. 태종이 그의 이름을 듣고 부러 시부詩賦를 짓게 하고 비서성秘書省 정자正字
   로 임명한 것처럼, 유호인이 성종의 부름을 받고 궁궐로 돌아간 것을 의미한다.

2 송나라 구양수歐陽修의 〈마상묵송성유시유감馬上默誦聖兪詩有感〉 시에, "소순과 매성유 두
   분도 지금은 죽어서, 삭막한 저산에는 한 사람 술 취한 늙은이만 남았네,蘇梅二子今亡矣,
   索寞滁山一醉翁"라고 읊은 것을 용사하여, 매계가 함양 땅에 자신만 남아 있음을 말한 것
   이다.

3 宋末나라 강하江夏 사람인 두감杜淦이 사수泗水 부근에 은거하면서 농사를 지어 15년 만
   에 부자가 되었는데, 그가 일찍이 사람들에게 이르기를 "수모를 견디고 벼슬하는 자들
   은 대부분 처자를 먹여 살리기 위해서다. 그들은 수모를 견디고 내가 노력을 하는 것은
   모두 처자를 먹여 살리기 위한 것이지만 그들이 수모를 견디는 것에 비하면 내가 낫지
   않은가."하였다. 이는 매계가 뇌계 유호인이 벼슬길에서 물러나 고향 함양에서 농사짓
   는 것을 위로하고자 한 말이다.

4 송나라의 육유陸游는 월주越州 산음山陰 사람으로 일찍 출사하여 여러 관직을 역임하고
   파직되어 10여 년간 한가로운 생활을 하며 많은 시문을 짓다가, 다시 조정에 나가 바쁘
   게 되어 더 이상 시를 지을 수 없었던 것을 말한다. 이는 뇌계 유호인이 파직되어 고향
   인 함양에서 한가롭게 생활하며, 함양군수인 매계 자신과 시문을 주고받은 사실을 말
   한 것이다.

어느 때 수령의 말은 형곡荊谷에서 우나?

가을바람 속에 남수藍水5의 동쪽에서 그대를 기다리라.

寄聞韶兪克己(好仁)

自信吾曹道豈窮　悲歡出處略相同　初聞鑾掖召楊億　又見滁山着醉翁
心事共關江夏枕　篇章久絶越州筒　何時五馬嘶荊谷　候子秋風藍水東

5　남수藍水 : 경상남도 함양군 수동면에 흐르는 냇물이다.

가을 밤 개결한 선비 한두 명과 숲속 정자에서 약간 술을 마시고 그들의 시에 차운하다.

가절佳節 어느 날에 술 싣고 놀러갈 수 있나?
숲 아래 시냇물을 베개 삼아 놀아도 방해되지 않으리.
사군使君1은 본디 사강락謝康樂이 아니니2
은사隱士는 진실로 진대구陳大丘와 같도다.
잘못 벼슬길로 들어서 진토塵土로 내달리며
매번 꿈속에서도 푸른 물가에 가있네.
둥근 달이 동쪽 산마루에 떠오르니
취하여 만고의 근심을 모두 잊는다네.

> 원문   秋夜, 與一二措大, 小飮林亭, 次其韻

佳節何曾載酒遊　不妨林下枕溪流　使君不是謝康樂　隱士眞同陳大丘
謬把簪纓走塵土　每將魂夢付滄洲　團團桂魄昇東嶺　一醉都忘萬古愁

1　사군使君 : 임금의 명령을 받들고 나라 밖으로나 지방에 온 사신使臣의 경칭이다.
2　사령운(謝靈運, 385~433) : 중국 남북조시대의 산수시인. 동진東晉 때 강락공康樂公 봉작을 계승해, 사강락謝康樂이라고도 불린다. 그는 문벌가문 출신으로 정치적 야망이 있었으나, 송에서 중용되지 못함에 따라 마음속에 원망을 품고 있었으므로, 비록 몸은 관직에 있었지만 정무政務를 돌보지 않고 마음대로 산수를 유람했다. 후에 결국 사직하고 돌아와서는 많은 사람들을 동원하여 벌목하여 길을 내고 기묘한 정치를 찾아다니는 것으로써 정치적인 불만의 정서를 스스로 위로했다.

삼년산성¹을 지나며

해마다 전쟁이 일찍이 끊이질 않아

양쪽 성루는 한 냇물을 사이에 두고 마주보고

구름에 비킨 철옹성은 저녁노을에 빛나며

길옆 성루의 문은 황량한 구릉에 닫혀있다.

금성탕지의 험준한 곳은 진실로 좋은 방책이나

사소한 일로 서로 죽이는 것이 어찌 원모遠謀라 하랴?

지난 일은 한 번 웃음거리밖에 되지 않으리

오늘날 세상이 태평성대가 이어지고 있으니

원문 過三年山城

當年爭戰不曾休　兩壘相望一水流　鐵甕倚雲明落照　誰門當道鎖荒丘
金湯設險眞良策　蠻觸相殘豈遠謀　往事不堪資一笑　江山今屬太平秋

---

1 삼년산성三年山城 : 충청북도 보은군 보은읍 북쪽 오항산烏項山에 있는 산성. 삼년산은
   보은의 신라 때의 이름이며, 이 산성을 신라가 3년에 걸쳐 쌓았다고 한다.

수정봉 탑에 오르며

우뚝 구름 위로 솟은 오래된 탑
손으로 잡고 올라 돌난간에 기댄다.
움푹한 봉방蜂房1은 보찰寶刹이 지어져 있고
아득히 학을 타고 오르니 선관仙關2에 가깝구나.
연하煙霞에 뒤덮인 골짜기는 희미하게 보이고
칼끝처럼 뾰족한 여러 봉우리들이 나란히 보인다.
지팡이 짚고 정성을 다해 안개를 헤치고 나아가
서생書生도 안목이 있어 비경을 엿보았다.

원문 　登水精峰塔

亭亭古塔入雲端　引手攀登倚石欄　窈窅蜂房開寶刹　微茫鶴馭近仙關
烟霞萬壑依俙見　劍戟群峰次第看　憑杖精誠排霧雨3　書生有眼覰天慳

1　봉방蜂房 : 송송 뚫어진 벌집의 여섯 모 구멍으로 '노봉방露蜂房'의 준말이다.
2　선관仙關 : 신선이 사는 집으로 여기에서는 도관道觀을 가리킨다.
3　무진본에는 '排'자가 '開'자로 표기되어 있다.

이천 애련정

정자 짓고 연못 파서 홍련을 심었더니
사람들은 당시 태수의 현명함을 말하네.
국색國色이 스스로 교태를 부려 사람을 감동시키듯
천향天香은 물에 반사되어 더욱 더 사랑스럽네.
마음에 두는 것은 주렴계周濂溪의 애련설을 잇고1
꿈속에서 자주 태을선太乙船을 찾곤 하였네.2
푸른 통을 기울여 실컷 마시니
'술에 미친 사람'이라 불리게 하려 하네.

원문　　利川愛蓮亭

開亭鑿沼種紅蓮　人道當時太守賢　國色動人如自媚　天香照水絶堪憐
關情擬續濂溪說　入夢頻尋太乙船　折得碧筒仍痛飮　從敎喚作酒中顚

1　주돈이(周敦頤, 1017~1073) : 중국 북송의 유학자. 자는 무숙茂叔이며, 호는 염계濂溪이
　　다. 당대唐代의 경전 주석의 경향에서 벗어나 불교와 도교의 이치를 응용한 유교 철학
　　을 창시하였으며, 연蓮을 사랑하여 연꽃을 군자君子에 비긴 〈애련설〉이 유명하다.
2　태을선太乙船 : 태화봉太華峯 위에 큰 연못이 있고, 그 못에 있는 연꽃이 큰 배 같아서 태
　　을선인太乙仙人이 그 꽃 위에 누워서 책을 읽고 있었다 한다.

홍 판서(겸선)¹가 지은 시에 차운하여 김 지사가 귀양살이하는 곳으로 부치다.

푸른 바다 서쪽 언저리 깊숙한 곳

귀양살이에 내 마음도 쓸쓸하네.

기쁨과 슬픔에 이미 삼생三生의 빚을 다 갚았으니

얻고 잃음을 어찌 마음에 담아 두겠는가?

밝게 빛나는 고충孤忠은 만년을 기약하고

당당한 소절素節은 앞날을 헤아리네.

분명 오래도록 장사長沙에서 복조부를 짓지 않고²

하늘에서 천둥치고 장맛비가 내리듯이 해배되리라.

원문　次洪判書(兼善)韻, 寄金知事謫居

滄海西頭地最深　謫居情況吾沈沈　悲歡已遣三生債　得喪寧關一寸心
皎皎孤忠期歲晚　堂堂素節擬來今　不應久賦長沙鵩　雷雨行天解作霖

1 홍귀달(洪貴達, 1438~1504) : 조선 연산군 때의 문신. 자는 겸선兼善. 호는 허백당虛白堂, 함허정涵虛亭. 1598년 무오사화 때에 왕의 실책을 10여 조목에 걸쳐 간諫하다가 미움을 사서 좌천되었으며, 갑자사화 때에 모함을 입어 처형되었다. 저서에 『허백정문집』이 있다.

2 중국 한대漢代 정치개혁가이자 시인인 가의(賈誼, BC 201~169)가 조정에서 쫓겨나 장사왕長沙王의 태부太傅로 임명되어 장사로 떠나, 〈복조부鵩鳥賦〉를 지어서 자신의 심정을 드러냈다.

예산 가는 길에

가랑비에 꽃잎이 져도 아니 놀라고
말을 몰아 긴 여정을 떠난다.
청산은 은은히 가야산 등성이를 비추는데
맑은 물이 굽이돌아 무한성無限城[1]으로 흐른다.
꽃 풀이 무성하여 멀리에서도 푸르게 보이고
비 갠 하늘에는 아지랑이가 피어오른다.
고향땅의 봄빛도 응당 이와 같으리니
타향의 풍광에도 쉽게 정감이 든다.

원문   禮山道中

小雨紅塵帖不驚   駸驔躞蹀赴長程   青山隱映伽倻岬   白水彎回無限城
芳草萋萋迷遠碧   遊絲澹澹弄新晴   故園春色應如此   異域風光易感情

---

1 무한성無限城 : 충청남도 예산군 신암면의 무한천변에 있는 성이다.

문의¹ 객관에서 두견새 소리를 듣고

꽃도 다 진 늦은 봄이라 두 배나 암담한데
연산燕山² 텅 빈 객관에서 두견새 소리를 듣는다.
혼자서 꾸는 꿈 놀라 깨니 등불만 가물거리고
두견새 울음도 그친 청산에는 푸른 이내가 자욱하다.
천 년의 남긴 한 피눈물로 흐르고
하룻밤 새로운 근심에 꽃가지도 변했다.
반쯤 내린 발 사이로 달빛도 기울고, 풀벌레 소리마저 괴로운데
불현듯 이는 고향생각에 이 밤도 잠 못 이룬다.

원문   **文義客館, 聽子規**

花落春殘倍黯然   燕山空館聽啼鵑   驚回孤枕寒燈夢   咿罷靑山綠樹煙
遺恨千年流血淚   新愁一夜變華顚   半簾斜月聲聲苦   觸撥鄕心也不眠

---

1 문의文義 : 충청북도 청원지역의 옛 지명이다.
2 연산燕山 : 충청도 청원

공주 객관에서 문헌공 박 상국(원형)[1]의 시에 차운함

계룡산과 곰나루, 안과 밖이 웅장한데

당나라 도독부는 오래도록 비었구나.

연기 사라진 옛 나라엔 교목만 남아있고

보리 무성한 황성荒城은 농부의 차지가 되었구나.

화관華館과 고루高樓엔 밤 달도 한가한데

지는 꽃 우는 새가 봄바람을 원망하는 듯

자잘한 복신福信[2]은 진정 남자가 아니어라

초楚나라 회복시킨 신포서申包胥에게 영원히 부끄러우리.[3]

---

1 박원형(朴元亨, 1411~1469) : 조선 전기의 문신. 본관은 죽산竹山이고, 자는 지구之衢, 호는 만절당晩節堂, 시호는 문헌文憲이다. 세조 때 호조·형조·이조·예조의 판서를 거쳐 우찬성을 지냈다. 이시애의 난을 평정, 좌의정으로 승진하였다. 예종 때 익대공신 2등에 책록, 연성부원군에 봉해지고, 영의정에 올랐다.

2 복신(福信, ?~663) : 백제 말기의 무장. 의자왕의 사촌동생이며, 무왕의 조카로 나당연합군이 공격해 오자 임존성에서 항전했고 백제가 망하자 주류성에서 부흥운동을 일으켰다. 왕자 부여 풍을 옹립해 당군에 막대한 손해를 주었으나 내분으로 도침을 살해한 뒤 부여 풍마저 죽이려다 도리어 부여 풍에게 죽음을 당하여 백제 부흥운동이 수포로 돌아가게 한 것을 비판한 것이다.

3 『사기史記』「오자서열전 伍子胥列傳」에, 오吳나라가 초楚나라를 침략하자 초나라 신하 신포서가 진秦나라에 구원병을 청하러 가, 뜰에서 7일 동안 울었더니 진나라에서 그의 충성심에 감동되어 출병하여 초나라를 구했다는 고사이다.

公州客館, 次文憲公朴相國(元亨)韻

鷄岳熊津表裏雄　　唐家督府久成空　　煙消故國餘喬木　　麥秀荒城屬野翁
華館高樓閑夜月　　落花啼鳥怨春風　　區區福信非男子　　永愧申胥復楚功

소근포¹ 체오정

체오정 위로 푸른 구름이 피어오르고
만 리 밖 하늘과 땅이 두 눈에 들어온다.
섬들은 첩첩이 감기어 눈썹처럼 보이고
파도는 아득히 신기루가 되었다.
해문海門에는 바람이 세차 배가 말처럼 달리고
항구에는 밀물이 밀려오고, 놋 소리에 갈매기가 흩어진다.
바로 양화진楊花津2에서 잠령蠶嶺3을 바라보는 듯하여
오색구름 깊은 곳에서 임금계신 서울을 그리워한다.

멀리 절월節鉞4을 가지고 군사들을 점검하고
좁은 길에서 갑자기 검극劍戟의 광채를 헤아린다.
푸른 물결 속에 깃발 그림자는 춤을 추고
푸른 구름 걷히자 호각소리만 길게 들린다.
밀물과 썰물은 어느 때나 그치려나?

1　소근포所斤浦 : 지금의 충남 태안군 소원면에 있는 포구이다.
2　양화진楊花津 : 서울특별시 마포구 합정동 지역의 한강 북안에 있었던 나루터이다.
3　잠령蠶嶺 : 서울시 마포구 합정동의 한강변에 있는 산으로, 절두산이라고도 하며 천주
　교 순교 사적지이다.
4　절월節鉞 : 절부월節斧鉞의 준말로, 조선시대 지방관이 부임할 때 왕이 내려주던 절節과
　부월斧鉞을 말한다. 절은 수기手旗 모양의 신표로 중요한 임무수행자의 증명이었으며,
　부월은 도끼 모양으로 권력의 상징이었다.

배가 떠나고 들어오는데 겨를이 없구나.

바다 수자리도 지금은 전쟁도 끝난 시절이니

타루柂樓에 한가로이 기대어 노 젓는 소리를 듣는다.

원문   所斤浦掣鰲亭

掣鰲亭上擁青油   萬里乾坤入兩眸   島嶼重重螺作黛   波濤渺渺蜃爲樓
海門風緊舡如馬   港口潮回檣散鷗   正似楊花蚕嶺望   五雲深處憶神州

遙持節鉞點戎裝   夾道趨迎劍戟光   翠浪舞飜旗影動   碧雲吹徹角聲長
潮生潮落幾時了   帆去帆來有底忙   海戎如今刀斗絶   柂樓閑倚聽鳴柳

서산 객관에서 목은선생[1]의 시에 차운하여

봄이 오니 아무 곳에서나 회포를 풀기가 좋은데
붉은 꽃잎은 어지럽게 푸른 이끼 위에 떨어져 있다.
땅에는 온통 녹음이 짙고, 앵무새는 맑은 소리로 울고
발을 걷어 올리자 밝은 대낮인데 제비 돌아온다.
늘 보건데 세상일이란 구름과 같이 변하여
차마 근심으로 애간장을 끓이지 않은 날이 몇 번이었나?
힘들여 일하는 농촌에선 바야흐로 비를 기다리는데
우레는 어느 곳에서 비구름을 만들고 있나?

객관에 불어오는 훈풍에 돌배나무도 꽃이 피고
아전도 돌아간 빈 뜰에는 봄풀이 이끼처럼 푸르다.
위포葦浦[2]의 조수潮水소리도 썰물 때라 그치고
상산象山[3]의 구름 기운은 하늘에 맞닿았다.

---

1 이색(李穡, 1328~1396) : 고려 후기의 문신·학자. 본관은 한산韓山이고, 자는 영숙穎
叔, 호는 목은牧隱으로 찬성사 곡穀의 아들이다. 1341년에 진사가 되고, 1348년 원나라
에 가서 국자감의 생원이 되어 성리학을 연구하였다. 그 후 귀국하여 여러 벼슬을 역임
하고 1367년 대사성이 되어 국학의 증영重營과 더불어 성균관의 학칙을 새로 제정하고
김구용金九容·정몽주鄭夢周·이숭인李崇仁 등을 학관으로 채용해 신유학의 보급과 성리
학의 발전에 공헌하였다. 저서에 『목은문고 牧隱文藁』와 『목은시고 牧隱詩藁』 등이
있다. 시호는 문정文靖이다.

2 위포葦浦 : 『신증동국여지승람新增東國輿地勝覽』에 의하면, 충청남도 서산시 남쪽에 있었
던 포구이다.

사암思庵4의 옛집은 흔적조차 찾을 수 없고

학사學士5의 신선같은 종적도 돌아볼 수 없구나.

과거를 찾는 지금의 나는 감개가 더하여

통술에 취하여 코고는 소리가 천둥치는 것 같구나.

瑞山客館次牧隱先生韻

春歸無處好懷開　狼藉殘紅點綠苔　滿地濃陰鸎睍睆　捲簾晴晝燕歸來
慣看世事雲俱變　不耐愁腸日幾回　捐捐田家方望雨　阿香何處起雲雷

薰風深院野棠開　吏散庭空草似苔　葦浦潮聲歸海盡　象山雲氣接天來
思庵舊宅尋無處　學士仙蹤去不回　訪古今人增感慨　一樽須醉鼻如雷

3 　상산象山 : 『신증동국여지승람新增東國輿地勝覽』에 의하면, 상산象山은 상왕산象王山으로 서
　　산군 동쪽 30리인 해미현海美縣과의 경계에 있다.

4 　유숙(柳淑, 1324~1368) : 고려시대의 문신. 본관은 서산瑞山이고, 자는 순부純夫이며,
　　호 사암思菴, 시호는 문희文僖이다. 공민왕 때 추밀원직학사 · 동경유수 등을 지내고 홍
　　건적이 침입했을 때 왕을 남행하게 한 공로로 충근절의찬화공신이 되고 첨의평리에 올
　　랐으며 흥왕사의 변란 때 세운 공으로 1등공신에 책록되었으나, 신돈辛旽의 하수인에게
　　교살당하였다.

5 　최치원(崔致遠, 857~?) : 신라시대 학자. 경주최씨慶州崔氏의 시조이며, 자는 고운孤雲 ·
　　해운海雲이다. 13세로 당나라에 유학하고, 18세에 당나라 과거에 급제하여 황소黃巢의
　　난 때 고변高駢의 종사관從事官으로서 〈토황소격문討黃巢檄文〉을 초하여 문장가로서 이
　　름을 떨쳤다. 그 후 귀국, 시독 겸 한림학사侍讀兼翰林學士 수병부시랑守兵部侍郎 서서감지
　　사瑞書監知事 되었으나, 894년 시무책時務策 10여 조條를 진성여왕에게 상소, 문란한
　　국정을 통탄하고 외직을 자청, 대산(大山 - 지금의 충남 서산시 대산면) 등지의 태수太
　　守를 지낸 후 현실을 통탄하고 가야산에 들어가 여생을 마쳤다. 저서로『계원필경桂苑筆
　　耕』, 『중산복궤집中山覆簣集』 등이 있다.

청허정[1]에서 차운하여 이 절도사에게 증정하다

아름답게 꾸민 난간 구름위로 뻗어있고
붉은 갑옷입고 회색 수염을 쓰다듬는다.
아득히 바다너머 산들은 아름답게 보이고
아스라이 들판에선 안개가 피어오른다.
변방의 군략을 세워 삼만의 병사를 거느리고
절경에 도취되어 술잔을 만병이나 비웠다.
일없어 갑옷 벗고 허리띠를 푸니
향기가 창끝에 엉키어 하루가 일 년 같다.

원문   清虛亭次韻呈李節度

雕欄近對白雲顛   紫甲蒼髥擁後前   遠峀娟娟遙隔海   平原漠漠淡生烟
籌邊可控兵三萬   撫景聊拚酒十千   緩帶輕裘無一事   香凝畵戟日如年

---

1   청허정清虛亭 :『신증동국여지승람新增東國輿地勝覽』에 의하면, 충남 서산시 해미읍의 해
    미읍성에 있는 정자이다.

남포[1]

남포는 서남쪽 땅 끝의 바다 관문
아득히 밀려오는 파도가 책상 앞까지 이르고
새벽녘 호각소리에 달빛도 싸늘한데
주렴에 걸린 꽃 그림자가 한가로이 망루를 지킨다.
돛단배는 끊임없이 청연포淸淵浦[2]에 드나들고
푸른 산안개는 항상 옥마산玉馬山[3]에 떠 있다.
아름다운 경치를 대하고 회포 풀기를 반복하니
이 늙은이로 하여금 시인의 반열에 들게 한다.

원문 **藍浦**

西南地盡海爲關　淼淼滄波几案間　五野角聲江月冷　一簾花影戌樓閑
帆檣不斷清淵浦　嵐靄常浮玉馬山　對景遣懷聊復爾　從教雙鬢入詩班

1　남포藍浦 : 충남 보령시 남포면 일원이다.
2　청연포淸淵浦 : 『신증동국여지승람新增東國輿地勝覽』에 의하면, 남포현에 있는 포구이다.
3　옥마산玉馬山 : 『신증동국여지승람新增東國輿地勝覽』에 의하면, 남포현 동남쪽 8리에 있는
　산이다.

한산[1] 객관에서 차운하다

마산馬山[2]사람들이 정공鄭公의 고향을 본떠[3]

아름다운 세상 문장으로 만 길이나 빛냈네.

천하에 재주와 명성이 높아 상대할 자 없으며

마을 안의 뽕나무 가래나무도 분간하기도 어렵네.

푸른 숲에서 몰려온 비구름은 골짜기로 되돌아가고

구슬처럼 맑은 물에서 솟아난 푸른 연이 못에 가득하네.

쓸쓸히 황천을 바라보노라니, 어찌 부활시킬 수 있겠는가?

끝없이 경물들이 내 곁을 어지럽게 하네.

원문   **韓山客館次韻**

馬山人擬鄭公鄉[4]   奕世文章萬丈光   天下才名高莫敵   里中桑榟杳難詳
青林送雨雲歸壑   碧藕擎珠水滿塘   悵望九原那可作   無端景物攪吾旁

---

1   한산韓山 : 지금의 충남 서천군 한산면 일원이다.

2   마산馬山 : 『신증동국여지승람新增東國輿地勝覽』에 의하면, 한산현韓山縣은 본래 백제시대 마산현馬山縣이었기 때문에 마산馬山이라고 표현한 것이다.

3   『후한서後漢書』「정현전鄭玄傳」에 의하면, 후한後漢의 경학자經學者 정현鄭玄은 일찍이 농사를 짓고 살면서 학문에만 전념하여 문도門徒가 수천 명에 이르렀으며, 정현의 집에사는 여자종들도 『시경詩經』을 알아서 일상의 대화에 『시경』의 구절을 척척 인용하였다 한다. 이에 국상國相인 공융孔融이 정현을 매우 존경하여 그가 사는 향리를 특별히 정공향鄭公鄉이라 명명하였다.

4   무진본에는 '山'이 '上'으로 표기되어 있다.

감사가 우리 집을 방문한 것에 삼가 사례하다

감사께서 거듭 우리 집에 왕림하시니
누가 알리오? 옹색한 집에 갑자기 영광이 생길지
허리춤에는 번쩍번쩍 빛을 발하고
숲 속이 벽제소리에 떠들썩하다.
다만 해가 기울도록 청담淸談만 나누니
막걸리로는 깊은 정을 드러내기 어려우리.
총총히 공무 때문에 떠나가니
친구 사이의 정은 그 거리가 얼마나 될까?

원문   奉謝監司相公見訪

再枉柴門駐旆旌   誰知甕牖忽生榮   腰間爭覿通天橐   林下驚傳喝道聲
只把淸談移半晷   難將薄酒款深情   忽忽却被名韁去   雲樹相思隔幾程

수영水營[1]의 수각水閣[2]에서 짓다

만경창파는 위아래로 넘실거리고
화당華堂은 북두성과 견우성 곁에 있는 듯
누워서 새벽달에 쇠기둥이 흔들리는 것을 바라보고
일어나 맑은 바람에 채색 깃발이 가득한 것을 소리친다.
몇 척의 어선에서 빛나는 등불은 어둠 속에서 명멸하고
꼭두새벽부터 호각소리는 끊어질 듯 이어진다.
신선들이 사는 땅은 어느 곳에 있는가?
한가로이 노를 저어 찾아갈 것을 만년에 기약한다.

원문 題水營水閣

萬頃波涵上下天　華堂疑在斗牛邊　臥看落月搖金柱　起喚淸風滿彩旖
數點漁燈明乍暗　五更畵角斷還連　十洲三島知何處　一棹幽尋擬晩年

1 수영水營 : 조선시대 때, 수군水軍 절도사節度使의 군영軍營이다.
2 수각水閣 : 물가에나 물 위에 지은 정각亭閣이다.

김 첨지(자완)의 시에 차운함

관직에 있던 시절 돌아보니, 자취 이미 오래되었고

세상 물정에 초연하니, 마음이 깨끗해지고 진실해 진다.

문을 걸어 잠그고 홀로 앉아 있으니, 봄은 고요하고

술을 마시고 고성방가하니, 백발도 새롭구나.

서울의 원로 모임에는 이 늙은이가 빠졌고

산서山西지방의 명장에는 신인神人도 있다오.

다만 지금은 염파廉頗의 밥에는 뜻이 없고[1]

오직 일편단심으로 임금만 섬기고 싶구나.

원문 次金僉知(自完)韻

回首班行跡已陳　　超然物外任清眞　　閉門獨坐青春靜　　對酒高歌白髮新
洛下耆英遺此老　　山西名將有神人　　祇今無意廉頗飯　　惟把丹心拱北辰

---

1 전국시대戰國時代 조趙나라의 명장인 염파廉頗는 자신을 신임하던 효성왕이 죽고 아들인
도양왕이 즉위하여 해임되자, 이를 원한으로 품고 위魏나라로 망명했다. 그 후 조나라
는 계속되는 외침으로 나라가 위태롭게 되자, 다시 염파를 중용하려고 사신을 보내 그
가 아직도 쓸 만한 지를 시험하려고 하였다. 그러나 염파의 정적이었던 곽개라는 자가
사신을 매수하였다. 사신과 만난 염파는 자신의 건재함을 과시하기 위해 한 번 식사에
밥 한말과 고기 열 근을 먹고 갑옷과 투구를 쓰고 말에 뛰어 올랐다. 그러나 매수된 사
신은 조나라에 되돌아가서 "염파는 아직 늙었지만 식성이 좋았습니다. 그러나 저와 있
는 동안 배가 아프다며 세 차례나 화장실에 갔었습니다."라고 보고하였다. 이 말을 들
은 도양왕은 염파가 늙었다고 여기고 중용하지 않았다고 한다.

겸선[1] 선생의 시에 차운함

한여름의 태양은 쇠와 돌을 녹이는데
척박한 땅이 어찌 살만하겠는가?
벼슬살이 짧은 여가에 취하기도 어렵고
읊조림에 방해가 많아 시 짓기도 게을리 한다.
여러 해 동안 가뭄 들어 임금이 걱정하시니
어느 날이나 풍년들어 근심을 펼 수 있나?
세월이 덧없이 흘러 가을도 가까운데
도중에 하얗게 수염이 센지도 모른다.

원문   次兼善先生韻

畏日流金鑠石時　咨詢原隰豈相宜　塵勞少暇難成醉　嘯詠多妨懶作詩
旱暵長年紆聖慮　豐穰何日展愁眉　流光苒荏秋光近[2]　不覺途中白盡髭

---

1 겸선兼善 : 홍귀달洪貴達의 자이다.
2 무진본에는 '近'자가 '起'자로 표기되어 있다.

상주목사 유관지(문통)[1]에게 행권行卷[2]을 보내다

궁궐의 관리가 되지 못해

가을바람에 오마五馬[3]는 상주를 향하네.

재주와 명성은 오래 전에 선배들을 뛰어넘고

여론은 이구동성으로 높은 반열에 올라야 한다고 하네.

색동옷 입고 춤을 추어 부모를 즐겁게 해드리고

공무의 여가에 청아한 한가함이 넘쳐나네.

근재謹齋[4]와 정숙貞肅[5]이 부임했던 곳

<hr>

1 유문통(柳文通, 1438~1498) : 조선 전기의 문신. 본관은 진주晋州이고, 자는 관지貫之, 호는 괴정槐亭이다. 1460년 별시문과에 급제하여 승문원 권지부정자에 제수되었으며, 그 뒤 여러 관직을 거쳐 상주목사를 역임하였다. 어머니의 상을 당하여 문의文義에서 3년 동안 시묘살이를 하다가 병을 얻어 세상을 떠났으며, 후에 이조판서로 증직되었다. 저서로 『청천유고』가 있다.

2 행권行卷 : 과거 응시자가 자신의 성명과 나이 및 사조四祖의 성명과 관직 등을 기록하여 제출하던 서류의 하나로 응시자의 성명과 나이 및 부·조·증조·외조 등 사조의 성명과 관직 등을 기재하였다.

3 오마五馬 : 한漢나라 때 태수太守는 다섯 말이 끄는 수레를 탄 것을 말하며, 우리나라는 군郡의 장관인 군수가 다섯 말이 끄는 수레를 탔으므로 군수를 의미한다.

4 안축(安軸, 1287~1348) : 고려 말기의 학자. 본관은 순흥이고, 자는 당지當之이며, 호는 근재謹齋이다. 젊어서 원나라의 제과制科에 급제하고 돌아와 전법판서 · 감찰대부監察大夫 등에 등용되고, 이어 교검교평리校檢校評理로서 상주목사를 지냈다. 작품에 경기체가인 〈관동별곡〉과 〈죽계별곡〉, 저서에 문집인 『근재집』이 있다.

5 김인경(金仁鏡, ?~1235) : 고려 후기의 문신. 본관은 경주慶州이고, 초명은 양경良鏡이며, 시호는 정숙貞肅이다. 벼슬은 상주목사를 거쳐 중서시랑평장사中書侍郎平章事에 이르렀으며, 문무를 겸하였으면서도 일반 행정에도 뛰어났으며, 특히, 시사詩詞가 청신하고 당대에 유행하는 시부를 잘하여 세상에서 '양경시부良鏡詩賦'라고 칭송하였고, 서체는 예

선현들과 추배追配되는 것이 또한 어렵지 않으랴?

尚州牧使, 柳貫之(文通)送行卷

不作薇垣左掖官　秋風五馬向商顏　才名久矣傾前輩　物論同然擬峻班
舞罷彩衣供萊笑　判餘花筆剩淸閑　謹齋貞肅分符地　追配前賢也不難

서에 뛰어났다.

연풍延豐[1] 가는 길에 본 것을 기록하다

백운과 단풍든 숲은 모두 시의 소재
고삐잡고 천천히 가면서 읊조린다.
가을빛은 산을 압도하고 서리 기운이 엄숙한데
산 빛은 물결 위에 출렁이고 시냇물 소리는 애닮구나.
험한 산길 말 몰아 달리니 몸은 응당 피곤한데
세상살이 어려움에 강개해도 뜻을 돌리지 못했다.
매번 옛사람을 향해 부질없이 탄식하고
또다시 학업이 끝내 황폐해짐을 탄식한다.

원문 　延豐道中記所見

白雲紅樹摠詩林　按轡行吟不受催　秋色壓山霜氣肅　林光搖水澗聲哀
崎嶇叱馭身應倦　忼慨埋輪志未回　每向古人空歎息　還嗟學業竟荒哉

1　연풍延豐 : 충청북도 괴산 지역의 옛 지명이다.

서산¹가는 길에 눈을 만나다

호주성湖州城 밖에는 구슬 꽃이 바람에 흩날리어
수많은 조각들이 솜털인양 이리저리 날린다.
아득히 하늘과 땅은 천지사방을 분간할 수 없고
어렴풋이 흐린 갈림길은 세 갈래로 길을 잃었다.
회오리바람에 해일이 일어 익수鷁首²를 떠올리고
저녁 해는 구름몰아 까마귀를 따라간다.
도롱이 쓴 늙은이만 묘구妙句를 지을 수 있으랴?
이 몸도 그림같은 장면을 자랑할 수 있다오.

원문   瑞山道中 遇雪

湖州城外颺瓊花   萬片氍毹整復斜   湏洞乾坤迷六幕   微茫岐路失三叉
顚風卷海飄浮鷁   落日驅雲趁暝鴉   不獨蓑翁爲妙句   此身堪向畵中誇

---

1   서산瑞山 : 지금의 충청남도 서산시 일원이다.

2   익수鷁首 : 바람에 강彊하다는 익조鷁鳥의 모양을 뱃머리에 새기거나 그린 배이다.

육방옹放翁韻¹ 시에 차운하다

중앙관리가 어찌 지방 관리의 고충을 알겠는가?
호기롭게 드넓은 바다에 일소一笑에 붙인다.
해마다 귀밑머리가 빠짐에 놀라며
칼바람에 흙먼지 날리니 겁이 난다.
먹구름이 밀려와 들을 건널 수 없을까 근심하는데
소리 없이 내리는 흰 눈이 관복을 적신다.
옛날 대궐에서의 잔치를 추억하노니
임금 곁의 난로 연기가 보검에 스며든다.

원문   **次陸放翁韻**

鞅掌寧知跋涉勞   軒昻一笑海天高   也驚短鬢隨年改   却怕尖風刮地號
黯黯愁雲迷野渡   霏霏晴雪點宮袍   追思去歲披香宴   黼座爐烟濕寶刀

---

1 육방옹放翁韻 : 육유陸游의 자이다.

천안에서 삼가 이 절도사(자방)와 헤어지며

수레 몰고 가는데 어찌 오를 수 있겠는가?
그대와는 원래부터 친분은 형제 같았지.
경기도 땅은 까마득히 한강에 이어져 있고
흰 구름은 아득히 가야산伽倻山1 너머에서 피어오른다.
성환成歡2에서 한잔 마시고 오늘 아침 헤어지려니
고갯마루에서 평복 차림으로 옛날처럼 한가롭다.
만나고 헤어짐이 혼연히 꿈인 듯 허망한데
그대가 부럽네. 나보다 먼저 조정에 들어갔으니.

청허정3 위를 몇 번이나 따라 올랐던가?
간담상조肝膽相照하는 막역한 우리사이
군문에 창을 누이고 함께 술을 마셨고
해안 가로 말을 나란히 몰면서 산 경치를 구경했지
사람들은 포숙鮑叔의 은혜가 중함을 어여삐 여기나4
나는 그대의 기상이 한가함을 사랑한다오.

---

1 가야산伽倻山 : 충청남도 서산시 해미읍과 예산군 덕산면에 걸쳐 있는 산이다.
2 성환成歡 : 충청남도 천안시 성환읍 일원으로 경기도 평택과 경계 지점이다.
3 청허정淸虛亭 : 충청남도 서산시 해미읍의 읍성에 있는 정자이다.
4 중국 춘추시대春秋時代 제濟나라의 정치가인 포숙鮑叔이 일찍이 관중과 합작하여 장사를
   할 때, 포숙은 관중을 위해 양보를 하였으며, 훗날 관중管仲을 제濟나라의 환공桓公에게
   추천推薦한 것을 말한다.

오늘 헤어짐에 부질없이 슬퍼지고

한밤 내내 새로운 근심에 귀밑머리가 더 희어지리.

원문 天安奉別李節度(子芳)

征轅將動詎能攀　義分由來伯仲間　赤縣微茫連漢水　靑油迢遞隔倻山
歡州小酌今朝別　峴首輕裘舊日閑　聚散無憑渾似夢　羨君先我綴朝班

淸虛亭上幾追攀　肝膽相磨莫逆間　橫槊轅門同把酒　聯岸海澨共看山
人憐叔子仁恩重　我愛王公氣象閑　今日分携空悵望　新愁一夜鬢添班

권(숙강)¹·신(차소)²·이(통지)³가 밤에 술을 마시고 연구聯句를 지으며 사랑에 대해 말이 많았는데, 기록하여 보내왔기에 율시 한 수를 지어 주다

비바람에 성안은 마차소리도 끊기고
등불아래 마주앉아 밤 깊도록 마셨지.
도란도란 주고받는 그윽한 정 자자하고
지난 일 생각하며 공연히 침울해 진다.
풍류와 글씨는 권숙강이요
초췌하여 슬픈 노래를 부르는 자는 이통지
다시 난성蘭城⁴엔 신申 안찰사가 있으니
금옥같은 시구를 주고받으며 큰 소리로 노래 불렀지.

원문 權(叔强)·申(次韶)·李(通之)夜飮聯句, 多言情事, 備錄見寄, 作酬一律

滿城風雨斷車音　鼎坐燈前夜向深　細說幽情空刺刺　追思往事空沈沈
風流巨筆權京兆　憔悴悲歌李上林　更有蘭城申按察　交酬金玉發豪吟

1　권숙강權叔强 : 권건權健의 자이다.
2　신차소申次韶 : 신종호申從濩의 자이다.
3　이규(李逵, 1454~1505) : 조선 초기의 문신. 본관은 고성固城이고, 자는 통지通之이다. 천거에 의해 등용되어 내시교관內侍敎官·상의원 직장尙衣院直長·군자감 주부·한성부 참군·영천군수·군기시 첨정軍器寺僉正 등을 역임하였다. 갑자사화 때 투옥되었다가 이듬해 풀린 뒤 고향에서 죽었으며, 시와 글씨에 능했다.
4　난대蘭臺 : 한漢나라 때 궁중의 장서를 보관하던 곳으로 사관史官을 역임한 것을 말한다.

다시 부여 은산역[1]을 지나며 전에 지은 시에 차운하다

은산恩山 가는 길에 생각이 아득하여
옛일 생각하며 역참에서 하루를 묵는다.
저녁 비에 초가집엔 한등寒燈이 가물거리고
봄바람 부는 백마강엔 작은 배들만 모여든다.
영웅들의 한은 부질없이 청사靑史에 남아있건만
역사의 흥폐에는 관심 없고 다만 늙어갈 뿐이다.
이십 년이 지나 다시 부절符節을 지니고 지나가며
옛날 지은 시편들을 점검해 본다.

원문   重過夫餘恩山驛次前韻

恩山路上意茫然   追憶郵亭一夜眠   暮雨寒燈茅屋裏   春風小艇泗河邊
英雄有恨空靑史   興廢無心只老天   二十年來持節過   憑君點檢舊題篇

---

1 은산역恩山驛 : 충청남도 부여군 은산면에 있었던 역이다.

서천에서 이목은李牧隱[1] 시에 차운하다

어느 날에 다시 조정에 돌아갈까 생각하니
갑자기 소소하게 양쪽 귀밑머리가 싸늘함을 느낀다.
눈보라 걷힌 강은 꿈속같이 아득히 멀고
구름 안개에 쌓인 섬들은 까마득히 보인다.
성 밖 큰 들에 이르니 가슴속이 탁 트이고
가까운 창해滄海에 이르니 시야가 넓어진다.
목은牧隱의 시에 화운和韻하고자 하나 시상이 궁색하여
높이 화촉을 돋우고 난간에 기댄다.

원 문 舒川次李牧隱韻

思歸何日返朝端　斗覺蕭蕭兩鬢寒　風雪開河迷遠夢　烟雲島嶼入遐觀
城臨大野襟懷豁　地近滄溟眸眄寬　欲和牧翁詩思窘　高燒畫燭倚欄干

1　이목은李牧隱 : 이색(李穡, 1328~1396)의 호이다.

한산 영모암永慕庵[1]을 참배하고

기린봉 아래는 산안개에 잠겼는데
제수용 술을 들고 영모암을 찾았다.
골짜기마다 나무들은 이미 한 아름 넘고
백 살 먹은 늙은이도 또박또박 말을 한다.
영령英靈은 아득히 하늘나라로 돌아가고
유상遺像은 당당히 불감佛龕을 비춘다.
한 시대를 풍미한 재주와 명성으로 무덤에 묻히어
제수를 차려 놓고 절을 하고 나니 생각은 아득하구나.

우리나라 빛나는 시대에 유종儒宗으로 태어나
과거 급제하여 원元나라에 독보적인 존재였지.
명성은 구양수[2]와 왕안석[3]에 버금 가 맞설 자가 없고
재주는 반악潘岳[4]과 육기陸機[5]같이 넓어서 끝이 없구나.

1 영모암永慕庵 : 가정 이곡(1298~1351)과 목은 이색(1328~1396)의 학문과 덕행을 추모
   하기 위해 세운 사우祠宇이다.
2 구양수(歐陽脩, 1007~1072) : 중국 송나라의 정치가 겸 문인. 자는 영숙永叔이고, 호는
   취옹醉翁이며, 시호는 문충文忠이다. 한림원학사翰林院學士 등의 관직을 거쳐 태자소사太
   子少師에 올랐다. 송나라 초기의 미문조美文調 시문인 서곤체西崑體를 개혁하고, 당나라의
   한유를 모범으로 하는 시문을 지었으며, 저서로 『구양문충공집』등이 있다.
3 왕안석(王安石, 1021~1086) : 중국 북송의 정치가 · 학자. 자는 개보介甫이고, 호는 반산
   半山이다. 부국강병을 위한 신법新法을 제정하여 실시하였으며, 문장에도 뛰어나 당송
   팔대가의 한 사람이기도 하다. 저서에 『주관신의周官信義』, 『임천집』등이 있다.

한 시대의 뛰어난 문인들은 조정에서 벼슬하고
백세百世의 후손들이 묘궁廟宮을 지키고 있구나.
공산空山에 해지고 생각은 끝없는데
옛 비석을 어루만지며 높으신 풍모를 추앙한다.

<table>
원문
</table>

謁韓山永慕庵

麒麟峰下鎖烟嵐	絜酒來尋永慕庵	滿壑松楸今已拱	百年父老雅能談
英靈渺渺歸僊府	遺像堂堂照佛龕	盖世才名一丘壟	椒醬奠罷意何堪

東韓赫世出儒宗	射策天朝獨步雄	名亞歐王高莫擬	才如潘陸浩無窮
一時桃李盈臺閣	百世雲仍守廟宮	落日空山無限意	摩挲古碣仰高風

---

4 반악(潘岳, 247~300) : 중국 서진西晉시대의 시인 겸 문인. 자는 안인安仁이며, 하남성河
   南省출신이다. 어릴 때부터 신동이라 불렸으며, 문학적 재능이 뛰어나 당시의 권세가
   가밀賈謐의 문객들 '24우友' 가운데의 제1인자였다. 철저한 기교주의자로서 감각적인
   애상哀傷의 시와 산수시의 걸작을 남겼다. 저서에 『금곡집시金谷集詩』등이 있다.

5 육기(陸機, 260~303) : 중국 서진西晉시대의 문인. 자는 사형士衡이며, 동생 운雲도 문
   재文才가 있어 그와 함께 '이륙二陸'이라 불리었다. 수사修辭에 중점을 두고 미사여구와
   대구對句의 기교를 살려 육조시대의 화려한 시풍의 선구자가 되었다. 그의 『문부文賦』는
   문학비평의 방법을 논한 내용으로 유명하고, 저서로 『육사형집陸士衡集』등이 있다.

피반령皮盤嶺¹을 지나며

한 해에 세 번이나 피반령을 넘는데
구절양장九折羊腸 길 촉도蜀道2만큼이나 어렵구나.
먹구름에 쌓인 절벽엔 위험스레 사다리가 걸려있고
칼바람에 눈보라가 몰아쳐 가죽옷도 춥구나.
거듭 험한 길을 익숙히 지나감을 안타깝게 여기고
비로소 유람에 얽매여 생각도 매임을 알았다.
남으로 바라보니 고향땅은 멀지 않으니
길게 읊조리며 말을 몰아 가파른 산길을 내려온다.

원문 **過皮盤嶺**

一年三度過皮盤　九折羊腸蜀道難　雲擁懸崖危棧黑　風吹密雪獘裘寒
自憐重險經行慣　始覺羈遊意思闌　南望鄉關應不遠　長吟策馬下巉岏

1　피반령皮盤嶺 : 충북 보은군 회북면 오동리에서 청원군 가덕면으로 넘어가는 고개로 보
　　은군과 청원군의 경계가 된다.
2　촉도蜀道 : 중국 섬서성에서 사천성四川省으로 통하는 극히 험준한 길이다.

박익부朴益夫의 시에 차운함

객지에서도 당당히 계절은 변화를 재촉하고
제비와 기러기가 구름 속에서 슬피 우는 소리에 깬다.
화창한 봄빛은 길가 버드나무를 푸르게 물들이고
꽃 소식은 시냇가 매화나무에서 먼저 알려온다.
흉년이 들자, 임금은 한 지방을 걱정하시고
청명 시절 무더위를 관장하는 삼태성三台星1만 바라본다.
물러나 소요유逍遙遊하는 그대가 부러우니
마른 그루터기에서 거문고에 술잔을 기울일 날이 언제 돌아올까?

원문   次朴益夫韻

客裏堂堂節序催　夢驚燕雁吗雲哀　韶光欲染街頭柳　芳信初回澗底梅
儉歲咨詢憂一路　清時爕理望三台　羨君休退逍遙境　楂杜琴樽日幾廻

---

1 삼태성三台星 : 대웅성좌大熊星座에 딸린 별로 자미성紫微星을 지킨다고 하는 세 별이다.

신차소申次韶[1]가 다시 옥당으로 돌아가는 것을 축하하며

손에 야광주를 들고 규성奎星에서 내려와
인간 세상의 빛나는 신선이 되었네.
붓끝에 무지개는 태양을 나란히 꿰고
가슴속에 창해가 하늘에 거꾸로 매달았네.
난초와 혜초를 엮어 가득히 걸고
금옥金玉의 가루가 편액마다 가득하리.
봉래산 최고봉에 조용히 올라
깊은 밤 궁궐에서 금빛 촛대를 마주하겠지.

재상집 재주있는 자제, 시 짓기에 능란해
모두들 문장에 봉모鳳毛[2]가 있다고 말하네.
백옥당白玉堂 안에서 한가로이 화초 구경하며
자미화紫微花 아래서 취기에 붓을 놀렸지.
거듭 장원급제하여 명성을 날리고
대궐의 섬돌 위를 걸으니 보무步武도 당당하네.
웅혼한 문장은 바다같이 드넓어
한漢의 왕포王褒를 손꼽을 필요도 없다네.[3]

---

1 차소次韶 : 신종호의 자이다.
2 봉모鳳毛 : 뛰어난 풍채風采, 또는 뛰어난 글재주가 뛰어난 사람을 말한다.
3 중국 서한西漢의 사부가辭賦家인 왕포(王褒, ?~BC. 61)가 일찍이 선제의 부름을 받고 대

지방은 아득히 멀고 세월은 오래 흘렀는데

사 년여 지방 벼슬살이에 얽매였네.

아아, 나의 치아와 머리가 헛되이 먼저 늙어 감이여

그대의 재명才名을 바로 헤아릴 수 없음이 부러웠다네.

마음은 공문서에 흐려져 시 짓기 마저 포기하고

꿈속에서나 자연에 돌아와 동헌에 누웠다네.

그대를 생각하여 강남소식 전하려 하니

역로驛路의 매화는 나무마다 향기롭다네.

원문 賀申次韶復入玉堂

手携明月下奎躔　來作人間赫世仙　筆底虹霓橫貫日　胸中滄海倒連天
紉蘭綴蕙應盈佩　屑玉霏金動滿篇　穩上蓬萊最高處　夜深宮燭對金蓮

相門才子擅風騷　共說文章有鳳毛　白玉堂中閒視草　紫薇花下醉揮毫
再魁金榜聲名重　獨對丹墀步武高　磊落詞源如陸海　漢庭不必數王褒

嶺海蒼茫歲月長　四年塵土縮銅章　嗟余齒髮徒先老　羨子才名正巨量
心涸薄書抛綠綺　夢歸泉石臥黃堂　思君欲寄江南信　驛路梅花樹樹香

궐에 들어가서 〈성주득현신송聖主得賢臣頌〉을 지어 간의대부로 발탁되었다. 그 후 그는 황제의 공덕을 칭송하는 문장을 많이 지었다. 이는 신종호가 임금을 칭송하는 작품을 많이 지을 것이라는 의미이다.

권 응교 지경(주)¹이 대마도에 가는 것을 전송하며

옥당과 금마에서 일찍이 명성을 날렸고

사방을 도모하는 웅장한 계책은 이번 행차에 달렸네.

궁중에서 북극성을 바라보며

바다에 배를 띄워 일본을 찾아가네.

구름 걷혀 신기루가 피어 삼산三山은 멀리보이고

돛단배는 바람이 부니 열 배나 빠르네.

강개한 가슴속은 탁 트이고

일본에서도 다투어 육공陸公²의 명성을 알아보네.

원문 送權應教支卿(柱)赴對馬州

玉堂金馬早蜚聲　弧矢雄圖屬此行　執壤燕臺瞻北極　乘槎瑤海訪東瀛
雲開晴蜃三山遠　風送檣烏五兩輕　慷慨胸中增跌宕　殊方爭識陸公名

1　권주(權柱, 1457~1505) : 조선 전기 문신. 본관은 안동이고, 자는 지경支卿, 호는 화산花
山이다. 1480년(성종 11년) 친시문과親試文科의 갑과로 급제하여 부응교로 대마도對馬島
에 경차관敬差官으로 다녀와 응교가 되었다. 그 후 여러 벼슬을 역임하고 도승지·충청도
관찰사·경상도관찰사를 역임하였다. 갑자사화가 일어나자 앞서 성종이 윤비를 폐위시
키고, 이어 사사할 때 사약을 가지고 갔다 하여 그 죄로 평해로 유배되어 교살되었다.
중종 때 우참찬이 추증追贈되고 신원되었다. 문집에 『화산유고花山遺稿』가 있다.

2　육광조(陸光祖, 1521~97) : 자가 여승與繩이고, 호는 오대五臺이며, 시호는 장간莊簡이다.
가정 연간의 공부우시랑工部右侍郎을 역임하는데, 장거정張居正의 노여움을 사자, 병을
칭탁하고 귀향했다가 훗날 재기하여 이부상서吏部尙書가 되었다. 그는 넓은 도량의 소유
자로 널리 인재를 등용한 명신으로, 죽은 뒤 태자소보太子少保로 추증되었다.

금강가는 길에서

나부끼는 깃발이 물속에 어리고

동풍에 떠나는 나그네 길은 익숙한 길인 듯

말티고개는 눈이 녹아 산길이 눈썹같고

곰나루엔 얼음이 녹아 강물이 쪽빛같다.

봄이 오자 두약꽃의 향기가 진동하고

날이 따뜻해지자 천궁풀이 점점 짙어간다.

고삐를 잡고 금강 삼십 리를 내달리니

눈앞의 아름다운 경치를 보며 상남湘南을 추억한다.

원문　　錦江途中

搖搖旌旆照溪潭　　客路東風似舊諳　　馬峴雪消山路黛　　熊津氷泮水接藍
春回杜若香初動　　日暖蘼蕪綠漸酣　　按轡沿江三十里　　目前佳麗憶湘南

부안 선화루에서 이 참찬(승소)¹ 시에 차운하다

동남의 도회지 영주寧州라 불리는 곳

왕자산王字山 앞에는 백 척의 누각이 있다.

차령의 찬 구름은 공연히 해를 가리고

고정鼓亭의 시든 풀은 가을을 이기지 못한다.

천년의 옛 성루에서 남은 흔적 찾아보고

만 리 긴 여정에 게으른 유람을 기록한다.

난간에 기대어 자주 북쪽을 바라보니

작은 이 마음으로 어찌 범공范公의 근심을 하랴?²

원문 **扶安宣和樓次李參贊(承召)韻**

---

1 이승소(李承召, 1422~1484) : 조선 전기의 문신. 본관은 양성陽城이고, 자는 윤보胤保이
   며, 호는 삼탄三灘, 시호는 문간文簡이다. 1447년(세종 29년) 문과에 장원하여 이조·형
   조 판서, 좌참찬 등을 지냈다. 당대의 문장가로 예악·음양·율력·의약·지리에 조예
   가 깊었다. 신숙주·강희맹 등과 함께 『국조오례의』를 편찬하였으며, 저서에 『삼탄집』
   이 있다.

2 범중엄(范仲淹, 989~1052) : 중국 북송北宋의 정치가·학자. 자는 희문希文이고, 시호는
   문정文正이다. 인종仁宗의 친정親政이 시작되자 부름을 받아 중앙에서 간관諫官이 되었
   다. 그러나 그 무렵 곽황후郭皇后의 폐립문제를 놓고 찬성파인 재상 여이간呂夷簡과 대립
   했기 때문에 다시 지방으로 쫓겨났다. 그 뒤로 구양수歐陽修·한기韓琦 등과 함께 여이
   간 일파를 비난하였으며, 자기들 스스로 군자의 붕당朋黨이라고 자칭하여 경력당의慶曆
   黨議를 불러일으켰다. 참지정사參知政事로 내정개혁에 힘썼으나, 그를 미워하는 하송夏悚
   일파의 저항이 강하여 다시 지방관地方官을 역임하다가 병으로 죽었다. 저서로 『범문정
   공집范文正公集』이 있다.

東南都會號寧州　王字山前百尺樓　車嶺寒雲空碍日　鼓亭衰草不勝秋
千年古壘尋遺跡　萬里長途記倦遊　徒倚欄干頻北望　寸心其奈范公憂

적등赤登¹가는 길에 숙분(신)²과 함께 읊다

부끄럽게도 모래톱의 갈매기가 이 늙은이를 비웃는구나.

이 년여를 분주하더니 오늘 갈림길에 서있다.

언덕 위의 버드나무는 더욱 푸르게 흔들리고

야외의 복숭아는 처음 붉게 꽃망울을 터트렸다.

눈에는 화창한 봄날의 향기가 가득하니

앞으로 백성들의 일이 바빠지리라.

한 밤 꿈속에서 자주 고향땅이 보이니

나의 말은 가을이 오면 다시 동쪽으로 향하리라.

원문 赤登途中, 與叔奮(伸)同賦

慚媿沙鷗笑此翁　　兩年奔走路岐中　　岸邊楊柳正搖綠　　野外桃花初破紅
滿眼年華春冉冉　　轉頭民事覺忽忽　　故園頻入中宵夢　　我馬秋風更向東

1 적등赤登 : 충청북도 옥천과 영동의 중간에 위치한 지역으로 적등나루가 있다.
2 숙분叔奮 : 조신曺伸의 자이다.

늦은 봄 서원西原[1]에 머물며 감회가 있어

동풍에 사방의 풀들은 무성하게 자라고
비 갠 뒤라 새벽 산 빛은 더욱 산뜻하다.
온통 땅에는 떨어진 꽃잎에 붉게 물들었고
성을 감싸 흐르는 봄물은 푸르게 졸졸 흐른다.
남녘에서 유람하던 나그네는 수고로이 돌아갈 꿈을 꾸며
막하幕下에서 높은 재주로 현능함을 굽힌다.
북으로 서울 땅을 바라보니 생각은 끝이 없고
높은 산이 구름 속에 잠겨 어디인지 모르겠다.

원문　**暮春留西原有感**

東風處處草芊芊　晴後山光曉更妍　滿地落花紅萩萩　繞城春水碧涓涓
周南久客勞歸夢　幕下長才屈此賢　北望神州無限意　喬山何處鎖雲烟

1　서원西原 : 충청북도 청주시, 청원군 일원의 옛 지명이다.

충주 경영루[1]에서 차운하다

사방을 도모하는 웅장한 마음이 천하에 있는데
어찌 악착같이 시골에 처 박혀 있겠는가?
일찍이 물수리는 높은 하늘로 깃을 펼쳐 오르고
곤붕鯤鵬도 만 리 물결을 일으키며 날아갔다.
정치가 졸렬하니 백성들의 원망소리 들리고
명령이 관대하니 아전들이 노래 부른다.
두 해 동안 척박한 땅에서 무슨 일을 이루었나?
꿈속에 이르는 전원은 절반이나 거칠어졌구나.

원문　**忠州慶迎樓次韻**

弧矢雄心在八區　安能齷齪滯方隅　曾披鶚鸇九霄翮　浪作鯤鵬萬里圖
政拙未聞民飽暖　令寬從使吏歌呼　二年原隰成何事　夢到田園一半蕪

1　경영루慶迎樓 : 『신증동국여지승람新增東國輿地勝覽』에 의하면, 경영루慶迎樓는 충주忠州의
　　객관客館 동쪽에 있으며, 동루東樓라고도 한다.

안주 백상루¹에서 걸려있는 시에 차운하다

원룡元龍의 백 척 누각에 기대어 서니²

늠름한 호기도 거두어들일 수 있겠다.

안주성은 맑게 흐르는 두물머리에 있고

사람은 푸른 하늘 꼭대기에 있다.

멀리서 밀려오는 파도는 안개 쌓인 해안을 삼킬 듯

긴 바람에 작은 배는 빠르게 지나간다.

눈앞의 풍경은 형용하기 어려우니

이곳이 바로 강남의 앵무주鸚鵡州일세.

하늘에 닿은 성벽에는 높은 누각이 서 있고

---

1 백상루百祥樓 : 평안남도 안주군 안주읍 북쪽 교외의 청천강 기슭에 있는 누각으로 관서
   팔경의 하나이다.

2 『세설신어世說新語』에, "허사許汜와 유비劉備가 어울려 서로 인물평을 하였다. 이때 허사
   가 '진원룡(陳元龍, 진등陳登의 자字)은 회해지사淮海之士로서 호기豪氣가 여전하였다.'라고
   하자, 유비가 그에게 묻기를 '무슨 일이 있었기에 그대가 호기 운운하는가?' 하였다. 이
   에 허사가 대답하기를 '지난번에 난리를 만나 하비下邳를 지나다가 원룡을 찾아보았는
   데, 주인으로서 손님을 대하는 뜻이 전혀 없었다. 그리고는 서로들 말도 나누는 일이
   없다가 자기는 큰 침상 위로 올라가서 눕고 나는 아래 침상에 눕게 했다.'고 하자, 현덕
   이 말하기를 '그대는 국사國士의 이름을 지닌 인물이다. 그런데 지금 온 천하가 모두 난
   리 통이라서 제왕이 있을 곳을 찾지 못하고 있는데, 그대는 세상을 구제할 뜻은 전혀
   없이 집안일만 챙길 뿐 채택할 만한 말이 하나도 없으니, 이것이 바로 원룡이 그대를
   꺼리게 된 소이이다. 그러니 무슨 말을 꺼내어 그대와 함께 이야기를 나누겠는가. 만약
   나라면, 나 자신은 백척루百尺樓 위에 눕고 그대는 땅 밑에 눕게 하겠다. 어찌 그 간격
   이 위 아래 침상의 차이일 뿐이겠는가.'라고 하였다."라고 한다.

어지럽게 펼쳐진 만상이 순서대로 정리되었다.
굽이쳐 흐르는 물가엔 아득히 제비 날고
저 멀리 산봉우리는 자라 머리처럼 보일 듯 말 듯
강 위의 구름은 비를 거두어 들판으로 돌아가고
모래톱의 새들은 바람타고 놀잇배를 스쳐 날아간다.
갑자기 해가 갈수록 오는 자연의 취미를 따라서
한 번 도롱이 입고 신선세계에서 늙어 가리라.

취하여 난간을 두드리며 놀다가 홀로 누각에 남으니
묘향산妙香山3의 운기雲氣가 앉은자리까지 스며든다.
산은 동북쪽으로 상투처럼 틀어져 있고
물은 서남쪽을 향해 압록강으로 흘러든다.
들에 피어오른 아지랑이에 멀리 나무들은 희미하게 보이고
공중에 어리는 은빛 대나무에 돌아가는 배는 스치고
날이 저물어도 올라온 흥취가 남아
다시 강 가운데 작은 모래톱에서 밤을 새고 싶구나.

원문   安州百祥樓次板上韻

徒倚元龍百尺樓　　稜稜豪氣可能收　　城臨綠水分流處　　人在靑霄最上頭
遠浪平吞煙柳岸　　長風吹送木蘭舟　　眼前光景難題品　　正是江南鸚鵡州

連空睥睨敞高樓　　萬象繽紛次第收　　曲渚微茫分燕尾　　遙岑隱約露鰲頭

3　묘향산妙香山 : 평안북도 영변군 · 희천군과 평안남도 덕천군에 걸쳐 있는 산이다.

江雲捲雨歸平野　沙鳥迎風掠彩舟　倘逐年來湖海趣　一簑從此老滄洲

醉拍欄干獨倚樓　妙香雲氣坐來收　山從東北堆螺髻　水向西南瀉鴨頭
抹野晴嵐迷遠樹　暎空銀竹打歸舟　晚來不盡登臨興　更欲中流宿小洲

기 낭중(순)의 시에 차운하다

호수의 풍광과 산 빛이 서로 어우러져
해 저녁에 짙게 드리운 안개가 더욱 신기하다.
평원平遠1함은 곽희郭熙2의 그림으로도 묘사하기 어렵고
웅호雄豪함은 이백李白의 시에다 붙일만하다.
언덕에는 소가 느릿느릿 집으로 돌아오고
연못에선 용이 천천히 안개 속으로 오른다.
잠시 보니, 기낭중은 시구가 뛰어나니
하늘 끝이라, 꿈속에서나 서로 생각한다오.

원문　　**次祈郎中 (順) 韻**

湖光山色摠相宜　濃抹雲烟晚更奇　平遠難描郭熙畵　雄豪堪着謫仙詩
晴坡牛放歸田懶　古澤龍騰入霧遲　俄頃環觀眞絕特　天涯此地夢相思

1　평원平遠 : 중국 산수화에서, 가까운 높은 산에서 먼 산을 바라다본 것으로 내려다보는
　　시각으로 아득히 먼 풍경을 표현하는 방법이다.
2　곽희(郭熙, ?~?) : 중국 북송北宋의 화가. 자가 순부淳夫이다. 계절에 따른 경관景觀의 변
　　화, 빛과 구름의 상태 따위의 묘사에 뛰어났다. 작품에 〈계산추제도권溪山秋霽圖卷〉, 저
　　서에 화론畵論에 『임천고치』 등이 있다.

부벽루浮碧樓[1]에서 차운하다

서도의 으뜸이라는 부벽루
고금에 몇 명의 명사들이 찾아왔나?
바람은 푸른 숲에서 불어오고
눈앞에는 긴 강이 끝없이 펼쳐있다.
산과 내를 압도하는 기상은 더욱 호방하여
밤기운이 스며든 몸은 삶과 죽음마저 내맡긴다.
한 통술로 다시 은하수를 향해 두드리며
인간사 끝없는 근심을 떨쳐버린다.

원문 浮碧樓次韻

見說西都第一樓　登臨今古幾名流　風生碧樹交陰裏　眼豁長江欲盡頭
氣壓湖山增跌宕　身憑沆瀣任浮休　一樽更向銀河拍　抖擻人間無限愁

---

1 부벽루浮碧樓 : 평안남도 평양시 모란대牡丹臺 밑 청류벽淸流壁 위에 있는 누각이다.

장수 동헌에서 허헌지(침)¹의 시에 차운하다

말 몰아 달리는 길 울퉁불퉁하고
골짜기가 깊건만 길은 헤매지 않는다.
한 줄기 물이 남원 북쪽에서 흘러나오고
뭇 산들은 함양의 서쪽 땅에 맞닿았다.
잎이 진 성긴 나무들 사이로 가을바람이 사납고
밤기운이 싸늘하고 객관의 등잔도 가물거린다.
지방관 생활 두 해 동안 머리는 하얗게 셋는데
어느 날이나 다시 전원으로 돌아가 한가롭게 사나?

원문 長水東軒次許獻之(琛)韻

駃驒躞蹀路高低　洞府深深去不迷　一水源從帶方北　群山直接天嶺西
疎林葉落秋風緊　孤館燈殘夜氣凄　原隰兩年頭欲雪　田園何日返幽棲

---

1 허침(許琛, 1444~1505) : 조선 전기의 문신. 자는 헌지獻之이고 호는 이헌頤軒이다. 직
  제학, 대사헌, 이조 판서를 거쳐 우의정, 좌의정을 지냈다. 성종 때에 윤비의 폐위를
  반대하였던 이유로 갑자사화 때에 죽음을 면하였다.

무주에서 유극기[1]가 지은 시에 차운하다

무주 고을은 쓸쓸한 물가에 자리 잡았고
나이를 알 수 없는 고목만 높이 솟아 있다.
십리 밖까지 가을빛은 맑기가 마치 그림같고
사방을 에워싼 산 빛의 푸르름이 하늘까지 뻗쳤다.
시대를 바로잡는 대책이 없어 은자의 생활을 그리워하고
경치를 보며 시 짓는 것이 많아 몇 편의 시를 썼다.
무주의 풍광은 자주 꿈속에서도 상상하리니
다시 놀러 가리라. 초겨울이 오기 전에

나그네 마음 언제나 백운白雲가에 있어
관찰사 생활 두 해 동안 참기 어려웠다.
궁벽한 무주고을은 시냇가 몇 채로 이루어진 마을
푸른 봉우리는 한 마을을 병풍처럼 둘러쌌다.
바람 부는 난간에 서서 자주 먼지를 털어 내고
달빛 머문 정자에서 시를 지어 쉽게 싯구를 이룬다.
옆 사람에게 이은吏隱[2]은 할 만하다고 말하지만
돌아가 쉬리라. 머리가 반백이 되기 전에

---

1 유극기兪克己 : 유호인兪好仁의 자이다.
2 이은吏隱 : 부득이 벼슬은 하고 있으나 속마음은 은거하는 일을 말한다.

邑居寥落水村邊　老樹扶疎不記年　十里秋光明似畫　四圍山色翠稽天
匡時策短懷三遜　對景吟多費幾篇　從此風烟頻夢想　重遊准擬小春前

客心長在白雲邊　叵耐咨詢度兩年　地僻朱溪數家縣　屛開靑嶂一區天
風軒岸帽頻揮塵　月榭裁詩易就篇　說與旁人堪吏隱　歸休須及二毛前

금구金溝[1]에서 사간 이형지(의무)[2]의 시에 차운하다

공문서는 구름 같아 또한 잠시 머무는 것
세월 따라 나그네 마음도 함께 아득하여라.
외기러기 달밤에 우는 가을 하늘은 넓고
지는 해가 서산에 머금어 저녁놀은 사방에 퍼진다.
벼슬살이 많은 시간 몹시 바쁨에 슬프니
어느 날 자연에서 유유자적悠悠自適 할거나?
쥐와 참새가 나를 거듭 괴롭혀 참기 어려운데
일 당하면 망연자실 부질없이 근심에 쌓인다.

원문   金溝次李司諫馨之(宜茂)韻

薄牒如雲且暫留　年華客意共悠悠　賓鴻叫月秋空闊　落日含山暮靄浮
簪笏多時悲局促　林泉何日得優遊　不堪雀鼠重勞我　遇事茫然漫作愁

---

1 금구金溝 : 전라북도 김제시 금구면 일원이다.

2 이의무(李宜茂, 1449~1507) : 조선 초기의 문신. 본관은 덕수德水이고, 자는 형지馨之,
   호는 연헌蓮軒이다. 1477년(성종 8년)식년문과에 병과로 급제하여 사헌부장령·사간원
   사간·상의원정 등을 역임히고, 무오사화로 평안도 어천역魚川驛에 유배되었다가 이듬해
   풀려났다. 시문에 능하였으며, 등조登朝한 지 30여년에 조금의 저축도 없어 가세가 늘
   청빈하였다.

능성綾城[1] 봉서루

산세가 빙 둘러 있어 더욱 오밀조밀한데
봉서루에 오르니 조금 한기를 느낀다.
달 아래 왕대나무는 바람 따라 춤을 추고
푸른 벽은 안개 속에 그림처럼 보인다.
경물이 사람들로 하여금 시를 짓게 하고
건곤乾坤은 나에게 기상을 더욱 넓혀준다.
내일 아침이면 다시 남평南平[2] 길로 접어드는데
단풍 든 나무들이 집집마다 아름답게 울타리를 만든다.

원문　**綾城鳳栖樓**

山勢周遭更鬱盤	鳳栖樓上怯初寒	脩篁抹月風中舞	翠壁和烟畫裏看
景物撩人詩作課	乾坤容我氣增寬	明朝便踏南平路	紅樹家家錦作團

1　능성綾城 : 전라남도 화순지역의 옛 지명으로 능주綾州라고도 한다.
2　남평南平 : 전라남도 나주시 남평읍 일원이다.

남평南平의 새로 지은 동헌에서

풍경은 어슴푸레 영남 땅과 비슷한데
깃발이 이르는 곳마다 힘껏 탐문한다.
노송 사이로 난 오솔길은 푸른 덮개를 밀쳐낸 듯
작은 봉우리로 이르는 문은 푸른 이내에 가려있다.
높다란 누각은 높이 솟아 참으로 고요하고
겨울 꽃 날리는 모습 바로 너덜너덜한 솜털인양
머리를 들어 다시 서남쪽을 바라보니
산과 바다는 모두 짙은 쪽빛으로 싸여있다.

원문 南平新軒

風景依俙似嶺南　　旌旄到處便窮探　　長松夾道排青盖　　小巘當門隱翠嵐
高閣奐輪眞靜密　　寒花零落正毿毿　　擡頭更向西南望　　山海重重共蔚藍

영암靈岩[1]의 현판에 걸려 있는 시에 차운하다

슬프게도 향수는 점점 쌓여만 가는데
영암 땅은 멀고먼 바닷가에 있다.
청산은 가까이 동서의 성곽을 에워싸고
푸른 대숲 깊숙이 여덟아홉 채의 인가人家
한 밤중 씩씩한 마음으로 호각소리를 듣고
온 종일 마루에서 서리꽃을 보며 골똘히 생각에 잠겼다.
멀리서 온 유람객은 어렸을 때의 포부를 대강 이루었으니
각설하고 도중에서 세상 구경하며 세월을 보낸다.

원문   靈岩次板上韻

黯黯鄉愁積漸多　靈岩邈在海天涯　青山近繞東西郭　綠竹深藏八九家
半夜壯心聞畵角　一軒淸料對霜花　遠遊粗了桑蓬志　遮莫途中負歲華

1　영암靈岩 : 지금의 전라남도 영암군 일원이다.

점필재 선생이 지은 〈월출산을 지나며〉시에 차운하다

분주한 세월 괴롭게도 겨를이 없다가
호남 땅 천 리의 풍광을 구경한다.
하늘을 찌를 듯 칼날 같은 봉우리
골짜기마다 수묵같이 짙은 안개
위언^{韋偃}1의 붓끝으로도 묘사하기 어렵고
반랑^{潘閬}2의 나귀 등에서도 바쁜 줄 모르겠다.
발걸음이 봉래, 영주산을 찾은 듯
내 자신이 타향살인줄 모두 잊었다.

원문　　　次畢齋先生過月出山韻

奔走年年苦未遑　湖南千里觀風光　磨空劍戟峰巒秀　滿壑烟霞水墨蒼
韋偃筆頭難寫妙　潘閬驢背不知忙　蝎來如踏蓬瀛境　身世都忘落異鄕

1　위언^{韋偃} : 당나라 때의 화가. 산수·인물·대나무를 잘 그렸다고 한다.
2　반낭^{潘閬} : 송宋나라 때 시문에 능하였던 사람. 그는 일찍이 파리한 나귀를 거꾸로 타고
　　산천의 아름다움을 찾아서 섬서성陝西省에 있는 화산華山의 연화봉蓮華峯·모녀봉毛女峯·
　　송회봉松檜峯을 유람하였다 한다.

영암[1]의 새로 지은 동헌에서

강진 땅을 지나간 지 몇 년이나 되었나?
읍에 거처하는 백성들은 조금도 변함없구나.
누대에는 은은히 붉은 편액이 빛나고
호수는 물이 맑아 물안개가 피어오른다.
기러기는 가을바람에 울며 바다 밖으로 날아가고
까마귀는 저녁놀에 날며 마을 앞으로 모여든다.
사신이 이르는 곳마다 끝없는 흥이 돋아
다만 맑은 시로 좋은 인연을 맺고자 한다.

산 옆 성가퀴는 험준한 기슭에 있고
웅장한 형승을 일찍이 보지를 못했다.
청해진에선 맹장猛將을 회고하고[2]
백련사白蓮社[3]엔 고승이 주석하고 있다.
푸른 구름이 땅에 그림자 드리워 소나무와 하나가 되고
꽃핀 둑길은 마을까지 이어지고 벼들은 일렁인다.

---

1 영암靈岩 : 지금의 전라남도 영암군 일원이다.
2 장보고(張保皐/張寶高, ?~846) : 통일 신라 시대의 장군. 본명은 궁복弓福, 궁파弓巴이다.
   중국 당나라에 건너가 무령군武寧軍 소장小將이 되어 활약하였으며, 귀국 후 청해진 대
   사大使로 임명되어 황해와 남해의 해상권을 장악하고 당나라와 일본으로 왕래하며 동방
   국제 무역의 패권을 잡았다.
3 백련사白蓮社 : 전라남도 강진군 도암면 만덕리에 있는 사찰이다.

구십포九十浦4 해변에서 멀리 조망하며

옛일을 찾고자 하나 물어볼 곳이 없구나.

원문 靈岩新軒

道涉於耽問幾年　邑居生聚漸依然　樓臺隱隱輝丹牓　湖水澄澄抹白煙
鴈叫秋風歸徼外　鴉翻斜日落村前　皇華到處無限興　只把淸詩作勝緣

傍山孤堞倚崚嶒　形勝雄奇見未曾　淸海鎭中懷猛將　白蓮社裏住高僧
蒼雲羃地松楠合　繡畛連村糶稏登　九十浦邊舒遠眺　欲尋往事却無憑

4　구십포九十浦 : 전라남도 강진군 도암면의 다산초당이나 백련사에서 내려다보이는 강진
　만에 있는 포구로 현재는 구강포라고 한다.

강자온[1]의 과거 급제하여 시권에 있는 백진伯珍의 시에 차운하다

진흙 속에 서리어 있다가 하루 저녁에 나루를 건너더니
삼형제가 용문龍門의 뜻을 펼쳤네.
역경의 세월 속에 몇 번이나 계리計吏[2]를 따랐던가?
이름을 날렸으니, 이제는 어머님을 위로한 것이네.
봄바람 부는 화사한 거리에선 말방울소리 멀리 들리고
새벽에 대궐에 들어가서 글을 쓰면 먹물이 새로우리.
말하노니, 향인鄕人을 다스릴 때 명심할 것은
장부丈夫의 출처出處에 이 나라 백성이 매여 있음을

과거장에서 우수한 성적을 거두어 돌아오니
처음으로 삼형제가 하늘을 나란히 날았네.
청운의 뜻을 펼치니 은총과 영예가 무겁고
과거 급제자 명단에 성명이 빛나네.
아름다운 난초가 우로雨露에 자라 듯
두어 가지 선계仙桂가 정원에 어리네.
3등으로 급제한 것은 형제들의 일이고

---

1 강백진(康伯珍, ?~?) : 조선 전기의 문신. 본관은 신천信川이고, 자는 자온子韞, 호는 무
   명재無名齋이며, 김종직金宗直의 문하생으로 있다가 그의 사위가 되었다. 1477년(성종 8
   년) 문과에 급제하여 사헌부지평·함안군수·사헌부장령·사간원사간을 지냈으며, 무오
   사화戊午士禍에 연루되어 평안도 정주定州에 유배되었다가, 갑자사화 때 능지처참되었으
   며, 1506년(중종 1년)에 신원되어 대사간大司諫에 추증되었다.
2 계리計吏 : 계부計簿를 중앙조정에 보고하는 상계上計 업무를 관장하는 관리이다.

영웅은 속일 수 없다는 말은 틀린 것이네.

　　康子韞登第詩卷次伯珍韻

泥蟠一夕忽通津　　三級龍門志願伸　　攻苦幾曾隨計吏　　揚名今已慰慈親
春風綺陌鳴珂遠　　曉日金明淡墨新　　說與鄉人須着眼　　丈夫出處係斯民

翰墨場中得雋歸　　初齊六翮刺天飛　　靑雲發軔恩榮重　　黃甲題名姓字輝
一種猗蘭滋雨露　　兩枝仙桂映庭闈　　探花自是鶺原事　　賺了英雄語却非

이른 봄, 최태보(한공)¹ 선생의 시에 차운하다

궁벽한 곳이라 해마다 손님은 저절로 멀어지고
봄날의 만물은 한가로운 삶에 위로가 되네.
시름 속에 버들의 아름다움도 그냥 보낼 뿐
눈 쌓인 산봉우리의 그림도 예전 같지가 않네.
바쁜 인생살이 원래는 자신밖에 믿을 수 없으니
쓸쓸한 회포는 누구를 향해 펼치나.
여남汝南² 땅에는 다행히 고인高人³이 있어
때때로 청시淸詩⁴를 보내주고 내 집을 방문한다네.

원문 早春次崔台甫(漢公)先生韻

深巷年來客自疎　物華春意慰幽居　愁邊楊柳嬌無奈　雪後峰巒畫不如
草草生涯元自信　寥寥懷抱向誰攄　汝南幸有高人在　時遣淸詩問我廬

1　최한공(崔漢公, 1423~1499) : 조선 전기의 문신. 본관은 화순和順이고, 자는 태보台甫,
　호는 고곡考谷이다. 1459년(세조 5년) 식년문과에 급제하여 전한·정언을 역임했다. 세
　조가 사간원에 구언求言하자 소를 올린 문구 중에 관로를 문란하게 한 내용이 있다 하
　여 투옥되었으며, 풀려난 후 부모를 봉양한다는 구실로 벼슬을 사직하고 향리로 돌아
　와 친구들과 절경을 찾아 시주詩酒로 소일하고, 서당을 세워 후진을 계도하는 데 힘썼
　다.
2　여남汝南 : 경상북도 포항시 북구에 있는 여남동 일원이다.
3　고인高人 : 벼슬을 사양하고 세상 물욕物慾에 뜻을 두지 아니하는 고상高尙한 사람이다.
　여기에서는 최태보 선생을 의미한다.
4　청시淸詩 : 맑은 운치韻致를 느끼게 하는 시를 말한다.

삼가 최태보선생이 지은 시에 차운하다

세월을 많이 겪어 백발도 새로운데
속세의 일로 어찌 순박한 백성을 어지럽히겠는가?
시서詩書가 서가에 가득하니 늙음을 즐길 수 있고
메벼가 익어가니 가난도 걱정 없다네.
이미 술상을 준비해서 좋은 때에 내놓고
한가로이 꽃과 대를 심으며 늦봄을 즐기네.
나이를 따져보고 많으신 것을 알겠으니
그 시절 강현絳縣사람이라고 묻지를 마오.[1]

양쪽 귀밑머리는 희끗희끗 하얗게 물들었고
두 눈에는 얇은 비단이 쳐 있는 듯
이마는 시원스레 병풍같이 넓고
눈이 몽롱하니 현기증이 난다.
자하子夏[2]의 문장은 끝까지 도道를 지켰고

---

1 강현인絳縣人은 강현노인絳縣老人의 준말로 '나이가 많은 사람'을 가리킨다. 『춘추좌씨전春秋左氏傳』 양공襄公 30년 조에, 옛날 진晉나라의 도공부인悼公夫人이 기성杞城을 쌓고 있는 인부들에게 밥을 먹였는데, 그 자리에 강현絳縣 사람으로서 나이가 가장 많이 들어 보이는 사람이 있어, 나이를 물어보니, '신의 생일은 정월 초하루 갑자일로, 이미 445번째 갑자일이 지났습니다.'라고 대답하자, 사광師曠이 날짜를 따져보고 73세라고 하였다. 그러자 강현絳縣을 다스리고 있던 조무趙武가 '나이 드신 분을 부역하게 한 것은 저의 잘못입니다.'라고 사죄하고 노인에게 벼슬을 제수하자, 그 노인은 늙었다고 사양하고 떠났다고 한다.

태충太冲3의 사부詞賦는 스스로 일가一家를 이뤘다.

세간에는 응당 안과眼科의 명의가 있으리니

서울이 보이지 않는다고 한탄하지 마시게.

이제는 명분과 실재가 서로 들어맞으니

늙어 노곡老谷에 거처하며 하는 일이 없네.

남양南陽4과 국수菊水5에는 옛날에 머물렀고

촉군蜀郡인 기계杞溪6로 이제야 돌아갔네.

밤늦은 시간까지 바쁜 벼슬길에서 벗어나7

봄 개인 날 만발한 꽃을 난간에 기대어 보네.

부귀영화는 모두 꿈에서도 없으니

---

2 자하(子夏, B.C.507~?B.C.420) : 중국 춘추 시대의 유학자. 본명은 복상卜商이며, 공
   자의 제자로서 십철十哲의 한 사람이다. 위나라 문후文侯의 스승으로 시와 예禮에 능통
   하였는데, 특히 예의 객관적 형식을 존중하였다.

3 좌사(左思, ?~?) : 중국 서진西晉의 시인. 자는 태충太冲. 산동성山東省출신이다. 하급 관
   리의 집에 태어나 여동생 분芬이 궁중에 여관女官으로 들어갔기 때문에 도읍 낙양洛陽으
   로 나와서 10년 동안 구상하여 〈삼도부三都賦〉를 지었고, 이것이 당시 문단의 영수였던
   장화張華에게 절찬 받게 되어 일약 유명해졌다. 낙양의 지식인들이 이것을 다투어 베껴
   씀으로 '낙양의 지가紙價를 올린다.'라는 말이 생겼을 정도였다.

4 남양南陽 : 지금의 경기도 화성시 청사가 있는 남양동 일원이다.

5 국수菊水 : 지금의 경기도 양평군 국수면 일원이다.

6 기계杞溪 : 지금의 경북 영일군 기계면 일원이다.

7 누진종명漏盡鐘鳴은 각루刻漏가 다하고 인정人定이 울리는 시간이란 뜻으로 밤늦은 시간
   까지 일을 하는 것을 의미한다. 『위지魏志』「전예전田預傳」에, 전예가 "나이 70이 넘어
   서도 벼슬살이 하는 것을 비유하면, 인정人定이 울고 물시계에서 떨어지는 물이 다 된
   때에도 밤길을 걸어 쉬지 않는 것과 같다."하였다. 또한 '세가稅駕'는 휴식, 또는 '귀향'
   을 의미한다.

의義로 가득 찬 속마음을 어찌 다시 의심하랴?

시를 읊조리는 것 말고는 마땅한 것이 없고
세상일에 게으르니 하는 일이 어둡네.
청산 어느 곳에서든 자주 은거하라하고
늙마이 타향살이에 문득 귀향시를 읊는다.
봄 끝이라 꽃은 다 진 뒤에 대문을 잠그고
사람이 가고 달이 밝은 뒤 술에 곤드레가 되었네.
고요한 가운데 스스로 마음을 비춰보니
만 가지 상념이 벌써 환하게 풀렸네.

대숲 깊숙한 곳에 한가로이 사니
푸르게 물든 설산雲山 대자리가 시원하다.
가시나무는 봄이 오자 다시 옛 푸르름을 되찾고
아가위 꽃은 해가 비취자 새로 화장한 듯
사모하는 정성이 간절한데, 어느 때나 그치려나?
우로雨露같은 깊은 은혜를 잠시라도 잊을 수 있을까?
힘든 백년 인생 풍수지탄風樹之嘆8에 감회가 있어
아름다운 편액을 새로 지은 집에 걸게 하였네.

원 문   奉和崔台甫先生韻

8 풍수지탄風樹之嘆 : 부모에게 효도를 다하려고 생각할 때에는 이미 돌아가셔서 그 뜻을
   이룰 수 없음을 이르는 말이다.

飽閱年華白髮新　　塵勞那涸萬天民　　詩書滿架堪娛老　　粳稻登場不患貧
已辦盃觴供令節　　閑栽花竹樂餘春　　算來甲子知多少　　莫問當時絳縣人

兩鬢星星染皓華　　雙瞳其奈着輕紗　　紫稜昏涉疑安障　　銀海矇朧怯眩花
子夏文章終圍道　　太冲詞賦自成家　　世間會有金篦手　　莫恨天衢望未賒

名實於今兩的宜　　老居老谷斷營爲　　南陽菊水昔堪駐　　蜀郡杞溪今可歸[9]
漏盡鍾鳴稅駕處　　春晴花發靠欄時　　榮華富貴都無夢　　義勝胸中奚復疑

除却哦詩百不宜　　踈慵於世昧施爲　　青山幾處頻招隱　　白首他鄉便賦歸
門掩春殘花落後　　酒闌人散月明時　　靜中自照丹臺淨　　萬念昭昭已決疑

幽居閑敞竹林傍　　翠滴雲山几簟凉　　荊樹逢春敷舊陰　　棣華映日媚新粧
羹墻慕切何時已　　雨露恩深可暫忘　　衰衰百年風樹感　　須敎華扁揭新堂

9 　무술본에는 ‘歸’가 ‘依’자로 표기되어 있다.

신차소申次韶[1] 만시輓詞

세상에 빛나는 재명才名 드넓어 헤아릴 수 없고
문충공文忠公[2] 가문에서 으뜸으로 뛰어났네.
정기는 하악河嶽에 모여서 천년세월로 빼어났고
기운은 붉은 무지개로 토하여 만 길로 빛났네.
인봉麟鳳이 때맞추어 다투어 서기瑞氣를 알아보고
용사龍蛇는 세월 만나 갑자기 장엄함에 놀랐네.
멀리서 서풍에 한줄기 눈물로써
부질없이 영웅을 향하여 북망산에 흩뿌리네.

도량은 넓고 넓어 누구와도 견줄 수 없고
반륙潘陸[3]같은 재주는 드넓어 건널 자가 없네.
연달아 장원급제한 으뜸의 솜씨
청운의 젊은이 가운데 독보적인 존재였네.

---

1   차소次韶 : 신종호申從濩의 자이다.
2   문충공文忠公 : 신숙주申叔舟를 가리킨다. 곧 신종호가 신숙주의 손자임을 밝힌 것이다.
3   중국의 남북조 시대 서진西晉의 문인인 반악潘岳과 육기陸機를 병칭한 것이다. 반악(潘岳, 247~300)은 자가 안인安仁이며, 매우 잘 생겨 미남의 대명사로 부른다. 그의 작품은 〈서정부西征賦〉, 〈금곡집시金谷集詩〉, 〈추흥부秋興賦〉 등이 있다. 육기(陸機, 261~303)는 자가 사형士衡・오군吳郡으로 진의 고위 관직에 오르고 귀족이 되었으나, 후에 황제를 폐하고 수도를 점령하려던 정치음모에 연루되어 처형되었다. 육기는 의고적인 서정시를 많이 남겼지만 그보다는 시와 산문이 뒤섞인 복잡한 형식으로 이루어진 부賦의 작가로 더 잘 알려져 있다.

세상을 놀라게 한 문장은 보불黼黻을 기약하였고
집안 대대로 내려온 일 세상 경륜을 펴보려 하였네.
세상 사람들의 바람은 끝내 어찌하나?
늙은이의 교유가 더욱 슬프게 하네.

하룻밤 문성文星이 지니 해동海東은 어두워지고
사림士林은 유종儒宗을 잃어 초췌해졌네.
연산학야燕山鶴野4에서 혼은 멀리 떠나고
봉각난대鳳閣鸞臺에서 꿈은 이미 사라졌네.5
서울의 풍류는 위개衛玠를 슬프게 하고6
형주荊州의 인물은 원룡元龍7을 애석하게 하였네.
헤아려보니 천지간에 의지할 곳이 없고
이 한은 아득한데 어찌 다함이 있으랴?

성년이 된 후 서로 사귄 지 삼십 년
마음으로 옛사람 따르기로 기약했네.

---

4 연산학야燕山鶴野 : 중국의 요동벌을 의미한다. 신종호가 아픈 몸을 이끌고 중국에 성절
   사로 갔다가 요동에 와서 병이 심하여져 죽은 것을 말한다.
5 봉각난대鳳閣鸞臺는 임금이 사는 궁궐을 의미하므로, 임금이 계신 궁궐에서 벼슬살이를
   하는 꿈을 의미한다.
6 『진서晉書』「위개전衛玠傳」에, 진晉나라의 위개衛玠는 젊어서부터 사물에 대한 시비와 판
   단력이 뛰어났으며, 노장老莊사상에도 밝았다. 또 왕징王澄은 세속을 초탈한 사람으로서
   재능도 출중하여 평소 사람들과 잘 어울리지 않았으나, 위개의 오묘한 현담玄談을 듣고
   나면 포복절도하곤 했다 한다.
7 원룡元龍 : 진등의 자字이다.

청등靑燈아래 냉 침상에서 함께 이불을 덮고
한양 땅 임금 곁에서 함께 벼슬했네.
돌아보니 지난날 기쁨은 이제는 끝났으니
지난 일 마음 아파해도 끝내 아득하구나.
세상에는 다시 종자기鍾自期의 귀 없으리니[8]
이제는 지음知音의 거문고도 아득히 끊어졌네.

원문 申次韶輓詞

赫世才名浩莫量	文忠門下白眉良	精鍾河嶽千年秀	氣吐紅霓萬丈光
麟鳳應時爭識瑞	龍蛇値歲忽驚壯	遙將一掬西風淚	謾向英雄洒北邙
襟度汪汪孰比倫	潘江陸海浩無津	連魁黃甲無雙手	獨步靑雲第一人
驚世文章期黼黻	傳家事業擬經綸	蒼生有望終何奈	白首交遊倍愴神
一夜文星暗海東	士林憔悴失儒宗	燕山鶴野魂應遠	鳳閣鸞臺夢已空
洛下風流悲衛玠	荊州人物惜元龍	篝來天地無憑物	此恨悠悠有底窮
結髮相從三十年	心期直許古人前	同袍雪榻靑燈下	接武天衢白日邊
回首舊歡今已矣	傷心往事竟茫然	世間無復鍾期耳	已絶戕洋萬古絃

8 종자기(鍾子期, ?~?) : 중국 춘추 시대 초나라 사람. 당시 거문고의 명인이었던 백아伯
牙의 친구로서, 그의 거문고 소리를 잘 알아들었다고 한다. 종자기가 죽자 백아는 자기
의 음악을 이해하여 주는 이가 없음을 한탄하여 거문고 줄을 끊고 다시는 거문고를 타
지 않았다고 한다.

참찬 이훈[1] 만사

집안에서 전해진 가업이 사치함을 싫어하여

귀밑머리 세기 전에 일찍 공신이 되었네.

여러 날을 관서 땅에서 함께 취해 읊조렸고

삼 년을 변방에서 함께 느긋하게 보냈네.

마음 아프게도 강가에서 들리는 이별가가

인간세계의 해로가薤露歌[2]로 들리네.

세상일을 어찌 이렇게 급작스러울 줄 알았으랴?

바람 속에서 흐르는 눈물을 참을 수가 없네.

원문 **輓李參贊(塤)**

傳家素業厭紛華　早畵凌烟鬂未皤　數日關西同醉詠　三年塞下共逶迤
傷心江上驪駒曲　便是人間薤露歌　世事那知遽如許　臨風叵耐淚飜河

1　이훈(李塤, 1429~1481) : 조선 전기 세조, 성종 때의 문신. 본관은 한산韓山이고, 자는
　화백和伯 · 도옹䐷翁이며, 시호는 안소安昭이다. 단종 때 돈령부동부지사, 대호군, 형조
　참의를 지냈다. 세조 때 토평대장으로 이시애의 난을 평정했다. 성종 때 한성부판윤에
　오르고, 한성군에 책봉되었으며, 그 후 오위도총부도총관, 좌참찬을 역임했다.

2　해로가薤露歌 : 상여가 나갈 때 부르는 노래. 만가輓歌이다.

교리 신계거¹를 애도함

안회顏回²와 도척盜跖³의 일은 예로부터 알기 어려웠고

인생살이 이에 이르니 다시 슬픔 감내해야 하네.

지난날 교유 뚜렷이 남아 부질없이 추억해 보나

세상 일 아득하니 어찌 다시 기약하리?

함께 봄바람 맞으며 살곶이⁴에서 임금을 호종했고

지는 해 바라보며 연진延津⁵에서 함께 시를 지었지.

죽었으니 이제 그만 이구려

천리 길에 마음 아파 눈물이 저절로 흐르네.

원문   悼辛校理(季琚)

顏跖從來不可知　人生到此更堪悲⁶　舊遊歷歷空相憶　世事茫茫那復期
箭串春風同扈駕　延津落日共題詩　百年己矣重泉隔　千里傷神涕自垂

1　신계거(辛季琚, ?~?) : 조선 성종 때 문신. 본관은 영월寧越이고, 자는 옥오玉吾이다.
　　1477년(성종 8년) 춘당대시春塘臺試에 갑과甲科로 급제하여 장사랑將仕郎을 거쳐 교리校理
　　를 역임하였다.
2　안회(顏回, BC 521~BC 490) : 중국 춘추시대春秋時代 노魯나라의 현인. 자가 연淵이며,
　　공자가 가장 신임하였던 제자였으나 요절하였다.
3　도척盜跖 : 중국中國 춘추春秋 시대時代의 큰 도둑. 공자와 같은 시대時代의 노魯나라 사람
　　인 현인賢人 유하혜의 아우로 그의 도당들과 떼 지어 온 나라를 휩쓸었다 한다.
4　살곶이 : 지금의 서울시 성동구 중랑천가의 서울의 숲(뚝섬) 주변을 말한다.
5　연진延津 : 『신증동국여지승람新增東國輿地勝覽』에 의하면, 황해도 황주군에 있는 나루이다.
6　무술본에는 '生'자가 '世'자로 표기되어 있다.

성주를 지나며 지지당[1]을 회고하다.

말 위에서 갑자기 망연자실 넋이 나가니

이 같은 생활에 어느 곳에서 함께 문장을 논하랴?

난초와 혜초가 다 시들었으니 봄이 와도 소용이 없고

봉새와 난새도 다 날아갔는데 햇볕만 더욱 따갑구나.

단양 장우張祜의 집은 잡초만 무성하고[2]

오하吳下 백란伯鸞의 무덤은 처량하구나.[3]

바람 속에 부질없이 눈물을 뿌리나

한 가지 제수로도 그대에게 제를 올리지 못하네.

원문 ## 過星州有懷止止堂

馬上悠然忽斷魂　此生何處共論文　蘭枯蕙死春無所　鳳逝鸞飛日又曛
蕪沒丹陽張祜宅　凄凉吳下伯鸞墳　臨風謾酒無從涕　一束生蒭未奠君

1　지지당止止堂　: 김선원金善源의 당호堂號이다.

2　『신당서新唐書』「장호전張祜傳」에 의하면, 장우張祜는 장호張祜라고도 하며, 당唐나라 때
　　의 사람으로, 자는 승길承吉이다. 두목杜牧, 노동盧仝과 절친하였으며, 궁사宮詞를 잘 지
　　어 1000여편을 남기는 등 생전의 명성이 화려하였지만, 사후 그의 명성은 생전만 못하
　　여 찾아오는 사람이 없음을 말한다.

3　백란伯鸞은 후한後漢 때 은사隱士인 양홍梁鴻의 자字이다. 양홍은 집이 가난하였으나 절의
　　를 숭상하고 많은 책을 읽어 박식하였다. 같은 마을 맹씨孟氏의 딸인 맹광孟光과 부부가
　　되어 패릉의 산중에 들어가 손수 농사짓고 길쌈을 하며 살았다. 그러다 황제의 부름을
　　피하여 오吳로 가서 고백통皐伯通의 행랑에서 삯방아를 찧으며 살았는데 아내가 밥상을
　　들고 올 때는 눈썹 높이와 가지런하게 들어 공손한 예를 다하며 행복하게 살았지만 지
　　금은 무덤으로만 남아있다는 것을 의미이다.

단속사[1] 주지 스님인 계징이 문도를 보내어 내가 을사년(1485년, 성종 16년)에 지은 시 두 수를 가지고 와서 보여주며, 이어 전운前韻으로 시를 써 주기를 구하므로 써주다.

한가롭게 앉아 하늘을 바라보자 옛 생각이 간절하여
표연히 종적은 구름에 쌓인 숲 속에 있다.
마음을 씻으려 자주 조계수를 찾으니
한편으로는 듣기에 상쾌한 댓바람소리가 좋았다.
솔숲에 펼쳐진 안개는 늙은이의 눈에도 보기 좋고
두류산의 원학猿鶴은 내 노래에 화답한다.
지팡이 하나 들고 짚신신고 찾아드니
뼈 속까지 스미는 가을 기운을 막을 수 없구나.

옛날 깊은 골짜기를 타고 오른 것을 생각하니
백운과 붉게 물든 나무가 서리 숲에 어린다.
스님도 없는 승방은 오래도록 닫혀있고
고요한 밤이면 오직 풍경소리만 들린다.
탑상榻床이 쓸쓸하여 놀라 잠도 설치고
등불을 돋우며 강개慷慨하여 큰 소리로 노래 부른다.
생각하니 옛날 함께 놀던 사람은 어디에 있는가?
슬픈 회포를 다스리려나 눈물을 금할 수 없구나.

1 단속사斷俗寺 : 경상남도 산청군 단성면 지리산 동쪽에 있던 신라 때의 절이다.

斷俗寺住持僧戒澄遣門徒, 持示余乙巳所題詩二首, 仍乞詩用
前韻寄之

宴坐觀空古意深　飄然踪跡在雲林　洗心頻試曺溪水[2]　爽耳偏憐知籟音
松廣烟霞供老眼　頭流猿鶴和孤吟　一枝筇杖雙芒屩　到骨秋來瘦不禁

憶昔登攀洞壑深　白雲紅樹映霜林　僧殘久閉苾蒭室　夜靜惟聞鍾磬音
對榻凄凉驚短夢　挑燈慷慨動高吟　舊遊回首人何處　觸撥悲懷淚不禁

2　무술본에는 '曺'자가 '漕'자로 표기되어 있다.

영남 환유계회도에 붙이다

이들은 모두 진한辰韓 땅의 사람

동남지방에서 가장 뛰어난 벼슬아치

말하지 말라. 기야冀野[1]에만 좋은 말이 나온다고

옛부터 형주와 양주 땅에는 진귀한 물건이 난다네.

검은 일산 쓰고 여러 해 동안 격소檄召[2]를 받들었으니

청운의 인재들이 어느 곳인들 이르지 못하랴?

유유상종類類相從하여 지란실芝蘭室에 들어 온 듯

산과 호수에 만발한 봄을 일소一笑에 붙인다.

원문 **題嶺南宦遊契會圖**

俱是辰韓版籍民　東南翹楚萃簪紳　莫言冀野生良馬　自昔荊揚産異珍
皂盖多年頻奉檄　青雲何處不通津　相從似入芝蘭室　滿眼湖山一笑春

---

1 기야冀野 : 한유韓愈의 〈송온처사부하양군서送溫處士赴河陽軍序〉에, "백락伯樂이 한번 기
  북冀北의 들을 지나가면, 무리진 말들이 마침내 덤비게 된다."라고 하였는데, 이에 훗날
  '기야冀野' 또는 '기북冀北'은 '인재가 모여있는 곳'을 의미한다.
2 격소檄召 : 격문檄文을 보내어 사람들을 불러 모으는 것을 말한다.

차운하여 채기지(수)·권숙강(건)에게 주다

화창한 봄빛은 대지에 유난히 싱그러운데

절뚝발이 나귀 타고 또 다시 낙양에 봄나들이 간다.

봄이 오자 버들가지는 처음으로 물이 오르고

하얗게 물든 귀밑머리가 점차 은빛을 띤다.

시세時勢에 따라 새장 속의 새가 된 것을 부끄러워하고

즐거이 졸렬함을 기르는 어리석은 사람이 되었다.

만나면 변한 모습을 괴이하게 여기지 말게나

옛날에 품었던 마음 죽음에 이르도록 진실하리.

시들해진 교유를 매번 속으로 속상해 하고

몇 차례나 이웃의 피리는 산양山陽을 감동시켰나?[1]

송산松山으로 뻗은 새 길은 적막하고

함양 땅에서 했던 옛 일들은 황량하구나.

한 시대의 문단에는 풍아風雅가 성하고

다른 해에는 향기로운 성명이 넘쳐난다.

땅 속 깊숙이 매몰되지 아니하고

---

1 과거를 회상하는 뜻이다. 『진서晉書』 「상수열전向秀列傳」에, 진晉나라 상수向秀는 혜강嵇
   康, 여안呂安과 함께 서로 절친하였는데, 훗날 산양 땅을 지나가다 피리소리를 듣고서는
   옛날 놀던 일을 생각하여 〈사구부思舊賦〉를 지었다 한다. 사구부의 내용은 다음과 같다.
   "내가 아득히 서쪽으로 떠나갈 때, 옛집을 지났네. 그때에 태양은 우연虞淵에 떠오르는
   데, 찬 얼음만 싸늘하구나.余逝將西邁, 經其舊廬. 於時日薄虞淵, 寒冰凄然"

아득히 바람을 타고 날아가 임금 곁에 노닌다.

기쁨과 슬픔이 연속인 인생, 백발은 생겨나고
말방울 딸랑거리는 화려한 거리에서 또 봄을 만났다.
구름 걷힌 복정覆鼎2의 거리는 대낮처럼 환하고
눈 덮인 종남산終南山3은 은처럼 새하얗다.
북리北里의 생황소리는 긴 밤을 즐겁게 하고4
서호西湖의 풍월은 한가한 사람을 잠 못 들게 한다.5
어느 때나 황관黃冠6을 쓰고 떠날 수 있나?
으뜸으로 풍류를 사랑한 계진季眞7을 경하한다.

옛날 친구 생각에 저절로 상심한데
소년시절의 친구들은 술친구로 맺었다.
마음은 태고적 회헌羲軒8 시대로 내달리고

2 복정覆鼎 : 서울에 있는 삼각산의 별칭이다.
3 종남산終南山 : 서울에 있는 남산南山의 옛 이름이다.
4 중국 당唐나라 장안성長安城의 북쪽에 있던 평강리平康里를 북리北里라고 하는데, 이곳에
   는 기생집이 많이 있어 항상 피리소리와 노래 소리가 끊이지 않았다. 이것으로 인하여
   후에 '북리北里'는 기생들이 모여 사는 곳이라고 하였다.
5 서호西湖는 중국 절강성浙江省 항주杭州의 서쪽에 있는 호수로, 호수의 기슭에는 명승과
   고적이 많아 예로부터 수많은 문인들이 찾아와 시문을 지었다.
6 황관黃冠 : 노란빛의 관. 속세를 떠난 도사의 모자. 도사를 의미한다.
7 계진季眞은 당나라의 대표적인 풍류시인인 하지장(賀知章, 659~744)이다. 그의 자는 계
   진季眞 · 유마維摩이고, 호는 사명광객四明狂客이다. 태상박사太常博士 · 예부시랑禮部侍郎 · 공
   부시랑 · 태자빈객太子賓客 · 비서감秘書監 등을 역임하였다. 현종玄宗을 섬겨 시인 이백李
   白을 천거하였으며, 그 자신도 풍류인으로서 이름이 높았다.

육체는 강남의 산수를 편력했다.

허황한 달빛아래 하얀 그림자를 드리우고

작은 창문에는 매화가 만발하여 한향寒香이 진동한다.

친구가 자주 시편을 보내주니

홀연히 여주驪珠9가 내 곁에 있음을 깨닫는다.

찬란하게 보이는 세상일 몇 번이나 새로워졌나?

또 다시 안개꽃 핀 대궐의 동산에서 봄을 만났다.

종이에 가득한 청사淸詞엔 빈번히 옥을 뱉어놓고

한 통 가득한 맛있는 술을 함께 기울였지.

귀밑머리 새하얀데 세월은 어찌 많이 남았으랴

눈앞의 풍광이 고민을 풀어준다.

생애에 일을 마치고 오직 술 취해 잠을 들려니

속세의 일을 가지고 내 진심을 어지럽히지 말라.

산수에 눈이 멀었으니 어찌 상심하랴?

당시의 반맹양潘孟陽10과 흡사하구나.

---

8 희헌羲軒 : 복희씨伏羲氏와 헌원씨軒轅氏를 말한다.

9 여주驪珠 : 여룡지주驪龍之珠의 준말로 검은 용의 턱 밑에 붙어있는 구슬, 귀중한 구슬로 소중한 사람이라는 의미이다.

10 『구당서舊唐書』「열전列傳」〈반맹양潘孟陽〉에, 당唐나라 때 반맹양潘孟陽은 음사蔭仕로 불혹의 나이도 되기 전에 시랑侍郎으로 발탁되어 벼슬길이 승승장구하였으며, 또한 성격이 호방하여 작은 일에 구애받지 않았다. 그러자 그의 모친이 그에게 당부하기를 "너는 재능이 많아 벌써 시랑이 되었으나 이 에미는 근심뿐이구나. 너의 앞날이 걱정스럽다."라고 하였다. 과연 훗날, 반맹양은 모친의 근심대로 죽을 죄를 짓고 말았다.

대궐을 지키느라 궁궐에서 놀고

송추松楸 우거진 골짜기를 보며 고향을 그리워한다.

물시계 소리에 관산關山을 그리는 꿈에서 깨고

창끝을 스친 바람에 궁궐의 향기가 난다.

속 좁게 작은 꾀도 없음이 부끄러운데

어느 날이나 각건角巾11쓰고 고향땅에 돌아가려나.

원문 次韻酬蔡耆之(壽)·權叔强(健)

鼎鼎韶光特地新　寒驢又踏洛陽春　春回楊柳初搖線　白染鬢鬚漸似銀
恥作干時籠鴿客　甘爲養拙守株人　相逢莫怪客顔改　依舊心情抵死眞

零落交遊每暗傷　幾將隣笛感山陽　新阡寂寞松山路　舊業荒凉天嶺鄕
一代騷壇風雅盛　他年汗簡姓名香　不隨埋沒歸泉壤　縹緲乘風遊帝傍

袞袞悲歡白髮新　鳴珂綺陌又逢春　雲開覆鼎明如畵　雪壓終南縞若銀
北里笙歌娛永夜　西湖風月屬閑人　何時乞得黃冠去　最愛風流賀季眞

感舊悔人抵自傷　少年徒侶結高陽　心馳太古羲軒日　迹遍江南山水鄕
虛怳月侵迎素影　小窓梅動認寒香　故人頻遣詩筒至　忽覺驪珠在我傍

爛看世事幾回新　又値烟花上苑春　滿紙清詞頻唾玉　盈樽美酒共傾銀
鬢邊歲月寧饒我　眼底風光解惱人　料理生涯唯醉睡　莫將塵事惱吾眞

膏盲山水也何傷　酷似當時潘孟陽　虎豹九關遊上國　松楸一壑憶吾鄕
銅壺漏破關山夢　畫戟風傳燕寢香　齟齬自慚無寸策　角巾何日鳳溪傍

11 角巾각건 : 處士처사나 隱者은자가 쓰는 두건이다.

동파[1]의 운을 써서 백이(윤)·자진(전) 두 서형을 전송하며

살을 에는 광풍이 갓과 외투를 파고들고
한없이 내리는 섣달의 눈은 숲 언덕을 뒤덮는다.
기구한 이내 신세 끝없이 산길 따라 걷는데
아득히 먼 영원鴒原[2]은 바닷가 마을이라네.
천리 머나 먼 길 어찌 차마 헤어지기 어려워
한 통 술로 해후하며 함께 머문다.
영빈穎濱의 파노坡老[3]가 되자던 당시의 약속
늙은 몸 조만간 청산에서 쉬리라.

원문   **用東坡韻送伯彝(倫)子眞(佺)兩庶兄**

剪剪狂風徹冕裘　崩騰臘雪滿林丘　崎嶇款段山中路　超遞鴒原海上州
千里團欒那忍別　一樽邂逅且相留　穎濱坡老當時約　黃髮靑山早晩休

---

1 동파東坡 : 송나라 때 시인인 소식蘇軾의 자이다.
2 영원鴒原 : 『시경詩經』「소아小雅」〈상체常棣〉에, "鴒鴒在原, 兄弟急難"이라 한 데에서 유래하
　　였으며, '고향'을 비유한다.
3 파노坡老 : 송宋나라의 문장가인 소동파蘇東坡를 이르는 말로 파선坡仙이라고도 한다.

삼가 권(숙강)의 시에 화운하여 채(기지)에 올림

지난 일을 생각하니 모두 아득한데
동풍에 몇 번이나 질펀하게 놀았나?
떠돌이의 생활은 속태俗態를 혐오하고
금金소리 옥玉소리는 명사들을 모은다.
논하지 말라. 원헌原憲1의 가난은 병이 아니니
장차 원류元劉2를 배워 시를 주고받으리라.
늙어 돌아와도 맑은 흥취는 남아있어
봄을 찾아 이르는 곳마다 편안히 머물 수 있다오.

해마다 만나고 헤어짐도 놀랄 일인데
늙어 가는 속에도 부질없이 정은 남아있구나.
비 갠 틈을 타서 옛날 빚을 받으려고 찾아 나서자

---

1 원헌原憲 : 춘추시대春秋時代의 송末나라 사람으로 자字는 자사子思이며, 공자孔子의 제자
   이다. 집안이 매우 가난하였으나 의지가 견고하여 이를 감내하며 깊이 도道를 닦았다.
2 원류元劉는 중국 당나라 때 시인인 원진과 유장경을 말한다. 원진(元稹, 779~831)은 자
   가 미지微之이며, 어려서 집안이 가난하여 각고의 노력으로 과거에 급제하여 감찰어사監
   察御史가 되었다. 그는 직간을 잘하여 환관과 수구적인 관료의 노여움을 사서 귀양을 가
   는 등 관직 생활이 순탄하지 않았다. 백거이白居易와 함께 신악부운동新樂府運動을 주도
   하였으며 사실주의적 시를 추구했다.
   유장경(劉長卿, 725?~791?)은 자가 문방文房이며, 5언시에 능하여 '오언장성五言長城'이
   라는 칭호를 들었다. 관리로서도 강직한 성격을 그대로 나타내 자주 권력자의 뜻을 거
   스르는 언동을 했으며, 문집으로 『유수주시집劉隨州詩集』등이 있다.

높은 산 계곡물이 새 노래를 들려준다.

젊은 시절 풍류의 꿈도 깨지 않았는데

어찌 당시 가명佳名의 명부를 관장하겠는가?

석 달의 봄날을 두루 일별一瞥하였으니

떠들며 날이 밝도록 마셔도 무방하리.

원문　　奉和權(叔强)兼呈蔡(耆之)

追思往事儘悠悠　　幾向東風爛熳遊　　覆雨翻雲嫌俗態　　鏘金鳴玉集名流
休論原憲貧非病　　且學元劉唱復酬　　白首歸來淸興在　　尋春到處便淹留

年來聚散也堪驚　　老去中郞謾有情　　斷雨殘雲尋舊債　　高山流水奏新聲
未醒少日風流夢　　那管當時薄佳名　　九十春光眞一瞥　　不妨轟飮到天明

교리 김연수가 청풍[1]으로 부임하는 것을 전송하며

청풍淸風 태수는 운대芸臺[2]의 나그네.

일찍이 관서關西 군막軍幕의 빈객이었네.

은총을 입어 성안의 모든 일을 관장하고

삼부三釜로 어머님을 봉양하였네.[3]

천 겹의 강산은 적갑赤甲[4]같고

한 지역 백성들의 재물은 주진朱陳[5]같네.

육 년 현송絃誦[6]에 응당 시간이 많은데

청몽淸夢속에 때때로 궁궐을 맴도네.

| 원문 | 送金校理(延壽)赴淸風 |

清風太守芸臺客　　曾是關西幕裏賓　　恩許專城孚物議　　養兼三釜慰慈親
千疊江山如赤甲　　一區民物類朱陳　　六年絃誦應多暇　　清夢時時繞紫宸

1 청풍淸風 : 지금의 충청북도 제천시 청풍면 일원이다.
2 운대芸臺 : 조선시대 국가의 사적을 보관 관리하였던 기관인 장서각藏書閣의 별칭이다.
3 삼부三釜 : 6말 4되의 작은 양으로 박봉薄俸을 타서 부모를 봉양하는 것을 말한다.
4 적갑赤甲 : 줄기에 붉은 껍질을 가진 소나무 별칭이다.
5 주진지호朱陳之好는 주씨朱氏와 진씨陳氏의 두터운 세의世誼를 말한다. 중국 서주徐州의 주
   진촌朱陳村에 주씨와 진씨만이 살아 대대로 혼인을 하였다. 전전轉하여 양가兩家에서 대대
   로 통혼通婚하는 사이라는 뜻으로 쓰인다.
6 현송絃誦 : 거문고를 타고 시를 읊음. 전전轉하여 학문에 힘쓰는 뜻이다.

채기지의 시에 차운하여 권숙강에게 주다

연이어 발탁됨을 자네들은 알고 있으리
병든 학이 바람타고 힘차게 날았네.
반열이 홍추鴻樞1에 있으니 관직이 어찌 한가하리
몸은 계성鷄省2을 거쳤으니 명命은 요행이 아니라네.
덧없는 세월 시구詩句에나 의지하고
가슴 속 회포는 술잔에다 털어 보세.
다시 이곳의 모임은 우연이 아니리니
한평생 심사心事는 깊은 약속이 필요하다네.

드넓은 세상에서 만나 서로 알게 되어
감히 무리 지어 임금을 보좌하였네.
세상을 바로잡고 시를 짓는 것을 자부하고
양웅楊雄3이 문자를 아는 것을 기이하다 헐뜯었지.
꽃 속에서 아름답게 장식한 것을 몰아내며
달빛 아래 자주 부의주를 마신다.

---

1 홍추鴻樞 : 조선 시대, 중추부中樞府의 별칭으로 현직現職이 없는 당상관들을 속하게 하
　여 대우하던 관아이다.
2 계성鷄省 : 승정원承政院의 별칭으로 임금의 명령命令을 전달하고 임금께 아뢰는 일을 맡
　던 관아이다.
3 양웅(楊雄, BC 53~18) : 서한西漢의 문학가·철학자. 자는 자운子雲으로 박학다식하였으
　며, 사부辭賦에 능하여 『한서 예문지漢書 藝文志』에 12편의 부賦가 전한다.

홀연히 이처럼 두 세 번의 좋은 시절을 만나니
종남산의 가랑비에도 좋은 기약 좇아간다.

원문 次蔡耆之韻, 戲呈權叔强

聯翩陞擢雨僉知　病鶴乘風奮翼時　班在鴻樞官豈冗　身經鷄省命非奇
消磨歲月憑詩句　抖擻襟懷杖酒厄　復此盍簪非偶爾　百年心事要深期

峩洋自許遇相知　敢擬彙征佐聖時　匡鼎說詩徒自負　楊雄識字謾稱奇
花間阻逐裝珠憶　月下頻傾漱蟻危　忽此重三眞令節　終南微雨趁佳期

채기지의 시에 차운함

성 가득한 봄빛은 태평성대를 자랑하고

봄빛은 완연하나 늙어 감을 어이 하리

숲 속 깊은 곳에는 꽃비에 어지러운데

누구의 집 뜰인들 녹음이 가득하지 않으랴

취하여 눈을 털어내고 보니 궁궐은 아득한데

버들 솜털이 날리는 궁궐 연못에는 물결이 인다.

동풍을 맞지 않아도 취한 듯

봄빛이 혼연하여 마치 꿈길인 듯

원문 次蔡耆之韻

滿城春色政堪誇　春色看看奈老何　深處園林紅雨亂　誰家庭院綠陰多
酩釀攬雪金明遠　楊柳吹綿太液波　不向東風拚一醉　韶光渾似夢中過

권숙강 시에 차운함

따스한 봄바람이 갑자기 불어오니
유랑劉郎은 올해도 또 꽃을 보러 왔네.[1]
일찍이 천상의 금화전金華殿으로 배행하고
익숙하게 인간세계의 염예퇴灩澦堆를 건넌다.[2]
늙어 갈수록 푸른 부들 도롱이를 생각하고
애수 속에 또 자하배紫霞盃[3]를 올린다.
어지러운 세상사는 사람을 급하게 모는데
속마음이 어찌 쉽게 열리겠는가?

| 원문 | 次權叔强韻 |

荏苒東風驀地回　劉郎今又看花來　曾陪天上金華殿　慣度人間灩澦堆
老去便思青蒻笠　愁來且進紫霞盃　紛紛世事驅人急　懷抱何因得易開

1 유랑劉郎은 당唐나라 유우석(劉禹錫, 772~842)을 가리킨다. 그는 귀양와서 거듭 현도관玄都觀에 놀면서, "복숭아 심은 도사道士는 지금 어디 갔는가. 전에 왔던 유랑(劉郎=자신) 지금 또 왔네."란 시를 지었다.
2 염예퇴灩澦堆는 사천성 분절현에 있는 양자강의 삼협三峽에 있는 여울로 매우 물결이 세서 건너기 어려운 곳이다. 그래서 훗날 염예灩澦는 '무서워서 망설인다.'라는 뜻으로 전성되었으며, 여기에서의 의미는 '매우 위험한 곳'이라는 의미이다.
3 자하배紫霞盃 : 『논형論衡』「도허道虛」편에, 자하술紫霞杯로 한 번 마시면 몇 달 동안 배가 고픈 줄 모른다는 신선이 마시는 술 이름이라고 하였다.

벽제역¹에서 잠을 자며

두 손에 용함을 받들고 황제 곁으로 향하는데
궁포에는 새로 어로御爐의 연기가 스민다.
한 평생 부질없이 시경詩經을 외웠으니
이 날 어찌 사천 리 길이 멀다고 따지랴.
잡다히 뒤섞인 벼슬아치들이 조도祖道2에 깔려있고
시끄러운 악기소리와 이별의 술자리가 떠들썩하다.
취하여 말에 오르니 따르는 사람들이 비웃고
꿈에서 깨니 우정郵亭은 더욱 어둡구나.

원문　　宿碧蹄驛

手捧龍函向日邊　宮袍新惹御爐煙　平生謾誦詩三百　此日寧論路四千
雜沓衣冠傾祖道　轟匒絲管鬧離筵　醉扶上馬從人笑　夢覺郵亭倍黯然

1　벽제역碧蹄驛 ： 지금의 경기도 고양시 벽제동 있던 역이다.
2　조도祖道 : 여행할 때 행로신을 제사지내는 일. 옛날 황제黃帝의 아들 나조羅祖가 여행하
기를 좋아하여 행로에서 죽었으므로 후인들이 행로신行路神으로 모셨다.

봉산¹ 환취루에서 장 사인(성)의 시에 차운함

서쪽으로 이어진 기전箕甸²은 옛날의 봉토
바다의 저녁놀은 묘하게 짙고도 엷은 듯
검푸른 빛이 선연한 산은 봉황처럼 보이고
영천靈泉에선 물이 솟아오르고 골짜기엔 용이 깃든 듯
새파란 풀빛에 천리 길은 아득하고
짙푸른 오동 그늘은 몇 겹의 일산인 듯
난간에 기대어 서울을 바라보니
나발소리가 백운봉을 뚫고 들려온다.

원문   鳳山環翠樓, 次張舍人(城)韻

西連箕甸舊提封　海上煙霞巧淡濃　黛色嬋娟山似鳳　靈源趵突洞藏龍
萋萋草色迷千里　幕幕桐陰翳幾重　徙倚雕欄望京國　角聲吹徹白雲峰

---

1 봉산鳳山 : 황해도 봉산군 사리원沙里院에서 동쪽 약 6km 지점에 있는 옛 읍이다.
2 기전箕甸 : 우리나라에 대한 이칭으로 기자箕子가 봉토封土로 받은 땅이라는 뜻이다.

황주에서 송가중(질)[1]의 시에 차운하여 남는 사람에게 작별 인사를 하다

꾀꼬리가 요란하게 울어 객수客愁를 자아내는데
이르는 곳마다 누대에는 비단자리가 깔려있다.
임수등산臨水登山은 애오라지 더욱 좋은데
고향생각, 임금 생각에 도리어 망연자실해진다.
제안齊安[2]땅에서 이날 소식蘇軾을 회고하며
시구가 누락되었으니, 어느 때 치천稚川[3]에게 물어볼까?
진중히 말로 전송하니, 그 정은 얕지 않으리
비단 옷을 입은 한편으로 주인의 덕에 감사하리라.

| 원문 | 黃州次宋可中(軼)韻留別 |

鶯花撩亂客愁邊　　到處樓臺敞錦筵　　臨水登山聊復爾　　思鄉戀闕却茫然
齊安此日懷蘇子　　句漏何時問稚川　　珍重贈言情不淺　　絺袍偏感主人賢

1 송질(宋軼, 1454~1520) : 조선 전기 문신. 본관은 여산礪山이고, 자는 가중可仲이며, 시호는 숙정肅靖이다. 형조참판·경기도 관찰사를 거쳐 우찬성·이조판서 등을 지내고, 중종반정 때 정국공신 3등에 책록되고 여원부원군에 봉해졌다.
2 제안齊安 : 황해북도 황주군의 옛 별호이다.
3 갈홍(葛洪, ?283~?343) : 중국 동진東晉의 도사. 자는 치천稚川이고, 호는 포박자抱朴子이다. 영리를 탐하지 않았으며, 유교 윤리와 도교의 비술術을 결합하려고 애썼으며, 평생 신선도神仙道를 수행하였다. 저서에 『포박자』, 『신선전神仙傳』등이 있다.

덧붙임 : 가증의 시

나그네 되어 서쪽 창해漳海로 가는데1

이별의 술자리에서 수심을 감당하기 어려워라.

한 잔술을 손에 들어도 정은 어찌 다하며

만 리 길 말을 몰아도 생각은 끝이 없구나.

어찌 연릉延陵만 예악禮樂을 알리오?2

이제부터 사마司馬도 산천山川에 물리리라.3

선묘宣廟4에 옥음玉音이 남아 있음에 마음 아프고

동국의 문장은 그대의 현명함에 달려있다오.

원문 附可中元韻

作客天西漳海邊　　不堪愁緒屬離筵　　一杯把手情何極　　萬里催鞭意浩然
豈獨延陵知禮樂　　從今司馬飽山川　　傷心宣廟玉音在　　東國文章倚子賢

1　장해漳海는 중국의 남방인 복건성 하문廈門의 앞바다이나, 이 시에서는 '중국'이라는 의미이다.

2　『사기史記』「열전列傳」〈계찰季札〉조에 의하면, 춘추전국시대 오吳나라 계찰季札을 연릉延陵의 계자季子로 불렀다. 계찰季札은 사신으로 상국上國을 역방하며 현사대부賢士大夫들과 교유하였는데, 노魯나라에 가서 주周나라의 음악을 듣고 열국列國의 치란治亂과 흥망興亡을 정확히 알아맞히었다고 한다.

3　『사기史記』의 저자인 사마 천(司馬遷, BC 145?~BC 86?)이 온갖 역경을 극복하고 『사기史記』를 저술하기 위해 중국 천하를 주유周遊한 것을 말한다.

4　선묘宣廟 : 명明나라 선종(宣宗, 재위 1425~1435)을 말한다.

대동강을 유람하며 거문정車門亭에서 삼가 관찰사와 동행한 여러 분에게 받치다

이른 새벽 회오리바람에 구름이 걷히고
강가 정자는 해가 뜨자 다시 훈훈해진다.
주화酒花[1]는 더펄새 술잔에 가득 넘실거리고
흩날리는 눈은 자주 비취색 치마에 녹아든다.
이물을 튀기는 소리가 뱃놀이 객의 가락에 화답하고
고물에서 나는 소리에 바다 갈매기들이 흩어진다.
주인은 바로 옛 은대銀臺[2]의 친구
권하는 술 사양하기 어려워 얼큰하게 취했다.

꽃배는 가볍게 강물에 어린 구름을 흔들고
숲 속의 꽃들은 무수히 기이한 향기를 뿜어낸다.
아득한 산봉우리는 은은하게 술자리에 내려오고
버드나무 솜털은 나불거리는 바지에 내려앉는다.
끝없이 먼 장안長安을 향해 가면서 경치를 이야기하며
무슨 근심을 하랴. 멀리 떠나 있다고
내일이면 아득히 먼 관하關河의 길에 들어서려니
꿈속에서도 호산湖山을 더욱 분명하게 맴돌겠지

---

1 주화酒花 : 술의 표면에 떠 있는 거품을 말한다.
2 은대銀臺 : 조선시대 왕명의 출납出納을 맡아 보았던 승정원承政院의 별칭이다.

遊大洞江車門亭, 奉呈觀察使, 兼示同行諸君

清曉顚風捲駁雲　江亭暖日更晴薰　酒花滿泛鸕鷀杓　浪雪頻沾翡翠裙
龍撥淸和江客調　羯腔驚散海鷗群　主人曾是銀臺舊　酩酊難辭醉十分

畵舫輕搖水底雲　林花無數送奇薰　遙岑隱隱來歌席　落絮飛飛點舞裙
且向天涯窮討景　何愁遼在遠離群　明朝迢遞關河路　夢繞湖山更十分

정주 영훈루에서 반가운 비를 만나다

강 구름이 시커멓게 허공을 가리더니

고개 아래에 쏴와쏴와 비가 거세게 내린다.

온 들판에 생기가 도니 황제의 힘임을 알겠고

천지를 진동하는 환성에 풍년을 경하한다.

이미 시든 보리가 새파랗게 출렁이고

떠다니는 먼지가 연홍으로 펼쳐있다.

취하여 잠시 영훈루에 기대어 있는데

누가 〈해온解慍〉을 가르쳐 남풍南風을 잇게 하나?[1]

원문   定州迎薰樓喜雨

江雲澹澹翳虛空　尾瀧蕭蕭雨勢雄　生意滿田知帝力　歡聲動地賀農功
已看宿麥搖新翠　却喜遊塵帖軟紅　暫倚迎薰拚一醉　誰敎解慍繼南風

1　『공자가어孔子家語』「변악해辯樂解」에, 옛날 순舜임금이 거문고를 타며 〈남풍南風〉시, "남
　풍이 훈훈하게 불어오니 / 우리 백성이 노여워함을 풀 것이며, 남풍이 때를 맞추어 불
　어오니 / 우리 백성의 재물이 풍성할 것이로다南風之薰兮, 可以解吾民之慍兮. 南風之時兮, 可以
　阜吾民之財兮."라고 읊었으므로, 해온解慍은 노여움과 분노를 푸는 것을 의미한다.

운흥관에서 태복太僕[1] 김식[2]이 지은 시에 차운함

여행복을 날마다 흙탕물에서 빠는데

기로岐路는 끝이 없고 나그네는 고향 꿈이 많아진다.

십 리 청산은 옛 역驛을 에우고

하룻밤 단비에 산도 벼가 자란다.

변방의 백성들은 샘 파고 농사지어 떠도는 집이 없지만

관리들은 맞고 보내는 구과舊科[3]가 있구나.

재주가 짧아도 사신의 역할을 도맡아 할 수 있으니

눈앞에는 시의 소재만 가득하구나.

雲興館次金太僕(湜)韻

征衫日日浣塵沙　岐路無窮客夢多　十里靑山圍古驛　一宵甘雨長嘉禾
邊氓耕鑿無浮戶　候吏將迎有舊科　才短可堪專對使　眼前詩料倦包羅

1　태복太僕 : 고려 · 조선 시대에, 궁중의 수레와 말을 관리하는 일을 맡아보던 관아의 관리이다.

2　김식(金湜, 1482~1520) : 조선 전기의 문신 · 학자. 본관은 청풍이고, 자는 노천老泉이며, 호는 사서沙西 · 동천東泉 · 정우당淨友堂, 시호는 문의文毅이다. 기묘팔현의 한 사람으로 조광조 등과 도학소장파를 이루어, 왕도정치의 실현을 위해 미신타파 · 향약실시 · 정국공신위훈 삭제 등의 개혁정치를 펼쳤다.

3　구과舊科 : 아무짝에도 쓸데없는 묵은 격식格式으로 '구굴臼屈'이라고도 한다.

거연관에서 태복 김식의 시에 차운함

해 저녁에 얼룩말을 언덕에 매어놓고
끝없이 얽힌 근심
저 멀리 바다산은 아득히 안개에 돌려있고
쓸쓸한 시골마을은 절반이나 불모지
놀라 깬 단꿈에 물 긷는 소리가 들리는데
마치 돌아갈 기약에 백로伯勞[1]소리처럼 들린다.
하늘 아래 장안長安은 어느 곳에 있는가?
봉래산만 아득히 구름 저편에 있구나.

멀고도 지루한 언덕길은 넓은 물가에 접해있고
돌아가는 길 헤아리며 자주 머리를 긁적인다.
만 리 아득히 먼 길을 옥절玉節[2]로 내달리며
백 년 인생살이에 종종 흰머리가 보인다.
고향생각이 점점 간절하건만 어찌 멀다하랴?
왕의 일로 말 달려 왔으니 감히 수고로움을 마다하랴
잠시 풍헌風軒에서 옆으로 누워 낮잠을 자는데
윙윙거리는 솔바람 소리가 파도소리처럼 들린다.

---

1 백로伯勞 : 흰털을 가진 여름 철새이다.
2 옥절玉節 : 옥으로 만든 부신符信으로 예전에 관직을 받을 때에 증서로서 받았다.

車輦館次金太僕(湜)韻

斜陽班馬倚亭皐　　無限羈愁奈繹搔　　迢遞海山遙帶霧　　蕭條田里半無毛
回驚短夢聞婆餠　　準擬歸期聽伯勞　　日下長安何處是　　蓬萊縹緲隔雲濤

漫漫坡壟接平皐　　却算歸程首屢搔　　萬里迢迢馳玉節　　百年種種見霜毛
鄕心積漸寧知遠　　王事驅馳敢憚勞　　暫向風軒欹枕睡　　松聲淅瀝響秋濤

의주 취승정

웅장한 군진軍鎭은 예로부터 장엄한 변경
새로 지은 취승정은 푸른 산기운을 마주하고 있다.
외딴 변경에 피어나는 연기가 취한 눈에 엉기고
층성層城의 꽃과 버들은 맑게 빛나 아름답구나.
광야를 에워 싼 산은 그림처럼 푸르고
비 개인 긴 강에는 푸르름이 점점 진해져 간다.
정자에 올라 멀리 바라보는 것은 견디기 어려우리
돌아가고자 하는 마음에 한 밤 내내 남쪽으로 날아간다.

> 원문 **義州取勝亭**

雄藩自昔壯邊陲　新搆華亭對翠微　絶域雲烟來醉眼　層城花柳媚晴暉
山圍廣野靑如畵　雨過長江綠漸肥　叵耐登臨還望遠　歸心一夜正南飛

봉황산

괴이한 산봉우리에는 돌이 우뚝 솟아있고
구름 위엔 부용꽃 서너 송이가 피어있다.
곤륜산 꼭대기는 회오리바람이 바다로 불고
적성赤城의 저녁놀은 봉래산에 접해있다.
새벽빛이 출렁여서 천암千岩을 흔들고
솔바람소리는 우수수 골짜기마다 슬프게 한다.
봉황을 부르는 것은 우연이 아니리니
천년의 현덕覽德은 몇 번이 나 돌아오려나?

원문 　 鳳凰山

奇峯通頂石崔嵬　雲外芙蓉數朶開　玄圃颷輪凌沆瀣　赤城霞氣接蓬萊
晨光蕩漾千岩動　松響颼颼萬壑哀　喚作鳳凰非偶爾　千年覽德幾回來

요양

안동도호부는 옛날 양평 땅

미양 땅은 나란히 광녕 땅에 접해있네.

왕병王邴의 고풍高風은 경박한 풍속을 도탑게 하였고

단장段張의 유열遺烈은 먼 백성들을 교화시켰네.

휘황한 달빛아래 성을 지키는 병졸들은 씩씩하고

빛깔 고운 물고기들은 떼를 지어 노닌다.

옛날부터 번화한 도회지에 들어서니

서쪽 언덕의 각루角樓1에선 저녁 피리소리가 들린다.

어지러운 전쟁 몇 번이나 오랑캐와 부딪쳤나?

땅의 신령에게 겁회劫灰2를 물어본다.

주필산駐蹕山3 앞에서 펄럭이는 깃발을 상상하는데

동단궁東丹宮 안에는 쑥과 명아주만 무성하게 자랐네.

삼엄한 성에는 달이 지고 닭이 홰를 치는데

화표주華表柱에는 구름만 자욱하고 학은 날아들지 않네.4

---

1 각루角樓 : 적의 동태를 살피기 위해 성벽 위의 모서리에 지은 누각이다.

2 겁회劫灰 : 세상이 파멸할 때 일어난다고 하는 큰불의 재를 가리킨다.

3 주필산駐蹕山 : 『대청일통지大淸一統志』에 의하면, 주필산은 요양주遼陽州 서남쪽 15리에
   있는 산으로 육산六山, 또는 수산首山이라고도 하는데, 당唐나라 태종이 고구려를 침략
   할 때, 그 산꼭대기에 며칠 동안 주필하고서는 돌에 새겨 공을 기록하였기 때문에 주필
   산이라고 하였다고 한다.

고도古都를 찾으니 여한餘恨을 감당할 수 없어

시를 짓고자 하나 재주가 없는 것이 부끄럽구나.

원문　　　遼陽

安東都護古裏平　美壤昀昀接廣寧　王邸高風敦薄俗　段張遺烈化遐氓
城圍月彙儲胥壯　隊肅魚麗組練明　倚舊繁華一都會　角樓西畔暮笳聲

紛紛爭戰幾蠻觸　欲向坤靈問劫灰　駐蹕山前想旗幟　東丹宮裏歎蒿萊
嚴城月落鷄初動　華表雲深鶴不來　訪古不堪多少恨　欲題詩句愧非才

4　『수신후기搜神後記』에 한漢나라 때, 요동 사람인 정령위丁令威가 죽은 뒤에 학鶴으로 변해
　서 요동 땅 고향에 돌아와 성문의 화표주華表柱에 내려 앉았는데, 어떤 소년이 활을 쏘
　려고 하자, 공중을 배회하며 말하기를 "집 떠난 지 천 년 만에 돌아오니 성곽은 예전같
　으나 사람은 다르구나."하고 떠나갔다는 이야기가 전해온다.

요하遼河의 수원水源은 변방 밖 오랑캐 땅에서 나온다.

이른 새벽부터 말을 고하古河나루로 모는데
흙탕물은 도도하게 바다로 흘러간다.
사방으로 묶여있는 배를 찾아 건너려는데
물을 막은 긴 둑에까지 물이 넘실거린다.
옛날부터 학야鶴野1는 자연스레 물구덩이가 되었으니
누가 용황龍荒2을 향해 상유上遊를 묻겠는가?
생쥐 한 마리가 구만 리 머나먼 길을 쉽게 출발했으니
당唐나라의 원정遠征이 어찌 좋은 계책이겠는가?

원문   遼河源出塞外胡地

清晨驅馬古河頭   濁浪滔滔赴海流   巨索聯舟資利涉   長垣界水護防秋
從來鶴野爲天塹   誰向龍荒問上遊   鼷鼠千白輕一發   唐皇遠討豈良籌

1 학야鶴野 : 한漢나라 때, 요동遼東 사람인 정영위丁令威가 선술仙術을 배워서 뒤에 학鶴이
   되어 하늘로 올라갔다는 고사에서 온 말로, 요동 땅을 가리킨다.
2 용황龍荒 : 북쪽 변방을 가리키는 말로 오랑캐 땅을 의미한다.

능하凌河

맑은 능하凌河의 물은 이끼처럼 푸르고
언덕 위 무너진 사당으로 물굽이가 밀려온다.
바람은 모래 구덩이에서 끝없이 불어오고
안개가 낮게 깔린 들 나루에는 탑이 높이 솟아 있다.
객지 생활은 나그네의 얼굴을 찡그리게 하고
도중의 세월은 빠르게 흘러도 상관하지 않는다.
동으로 바다를 바라보며 한 잔 술을 마시는데
고향땅은 어디인가? 푸른 구름만 뭉게뭉게 피어오른다.

원문 凌河

清河之水綠如苔　岸上荒祠枕水限　風起沙窩塵湏洞　烟橫野渡塔崔嵬
儘敎客裏客顔改　不管途中歲月催　東望滄溟一杯酒　鄕關何處碧雲堆

동관가는 길에

신주神州1 서쪽으로 가니 희뜩희뜩 서울이 보이고
요동평야는 끝없이 넓고 사방에서 말을 기른다.
나그네 길은 구불구불 바다를 따라 돌아들고
고향 생각은 아득히 구름 따라 날아간다.
소금안개 피는 곳엔 소금쟁이들이 모여들고
보리이삭 물결칠 무렵이라 매실은 익어간다.
이국 풍경에 회포가 일어 감개를 더하여
성城을 등지고 말없이 서서 저녁놀만 바라본다.

원문　　**東關途中**

神州西去指星畿　　遼野茫茫四牡騑　　客路逶迤隨海轉　　鄕心迢遞逐雲飛
塩烟起處竈丁集　　麥浪颺時梅子肥　　覽物興懷增感慨　　背城無語立斜暉

1 　신주神州 : 중국을 가리키는 말이다.

산해관山海關1

듣자니 진성秦城은 만고에 의지할 만하다고 하나
당시의 편석鞭石들은 이미 징험徵驗할 수 없구나.2
산세山勢는 지축地軸을 웅크리며 푸른 용이 용트림하고
바다는 하늘 끝을 어루만지며 붉은 봉새가 날아오를 듯
당겨 누르는 변방의 관문은 물이 스며드는 것을 막고
적의 창끝을 막는 변방의 문들은 위세를 떨친다.
지금도 명나라의 전토全土는 맑기가 거울 같으니
지척에 신선이 사는 곳은 날개를 펴면 맞닿으리.

산세는 두루 겹치고 바다는 아득히 펼쳐있어
하늘이 만든 형승形勝으로 평만平灣을 지킨다.
바람이 맑은 사막에는 어지러이 안개가 길을 막고
북소리도 나지 않는 원문轅門에는 무사들이 한가롭다.
누가 말했나? 한 덩어리 진흙으로도 막을 수 있다고
마침내 천길 높이의 철통같은 관문이 되었다.
당시 서徐 상공의 공은 비견할 사람이 없고

---

1 산해관山海關 : 중국 하북성河北省 북동단北東端의 요동만에 접해있는 도시이다.
2 진시황秦始皇 동해東海에 해가 뜨는 것을 보려고 돌로 바다에 다리를 놓으려 할 때, 신인
   神人이 돌을 몰아서 바다로 내려 보냈는데, 이때 돌이 빨리 내려가지 않으면 신인이 매
   양 돌에 채찍질을 하여 강제로 몰아 돌에서 피가 흘렀다 한다.

새로 지은 사당의 단청만 저자거리를 비춘다.

원문 山海關

見說秦城萬古憑　當時鞭石已無徵　山蟠地軸蒼龍轉　海拍天倪紫鳳騰
控扼塞門防漏透　折衝邊闥振威稜　如今九域澄如鏡　咫尺丹丘羽可仍

山勢周遭海渺漫　天開形勝護平灣　風清沙漠狼烟絶　鼓臥轅門虎士閑
誰道一丸泥可塞　迄成千雉鐵爲關　當時徐相公無比　新廟丹青照闠闤

봉천전에서 일찍 조회하다

깨끗한 길 통부소리가 들리고 보좌寶座는 높은데

아득히 황궁만 층운層雲 너머로 보인다.

구름이 걷히자 둥근 부채 그림자가 계단에 드리우고

바람이 일자 향내가 곤룡포에 스민다.

엄숙하고 근엄한 명신들은 부지런히 일을 하고

힘세고 날렵한 무사들은 모두 무기를 들고 있다.

태평한 전례典禮는 주周나라 때와 같고

춤추는 궁정에 배알하며 구소곡九韶曲¹을 듣는다.

벽문과 금궐이 빽빽하게 들어서 마주 보이고

가물가물 처마 끝에선 서광이 밝아온다.

제후들의 준마는 분주히 마당으로 오르내리고

한 사람이 궁전의 중앙에 서서 높이 공수拱手를 한다.

하늘과 땅이 열리고 황풍皇風은 멀리 전해지고

우로雨露에 젖듯이 황업皇業이 번창하리라.

만 리 멀리서 찾아와 성대한 모습을 두루 살펴보고

공손히 〈천보天保〉²를 노래하며 희강熙康³을 즐긴다.

---

1 구소곡九韶曲 : 중국 고대 순舜임금 때의 음악으로 아홉 곡으로 끝나는 데서 붙여진 이름이다.

2 천보天保 : 『시경詩經』「소아 小雅」에 나오는 시의 제목으로 신하가 임금을 축복하는 내용이다. 그 내용은 다음과 같다. "하늘이 당신 안정시켜, 모든 것이 흥성하네. 높은 산과 언덕처럼, 산등성이 구릉처럼. 흘러오는 강물처럼, 불어나지 않음 없네.天保定爾, 以莫

奉天殿早朝

清蹕傳聲寶座高	遙瞻黄屋隔層霄	雲開扇影當螭陛	風起爐香襲獸袍
濟濟夔龍勤相業	桓桓衛彤摠戎鞱	太平典禮同周盛	拜舞彤庭聽九韶
壁門金闕鬱相望	隱隱舳棲動曙光	百辟駿奔庭上下	一人高拱殿中央
乾坤閶闔皇風遠	雨露涵濡帝業昌	萬里觀周參盛際	恭歌天保樂熙康

不興, 如山如阜, 如岡如陵, 如川之方至, 以莫不增"이다.

3 희강熙康 : 『서경書經』「익직편益稷篇」에, 제帝가, '고굉股肱이 기뻐하면 원수元首가 흥기하
여 온갖 것이 따뜻할 것이다.股肱喜哉 元首起哉 百工熙哉'라고 노래하자, 고요皐陶가, '원수
元首가 밝으시면 고굉도 어질어서 모든 일이 편안하오리라.元首明哉 股肱良哉 庶事康哉'라
고 화답하였다. 희강熙康은 백공희재百工熙哉의 '희熙'와 서사강재庶事康哉의 '강康'을 합쳐
서 말한 것으로 '성세盛世 정치'를 형용한 말이다.

봉천전에서 만수절을 경하하며

하늘이 이슬비를 내려 기내幾內의 먼지를 씻어주니

황궁은 맑디맑고 패궐貝闕에는 한기가 돈다.

홍저虹渚1의 상서로움은 북극에 모이었고

용루龍樓2의 아름다운 기운은 남쪽 끝까지 뒤덮었다.

산에서는 부르며 함께 천년의 산算가지를 받치고

땅에서는 만국의 기쁨을 함께 올려 보낸다.

외모의 화려함은 원개元凱3와 짝하나

다시 아름다운 글을 이어서 짓는 것이 부끄럽구나.

원문 　奉天殿賀萬壽節 ＊七月三日

天教微雨洗塵寰　　玉宇澄澄貝闕寒　　虹渚休祥鍾北極　　龍樓佳氣藹南端
山呼共獻千年算　　壤奠同輸萬國歡　　冠佩雍容元凱侶　　還慙接武綴鵷鸞

---

1 홍저虹渚 : 홍저지징虹渚之徵으로 큰 별이 무지개처럼 뻗쳐서 화저華渚 물가에 닿았음을 보고, 임신이 되어 백제 금천씨白帝 金天氏가 탄생했다는 고사로서 왕후가 귀자貴子를 낳는다는 뜻이다.

2 용루龍樓 : 세자궁世子宮의 달리 표현하는 말이다.

3 원개元凱 : 두예杜預의 자이다. 두예는 진晉나라 두릉杜陵사람으로 자는 원개元凱이다. 하남 윤河南尹과 탁지상서度支尚書를 지내다가 도독형주제군사都督荊州諸軍事와 진남대장군鎭南大將軍이 되어 수리사업水利事業을 추진, 1만여 두락의 논을 옥토로 만들었고, 진무제晉武帝 원년(280)에는 군사를 거느리고 오吳 나라를 쳐서 멸망시켰으며, 유가의 경전에도 조예가 깊어 『춘추좌씨전집해春秋左氏傳集解』를 저술하였다.

문승상[1]의 사당을 참배하며

승상의 사당은 어느 곳에서 찾을 수 있나?

천가天街[2]의 북쪽 궁궐 뒤켠에 있다.

청풍이 조용히 묘정廟廷 깊숙한 곳으로 부는데

승상의 초상은 오랜 세월동안 당당히 서있다.

도성을 떠났어도 소무蘇武[3]의 절개보다 높고

촉한蜀漢의 공명孔明[4]에게 부끄럽지 않았다.

---

1 문천상(文天祥, 123~1282) : 중국 남송南宋 말기의 재상. 자는 송서宋瑞·이선履善이고,
  호는 문산文山이다. 원元나라와 화친을 극력 반대하여 의용군을 조직하여 원의 군대에
  대항했다. 원과의 강화講和를 위해 원의 진중陣中에 파견되었을 때 포로가 되었으나 탈
  출하여 각지를 전전했다. 남송이 멸망한 후 원나라에서 벼슬하는 것을 거절했다. 도종
  度宗의 장자인 익왕益王을 도와 남송 회복에 노력했지만 실패하고, 다시 체포되어 베이
  징으로 유폐되었다가 3년 후 처형되었다. 옥중에서 지은 시인 정기가正氣歌가 유명하며,
  저서로『문산전집文山全集』이 있다.

2 천가天街 : 지금의 천안문 광장을 말한다. 과거에는 장안문의 동쪽으로는 장안좌문長安
  左門, 서쪽으로는 장안우문長安右門에 이르는 구간을 천가天街라고 불렀다.

3 소무(蘇武, ?~BC 60) : 중국 한漢나라의 충신. 자는 자경子卿이고, 섬서성 두릉杜陵출신
  이다. 무제武帝 때인 BC 100년에 중랑장中郎將으로서 흉노匈奴에 사신으로 갔다가 체포
  되어 항복을 강요받았으나, 절의를 굽히지 않고 이를 거부하자 바이칼 호 주변의 황야
  로 보내져 19년에 걸친 억류생활을 했다. 소제昭帝가 즉위한 후 흉노와의 화해가 성립
  되어 BC 81년 장안長安으로 돌아왔고, 소제는 그의 충절을 높이 사 전속국典屬國에 봉했
  다.

4 제갈량(諸葛亮, 181~234) : 중국 삼국 시대 촉한의 정치가. 자字는 공명孔明이고, 시호
  는 충무忠武이다. 뛰어난 군사 전략가로, 유비를 도와 오吳나라와 연합하여 조조曹操의
  위魏나라 군사를 대파하고 파촉巴蜀을 얻어 촉한蜀漢을 세웠다. 유비가 죽은 후에 무향
  후武鄕侯로서 남방의 만족蠻族을 정벌하고, 위나라 사마의와 대전 중에 병사하였다.

백년百年의 충의忠義가 천지에 남아있어
추상열일秋霜烈日5로 고금을 비춘다.

노간老奸을 막는 영웅도 운運을 다하니
장차 혼자의 힘으로 어려움을 이겨야 하리.
독송관獨松關6의 용감한 군대는 구원하지 않아
애령崖嶺7의 용맹한 오랑캐는 잡을 수가 없구나.
연시燕市8의 천 년 원한을 씻지 못하고
수양睢陽9의 백 대代의 일만 또렷해진다.
손을 깨물어 피로 여러 줄로 옷에 써서 기려도
태양아래 굳은 충심은 더욱 무기력해진다.

넘어지는 것을 기대고 부축하는 천하의 재주
전당錢塘의 조수潮水는 어느 때 몰려오나?
이미 파양鄱陽10에는 붉은 무지개가 떴다는데

5 추상열일秋霜烈日 : 가을에 내리는 찬 서리와 여름의 뜨거운 태양이라는 뜻으로, 당당한
   절개가 있음을 비유한다.
6 독송관獨松關 : 지금의 중국 절강성 여항余杭의 서북쪽 지역이다.
7 애령崖嶺 : 중국 강소성江蘇省 송강현松江縣에 있는 지명이다.
8 연시燕市 : 전국 시대 연燕 나라의 수도로, 연경을 가리킨다.
9 수양睢陽 : 당唐나라 장군인 장순張巡을 말한다. 『신당서新唐書』「장순전張巡傳」에 의하면,
   장순은 안녹산安祿山의 난 때 수양성睢陽城을 지키고 있었는데, 구원병은 이르지 않고 군
   량마저 바닥나자 자기의 애첩愛妾을 죽여 군사들에게 먹이고, 참새와 쥐를 잡아먹고 갑
   옷을 불에 구워 먹으면서 고군분투하였지만, 끝내 성이 함락되었다. 그는 이에 굴복하
   지 않고 적을 꾸짖다가 살해당했다고 한다.

강남에서 흰기러기 날아오는 줄도 몰랐다.

이날의 의관衣冠으로 어찌 다시 알현하랴?

구궁舊宮에 기장이 자라니 또한 나를 슬프게 한다.

그가 지은 『지남유록』은 알아보는 이 없고

명성만 만고에 우뢰처럼 남아있구나.

앉아서 상전벽해로 변한 것을 보니

우뚝 솟은 지주砥柱도 무너져 제멋대로 나뒹군다.

꿈속에서도 산과 내를 건너 돌아가고

일월은 어두워지고 연대燕臺는 뼈대만 남아있다.

옛날부터 천인天人이 공교롭게 상승상부相勝相負하게 하니

오늘날에는 가시덤불만 무성하고 무엇이 남아있는가?

한 때의 성패成敗는 아득한 옛일이 되었고

묘당廟堂에서 천년을 희생犧牲의 제사로 받드는구나.

일찍이 청사靑史에 영예로운 인물로 추앙받아

오늘 영웅의 초상에 참배하며 공경한다.

아득한 세월 속에 엉킨 먼지는 곤룡포에 자욱하고

높이 솟은 옛 비갈은 이끼에 절어 있다.

고향을 그리며 유개부庾開府11를 비웃고

글자를 알아보는데 어찌 양자운楊子雲12을 논하랴.
바른 기운은 황토를 따라 다할 수 없으니
지금도 밝은 빛으로 인문人文에 게시되었다.

원문 謁文丞相廟

丞相祠堂何處尋　天街北畔鳳城陰　清風蕭蕭廟庭邃　遺像堂堂歲月深
去國肯搖蘇武節　存劉不愧孔明心　百年忠義留天地　烈日秋霜照古今

運去英雄阨老奸　要將獨力了艱難　松關虎旒來無數　崖嶺龍胡杳莫攀
燕市千年冤未洩　睢陽百代事堪班　數行血寫衣中贊　皎日丹衷激懦頑

方倚扶顛盖世才　錢塘潮汐幾時回　已聞鄜上赤虹起　不覺江南白鴈來
當日衣冠那復見　舊宮禾黍亦堪哀　指南有錄無人識　留取聲名萬古雷

坐見桑田碧海翻　屹然砥柱鎮橫奔　夢歸杭越山河在　骨化燕臺日月昏
自古天人巧相勝　于今凡楚竟誰存　一時成敗悠悠事　血食千秋廟貌尊

曾於青史仰遺芬　今拜英姿聳舊聞　漠漠凝塵棲蟏哀　峨峨古碣濕苔紋
懷鄉堪笑庾開府　識字那論楊子雲　正氣不隨黃土盡　至今昭晰揭人文

변려문은 육조六朝의 집대성集大成하였다고 하며, 저서에 『유개부집庾開府集』이 있다.

12 양자운楊子雲 : 서한西漢의 문학자, 철학자, 언어학자인 양웅(楊雄 BC 53~18) 자이다.
　　그는 촉군蜀郡에서 태어났고, 박학다식하였으며, 특히 사부辭賦에 능하였다.

주사 동월董越이 지은 시에 차운하다 *예부 겸 주사로 이름은 침忱이다

만 리 관광에 사신의 일을 마치고
추풍 속 고향생각에 돌아가는 채찍을 휘두른다.
아득히 북쪽 끝 쌍궐雙闕을 회상하고
나란히 이어진 남궁南宮에서 여러 현인들을 생각한다.
연잎 우거진 봄날에 백운구白雪句를 짓더라도
가수嘉樹1와 각궁角弓2편을 잊지는 마소.
관하關河에서 헤어진 후 자주 꿈속에서 보이나
각기 봉래와 영주에 있으니 그 거리가 몇 천리런가?

원문 **次董主事送別韻** *禮部兼主事名忱

萬里觀光使事竣	秋風鄉思動歸鞭	迢迢北極懷雙闕	濟濟南宮憶眾賢
深荷陽春白雪句	莫忘嘉樹角弓篇	關河別後頻勞夢	人在蓬瀛隔幾天

1 가수嘉樹 : 『초사楚辭』「구장九章」〈귤송橘頌〉에, "후황이 아름다운 귤나무를 이 땅에 맞
게 하심이여, 명을 받아 옮겨가지 않고 남국에 태어났도다.后皇嘉樹橘徠服兮, 受命不遷生南
國兮"라고 한 데서 연유한 말로 『초사楚辭』를 의미한다.
2 각궁角弓 : 『시경詩經』「소아小雅」의 〈각궁角弓〉으로, 이는 『시경詩經』을 의미한다.

주사主事 동월과 작별하며 *동침은 명나라의 명유名儒로 문장에 능하였으며 성리학性理學을 아는 사람으로 아마 동중서董仲舒의 후손이 아닌가 한다. 한 번 선생 [매계]의 시를 보고 크게 칭찬을 하고 시로써 송별하였다. 그래서 선생이 화답한 것 이다. 동침董忱의 시는 전하지 않으니, 아깝다.

드넓은 사문斯文에 이 같은 현자가 있어
강도江都의 사업을 바로 전할 수 있었다.
타고난 학문이 깊어 상대할 자가 없으며
태산북두와 같은 고명高名을 누가 견주리.
뛰어난 풍모는 만날 때마다 놀라게 하나
따스하게 미소 띤 말로 잠시 후 되돌아온다.
한 마디 말도 진중하여 특별한 대접을 받았고
천리 길로 헤어짐에 마음은 더욱 암울해진다.

원문   **留別董主事** *董忱, 蓋大明名儒, 能文章, 識性理, 疑仲舒之後也. 一見
先生詩, 大加稱贊, 詩以送別. 故先生以詩答之. 董詩不傳, 惜哉.

醞籍斯文有此賢　江都事業政堪傳　天人學邃應無有　山斗名高孰可肩
落落風儀驚邂逅　溫溫笑語暫周旋　一言珍重蒙殊顧　千里分携倍黯然

유 주사의 송행시에 차운하다 *옛날 학사인 유길의 자이며, 또한 명유이
다. 선생[조위]의 기상이 산림같다고 칭찬했었다.

바라볼수록 인품은 보통사람과 다르고
태평한 세상에 한당漢唐을 배운 명성
세상에 빛나는 문장은 혼후하고
집안 대대로 이어온 벼슬로 더욱 빛났네.
유전遺典을 토론하려 대궐로 내닫고
희조熙朝1를 장식하여 황제를 가까이 하네.
이별에 새로 시를 지어 증시贈詩하는데
보배로운 시구가 어찌 배낭에 가득하지 않으리.

원문   次劉主事送行韻 *古學士劉吉之字, 亦名儒也. 稱讚先生氣象山
林云云.

望卽風韻異尋常　昭代聲名邁漢唐　赫世文章歸渾厚　傳家簪笏更輝光
討論遺典趨靑瑣　賁飾熙朝近玉皇　臨別新詩聊把贈　珠璣贏得滿荷囊

1　희조熙朝 : 태평성대를 의미한다.

영제역永濟驛 즉사

반나절을 영제역의 작은 누각에 머물며
두 눈은 동쪽으로 바다를 바라본다.
닭과 돼지 돌아다니는 촌거리라 경계할 것도 없고
계절은 벼이삭 영그는 가을이라
초가집은 쓸쓸히 나무 사이에 가려져 있고
술청 깃발은 담장 너머로 나부낀다.
가련한 다북머리 형서녀荊敍女1여
물 길고 길쌈하느라 잠시도 쉬지를 못하네.

원 문 永濟驛樓卽事

半日淹留倚小樓　　海天東望放雙眸　　鷄豚滿巷村無警　　禾黍盈疇歲有秋
白屋蕭條藏樹底　　靑帘搖颺出墙頭　　憐渠蓬鬢荊敍女　　汲井漚麻不暫休

1　형서녀荊敍女 : 중국 남방의 오랑캐로 도리에 어두운 만인蠻人을 의미한다.

맑고 깨끗한 남쪽 바다

끝없이 파도는 갈석碣石1의 동으로 밀려오고

부침하며 만드는 수많은 형상은 표현하기도 어렵구나.

천지 밖에서 일월日月을 마구 삼킬 듯

드넓음 속에서 곤붕鯤鵬을 후려쳐 잡을 듯

은은하게 동쪽나라 삼도三島가 가까이 보이고

여러 강물이 흘러들어 모두 하나가 되었다.

가슴속엔 오래도록 운몽雲夢2이 없었건만

오늘 파도를 보니 생각은 더욱 웅장해진다.

원문　　**南海澄清**

淼淼波濤碣石東　登涵萬象勢難窮　闊呑日月鴻濛外　搏擊鯤鵬浩渺中
隱映扶桑三島近　朝宗河濟百千同　胸中久矣無雲夢　今日觀瀾意愈雄

1　갈석碣石 : 하북성河北省 창려현昌黎縣의 서북쪽에 있는 지명이다.

2　운몽雲夢 : 초楚나라 칠택七澤의 하나. 900리 사방의 큰 늪으로 지금의 호북성湖北省 효감현孝感縣 서북쪽에 있다.

어양 공동산에 올라

지난 일에 한없이 감개가 넘쳐나는데
내 어찌 공동산에 올라 시를 읊지 않으랴?
북으로 이어진 상곡관上谷關의 군영은 웅장하고
남으로 바라보니 중원中原의 길은 아득하구나.
안사安史의 난1으로 전쟁이 계속되어
요금遼金의 풍속은 도리어 소멸되었다.
지금은 온 나라 안이 요堯임금의 교화를 입어
이르는 곳마다 흡족한 격양가擊壤歌2가 들린다.

괴로운 원정길 얼굴 가득한 붉은 먼지
산의 정상에 올라 오래도록 바람을 맞는다.
누대의 그림자는 높다란 성안까지 길게 드리우고
안개 속에 크고 작은 나무들은 저녁놀에 반짝인다.
옛날부터 번화함은 서울 땅에 가까워서이고
처음부터 경치 뛰어나니 고을은 웅장하구나.
눈에 힘을 주어 아득히 먼 고국을 보고자하나

---

1 안사安史의 난 : 중국 당나라 현종 말엽인 755년에 안녹산과 사사명이 일으킨 반란. 현
   종은 촉나라에 망명하여 퇴위하고 반란군도 내부 분열로 763년에 평정되었으나 당의
   중앙 집권제가 흔들리는 전환점이 되었다.
2 격양가擊壤歌 : 풍년이 들어 농부가 태평한 세월을 즐기는 노래로, 중국의 요임금 때에,
   태평한 생활을 즐거워하여 불렀다고 한다.

고향은 조선 땅 해 뜨는 동쪽에 있구나.

　　登漁陽崆峒山

往事無窮感慨多	登高能賦奈吾何	北連上谷關防壯	南望中原道路賒
安史兵塵增澗洞	遼金風氣旋消磨	如今宇內陶皇化	到處欣聞擊壤歌

苦厭征塵撲面紅	登臨絶頂遡長風	樓臺隱映層城裏	烟樹參差夕照中
依舊繁華識甸近	從來形勝邑居雄	欲將眼力窮鄕國	家在靑丘暘谷東

각산의 푸른 병풍

태행산 동쪽 등성이에 해가 떠오르자
바로 관문을 압도하여 바다에 걸쳐있다.
야월夜月은 싸늘하게 금빛 이슬을 머금고
춘운春雲은 짙게 푸른 산봉우리를 뒤덮었다.
펼쳐진 그림같은 장면이 진경인가 의심이 드는데
웅장한 군진軍陳은 오랑캐와 사이를 두고 있구나.
단장短杖을 짚고 가파른 산길을 오르려하나
날개옷을 입은 사람의 옷소매를 붙들고 가야하리.

원문　　**角山擁翠**

太行東尾疊晴旻　　直壓關門跨海濱　　夜月冷涵金沆瀣　　春雲濃沫翠嶙峋
展開卷畵疑眞境　　控掖雄藩隔虜塵　　欲借短筇能鳥道　　可能扳袂羽衣人

장성고첩

아득한 송새松塞는 용사龍沙에 막혀있고

동쪽 푸른 바다로 만 여리를 뻗어있구나.

돌을 쪼개느라 몇 번이나 후토后土를 팠으며

산을 쌓아 직접 과아夸娥1와 다투고자 하였다.

군사에게 명하고 창을 내려놓고 잠이 드는데

오랑캐 아이들도 말에게 물 먹이러 얼씬도 않는다.

천연의 험준한 지형은 만고의 금성탕지金城湯池

커다란 공훈을 후인에게 자랑할 만하구나.

원문   長城古堞

茫茫松塞限龍沙　　東入滄溟萬里賖　　鞭石幾回穿后土　　塹山直欲鬪夸娥
長令戎辛韜戈睡　　無復胡兒飮馬過　　萬古金湯天設險　　鴻功留與後人誇

1　과아夸娥 : 『열자列子』 「탕문湯問」에 나오는 신이다. 우공愚公이 나이가 90이 가까운데도, 집 앞에 있는 태행산과 왕옥산이 출입에 방해가 되므로 이를 파서 옮기려고 하였다. 사람들이 모두 불가하다고 하며, 방법을 묻자, 우공은 나에게는 아들이 있고, 손자가 있으며, 계속해서 자손들이 있을 것이므로 언젠가는 이루어질 것이라고 대답하였다. 하느님이 이에 감동을 받아 과아夸娥씨의 두 아들을 보내 두 산을 옮겨주었다고 한다.

석하의 가을 홍수

황하는 백운 깊숙한 곳에서 흘러나와
소낙비에 물이 불어 흙탕물로 격랑이 되었다.
어별魚鼈은 때때로 다투어 뛰어 오르고
물수리와 왜가리는 제멋대로 날아다닌다.
언덕에서 낚시 드리우니 미풍에 간들거리고
모래톱에 수레 멈추는데 저녁노을은 어두워진다.
동해 바다를 향해 해약海若1에게 자랑 말지니
크고 작은 유래를 논論할 것이 없으리.

원문 石河秋漲

河源流出白雲根　積雨新添濁浪奔　魚鼈乘時爭躍踔　鷥鶴得意恣飛翻
岸邊垂釣微風裊　沙上停車暝色昏　莫向東溟誇海若　由來細大不堪論

---

1 해약海若 : 『장자莊子』「추수秋水」편에, 북해 약北海若의 준말로 '약若은 '바다 귀신'의 이
　름이다.

다반茶盤에 눈이 개이다

하늘을 가로질러 만길 높이로 솟아있고
캄캄한 먹구름은 이내 땅을 뒤덮었다.
하룻밤 검은 하늘에서 바다로 불자
하늘에는 하얀 옥가루 꽃이 피었다.
바위마다 반짝이는 빛이 태양에 반사되고
나무에는 여기저기 흰 까마귀가 반짝인다.
기이한 경관은 진실로 환영幻影에서 나온 듯
시를 읊으며 파교1를 지날 필요가 없구나.

원문   茶盤霽雪

橫空萬仞倚嵯峨   慘慘陰雲特地遮   一夜玄冥吹海水   滿天騰六屑瓊花
千岩騰朗射紅日   萬樹槎牙閃白鴉   如許奇觀眞幻出   吟詩不必灞橋過

---

1 파교灞橋 : 장안 동쪽에 있는 파수를 건너는 다리 이름. 옛날에 사람들이 이별할 때 이
   다리에 이르러 버들가지를 꺾어 송별의 뜻을 표하였다고 한다.

해구海口의 고깃배

안개 걷히자 자라등같은 물결이 맑디맑아
작은 배를 타고 하얀 개구리밥을 뜯는다.
우중에 갈잎 도롱이 쓰고 한가로이 키를 잡고
달 아래 작은 배를 타고 홀로 낚시 드리운다.
촘촘한 그물을 들어내니 물고기 비늘이 아름답고
배가는 데로 맡기고 욕심을 잊자 새들이 따라온다.
노 두드리는 소리에 봄은 저절로 깊어 가는데
낚시터에서 낚시질하는 사람을 찾아본다.

원문   海口漁舟

烟消鰲背浪粼粼   一葉輕舟採白蘋   蒻笠雨中閑扼柁   蘭橈月下獨垂綸
鳴櫓擧網魚偏美   信棹忘機鳥自馴   款乃聲中春自老   擬尋磯畔釣鰲人

진도秦島의 신선의 흔적

진시황 때에는 멀리서 천자의 말방울이 울렸는데
고도孤島는 아득하고 푸른 물굽이만 길게 놓여있다.
바다에서 만약 비결秘訣을 찾았다면
인간은 어찌 사당의 초상에만 머물겠는가?
선문자羨門子[1]와 과조瓜棗[2]는 끝내 만나기도 어렵고
서불徐市[3]을 태운 큰 배는 끝내 돌아오지 않았다.
지난 일이 아득하여 일소一笑에 붙이는데
언덕의 꽃과 물가의 풀들은 저절로 무늬를 놓는다.

원문 **秦島仙跡**

祖龍當日遠鳴鑾　孤島微茫枕碧灣　海上若爲尋秘訣　人間安得駐昭顏
羨門瓜棗終難遇　徐市樓舡竟不還　往事繆悠堪一笑　岸花汀草自斑斑

1　『사기史記』「진시황본기秦始皇本紀」에, 선문자羨門子는 옛날 선인仙人인 선문자고羨門子高를 말한다. 진 시황秦始皇이 일찍이 동해東海에 노닐면서 선인인 선문자의 무리를 찾았다 한다.

2　『사기史記』「봉선서封禪書」에, 한漢나라 때, 방사方士인 이소군李少君이 일찍이 해상에서 노닐다가 선인仙人 안기생安期生을 만났는데, 안기생은 크기가 마치 오이瓜 만한 대추棗를 먹고 있더라고 한 데서 온 말로 신선을 만난다는 의미이다.

3　서불徐市 : 중국 진秦나라 시황始皇 때의 방사方士로 불로장생약不老長生藥을 구하려고 삼신산三神山에 갔다고 한다.

이중경(목)[1]이 지은 시에 차운하다

홀로 밝은 창 아래 누워 낮 꿈을 꾸는데
화락한 여름 풍경은 바로 기쁨을 준다.
정원의 어슴푸레한 곳에 채화는 산뜻하고
부슬거리는 가랑비에 제비새끼들이 들랑날랑
한여름의 적막을 깨고 누가 멀리서 찾아오니
그윽한 정情을 오늘에야 잠시 펼 수 있으리라.
뛰어난 인물들이 어찌 고이高李[2]를 쫓겠는가?
부질없이 춘추시절 선보대單父臺[3]를 추억한다.

원문 次李仲敬(穆)韻

獨臥晴窓午夢回　融融夏景正恢台　小園翳翳菜花淨　細雨喃喃燕子來
寂寞何人勤遠訪　幽情今日暫能開　俊遊安得追高李　空憶當年單父臺

1　이목(李穆, 1471~1498) : 조선 전기의 문신. 본관은 전주全州이고, 자는 중옹仲雍)이며,
　호는 한재寒齋), 시호는 정간貞簡으로 김종직金宗直의 문인이다. 영안도평사永安道評事 등
　을 지냈으며, 1498년 무오사화戊午士禍 때 윤필상의 모함으로 김일손金馹孫 등과 함께 사
　형되었고, 1504년 갑자사화甲子士禍 때 다시 부관참시剖棺斬屍되었다. 후에 신원伸寃되어
　이조판서에 추증되었다. 저서에 『이평사집李評事集』이 있다.
2　당唐 나라의 시인 고적高適과 이백李白을 가리킨다.
3　선보대單父臺 : 춘추시대 때의 공자의 제자인 복자천宓子賤의 선보현의 장관인 현재縣宰
　로 있으면서 만든 금대琴臺를 가리킨다.

이중경과 헤어지며 주다

벽수璧水1에 날아오르는데도 몇 일 밖에 없는데

사람들은 청운을 본 떠 어여쁜 신선으로 경모한다.

습관처럼 배도陪都2를 향해 현송絃誦을 들으며

잠시 천객遷客과 함께 수심 속에 잠들었다.

정밀하고 깊은 학업은 손명복孫明復3이요

빼어난 재주와 명성은 고언선高彦先4같구나.

끝없는 이별의 술자리에 생각은 진중하여

말없이 마주보며 다만 마음으로만 전한다오.

원문　**贈別李仲敬**

飛騰璧水無幾日　人擬青雲景倩仙　慣向陪都聽絃誦　暫同遷客伴愁眠
精深學業孫明復　倜儻才名高彦先　無限離筵珍重意　相看脉脉只心傳

1　벽수璧水 : 성균관成均館의 동서문東西門 남쪽에 빙 둘러 있는 못 물을 가리킨다.

2　배도陪都 : 도성都城 다음가는 도회지라는 의미이다.

3　손명복(孫明復, 992~1057) : 중국 북송北宋 초기의 유학자. 이름은 복復이고, 자는 명복明復이며, 호는 태산泰山이다. 범중엄·호원胡瑗과 함께 송초宋初의 3선생이라 불렸다. 실학實學을 연구하였으며 저서에 『춘추존왕발미春秋尊王發微』12편이 있다.

4　고언선高彦先 : 이름은 등登이고, 자는 언선彦先이며, 호는 동계東溪이다. 송宋나라 장포인漳浦人으로 금金나라 사람이 송나라의 서울에 왔을 때, 육적六賊을 목 베라는 상소를 올렸으며, 주자가 이 사람의 사당기祠堂記의 서두序頭에 "성인은 백세의 스승이다."라고 칭송하였다.

장맛비

매실 익어 가는 시절이라 비는 세차게 내리고
가끔 굉음의 천둥소리가 먹구름 속에서 울린다.
원객遠客은 오이덩굴같은 장대비를 만날까 두렵고
가인佳人은 황색치마가 얼룩질까 걱정을 한다.
길은 진흙탕으로 변하여 오래도록 출입을 방해하고
처마에서 떨어지는 낙숫물 소리도 이미 싫증이 난다.
분명 내일 아침은 맑게 개어 날씨가 좋고
논과 뽕나무밭에는 한낮의 훈풍이 불리라.

원문 　久雨

黃梅時節雨翻盆　隱隱轟雷擁峽雲　遠客怕逢瓜蔓水　佳人愁覵鬱金裙[1]
街泥浩浩長妨出　簷溜淙淙已厭聞　準擬明朝晴景好　稻畦桑壟午風薰

1　무술본에는 '覵'자가 '涗'자로 표기되어 있다.

종제인 존신存愼에게 주다

분주한 서울거리에서 세상살이를 구경하고
벼슬살이는 고향에서 또한 자랑할 만하다.
오랫동안 어사대에서 청총마를 탔고
함녕咸寧1땅에선 고을 가득 핀 꽃을 구경했었지.
오마五馬타고 돌아갈 길 재촉하니 뽕나무가 뒤흔들리고
쌍어雙魚2를 새로 차니 마을 사람들이 감탄한다.
임금의 큰 은혜로 한 집안이 등 따숩고 배부르니
관복입고 제멋대로 관아를 벗어나지는 말게나.

탁월하고 노련하다는 명성, 오랜 세월 전해 오니
뒷날 계승할 자 가운데 현자賢者는 몇이나 되겠는가?
잘못된 경영, 시속의 명예를 따르면 어찌 병폐가 없으리?
침략을 즐기는 강한 종족도 온전하기 드물다네.
백성을 어루만지기를 힘쓰며 선치善治를 생각하고
사랑과 용서를 마음에 두고 형벌을 경계하게나.
어느 때 금각琴閣에서 현송絃誦을 들어보리
매번 서당西堂3을 향할 때면 아우를 꿈꾼다오.

---

1 함녕咸寧 : 지금의 경북 상주시 함창읍 일원이다.
2 쌍어雙魚 : 관리가 차는 고기 모양의 어대魚袋를 말한다.
3 서당西堂 : 동진東晉의 시인 사령운謝靈運의 서실로, 여기에서 족제인 사혜련을 대하면

병든 몸 더욱 더 수척해 가고

귀밑머리 윤기 잃고 흰빛으로 어지럽다.

나그네 수심은 용만龍灣4의 달빛에 괴롭고

고향 돌아가는 꿈에 자주 조령을 넘는 구름을 본다.

젊은 날엔 대궐에서 사초史草를 보았는데

늙어감에 철마鐵馬 타고 종군하고 싶다네.5

고향 소식은 지금 어떠한가?

매형梅兄과 죽군竹君에게 안부라도 물어주게.

원문 寄贈從弟存愼

奔走京塵閱歲華　　宦遊鄕國亦堪誇　　久爲柏府乘驄客　　來看咸寧滿縣花
五馬催歸桑梓動　　雙魚新佩里閭嗟　　一家暖飽君恩重　　莫擁黃紬放早衙

卓老聲名萬古傳　　後來繼者幾多賢　　曲營時譽寧無病　　喜擊强宗亦罕全
努力拊循思製金　　存心仁恕戒烹鮮　　何時琴閣聞絃誦　　每向西堂夢惠連

病骨崢嶸瘦十分　　鬢毛衰颯白紛紛　　羈懷正苦龍灣月　　歸夢頻過鳥嶺雲
少日金鑾曾視草　　老來鐵馬欲從軍　　故園消息今何似　　爲問梅兄與竹君
*存愼問余從軍故云

좋은 시구를 얻었다고 한다.

4　용만龍灣 : 지금의 평안북도 신의주로 매계가 무오사화에 연루되어 귀양간 곳이다.

5　시의 끝에 '存愼問余從軍故云'이라고 주를 붙여 놓은 것으로 보아 '종군從軍이라도 해서
　　죄를 가볍게 하고 싶은 의향이 없느냐?'라는 종제從弟의 편지에 답장한 시이다.

섣달 그믐날 순부淳夫[1]의 시에 차운하다

섣달그믐 오늘 밤 백엽주栢葉酒에 취해
잠이 쏟아져 정신이 이미 몽롱하네.
어둠 속에 내몰린 백발은 푸른 물결밖에 있고
빠르게 가버린 청춘은 흐린 기억 속에 남아 있네.
동파東坡에게 물어보아 고속古俗을 따르려하고
두보杜甫의 삶을 모방하여 남긴 자취를 잇고 싶네.
남은 인생 부질없이 견마지로犬馬之勞를 더하려 해도
용렬함이 옛날 게으름 피우듯

협소한 용만땅은 물가마저 적막한데
돌아가고픈 마음은 밤낮으로 대궐을 향하네.
한잔 술로 근심스런 나그네의 마음을 위로하나
세월은 쏜살같아 사람을 기다리지 않네.
만 길의 근심 속에 송령松嶺의 눈을 바라보니
2년 여를 부질없이 서울의 봄을 등지고 있네.

---

1 정희량(鄭希良, 1469~?) : 조선 전기 문신. 본관은 해주海州이고, 자는 순부淳夫이며, 호
는 허암虛庵이다. 1495년(연산군 1년) 증광문과增廣文科에 병과丙科로 급제, 이후 검열檢閱
이 되고, 1497년 대교待敎 때 왕에게 경연經筵에 충실할 것과 신하들의 간언諫言을 받아
들일 것을 상소하여 왕의 미움을 샀다. 무오사화戊午史禍로 의주義州에 유배, 다시 김해
로 이배移配된 뒤 1501년 풀려났다. 모친상으로 수묘守墓하던 중 행방불명되었다. 시문
에 능하고 음양학陰陽學에 밝았으며, 문집에는 『허암유집』이 있다.

뱀 꼬리로 남으려 하나 어찌할 수 없음을 알고
부끄러워 시로나마 읊어 풀어본다네.

원문 守歲次淳夫韻

守歲今宵栢酒濃　蔆騰睡睫已濛濛　暗催白髮滄浪外　忽遞靑春浹洽中
欲問東坡追古俗　擬尋杜位繼前蹤　空添犬馬殘年齒　碌碌其如舊日慵

局促龍灣寂寞濱　歸心日夜向楓宸　盃觴草草聊娛客　歲月駸駸不待人
萬丈愁看松嶺雪　二年虛負鳳城春　欲留蛇尾知無奈　愧我謳吟語自陳

매화가 그리워 동파의 〈홍매〉 시로 용운用韻하다

아득히 강남땅은 멀어서 소식도 늦는데

매화는 이미 벌써 봄을 알려주네.

둥근 보름달 아래 살포시 향기를 내뿜고

이어서 새벽 한기寒氣 속에 자태를 뽐내네.

몇 이랑의 대숲은 국염國艶1에 가리고

이계二溪의 얼음물에 옥 같은 꽃잎이 어리네.

어느 때나 짙은 향기 속에 술 취해 누우려나?

술통 앞에 한두 가지 꺾어 놓았네.

새벽 해는 희미하게 안개 속에 더디 뜨고

몸을 움추린 새들은 한기를 타고 내려앉네.

지루하게 내리는 눈에는 먼지 한 점 없고

꾸미지 않은 새하얀 모습은 이속異俗의 자태라네.

진실로 향기를 꺾지 않았다면 고질병이 되어

고선姑仙이 일찍이 말하기를 "옥이 꽃잎이 되었다."고

풍류객은 우아하게 서호西湖의 흥취가 있어2

---

1 국염國艶 : 처음에는 모란을 의미했으나 도학道學이 성한 후 매화를 치칭하게 되었다.
2 서호西湖 : 중국 절강성 항주시 서쪽에 위치해 있으며 삼면이 산으로 둘러싸인 타원형
   의 호수이다. 이곳에서 송末나라의 은자隱者인 임포林逋가 초막을 짓고 20년 동안 출입
   하지 않은 채 매화를 가꾸고 학을 기르면서 독신으로 살았다.

꿈속에서도 의연하게 한 가지를 잡아당기네.

고향의 원학猿鶴은 더디 돌아옴을 원망하는데
마침 동풍에 얼음이 녹는 때라네.
노거수엔 이끼가 끼어 묵은 등줄기 가로 눕고
서릿발처럼 싸늘한 달은 그윽한 자태를 드러내네.
천향天香과 미풍은 맑은 밤에 찾아오고
옥질玉質과 안개가 가녀린 꽃잎에 스며드네.
단판檀板3과 금준金樽은 감상할 바가 못 되어
길게 드리운 그림자 속에 지팡이 짚고 서있네.

원문   憶梅用東坡紅梅韻

杳杳江南遠信遲　梅花應已占春時　盈盈夜月暗生馥　脉脉曉寒初弄姿
數畝霜筠遮國艶　二溪氷溜照瓊肌　何當醉臥繁香裏　折得樽前一兩枝

曉日朣朦出霧遲　凍禽飛下嫩寒時　飽更霜雪無塵韻　不御鈆華異俗姿
苟令未妨香是癖　姑仙曾道玉爲肌　風流雅有西湖興　夢裏依然把一枝

故山猿鶴怨歸遲　恰是東風解凍時　樹老苔深橫古幹　霜寒月澹逞幽姿
天香迷夢來淸夜　玉質和烟透細肌　檀板金樽非雅賞　橫斜影裏倚筇枝

3 단판檀板 : 중국의 타악기로 박판拍板·단판檀板이라고도 한다. 박달나무 등으로 된 너비
   6cm, 두께 1cm, 길이 20cm의 나무판 3개를 끈으로 묶여 연결되어 있다. 연주할 때는 왼
   손으로 판을 잡고 뒤홑판으로 앞겹판을 쳐서 소리를 낸다.

차운하여 정(순부)의 시에 답하다

유자의 신산함 뼈 속에 사무쳐도 맑음을 스스로 비웃고

한 치의 창자 속에는 빙벽氷蘗1이 맹렬히 싸운다.

공명은 반드시 삼걸三傑2을 구함이 아니오

예악은 마침내 양생兩生을 기다려야 하리라.3

닥나무에 새기어 이루어짐은 실용이 아니오4

피리불어 혼잡한 곳 모두 허명이리라.5

이미 여러 해 전부터 풍류의 꿈을 끊었거니

1 빙벽氷蘗 : '맑은 얼음을 마시고 쓰디쓴 황벽나무를 먹는다氷淸蘗苦.'는 말에서 유래한
   말로, 청고淸苦한 생활, 즉 매우 청렴한 관직 생활을 가리킨다.

2 삼걸三傑 : 뛰어난 세 사람을 가리키는데, 일반적으로 중국 한漢나라 고조高祖 유방劉邦
   의 신하인 소하蕭何·장량張良·한신韓信을 의미한다. 한고조漢高祖가 "관중땅에서 군사
   와 군량을 징발하여 전장戰場으로 보내어 부족함이 없게 하는 것이 소하요, 장막 가운
   데서 계책을 내어 천리 밖의 승리를 결정하는 것은 장량이요, 싸우기만 하면 이기고 공
   격하기만 하면 반드시 빼앗는 것은 한신이다."라고 한데에서 유래한 말이다.

3 양생兩生은 한고조漢高祖 숙손통에게 예禮를 제정하게 하였더니, 숙손통이 천하의 선비
   를 불러 모았으나, 노魯나라의 두 선비兩生가 부름에 응하지 않고 이르기를 "예악은 덕
   을 쌓은 지 백년이 되어야 일으킬 수 있는데 지금은 전쟁이 겨우 끝나서 죽은 사람의
   장사도 못 다하고 상이傷痍한 사람도 일어나지 못했는데 무슨 예악인가?"하였다고 한
   다.

4 『한비자韓非子』에, "송宋나라에 교묘한 솜씨를 가진 사람이 상아로 닥나무 잎을 만들어
   3년 만에 완성했는데, 그 모양이나 빛깔이 닥나무와 구별할 수 없었지만 실용이 없는
   것이었다."에서 나온 말이다.

5 제齊나라 임금이 피리소리를 좋아하여 매일 피리를 불고 녹을 먹는 사람이 300명이나
   되었다. 어느 한 사람이 전혀 피리를 불지 못했는데 피리를 부는 척 하며, 이 속에 끼여
   녹을 먹다가 하루는 한사람씩 불게하니 도망쳤다."는 고사이다.

또 다시 매화부를 지은 송광평⁶에 부끄럽구나.

풍운의 감회는 성신聖神에 모으고
낚시터를 만들고부터 낚시를 드리운다.
천지간에 뒤얽힌 일들이 혼연히 한가하게 되어
덕화의 정치를 펴는데 어찌 속인과 다르랴?
천리마는 여러 해 동안 마구간에 있는 것을 즐겨 여겼고
큰 배는 만곡萬斛을 실었으나 끝내 나루를 찾지 못했다.
묻는 이 없이 오래도록 백석白石7을 노래하며
호산湖山에 외로이 서서 두건을 벗는다.

원문　　次韻答鄭(淳夫)

自笑儒酸抵骨清　寸腸氷蘖鬪崢嶸　功名不必要三傑　禮樂終須待兩生
刻楮成時非實用　吹竽混處摠虛名　年來已斷風流夢　還愧梅花宋廣平

感會風雲際聖神　由來釣築起沈綸　繃綸天地渾閑事　陶鑄唐虞豈異人
駸駸多年甘伏櫪　艅艎萬斛竟迷津　長歌白石無人問　獨立湖山自岸巾

6　송광평宋廣平 : 당나라 때의 명상인 송경(宋璟, 663~737) 의 자이다. 그는 시호가 문정
　　文貞으로 '요송姚宋'이라 하여 명상名相의 대명사로 불린다. 측천무후則天武后 시대에 어
　　사중승御史中丞으로서 총신寵臣 장 씨 형제의 주벌誅伐을 주청奏請하여 강직한 인품이 널
　　리 알려졌다. 요숭姚崇과 함께 관기의 숙정에 힘썼고, 또 근검절약을 솔선하여 국력 배
　　양을 도모하고 개원開元의 치세治世를 현출하게 하는 기초를 다졌다.

7　백석白石 : 『시경詩經』「당풍唐風」〈양지수揚之水〉편에 나오는 말로 "깨끗한 바위"를 말한
　　다.

안재安齋 성임[1]이 지은 시에 차운하다

시절에 느껴 옛일을 회상하니 슬픔이 북받치고

고향 땅 봄날을 꿈속에서도 그리워한다.

공명에 입맛 다심은 그림 속의 떡과 같으리니

이해득실을 잃어버리려 바둑판에 몰입한다.

강물은 비단을 펼쳐 놓은 듯 푸른 쪽빛으로 남실거리고

산은 눈썹을 그린 듯 검푸르게 둘러 있다.

물가의 난초를 캐어다 묶어서 허리에 차려 하나

누가 알리오. 벼슬살이가 온통 구름 속의 위험인 것을

한 번은 기뻐 웃고 한 번은 슬퍼 우니

명월 아래 긴 이별 뒤를 생각한다.

술병 들고 찾아와 이름을 묻는 사람도 없으니

꽃을 찾아 어느 곳에서 함께 바둑을 두랴.

봄날에 내 좋은 대로 절경을 찾아 나서니

하늘이 우리들에게 마치 두터운 은혜를 베푸는 듯

절경을 향해 격렬하게 노래 불러도 거리낄게 없으나

모든 걸 잊으니 신세는 더욱 외롭다오.

---

1 성임(成任, 1421~1484) : 조선 전기의 문신. 본관은 창녕昌寧이고, 자는 중경重卿이며,
호 는 일재逸齋, 안재安齋이다. 1447년(세종 29년) 식년문과式年文科에 급제하여 이조정
랑, 예문관, 군기감판사, 중추원첨지사, 도승지, 공조판서, 좌참찬, 중추부지사 등을
지냈으며 『태평통재』를 엮고, 『경국대전』, 『여지승람』 편찬에 참여했다.

한식날 부질없이 저절로 슬퍼져서

만 리나 멀리 떨어진 고향을 생각한다.

반평생의 영욕을 자주 거울 속에서 보는데

한 세상의 승부는 바로 바둑과 같구나.

문사구전閒舍求田2에는 진정 책략이 있지만

시부를 논하는 데에는 끝내 베풀 것이 없구나.

그대는 일신一身이 편안한 곳을 찾지 마오

반걸음 밖에도 파란이 일어 곧 바로 위태로우니까.

원문 次成安齋重卿(任)韻

| 感時懷舊不勝悲 | 故國青春入夢思 | 染指功名同畵餠 | 忘懷得失付殘棋 |
| 江如羅帶青藍澈 | 山作脩眉翠黛施 | 欲採渚蘭紉作佩 | 誰知曾冠切雲危 |

| 一番歡笑一番悲 | 明月長懸別後思 | 載酒無人來問字 | 尋芳何處共圍棋 |
| 春從絶域應偏好 | 天向吾曹似厚施 | 對景不妨歌激烈 | 都忘身世轉孤危 |

| 熟食之辰浪自悲 | 松楸萬里入遙思 | 半生榮悴頻看鏡 | 一世輸贏正類棋 |
| 問舍求田眞有策 | 論詩說賦竟無施 | 憑君莫覓安身地 | 跬步波瀾卽是危 |

2 중국 삼국三國시대 위魏나라 허사許汜가 일찍이 유비劉備와 함께 이야기를 나누는데, 한
  번은 자기가 진등陳登을 찾아갔더니, 진등이 손님 대접을 제대로 하지 않아서 주인인
  자신은 높은 와상에 눕고, 손님인 자기는 아래 와상에 눕게 하였다고 말하자, 유비가
  말하기를, "그대는 전답이나 집을 구하려고 다니는 사람이라 그대의 말이 채택할 만한
  것이 없었기 때문이다.君求田問舍 言無可采"라고 했던 데서 온 말로, 본뜻은 자기 일신상
  의 계책만 생각할 뿐, 국가의 대사에는 관심이 없음을 말한 것으로, 전轉하여 '은거하
  려는 계책'을 의미한다.

한식날 비가 내리다. 순부가 지은 시에 차운하다

안개같은 누런 먼지에 대낮인데도 어둑어둑하고
무엇 때문인지 봄날의 수심은 나날이 짙어만 간다.
풀빛은 한식날 비에 점점 짙어만 가고
꿈은 변방에서 날아오는 기러기에 놀라 깬다오.
수 년 만에 하는 성묘에 어찌 늦으랴
천리 길 고향생각은 끝이 없어라.
궁궐의 연화烟花는 응당 빛나리니
어느 때 다시 경양궁景陽宮의 종소리를 들으려나.1

원문   寒食雨. 次(淳夫)韻

黃埃如霧晝冥濛   有底春愁日日濃   草色漸酣寒食雨   夢魂驚破塞垣鴻
數年丘壟省何晚   千里家山思不窮   紫禁烟花應爛熳   幾時重聽景陽鐘

1 경양궁景陽宮은 중국 남북조시대 남조南朝의 궁궐이며, 이곳에 제齊나라 무제武帝가 누각
에 종을 매달아 놓고 치게 하여 시간을 알렸다. 궁인들이 종소리를 듣고 일어나 치장을
하였다고 한다.

성·정 두 사람의 시에 차운하다

청명시절인데도 오히려 괴이하게 눈꽃이 날리고
질퍽한 물기는 길바닥의 먼지를 적신다.
불쏘시개를 가졌어도 화객火客1을 만나지 못하고
퉁소를 불어도 엿장수가 보이질 않는다.
세월은 느긋한데 마음만 조급하고
세상 물정은 처량하고 인색한 봄날에 괴롭구나.
타향 땅에서 꽃 소식 늦다고 탄식하지 않고
옷 잡히고 술을 사서 동쪽의 이웃을 찾는다.

들꽃은 더디 벙글고 눈발만 보이더니
수많은 눈꽃이 회오리바람에 공중에서 흩날린다.
한파에 정원의 원추리는 겨우 잎만 나오고
따스함이 아득하니 섬돌아래 약초는 움도 트지 않았다.
바람에 소나무 널빤지가 삐걱거리고
반짝이는 태양아래 거위는 날개 짓 하듯 춤을 춘다.
상상컨대, 서울의 봄도 바닷가 용만과 같으리니
부호가의 집 여기저기에서 유하주流霞酒에 취하겠지.

---

1 화객火客 : 절에서 밥 짓고 물 긷는 일을 맡아서 하는 사람을 말한다.

次成鄭兩君韻

清明還怪雪花新　餘潤猶堪浥路塵　束縕未逢分火客　吹簫不見賣餳人
年華荏苒應催令　物意凄凉苦鬪春　異域莫嗟花事晚　典衣賒酒向東隣

野花開晩見天花　萬片飄空整復斜　寒勒庭萱纔吐葉　暖遲階藥未抽芽[2]
隨風撲賴鳴松樞　映日毿毵舞鵠鵝　想得長安春似海　朱門處處醉流霞

희롱삼아 순부에게 주다

동풍에 푸른 나방이 모여드는 것이 익숙지 않은데
아리따움이 곧바로 아름다움을 질투하려하네.
푸른 구름은 비스듬히 거위 모양의 머리털을 가리고
붉은 비단은 학의 부리같은 미투리를 둘러 샀네.
자태는 옥같은 얼굴을 논하지 말라
온 정신이 눈앞에서 어른거린다.
봄 찾아 번천樊川에 오는 길 늦지는 마소
일찌감치 금박의 병풍으로 완전히 가릴 테니까.

원문　　戲贈(淳夫)

不慣東風斂翠蛾　　嬌姚直欲妬瓊葦　　綠雲斜掩鵝頭鬢　　紅錦微纏鶴嘴靴
姿態未論顏似玉　　精神都在眼回波　　尋春莫作樊川晚　　早把金屛密護遮

경변체찰사警邊體察使인 이 이상二相[1]에게 올리다.

누대에 걸친 충직한 사직의 신하

연이어 궁궐에서 요직에 올랐네.

사조四朝에 걸쳐 세운 업적 역사에 기록되어 있고

여러 번 떨친 이름 먼 곳까지 소문났네.

변방의 난리를 진정시키고 돌아가니

관서의 백성들이 도백陶白[2]처럼 추앙하네.

궁궐로 돌아와도 응당 앞자리에 앉고

쇠솥에 간을 맞추니 총애가 자주 새로워지네.[3]

장상將相의 공명도 일신一身에 있으니

당당한 풍모와 절개는 관리 중에 으뜸이네.

여러 군진을 지휘하여 금성탕지로 견고하게 하였고

삼군三軍을 훈련시켜 호표虎豹로 길들였네.

만 리 강산이 술잔 속에 있으니

1   이상二相 : 좌찬성을 가리킨다.
2   도백陶白 : 도주공陶朱公과 백규白圭의 병칭이다. 도주공陶朱公은 범여范蠡로 중국 춘추시
    대 월나라의 재상으로, 자는 소백少伯이다. 회계會稽에서 패한 구천句踐을 도와 오왕吳王
    부차夫差를 멸망시키고 후에 산동山東의 도陶에 가서 도주공陶朱公이라고 자칭하고 큰 부
    富를 쌓았다. 백규白圭는 때의 변화를 즐겨 관찰하여 많은 돈을 번 인물이다.
3   은殷나라 고종高宗이 부열傅說을 정승으로 삼으면서, "만일 국맛을 맞춘다면 너는 소금
    이요 매실이니라.若作和羹, 爾惟鹽梅."라고 하여, '정승의 일'을 뜻한다.

한 시절 도리화桃李花도 군막 속의 손님이네.

커다란 시구도 마음속에서 주재할 수 없으니

궁지에 처한 학철부어涸轍鮒魚4를 기억하리라.

원문 　　　上警邊體察使 李二相

奕世忠淸社稷臣　聯翩廊廟躋要津　四朝勳業垂編簡　數紀威名動遠人
塞上風塵歸鎭靜　關西民物仰陶白　歸來宣室應前席　金鼎調梅寵數新

將相功名屬一身　堂堂風節聳簪紳　指揮列成金湯固　訓練三軍虎豹馴
萬里江山杯底物　一時桃李幕中賓　鴻句自是無心宰　須記窮途涸轍鱗

4　학철부어涸轍鮒魚 : '수레바퀴 자국의 고인 물에 있는 붕어'라는 뜻으로, 몹시 곤궁하거
　나 위급한 처지에 있는 사람을 비유해 이르는 말이다.

관찰사 송가중[1]이 영변객관 시에 차운하다

사방의 청산은 곧추서거나 경사졌는데
한 해의 봄 일은 꾀꼬리 울고 꽃피는 일에 달려있네.
군문에 병장기를 내건 곳은 거칠고 강한 군대요
화려한 창문에 악기 소리나는 곳은 기생집이라네.
오직 술을 대할 때에만 부지런히 촛불 밝히고
시를 지을 때에는 농사籠紗가 필요 없다네.
팥배나무 그늘에 숨어 있는 서작雀鼠은 응당 여가가 없으리니
잠시 봄바람 속에 경치를 감상한다네.

원문   次宋觀察使(可中)寧邊客館韻

四面靑山直復斜　一年春事屬鸎花　轅門弓劒蔦强伍　綉戶絲簧蘇少家
對酒惟須勤秉燭　題詩不必要籠紗　棠陰雀鼠應無暇　暫倚東風賞物華

---

1 송질(宋軼, 1454~1520) : 조선 전기 문신. 본관은 여산礪山이고, 자는 가중可仲이며, 시
   호는 숙정肅靖이다. 형조참판·경기도 관찰사를 거쳐 우찬성·이조판서 등을 지내고,
   중종반정 때 정국공신 3등에 책록되고 여원부원군에 봉해졌다.

호남으로 떠나며 함께 온 여러 사람에게 보여주다

먼 유람을 하필이면 서남행西南行을 택했는가?
꼭 원숭이들의 조삼모사朝三暮四 같구나.
마자수馬訾水1의 풍진風塵은 점점 멀리 보이고
섬진蟾津2의 연월烟月은 서로 함께 하기를 꿈꾸었지.
관산은 아득한데 사람만 부질없이 늙어가니
세상일 덧없음을 나 스스로 감내하기 어렵다.
구공歐公3이 행역行役에 뜻을 둔 것을 본받고자
약간의 술기운을 빌어 애써 한 곡조 부른다.

원문   將向湖南, 示同來諸子

遠遊何必擇西南　　正似群狙賦四三　　馬訾風塵看漸遠　　蟾津烟月夢相參
關山杳杳人空老　　世事悠悠我不堪　　欲擬歐公志于役　　勞歌一曲倚微酣

1　마자수馬訾水 : 압록강의 다른 이름이다.
2　섬진蟾津 : 전라남도의 북에서 남으로 흐르는 섬진강으로 순천만으로 흘러들어가므로 매개의 이배지인 승평(순천)을 가리킨다.
3　구양수(歐陽脩, 1007~1072) : 중국 송나라의 정치가, 문인. 자는 영숙永叔이고, 호는 취옹醉翁, 육일거사六一居士이며, 시호는 문충文忠이다. 당나라 때의 화려한 시풍을 반대하여 새로운 시풍을 열고, 시, 문 양 방면에 걸쳐 송대 문학의 기초를 확립하였으며, 당송 팔대가 가운데 한 사람으로 꼽는다. 저서에 『신오대사』, 『신당서』, 『모시본의毛詩本義』 등이 있다.

정순부의 시에 차운하다

화창한 세월은 이미 소만小滿[1]에 가까우니
어찌 꽃 지고 두견새 우는소리를 견딜 수 있으랴.
높고 낮은 보리 이랑은 바람에 물결치는데
조용히 모재茅齋에서 지내온 날이 한 해가 되네.
오디가 익어 가는 숲에 비둘기가 구구거리며 비를 부르고
구름과 학은 한가로이 하늘을 맴도네.
현실의 고통을 읊조리니, 고향생각은 더욱 간절한데
어느 날이나 짐 꾸려 자네와 함께 돌아갈 수 있으려나?

원문   次鄭(淳夫)韻

已是淸和小滿前　可堪花落更啼鵑　高低麥壟風搖浪　寂歷茅齋日抵年
椹熟林鳩頻喚雨　雲閑野鶴正盤天　越吟方苦鄕心切[2]　何日騰裝與子旋

---

1 소만小滿 : 24절기의 하나. 입하와 망종 사이에 들며, 음력 4월, 양력 5월 21일 께가 된다.
2 무진본에는 '心'자가 '思'자로 표기되어 있다.

송가중의 작별시에 차운하다

만사萬事는 아이 생각처럼 불만이고

일신一身은 남북으로 부평초처럼 떠도네.

편운고학片雲孤鶴은 원래 한 곳에 머물지 않는 것

청산녹수만 저절로 가로 놓여 있네.

다만 일편단심으로 밝은 태양을 밝히고

황이黃耳시켜 여러 형들의 안부를 묻고자하네.[1]

내일 헤어진 후에는 개하開河만큼이나 멀어지려니

남으로 기러기 내려올 때 한마디 소식 전해 주오.

원문   次宋(可中)留別韻

萬事嬰懷不滿評   一身南北類浮萍   片雲孤鶴元無住   綠水青山自在橫
只把丹心明皎日   欲憑黃耳問諸兄   明朝別後開河隔   南鴈來時一寄聲

---

1 중국 위진魏晉시대, 육기陸機가 일찍이 고향을 떠나 홀로 낙양洛陽에서 벼슬하고 있을
  때, 황이黃耳라는 개를 길렀는데, 개는 총명하여 사람의 말을 잘 알아들었다. 육기가 편
  지를 써서 죽통竹筒에 담아 황이의 목에 걸어 주며 자기 집에 전하라고 일렀더니, 황이
  가 과연 오랜 시일에 걸쳐 머나먼 길을 가서 그 편지를 고향 집에 전하고 다시 고향 집
  의 답서까지 가져왔다고 한다.

길가는 도중에 용만의 최 목사에게 주다

온화하고 인자한 명성이 사방 천지에 진동하나
정분은 이 같지 못해 흰머리만 새롭다오.
몇 날밤을 규정葵亭1에서 담소하며 지냈던가?
봄날 압록강 변을 술잔을 나누며 찾아 다녔지.
남포에선 물고기도 보며 비단잉어도 잡았고
동산에선 놀란 노루 쫓느라 종횡무진 했었지.
변성邊城의 즐거웠던 일은 추억으로 감내할 수 있지만
사흘 밤 아쉬웠던 정에 곱절이나 슬퍼지누나.

원문　**途中寄龍灣崔牧伯**

愷悌仁聲動四隣　情親不是白頭新　笑談幾共葵亭夜　盃酒相尋鴨水春
南浦觀魚叉錦鯉　東山縱獵射驚麕　邊城樂事堪追憶　三宿依依倍愴神

---

1 규정葵亭 : 매계梅溪가 무오사화에 연루되어 용만龍灣으로 귀양갔을 때 지은 작은 정자이
다.

판관 진암수에게 주다

젊은 시절 재명才名은 천하에 으뜸이었고
세 번이나 특별히 승급하였건만 알아주는 이 없었네.
짧은 시간 문득 풍채가 경원해짐을 깨달았고
여러 번 만나니 의기가 깊음을 알았네.
함께 정사를 논하는 소리는 물처럼 맑고
약속하는 것이 금보다 소중하였네.
반년을 길가다 서서 교유交遊를 논한 곳
어찌 어지러운 운우雲雨의 마음을 헤아리랴.

寄陳判官(岩壽)

少日才名冠羽林　三爲別乘小知音　立談便覺風神遠　數面仍知意氣深
共說政聲淸似水　又聞然諾重於金　半年傾蓋論交地　肯數紛紛雲雨心

오귀성에게 주다

당당한 구척장신은 구부정하게 보이고
원숭이 팔은 오히려 육균六勻의 활을 당길 수 있네.[1]
소매 속의 병사兵事와 웅략은 원대하고
허리춤의 깃 화살과 장한 계획이 새롭네.
구름 잦은 길에 넘어져 늙음을 한탄 말고
변경을 자주 옮겨 빈한貧寒을 탄식 마오.
한 통술로 바둑 두며 환소歡笑하던 곳
저녁 구름만 아득히 압록강 가에 떠있네.

원문   寄吳龜城

堂堂九尺瞻輪困   猿臂還能引六勻   袖裏兵機雄略遠   腰間羽箭壯圖新
雲途一蹶休嗟老   王塞頻遷莫歎貧   樽酒棋枰歡笑處   暮雲迢遞鴨江濱

---

1 『좌전左傳』정공定公 8년에, "안고顏高가 육균六鈞의 활을 가지고 있었으므로 줄지어 앉은
   군사들이 돌려 가며 구경하였다."라고 한다. 1균은 30근으로 활을 당길 때 1백 80근의
   힘이 들어가는 '강한 활'이라는 뜻이다.

순부의 시에 차운하다

남으로 돌아와 또다시 급류타고 내려가니
한공韓公이 영외嶺外로 쫓겨난 것과는 다르다네.[1]
장우연운瘴雨蜑雲[2]에 병골이 됨을 근심하고
금제옥회金虀玉膾[3]에 군침을 흘린다.
일장춘몽같은 영욕도 오래 전에 쓸어버리고
노련한 사람처럼 행장을 꾸미는 것을 자신하네.
길 떠나는 기러기같이 강호에 정처없이 떠도는데
본성에 따라 벼와 기장도 가을 돌아오니 익어가네.

원문　　次(淳夫)韻

南歸又逐下瀧舡　　不似韓公嶺外遷　　瘴雨蜑雲愁病骨　　金虀玉膾落饞涎
久捐寵辱同春夢　　自信行藏付老天　　飄泊江湖同旅鴈　　稻粱隨分趁秋前

1　당나라 때 시인이자 정치가인 한유(韓愈, 768~824)가 감찰어사監察御使가 되었을 때, 수
　　도首都의 장관을 탄핵하였다가 도리어 광동성 양산현陽山縣 현령으로 좌천되었다가 다시
　　중앙으로 복귀하여 형부시랑刑部侍郞이 되었으나, 819년 헌종황제憲宗皇帝가 불골佛骨을
　　모신 것을 간하다가 조주潮州 자사刺史로 좌천된 것을 말한다.
2　장우연운瘴雨蜑雲 : 남방의 창기瘴氣를 띤 비와 구름을 말한다.
3　금제옥회金虀玉鱠 : 누렇게 잘 익은 조밥과 농어회로 맛있는 음식을 의미한다. 송宋나라
　　소식蘇軾의 시에, "남해의 맛있는 음식을 가지고, 함부로 동파의 옥수수밥을 비교하지
　　말라.莫將南海金虀膾 輕比東坡玉糝羹"라는 시가 있다.

순부의 시운을 써서 이낭옹(원)¹에게 주다

신세는 표락하여 배에 오르지도 못하고
남몰래 풍랑따라 몇 번이나 옮겨졌나?
선산仙山²은 가물가물 고래의 등처럼 보이고
장해瘴海³는 아득히 교룡이 침을 게워 내는 듯
만 리 멀리서 머리 돌려 밝은 해를 바라보니
일생에 이르는 곳마다 임금의 하늘뿐
겨우 입에 풀칠하면서도 부질없이 늙어감을 한탄하며
노쇠한 말이라 앞서지 못함을 괴이하게 여기지 말게나.

원문   **用(淳夫)韻, 贈李浪翁(黿)**

身世飄飄不繫舤   暗隨風浪幾回遷   仙山隱隱鯨鰲背   瘴海茫茫鮫鱷涎
萬里回頭看白日   一生隨處荷皇天   四方糊口嗟空老   莫怪龍鍾馬不前

1　이원(李黿, ?~1504) : 조선 초기의 문신. 본관은 경주慶州이고, 자는 낭옹浪翁, 호는 재
　　사당再思堂이다. 김종직金宗直의 문인으로 1489년 식년문과에 병과로 급제, 검열·호조좌
　　랑을 거쳐 봉상시에 재직하면서 김종직에게 문충文忠의 시호를 줄 것을 제안하였다. 무
　　오사화 때 곽산에 장류杖流되었다가 4년 만에 다시 나주로 이배 되었으며, 갑자사화로
　　참형당하였다. 문장에 능하고 특히 행의行義로 추앙받았다. 중종반정으로 신원되어 도
　　승지에 추증되었으며, 저서로 『금강록金剛錄』·『재사당집』 등이 있다.
2　선산仙山 : 전남, 전북, 경남에 걸쳐 있는 지리산을 가리킨다.
3　장해瘴海 : 덥고 눅눅한 기운이 감도는 바다로 남해 순천만을 가리킨다.

광명사[1] 요주승寮主僧[2]에게 주다

절간은 높다랗게 옛 성의 뒤켠에 있고
지난 일은 황량하여 아득히 찾을 길 없구나.
용정龍井은 비에 이끼가 싸늘하고
기장밭은 안개에 잡초가 흐리게 보인다.
하늘을 가린 운영雲影은 선탑에 머물고
샘물소리는 나그네 마음을 씻어낸다.
고승과의 담소도 끝나지 않았는데
저녁노을에 푸른 산빛이 옷을 물들인다.

원문　　**廣明寺贈寮主僧**

梵宮高住古城陰　　往事荒凉杳莫尋　　龍井雨寒苔蘚合　　稌田烟暝草菜深
半邊雲影留禪榻　　一派泉聲洗客心　　逢着高僧談未了　　夕陽山翠落衣襟

1　광명사廣明寺 : 지금의 전남 승주군 낙안읍의 낙안읍성 뒤에 있었던 절이다.
2　요주승寮主僧 : 절에서, 청소, 빨래, 머리 깎기 따위에 관한 일의 책임을 맡은 요원승寮元僧을 보좌하는 스님이다.

진주 촉석루¹에서 희롱삼아 허헌지²의 시에 차운하다

꿈속에 난학鸞鶴타고 속세를 지나

날아서 청천菁川³의 십이루에 이르렀다.

꽃은 난간을 뒤덮어 빨간 그림자가 투영되고

흔들리는 댓 그림자는 물결 따라 흐른다.

비단 주렴은 바람에 딸랑거리는 소리가 멀리 퍼지고

구불구불 타오르는 향내음이 안개처럼 떠다닌다.

옛 기억 더듬어 화려한 봄날에 잠잘 곳을 찾으니

마치 두목杜牧⁴이 다시 양주楊州에 돌아온 듯

원문 晉州矗石樓, 戲次許(獻之)韻

夢駿鸞鶴過塵區　飛到菁川十二樓　花壓雕欄紅影透　竹搖晴浪翠紋流
細簾風動珮聲遠　寶篆烟消香霧浮　追憶使華春睡處　還如杜牧在楊州

---

1 촉석루矗石樓 : 경상남도 진주시 본성동에 있는 누각. 남강南江에 면한 벼랑 위에 세워진
   단층 팔작八作의 웅장한 건물로, 진주성의 주장대主將臺이다.
2 허침(許琛, 1444~1505) : 조선 전기의 문신. 자는 헌지獻之이고 호는 이헌頤軒이다. 직
   제학, 대사헌, 이조 판서를 거쳐 우의정, 좌의정을 지냈다. 성종 때에 윤비의 폐위를
   반대하였던 이유로 갑자사화 때에 죽음을 면하였다.
3 청천菁川 : 고려 혜공왕惠恭王때 부르던 진주의 옛 명칭이다.
4 두목杜牧 : 만당晩唐 때의 시인, 자字는 목지牧之, 호는 번천樊川, 두보에 대하여 소두小杜
   라고 일컫는다.

촉석강[1]

누각아래 긴 강은 백 길 물속까지 맑고

채색 배는 비스듬히 거울 속을 지난다.

태양은 발을 친 수많은 집들의 그림자를 흔들고

바람은 피리소리를 십 리 밖으로 보낸다.

저녁놀은 아른아른 절벽에서 빛나고

물빛은 일렁거려 드높은 성을 움직인다.

지척 세속의 길에 머리 돌리니

부러워라! 갈매기 한 마리가 사뿐히 떠오르는 것이

원문　**矗石江**

樓下長江百丈淸　絲舟斜曳鏡中行　日搖簾幕千家影　風送簫笳十里聲
爐氣霏微生峭壁　波光瀲灩動高城　回頭咫尺紅塵道　羨殺沙鷗一點輕

1　촉석강 : 진주 남강의 다른 이름이다.

칠언고시
七言古詩

을밀대¹ 봄놀이

금수산²에 높이 솟은 을밀대
깎아지른 절벽 위 강가에 있다.
하룻밤 동풍에 꽃은 비단을 펼쳐 놓은 듯
안개와 풀빛도 온통 봄빛이구나.
세월은 빠르기가 나는 새와 같아도
온 천지의 밝은 봄 참으로 좋구나.
내일 술병 들고 다시 찾아오련만
밤사이에 꽃이 지고 봄이 갈까 조바심 든다.

원문   密臺賞春

荒臺峨峨錦繡山　斷崖斗絶臨江灣　一夜東風花似錦　烟光草色春斑斑
流光鼎鼎如飛鳥　滿眼韶華十分好　明朝携酒擬重尋　却恐花殘春已老

1 을밀대乙密臺 : 평양시 기림리(북한의 행정구역상 평양특별시 중구역 경상동)에 있는 고
   구려시대의 누정. 정면 3칸, 측면 2칸의 겹처마 합각지붕 건물로, 누정이 을밀봉에 있
   어 을밀대라고 한다. 사방이 탁 틔어 있다고 하여 '사허정四虛亭'이라고도 한다.
2 금수산錦繡山 : 평양의 대동강과 보통강이 만나는 지점에 있는 산으로 마루에 을밀대가
   있다.

부벽루[1]의 달맞이

허공에 붉은 무지개처럼 높이 솟은 부벽루
굽어보니 넓은 들과 뭇 산들이 나직이 깔려있다.
난간에 기대자마자 바로 달이 솟아오르고
빛에 반사된 강물은 만 이랑의 푸른 구슬인 듯
하늘엔 밝은 달, 누대 아래엔 넘실넘실 푸른 물결
갈대꽃 하얗게 핀 사이로 금물결이 반짝인다.
밤이 깊어 밤이슬 차게 내려도
다시 비선飛仙[2]을 불러 날라리를 불게 한다.

| 원문 | 浮碧玩月 |

半空高棟翔紅霓　俯瞰大野群山低　憑欄正値桂輪上　倒浸萬頃青玻瓈
空明上下漾寒碧　金影閃閃蘆花白　夜深不禁風露寒　更喚飛仙吹鐵笛

1　부벽루浮碧樓 : 평양특별시 중구역 금수산 동쪽 청류벽清流壁에 있는 누각으로, 원래 이
　름은 영명루永明樓이며, 392년에 세운 영명사의 부속건물이었다.
2　비선飛仙 : 날아다니는 신선神仙을 가리킨다.

영명사[1] 중을 찾아

강 구름은 칠흑같이 어두운데
온 천지에 눈이 내려 무릎까지 묻힌다.
새벽에 말 타고 장경문[2]을 나서니
자갈길이 미끄러워 나귀는 자주 넘어질 듯
영명사 중은 아직도 대문을 열어놓지 않았는데
담장 너머로 다연茶煙만 모락모락 피어오른다.
스님 불러 담소하며 함께 우엉을 구우며
한참을 앉아 있으니, 바람결에 풍경소리가 들린다.

원문 **永明尋僧**

江雲黯黯如抹漆　雪花滿地深沒膝　騎驢曉出長慶門　石磴路滑驢頻叱
古寺居僧尙掩扃　隔墻苒苒茶烟青　呼僧談笑共煨竿　坐久風來聞塔鈴

1 영명사永明寺 : 평안남도 평양시 금수산錦繡山에 있는 절. 부벽루浮碧樓의 서편 기린굴麒麟窟의 위쪽에 위치하고 있다. 광개토왕이 392년(광개토왕 2년)에 동명성왕의 구제궁九梯宮 유지遺址에 창건하고 아도화상阿道和尙을 머물게 하였다고 한다.

2 장경문長慶門 : 평양성 동쪽에 있는 문이다.

보통문[1]에서 손님을 전송하며

드높은 홍루紅樓가 푸른 버들 길을 압도하는데
버들가지는 무수히 많은 솜털을 흩날린다.
아침에 비가 내려 길 먼지는 날지 않는데
봄이 간다고 제비며 꾀꼬리가 지저귄다.
하늘가 어느 곳이 바로 서울인가?
네 마리의 곁말들도 어서 가자 재촉한다.
이 술통 다하면 각자 헤어져야 하리니
양관삼첩陽關三疊[2]이 단장의 노래로 들린다.

원문　　**普通送客**

紅樓高壓綠楊路　遊絲落絮飛無數　朝來一雨濕輕塵　燕舞鸎啼春正暮
日邊何處是神京　騑騑四牡催嚴程　一樽酒盡各分袂　陽關三疊斷腸聲

1　보통문普通門 : 평양성 중성의 서문으로 고구려 때에 건립되고, 조선 시대에 재건되었으
　며, 평양에서 북으로 통하는 중요한 관문이다.
2　양관삼첩陽關三疊 : 중국 당나라 때 시인인 왕유王維가 안서安西지방으로 사신이 되어 떠
　나는 원이元二를 전송할 때 지은 시로 후대에 이별의 시를 뜻한다. 내용을 보면, "위성
　의 아침 비에 가벼운 먼지 떨구는데, 객사의 푸른 버들 빛이 새롭구나. 그대에게 다시
　한 잔 술을 권하노니, 서쪽으로 양관을 나서면 친구도 없을텐데渭城朝雨浥輕塵, 客舍青青柳
　色新, 勸君更盡一杯酒, 西出陽關無故人"라고 읊었다.

매계집 ❀　**404**

거문원車門院[1]에서 배를 띄우며

성의 남쪽 가까이 해묵은 나루

강물은 맑디맑아 기름처럼 잔잔하다.

장마도 끝난 하늘은 높아 먹구름도 흩어지고

바람 안개 담담하여 바로 가을을 알린다.

작은 배 띄워 여울로 들어서니

두 귀에는 강물소리 가득하다.

권커니, 자커니 하며 뱃노래 부르니

백구는 푸른 하늘 저 멀리 날아간다.

원문   車門泛舟

城南咫尺古渡頭   江水澄澄如潑油   潦盡天高積陰散   風烟澹澹橫素秋
試泛扁舟竝灘瀨   滿耳江聲聽澎湃   酒酣相答款乃歌   白鷗飛沒蒼茫外

---

1 거문원車門院 :『신증동국여지승람新增東國輿地勝覽』에 의하면, 평양성 다경루多景樓 서쪽
2리에 있는 성문城門이다.

연당에서 빗소리 들으며

석축을 쌓아 만든 못 깊고도 맑은데
화려한 만 떨기 연꽃이 서로 비춘다.
새벽녘 단장한 꽃들은 아름다움을 자랑하여
푸른 일산과 분홍 구름이 푸른 거울을 뒤흔든다.
화려한 난간은 열두 기둥 위에 자리 잡고
비단 발은 말아 올려 산호 갈고리로 고정했네.
후드득 내리는 빗소리가 취몽醉夢을 흔드는데
얼른 놀라 깨어나니 오뉴월도 가을처럼 서늘하구나.

원문   蓮塘聽雨

石甃方池深更淨　萬朶亭亭爛相映　靚粧曉日鬪嬌嬈　翠蓋紅雲搖綠鏡
寶欄十二樓上頭　細簾卷上珊瑚鉤　嘈嘈雨點聒醉夢　忽驚六月凉如秋

용악산[1]의 저녁 푸른빛

연이은 봉우리는 구불구불 용이 서려 있는 듯
아름답고 깊은 골짜기는 몇 번이나 겹쳐있나?
드높이 푸르게 물든 산들은 더욱 기이하여
그림 속의 금빛 부용을 묘사한 듯
한쪽에선 우기를 띤 먹장구름이 몰려오고
구름 걷힌 곳에는 짙푸른 서너 개의 봉우리
해 저녁에 턱 괴고 있으니 상쾌한 기운이 넘쳐
이미 산기운에 젖어 있음을 깨달았다.

원문　龍山晩翠

連巒邐迤如盤龍　絶壑窈窕深幾重　嵯嵯黛色更奇絶　畵中描出金芙蓉
半邊帶雨歸雲黑　雲盡蒼蒼數峰立　晩來柱頤爽氣多　已覺霏霏嵐翠濕

1　용악산龍岳山 : 평양특별시 만경대구역에 있는 산으로 높이 292m이다. 동쪽은 절벽을
　　이루고 있으며, 계곡을 타고 오르면 급경사이지만 능선을 타고 오르면 비교적 완만하
　　여 산정상에 오르면 평양특별시를 한눈에 감상할 수 있다.

마탄의 봄 물결

패강浿江[1]은 밤낮으로 도도히 흐르는데
봄이 오니, 푸른 포돗물로 물들인 듯
눈이 녹아 강물은 몇 길이나 불었는지?
세찬 여울에 거센 파도가 무너진다.
뱃사공은 노를 저을 수 없다고 아우성이고
일엽편주 작은 배는 갈 바를 모르는 구나.
흘깃하는 순간 떠내려가 주암[2]을 지나자
복사꽃 물결 출렁이는 순탄한 뱃길이구나.

원문 **馬灘春漲**

浿江日夜流滔滔	春來染出碧葡萄	雪消流漸幾篙漲	奔灘怒薄崩洪濤
篙師絶叫不得㮂	一葉輕舠迷所向	乘流一瞥過酒巖	桂橈穩泛桃花浪

1　패강浿江 : 대동강의 다른 이름이다.
2　주암酒巖 : 『신증동국여지승람新增東國輿地勝覽』에 의하면, 평양성의 동북쪽 10리에 있다.
　　속전에, "술이 바위틈에서 흘러나왔는데, 흔적이 아직도 있다."고 하며, 이것으로 이름
　　을 얻었다고 한다.

칠언장편 七言長篇

임진

강에 봄이 드니, 강물은 쪽빛처럼 맑고
강나루 모래톱은 모두 썰물에 씻겨 나갔다.
깊은 곳엔 어룡이, 얕은 곳엔 다슬기가 살고
햇빛에 반짝이는 만 이랑의 물결은 청동 그릇에 담긴 듯
물가의 오래된 나무는 짙푸른 안개에 희미한데
산닭이 날아오르자 꽃잎이 사방으로 흩날린다.
닻줄로 강가의 암굴을 천천히 끌어당기며
노를 젓는 사공은 날아오르는 포말에 옷이 젖는다.
평생토록 꿈속에서조차 물가를 사랑하였는데
오늘은 원상沅湘1의 남쪽에 와 있는 듯
막걸리 한잔에 뱃전을 두드리며 길게 읊조리고
눈앞의 맑은 흥취는 오묘한 이치를 초월한다.
먼 나들이에 몇 년의 농사를 망치었지만
강을 건너고 또 다시 말을 몰아 떠난다.

원문 **臨津**

春江漲漲浮晴藍　沙洲盡爲潮所貪　深有魚龍淺螺蚌　光搖萬頃靑銅涵
磯頭老樹隱翠嵐　山鷄飛起花毿毿　削纜徐牽傍嵌巖　擄牙飛沫濺征衫

1 중국 하남성에 있는 원수沅水와 상수湘水를 일컫는 말로, 전국시대의 초楚나라 시인인 굴원屈原이 관직에서 쫓겨난 후 오랫동안 머물렀던 곳이다.

平生夢想愛江潭　今日似在沅湘南　扣船長嘯倚微酣　剗地清興超玄堪
遠遊幾歲負耕蠶　涉江且復驅征驂

고려궁궐 옛터에서

궁예의 잔학한 화염이 하늘 끝가지 타오를 때[1]
진명천자眞命天子[2]는 푸른 나무숲에서 우뚝 서있었다.
하늘의 창을 순식간에 휘둘러서는
계룡산과 압록강을 거두어 삼한三韓을 통일했다.
신통력 있는 스님은 혜안으로 길흉을 헤아려 보고
송도 땅 부소산엔 용이 날고 봉황이 춤을 추었다.
처마와 금벽은 용의 머리를 마주하고
드높은 쌍궐雙闕은 험준한 산기슭에 접해있다.
그 당시 관아官衙와 정전正殿의 몇 길 높이였나?
봄은 깊어만 가고 단청한 작은 쪽문들만 보인다.
위봉루 앞에는 채색 창을 든 병사들이 호위하고
동쪽 연못엔 물이 따뜻해지자 고니가 날아든다.
건부乾符[3]를 손에 잡고 기자箕子의 봉토를 넓혀가니
규모가 어찌 고구려나 백제와 비교되랴?
누대累代로 어진 임금 나오시어 태평성대 이어지고
의관과 문물은 중국에 견줄 정도

---

1   태봉泰封은 신라 효공왕孝恭王 5년(901년)에 궁예弓裔가 송악松嶽, 開城에 세운 나라이므
    로, 여기에슨 궁예를 가리킨다.
2   천명天命을 받아서 나라를 세운 황제皇帝로, 여기에서는 고려를 세운 왕건王建을 의미한
    다.
3   건부乾符 : 제왕의 부서符書이다.

빛나는 문물은 모두 빼어났고

이백 년 동안 좋은 일도 많았다.

궁궐 앞엔 비단이 산처럼 쌓여있고

팔관재4에 생황소리와 노랫가락이 뒤섞여 어지러웠다.

한가로이 노닐다, 권병權柄의 추이를 몰랐으니

태아太阿의 보검5을 거꾸로 쥐고 무엇을 하겠는가?

황급히 대낮에 구중궁궐 열리더니

가련타. 햇불 하나에 싸늘한 재로 변했다.

이로부터 번화한 문물 갑자기 적막하여지고

지금은 황폐한 섬돌만 덩그러니 남아있다.

나는 이곳에 와서 서성이면서 두 눈에 눈물 흘리며

석양에 흰 수염만 쓸쓸히 흩날린다.

아직도 한스럽구나. 당시에 방자한 역신逆臣의 머리를

한 치의 칼로 차마 베지 못한 알량한 마음이

흥망의 잦은 변고에 세월 또한 늙어가나

만고의 세월에 부소산만 푸르기가 그지없구나.

원문   **本闕古基**

---

4 팔관재八關齋 : 고려 시대 개경과 서경에서 매년 토속신에게 제사지내던 의식. 의식이
   매우 성대하여 임금은 비빈妃嬪들과 함께 누樓에 올라 크게 풍악을 울리면서 연회를 베
   풀고, 상인들은 비단으로 장막을 만들었는데, 100여리나 연결하여 부를 과시하였다고
   한다.
5 태아太阿의 보검 : 중국 초나라 보검寶劍의 하나. 구야자歐冶子와 간장干將이 함께 만든
   것으로 용연龍淵, 공포工布와 함께 명검으로 불린다.

操鷄搏鴨收三韓
嵯峨雙闕臨屛顔
東池水暖瑞鵠飛
衣冠文物侔中華
笙歌雜還八關齋
可憐一炬成寒灰
蒼髯落日寒颼颼
萬古扶蘇青未了

天戈指揮俄頃間
舠棱金碧對龍首
威鳳樓前彩仗圍
明良累葉臻泰和
宮前錦繡如山堆
蒼皇白日九關開
我來彷徨雙涕流
興亡百變天亦老

眞人崛起青木中
龍飛鳳舞扶蘇山
彫闌紫闥春深深
規模肯與麗濟同
二百年來樂事多
倒持太阿何能爲
至今廢砌高崔嵬
尚忍寸刃完其頭

泰封虐焰燔蒼穹
神僧有眼覰天慳
當宁正殿高幾尋
手握乾符廓箕封
成光顯文俱濟濟
優游不省權柄移
從此繁華忽蕭散
猶恨當時縱逆虜

태평관에서 밤에 술을 마시며

붉은 기와에 그림장식한 누각은 그윽한데
주렴 밖 깃발은 배꽃바람에 휘날린다.
밤기운은 싸늘한데 촛불은 긴 무지개인 듯
청산에 낮 비 내리는 소리가 북소리처럼 들린다.
포도송이는 푸른 구슬을 모아 놓은 듯
꽃향기 떠다니는 방안에는 봄기운이 녹녹하다.
주인의 곡진한 대접에 객 또한 즐거워
새벽달이 동쪽 담장에 떠오르는 것도 모른다.
애닯고 호탕한 악기소리는 담장 너머로 들리고
노래를 즐기는 호탕한 기상은 원룡元龍을 뛰어넘었다.[1]
수레 끄는 말 노릇 십여 년[2] 티끌세상 속으로 내달리며
오늘에야 평생 가슴속에 묻어둔 먼지를 떨쳐 버렸다.
임이여 옥수의 노래를 부르지 마오.
옛날부터 망국은 날아간 기러기 같다오.

---

1 『삼국지三國志』「위지魏志」〈진등전陳登傳〉에, 동한東漢의 진등陳登은 자가 원룡元龍인데,
　자신은 상상上床에 눕고 그의 벗 허범許氾은 하상下床에 눕게 했다는 고사에서 나온 말
　로, 빈객을 업신여김을 이르는 것을 의미하며, 여기에서 원룡고와元龍高臥라는 성어가
　생겼다.
2 수레 끄는 말 노릇 십여 년 : 벼슬살이를 하는 것을 의미한다.

원문 太平館夜吟

朱蒙畵閣深重重　簾旌輕颭梨花風　夜寒蠟炬如長虹　青山白雨聲蓼蓼
葡萄綠漲玻瓈鍾　香浮繡幕春融融　主人繾綣客亦樂　不知缺月昇墻東
哀絲豪竹徹寥廓　酣歌逸氣超元龍　轅駒十載走塵中　今日抖擻芥滯平生胸
佳人莫唱玉樹調　古來亡國如飛鴻

반월성[1]

둥그런 반월성은 문천蚊川의 굽이에

무너진 성은 바로 남산 기슭을 마주하고 있다.

신라왕들의 궁전은 모두 먼지가 되고

짙푸른 풀밭엔 노루와 사슴 내달린다.

숲 까마귀는 붉은 저녁노을 속에 울며 흩어지고

넓고 넓은 시냇물은 물방울 퉁기며 소리 내어 흐른다.

찾아와 서성이니 두 눈엔 눈물이 흐르는데

홀로 동풍을 맞으며 저 멀리 응시한다.

양산陽山의 백마는 사라지고 자취마저 없으며

알정閼井의 신룡神龍은 다시는 목욕하지 않는다.

십칠 만 서라벌의 민가는 연기처럼 사라지고

육조의 구름처럼 많은 일들은 기록조차 없구나.

천년의 왕의 기운은 아득히 사라지고

하늘과 땅은 황량해지고 다만 능곡만 남아있을 뿐

술잔 들고 강과 들에 조문하려니

끓어오르는 슬픈 노래가 숲 속을 진동한다.

'오오'하며 후정화後庭花[2]를 제창하는데

---

1 반월성半月城 : 경상북도 경주시 인왕동에 있는 신라시대의 도성都城으로 둘레 2,400m.
   사적 제16호. 현재 부분적으로 성벽과 성안의 건물지가 있다. 이 성은 모양이 반달 같
   다 하여 반월성半月城·신월성新月城이라고도 하며, 왕이 계신 곳이라 하여 재성在城이라
   고도 한다.

단판檀板3과 요쟁瑤箏은 왕대 속에 뒤섞여 있다.

돌아오는 길에 다시 오릉五陵의 길을 지나는데

마치 '우우 웅'하고 밤에 귀신이 곡을 하는 듯

　　半月城

彎彎半月蚊川曲　廢城正對南山麓　羅王宮殿盡爲塵　碧草芊芊走麕鹿
林鴉啼散夕陽紅　瀁瀁溪流咽寒玉　我來彷徨雙涕垂　獨立東風凝遠目
陽山白馬去無蹤　閼井神龍不再浴　十七萬戶隨飛烟　六朝雲仍不可錄
千年王氣漠然消　地老天荒但陵谷　欲弔江山擧酒盃　激烈悲歌振林木
鳴鳴齊唱後庭花　檀板瑤箏雜豪竹　歸來還過五陵路　似聽蕭蕭鬼夜哭

2　후정화後庭花 : 악곡樂曲의 이름. 진陳나라의 후주後主가 지은 것으로 처음에는 옥수후정
　화玉樹後庭花라 하다가 두 곡으로 나뉜다.

3　단판檀板 : 중국의 타악기로 박판拍板ㆍ단판檀板이라고도 한다. 박달나무 등으로 된 너비
　6cm, 두께 1cm, 길이 20cm의 나무판 3개를 끈으로 묶어 연결되어 있다. 연주할 때는 왼
　손으로 판을 잡고 뒤홑판으로 앞겹판을 쳐서 소리를 낸다.

포석정[1]

맑은 시내 한줄기 굽이쳐 돌아가는 곳
황량한 골짜기 안이 비스듬히 열려 있네.
포어鮑魚[2]는 시냇가에 어지러이 널려있고
늦봄 묵은 바위엔 푸른 이끼가 돋아났네.
옛날 신라의 왕들이 정사에 염증을 느껴
금옥연을 타고 오래도록 배회했다네.
이 땅에 와서 노닐며 맑은 물을 희롱하니
술잔은 넘실넘실 물결 따라 흘러오네.
군신은 술에 취해 노래 부르며 취향醉鄉에 들고
천지에 진동하는 악기소리는 봄날의 천둥소리 같네.
적병이 깊숙이 들어와도 깨닫지 못하니
대낮에 철마 탄 병사들이 잠입하였네.
궁궐 마당에 밟히는 피를 어찌 차마 말하리
창황히 조정과 저자거리는 먼지로 뒤덮였네.
궁녀들은 굴러 넘어져 적군 앞에서 울부짖고
비녀가 당에 떨어져 잡초 속에 나뒹구네.

---

1 포석정鮑石亭 : 경상북도 경주시 배동에 있는 정자 및 연회장소. 통일신라시대에 건립된
  것으로 추정된다. 현재 정자는 없어졌으나, 포어鮑魚의 형태를 모방하여 만든 수구水溝
  가 남아 있다.
2 포어鮑魚 : 전복의 다른 이름이다.

해목령3 위에는 음습한 구름이 엉키어 있고

솔바람 소리는 아직도 천년의 한을 머금고 있네.

그대는 보지 못했는가, 임춘각4 속에서 술에 취하여

문 밖의 한韓장군5을 알아보지 못하였음을

옥수玉樹6·벽월璧月의 노래가 끝나기 전에

강남의 왕업이 연기처럼 사라졌네.

앞 수레는 뒷 수레의 경계가 되건만

뒷 수레도 바퀴가 뒤집어져 허둥대고 있네.

원하노니 천공이 귀신시켜 지키게 하여

뒤 사람들에게 이 돌을 거울삼게 하소서.

원문 鮑石亭

淸溪一派流縈回	荒凉洞壑迤邐開	鮑魚散落溪水側	春殘石老生蒼苔
羅王昔日厭萬機	金與玉輦長徘徊	流連此地弄淸洑	羽觴泛泛隨波來
君臣酣歌入醉鄕	簫鼓動地如春雷	不悟敵兵入心腹	白日鐵騎潛銜枚
蹀血宮庭那忍說	蒼皇朝市飛塵埃	宮娥宛轉啼軍前	寶鈿零落委草菜
蟹目嶺上愁雲凝	松聲尚對千年哀	君不見臨春閣中醉醺醺	不知門外韓將軍

3 해목령蟹目嶺 : 경주 남산에 있는 고개 이름, 여기에 신라 경애왕을 장사지냈다.

4 임춘각臨春閣 : 중국 남조南朝 진 후주陳後主가 세운 화려했던 누각樓閣이다. 후주後主는 여기에서 장려화를 비롯한 비빈妃嬪·궁녀宮女들과 함께, 음주가무를 일삼다가 나라가 멸망에 이르렀다.

5 한 장군韓將軍 : 수隋 나라 장군인 한금호韓擒虎를 가리킨다. 당시 진 후주陳後主는 향락만 일삼다가 한 장군韓將軍이 바로 성문에 들어오는 것도 몰랐다고 한다.

6 옥수玉樹 : 옥수후정화玉樹後庭花를 말한다. 진陳나라의 후주後主가 지은 악곡으로 후에 망국亡國의 노래를 가리키는 말로 쓰인다.

玉樹璧月歌未闋　江南王業隨煙滅　前車可爲後車戒　後車相尋迷覆轍
我願天公令鬼守　留與後人鑑此石

첨성대[1]

나란히 자란 벼들로 둑길은 보이지 않는데
한가운데에 백 척 높이의 대臺가 솟아있네
뿌리를 황토 땅 깊숙이 내리고는
청산을 마주하며 구름 밖으로 솟아있네.
떡 깨물던 그 시절엔 백성과 만물이 순박하였고[2]
희화羲和가 역상曆象의 차례대로 펼쳐졌다네.[3]
규圭를 세워 그림자 재어 일월을 관측하고
대臺에 올라 구름보고 별들을 점치었네.
건문乾文[4]이 도度에 맞아 삼태성이 태평하고
낭성狼星[5]이 나타나지 않으니 하늘도 맑네.

---

1 첨성대瞻星臺 : 경주시慶州市 인왕동仁旺洞에 있는 대臺로 신라 선덕善德여왕 때, 천문天文
   을 관측觀測하기 위해 세운 것으로 추정된다.
2 『삼국사기三國史記』에 신라 2대 남해왕南解王이 죽자, 태자인 유리儒理가 탈해脫解가 덕망
   이 있다 하여 서로 왕위를 사양하니, 탈해가, "왕위는 보통사람이 감당 못한다. 성지인
   聖智人은 이齒가 많다 하니 떡을 깨물어 보라."하여, 이齒가 많은 유리가 왕위에 올랐다
   고 한다.
3 『상서尙書』「요전堯典」에, 희화羲和를 천문天文을 담당하는 관리라고 하였다. 중국 신화
   에 따르면, 태양의 여신이며 천제天帝 준俊의 처로. 10개의 태양을 낳아 탕곡湯谷의 부상
   扶桑에 두었으며, 태양이 매일 교대로 밖으로 나가 순회할 때, 희화가 함께 수레를 타고
   나갔다가 태양이 우연虞淵에 다다른 뒤에 수레를 돌려 올라온다고 한다.
4 건문乾文 : 하늘에 있는 해, 달, 별을 가리킨다.
5 낭성狼星 : 천랑성天狼星이라고 하며, 밤하늘에서 가장 밝은 별이다. 이 별은 큰개자리에
   있는 쌍성雙星이며, 두 별 중 밝은 별은 태양보다 약간 크고 온도가 상당히 높으며 50년

비와 햇볕이 적절하여 백성이 탈이 없고

사방 천지가 풍년들어 격양가 소리 요란하네.

인간의 역사는 '골짜기 속에 배 감추기'

금구金甌라도 끝내 온전하게 들어날 수 없는 것

어지러운 인간세상 몇 번이나 풍진風塵이 일었던고

금벽과 처마는 가시덤불로 덮여 있건만

전란에도 불타지 않고 너만 홀로 남아 있어

쌓은 돌탑은 비바람 속에 우뚝하게 서 있네.

노魯나라의 관대觀臺는 지금은 있기나 한지

신라 때 만들어진 것 치고 참으로 감탄할 만하구나.

瞻星臺

離離禾黍暗阡陌	中有崇臺高百尺	根連黃壚地中深	影對靑山雲外矗
齒餠當年民物醇	羲和曆象次第陳	立主測影觀日月	登臺望雲占星辰
乾文順度泰階平	狼鬣不現天宇淸	雨暘不愆民不瘥	豊登四野謳謠聲
乾坤萬古舟藏壑	不見金甌終妥帖	紛紛人世幾番塵	金碧觚稜盡荊棘
劫火不燒渠獨在	累石嵬然風雨外	魯中觀臺今有無	羅時制作堪一噫

주기로 지구에 접근한다고 한다.

옥피리

보배로운 옥돌이 일찍이 수월脩月의 손을 거치니

정일精一한 빛이 밤마다 견우·북두성까지 뻗치네.

어느 누가 잘라 옥피리를 만들었나?

아운雅韻은 영윤伶倫1에 뒤지지 않네.

원래 대 피리는 가정柯亭2의 것도 시시한데

이는 완연히 진대秦臺의 난봉鸞鳳소리 같구나.3

환이桓伊4와 이모李謩도 만지작거릴 수 없는데

귀신같은 물건이라 가져다 불면 비바람도 놀란다네.

한번 머리 돌리니 번화함도 한 바탕 꿈결같고

세 번을 부니 저녁놀에 강과 바다는 텅 비었네.5

---

1 영륜伶倫 : 중국 황제黃帝 때 곤륜산崑崙山의 대를 잘라 퉁소를 만들고 봉황鳳凰의 소리를
   본떠서 궁상각치우宮商角徵羽 오음五音과 육려六呂와 육율六律의 음율音律을 만들었다고 한
   다.

2 가정柯亭 : 『진서晉書』「환이전桓伊傳」에, 한漢나라의 채옹蔡邕이 일찍이 회계會稽 가정柯亭
   을 지나면서 집 동쪽 십육연十六椽의 대를 보고서 취하여 젓대를 만들었는데 과연 기이
   한 소리가 났다. 그 뒤에 진晉나라 환이桓伊가 얻어 항상 자신이 보존하고 불었다고 한
   다.

3 중국의 왕자 진王子 晉과 소사簫史의 옥적玉笛을 가리킨다. 왕자 진王子 晉은 중국 주周나
   라 영왕靈王의 태자로 백학을 타고 퉁소를 불며 구름 속을 날아다녔다고 전한다. 소사簫
   史는 진秦나라 목공 때 사람으로 퉁소를 잘 불었는데, 진 목공秦穆公의 딸 농옥弄玉이 이
   에 반하였고, 이후 서로 좋아하게 되어 결혼하였다고 한다.

4 환이桓伊 : 『진서晉書』「환이전桓伊傳」에 의하면, 중국 진晉나라 초국譙國 질현銍縣 사람으
   로, 당시에 젓대를 가장 잘 불었던 사람이다.

노랫소리 그친 계림에는 가기佳氣도 다하고

쓸쓸히 황엽黃葉은 슬픈 바람소리를 낸다.

원문   玉笛

實璞曾經脩月手　精光夜夜衝牛斗　何人裁作昭華琯　雅韻不在伶倫後
由來竹材陋柯亭　宛似秦臺鸞鳳聲　桓伊李謩不可捻　鬼物攝呵風雨驚
繁華回首一夢中　三弄斜陽江海空　曲罷鷄林佳氣盡　蕭蕭黃葉吹悲風

5 중국 위진시대, 진晉나라 때 환이桓伊가 청계淸溪를 지나는데, 서로 전혀 알지 못하던 왕
   휘지王徽之가 사람을 시켜 그에게 젓대 한 곡曲을 불어 달라고 하자, 문득 수레에서 내
   려 호상胡牀에 걸터앉아 세 곡을 연달아 불고 갔다고 한다.

가정[1]의 시에 차운하여 부여를 회고하다

부소산 남쪽 사비泗沘의 물가로

어느 해 남으로 내려와 나라를 세웠나?

부질없이 성지城池만 믿고 이웃나라와 원한을 맺고

군병만 믿고 백성의 질고疾苦는 생각지도 않았다.

군신들이 주연酒宴에 빠져 멀리 내다보지 못하니

나당羅唐의 수만 병사들, 말달리며 국경을 넘었다.

양을 끌고 구슬을 물어도 사태는 이미 급박하니

가련하도다. 허둥대는 장려화張麗華2의 신세여

아름답게 꾸민 여인 절벽 아래로 떨어지고

놀란 영혼 바람에 흩날리는 꽃처럼 흩어졌네.

충언을 듣지 않은 것, 후회해도 소용없었으니

지금도 가시덤불 속 동타銅駝가 애처롭네.

지하의 여러 충신 눈도 감지 못하는데

처량한 맥수가麥秀歌만 구슬프게 들리네.

---

1 이곡(李穀, 1298~1351) : 고려시대의 학자. 본관은 한산韓山이고, 초명은 운백芸白, 자
  는 중부仲父이며, 호는 가정稼亭, 시호는 문효文孝이다. 이제현李齊賢의 문인으로 원元나
  라 급제하였으며, 원제元帝에게 건의하여 고려에서의 처녀 징발을 중지하게 했다. 이제
  현과 함께 『편년강목』을 증수, 3조의 실록 편찬에 참여하였으며, 경학의 대가로 꼽힌
  다. 문집에 『가정집稼亭集』이 있다.
2 장려화張麗華 : 중국 남조南朝 진 후주陳後主의 비妃로 임금의 총애를 입어 주연酒筵에 빠
  져 국정國政을 문란하게 하였다. 수군隋軍이 입성入城하자 후주後主와 함께 숨었다가 수
  군에게 참살되었다.

흥망도 지난 일, 하늘도 또한 늙어 있는데
청산은 끝없이 뻗어있고 강 물결만 넘실거리네.

扶餘懷古, 次稼亭韻

扶蘇之陽泗沘河　何年南渡來爲家　謾憑城池搆豐怨　挈兵不念瘡痍多
君臣酣宴昧遠略　萬騎壓境來唐羅　牽羊銜璧事已急　可憐蒼惶張麗華
香鈿翠翅墮巖底　驚魂飄散隨風花　不用忠言悔噬臍　至今荊棘悲銅駝
地下累臣目不暝　悽凉麥秀聞哀歌　哀哀興亡天亦老　靑山脉脉江生波

남당 길에 희롱삼아 교수 이계종1과 함께 놀던 여러분에게 주다

용만龍灣의 학사는 성의 남쪽 언저리에 있는데

함장函丈2선생은 맑고 파리한 얼굴

뱃속은 차곡차곡 오경서五經書가 들어 있는 상자

입으로는 시서詩書 외기를 구슬 꿰듯

때때로 이를 잡으며 먼지 묻은 탑상에 누워있으면

도둑들이 장롱을 열고 주머니 뒤진다.

내년의 과거는 따고 난 당상인데

글 짓는 마당에 용맹을 과시하네.

한가로운 생활 속에 바둑에 정신을 파는데

범의 굴에서 새끼를 잡으니, 사람들이 신기해 하네.

언도彦道의 호로呼盧를 어찌 대수롭게 여기리?3

장작더미 쌓아 놓는 묘술妙術을 누가 능히 알겠는가?4

복양공자濮陽公子5는 신장이 구척장신

---

1 이계종(李季宗, ?~?) : 본관은 신평新平이고, 자는 정경正卿이며, 벼슬은 첨정僉正을 역임했다.

2 함장函丈 : 스승을 달리 이르는 말로 스승과의 관계에서 존경을 표하거나 가까이 모신다는 뜻으로 한 장丈의 거리를 둔 데서 유래하였다.

3 언도彦道의 호로呼盧 : 진晉나라 때의 도박을 잘 한 사람인 원언도袁彦道가 골패, 투전 등을 하면서 주막에서 큰소리치는 것을 말한다.

4 『한서漢書』「가의전賈誼傳」에 나오는 말로, 쌓아 놓은 땔나무 아래에 불을 붙여 놓고, 그 위에서 잠을 자는 것처럼 매우 위태로움을 비유한다.

5 『매계집梅溪集』의 협주夾註에, "복양濮陽은 오귀성吳龜城 자영自瑩을 가리킨다濮陽, 指吳龜城

수염을 날리고 크게 부르짖으니, 또한 강적
첫 싸움에 비록 흑모란黑牡丹을 잡았으나
두 번 싸움에 부지하지 못해 두 날개가 꺾였네.
일승일부一勝一負는 진실로 무승부라
책변責辨은 즉석에서 낼 수밖에
여러 서생들은 정신없이 칼과 수저를 들고
시동들은 어여쁘게도 술상을 차려놓았네.
남당엔 한가하니 멀리 바라보기가 마땅하고
끊임없이 부는 동풍에 실버들은 살랑거리며
불탄 자국에 쌓인 잔설도 다 녹지 않았는데
아래에는 구름 덮인 산이 바다를 둘러싸고 있네.
자리마다 주고받는 이야기는 모두 고향 이야기
한번 기쁨에 경도되니 온 갖 근심 사라지네.
그 중에 홍련객紅蓮客6이 있어서
한바탕 웃음소리가 끝나자 귀주를 항복시켰네.
귀주가 술잔 들고 '여러 번 졌다'고 말하고
벌로 받은 산가지가 많아 몰래 달아났네.
돌아오는 길거리엔 북소리가 이미 둥둥거리고
성 꼭대기에서 까마귀가 홀래하는 것도 몰랐네.
인생은 이르는 곳마다 부평초 같으니
어찌 하늘 끝에서 오늘이 있음을 알았겠는가?

自璧."라고 하였다.
6 『매계집梅溪集』의 협주夾註에, "홍련객紅蓮客은 평사評事 윤세림尹世霖이다."라고 하였다.

남당의 만남 잊을 수 없으나

내게 서까래만한 붓이 없는 것이 한스럽구나.

원문 南塘行戲, 贈李敎授季宗, 兼示同遊諸子

龍灣學舍城南隅　函丈先生淸且癯　纏纏腹有五經笥　口誦詩書如貫珠
捫虱時時臥塵榻　發篋探囊逢惡客　明年科第如摘髭　賈勇文章奮鼓角
優游餘事精奕棋　虎穴得子人稱奇　彦道呼廬那可數　積薪妙術誰得知
濮陽公子長九尺　奮鬐大叫亦劅敵　一戰雖捷黑牡丹　再戰不支摧兩翼
一勝一負眞乘除　責辨一席在須臾　諸生貿貿執刀匕　侍兒婉婉羅酒壺
南塘閑敞宜遠望　習習東風吹柳線　燒痕春雪未全融　眼底雲山繞海甸
滿座高談皆楚囚　一歡傾倒消百憂　就中更有紅蓮客　一笑罷的降龜州
龜州擧觶屢稱屈　罰籌如蝟潛走逸　歸來街鼓已逄逄　不覺城頭鴉尾畢
人生到處如萍蓬　豈料天涯有今日　南塘之會不可忘　恨我苦泛如椽筆

*紅蓮客, 評事尹世霖.

가섭암

바위 속에 대통을 연결하여 샘물이 나오는데
절 앞으로 흘러나와 시원하고도 푸르구나.
산승山僧이 두 손으로 떠서 아침 요기를 하니
맑고도 단맛이 강왕곡康王谷[1]보다 훨씬 낫구나.
객이 오면 스님 불러 날마다 물을 끓이니
활활 타오르는 풍로에 수증기가 날아오른다.
누가 석 잔의 차를 노동盧仝[2]에게 부치며
또 다시 절품絶品의 차를 육우陸羽[3]에게 자랑할까?
평생에 먹기 싫은 몇 말의 먼지를 먹었더니
폐가 마르고 입이 말라 윤기가 없었더니
꽃 잔에 쾌히 권설차를 기울이자
갑자기 오장육부가 청신함을 깨닫는다.

---

1 강왕곡康王谷 : 중국 강서성 구강시九江市 남쪽 여산廬山에 있는 골짜기로 초옥곡楚玉谷이라고도 한다. 육우陸羽가 『다경茶經』에서 최고의 물맛으로 꼽은 곳이다.

2 노동(盧仝, 795~835) : 당나라 시인으로 자호는 옥천자玉川子이며 범양范陽사람이다. 젊었을 때는 소실산少室山에서 은거하며 당시 통치계급의 사치스러운 생활과 민중들의 질고를 풍자한 시를 썼다. 특히 차를 좋아했는데, '칠완다가七碗茶歌'는 육우陸羽의 『다경茶經』과 함께 유명하다.

3 육우(陸羽, 733~804), 당나라 때 사람으로 자는 홍점鴻漸이며, 복주 경릉사람이다. 그는 전차煎茶, 품차品茶에 정통하였고, 일생의 노력으로 세계 최초 차 전문서적인 『다경茶經』을 완성하였다.

加葉菴

連筒泉水出巖腹	來瀉庵前寒更綠	山僧掬飲慰朝飢	清甘遠勝康王谷
客至呼僧烹日注	活火風爐翻雪乳	誰持三椀寄盧仝	更將絶品誇陸羽
平生厭食幾斗塵	肺枯吻渴無由津	花甌快傾如卷雪	頓覺六用俱清新

장문에서의 봄날 새벽에

물시계도 멈춘 봄날 밤 별궁은 한가한데
낙월은 하얗게 꽃핀 배나무 가지 위에 걸려있다.
미인은 외로이 잠든 꿈속에서 놀라 깨니
언뜻 열린 사창紗窓으로 날은 밝으려 한다.
엷은 안개 향기 어린 연기는 눅눅히 가라앉고
온 갓 꽃들은 떨기 속에 서로 뒤엉켜 있다.
정을 품어도 들어줄 이 없어 암담하게 애태우고
조잘대는 온갖 새 울음소리도 견디기가 어렵구나.
눈앞의 물색은 모두 다정하건만
이끼 킨 섬돌에 홀로 서 있으니 곱절이나 암담하네.
아름다운 얼굴 새벽같이 다시 화장을 하지만
옥연玉輦도 오지 않고 소식마저 아득하구나.
바람맞으니, 박명한 신세 절로 한스럽고
거울 속 외로운 모습, 부질없이 스스로를 위로한다.
새벽바람에 날리는 꽃잎 푸른 주렴에 부딪치니
쓸쓸히 서성여도 근심은 가시지 않는다.

원문   **長門春曉**

別宮春閒夜漏斷　落月半掛梨花梢　美人驚罷孤枕夢　乍開紗窓天欲曉
薄霧香烟濕不飛　百花叢裏相繚繞　含情無語暗消魂　不耐喧啾聞百鳥

眼前物色摠多情　　獨立苔階倍悄悄　　雙蛾畵罷趁晨粧　　玉輦不來音信杳
臨風自恨妾薄命　　鏡裏隻影空自弔　　曉風吹花撲翠簾　　惆悵徘徊愁未了

추석날 달을 마주보며 옛날 생각이 나서 숙강에게 붙이다.

한가위 보름달

저녁 구름이 개인 하늘에 휘엉청 빛나고

한강의 남쪽 북쪽에도 밝게 비춘다.

초가집, 대궐집

해마다 달빛은 오늘밤만 특별하구나.

천리 밖에서도 함께 보며 분명 시름겨우리니

서울 거리의 옛 약속 생각에 시름이 깊어

차마 다시 말할 수 없다오.

원문   中秋對月, 懷舊寄叔强

中秋月   暮雲飛盡淸輝徹   淸輝徹江南漢北   茅簷魏闕
年年月色今宵別   共看千里應愁絶   應愁絶鑾坡舊約   不堪重說

가을날 회포를 쓰다

섬에도 가을바람 소슬하게 불고
새벽 서리가 다릿가 버드나무에 흩날린다.
석양은 길거리를 비추는데
찬 안개는 마을을 뒤덮는다.
중구일重九日이 지나자
치자는 엷은 황색을 띠고
단풍든 숲은 붉은 빛을 띤다.
국화꽃 한창 피는 시절
좋은 날 아름다운 기약이 적막하여 한스럽구나.
공연히 하인 불러 다구茶臼를 두드리게 하고
수만 리 멀리로 한 떼의 기러기 날아가니
산마루에서 머리 긁적이며 변방을 바라본다.
서리 빛 자라가 하얀 실을 토해내고
강의 날치와 바다의 굴
남해라 삶아서 먹을 수 있구나.
이르는 곳마다 호응하니
하늘 보며 대궐을 그리워하고
구름보고 벗을 회상한다.
다시 어느 때 닭과 돼지 몰면서
이웃집 술에 취하려나.

秋日書懷

水國蕭瑟秋風	曉霜搖落橋頭柳	斜陽巷陌	寒烟聚落
初過重九	梔子微黃	楓林正赤	菊花時候
恨良辰荏苒佳期寂寞	空喚僕敲茶臼	萬里天高一雁	望關山磯番搔首
霜鼇雪縷	江鱸海蠣	南烹可口	到處唯應
看天戀闕	停雲懷友	更何時任逐鷄豚事	醉隣家酒

청명일에 성남에 놀러나가며

한식, 청명이라
녹양방초여, 무정하구나.
복숭아에 알맞게 비가 내리자
온 마을엔 나무마다 꽃이 피었구나.
한가로이 근심을 없애고자
말 타고 채찍을 휘두르며 간다.
성남의 길
숲 속에선 사람들의 말소리가 들리는데
저녁놀 바라보며 우두커니 서 있다.

원문 清明, 出遊城南 *點絳唇詞

寒食清明　綠楊芳草兮無情緒　小桃和雨　開遍村村樹
欲撥閑愁　跨馬垂鞭去　城南路　隔林人語
竚立斜陽暮

봄날 회포를 말하다

젊은 시절엔 말을 타고 활을 쏘며

북으로 유변幽幷[1]을 공략했었지

남으로 한파漢巴[2]에 이르고

구령緱嶺으로 날아오르며

난학鸞鶴을 타니[3]

온화하기가 마치 현포玄圃[4]같구나.

이슬 마시고 안개를 먹으며

오른 손으로 안기생安期生[5]을 잡고

왼 손으로 왕자 진晉[6]을 부른다.

현경玄卿과 도화道華를 헤아리지 못하니

---

1 유병幽幷 : 유주幽州와 병주幷州의 병칭으로, 이곳은 예로부터 호협한 선비가 많았다고
   한다.
2 지금의 중국 호남성 악양현 파릉으로 동정호와 악양루가 있다.
3 『열선전列仙傳』에, 주周나라 영왕靈王의 태자인 진晉이 피리를 잘 불어 후령緱嶺에서 신선
   이 되어 학을 타고 하늘로 올라갔다고 한다.
4 현포玄圃 :『수경水經』「하수河水」주注에, 신선이 사는 곳으로 곤륜산崑崙山 꼭대기에 있
   다 한다.
5 안기생安期生 :『사기史記』「열선전列仙傳」에 나오는 진秦 나라 때의 은자. 바닷가에서 약
   을 팔며 살았는데, 진시황秦始皇이 동유東游할 때 함께 대화를 나누다가 자신을 보고 싶
   으면 수십 년 뒤에 봉래산蓬萊山으로 찾아오라고 한 뒤 자취를 감췄다고 한다.
6 왕자 진晉 :『사기史記』「열선전列仙傳」에, 진晉은 중국 주周나라 영왕靈王의 태자. 아버지
   인 왕에게 직간하다 폐서인廢庶人되자 신선이 되어 백학을 타고 퉁소를 불며 구름 속을
   날아다녔다고 전한다.

요지瑤池에서 연회를 베푼다.

향기는 융좌絨座7에 떠다니고

술은 금하金荷8에 가득한데

어찌 늙어 헛방질 함을 알며

어찌 꼬리를 진흙 속에 끌며 구덩이 안의 개구리와 짝이 되겠는가?

바로 능성陵城 속에 들어감이 마땅하리라.

한밤에 기러기 소리가 들으며

산으로 이어진 길을 오른다.

매화에 넋을 잃고

눈은 서울 땅에 매어져 있건만

마음은 고향땅으로 달린다.

귀밑머리는 봄이 왔어도 백설을 더한 듯

생각해 보니

임천林泉에 기약을 하였지만

풍월만 가이 없구나.

원 문 **春日言懷9**

7 융좌絨座 : 동물의 털로 짠 방석을 가리킨다.

8 금하金荷 : 금하엽배金荷葉杯의 약칭으로 금으로 만든 연잎 모양의 술잔을 의미한다.

9 협주 : 심원춘沁園春.『사보詞譜』「심원춘沁園春」에 의하면, 사詞는 사패詞牌에 따라 율조
律調가 다르고 같은 사조詞調라 하더라도 서로 다른 체體가 여러 가지 있는 경우도 있다.
그래서 사작품詞作品에는 원칙적으로 보살만菩薩蠻 · 억강남憶江南 등 사패명詞牌名 즉 사
조명詞調名을 먼저 제시하고, 필요할 때는 다시 사제詞題를 제시하기도 한다. 심원춘沁園
春은 염리군念離群 · 동선東仙 · 동정춘색洞庭春色 · 수성명壽星明 등의 별칭別稱이 있고, 1백
12자, 1백 13자, 1백 14자, 1백 15자, 1백 16자 등 5체가 있는데 그 중 1백 14자 체가

少日乘弧　　　北略幽幷　　　南窮漢巴　　　翶翔嵷嶺
駿鸞駕鶴　　　夷猶玄圃　　　飲露湌霞　　　右執安期
左招子晉　　　不數玄卿與道華　瑤池侍宴　　香浮猊座
酒滿金荷　　　那知老蹉跎　　奈曳尾泥沙伴坎蛙　正夷陵城裏
夜聞鳴雁　　　開山路上　　　魂斷梅花　　　目拯神州
心馳故國　　　雨鬢春來雪半加　商量了　　　意林泉有約
風月無涯

정격正格이다.

늦은 봄날

소원小園에 안개 깔리고 날은 지리한데
바람따라 꽃잎이 공중에 흩날리네.
두견새는 괴로이 '불여귀不如歸'를 말하는데
돌아갈 생각에 두 눈에 눈물이 흐른다.
애끓는 마음에 난간에 기대어 서니
애석하게도 가없는 그리움
무수한 꽃잎은 진흙 위에 떨어지고
짙푸른 녹음 속에 매실만 익어간다.

원문   春滿 *阮郞歸1

小園烟景日遲遲   颭空花片飛   杜鵑苦導不如歸   思歸雙淚垂
腸斷處靠欄時   惜無限思   落紅無數委塵泥   綠陰梅子肥

1　협주로 '玩郞歸'로 되어있는데, 이 '玩'은 '阮'의 오자이므로 '阮郞歸'로 바로잡는다.

새로 작은 집을 짓고

띠 집을 엮으니 겨우 무릎을 들일만하고

짧은 서까래가 간신히 비바람을 가린다.

녹음이 우거져 장막을 이루자

바로 온갖 꽃들이 골짜기에 가득하구나.

작은 문을 열고서

하늘아래 바다처럼 드넓은 황토 언덕길을 바라본다.

이것들을 헤아려 보니

다만 하얀 물과 푸른 산뿐

아침 연기와 저녁놀

서로 삼키고 내뿜으며 명멸明滅한다.

몸은 변방에 붙어살아도 강남에 머무는 듯

어찌 고향 땅과 구별하랴.

잠시 황강 땅으로 귀양가니, 아미산은 늙어있고

뒷날 설당雪堂1은 누가 주인되리.

반곽潘郭2은 예나 지금이나 적막하니

---

1 설당雪堂 : 호북성湖北省 황강黃岡에 송나라 소동파蘇東坡가 지은 당. 큰 눈이 올 무렵 지었고, 사방 벽에 설경雪景을 그려 놓았다고 한다.

2 반곽潘郭 : 반악潘岳과 곽징지郭澄之를 병칭한 것이다. 반악(潘岳, 247~300)은 중국 서진西晉의 문인으로 자는 안인安仁이다. 권세가인 가밀賈謐의 집에 드나들며 아첨하다가 뒤에 손수孫秀의 무고로 주살되었다. 곽징지(郭澄之, ?~?)는 동진東晉의 문학가로 자는 중정仲靜이며, 어려서부터 재주가 뛰어났다고 한다. 벼슬은 상국종사중랑相國從事中郎에 이

시부에 화답할 사람 없구나.

한가한 가운데 자잘한 일 헤아리니

섬돌에 떨어진 무수한 꽃잎

주렴을 감겨 올리는 회오리바람

한줄기 꼬불꼬불한 연기가 실처럼 피어오른다.

원문   新築小室

結茅齋僅能容膝　短椽堪庇風雨　綠陰蒽菁成帷幕　正在百花深處
開小戶　　　瞰海闊天低隱隱丹丘路　　算來阿堵　　只白水青山
朝烟暮靄　　明滅互吞吐　身如寄塞北江南且住　何須分別鄉土
黃岡謫峨眉老　後日雪堂誰主　潘郭古今寂寞　無人酬和風騷句
閑中細數　　有墜砌繁紅　縈簾飄素　　一縷篆烟縷

르렀으며, 소설로 『곽자郭子』3권이 전하고 있다.

한식날 회포를 붙여 서제 신伸에게 주다

하늘 끝 먼 나그네의 잦은 고향생각
이 몸은 영남의 오른쪽 호남 땅에 있다네.
병들어 폐인 된 몸으로 꽃 보며 술을 마시고
봄날의 야윈 그림자에 상심한 늙은이라오.
고향 땅 송백松柏은 돌볼 이 없으리니
한식하고도 청명시절이라
꿈속에 봉계리에 이르러 머리를 돌리니
시내 남쪽 버들은 벌써 짙푸르구나.

원문 寒食寓懷, 寄庶弟伸 *桃園憶故人

天涯遠客頻懷舊　身在湖南嶺右　　病廢看花對酒　　照影傷春瘦
故山松栢無人守　寒食淸明時候　　夢到鳳溪回首　　綠盡溪南柳

매계선생문집
梅溪先生文集

한훤당 김대유(굉필)에게

　이전에 편지를 보냈는데 잘 받으셨는지요? 이렇게 안부를 물을 때엔 진중해지고, 멀리에서 위안하려 함에 치솟는 마음을 가눌 수 없습니다. 다만 저의 옛날의 기량은 사람들에게 말할 만한 것이 없고, 벼슬길에 들어선 이래 임금을 사랑하는 작은 정성이 평소에 쌓은 것에 저촉되며, 조정의 일로 항상 바쁘다 보니 배운 바가 날로 퇴보하는 것이 이치상 당연하다고 여겨지기도 합니다.

　마음을 다스리는 요체를 항상 사문師門에 두고 있으나, 환로의 풍랑이 때로 놀라게 하고, 내 마음의 근원마저 어지럽힙니다. 매번 스승의 가르침을 돌아보고 마음의 흐트러짐을 반성하며 마음을 오롯하게 하고자 하나, 마음이라는 것이 때도 없이 들고나는지라 편안한 경지에 이르지 못하고 있습니다. 물러나고자 하나 허국許國의 의에 어긋나고, 남아 있으려 하니 존심存心의 정성이 줄어드려 합니다. 저의 진퇴는 실로 난감한 지경이니, 형께서 저에게 가르침을 주시면 좋겠습니다.

　요즘 들어서 협소배들이 뜻을 얻음이 점점 늘어가니 조만간 편안하게 산림에 은퇴하여 형과 함께 도를 논하고 강학하며 만년을 마칠까 합니다. 매번 함께 놀고 함께 배우던 때의 우의를 생각하며 나도 모르게 목을 빼고 바라면서 한숨을 길게 쉬곤 합니다.

　다만 부절符節을 받드는 신하가 되고자 하는 희망은 있지만 재주가 없고, 돌아가기를 허락받으려 하나 혹 직책 때문에 차질이 생겨 늦지 않을까 두려울 뿐이니, 어찌 훗날을 도모하지 않겠습니까? 오직 스스로 마음을 여유롭게 가질 따름입니다.

　다만 바라건대, 사도斯道를 위하여 몸 건강하십시오. 이만 줄입니다.
(『쇄록』에 이르기를 "선생이 돌아가신 후, 이것을 한훤당에게서 얻었다.
그러나 원고를 모두 바꾸다가 잃어버렸다. 지금의 것은 내가 외웠던 것을
기록한 것이니 자세하지 않은 곳이 많다.)

원문　**與寒暄堂金大猷(宏弼)書**

前此, 嘗因便寄書, 其果監納否? 卽問此時, 道履珍重, 遠慰且溯, 不任馳情. 弟
只是舊日伎倆, 人無足道者, 自頃仕宦以來, 愛君微忱, 自激於素蓄, 王事鞅掌,
學力日退者, 理固然也. 操心之要, 常服於師門, 而宦海風浪, 有時駭洶, 亂我心
源. 每顧師訓, 猛省膠擾, 欲着主一之工, 而出入無時, 未到安慮之域. 欲退則義
虧於許國, 不退則誠損於存心, 弟之進退, 實爲狼狽, 兄指敎焉. 近有恔小得志
之漸, 早晏當退休林壑, 與兄論道講學, 以遂晚許耳. 每念當年同遊共學之誼,
不覺引領長吁也. 第以節使之望, 近擬於不侫云, 歸許恐或職此差遲也. 然豈無
後圖耶. 惟是自寬而已. 只希爲道保重, 他不宣. (瑣錄云, 先生歿後, 得此於寒
暄公, 而撤變失之. 今余誦而記之, 多有未詳耳.)

기記

독서당기

큰 집을 짓는 자는 먼저 경남梗楠과 기재杞梓1와 같은 재목을 수백 년 길러서 반드시 하늘에 닿고 골짜기에 높이 솟은 연후에 그것을 취하여 기둥으로 쓴다. 수만 리를 가는 자는 미리 화류驊騮와 녹이騄駬2의 종자를 구하여 반드시 여물을 넉넉히 먹이고, 그 안장을 정비한 연후에야 연燕나라와 초楚나라 같은 먼 곳에 닿을 수 있는 것이다. 국가를 경영하는 자가 미리 어진 인재를 기르는 것이 이와 무엇이 다르겠는가? 곧 이것이 독서당讀書堂을 지은 까닭이다.

삼가 생각하건대, 본조本朝는 열성列聖이 서로 계승하고 문치文治가 날로 높아졌다. 특히 세종대왕께서는 신사神思와 예지睿智가 백왕百王 가운데 탁월하여 그 제작의 묘함이 신명神明과 부합되었는데도, "전장典章과 문물은 유학자가 아니면 함께 제정할 수 없다."고 여기시고, 널리 문장이 뛰어난 선비를 뽑아서 집현전을 두고 조석으로 치도治道를 강론하셨다. 또한 "도리의 오묘함을 궁구하고 널리 여러 서적의 핵심을 구하는데 전공이 아니면 이룰 수 없다."고 여기셨다. 그래서 집현전 문신 권채權採3등 세 명을 보내되, 특별히 긴 휴가를 주어 산사山寺에서 글을 편히 읽게 하였다. 그 말년에는 또 신숙주申叔舟4등 6명을 보내어, 마음껏 학업에 힘을 써 그 능력을

---

1 경남梗楠과 기재杞梓 : 느릅나무와 녹나무, 구기자나무와 가래나무이다.
2 화류驊騮·녹이騄駬 : 중국 주나라 목왕穆王이 타던 팔준마八駿馬 가운데 하나로, 좋은 말을 비유적으로 이르는 말이다.
3 권채權採 : 조선 세종 때의 집현전 학사, 좌승지로『신증향약집성방新增鄕藥集成方』을 엮었다.

키우도록 하셨다.

문종文宗께서 아버지의 뜻을 잇고 유교의 바른 의리에 독실한 뜻을 두어, 또 홍응洪應5등 여섯 사람에게 휴가를 주었다. 이에 인재의 성함이 일시에 극에 달해 저술이 중국과 나란하게 되었다.

지금 임금[성종]께서 왕위에 오르시자, 먼저 예문관藝文館을 열고 옛 집현전의 제도를 회복하고, 날마다 경연經筵에 나아가 문적文籍의 연구에 정신을 두며, 유술儒術을 높이고 인재를 양성하는데 옛날보다도 더하였다. 병신년(1476년, 성종 6년)에 조종조祖宗朝의 옛일을 회복하여 채수蔡壽6등 여섯 사람에게 사가독서를 주었다. 금년(1477년, 성종 7년) 봄에 또 김감金勘7등 여섯 사람에게 휴가를 주어 장의사藏義寺에 가서 책을 읽도록 명령하고, 옹인饔人8에게 음식을 보내게 하고, 주인酒人9에게 술을 갖다 주도록

---

4 신숙주(申叔舟, 1417~1475) : 조선 세조 때의 문신. 자는 범옹泛翁이고, 호는 보한재保閑齋, 희현당希賢堂이다. 훈민정음 창제에 공을 세웠으며, 『세조실록』의 편찬에 참여하고 『동국통감』, 『오례의』를 편찬하였다.

5 홍응(洪應, 1428 ~1492) : 조선 전기의 문신. 본관은 남양南陽이고, 자는 응지應之이며, 호는 휴휴당休休堂, 시호는 충정忠貞이다. 1451년(문종 1년) 증광문과에 장원으로 급제하여 좌정언으로 등용되었으며, 1468년에 남이南怡의 옥사를 다스린 공으로 익대공신翊戴功臣 3등과 좌리공신佐理功臣 3등에 책록되어익성부원군益城府院君으로 진봉되었으며, 우의정이 되고 1485년에 4도순찰사를 거쳐, 좌의정이 되었다.

6 채수(蔡壽, 1449~1515) : 조선 전기의 문신. 본관 인천仁川이고, 자는 기지耆之이며, 호 나재懶齋, 시호는 양정襄靖이다. 이석형과 함께 조선 개국 이래 삼장에서 연이어 장원한 두 사람 중의 한 사람. 『세조실록』, 『예종실록』 편찬에 참여하였으며, 정현왕후의 폐위를 반대했다. 한성부좌윤 ·호조참판을 지냈다. 저서로『나재집懶齋集』이 있다.

7 김감(金勘, 1466~1509) : 조선 전기 문신. 본관은 연안이고, 자는 자헌子獻이며, 호는 일재一齋·선동仙洞, 시호는 문경文敬이다. 1489년(성종 20) 식년문과에 을과로 급제하여 홍문관 정자正字로 뽑혔다. 1492년 사가독서賜暇讀書하였고, 그 후 좌찬성 겸 예조판서에 오르고, 이어 우의정에 임명되었으나 사퇴하였다. 중종반정에 가담하여 정국공신 2등으로 연창부원군에 봉해지고 경연영사 겸 병조판서가 되었다.

하였으며, 때대로 환관을 보내어 물건을 자주 하사하였다.

이어 승정원承政院에 교서敎書를 내리기를, "마땅히 성 밖에 땅을 골라 당堂을 열어서 독서할 곳을 만들라."고 하니, 승정원에서 복명하기를, "용산龍山의 작은 암자가 지금 관가官家의 건물에 소속되어 폐기된 것이 있습니다. 잘 수리한다면 위치가 높아서 앞을 내려다보기가 좋고 그윽하고 훤하여, 책을 읽고 학문에 힘쓰며, 마음 편히 쉬는 장소로서는 이곳이 가장 마땅하옵니다."라고 하였다.

임금께서 그 청을 받아들이고, 관원을 보내 일꾼들을 독려하여 두 달 만에 완성하였다. 건물은 겨우 20칸이었으나 여름에는 서늘한 마루와 겨울엔 따뜻한 방이 각기 갖추어졌다. 이에 '독서당讀書堂'이라 사액賜額하고 신에게 명하여 기문을 짓게 하시었다.

신은 생각하건대, 『시경』의 「한록」편에 이르기를 "화평하고 즐거운 군자여, 멀리서 인재를 구하지 말라."라고 하였듯이, 인재의 흥성은 임금님께서 어떻게 마음을 먹느냐에 달려있다. 진실로 잘 기른다면 능력있는 선비들이 넘쳐나서 왕국은 발전할 것이고, 잘 기르지 못하면 나라 안에 인재가 없는데 누구와 더불어 나라를 다스리겠는가? 만일에 한갓 선비를 기른다는 이름만 연모하여 구차히 취한다면, 닭 울음, 개 짖는 소리를 하는 무리들이 가만히 그 사이에 스며들 것이니 어찌 삼가지 않을 수 있겠는가?

하夏·은殷·주周시대의 인재는 모두 학교에서 길러졌는데, 주나라의 선비 기르는 방법이 가장 상세하였다. 한漢나라의 교재翹材나 당唐나라의 등영登瀛[10]에 이르러서는 모두 구차하게 한 시대에 이름만을 얻었으니, 어찌 언

8 옹인饔人 : 궁중의 요리사를 가리킨다.
9 주인酒人 : 술 빚는 벼슬아치를 가리킨다.

급할 필요가 있겠는가?

생각컨대, 우리나라가 백 년 동안 인재를 함양하고 교화하고 개도하는 방법과 장려하고 양성하는 규모는 실로 주나라가 선비를 기르는 방법과 서로 표리가 된다. 그래서 반궁泮宮과 옥당玉堂 외에 인재를 기르는 곳이 있어, 그들을 선택하기를 정밀하게 하고 그들을 후대하니, 그것은 『시경』의 "매번 먹되 여유가 없으니, 계속되는 부귀는 없었는가?"[11]는 무엇이겠는가? 『역경』에 이르기를 "성인이 현인을 길러서 만민에게 미친다."[12]하였고, 『역전』에 이르기를 "양현養賢은 만민을 기르는 소이所以이다." 라고 하였다.

오늘날 건물을 빌려주고 음식을 대접하는 것은 치도治道와 관련이 없고 나라의 온갖 일에 번거로운데도 특별히 임금께서 굽어 생각할 만큼 절실한 일은 아니다. 그러나 다른 때[훗날에] 치도治道의 경륜經綸을 펴 보불왕유黼黻王猷를 하는 것은 반드시 이들로부터 비롯되지 않음이 없으며, 태평성대를 분식粉飾하고 백성들에게 은택을 베푸는 공리功利가 먼 곳에까지 미치는 것을 어찌 헤아릴 수 있겠는가?

비유한다면, 경남梗楠·기재杞梓와 화류驊騮·녹이騄駬처럼 한 때에 수용된 자들이 어찌 만만하다고 할 수 있겠는가? 전하께서 선무先務로 급히 여기시는 것도 전대前代보다 매우 뛰어났기 때문이다. 대저 그렇다면 분명 모두

10 등영登瀛 : 영예스러운 지위에 오름을 뜻하는 등영주 '登瀛洲'를 줄인 말로 당시의 학교 이름인 듯하다.
11 『시경(詩經)』 「진풍秦風」 〈권여權輿에, "내게도 있었던, 큰 집 살림 꿈이런가? 먹기조차 힘든 오늘. 슬퍼라 이세상, 계속되는 부귀는 업는가?於我乎, 夏屋渠渠, 今也每食無餘. 于嗟乎, 不承權輿."
12 『역경易經』 「이頤」 "天地養萬物, 聖人養賢以及萬民."

이에 뽑힌 자들이 어찌 임금께서 즐거이 기르는 은혜를 생각하지 않겠는가?

성인의 도는 글 속에 다 실려 있어 심오한 육경六經의 연원과 모든 역사歷史의 동이同異, 백가百家의 호한한 것을 반드시 포괄하고 해괄하여 그 흐름을 섭렵하여 정수를 뽑고, 그 귀추를 살펴 그 핵심을 들고, 박博을 다하여 약約에 돌아간 연후에야 능히 깊은 곳에 나아가 그 근원을 만날 수 있을 것이다. 황왕제백皇王帝伯의 도와 예악형정禮樂刑政의 근본, 수제치평修齊治平의 요체가 모두 여기에 달려있으니, 사업에 이를 시행하는 것은 힘써 노력하는 데에 있을 따름이다.

동자董子13는 "학문에 힘써 노력하면 듣고 보는 것이 넓어져서 지혜는 더욱 밝아지고 행도行道에 힘써 노력하면 덕德은 날로 일어나서 크게 공이 있을 것이니 그 효과를 볼 수 있다."라고 하였다. 다만 조박糟粕한 것을 취하여서 기송記誦의 바탕을 삼고 기려綺麗함을 조직하여 성률聲律의 문文으로 삼고, 세상에 자랑하면서 속세를 현혹시키면 조정이 선비를 기르는 뜻이 아니다.

아, 슬프도다! 글을 배우는 공력은 변화함이 귀하거늘, 이제 오늘에 한 책을 읽고서도 오히려 전과 같은 사람이요, 내일 한 책을 읽고서도 또한 그 사람이라면, 비록 아무리 많이 읽었다 한들 또한 무엇을 하겠는가? 공자가 이르기를 "배우고 생각하지 않으면 얻음이 없다."14하였고, 또 자하

---

13 동중서(董仲舒, BC 170 ?~BC 120?) : 중국 전한前漢 때의 유학자. 무제武帝가 즉위하여 크게 인재를 구하므로 현량대책賢良對策을 올려 인정을 받았다. 전한의 새로운 문교정책에 참여했다. 오경박사五經博士를 두게 되고, 국가 문교의 중심이 유가儒家에 통일된 것은 그의 영향이 크다.

14 『논어論語』「위정爲政」, "學而不思則罔, 思而不學則殆."

子夏15에게 이르기를 "너는 군자같은 선비가 되어야지, 소인같은 선비가 되지 말라."16고 하였으니, 어찌 힘쓰지 않겠는가?

讀書堂記 成化丙申奉教製

建大廈者, 豫養楩楠·杞梓之材於數十百年, 必待昂霄聳壑, 然後取爲棟樑之用. 適萬里者, 豫求驊駵·騄駬之種, 必豐其蒭豆, 整其鞍鞁, 然後可達燕楚之遠. 爲國家者, 豫養賢材, 亦何以異於此. 此讀書堂之所由作也.

恭惟本朝列聖相承, 文治日臻. 世宗大王神思叡智, 卓越百王, 制作之妙, 動合神明, 以爲典章文物, 非儒者, 莫可共定. 博選文章之士, 置集賢殿, 朝夕講劘治道. 又以爲研窮義理之奧妙, 博綜群書之浩穰, 非專業莫克. 始遣集賢文臣權採等三人, 特賜長暇於山寺, 任便讀書. 季年, 又遣申叔舟等六人, 便得優游厭飫, 大肆其力.

文宗繼緖, 篤志儒雅, 又遣洪應等六人給暇. 於是, 人才之盛, 極於一時, 述作之義, 侔擬中國.

今上卽位, 首開藝文館, 復古集賢之制, 日御經筵, 單精文籍, 尊崇儒術, 育養人才, 視古有加. 歲丙申, 復用祖宗朝故事, 命蔡壽等六人賜暇. 今年春, 又命金勘等六人賜暇, 就藏義寺讀書, 饔人致餼, 酒人設醴, 時遣中使, 錫賚便蕃. 仍敎政院曰: "宜於城外, 擇地開堂, 以爲讀書之所." 政院覆啓, "龍山小菴 今係公廨棄之矣. 修而葺之, 堎塏幽曠, 藏修游息, 此最爲宜."上可其請, 遣官董役, 閱兩月而成. 凡爲屋僅二十間, 而夏凉冬燠, 各具其所. 於是, 賜額曰: "讀書堂" 命臣爲記.

臣竊惟, 詩之旱麓曰: '愷悌君子, 遐不作人.' 人才之興, 繫乎上之人作成如何耳. 苟善養之, 濟濟多士, 王國克生, 不善養之, 國無其人, 誰與圖理. 若徒慕養士之名, 而苟焉取之, 鷄鳴狗盜之流, 竊吹其間, 可不謹哉? 三代人才, 皆由庠序, 而成周造士之法, 最爲詳密. 若漢之翹材, 唐之登瀛, 皆苟得一時之名, 烏足

---

15 자하(子夏, BC 507~BC 420?) : 중국 전국시대의 학자. 공자의 제자인 공문10철孔門十哲
  의 한 사람으로 예禮의 객관적 형식을 존중하는 것이 특색이다.

16 『논어論語』「옹야雍也」, "子謂子夏曰 : '女爲君子儒, 無爲小人儒'"

議爲也?

惟我國家涵養百年, 敎化開導之方, 獎勵養成之規, 實與成周造士之法, 相爲
表裏, 而泮宮玉堂之外, 又有養賢之所, 擇之精而遇之厚, 其與詩之 '每食無餘,
不承權與'者, 爲如何哉? 易曰: '聖人養賢, 以及萬民.' 傳之者曰: '養賢, 所以
養萬民也.' 今日之假館致饌, 無與治道也.

萬機之繁, 特紆宸念, 似若不切於事也. 然他日經綸治道, 黼黻王猷者, 未必不
由此輩, 而粉飾太平, 澤被生民, 其功利之及於遠者, 盖不可量也? 譬諸梗楠·杞
梓, 騄駬·騄駬之收用於一時者, 豈不萬萬乎哉? 而殿下之急先務者, 高出於前
代矣. 夫然則應是選者, 可不思副聖上樂育之恩耶?

聖人之道, 布在方策, 六經之淵深, 諸史之異同, 百家之浩汗, 必將包羅該括,
涉其流而撮其精, 觀其會而擧其要, 極其博而歸於約, 然後能深造之而逢其原
矣. 皇王帝伯之道, 禮樂刑政之本, 修齊治平之要, 擧在於此, 施諸事業, 在强勉
耳.

董子所謂 '强勉學問, 則聞見博而智益明, 强勉行道, 則德日起而大有功'者, 可
見其效矣. 徒取糟粕, 以爲記誦之資, 組織綺麗, 以爲聲律之文, 以誇世而眩俗,
則非朝廷儲養之意也.

嗚呼! 學問之功, 貴乎變化, 今日讀一書, 猶此人也. 明日讀一書, 亦猶此人也.
雖多, 亦奚以爲? 孔子曰: '學而不思則罔.' 又謂子夏曰: '汝爲君子儒, 毋爲小
人儒.' 可不勉之哉?

홍주객관기

협성俠城 송요년[1]은 성격이 신중하고 후덕하며 독실한 재주를 타고나 젊은 나이에 벼슬길에 올라 당시에 영명令名으로 이름을 날렸다. 일찍이 서원西原[2]의 부관을 역임하고, 면양沔陽[3]의 군수를 역임하였으며, 상주尙州의 목사를 역임하면서 훌륭한 정치를 베풀어서 그가 떠났지만 지금도 그를 잊지 못하는 사람들이 많다.

성화 병오년(1486년, 성종17년) 또 외직으로 나가 홍주洪州[4]목사가 되었다. 홍주는 호서지방의 큰 읍이다. 그 땅이 기름지고 넓으며, 백성이 번성하여 많아서 다스리기 어려운 고을이라고 일컬어져 왔다. 그러나 송 목사는 백성들을 너그럽게 대하고 친근하게 대접하는 정책을 써서 지시와 전달의 조목을 간략히 하고, 번쇄한 정령과 가혹한 형정을 없애니, 온 경내가 안온하여 백성들이 그의 다스림을 즐거워하였다.

하루는 후청後廳에 앉아서 회계장부를 검토하면서 통판通判[5]인 조말손曹末孫[6]에게 이르기를 "관청의 건물은 빈객들을 접대하는 곳이고 대청은 매월

---

1 송요년(宋遙年, ?-?) : 조선 전기의 문신. 자는 기수期叟, 본관은 은진恩津. 지평 계사繼祀의 아들이다. 1453년(단종 1)에 사마시에 합격하여 생원이 되었으며, 의금부도사, 청주판관淸州判官 · 상의판관尙衣判官을 역임하였고, 어버이가 연로하여 외임外任을 청해 면천군수· 상주 · 홍주목사로 나가 치적이 있었다.

2 서원西原 : 지금의 충북 청주시 일원을 가리킨다.

3 면양沔陽 : 지금의 충남 당진군의 면천 일원을 가리킨다.

4 홍주洪州 : 지금의 충남 홍성군 일원을 가리킨다.

5 조정의 신하 가운데 군郡에 나아가 정치를 감독하던 벼슬아치이다.

6 조말손曹末孫 : 본관本貫은 창녕昌寧이고 자는 찬보贊甫이고, 성종成宗 3년(1472) 별시別試

초하룻날[1일]과 보름날[15일]에 임금님께 조회를 올리는 곳이다. 그러나 이곳의 위치가 매우 낮아 섬돌 앞에서 바르게 시립侍立할 수도 없으며, 건물이 작고 좁아서 향음주례도 행할 수 없소. 또한 건물을 지은 후 세월이 오래 흘러 무너지려고 하니, 새로 지어서 지난날의 고통을 없앱시다."라고 하자, 통판이 이르기를 "삼가 명령을 따르겠습니다."라고 하며 의견일치를 보았다.

이에 일없이 노는 사람을 부려서 목재와 돌을 다듬어 기유년(1489년, 성종20년) 봄에 완성하였다. 과거 장소가 낮은 곳을 높게 하고 협소한 곳을 넓게 넓혔다. 또한 계단을 높게 만들고 건물을 넓히고 벽을 붉게 칠하니 건물이 장대하고 미려하여 고을안의 가장 아름다운 건물이 되었다.

송 목사는 서울에 있는 나에게 편지를 보내어 기문記文을 써 줄 것을 부탁하였다. 내가 답장을 보내기를 "목사의 화려한 명성은 일직이 조정에 파다하였으며 이어 과거에 급제하여 당당히 요로要路에 올라 대각臺閣에 출입하다가 어버이를 섬긴다는 이유로 외직으로 보내줄 것을 걸군乞郡하여 여러 고을의 목사를 역임하며 부모님을 섬기는 봉양을 다하였다. 이 같은 송 목사의 지극한 효성은 천성天性에서 우러나온 것이다. 또한 그는 캐고 들추어내지 않더라도 백성들이 차마 속이지 않았고, 치고 때리지 않아도 아전들이 두려워하고 심복하였으며, 마을에는 근심과 한탄하는 소리가 없었으며, 온 고을 안이 함포고복含哺鼓腹7의 즐거움이 있었으니, 이는 송 목사의 치적이 다른 고을의 목사들과 다른 점이다. 따라서 그가 어버이를 섬긴 효

에 병과丙科로 급제하여 영암군수를 역임하였다

7 함포고복含哺鼓腹 : '음식을 먹으며 배를 두드린다.'라는 뜻으로, 천하가 태평하여 즐거워하는 모습을 의미한다.

성과 고을을 다스린 능력은 당연히 역사책에 기록하는데, 한 가지도 부족함이 없다. 지금 이 같은 작은 토목공사와 군청 하나를 짓는 것으로 어찌 목사의 도리를 다했다고 말할 수 있겠는가? 그러니 나는 이에서 어찌 느낀 바가 없겠는가?

여러 고을을 두루 살펴보면, 요즈음에 와서 거의 모두 새롭게 지어서 기울고 무너져가는 곳은 열 가운데 두세 곳도 없다. 또한 모두 크고 화려하게 짓기를 과거보다 몇 배나 더하였다. 이는 어찌 옛날의 장인匠人과 석공石工들이 모두 법도에 어두웠고, 지금의 목공木工들은 모두 반영般郢[8]의 교묘한 수법이 있어서 그러하였겠는가?

이는 실로 조정이 청명淸明하고, 나라의 안과 밖이 무사無事하여 백성들이 편안하고 물산이 번성하므로 말미암아 그 사력事力에 여유가 있게 된 까닭이요, 또 옛날의 경영한 구조란 겨우 병란이 없는 틈을 타서 하였기 때문에, 그 초라한 창설創設이 저와 같았으나, 오늘날에 제작하는 자는 조용하고 한가하여 그 역량을 다할 수 있기 때문에, 그 굉장하고 화려함이 이와 같은 것이니, 이 어찌 세도의 흥체興替에 관계되어 그러한 것이 아니겠는가?

그러므로 군청 하나를 짓는 것이 목사에게는 비록 손익損益이 없으나, 위로는 국가의 승평昇平을 볼 수 있게 하고, 아래로는 목사의 현능賢能을 알 수 있게 하니, 어찌 작다고 할 수 있겠는가? 후대 사람들이 또한 당연히 지은 것을 보고 목사의 현명함을 생각하고 그 시대의 성세盛世를 상상할

---

8 반영般郢『법언法言』「군자君子」편에 나오는 인물로 고대의 솜씨가 뛰어난 장인匠人인 노반魯般과 『장자莊子』「서무기徐無鬼」편에 나오는 초楚나라 정郢땅에 사는 장인인 석石을 병칭한 것이다.

것이다. 목사의 이 업적이 어찌 아름답지 않은가?

나는 나이가 송 목사의 자제 뻘에 해당되는데도 죄송스럽게도 두 번씩이나 편지를 보내시니, 의리 상 사양할 수 없어 이 글을 써서 보낸다.

洪州客館記

俠城宋候遙年, 以謹厚篤實之才, 早登臘仕, 蜚英當世. 嘗倅西原, 守沔陽, 牧尚州, 皆有惠政, 至今有去後思. 成化丙午, 又出爲洪州牧, 洪, 湖西之巨邑, 其地沃以廣, 其民繁以庶, 號稱難治. 候用仁恕平易, 簡敎條去煩苛, 闔境晏然, 民樂爲用.

一日, 坐後廳按簿書, 謂通判曹候末孫曰: "廨宇, 所以待賓客, 而大廳, 乃朝朔望之正衙也. 地勢卑下, 無廉陛之嚴, 制度狹隘, 無行禮之所. 歲月浸深, 摧圮將至, 盍改而新之? 以起曠古之廢." 通判曰: "謹唯命." 議以克合. 於是, 鳩材伐石, 役以游手, 告成於己酉春. 向之卑者高, 狹者廣. 峻其廉陛, 而恢其規制, 塗塈丹臒, 輪焉奐焉, 爲一州之美觀.

宋候馳書於京, 徵余言爲記. 余復之曰: "候之華聞, 早播朝著, 繼占金榜, 當立登要路, 出入臺閣, 以親之故, 累乞外補, 低佪州郡, 以盡瀡瀡之養. 此候之至孝出於天性者也. 不用鈎距而民不忍欺, 不任搏擊而吏皆慴伏, 田廬無愁歎之聲, 四境有含哺之樂, 此候之政績異於列邑者也. 事親之孝, 治郡之能, 固當書于史策, 不一而足, 今茲一土木之役, 一廨宇之營, 何足爲候道哉? 雖然, 余於是盖有所感焉. 比觀州郡, 自近以來, 擧皆一新, 傾陊頹圮, 十無二三. 其制作皆宏壯華麗, 倍蓰於舊. 豈昔之匠石, 皆昧於槷蠥, 而今之梓人, 皆般郢之巧也?

此良由朝廷淸明, 中外無事, 民安物阜, 事力有裕故也. 昔之營構者, 僅乘干戈之隙, 故草創如彼, 今之有爲者, 從容閒暇, 得盡其力, 故宏麗如此, 豈非關於世道之興替而然耶? 然則一廨宇之營, 於候雖無增損, 而上可以觀國家之昇平, 次可以知牧守之賢能, 烏可少之哉? 後之人, 亦當目覩制作, 思候之賢, 而想今日之盛矣. 候之是擧, 顧不美歟. 余於宋候, 子弟行也. 辱書再至, 義不可辭, 姑書此以歸云.

금산 동헌 중수기

금산金山1은 신라시대에는 개령開寧의 속현이었고, 고려시대에는 경산부京山府에 이속되었다가 공양왕(恭讓王, 1389~1392)때 처음으로 감무가 설치되었다. 조선에 들어와서 조선의 3대 임금인 태종太宗의 태실을 안치하였으므로 승격되어 군이 되었다. 역대의 연혁이 일치하지 않으나 위치는 경상도와 충청도가 만나는 지점에 있다. 대개 일본에서 오는 사신과 나라의 사명을 받들고 청주清州를 경유하는 자는 반드시 이 길로 지나갔다. 그래서 관청에서 이들을 대접하는 번거로움은 상주尙州보다 더하여 실로 왕래가 많은 요충지이다.

옛날의 군청은 지대가 좁고 협소하며 낮고 습하여 한여름 무더운 바람이 불고 비라도 내리면 무더위가 더욱 심하였다. 손님들은 어찌할 줄 모르는 것이 마치 깊숙이 솥 가운데 앉아 있는 것 같아, 사람들은 모두 그것을 흠으로 여겼다.

성화成化 기해년(1479년, 성종10년) 가을, 병조정랑兵曹正郎인 파산巴山 이인형李仁亨2이 이곳에 부임하여 정치를 잘하여 백성들에게 은혜를 베풀고, 폐단을 없앴으며, 산업을 육성하여 경상도에서 최고가 되는 고을을 만들었다. 4년이 지난 임인년(1482년, 성종13년)에 이 군수가 고을의 원로들을 소집하여 이르기를 "관사의 설비는 빈객들을 접대하여 왕명을 존숭

---

1 금산金山 : 오늘날 경북 김천시 일원을 가리킨다.
2 이인형李仁亨 : 본관本貫이 함안咸安이고 자字는 공문公文, 호는 파산巴山이다. 세조世祖 때, 춘당대시春塘臺試에 갑과甲科로 급제하여 대사헌을 역임하였다.

하는 것입니다. 여러분의 고을은 관사를 건립한지 이미 100여년이 지나 거의 반이나 무너지고 퇴락하였습니다. 또한 예로써 손님을 접대하고 올라가 고을을 전망할 시원한 누각과 높은 정자가 없으니, 다만 어찌 관리들의 걱정뿐이겠습니까? 그것은 또한 여러 원로들의 수치입니다. 그러하니 어찌 새로 짓지 아니 하리오?"라고 하자, 원로들이 "좋다."고 하였다.

이에 보고서를 만들어 감사監司에게 보고하고 허락을 받아 목재를 구하는 등 모든 일정을 추진하는데, 한 사람의 군민도 번거롭게 하지 않고 일 없이 노는 사람을 부려서 옛 터에다 그 규모를 넓혔다. 마룻대와 서까래를 높이고 촘촘하게 엮었으며, 안에는 온돌을 놓고 밖에는 담장을 둘렀다. 붉은 색으로 칠을 바르고 꽃나무를 옮겨 심는 등, 시작한 지 겨우 반년도 안되어서 일을 마쳤다. 과거의 좁고 협소한 곳이 장대하고 미려하였으며, 낮고 습한 곳이 시원하고 건조하였다. 비록 다락과 정자가 아니더라도 지세가 높고 트여서 졸면서 관망하기가 적당하였다. 높은 산마루와 중첩한 산봉우리들이 책상 앞에서 두 손을 마주 잡고 읍揖을 하고 무성한 수풀과 평평한 풀밭이 주렴과 창살에 아롱지며 맑은 바람이 시원하고 새들이 울면서 날아다니는 등, 그윽하게 고요하고 깨끗한 모습을 볼 수 있어 사람들로 하여금 속세를 떠나고자 하는 상상을 하게 하였다. 고을의 원로들이 모두 군청의 뜰에 모여 경하하며 이 군수의 덕과 공을 즐거워하지 않는 사람이 없었다.

갑진년(1484년, 성종15년) 여름 내가 사절을 받들고 남쪽으로 오면서 조상의 묘소에 성묘를 하고, 이어 군청에 가서 이 군수를 찾아뵈었다. 이 군수는 새로 지은 동헌東軒에 앉아서 술잔을 들어 나에게 권하며 이르기를 "나의 임무는 이제 막 마쳤고 그대가 마침 왔으니, 청컨대 일의 전말을 기록하여 민멸되지 않게 해 주시오."라고 하였다.

내가 생각하니, 관우館宇의 흥폐興廢로써 한 고을의 성쇠를 알 수 있으며, 한 고을의 성쇠로써 세도世道의 흥폐를 알 수 있다. 우리 금산은 신라로부터 고려에 이르기까지 천여 년 동안 항상 속현屬縣이 되어 땅이 좁아 백성들은 먹고살기 위해 분주하게 생활하느라 피로하였으나, 지금은 승격이 되어 큰 고을이 되니, 백성들의 번거로움과 전야를 개간하는 것이 옛날보다 배가 되었다. 감무를 설치한 이후 군수를 역임한 자가 여러 사람이나 이 군수의 현명함이 가장 두드러졌다. 정사는 공평하고 송사는 사리에 맞아서 집집마다 글 읽고 노래하는 소리가 들리며, 관우館宇가 헐어져도 고치지 않았던 것을 이제 모두 새로 짓기까지 했으니, 세도의 흥하고 쇠함을 한 고을의 성쇠를 보아 알고, 한 고을의 성쇠를 관우의 흥폐를 보고 안다는 사실을 어찌 믿지 않겠는가?

일본의 사신으로서 연이어 여기에 오는 자는 반드시 지금 달라진 광경을 보고 놀랄 것이며, 더욱 조정의 정치가 전에 비하여 점점 융성해 지는 것을 알고, 마음속으로 우러러보고 부러워 할 것이다. 그러하다면 이 군수의 이런 업적이 어찌 작다고 할 수 있겠는가?

더군다나 이 군수는 세상에 뛰어난 명성으로써 많은 선비들 중에서 장원하고, 출세 길에 마음껏 날 수 있는 빛나는 소문이 날로 퍼졌거늘, 영전할 뜻을 끊고 편히 봉양하려고 고을에 나갈 것을 청하여, 그 큰 재주를 굽히어서 한 고을을 다스림에 있어 청렴으로서 몸가짐을 하고, 위엄으로써 관리를 거느리며, 자애로써 백성들에게 은혜를 베풀었으며, 모든 장부와 문서, 작고 큰 사무를 꼭 한결같이 처리하고, 나머지 일도 모두 정리하지 않은 것이 없었다. 또한 사방의 백성들이 일찍이 도끼를 들고 벌목하거나

성을 쌓는 수고로움을 알지 못하였으니, 그들을 부리는 데는 간단하면서도 공을 거두는 데는 신속하였다. 훗날 조정에 들어와서 사업을 맡았을 때는 이 같은 방법을 쓸 것이 분명하다.

훗날 이 군수의 뒤를 이어 부임한 자는 이 군수의 뜻을 체득하고, 이 군수가 서둘러 시행하지 못한 것에 더욱 미쳐 실천한다면, 이 또한 우리 백성들의 복이면서 내 고향의 지극한 행운일 것이다.

원문 金山東軒 重修記

金山, 在新羅, 爲開寧領縣, 高麗時, 移屬京山府, 恭讓朝, 始置監務. 本朝以恭靖大王安胎, 陞爲郡. 歷代沿革不一, 而地居慶尙忠淸之交. 凡日域來聘之使, 與夫本國命之由淸州者, 必道于此, 而館待供頓之煩, 螫於尙州, 實往來之要衝也.

舊有廨宇, 隘陋卑湫, 炎風暑雨, 鬱蒸尤甚. 客來者, 悶悶然如坐深甑中, 人咸病之. 成和己亥秋, 兵曹正郎巴山李侯仁亨, 來守于玆, 政化惠孚, 獘祛利興, 治爲一道最. 越四年壬寅, 召謂鄕之父老曰: "館舍之設, 所以待賓客尊王命也. 爾邑自建迄今百餘年, 頹圮將半. 又無凉臺, 高榭禮接登覽之所, 豈徒爲吏者之憂? 抑亦爾父老之羞, 盍圖而新之?" 父老曰: "唯唯."

於是, 具由申監司得報, 鳩材程功, 不煩一民, 役以遊手, 卽舊基而恢其規模. 高薨桷而緻其營構, 內燠室外垣墻, 塗飾丹堊, 蒔種花卉, 首尾纔半年而斷手. 嚮之隘陋者輪奐焉, 卑湫者爽塏焉. 雖不臺不榭, 而地勢高豁, 宜於睡望層巒, 疊嶂拱揖於几案, 茂林干楚, 暎帶於簾櫳, 淸風颯然, 禽鳥鳴翔, 幽觀簫灑, 使人有出塵之想矣. 鄕之父老, 擧集賀於庭, 無不樂侯之德而神其功焉.

甲辰夏, 余奉使南來, 覲省于親庄, 仍詣郡謁侯. 侯坐於新軒, 擧觴屬余曰: "吾之役才畢, 而子之行適至, 請記事之顚末, 以示不泯." 余惟館宇之廢興, 足以知一鄕之盛衰, 一鄕之盛衰, 足以知世道之隆替. 吾郡歷新羅高麗千有餘年, 恒爲屬縣, 壤地偏少, 民疲於奔走, 而今則陞爲大郡, 生齒之煩, 田野之闢, 倍於昔時. 自置監務以來, 前後積幾人, 而侯之賢最著. 政平訟理, 比屋絃誦, 至於館宇之廢隳不葺者, 今則擧皆新之, 世道之隆替, 觀於一鄕之盛衰而知, 一鄕之盛衰,觀於館宇之廢興而知者, 詎不信也.

日邦之使, 絡繹于玆者, 必將驚今之改觀, 益之聖朝之治, 比舊漸隆, 而歆艷於心矣. 夫然則侯之此擧, 豈可以小之哉? 況侯以高世之名, 大魁多士, 翶翔雲路, 華聞日播, 而絶意榮進, 乞郡便養, 屈其大才, 施於一邑, 廉以持其身, 威以畏其吏, 慈以惠其民, 凡簿書期會, 一應細大之務, 罔不修擧, 餘事及於營繕. 而四境之民, 曾不知斧斤版築之勞, 其操術簡而收功速. 他日立朝廷措事業, 亦將用此道也, 無疑也. 後之繼侯而來者, 倘能體侯之志, 而益及侯之所未遑者, 則斯㪘亦吾民之福, 而吾鄉至幸也耶.

선산 양소루기

시진市津1송요년宋遙年 군수가 선산善山2을 다스린 지 4년, 군정이 안정되고 풍년이 들어 공사간公私間에 여유가 생겼다. 이에 옛날 낡은 군청을 헐고 새로 지었다. 또 군청의 동북쪽 언덕에 터를 다듬고 네 개의 기둥을 세워서 누대를 만들어 사신들의 연회와 휴식의 장소로 삼았다. 적황색으로 벽을 발라 화려한 듯하나 사치스럽지 않고 질박한 듯하나 투박하지 않았다. 누대가 완성이 되자 나에게 이름을 지어줄 것을 청하였다.

내가 답장을 보내기를 "무릇 누대를 만드는 것은 왕인王人3을 위해서 만든다. 그러나 다만 산천의 경치만을 위하는 것뿐이라면 군자는 또한 그것을 취하지 않는다. 영남지방에 누대가 유명한 곳은 진주[촉석루]4, 밀양[영남루]5, 울진[월송정]6, 영천[조양각]7 등인데, 모두 매우 아름답게 뛰어나서 드넓게 확 트인 경관을 한두 곳으로만 헤아릴 수가 없으며, 나머지 이름난 정자와 경치 좋은 객관을 이루다 거론할 수가 없다. 여기저기에서

1　시진市津 : 은진현의 옛 명칭으로 지금의 충남 논산시 은진면 일원을 가리킨다. 즉 송요년의 본관이 은진 '송씨'임을 말한 것이다.

2　선산善山 : 지금의 경북 선산군, 구미시 일원을 가리킨다.

3　왕인王人 : 임금의 명령을 받들고 온 사람, 즉 지방관을 의미한다.

4　촉석루矗石樓 : 경상남도 진주시 본성동에 있는 누각. 남강南江에 면한 벼랑 위에 세워진 단층 팔작八作의 웅장한 건물로, 진주성의 주장대主將臺이다.

5　영남루嶺南樓 : 경상남도 밀양시 내일동 밀양강 가의 절벽 위에 위치한 밀양 객사客舍의 부속 누각으로 보물 제147호이다.

6　월송정越松亭 : 경상북도 울진군 평해平海에 있는 정자亭子로 관동팔경의 하나이다.

7　조양각朝陽閣 : 금호강 벼랑 위에 세워진 누각으로 일명 명원루, 또는 서세루라고 불린다.

찾아온 손님들은 모두 지겹도록 많이 보았으니, 누가 기꺼이 이곳을 눈 여겨 보겠는가?

그렇지만 드넓은 광야를 내달리는 짐승도 지치면 무성한 풀섶을 그리워하고 하늘을 나는 새도 피로하면 우거진 숲속에 깃들듯이, 나다니면 조용히 있을 것을 그리워하는 것이 만물의 본성이다. 누각이 객관에서 아주 가까운 거리에 있는데, 자못 맑고 조용하며 한가한 운치가 있으니, 당연히 쇠를 녹일 듯한 뜨거운 여름날 좀도둑을 판결하는 도중에 정신이 아찔하고 피로해지면 옷가슴을 풀어 헤지고 한 번 오르면 정신이 온화하게 맑아진다. 잠시 후 마음속이 욕심이 없고 맑아져서 내 자신과 외경外境을 모두 잊어 저절로 무궁한 맛이 있게 되는데, 어찌 한갓 우울한 마음을 떨쳐버리는 데 그치겠는가? 몸과 마음이 안정된 상태에 이르러서 온갖 변화에 대응하고 널리 호응하여 곳곳마다 마땅하게 될 것이니, 그러기를 기약하지 않았어도 저절로 그렇게 될 것이다. 비록 뛰어난 경관은 아니나 누각이 정치를 하는 사대부들에게 도움이 될 만한 것이 무엇이겠는가?

진실로 절약하여 쓰지 않는다면 비록 제운루齊雲樓8와 낙성루落星樓,9 정간루井幹樓,10와 여초루麗譙樓11같이 화려하게 하늘 높이 만든 누각들이라도 다만 높이 올라 멀리 바라볼 수 있다뿐이지, 어찌 사람들에게 이로움이 있

---

8 제운루齊雲樓 : 중국의 강소성江蘇省 소주자성蘇州子城위에 있는 누각으로 당唐나라의 조공왕曹恭王이 창건한 누각으로 매우 높아서 구름과 맞닿았다고 하여 제운루齊云樓라고 하였다.

9 낙성루落星樓 : 중국 남경시南京市 동북쪽의 강가에 있는 낙성산落星山 위에 있는 누각이다.

10 정간루井幹樓 : 중국 장안성의 건장궁建章宮의 북쪽에 있는 누각으로 한漢나라 무제武帝 때 건립되었으며, 정간대井幹臺라고도 한다.

11 여초루麗譙樓 : 『장자莊子』「서무귀徐無鬼」편에 나오는 화려하면서도 드높은 누각이다.

겠는가? 청컨대 이름을 '양소루'라고 하라. 훗날 이 누각에 오르는 사람들이 과연 앞에서 말한 바와 같다면 송 군수가 임금의 명령을 수행하는 관리들을 대접한 것이 어찌 소홀하다고 하겠는가? 그리고 내가 '양소루'라고 이름을 지은 것이 거의 적중하지 않았다고 하겠는가?

송 군수가 '소素라고 뜻을 붙인 이유를 자세하게 풀이해 줄 수 있겠는가?'라고 요청하자, 내가 대답하기를 '소素는 질박함이요, 검소함이다. 문文과 질質은 비록 한쪽을 폐할 수는 없으나, 질質이 아니면 문文은 펼칠 곳이 없다.' 그러므로 공자孔子는 회사후소繪事後素12로 자하子夏13의 질문에 대답하였다. 검소함은 덕德의 토대가 된다. 요堯임금은 흙으로 만든 계단 위에 초가집을 짓고 살았고, 우禹임금이 누더기 옷을 입고 누추한 궁궐에서 생활한 것이 바로 이것이다. 군자의 학문은 실질을 숭상하고 근본을 도탑게 하며, 검소함을 숭상하고 실질에 힘쓰는 것이다. 일을 하는데 베풀고 정사政事에 이루어지게 하는데 불과할 뿐이다. 그러한 연후에 양소養素의 공효를 다하여야 거의 성현의 위치에 가까워질 것이니 어찌 힘쓰지 않겠는가?"라고 하자, 송 군수가 "좋다."라고 하였다.

원문   善山養素樓記

市津宋侯遷年, 治善之四年, 政成年登, 公私有裕, 乃撤舊館而新之. 又於東北隅, 闢地起樓四楹, 以爲使華燕息之所. 塗墍丹艧, 華而不至於侈, 質而不至於朴. 旣成, 請名於余. 余復之曰: "凡樓臺之作, 爲王人設也. 然徒役志於山川景

---

12 『논어論語』「팔일八佾」편에 '그림은 먼저 바탕을 손질한 후에 채색한다는 뜻'으로, 사람은 좋은 바탕이 있는 뒤에 문식文飾을 더해야 함.'을 비유하여 이르는 말이다.

13 중국 춘추 시대의 유학자, 본명은 복상(卜商, B.C. 507~?B.C.420)이며 공자의 제자로서 십철十哲의 한 사람이다.

物而已, 君子亦無取焉. 嶺之南, 樓臺之最名者, 如晉·如密·如蔚·如永, 瓌奇絶特, 廣遠寥廓之觀, 非可以一二數, 自餘名亭華館, 不可勝擧. 賓客之東西來者, 皆慣看厭見, 誰肯着眼於此.

雖然, 走壙之獸, 困思豐草, 飛空之鳥, 倦投深林, 動則思靜, 物之情也. 樓在客館跬步之地, 頗有清幽蕭散之致, 當畏景鑠金之日, 雀鼠剖抉之餘, 神昏氣倦, 披襟一登, 頤精神養冲素. 一霎之間, 靈臺澹然, 心境兩忘, 自有無窮之至味, 豈徒暢宣鬱湮而已? 馴致定靜安慮之域, 至酬酢萬變, 泛應曲當, 不期然而然矣. 雖無絶異之觀, 而樓之有助於賦政之大夫, 爲如何哉?

苟不切於用, 雖齊雲·落星·井幹·麗譙, 徒臨高望遠而已, 何益於人耶? 請名之曰: '養素.' 異日登斯樓者, 果如上所云, 則侯之所以餉王人者, 夫豈淺哉? 而余之命名, 不其中的矣. 侯曰: '訓素之說 可得聞其詳乎?' 曰: '素者, 質也, 儉也. 文質雖不可偏廢, 而非質文無所施, 故孔子以繪事後素, 答子夏之問. 儉者, 德之基也. 堯之茅茨土階, 禹之卑宮惡衣, 是已. 君子之學, 尚質而敦本, 崇儉而務實. 施之於事, 達之於政, 不過如斯而已. 夫然後, 能盡養素之功, 庶幾聖賢之域, 可不勗之哉. 侯曰: '善.'"

황간 가학루 중수기

황간黃澗[1]고을은 드높은 산마루를 의지하고, 절벽을 굽어보고 있다. 동남쪽의 모든 계곡의 물들이 그 아래로 돌아 꺾이어 서쪽으로 가는데, 세차게 흘러 돌에 부딪치면 거문고와 비파, 피리 같은 소리가 주야로 끊어지지 않는다. 고을 서쪽 5리쯤 되는 곳에 서너 봉우리가 우뚝 솟아 들여볼 듯 섰는데, 그 가운데 청학굴이 있다. 바위골은 그윽하고 깊으며 연기와 안개가 아득하여, 지나는 사람은 인간세상이 아니라고 의심한다. 객관 모퉁이에 성가퀴가 있어 푸른 언덕에 임해 있고, 그 위에 옛날부터 누대가 있었는데, 이것이 '가학루'라고 한다.

영락 연간永樂年間[2]에 상공을 역임한 귀암 남재南在[3]가 현판을 달았다. 그 뒤에 불에 타서 객관과 함께 모두 재가 되었고, 다만 주춧돌만 남아 있은 지 40여 년이나 되었다. 성화 병오년(1486년, 성종17년)에 밀양 손번孫蕃[4]이 청아하고 통달한 재주로써 교서관에 뽑혀 들어갔다가 어버이가 늙음을 이유로 수령으로 나가기를 청해서 이 고을을 다스리게 되었는데, 부임하자마자 기강이 일신해지고 한 해도 되지 않아 고을 안이 크게 다스려졌다.

---

1 황간黃澗 : 지금의 충북 영동군 황간면 일원을 가리킨다.

2 영락연간 : 명明나라 성종成宗의 연호로 1403~1424년이다.

3 남재(南在, 1351~1419) : 본관은 의령宜寧이고, 자는 경지敬之. 호는 구정龜亭, 시호는 충경忠景이다. 이색李穡의 문인으로 이성계를 도와 조선개국에 공을 세운 공신. 개국공신 1등에 책록되고 의성군에 봉해졌다. 후에 경상도도관찰사, 우의정, 영의정 등을 지냈다.

4 손번孫蕃 : 본관은 밀양密陽이고, 성종成宗11년(1480년) 식년시式年試에 을과乙科에 급제하여 판교判校를 역임하였다.

이에 아전 및 백성들과 의논하여 공장工匠들을 모아서 객관을 중수하는 것을 자기의 임무로 삼아 기유년(1489년, 성종20년) 8월에 공사를 시작하여 이듬해(1490년, 성종 21년) 7월에 완성하였다. 먼저 정청政廳을 세우고 다음으로 익실翼室을 지었으며, 익실 동남쪽에는 옛터에다 누대 세 칸을 나란히 짓고, 그러고 나서 '가학駕鶴'이라고 현판을 달았다.

비록 이것은 기왓장과 들보가 서로 연해서 따로 지은 것은 아니나 바라다보면 날아가는 듯하고, 난간과 문 가운데 강산을 맞아들이고 책상과 자리 위에 항해沆瀣를 일으키는 듯하며, 허공에 매달린 듯한 빼어난 경치가 실로 이 한 도[충청도]에서 제일이었다. 여기 오르는 자는 표연히 낭원閬苑5과 단구丹丘6를 밟는 듯하다.

손 현감이 이 누각을 중수한 대강을 글로 적어서 나에게 기문記文을 청하였다. 내가 생각건대, "경境이 스스로 명승이 되는 것이 아니라 사람으로 인해서 명승이 되는 것이니, 폐廢하고 흥興하는데 경境과 사람이 만나고 합하는 운이 어찌 우연한 것이겠는가? 우주에 이 강산이 생긴 이후로 반드시 구안자具眼者를 기다려야만 능히 그것을 발휘되고 이름을 드러내서 문자로 적어 무궁하게 후세에 전할 수 있는 것이니, 황강黃岡이 소동파蘇東坡를 만나지 못했으면 적벽赤壁이 어찌 이름이 나타났을 것이며, 무이武夷7가 주회암8을 만나지 못했으면 운곡雲谷9이 어찌 이름이 알려졌겠는가?

---

5 낭원閬苑 : 낭풍閬風의 정원으로, 전설상 전해오는 신선神仙이 거주하는 곳을 의미한다.
6 단구丹丘 : 신선神仙이 산다는 곳으로 밤낮이 늘 밝다고 한다.
7 무이산 : 중국 복건성福建省 숭안현崇安縣에 있는 명산으로 옛날 신인神人 무이군武夷君이 이곳 에 거주했다고 하여 붙은 이름이다. 무이산武彝山이라고도 하며 중국 송나라의 유학자 주희朱熹가 이곳에서 노닐며 지은 무이구곡가武夷九谷歌가 있다.
8 주자(朱子, 1130~1200) : 자는 원회元晦·중회仲晦, 호는 회암晦庵·회옹晦翁·운곡산인

그러나 소동파의 필력과 주회암의 도학도 반드시 적벽과 무이의 도움이 없다고 할 수는 없을 것이니, 경치와 사람이 서로 만나고 서로 도움을 주는 유익함을 어찌하겠는가?

이제 황간의 시내와 산과 문물은 처음에는 귀암[남재]을 만났고, 두 번째는 손 현감을 만나서 하늘이 능히 숨기지 못하고 땅이 능히 감추지 못해서, 그 맑은 경치를 더욱 더하게 하고 그 정채를 발하게 되었으니, 어찌 천고에 다행한 일이 아니겠는가?

손 현감이 정사를 보는 여가에 여기 올라가 바라보면, 청산은 스스로 푸르고 백운은 스스로 희어 마음 가운데 조그만 티끌도 일어나지 않아서, 소연히 세상 근심의 시끄러운 것을 잊고, 유연히 도체의 유행함을 보아서 학문이 날마다 고명 광대한 지경에 나아갈 것이니 어찌 한갓 그 문장을 크게 드날리고 그 생각하는 것을 도울 뿐이겠는가? 그러면 이것은 황간의 다행함이겠는가? 또한 손 현감의 다행함이겠는가?

나는 티끌 속에 파묻혔으면서 남쪽 나라의 강산을 마음속으로 그리워한 지 오래되었다. 훗날 어떤 일이 있어 남쪽으로 가게 되면 이곳에 가서 놀며 누각에 올라 한번 취해 임고도사의 꿈을 다시 잇고,10 구령자 진11의 옷소매를 잡아당기며 최호12와 이태백의 시를 읊으며, 가학의 뜻을 자세히

雲谷山人·창주병수滄洲病叟·둔옹遯翁이며 이름은 희熹이다. 복건성福建省 우계尤溪 출생, 중국 송대의 유학자로 주자학을 집대성하였다.

9 무이산의 계곡, 여기에서 주자가 은거하며 무이구곡가武夷九谷歌를 지어 유명해졌다.

10 소동파의 〈적벽부赤壁賦〉에, "검은 학이 울며 배를 스치고 지나간 뒤에 꿈에 한 도사가 임고를 지나다가 소동파를 보고, '적벽의 놀이가 즐거운가?' 하였다. 동파는 어젯밤에 날아서 울며 지나간 것이 자네가 아닌가?"하였다는 말을 의미한다.

11 구령자緱嶺子 진晉 : 구령緱嶺에서 학을 타고 피리 불며 신선이 된 주周나라 영왕靈王의 태자 진晉을 가리킨다.

토로하여 묵은 소원을 풀어볼까 하노라."라고 하였다.

黃澗 駕鶴樓 重修記

黃之爲邑, 據層巓俯絶壁. 東南衆壑之水, 來繞其下, 盤折而西, 湍流激石, 琴
筑竽籟之音, 不絶晝夜. 縣之西五里許, 有數峯斗起, 闠然而止, 中有靑鶴窟. 巖
洞幽邃, 煙霞縹渺, 過之者疑非人寰中境界也. 客館之隅, 跨雉堞臨蒼崖, 舊有
樓曰: '駕鶴.'

永樂年間, 龜岩南相公在揭扁也. 後燼於火, 與客館俱灰燼, 只留殘礎者四十
餘年. 成化丙午, 密陽孫侯蕃, 以淸雅通達之才, 選入芸閣, 以親老乞郡, 宰是
邑. 甫下車, 而紀綱一新, 未閱歲, 境內大治.

乃謀吏民, 鳩集工徒, 以重營廨宇爲己任, 始事於己酉八月, 斷手於明年七月,
首建正廳, 次及翼室, 室室之東南, 仍舊址橫起樓三楹, 因扁以駕鶴.

雖黌檻相連, 不別營建, 而望之翼如, 迎江山於欄楯之中, 挹沆瀣於几席之上,
凌虛架空, 絶特之觀, 寔冠於一道. 登之者飄然如蹕閬苑而仍丹丘也.

孫侯以樓之槃, 走書請記. 余惟, 境不自勝, 因人而勝, 廢興遇合之數, 豈偶然
哉? 自有宇宙, 便有此江山, 而必待具眼者, 然後爲能發揮而標名之, 載諸文字,
垂之無窮. 使黃岡不遇坡公, 赤壁何因而顯名? 武夷不遇晦菴, 雲谷何由而知
名? 雖然, 坡公之筆力, 晦菴之道學, 未必無赤壁武夷之助也. 則境與人之相遇
相資之益, 爲如何哉?

今黃之溪山雲物, 初遇於龜巖, 再遇於孫侯, 天不能祕, 地不能藏, 增益其淸勝,
開發其精彩, 豈非千古之一幸? 而侯於簿書之暇, 登臨擧目, 靑山自靑, 白雲自
白, 方寸之間, 一塵不起, 翛然忘世慮之紛糾, 悠然觀道體之流行, 學日進於高
明廣大之域矣. 豈徒昌其文辭, 助其謀慮而已耶? 然則黃之幸也歟? 侯之幸也

---

12 최호崔顥의 〈등황학루登黃鶴樓〉 시에, "옛사람이 이미 황학을 타고 떠났는지라, 이 땅에
는 공연히 황학루만 남았네. 황학이 한번 가서 다시 돌아오지 않으니, 흰 구름만 천년
이나 부질없이 오락가락하네. 날 갠 냇물엔 한양의 숲이 역력히 비치고, 향기로운 풀은
앵무주 물가에 무성하도다. 날은 저문데 향관이 그 어디인가? 연기 자욱한 강가에서
사람을 시름하게 하네.昔人已乘黃鶴去, 此地空餘黃鶴樓, 黃鶴一去不復返, 白雲千載空悠悠, 晴川歷歷
漢陽樹, 芳草萋萋鸚鵡洲, 日暮鄕關何處是, 煙波江上使人愁."라고 읊은 것을 말한다.

歟?

　余困於塵中, 南國之江山, 係戀於懷者, 久矣. 他日何事南歸, 獲遊玆地, 尚登樓一醉, 續臨皐道士之夢, 把縱嶺子晉之袂, 詠崔灝·太白之詩, 細討駕鶴之說, 以償宿昔之志.

고령 객관기

신청경申淸卿현감은 상국相國을 역임한 문충공 신숙주申叔舟[1]의 조카이다. 집안 대대로 유가儒家의 학문을 닦았으며, 나와 함께 사마시司馬試에 합격하였다. 일찍이 고령군수를 지냈는데, 그는 군수의 직분을 성실하게 수행하였으면서도 옷차림이나 음식 등, 사람들로부터 칭찬받는 일에 크게 신경을 쓰지 않았다. 그러나 친구들과 빈객賓客들은 이구동성으로 그를 칭찬하였고 이간질하는 사람이 없었다. 또한 그는 소소한 은혜를 베풀어 분쟁이나 사건 등을 적당히 처리하는데 연연하지 않아 백성들이 모두 사모하여 우러러 보기를 마치 부모처럼 하였다.

임기를 마치고 떠나는 날에는 말의 끌채를 놓아주지 않고 말을 올라타고 발을 딛는 등자鐙子를 끊어 놓아 떠나지 못하게 하였으며, 고을 사람들이 사모함이 끝이 없어, 법을 잘 지키며 열심히 근무하는 관리에게 해주는 옛 풍습에 따라 그를 위해 생사당生祠堂[2]을 만들었다. 조정에서는 특별히 칭찬하고 장려하여 한 계급을 올려주었다. 이는 군수가 천성이 어질고 너그러우며, 진실하여 화려한 것을 좋아하지 않아 백성들을 접촉하고 사귀는데, 한결같이 지극한 정성으로 하였기 때문이다.

홍치弘治[3] 경술년(1490년, 성종 21년)에 어버이의 봉양을 이유로 걸군

---

1 신숙주(申叔舟, 1417~1475) : 조선 초기의 문신으로 본관은 고령, 자는 범옹泛翁, 호는 희현당希賢堂 또는 보한재保閑齋이다. 훈민정음 창제에 공을 세웠으며, 『세조실록』의 편찬에 참여하고 『동국통감』·『오례의』를 편찬하였다.

2 생사당生祠堂 : 감사監司나 수령守令의 공적을 백성들이 고맙게 여겨, 그 사람 생시生時에 그를 위하고자 모시던 사당을 말한다.

乞郡하여 외직으로 나가 고령高靈군수가 되었다. 고령은 신 군수의 관향貫鄕으로 아전과 백성들의 진실과 거짓, 풍속의 순후함과 경박함을 두루두루 잘 알았다. 군청의 일을 맡자마자 기율紀律을 새롭게 하여 번거롭고 까다로운 것을 제거하는 데 힘썼다. 한결같이 영산靈山4을 다스리던 방법으로 다스리자, 백성들은 흡족해 하며 마음을 놓았다. 조정에서 또 교지를 내려 칭찬하자 신 군수의 명성은 온 나라 안에 가득하였다.

신 군수는 항상 관아官衙가 낮고 좁아 새롭게 개축해야겠다고 마음먹은 것은 오래되었으나, 고을이 사통팔달四通八達하는 큰길가에 위치하고 있어 관리들이 타고 오는 말과 수레가 끊임없이 오고가니, 아전들은 이들을 맞아들이고 전송하느라 고생을 하고 백성들은 이들을 받들어 모시는데에 힘들어 하자, 관아官衙를 짓는 일에 온힘을 썼지만 세월만 흘러갔다.

계축년(1493년, 성종24) 봄, 마침 관아官衙가 화재가 나서 타버리자, 결국 신 군수는 결연한 의지를 가지고 목재를 다듬고 기와를 굽는 등, 놀고 있는 사람들을 부려서 정청正廳 3칸과 좌우에 각각 회랑回廊 5칸, 대청 좌, 우편에 딸려 있는 방 3칸, 동헌東軒에 붙여 만든 누각 3칸, 아전들이 숙직하는 방의 북쪽에 누각 3칸을 달아냈다. 그리고 연못을 파서 도랑물을 끌어들이고, 그 안에 연꽃을 심었으며, 담장을 둘러서 치고 여러 가지 꽃들을 뒤섞어 심었다. 이 해 가을에 완성하였는데, 집은 모두 50여 칸이 되었다. 여름에는 서늘하였고 겨울에는 따뜻하였으며, 산뜻하고 아름다웠지만 각기 규정에 따라 맞게 지었다.

내가 이 사실을 듣고서 칭찬하기를 "옳구나. 신 군수가 저축하여 쓰는

3 명明나라 효종(孝宗, 1488~1505)의 연호이다.
4 영산靈山 : 지금의 경상남도 창녕 지역의 옛 지명이다.

데 힘썼구나. 신 군수가 어진 사랑으로 베푼 은혜가 한 고을에 두루 퍼져 사람들의 마음속에까지 미쳐 관아를 새로 짓는데 마치 자식처럼 달려와서 도왔구나."라고 하였다. 신 군수가 고을을 다스린 행적은 마땅히 영천潁川5 · 중모中牟6 · 발해渤海에서나 찾을 수 있으며, 역사서에 선명하게 빛나 영원히 후손들에게 수범이 될 것이다. 그러니 지금 이처럼 관아를 개축한 것을 어찌 입안에서만 우물거리면서 칭찬하지 않겠는가?

비록 그러하나 고령현은 옛날 신라시대 대가야大伽倻로 나라를 세워 500여 년간이나 지속되었으며, 산수의 경치가 영남지방에서 제일이었다. 그러나 고려 초부터 강등되어 작은 현縣이 되었고, 또한 지역이 한쪽으로 치우쳐 있고 아주 작아서 잘 다스려지지 않아 백성들이 잔악하여 관아가 조그맣고 초라해도 괴이할 것이 없었다.

지금 한 번 어진 현감을 만나 능히 100년 세월 동안 퇴락되었던 것을 일으키자, 가야산의 구름과 사물도 또한 모습을 고치게 되었으니, 어찌 이 백성의 복이 아니며, 이 고을의 다행이 아니겠는가? 하물며 공사에 오랜 시일이 소요되지도 않았고, 재물을 손상하지 않았으며, 백성을 힘들게 하지도 않아 성인이 백성을 부림에 때에 맞게 하는 뜻에도 들어맞았으니,7 더욱 기록할 만한 일이라 하겠다. 고을의 원로들도 미담으로 삼고 현감의 덕을 사모함이 오래갈수록 끝이 없으리라. 영산고을이야 의심할 것이 없지

---

5   영천潁川 : 중국 하남성에 있는 현으로 황패黃霸가 이곳의 현감을 지내며 선정을 펼쳤다.

6   중모中牟 : 중국의 하남성에 있는 현이다. 『후한서後漢書』「노공전魯恭傳」에 의하면, 노공魯恭이라는 사람이 이 고을의 원님이었는데, 어진 정치를 베풀어, 그 덕이 짐승에게 까지 미쳤다고 한다. 그래서 온 나라 안이 메뚜기가 창궐하여 농작물을 다 갈아 먹었으나, 이곳에는 메뚜기가 출몰하지 않았다고 한다.

7   『논어論語』「학이學而」, "敬事而信, 節用而愛人, 使民以時."

만 신 현감의 사업은 당연히 황패黃霸[8]·탁무卓茂[9]와 부합된다고 할 수 있다.

원문 高靈 客館記

申侯淸卿, 相國文忠公之從子也. 世業儒雅, 與余同登司馬試. 嘗宰靈山, 勤於
其職, 不屑屑於飾廚傳于時譽, 而故舊賓客, 交口稱道, 人無間言. 不規規於煦
煦撫摩, 而民皆愛慕, 仰若父母. 見代之日, 攀轅截鐙. 邑人思之不已, 爲立生
祠, 有循吏之古風. 朝廷特加褒獎, 賜一級. 蓋侯之天性仁恕, 恫愌無華, 莅民接
物, 一以至誠故也.

弘治庚戌, 以親老又出爲高靈宰. 高靈, 侯之鄕貫, 吏民之情僞, 風俗之淳漓,
靡不周知. 旣視事, 新其紀律, 務去煩苛. 一以治靈山者治之, 民乃洽然, 闔境安
堵. 又下旨褒美, 由是, 侯之名聲, 藉藉中外.

侯常以廨宇湫隘, 欲改而新之者, 久矣. 而邑在通逵大道之傍, 輪蹄絡繹, 吏苦
於迎將民困於供億, 重用其力, 累淹歲時.

癸丑春, 適有回祿之眚, 侯遂決意, 取材陶瓦, 役以遊手, 起正廳三楹, 左右廊
各五楹, 翼室三楹, 東軒橫閣三楹, 直軒之北, 連起樓三楹. 引渠鑿沼, 種蓮其
中, 繚以垣墻, 雜植花卉. 是年秋, 功告訖, 凡爲屋摠五十餘間. 涼宜於夏, 燠宜
於冬, 鮮麗明媚, 各稱規制.

余聞而嘉之曰: "有是哉. 侯之懋於績用也. 侯之仁恩, 浹於一境, 在人心腹, 凡
有興作. 如子來趨." 侯之治邑, 當求諸穎川·中牟·渤海之間, 彪炳史策, 垂之罔
極. 今此營繕, 何足置於牙齒, 爲侯稱道哉? 雖然, 縣, 古新羅大伽倻, 立國五百
餘年, 山水之勝, 甲於嶺南. 而自麗初, 降爲小縣, 壤地之偏, 有同黑誌, 政荒民
殘, 無怪乎廨宇之矮陋也.

今一遇賢宰, 而能起百年曠古之廢, 倻山雲物, 亦爲改觀, 豈非斯民之福而玆

---

8 황패黃霸 : 『한서漢書』「순리전循吏傳」〈황패黃霸〉조에 의하면, 황패黃霸가 백성들을 법대
   로 다스리고 아전들을 잘 검속하여 백성들의 원망을 사지 않았다고 한다.

9 탁무卓茂 : 『후한서後漢書』「탁무전卓茂傳」에 의하면, 탁무卓茂가 유술儒術로써 천거되어
   시랑侍郞을 거쳐 하남성의 지방관으로 근무할 때, 교화가 크게 행해져서 백성들은 길거
   리에 떨어져 있는 물건을 주워가지 않았으며, 온 천하에 메뚜기가 창궐하여 하남성의
   20여개 고을에 피해를 주었으나 탁무가 다스린 현에는 출몰하지 않았다고 한다.

邑之幸耶? 況役不淹時, 不傷財, 不屬民, 深得聖人使民以時之義, 尤可書也已.
鄕之父老, 以爲美談, 思侯之德, 愈久而愈無窮. 如靈山也無疑, 而侯之事業, 當
垺於黃霸·卓茂之輩, 其可涯也.

함창 함령루기 * 선생께서 누각의 이름을 고쳐서 "광원"이라고 하고 기문을 썼다.

　나의 4촌 동생인 존신存愼이 함령咸昌1의 현감이 된 지 2년이 지난 어느
날, 나에게 이르기를 "함령고을은 경상도의 중요한 길목에 위치하고 있어
서 높은 벼슬아치를 태운 수레들이 오고가며 이곳에 폭주하고 있으니, 관
우館宇와 누사樓舍를 건축하는 것이 시급한 문제입니다. 그리고 오래되어
낡은 '함령루'라는 누각이 객관客館의 동쪽에 있는데, 규모가 협소합니다.
상주尙州 목사인 이전수李全粹가 그 이름이 너무 광대하다고 여겨 개축하고
는 '청신淸新'이라고 바꾸고 기문을 쓴지도 거의 30년이나 되어 용마루는
뒤틀리고 기둥은 기울어져 사람들이 올라갈 수가 없습니다.
　관찰사인 김군량金君諒2께서 이 누각이 무너져가는 것을 개탄하고, 우리
고을의 형편이 열악하여 돈이 없음을 고려하여 약간의 영포巓布를 내놓고
현감인 이자李滋3에게 맡겨서 개축하도록 하였습니다. 이 현감이 목재를
구하는 등, 막 공사를 시작하자마자 불행하게도 병으로 죽었습니다. 그래
서 지금 제가 그것을 이었으니 앞의 일을 그만 둘 수가 없었습니다. 이에

1　함령咸昌 : 지금의 경북 상주시 함창읍 일원이다.
2　김심(金諶, 1445~1502) : 조선 전기의 문신. 본관은 연안이며, 자는 군량君諒이다. 김종
　직金宗直의 문인門人으로 1468년(세조 14) 생원이 되고, 1474년(성종 5) 식년문과에 급
　제하여 사섬시첨정, 홍문관직제학 등을 역임하고, 1496년(연산군 2) 정조사正朝使로 명
　나라에 다녀온 뒤 대사헌이 되었고, 뒤에 지중추부사에 이르렀다. 시호는 문정文貞이다.
3　이자(李滋, 1466~1499) : 조선 초기의 문신. 본관은 광주廣州이며 자는 수덕樹德이다.
　1494년(성종 25)별시문과에 병과로 급제하여 홍문관의 정자·저작·박사 등을 역임하
　였고, 외직인 함창현감을 역임하였으며, 『성종실록』 편찬에 춘추관기사관으로 참여하
　였다.

목수를 불러들이고 친히 아전들을 감독하며, 옛날보다 조금 크게 확장하여 네 개의 기둥을 세우고, 겨우 한 달만에 공사를 마쳤습니다. 지대가 높아서 밝고 상쾌하며 시원스럽게 탁 트여서 시야가 넓어 올라서 조망하기에 마땅합니다.

주흘산主屹山4의 기이하고 수려한 산봉우리와 사불산四佛山5의 씽씽하게 푸른 산봉우리가 날아갈 듯 높고 낮게 연이어져 동북쪽을 제어하고 있으며, 서남쪽의 여러 산들은 연달아 곱게 줄지어져 있습니다. 가까운 것은 초록빛을 칠했고, 먼 것은 푸른빛으로 물들인 산들이 책상 앞에 빙 둘러서 벌려져 있으니, 실로 한 고을의 뛰어난 누각입니다. 아름답고 웅장하며 화려하여 '청신' 두 자로는 그 의미를 다 표현할 수 없으니, 옛 이름인 '함령'으로 이름을 바꾸고, 아울러 중수重修한 세월을 기록하여 후대 사람들로 하여금 상고해 보게 하고자 합니다."라고 하였다.

내가 이르기를 "나라가 100년 동안이나 태평하여 백성들은 편안히 쉬면서 생활하고 조정과 민간은 편안하고 조용하였다. 영남지방에서 다투어 누각들을 사치스럽게 만들어 붉은 색으로 칠한 누각들이 서로 바라볼 정도로 지척에 깔려있다. 무릇 용마루를 높다랗게 하고 난간을 널찍하게 만들지 않은 고을이 없으며, 이름도 다 말할 수가 없다. 비록 전례대로 그것을 '함령'이라고 해도 되고, 또한 '청신'이라고 해도 된다.

하물며 다스리는 고을에 관우館宇를 짓는 것은 다만 가욋일일 뿐인데,

---

4 주흘산主屹山 : 경상북도 문경시 문경읍에 위치한 높이가 1,106m인 산이다.
5 사불산四佛山 : 경상북도 문경시 산북면山北面과 동로면東魯面 경계에 있는 산으로 높이는 912m이다. 산 중턱 바위 사면四面에 부처님의 모습이 조각된 사불암四佛岩이 있다 하여 사불산四佛山이라고 한다.

겨우 누각 하나 짓는 것을 가지고 호들갑을 떠는가 하고 오랫동안 답장을 보내지 않았다. 그러는 동안 존신이 또 편지를 보내어 더욱 간절하게 청하자, 나는 들은 유래를 가지고 이름을 '광원廣遠'이라고 지었다. 지세地勢가 드넓고 막힘이 없은 뒤에야 시야가 열리고, 시야가 막히지 않아야 마음이 너그럽고 관대해지며 의지도 광대해져서 막힘이 없는 것이다.

군자가 높고 밝은 곳에 사는 것을 귀하게 여기는 것이 어찌 한 갓 그러는 것이겠는가? 오늘날 누각을 만드는데, 혹은 산을 등지고 물가에 짓는데, 이는 다만 한 가지 경물만 취할 뿐 드넓은 시야를 생각하지 않는 것이 많다. 이 같은 곳에서는 마음속에 엉킨 의심을 풀고 번뇌를 없앨 수가 없으니, 어찌 올라가서 바라보는데 유익하겠는가? 이 광원루는 비록 산수의 아름다운 근경은 없지만 올라와서 사방을 돌아다보면 드넓게 막힘이 없어 마음이 활짝 펴져서 곧바로 천지와 함께 한없이 넓어지니, 그 기상은 어떠하겠는가? 이것이 내가 이름을 지은 뜻이다.

또 존신이 답장을 보내기를 "광원이라는 의미는 제가 지은 누각의 특징을 다 표현하였으니, 저의 마음의 본체와 백성들을 다스릴 때에 마음속에 미루어 실천하지 않을 수 있겠습니까?"라고 하였다.

내가 답장하기를 "지극히 크고 지극히 넓은 것은 내 마음의 본체인데, 사사로운 뜻에 골몰하고, 외물에 녹아 버려서 텅 비어 힘쓰지 못하게 된 것이다. 진실로 능히 이에 힘을 쓰면 밝은 거울이 먼지나 때에 가리지 않는 것 같고, 맑은 물에 진흙이나 모래가 앙금지지 아니 한 것 같다. 지극히 크고 지극히 넓은 본체가 조금도 이지러지고 손상된 것이 없이 천지 사이에 꽉 차 있어서 마음에 한계가 없고, 사물에 피차彼此가 없어지면 환한 세상이 모두 내 울안에 있게 된다. 그러므로 작게는 한 읍邑의 원이 되고, 크게는 한 주州를 맡을 때, 백성들은 나의 자식이나 형제와 같이 보게 될 것이니, 어찌 틈새가 있겠는가? 그렇게 된 뒤에 라야 내 마음의 본체를 완전하게 하고, 정치하는 도리를 다하여 넓고 원대한 경지에 도달할 수 있다. 존신 아우는 그것을 힘쓰게나."라고 하였다.

관찰사인 군량君諒6이 중건을 시작한 일과 존신 현감이 전임자의 일을 이어서 완성한 것을 모두 기록할 만하다. 그러므로 나는 끝내 거부할 수가 없었다. 군량君諒의 이름은 심諶인데, 나와는 동갑내기 친구이고, 존신存慎의 이름은 척倜이며, 을미년(1499년, 연산군 5년) 봄에 사헌부司憲府 감찰監察을 역임하다 외직으로 나가 함창현감이 되었다.

원문　　**咸昌 咸寧樓記7**

堂弟存愼, 爲咸寧之二年, 謂余曰: "咸之爲邑, 在慶尙一路之樞轄, 冠蓋輪蹄
之往來者, 輻湊于此. 館宇樓舍, 在所當急. 而舊有樓在客館之東, 名曰: '咸寧,'
規制狹小, 尙牧李公全粹, 以其名之汎也. 改以淸新而記之, 今幾三十年, 棟橈
楹傾, 人不堪登.
觀察使金公君諒, 慨斯樓之將廢, 顧本縣弊劣無資, 出營布若干, 囑縣監李滋,
使改爲之. 滋方鳩材經始, 不幸病歿. 弟令繼之, 不可廢輟前功. 於是, 召工規
度, 親董吏卒, 稍增於舊, 乃起四楹, 甫踰月而畢. 高明亢爽, 曠達平遠, 宜於登
眺.
主屹之奇秀, 四佛之蒼翠, 飛舞起伏, 控扼於東北, 而西南諸山, 連妍邐迤. 近
者抹綠, 遠者攢靑, 環列於几案之前, 實一縣之勝觀. 瑰奇雄麗, 非淸新二字可
盡, 請易舊名, 幷記重修歲月, 使後人有攷焉."
余曰: "國家昇平百年, 休養生息, 朝野寧謐. 嶺以南, 爭侈樓觀, 丹腴相望. 凡
高其甍棟, 敞其欄楯者, 無邑不然, 則名不可盡說. 雖因舊貫, 謂之 '咸寧,' 可也,

6　군량君諒 : 김심金諶의 자字이다.

7　협주 : 先生改樓名曰廣遠而記之.

매계집

482

謂之 ‘淸新,’ 亦可也." 況營繕之於治邑, 特餘事耳, 何足爲一樓, 書不應者久之.
旣又存愼之書再至, 請益勤. 余因其所聞者, 而名之曰: ‘廣遠.’ 夫地勢夷衍無礙,
然後眼界爲之寥廓, 眼界無阻, 然後神志恢弘廣大而無壅. 君子之貴高明之居
者, 豈徒然哉? 今之爲樓者, 或背山臨水, 徒取一物之勝, 而不爲眼界之謀者,
多矣. 如此者, 不可決疑滯去煩悶, 何益於登覽乎? 斯樓也, 雖無山水之近觀,
而登臨四顧, 曠然無礙, 心境脩然, 直與天地同其廣遠, 則其氣象爲如何哉? 此
余立名之意也.

存愼復之曰: "廣遠之意, 庶盡吾樓之槩, 而於吾心本分之體, 爲政臨民之際,
顧不可推而致之耶?" 曰: "至大至廣者, 吾心之體也, 而私意汩焉, 外物鑠焉, 枵
然餒矣. 苟能用力於此, 如鏡之明, 不爲塵垢所蝕, 如水之澄, 不爲泥沙所滓, 則
至大至廣之體, 無少虧損, 而塞乎天地之間, 心無町畦, 物無彼此, 則洞然八荒,
皆在我闥, 小而宰一邑, 大而臨一州, 民吾赤子, 視如同胞, 何間之有哉? 如此
然後, 可謂全吾心之體, 盡爲政之理, 能到廣遠之域矣. 存愼勉之哉."

君諒創起重營之謀, 存愼卒成前人之功, 皆可紀也. 故余卒不拒焉. 君諒諱諶.
余之同年友, 存愼名倜, 己未春, 自司憲監察, 出宰咸昌云.

해인사 중창기

　가야산은 동남쪽이 가장 빼어나고 아름다워 높고 가파른 절벽이 그림과 같다. 산의 남쪽에 큰 절이 있는데, 이름이 해인사라고 하며, 신라 애장왕哀莊王[1]때 고승 순응順應이 창건한 절이다. 절 앞에는 봉래·방장·영주 등 여러 산봉우리가 있고, 수많은 골짜기의 물이 절 앞의 계곡으로 감싸 흘러들어 내달리듯 빠르고 힘차게 흐르는 물줄기가 바위에 부딪혀 끊임없이 우레가 내려치듯 몹시 요란스럽게 흐르는데, 속세에서는 이곳을 홍류동紅流洞이라고 부른다. 무릉교에서 절에 이르는 10여리는 붉은 기슭과 푸른 절벽이 매우 깊숙하고 아름답다. 그래서 고기古記에 "산의 형세가 천하에 절경이며, 지세는 우리나라에 둘도 없는 곳이다."라고 하였는데, 참으로 믿을 만하다.

　문창후昌公侯 최치원崔致遠[2]이 만년에 벼슬을 버리고, 이곳에서 은거하였다. 그가 지은 독서당은 부서져서 남아있지 않으나 시를 쓴 바위는 아직도 남아있다. 고려시대에는 국승國乘을 보관하였고, 또 대장경판大藏經板을

1　애장왕(哀莊王, 788~809) : 신라의 제40대 왕(재위 800~809). 태종무열왕과 문무왕의 묘당廟堂을 세우고 해인사를 창건하였으며 일본과 우호를 증진하였다. 숙부 김언승의 반란 때 살해되었다.

2　최치원(崔致遠, 857~?) : 경주최씨慶州崔氏의 시조. 자가 고운孤雲·해운海雲이며, 869년(경문왕 9) 13세로 당나라에 유학하여, 874년 과거에 급제하였다. 879년 황소黃巢의 난 때 고변高騈의 종사관從事官으로서 〈토황소격문討黃巢檄文〉을 초하여 문장가로서 이름을 떨쳤다. 885년 귀국, 시독 겸 한림학사侍讀兼翰林學士 수병부시랑守兵部侍郎 서서감지사瑞書監知事가 되었으나, 894년 시무책時務策 10여 조條를 진성여왕에게 상소를 올리고 관직을 내놓고 난세를 비관, 각지를 유랑하다가 가야산伽倻山 해인사海印寺에서 여생을 마쳤다.

보관하여 산은 지도책에도 기록되어 있으며, 절은 우리나라를 대표하는 절로 인정을 받았다.

조선에 들어와서 세조 혜장대왕惠莊大王은 왕업을 다시 일으키고 나랏일을 보살피는 여가에 불교에까지 뜻을 두고 불교를 널리 전파하여 군생들을 구제하려고 생각하였다. 천순天順 무인년(1458년, 세조 4년) 스님인 죽헌竹軒에게 명하여, 이 절에 가서 대장경 50부를 인출하게 하였다. 또 혜각존자惠覺尊者 신미信眉3와 등곡당燈谷堂 학조學祖 등으로 하여금 장경판당을 시찰케 하였다. 장경판당이 비좁고 허술하다고 보고하자, 경상감사에 명하여 옛 건물보다 약간 확대하여 40여칸을 짓도록 조치하였다. 11년 뒤인 무자년(1468년, 세조 14년)에 세조가 세상을 떠나자, 정희왕후가 큰 뜻을 정하고 백성을 편하게 하니 깊은 은혜가 사방에 미쳤다.

생각건대 세조처럼 부처를 숭배하고 불법을 독실하게 믿는 분이 비전秘典을 보관한 것이 얼마나 되었기에 장경의 판당이 벌써 기울어졌으니 어찌 놀라지 않을 수 있으랴? 이에 중수할 뜻을 두고 신축년(1481년, 성종 12년)에 주지를 제쳐놓고 학조 스님으로 하여금 절을 맡아 관리케 하였으나, 마침 연이어 흉년이 들고 나라에 일이 많아 허둥거리다 미처 착공하지 못했다.

계묘년(1483년, 성종 14년)에 정희왕후貞熹王后4가 세상을 떠나자 인수

---

3 신미(信眉, ?~?) : 본관 영동永同, 속성은 김金, 사호賜號는 혜각존자慧覺尊者이다. 세조 즉위 후 왕사王師가 되어, 동생인 김수온金守溫과 『월인석보月印釋譜』를 편찬하고 그 후에도 경전의 국역사업에 참여하였다.

4 정희왕후(貞熹王后, 1418~1483) : 조선 세조世祖의 비. 덕종·예종 및 의숙공주 등 2남 1녀를 낳았다. 1468년 예종이 19세로 즉위하자 수렴청정을 하게 되었는데, 이는 조선 시대에 처음 있는 일이며, 성종 즉위 후에도 계속 7년 동안 섭정했다.

왕대비仁粹王大妃5와 인혜왕대비仁惠王大妃 두 분은 선왕의 뜻을 추모하여 아름다운 덕업을 이어 받고, 명복을 빌기를 온 정성을 다하였다고 정희왕후가 뜻을 이루지 못한 것을 애달프게 여겼다. 그리고는 학조 스님으로 하여금 역사를 감독케 하였다. 무신년(1488년, 성종 19년) 봄에 내수사內需司의 쌀과 옷감을 시주하고, 도료장 박중석 등을 보내어 장경판당 30칸으로 증·개축하고 보안당이라고 이름하였다. 또 이전 판당 가운데에 있는 불전 3칸을 뜯어 대적광전大寂光殿 서쪽에 옮겨 짓고 진상전眞常殿이라 하였으며, 조당 3칸을 뜯어 진상전 옆으로 옮겨 짓고 해행당解行堂이라 하였다.

이듬해인 기유년(1489년, 성종 20년) 봄에도 쌀과 포목을 시주하였다. 또 그 이듬해(1490년, 성종 21년)에 시주하여 궁현당窮玄堂, 탐진당探眞堂, 감물당鑑物堂, 쌍운당雙運堂과 일원료一源寮, 곡응료谷應寮, 총지료摠持寮, 도병료倒甁寮 등의 요사寮舍, 그리고 강당으로 무설당無說堂과 식당으로 만월당滿月堂을 지었다. 비로전毘盧殿을 다시 지어 대적광전大寂光殿이라 이름을 고치고, 주불主佛과 협시불挾侍佛을 개금하고, 종루鐘樓인 원음루圓音樓와 불이문不二門이라는 중문을 지었다.

또 옛 대장전을 뜯어 대적광전 동쪽에 옮겨 짓고 함허료含虛寮라 이름하고, 『은자대장경銀字大藏經』00권6을 보관하였다. 또 해설료解設寮, 소연료蕭然寮, 가감료可鑑寮, 원융료圓融寮, 쌍할료雙割寮, 호연료浩然寮, 두원료逗元寮, 연기료緣起寮, 명진료冥眞寮, 현근료玄根寮, 달속료達俗寮, 성행료省行寮, 중형료重瑩寮, 전생료轉生寮, 작숙료作熟寮 등을 짓고, 동쪽에 무진장無盡藏, 서쪽에 이영고貳盈庫라는 누고樓庫를 지어 무려 집 160칸을 짓되, 어떤 것은 과

5 인수왕대비仁粹王大妃 : 성종의 생모이다.
6 00권 : 원본에 탈자가 있어 알 수 없다.

거의 것보다 크게 짓기도 하고, 어떤 것은 작게 짓기도 하면서 규모가 화려하고 생기가 넘치는 활발한 기상을 몇 배나 더했다. 공수간, 목욕탕, 헛간, 화장실과 동종銅鐘, 목어木魚, 요발鐃鉢, 대고大鼓 따위도 모두 갖추어 새롭게 하였고, 금벽색의 단청이 산골짜기를 휘황찬란하게 하였다.

이에 역사를 마치고는 9월 보름에 고승 대덕 수천 명을 초청하여 법회를 크게 열고 낙성하니, 비로소 산문의 일을 마쳤다. 등곡燈谷 스님은 내가 일찍이 해인사를 유람하여 그 대강을 안다고 생각하고 사람을 보내어 매우 간절하게 「중수기」를 구하였다.

나는 본래 유자儒者로서 불교에 대해서는 어두운 사람이다. 그러니 선근善根을 닦아 복을 심는 이치와 윤회輪回 보응하는 인과因果를 배운 적이 없는데, 그밖에 공덕이 있고 없음을 어떻게 말할 수 있겠는가? 비록 그러하나 최 문창후는 우리나라 문학의 시조인데, 바로 여기가 여생을 마친 곳이므로 여기에 뜻을 두지 않을 수 없었다. 더구나 두 전하께서 선대의 군주를 위한 정성이 시종일관 더욱 돈독하였으니, 이를 마땅히 기록하여 후세에 영원히 전해야 할 것이오. 또한 전하의 뜻을 받들어 부지런히 일을 하며 허둥대지 않고, 크고 작은 계획을 잘 알아서 공사를 진행하며 조금도 게으름을 피우지 않게 하고 일하는 순서를 조절하여 빨리 끝나게 하는 것이 훌륭한 감독자를 만나는 것에 달려있음에랴. 이러한 사실은 잘 기록하여 옛날 순응 대사의 공적과 함께 후세 사람에게 전하지 아니할 수 있겠는가?

아아! 흥망성쇠는 또한 운수이다. 이 절이 당나라 정원貞元7 18년(802년)에 처음 지어져 신라와 고려를 거치면서 그 많은 전쟁에도 우뚝하게 보존되었다가, 오늘에 이르러 태평시절만나고 임사지성任似之聖8을 만나 전당

---

7 정원貞元 : 당나라 덕종德宗의 연호로 785년부터 804까지 20년간 사용되었다.

과 요사채와 같은 여러 건물들이 새롭게 중건된 일은 운수가 있다고 아니할 수 없으며, 또 해인사의 큰 다행이 아니겠는가? 또한 생겨나고 망가지는 운수가 하나같이 하늘에 달렸는지, 사람에게 매였는지는 모르거니와, 흥망성쇠가 끝없는 이 세상에서, 이 절이 언제까지나 오늘과 같을 것을 무엇으로 보장할 수 있겠는가? 훗날 이 절을 맡는 자는 마땅히 두 전하의 독실한 효성과 등곡燈谷 스님의 경영하던 수고를 항상 잊지 않고, 그것을 신중하게 지키며 훼손하지 말고 성쇠의 운수에만 맡기지 말아야 할 것이다.

홍치 4년 신해년(1491년, 성종 22년) 상한에 통정대부 승정원 동부승지 겸 경연참찬과 춘추관수찬관 창녕 조위는 기하노라.

원문　海印寺重創記

伽倻之山, 最秀東南, 峻絶峭壁如畵. 山之陽, 有巨刹曰海印, 新羅哀莊王時, 高僧順應所刱. 寺前有蓬萊·方丈·瀛洲等峯, 衆壑之水, 繞出前洞, 奔流激石, 萬雷轟隆, 俗號紅流洞. 自武陵橋抵寺十有餘里, 丹崖翠壁, 愈深愈佳, 古記山形絶於天下, 地勢隻於海東者, 信不誣也.

文昌公崔致遠, 晩年掛冠卜隱于此. 讀書堂廢, 而題詩石尙存. 高麗時, 藏國乘, 又藏大藏經板, 山之著於圖誌, 寺之額於東方者, 尙矣.

我世祖惠莊大王, 中興王業, 萬機之暇, 留意釋道, 思欲洪揚竺敎, 普濟群生. 天順戊寅, 命僧竹軒等 就本寺, 印大藏經五十件. 又命惠覺尊者信眉·燈谷學祖等往視之. 藏經之堂隘且陋, 仍命本道監司, 稍增舊制, 措四十餘間. 越十一年戊子, 世祖上賓, 貞熹王后, 克定大義, 寧濟東民, 深仁厚澤, 浹于遠近.

念惟世祖之尊崇篤信者, 琅函秘典, 而曾幾何時, 藏經之堂, 已爲傾陊, 可不動

8　임사지성任姒之聖 : 주周나라 문왕文王의 어머니인 태임太任과 주周나라 무왕武王의 어머니인 태사太姒를 합칭한 말로, 모두 고대에 어질고 자애로운 후비后妃의 모범이 되는 인물이다.

念. 於是乎慨然有重營之志, 而歲辛丑, 始停住持, 命學祖主其寺, 屬仍歲侵, 國家多事, 未遑擧也.

癸卯, 貞熹昇遐, 仁粹王大妃·仁惠王大妃殿下, 遹追先志, 凡所以嗣徽音而薦冥福者, 無所不盡其心, 而悼貞熹之有志而未就也. 則又命學祖, 往董其役. 戊申春, 施內需司米布若干石匹, 遣都料匠朴仲石等, 改構藏經板堂三十間, 扁曰: '普眼堂.' 又撤板堂中佛殿三間, 移構於寂光殿西, 扁曰: '眞常殿.' 又撤祖堂三間, 移構於眞常殿側, 扁曰: '解行堂.'

明年己酉春, 又施米布, 又明年, 亦如之. 構窮玄, 探眞, 鑑物雙運等堂, 及一源谷應摠持倒瓶等寮, 修講堂曰: '無說.' 食堂曰: '滿月,' 改營毗盧殿曰: '大寂光,' 主佛補處, 皆改飾黃金. 起鍾樓曰: '圓音,' 建中門曰: '不二,' 撤舊大藏殿, 移營於寂光殿東, 扁曰: '含虛寮.' 藏銀字大藏經□[9]卷. 又營解設, 蕭然·可鑑·圓融·雙割·浩然·逗元·緣起·冥眞·玄根·達俗·省行, 重營轉生作熟等寮. 又起東西樓庫, 東曰: '無盡藏,' 西曰: '貳盈庫,' 凡爲屋百六十間. 或增或損, 皆因舊制, 而宏麗精彩倍之. 庖·湢·廐·溷之所. 鍾·魚·鐃鼓之類, 亦莫不畢具而一新, 金碧輝煌, 照耀山谷. 乃於秋九月望, 招集淨侶數千指, 大設法會以落之. 於是, 山門之事畢矣.

燈谷以偉曾遊是地, 粗識其槩, 走書求記甚勤. 偉本儒者, 徒於釋敎蓋懵然者也. 修善種福之理, 輪回因果之說, 未之學也. 其餘功德, 何足論之有無哉? 雖然, 崔文昌, 吾東文士之祖, 此是終焉之地, 則不可不致意於此. 而況兩殿爲先后之誠, 終始彌篤, 在所當書, 垂之罔極, 而能奉慈旨, 孜孜靡遑, 程功授事, 不使小息, 操術要而收功速, 在乎董役之得其人也. 可不記其勝蹟, 與古順應同傳不朽乎?

噫! 盛衰, 數也. 成毁, 亦數也. 寺創於有唐貞元十八年, 歷新羅高麗, 巍然獨存於兵火之餘, 至于今日, 遇太平之世, 逢任姒之聖, 殿堂寮宇, 煥然一新, 豈非有數存乎其間, 而海印之一大幸耶? 抑不知成毁之數, 一係於天耶, 一係於人耶, 盛衰成毁之理, 無窮於人世, 則寺之長如今日, 亦安可保耶? 使後之主此寺者, 恂念兩殿篤孝之誠·燈谷營搆之勤, 謹守不毁, 無徒諉於盛衰成毁之數則可矣.

弘治四年, 龍集辛亥, 十月, 上澣, 昌寧 曹某 記.

---

9 협주 : 탈자가 있다. 有脫字

규정기

　내가 의주로 귀양간 이듬해 여름 세든 집이 낮고 좁아서 덥고 답답함을 참을 수가 없었다. 그래서 채소밭에서 좀 높고 바람이 잘 통하는 곳을 골라 서까래 몇 개로 정자를 얽고, 띠풀로 지붕을 덮어놓으니 대여섯 사람은 앉을 만했다. 옆집과 나란히 붙어서 몇 자의 간격도 없었다. 채소밭이라고 해야 폭이 겨우 여덟 발인데다 단지 해바라기 수 십 포기가 훈풍에 푸른 줄기와 부드러운 잎이 나부끼고 있을 뿐이었다. 그래서 이름을 '규정葵亭'이라고 했다.

　손님 가운데 나에게 묻는 이가 있었다. "저 해바라기는 식물 가운데 보잘것없는 것입니다. 옛날 사람들은 여러 가지 풀이나 나무, 또는 꽃 가운데서, 어떤 이는 그 특별한 풍치를 높이 사기도 하고, 어떤 이는 그 향기를 높이 치기도 하였습니다. 그래서 대부분의 사람들이 소나무, 대나무, 매화, 국화, 난초나 혜초로 자기가 사는 집의 이름을 지었지, 이처럼 하찮은 식물로 이름을 지었다는 말은 아직까지 들어보지 못 했습니다. 그대는 해바라기에서 무엇을 높이 산 것입니까? 또한 그럴만한 까닭이 있습니까?"라고 하였다.

　내는 그 말에 이렇게 대답했다. "사물이 한결같지 않은 것은 사물의 정황情況이 그렇게 만든 것입니다. 귀하고, 천하며, 가볍고, 무거운 등 만에 하나도 같은 것이 없습니다. 해바라기는 식물가운데 연약하고 보잘 것이 없는 것 가운데 가장 으뜸입니다. 사람에 비유하면 더럽고 변변치 못하여 이보다 못한 것이 없는 것과 같습니다. 소나무·대나무·매화·국화·난초·

혜초는 식물 가운데 굳고도 강직하여서 특별한 풍치가 있거나 향기를 지난 것들입니다. 사람에 비유하면 오똑하게 무리에서 뛰어나며 세상에 우뚝 홀로 서서 명성과 덕망이 우뚝 한 것과 같습니다.

내가 지금 황량하고 머나먼 적막한 바닷가로 쫓겨나서 사람들로부터 천대를 당하고 사람대접을 받지 못하니 식물도 나를 서먹하게 내치는 형편입니다. 내가 소나무·대나무·매화·국화·난초·혜초같은 것으로 나의 정자 이름을 짓는다 해도 또한 그 식물들이 수치가 되고 사람들의 비웃음거리가 되지 않겠습니까? 버림받은 사람으로서 천한 식물로 짝하고 먼데서 찾지 않고 가까운데서 취했으니 이것이 나의 뜻입니다.

또 내가 들으니, 천하에 버릴 물건도 없고 버릴 재주도 없다고 합니다. 그래서 어저귀나 삼바귀, 무나 배추같은 하찮은 것들도 옛사람들은 모두 버려서는 안 된다고 했습니다. 하물며 해바라기는 두 가지 훌륭한 점을 가지고 있지 않습니까? 해바라기는 능히 해를 향하여 그 빛을 따라 기울어지니, 이것을 충성이라고 해도 괜찮을 것입니다. 또 분수를 지킬 줄 아니, 그것을 지혜라고 생각해도 괜찮을 것입니다. 대개 충성과 지혜는 남의 신하된 자가 갖추어야 할 절조이니 충성으로써 임금을 섬겨 자기의 정성을 다하고, 지혜로써 사물을 분별하여 시비를 가리는 데 의혹됨이 없는 것은 군자도 어렵게 여기는 바이며, 내가 옛날부터 흠모해 오던 덕목입니다. 이런 두 가지의 아름다움이 있는데도, 그것이 연약한 뭇 풀들에 섞여 있다고 해서 그것을 천하게 여길 수 있겠습니까? 이로써 말하면, 다만 소나무나 대나무, 매화나 국화, 난이나 혜초만이 귀한 것이 아님이 분명합니다.

지금 내가 비록 귀양살이를 하고 있지만 자고 먹는 등, 한 가지 것도 임금님의 은혜가 아닌 것이 없습니다. 낮잠을 자고 일어나 밥을 한 술 뜨고 나서 심휴문沈休文[1]이나 사마군실史馬君實[2]의 시를 읊을 때마다 해를 향하는 마음을 스스로 그칠 수가 없었으니, 해바라기로 나의 정자 이름을 지은 것이 어찌 근거가 없다고 말할 수 있겠습니까?"

손님이 "나는 하나는 알고 둘은 알지 못했는데, 그대가 서술한 이야기를 듣고 보니 더할 것이 없소이다."라고 말하며 배를 잡고 웃으면서 가버렸다.

기미년 유월 상순에 적는다.

원문　葵亭記

余謫龍灣之明年夏, 寓舍湫隘, 不堪炎鬱. 乃就園中高爽處, 構亭數椽, 盖以茅茨, 可坐五六人. 旁舍櫛比, 無尺寸隙地. 園之廣袤僅尋丈, 只有葵數十根, 翠莖嫩葉, 搖動薰風而已. 因名之曰葵亭.

客有問余者曰: "夫葵, 植物之軟脆者也. 古之人, 於草木花卉之類, 或取其特操, 或取其馨德, 多以松·筠·梅·菊·蘭·蕙, 名其所居, 未聞以軟脆之物名之者也. 子於葵何取, 抑有說乎?"

余應之曰: "物之不齊, 物之情也, 貴賤輕重, 有萬不同. 夫葵, 植物之軟脆最賤者也. 譬之於人, 椎鄙無似最下者也. 松·筠·梅·菊·蘭·蕙, 植物之堅勁特操有馨德者也. 譬之於人, 卓爾不群, 特立於世, 聲望鬱然者也. 余今擯於荒遠寂寞之濱, 人所賤棄, 物亦踈斥. 欲以松·筠·梅·菊·蘭·蕙之類名吾亭, 不亦爲物之羞,而爲人之訕笑乎? 以棄人而配賤物, 不求遠而取諸近, 此余之志也.

且吾聞之, 天下無棄物, 無棄才. 管·蒯·菲之微, 古人皆以爲不可棄. 況葵有二

---

1 심약(沈約, 441~513) : 중국 양梁나라 무강 사람으로 이름은 약約이고, 자는 휴문休文이다. 박학하고 시문에 뛰어났으며 특히 음운학의 태두로서 사성四聲연구의 개조이기도하다.

2 사마광(史馬光, 1019~1086) : 중국 북송 때의 학자. 정치가. 이름은 광光이고, 자는 군실君實이다. 왕안석의 신법에 반대하여 관직에서 물러나 『자치통감自治通鑑』을 편찬했다.

매계집

492

德乎? 葵能向日, 隨陽而傾, 謂之忠, 可也. 葵能衛足, 謂之智, 可也. 夫忠與智,
人臣之節, 忠以事上, 盡己之誠, 智以辨物, 不惑是非, 此君子之所難, 而余之宿
昔所慕者也. 有此二美, 其可槩之於軟脆之凡奔而賤之哉. 由此論之, 不獨松·
筠·梅·菊·蘭·蕙之可貴也, 審矣.

今余雖謫居, 一眠一食, 莫非主恩, 午睡攤飯之餘, 詠休文君實之詩, 向日之心,
自不能已已. 則以葵名吾亭, 豈無說乎?" 客曰: "余知其一, 未知其二, 聞子序之
義, 不可尚已." 捧腹而去.

己未, 六月, 上浣, 記.

임청대기[1]

　승평[2]에는 동쪽과 서쪽에 두 개의 시냇물이 있다. 동쪽 시냇물은 계족산에서 흘러나오는데, 여러 골자기의 물들이 두 갈래로 나뉘어 남쪽으로 흘러 북원산 아래에서 합쳐져서 동으로 꺾여 흐르다가 성의 동쪽 한 마장쯤에서 서쪽 시내와 만난다. 하얀 모래와 푸른 절벽에 물이 극히 맑고 넘실넘실 흐르며, 은빛 물고기와 붉은 게들이 가을철이 되면 매우 많이 모여들었으므로, 관아에서 그것을 잡아서 팔았다.

　서쪽 시냇물은 난봉산의 북쪽에서 흘러나오는데, 때때로 비가 내리면 세차게 흘러서 길게 굽어 돌아 동쪽으로 흘러 성의 남쪽에 있는 연자교 아래를 감싸 동쪽 시내로 흘러 들어가는데, 이를 '옥천'이라고 한다. 소용돌이를 치며 빠르게 흐르는데다, 또 바위굴과 괴이한 바위가 많아서 물이 매우 세차게 흐른다. 연자교에서 서쪽 시냇가에는 모두 사람들이 사는 집들인데, 대나무 울타리와 초가집들이 좌우에 즐비하였다. 관음방에서부터 100여 걸음을 오르면, 물이 매우 맑고 바위가 매우 기이하며, 나무들이 우거져서 해를 가리고 있고, 시냇가가 넓고 평평하여 3, 40여명이 앉을 만한데, 매우 조용하고 시원하여, 비록 한여름이라도 더위를 느끼지 못한다.

　내가 승평으로 이배移配되어 서문 밖에서 귀양살이를 하였는데, 내가 살고 있는 집과 매우 가까웠다. 그래서 날마다 읍에 사는 사람들과 자주 그

1　협주 : 선생이 의주에서 순천으로 이배되었을 때에 지으신 것이다.
2　승평: 지금의 전라남도 순천시 일원이다.

곳을 찾아가곤 하였다. 그래서 돌을 쌓아서 대臺를 만들고, 이름을 '임청'이라고 하였다. 집주인인 심종유沈從柳, 양우평梁禹平, 한인수韓麟壽 등 3명의 부로父老와 장張 교관이 규약을 제정하고, '진솔회'라는 모임을 만들었다. 모임 날에는 돌아가며 도시락과 나물반찬, 술 한 병을 준비하여 와서 물고기를 잡아 매운탕과 회로 안주삼아 먹었는데, 규칙을 어기는 자는 벌칙이 있었다. 식사 후, 술잔을 서너 차례만 돌려가며 마시고는 그쳤는데, 술을 마시는데 잔을 돌리지 않은 것은 검소하게 하고 준비하기 쉽게 하기 위한 한 것이다. 어떤 날에는 바둑을 두고, 어떤 때는 담소를 나누다가 날이 어두워지면 헤어졌고, 어떤 날에는 달밤에 지팡이를 짚고 돌아왔는데, 이러한 생활을 2년 동안이나 하였다.

어떤 사람이 이르기를 "자네는 도연명陶淵明이 지은 글 가운데에서 골라 뽑아 누대의 이름을 짓고, 또한 자주 촌 늙은이들을 이끌고서 이곳에 와서 즐겁게 유유자적하면서도 일찍이 흥겨운 마음을 한껏 드러내는 시 한 수도 짓지 않으니, 이는 어찌 그 이름을 허망하게 하면서 이 누대를 외롭게 한 것이 아니겠는가?"

내가 대답하기를 "'가는 것이 이와 같도다.'3라고 공자孔子가 탄식한 것과 '반드시 그 큰 물결을 보라.'4는 맹자孟子의 가르침이 있다. 성현聖賢이 물가에 나아가 물을 보는 것은 진실로 그 뜻하는 바가 있으니, 도연명의 귀전지락歸田之樂은 낙천지명樂天知命에 있었다. 그러니 오로지 높은 곳에 올라 때때로 노래를 부르거나, 물가에 이르러 시를 읊조리는 것만을 오로지 하지 않았다.

3 『논어論語』「자한子罕」, "子在川上曰 者如斯夫, 不舍晝夜."
4 『맹자孟子』「진심 상盡心上」, "觀水有術, 必觀其瀾."

지금 내가 살고 있는 승평은 산천과 기후가 요즈음 나와 맞지 않나 하는 의심이 든다. 날마다 서너 사람과 조용히 이곳에 와서 어떤 때는 두 손바닥으로 물을 떠서 얼굴을 씻고, 어떤 때는 바위에 걸터앉아 발을 씻으며, 맑은 물결을 내려다보며 물장난을 치기도 하고, 오싹하게 찬 물에 얼굴을 비춰보며 머리털을 세면서 하루 종일 얼쩡거리느라 늙은 줄 모르는데, 하필이면 시구詩句나 읊조리며 성률聲律이나 맞추는 것으로 즐거움을 삼겠는가?"

옛날 유자후柳子厚5가 영릉零陵6에 거처할 때에 산수를 싫어하여, 계곡의 이름을 '우계愚溪', 산을 이르기를 '수산囚山'이라고 하여, 모두 악명惡名을 붙였으니, 애초부터 천명을 아는 자가 아니다. 소동파蘇東坡가 황강黃岡7에 귀양살이 할 때에 무창武昌 한계寒溪의 여러 산들을 두루 돌아보고 전·후 적벽부赤壁賦를 지었으니, 이는 고금에 빼어난 문장이나 세상일을 잊고 신선이 되고자하는 뜻이 있었음을 끝내 면하기 어려웠으니, 이 또한 천명을 아는 사람이라고 말하기 어렵다.

오직 군자의 근심하지 않고 두려워하지 않는 방책을 배우고, 지극히 크고 지극히 군센 호연지기浩然之氣를 기른 연후에, 궁액窮厄한 처지에서도 능히 변함이 없어야 천명을 안다고 할 수 있을 것이다. 나는 도연명을 사모

---

5 유우석(劉禹錫, 772~842) : 중국 당나라의 시인. 자는 몽득夢得. 혁신파 관료인 왕숙문, 유종원 등과 정치 개혁을 기도하였으나 좌천되어 지방관으로 있으면서 농민의 생활 감정을 노래한 『죽지사竹枝詞』를 펴냈으며, 시문집에 『유몽득문집』, 『유빈객집劉賓客集』, 『외집外集』 등이 있다.

6 영릉零陵 : 지금의 호남성湖南省 영원현寧遠縣의 동남쪽에 있는 곳으로 이곳에 순舜임금을 장사지냈다.

7 황강黃岡 : 지금의 중국 호북성에 있는 고을로 양자강이 흐름. 이곳에 소동파가 누각을 짓고 생활하며 전·후 적벽부赤壁賦를 지었다.

하고 공맹孔孟을 배운 사람으로 가만히 이에 뜻을 둔 지가 오래되었다. 또한 내가 이 누대에서 즐기는 것은 거의 천명을 안다고 하지 않겠는가?

아! 이 고을이 생길 때부터 이처럼 아름다운 산천이 있었지만 지도책에 명승名勝으로 실려있지 않은 것이 한스럽다. 장張 장간공章簡公8과 주朱 문절공文節公9께서 일찍이 이곳의 부사를 역임하셨는데, 또 다시 한 번도 이 고을을 찾아보고 되돌아보지 않은 것인가? 옛날에 드러나지 않고 오늘에 와서 드러나고, 명현名賢을 만나지는 못하고 우리들 같은 사람을 만난 것이 이 시내의 다행인가?

창룡蒼龍10 임술년(1502년, 연산군 8년) 8월 하순 매계 노수가 기문을 쓰다.11

---

8 장일(張鎰, 1207~1276) : 고려 후기 문신. 본관은 창녕昌寧이고, 자는 이지弛之이며, 시호는 장간章簡이다. 고종 때 문과에 급제한 뒤 승평판관昇平判官 · 직사관直史館을 거쳐 1262년(원종3) 전중시어사殿中侍御史가 되었으며, 병부시랑 · 예부시랑 · 좌간의대부左諫議大夫를 지냈다. 1270년 삼별초가 난을 일으켜 진도에 웅거하자 경상도수로방호사로 임명되어 난을 진압하였다. 1274년 동지중추원사同知中樞院事가 되었고 같은 해에 충렬왕이 즉위하자 지첨의부사보문서대학사수국사知僉議府事寶文署大學士修國史로 치사하였다.

9 주열(朱悅, ?~1287) : 고려 충렬왕 때의 문신. 본관은 능성綾城이고 자는 이화而和이며, 시호는 문절文節이다. 고종 때 문과에 급제하여 남원판관이 되고, 국학학록國學學錄 · 감찰어사監察御史 등을 거쳐 나주羅州 · 정주靜州 · 승천부昇天府 · 장흥부長興府 등의 수령이 되어 정치를 잘하였으며, 중앙의 여러 관직을 역임하였다. 문장과 글씨에 능하였고, 성품이 활달하였으며, 높은 자리에 있으면서도 근검하였고 어느 편에도 기울지 않는 공평함이 있었다고 한다.

10 중국 천문학에서 이십팔수 가운데 동쪽의 일곱 별자리를 이르는 말로 동방을 지칭하므로, 우리나라를 의미한다.

11 협주 : 협주 장간은 장일의 호이고, 문절은 주열의 호이니, 두 어른은 일찍이 이 고을의 부사를 역임했다.

臨淸臺記[12]

昇平有東西二溪. 其東溪, 出鷄足山, 衆壑之水, 分爲二派, 南流至北圓山下, 合而東折, 至城東一里許, 與西溪會. 白沙蒼石, 水極澄澈容漾, 銀鱗紫蟹, 至秋狼藉, 官獲其利.

其西溪, 出鷲鳳山之北, 由時雨洞 縈回迤邐, 東流繞出城南燕子橋下, 入于東溪, 其名玉川. 湍流駿駛, 又多嵌巖怪石, 水勢甚慄悍. 由燕子橋, 而西沿岸皆人家, 竹籬茅舍, 櫛比左右. 由觀音坊而上百餘武, 一作步, 水益淸, 石益奇, 老樹蔽日, 水涯寬平, 可坐數十人, 幽閴淸爽, 雖盛夏, 不知有暑氣也.

余到昇平, 僑居西門外, 距余舍甚近. 故日與邑中諸子, 亟往過焉. 因累石爲臺, 名曰 '臨淸.' 與主人沈君從柳·梁禹平·韓麟壽三老·張校官, 自綱, 約爲眞率會. 會日, 輪設野飯山蔬酒一壺, 捕溪魚, 以供羹膾而已. 踰令者, 有罰焉. 飯後酒數巡而止, 飮無酬酢, 取其簡儉易具也. 或棋或談, 及曛而散, 或杖策踏月而還. 如此者二年. 或曰: "子取淵明辭中語, 以名斯臺, 而數引野老, 懽適於此, 未嘗一賦詩, 以極酣暢之趣, 無乃虛其名而孤此臺耶?" 曰: "'逝者如斯,' 夫子所歎, '必觀其瀾,' 鄒國有訓. 聖賢臨流觀水, 其志固有所在, 若淵明歸田之樂, 在於樂天知命. 而不專在於登高舒嘯之時, 臨流賦詩之間. 余今居昇平, 昇平之山川風土, 此間疑有缺. 日與數子, 從容於斯, 或掬水洗面, 或據石濯足, 臨淸波而弄淸泚, 鑑寒流而數毛髮, 倘佯竟日, 不知 老之將至, 何必吟詠篇章, 協比聲律, 然後爲樂耶?"

昔柳子厚居零陵, 苦厭山水, 名溪爲愚, 指山爲囚, 皆加以惡名, 初非知命者也. 蘇子瞻謫黃岡, 遍武昌寒溪諸山, 赤壁二賦, 橫絶古今, 而終未免有遺世慕仙之意, 亦未可謂之知命也.

惟夫學君子不憂不懼之術, 養浩然至大至剛之氣, 然後爲能不變窮厄之際, 可言知命矣. 余慕陶學孔孟者也. 竊有志於此, 久矣. 抑不知余之樂於斯臺者, 其庶幾知者乎? 噫! 自有此州, 便有此山川, 恨無圖誌記載名勝. 如張章簡, 朱文節, 嘗守于玆, 未知曾涉此地一顧眄耶? 不顯於昔而顯於今, 不遇於名賢而見遇於我輩, 其亦玆溪之幸耶?

蒼龍 壬戌, 八月, 下澣. 梅溪老叟 記.[13]

---

12 협주: 先生, 自義州移配于順天時作.

13 협주: 章簡, 張鎰號, 文節, 朱悅號, 二公曾倅是州.

임청대 추각록

　승평昇平[1]에는 '임청'이라는 오래된 누대樓臺가 있다. 계해년(1563년, 명종 18년) 겨울, 한양에서 기문記文 한 편을 김립金立에게서 얻어 읽어 보았는데, 김립은 선조인 한훤공(김굉필金宏弼)[2]이 지은 것이라고 하였다. 승평으로 돌아와서 여기저기 나이가 지긋하신 선비들을 찾아 물어보니, 모두들 한훤당의 글이 아니고 매계梅溪가 지은 것이라고 하였다. 기문의 끝에 함께 써 놓은 연월과 당호堂號가 매우 자세하다고 하다. '임청대'는 일찍이 두 분의 선생께서 귀양살이를 할 때 휴식하며 도의道義를 강론하던 곳이다.

　하루는 여러 서생들을 데리고 누대가 남아있는 곳을 찾고, 근처에 사는 사람들에게 전해 내려오는 일들을 물어보니, 80살 먹은 늙은 아전이 그때의 일을 꽤 자세하게 알고 있었다. 그 이야기를 들으니 기가 막혀서 이곳의 여기저기를 어슬렁거리면서 올려다보고 굽어보며, 차마 잡초가 우거져 덮어 버리게 내버려 둘 수 없어서, 옛 터의 헐어진 곳을 보수하고, 거기에 작은 당堂을 짓고 표지판을 세웠다.

　다만 아쉽게도 매계는 이처럼 기문을 남겼으나, 한훤당은 기록을 남기지 않아 그 유적을 찾아볼 수가 없었다. 그러나 그가 매계의 제문祭文에 함께 이배移配된 사실과 서로 좋아했던 친선의 정을 두루두루 서술하였으

1　승평昇平 : 지금의 전남 순천시, 승주군 일원이다.
2　김굉필(金宏弼, 1454~1504) : 조선 전기의 성리학자. 자는 대유大猷이고, 호는 한훤당寒暄堂·사옹養翁. 김종직의 문인門人으로, 형조刑曹 좌랑佐郎을 지냈고 무오사화 때 유배되었다가 갑자사화 때 사사賜死되었다. 저서에 『한훤당집』, 『경현록景賢錄』등이 있다.

니, 또한 그들이 이곳에서 서로 학문을 강론하고 연마하며 유유자적하였음을 알 수 있다.

당堂의 이름을 '경현景賢'이라고 지은 것은 한훤당의 도의를 추모한 것이다. 또한 계단 아래에 비각을 세운 것은 매계의 기문을 새기기 위한 것이다. 훗날 이 누대에 오르는 사람들은 당시의 일을 돌이켜 생각하고, 세도世道의 융성隆盛함과 쇠망衰亡함을 본다면, 그 누구나 성나고 분하여 주먹을 불끈 쥐고 가슴을 치며 천년 후에도 눈물을 흘리지 않겠는가?

옛사람이 이르기를 "곧바로 하늘을 향해 원통함을 호소하였으나 반응이 없다."하였는데, 그것이 이것 이도다. 그것이 이것 이도다.

가정嘉靖 갑자년(1564년, 명종 19년) 9월 경자일 귀암龜巖 이정李楨3이 삼가 쓴다.

원문   **臨淸臺 追刻錄**

昇平有臨淸舊臺. 癸亥冬, 在都下, 得記文一篇於金君立而讀之, 金君以謂先祖寒暄公之所著. 及到昇平 遍問府中老措大, 蓋非寒暄之文, 實是梅溪之所作. 篇末幷書年月軒號甚詳. 臨淸, 乃二先生謫居時所嘗游憩講道之地.

一日, 携諸生訪舊迹, 詢問遺事于旁近居民, 有八十老吏, 頗詳言其故. 聞之令人氣塞, 徘徊俯仰, 且不忍蕪沒, 因其舊址而修築之. 又搆小堂而表識之.

第念, 梅溪有此記, 而寒暄未有文字可徵其遺迹. 然而其祭梅溪之文, 備敍同

---

3   이정(李楨, 1512~1571) : 조선 중기의 문신. 본관은 사천泗川이고, 자는 강이剛而이며, 호는 구암龜巖이다. 1536년(중종 31년) 별시문과에 장원하여, 성균관전적, 예조정랑 등을 역임하고, 걸군하여 선산부사, 청주목사를 역임하였으며, 다시 중앙으로 복귀하여 병조참의·대사간·호조참의·예조참의를 역임하다 다시 전라도 순천부사로 나가 갑자사화 때 사사된 김굉필金宏弼을 위하여 경현당景賢堂을 건립하였다. 저서로 『구암문집』 등이 있다.

遷從好之意, 則其相與講磨遊適於此, 亦可知矣.

名堂以景賢者, 追慕寒暄之道也. 立閣于階下者, 圖刻梅溪之文也. 後之登斯臺者, 追憶當時事, 以觀世道之升降, 則其誰不扼腕拊胸, 繼之以淚於千載之下乎? 古人所謂 '直欲籲天而無從者,' 其在斯歟. 其在斯歟.

嘉靖甲子, 九月, 庚子. 龜巖 李楨, 謹識.

임청대 추각록

연산군燕山君 때 한훤당寒暄堂 김 선생과 매계梅溪 조 선생이 함께 승평에 유배되었다. 이들은 서쪽 시냇가에 돌을 모아 대臺를 쌓았는데, 매계가 '임청'이라고 이름짓고 기문를 썼으니, 지금부터 60여 년 전의 일이다.

지금 글자를 새기려 하나 돌의 질 때문에 쓰기가 힘들어 단지 비 앞면에 '임청대'라고 크게 석 자만 새긴다. 글씨는 퇴계 이황李滉[1]의 글씨이고, 이 글을 쓴 자는 진사 정소鄭沼[2]이며, 공사를 감독한 사람은 진사 배숙裵璹[3]이다. 당시의 태수太守는 퇴계의 후학인 이정李楨이다.

가정嘉靖 을축년(1565년, 명종 20년) 8월 일 세우다.

원문   **臨淸臺追刻錄**

燕山朝, 寒暄金先生, 梅溪曹先生, 俱謫昇平. 西溪之畔, 聚石爲臺, 是曰臨淸, 梅溪名之而爲記, 今六十餘年矣.

---

1 이황(李滉, 1501~1570) : 조선 중기의 학자·문신. 본관은 진성眞城이고, 자는 경호景浩이며, 호는 퇴계退溪·도옹陶翁·퇴도退陶·청량산인淸凉山人, 시호는 문순文純이다. 도산서원을 설립하여 후진양성과 학문연구에 힘써 영남학파를 이루었다. 저서로 『퇴계전서退溪全書』가 있다.

2 정소(鄭沼, ?~?) : 진사進士. 본관은 연일延日이고, 자는 중함仲涵이며, 아버지는 승의랑承議郎을 역임한 정유침鄭惟沈이다.

3 배숙(裵璹, 1516~1589) : 조선 중기의 학자. 본관은 성산星山이고, 자는 수옥壽玉이며, 호는 매곡梅谷이다. 1546년(명종 1년) 사마시에 합격하여 성균관 유생이 되었으며, 스승인 이언적이 죽자 심상心喪 3년을 치렀다. 그 후 이황李滉의 추천으로 승평교수昇平敎授가 되어 후배의 육성에 힘썼다. 저서로 『매곡집』이 있다.

擬摹入石, 石品刓缺, 不能刻, 只刻臨淸臺三大字于前面. 乃退溪李先生滉筆
也, 書此文者, 進士鄭沼也, 董是役者, 進士裵璹也. 太守則東城後學李楨也.
嘉靖 乙丑, 八月, 立.

서序

두시 서

시는 시경詩經과 이소離騷 이후로 흔히 이백李白과 두보杜甫를 최고라고 일
컫는다. 그러나 그 원기元氣가 뒤섞여 아득하고 시어가 어려워 주석서와 주
해서가 비록 많아도 사람들이 더욱 이해하기가 어려움을 병통으로 여겼다.

성화成化 신축년(1481년, 성종 12년) 가을, 성종 임금께서 홍문관弘文館
전한典翰 유윤겸柳允謙1 등에게 명하기를 "두보杜甫의 시는 주석서가 상세하
다. 그러나 회전會箋은 자세하지만 잘못하여 생긴 오류가 있고, 수계須溪2
는 간략하나 지나치게 간략한 데에서 생긴 잘못이 있는 등, 여러 사람의
설이 일치一致하지 아니하고 이러니저러니 하여 시끄럽고, 서로 어긋나니,
사실을 조사하여 밝혀 하나로 통일하지 않을 수 없으니, 너희들이 그것을
편찬하라."라고 하셨습니다.

이에 널리 여러 사람들의 주석서를 어루만져서 뒤섞인 것은 잘라내고 잘
못된 것은 바로잡았으며, 지리, 인물, 자의字義 등, 이해하기 어려운 것은
항목의 차례대로 간략하게 주석을 달아서 상고하고 열람하기 편하게 하였
다. 또한 한글로 그 뜻을 번역하여, 과거의 어려웠던 것을 일목요연하게
하였다. 책이 완성되자 잘못을 바로잡아 다시 고쳐 베껴 임금님께 올리자,

---

1 유윤겸(柳允謙, 1420~?) : 조선 전기의 문신. 자는 형수亨叟. 일찍이 아버지인 유방선에게
   서 두시杜詩를 배워 능통하였다. 성종 12년(1481)에 조위 등과 함께 『분류두공부시언해
   』 25권을 간행하였다.
2 수계須溪 : 남송南宋의 작가인 유진송(劉辰翁, 1231~1294)의 자이다. 그는 생전에 두시杜
   詩를 비롯한 수많은 저작들에 대해 평점을 가하였다.

임금께서 신에게 서문을 쓰도록 명하셨다.

신이 삼가 생각하옵건대, "시도詩道는 세교世教와 관계가 큽니다. 위로는 교묘郊廟에서 지어져 성덕盛德을 노래 부르고, 아래로는 민간의 노래로 시정時政을 찬미하거나 풍자한 것으로, 모두 족히 인간의 선악善惡을 감발하고, 징계懲戒하기에 충분합니다. 이는 공자孔子가 시 삼백 편을 산정刪定함에, '사특함이 없어야 한다'는 가르침을 둔 까닭입니다.

시는 육조六朝3에 이르러 극히 가벼우면서도 화려해지고, 『시경』의 도리道理에 닿는 착한 말이 땅에 떨어졌다. 두보杜甫가 성당盛唐때 태어나 능히 막힌 것을 척결하여 퇴폐한 기풍을 떨쳐 일으키고, 침울沈鬱함을 꺾어 떨쳐냈으며, 음탕淫蕩하고 요염妖艶함과 호화롭고 사치스런 습관을 힘써 제거했다. 난리를 만나 도망하여 숨어 사는데 이르러서는 시대를 속상해 하고, 임금을 사랑하는 말이 지극한 정성에서 나오고, 충의로 인因해 생기는 분한 마음이 격렬하게 백대百代에 떨쳤다. 그가 사람들을 감발하게하고 징계한 것은 실로 300편과 표리表裏가 되며, 사실을 지적하고, 사실을 말하여 시사詩史로 불렸다. 어찌 후세에 음풍영월吟風詠月을 하며 성정性情을 깎아 내는 자가 이러쿵저러쿵하는 것과 같겠습니까? 성상께서 이 시에 마음을 둔 것은, 또한 공자가 300편을 산정한 뜻이며, 그것은 후학에게 아름다운 은혜를 베풀어 시도詩道를 바로잡아 회복回復한 것이다.

아! 300편은 공자가 한번 산시刪詩하고, 주자朱子의 집주集註에서 크게 밝혀졌는데, 지금의 시가 또 성상으로 인해 드러나게 되었습니다. 시를 배우는 자는 진실로 이것[두시언해]을 모범으로 삼아 사특한 것이 없는 곳에 이르고, 300편의 울타리에 이르게 되면, 어찌 다만 제작의 묘함이 백대百

---

3 중국의 위진남북조魏晉南北朝 시대.

代에 빼어나지 않겠습니까? 또한 우리 성상聖上의 온유돈후溫柔敦厚한 시교詩教가 일세一世를 도야陶冶한다면 그것은 풍화風化에 보탬이 되는 것이지, 무엇이겠습니까?

성화 17년(1481년, 성종 12년), 2월, 상한, 승훈랑 홍문관 수찬 지제교겸 경연 검토관 춘추관 기사관 승문원 교검 신 조위는 삼가 서하다.

杜詩序

詩自風騷而下, 盛稱李杜. 然其元氣渾茫, 辭語艱澁. 故箋註雖多, 而人愈病其難曉. 成化辛丑秋, 上命弘文館典翰臣柳允謙等. 若曰: "杜詩, 諸家之註詳矣. 然會箋, 繁而失之謬, 須溪, 簡而失之略, 衆說紛紜, 互相牴牾, 不可不研覈而一, 爾其纂之."

於是, 廣撫諸註, 芟繁鋤枉, 地理·人物·字義之難解者, 逐節略疏, 以便考閱. 又以諺語譯其意旨. 向之所謂艱澁者, 一覽曉然. 書成, 繕寫以進, 命臣序.

臣竊惟, 詩道之關於世敎也大矣. 上而郊廟之作, 歌詠盛德, 下而民俗之謠, 美刺時政者, 皆足以感發懲創人之善惡. 此孔子所以刪定三百篇, 有無邪之訓也.

詩至六朝, 極爲浮靡, 三百篇之音墜地. 子美生於盛唐, 能抉剔障塞, 振起頹風, 沈鬱頓挫, 力去淫艶華靡之習. 至於亂離奔竄之際, 傷時愛君之言, 出於至誠. 忠憤激烈, 足以聳動百世. 其所以感發懲創人者, 實與三百篇相爲表裏, 而指事陳實, 號稱詩史. 則豈後世朝風詠月, 刻削性情者之所可擬議也? 則聖上之留意是詩者, 亦孔子定三百篇之意, 其嘉惠來學, 挽回詩道也, 至矣.

噫! 三百篇, 一刪於孔子, 而大明於朱氏之集註, 今是詩也, 又因聖上而發揮焉. 學詩者, 苟能模範乎此, 臻無邪之域, 以抵三百篇之藩垣, 則豈徒制作之妙, 高出百代已而耶? 我聖上溫柔敦厚之敎, 亦將陶冶一世, 其有補於風化也, 爲如何哉.

成化十七年, 二月, 上澣, 承訓郎 弘文館修撰 知製敎 兼 經筵檢討官 春秋館 記事官 承文院校檢 臣 曹偉 謹序.

필원잡기 서

　우리나라는 기자조선이래로 세칭 문헌이 중국을 닮아 전조前朝 500년간에 문학하는 선비가 빈빈하게 배출되어, 세상에 전하는 유고遺稿가 무려 수십여 대가들의 것이 남아있어, 인재가 성하다고 할 수 있다. 그러나 당세의 조정과 재야의 일, 명신과 현사들의 언행을 기술해서 후세에 전하는 것은 매우 드물다. 다만 이학사李仁老[1]의 『파한집破閑集』과 최태위(崔滋)[2]의 『보한집補閑集』이 지금도 시인들의 이야기 거리와 벼슬아치들의 즐길 거리가 되고 있을 뿐이다. 그러나 그 거론한 것들은 모두 문구를 장식하는데 그치고, 국가를 경륜하는 모범적인 사례는 거의 취할 것이 없다. 그 후, 익재益齋 이문충공李文忠公[3]이 『역옹패설櫟翁稗說』을 지었는데, 비록 골계스런 말이 간혹 섞이기는 했지만, 조종세계祖宗世系와 조정의 모범사례들을 기재한 것이 많으니, 실로 당시의 유사遺史라고 할 수 있다.

　지금 좌주座主[4]인 달성상공達成相公[5]이 지은 『필원잡기筆苑雜記』를 살펴보

1　이인로(李仁老, 1152~1220) : 자는 미수眉叟이고, 호는 쌍명재雙明齋이다. 정중부鄭仲夫의 난 때 머리를 깎고 절에 들어가 난을 피한 후 다시 환속하여 문과에 급제, 우간의대부右諫議大夫를 역임하였고, 당대 석학碩學인 오세재吳世才 등과 결의하여 강좌7현江左七賢을 맺었다. 시문詩文뿐만 아니라 글씨에도 능해 초서草書 · 예서隷書가 특출하였다. 저서에 『은대집銀臺集』『후집後集』『쌍명재집雙明齋集』『파한집破閑集』 등이 있다.

2　최자(崔滋, 1188~1260) : 고려 시대의 문신, 학자. 자는 수덕樹德이고, 호는 동산수東山叟이다. 중서문하평장사中書門下平章事를 지냈으며 시문詩文으로 이름이 높았다. 저서에 『보한집』이 있다.

3　이제현(李齊賢, 1287~1367) : 고려 말기의 문신, 학자. 초명은 지공之公이고, 자는 중사仲思이며, 호는 역옹櫟翁, 익재益齋이다. 벼슬은 문하시중에 이르렀고, 당대의 명문장가로 정주학의 기초를 닦았으며, 저서로 『익재집』, 『역옹패설』, 『익재난고』 등이 있다.

니, 그 규모가 대략 『역옹패설櫟翁稗說』과 똑같다. 지극하도다! 큰 선비들이 글을 써서 후세에 전함이여. 비록 세상에 태어난 때는 선후가 다르지만, 그 말씀은 한 사람 말씀같으니, 왜 그런가? 그것은 아마도 사람은 태어난 선후가 다르지만 도道가 다르지 않기 때문이 아니겠는가?

다만 나는 생각건대, 익재는 고려가 쇠하여 어지러워진 세상에 태어나서, 나라가 기울어져갈 즈음에 험한 길을 달리면서, 임금을 생각하고 나라를 근심하는 정성이 지극한 정에서 나왔고, 이런 시기에 공명을 보전할 수 있는 것은 시종일관 절조를 지킨 결과이니, 그의 뛰어난 업적은 이루다 말로 표현할 수 없다. 그러나 서徐 공은 태평한 시대에 태어나서 덕있고 슬기로운 임금을 만나 조용히 참모의 역할을 하여 훌륭한 정치를 대내외에 밝게 드러냈고, 유림의 우두머리로 한 시대의 스승이 되었으니, 그의 마음과 학문, 사업의 성함은 진실로 익재보다 뒤지는 것이 없었다.

그러나 그가 편찬한 성군聖君과 현상賢相들이 제작하고 행사한 자취는 고려의 군신들이 비슷하게 할 수 있는 것이라곤 만분의 일도 못된다. 그러니 이 책을 전하는 것은 『패설』과 견줄 것이 아님이 분명하다.

혹자가 말하기를 "서 공이 기록한 것은 모두 후세에 교훈이 될 만하며, 한두 가지 일은 패설과 골계를 벗어나지 못했는데, 그 이유가 무엇인가?"라고 하였다. 내가 대답하기를 "공의 해박한 기억력은 천성에서 나왔고, 때때로 술자리나 한가한 틈에 붓을 놀려 그가 평상시에 본 것을 기록한 것일 뿐이지, 처음부터 책을 짓고자 하는 의도가 없었다. 우전優旃6과 동방

---

4 좌주座主 : 자기의 과거시험을 맡은 시관을 말한다.
5 달성상공達成相公 : 서거정徐居正의 본관이 달성이며, 제상의 자리를 역임하였으므로 달성상공이라고 한다.

삭東方朔[7]의 말도 사마천司馬遷[8]과 반고班固[9]가 원래대로 옮겨 쓰고 깎아내지 않았으니, 이것이 또한 기사체紀事體이다.

아아! 기자조선箕子朝鮮[10]으로부터 오늘에 이르기까지 거의 3,000여 년 동안 붓을 잡은 선비가 세상에 적다고 할 수 없으나, 글을 써서 후세에 전하는 사람은 몇 사람이 되는가? 저서가 인격이 완비된 사람의 것이 아니라면 실로 오래도록 전해질 수가 없다. 그 사람이 스승 삼기에 부족하고, 그의 말이 본받기에 부족하다면, 남산의 대나무를 다듬고 천 마리의 토끼의 털을 무디게 하여 날마다 수만의 말을 엮어도 한 시대에 전해질 수 없거늘, 하물며 후세에 전해지길 바랄 수 있겠는가?

그러나 서 공徐公의 이 『필원잡기筆苑雜記』는 사람됨은 스승삼을 만하고, 말은 본받을 만하니, 그것이 후세에 무궁토록 전해질 것이 분명하다. 훗날

---

6 우전優施 : 『사기史記』「골계전滑稽列傳」에 의하면, 전국戰國시대 진秦나라의 배우로 키가 매우 작았으나 해학諧謔과 담소談笑를 잘하여 진시황秦始皇이 커다란 동물원을 만들자 이를 풍간諷諫하였다고 한다.

7 동방삭(東方朔, ?B.C.154~?B.C.92) : 중국 전한前漢의 문인. 자는 만천曼倩. 해학, 변설辯舌, 직간直諫으로 이름이 났다. 속설에 서왕모의 복숭아를 훔쳐 먹어 장수하였으므로 삼천갑자 동방삭이라고 이른다.

8 사마천(司馬遷, BC 145?~BC 86?) : 전한의 역사가. 흉노匈奴에 투항한 이릉李陵장군을 변호하다 궁형宮刑에 처해졌으나, 이를 극복하고 무제武帝의 태사령이 되어 사기를 집필하여 『사기』를 완성하였다.

9 반고(班固, 32~92) : 중국 후한 초기의 역사가. 자는 맹견孟堅이고, 아버지는 표彪이며, 소昭의 오빠이다. 아버지의 유지遺志를 이어 고향에서 『한서漢書』편집에 종사하였으나, 62년경 국사를 개작改作한다는 중상모략으로 투옥되었다. 초의 노력으로 명제明帝의 용서를 받아, 20여 년 걸려서 『한서漢書』를 완성하였다. 그 후 흉노 원정에 수행하고, 92년 두헌의 반란사건에 연좌되어 옥사하였다.

10 기자조선箕子朝鮮 : 은나라가 망한 후 기자箕子가 고조선에 망명하여 세웠다고 하는 나라이다.

역사가들이 난대蘭臺[11]와 봉관蓬觀[12]에 수장해 놓은 것을 골라 뽑아 내지 않겠는가?"

성화成化 23년(1487년, 성종 18년), 9월, 일, 문생門生[13] 봉렬대부奉列大夫[14] 함양군수 하산夏山 조위가 서문을 쓰다.

筆苑雜記序

東方, 自箕子受封以來, 世稱文獻, 侔擬中華, 而前朝五百年間, 文學之士, 彬彬輩出, 以遺稿傳於世者, 無慮數十餘家, 可謂人才之盛也. 然記述當世朝野之事, 名臣賢士之所言若行, 以傳於後者, 罕有其人. 獨李學士破閑集, 崔太尉補閑集, 至今資詩人之談論, 爲搢紳之所玩. 然所論者, 皆雕篆章句, 其於國家經世之典, 槩乎其無所取也. 厥後, 益齋李文忠公著櫟翁稗說, 雖間滑稽之言, 而祖宗世系, 朝廷典故, 多所記載而辨證焉. 實當時之遺史也.

今觀座主達城相公所撰筆原雜記, 其規模大略, 與櫟翁稗說, 若合符契. 至哉! 大儒之立言傳後也. 生雖先後之異時, 而其言之若出一人, 何耶? 豈非人有先後而道無不同故耶?

余惟, 益齋生於衰亂之世, 間關奔走於式微之際, 念君憂國之誠, 出於至情, 所以能保功名, 終始一節, 卓卓乎不可尙已. 今公生於太平之朝, 遭遇聖明, 從容帷幄, 黼黻至治, 冠冕儒林, 師範一世, 其心其學, 其事業之盛, 固將無讓於益齋. 而其所纂錄, 聖君賢相制作行事之迹, 有非高麗君臣所可彷彿其萬一也. 則是書之傳, 又非稗說之比也, 審矣.

或曰: "公之所錄, 皆可爲訓於後世, 而一二事, 未免襲稗說滑稽, 何也?" 曰: "公之博記, 出於天性, 時於讌閑, 戲用翰墨, 書其平日所見者耳, 初非有意於著

11 난대蘭臺 : 궁중에서 책을 보관하는 서고이다.

12 봉관蓬觀 : 사가독서賜暇讀書를 하던 독서당에 딸린 서고書庫로 동호독서당이라고도 한다.

13 문생門生 : '문하생門下生'의 준말로, 과거科擧 급제及第한 사람들이 고시관에 대對하여 자신自身들을 일컫던 말이다.

14 봉렬대부奉列大夫 : 조선시대 정正 4품의 품계이다.

書也. 優旃方朔之言, 遷固書而不削. 此亦紀事之體也. 噫! 自箕子至于今, 幾三千年, 秉筆之士, 世不乏人, 而立言傳後者, 盖無幾焉? 非著之無其人, 實不能久於傳也. 其人不足爲師, 其言不足爲法, 則雖整南山之竹, 秃千兎之毫, 日綴數萬言, 不能傳於一世, 況敢望後世乎? 夫然則公之是篇也, 人可爲師, 言可爲法, 其傳於無窮也, 固也. 他日太史氏, 紬蘭臺蓬觀之藏, 其將無取於是也乎?

成化 紀元之二十三年, 季秋, 日, 門生, 奉列大夫, 咸陽郡守, 夏山, 曹謀序.

이존록 서

자식이 어버이를 사랑함이 클수록 그리움은 깊어진다. 그리움이 깊어지기 때문에 오히려 한 가지 선행이라도 세상에 알려지지 않을까 두려워한다. 이것은 인심과 천리天理에서 나왔기 때문에 쉽게 그만둘 수가 없다.

문헌으로 이름난 가문은 족보를 만들거나 조상으로부터의 누대累代의 계통系統을 편찬한 것이 더러 있기도 하지만, 선조들의 업적을 기술하면서 관력官歷과 사우관계 등을 모아 한 권의 책으로 만들어서 자손들에게 물려주는 사람은 지금 세상에서는 거의 찾아볼 수가 없다.

문간공文簡公 점필재佔畢齋 선생은 도덕道德과 문장文章이 한 시대의 사표師表이다. 그의 학문學問의 연원淵源은 선고先考이신 사예공司藝公1에서 나왔는데, 이는 치당致堂2이 문정文定3에서 나오고, 구봉九峯4이 서산西山5에서 나

---

1 김숙자(金叔滋, 1389~1456) : 조선 전기의 문신 · 학자. 본관은 선산善山;일선 一善이고, 자는 자배子培, 호는 강호산인江湖山人이며, 시호는 문강文康이다. 12세 때부터 길재吉再에게 『소학』과 경서를 배웠다. 세종 때 관직을 지내다가 세조 즉위 뒤 1456년 벼슬을 그만두고, 밀양에 돌아가 후진 양성에 전념하였다. 거유 길재의 학통을 이어받아 아들 종직에게 잇도록 하였다.

2 호인(胡寅, 1098~1156) : 송나라 건녕建寧 숭안崇安 사람으로 자는 명중明仲이고, 시호는 문충文忠이다. 학자들은 치당선생致堂先生이라 불렀다. 금나라에 대항할 대책을 진술하고 구차하게 화의하는 것에 반대했으며, 소흥紹興 연간에 중서사인中書舍人이 되어 금나라에 사신을 보내는 것을 극력 저지하다가 엄주嚴州와 영주永州의 지주知州로 나갔다. 관직은 예부시랑겸직학사원禮部侍郎兼直學士院까지 올랐다. 저서에 『논어상설論語詳說』과 『독사관견讀史管見』, 『비연집斐然集』등이 있다.

3 호안국(胡安國, 1074~1138) : 남송南宋의 성리학자. 자는 강후康侯이고, 호는 무이武夷이며, 시호는 문정文定이다. 호연胡淵의 아들로 정이程頤의 학문을 계승하여 송대 이학理學 발전에 공헌하였다. 왕안석이 춘추학관을 폐지하자, 20여년간 『춘추春秋』를 정밀히 연

온 것과 같다. 그의 독실한 지조와 행실, 풍부한 문장력은 비록 타고난 탁월한 천성에서 나왔지만, 모두 아버지의 가르침을 따랐기 때문에 길러진 것이다.

지난 무인년(1458년, 세조 4년)에 선생께서 3년 상을 마치고도 관직에 복귀하지 않고 집에서 지내면서 돌아가신 아버지의 고매한 덕행이 있는데도 묻혀 버리고 세상에 크게 들어나지 않는 것을 안타깝게 여기고 손수 『이존록』한 권을 기록하셨다. 먼저 계보의 도표를 작성하고, 다음으로 평생에 있었던 일을 연대순으로 기록하였으며, 마지막으로 사우師友와 관직명, 훈계한 말, 가묘家廟와 제의祭儀에 본받을 만한 것 등, 자세하게 모두 기록하여 빠트리지 않았다.

경자년(1480년, 성종 11년)에 다시 교정을 보고, 여기에 도연명陶淵明과 주회암朱晦菴을 본떠서 외조부인 박공朴公6의 전기와 어머니의 행장을 지어 뒤에 덧붙이고, 제목을 『이존록彝尊錄』이라고 하였다. 대개 그 의미는 '겨울 제사 때 이정彝鼎7에다 명문을 새긴다.'는 뜻을 취한 것이다. 이에

구하여 『춘추호씨전春秋胡氏傳』을 저술하였다.

4 채침(蔡沈, 1167~1230) : 송나라 때 성리학자. 자는 중묵仲默이고, 호는 구봉九峯이며, 시호는 문정文正이다. 서산西山 채원정蔡元定의 아들이며, 주희朱熹이다. 구봉산에 은거하여 학문과 저술에 전념하여, 『서집전書集傳』, 『홍범황극洪範皇極』, 『채구봉서법蔡九峯筮法』 등을 저술하였다.

5 채원정(蔡元定, 1135~1198) : 남송南宋의 성리학자. 자는 계통季通이고, 호는 서산西山이며, 시호는 문절文節이다. 주자의 문인으로 벼슬에 뜻을 접고 오로지 학문에만 전념하여 주자의 이학理學사상을 계승발전 시킨 인물이다. 저서로 『대연상설大衍詳說』, 『황극경세皇極經世』, 『연악서燕樂書』, 『율려신서律呂新書』등이 있다.

6 박홍신(朴弘信, 1373~1419) : 조선 초기의 무신으로, 본관은 밀양이다. 1419년 대마도를 정벌할 적에 좌군병마사가 되어 출전했다가, 이망군尼忘郡 전투에서 전사하였으며, 그의 딸이 김숙자에게 시집을 가서 김종직을 낳았다.

상자 속에 보관하여 두고 남에게 보여주지 않아 문하생들도 모두 알지를 못했다.

선생께서 돌아가신 지 6년이 지난 어느 날 봄 생질녀甥姪女의 남편인 흥해興海[8]군수 강자온康子韞[9]이 그것을 아무렇게나 방치된 속에서 찾아내고, 목판에 새기어 후세에 전하고자 하여 나에게 서문序文을 부탁하였다.

내가 읽어보고 탄식하기를 "옳도다! 군자가 어버이의 선행을 세상에 높이 드날리는 것보다 급한 것이 없도다." 『예기』에 이르기를 '옛날에 군자가 선조의 아름다운 행실을 분명하게 따져서 서술하여 정확하게 드러낸다.'라고 하였다.

후세에는 뛰어난 업적이 없는데도 칭찬을 하니, 이것은 잘못이다. 선행이 있는데도 알지 못하면, 현명하지 못한 것이요. 알고도 후세에 전하지 않는 것은 어질지 못한 것이다. 이 세 가지는 군자가 부끄러워하는 것이다. 세상 사람들은 누가 선조의 아름다운 행실을 칭찬하여 영원히 전해지기를 바라지 않겠는가? 그러나 능력이 없어서 정성을 다하지 못하고, 효도를 다하지 못할 뿐이니, 어째서인가? 본받을 만한 말과 훌륭한 행실은 부모의 가르침을 받는 시기에 귀와 눈에 못이 박히도록 들었지만, 비록 한 가지 생각을 하는 동안에도 신중하게 하지 않으면 마음속에 남아있지 않아

---

7 이정彛鼎 : 종묘 제기의 하나인 이彛와 솥. 이는 돼지 머리 모양의 솥 형태인 주기酒器이며, 정은 세발과 두 귀가 달린 큰 솥이다.

8 지금의 경북 포항시 흥해읍.

9 강백진(康伯珍, ?~1504) : 조선 초기의 문신. 본관은 신천信川이고, 자는 자온子韞, 호는 무명재無名齋이며, 김종직金宗直의 사위이자 문인이다. 1472년(성종 3)생원시에 합격하고, 1477년 문과에 급제하여 사헌부장령ㆍ사간원사간을 지냈으며, 무오사화戊午士禍 때 능지처참되고, 아들과 형제들도 결장決杖에다 외방으로 축출당하였으며, 1506년(중종 1)에 대사간에 추증되었다.

서 산만하여져 기억할 수가 없다. 비록 기억한다해도 글을 쓰는데 미치지 못하면, 한 가지는 기록했으나 만 가지를 빠뜨리게 되니, 어찌 그 모두를 이처럼 자세하게 모두 기술할 수 있겠는가?

이 『이존록彝尊錄』은 선후의 차서次序가 있고, 자세하고 간략하게 하는데, 그 마땅함을 얻었으며, 많은 것을 기록하였으면서도 자세함을 잃지 않았고, 사실을 기록하였으면서도 지나치게 꾸미는데 이르지 않았으니, 진실로 사랑하고 사모함이 깊고 지극한 효성과 마음속으로 체득하여 가슴속에 품어 두고 잃지 않는 자가 아니라면 어찌 능히 이에 이를 수 있겠는가? 하물며 제례祭禮같은 일은 더욱 풍교風敎10와 관련된다.

우리나라는 오래도록 습속習俗에 물들여져 사대부들의 상례喪禮와 제례祭禮에 불가佛家의 것을 섞어서 썼는데, 조금이라도 이렇게 하지 않는 사람은 오직 사예공司藝公이 있을 뿐이다. 그는 분발하여 옛날부터 전傳해 오는 습속習俗을 따르지 않고 한결같이 주문공朱文公의 가례家禮를 따르고, 이를 향리에서 앞장서서 솔선수범하였다. 또한 선생은 글로 써서 가범家範을 만들고, 세속世俗의 누추함을 한꺼번에 씻어냈는데, 다만 어찌 김 씨네 한집안에서만 대대로 지키는 규범일 뿐이겠는가? 또한 당세의 사대부들도 마땅히 본받아야 할 것이다.

아아! 사예공은 효도를 행하는데 독실하였고, 점필재는 정성精誠스런 마음을 쓰는데 부지런하였으니, 이 기록이 아니라면 세상 사람들이 어떻게 그것을 알겠는가? 아버지가 짓고 아들이 기술하였다고 말할 수 있으니, 아름다움을 좇아 그 향기를 전했다고 할만하다. 훗날 자손이 된 자들이 모두 이 두 어른의 마음으로 마음을 삼는다면, 『시경』에 이른바 '효자가 다

10 풍교風敎 : 교육이나 정치의 힘으로 백성을 착하게 가르치는 것을 말한다.

하지 않으니, 길이 너에게 복을 내리리라.'라는 것이니, 집안의 복을 그
어찌 한정할 수 있으랴. 이 기록이 세상에 유행하면 백성의 도리와 풍속을
돈후敦厚하게 하는데 일조一助하지 않겠는가? 아아! 지극하도다.

후학인 하산夏山 조위가 서한다.

彝尊錄序

子之於親, 愛之尊, 故慕之深. 慕之深, 故猶懼一行一善之不聞於世. 此出於人
心天理之正而不容已也. 文獻名家, 著爲譜錄, 纂次世系者, 或有之矣. 至於述
先人行業, 以及歷官師友, 萃爲一帙, 以遺子孫者, 求之當世, 絶無而僅有也.
文簡公佔畢齋先生, 道德文章, 師範一世, 學問淵源. 出於先司藝公, 如致堂之
於文定, 九峯之於西山. 其操履之篤 文詞之富 雖由天分之卓越 而皆先公訓迪
而養成者也.

昔在戊寅, 先生服闋家居, 悼先公有至德茂行, 不大顯於世, 手撰一錄. 先之以
譜圖, 次之以紀年, 又次之以師友, 平生莅官行事與夫訓戒之辭, 家廟祭儀之可
法者, 纖悉具成, 無有遺失. 歲庚子, 更加校定, 又效陶淵明·朱晦菴, 撰外祖朴
公傳與先夫人行狀, 增附于後, 目之曰彝尊錄. 蓋取諸禮施于彝鼎之義也. 烝藏
之中衍, 祕不示人, 及門之士, 皆不得知. 先生易簀後六年春, 甥興海郡守康子
韞, 得之汗漫間, 將欲鋟梓以傳之, 屬余爲序.

余伏讀而歎曰: "有是哉. 君子之急於揚親善也." 記曰: "古之君子 論譔其先祖
之美而明著之." 後世無異而稱之, 是誣也. 有善而不知, 不明也. 知而不傳, 不
仁也. 是三者, 君子之所恥也. 世之人, 孰不欲稱揚先美, 以傳不朽? 然不能, 誠
有所未盡, 孝有所未至耳, 何者? 嘉言懿行, 耳濡目染於趨庭之日, 而一念不謹,
苟不存之心, 則漫不能記. 雖或記之, 而筆力不逮, 則錄一漏萬, 曷能備述其全,
如是其詳耶? 是錄也, 先後有序, 詳略得宜, 該而不失於細, 實而不至於文, 苟非
愛慕之深, 誠孝之至, 潛心體認, 服膺不失者, 何能至是哉? 況祭禮一事, 尤關
風教.

我國家久染習俗, 士大夫喪祭, 用浮屠, 莫或至此, 獨司藝公. 奮不顧流俗, 一
遵文公之禮, 倡於鄉里. 先生又筆之於書, 著爲家範, 一洗世俗之陋, 豈徒金氏
一家世守之規? 抑亦當世搢紳之所當法也.

嗟夫! 司藝公之篤於孝行, 佔畢齋之勤於用心, 非此錄, 世無得而知之. 可謂父作子述, 趾美傳芳者歟. 使後之爲子孫者, 皆以二公之心爲心, 則詩所謂 '孝子不匱, 永錫爾類, 門戶之祚.' 其可量耶? 是錄之行於世也, 豈非敦民彛厚風俗之一助乎? 嗚呼! 至哉.

後學, 夏山, 曹某, 序.

권농문 서

나는 일찍이 『시경』의 「빈풍豳風」장을 읽고 주周나라 왕업이 흥성한 것은 실로 〈7월의 시〉에 기반하였다는 것을 알았다. 성왕成王이 처음 국정을 맡았을 때, 주공周公이 가장 먼저 농민들이 짐승의 우리를 청소하고 논밭갈이 하는 고통과 뽕나무 가지치기와 대추나무 가지 벌려 놓기 등, 세세한 것까지 열거하여 날마다 장님들에게 앞에서 외우게 한 것이 어찌 헛된 일이라고 할 수 있겠는가?

대개 백성은 나라의 근본이며, 곡식은 백성의 하늘이다. 임금된 자는 마땅히 농사의 어려움을 안 뒤에 라야 한 개인의 욕심을 부리지 않으며, 절약하고 검소하여 백성을 아껴 농사짓는 시기를 빼앗지 않을 것이다. 농사가 때를 잃지 않으면, 곧 백성들은 넉넉해진다. 백성의 살림이 넉넉해지면 곧 교화가 행하여진다. 교화가 행하여지면 상하가 편안해진다. 그러나 사민四民[1]중에 오직 농민이 가장 고생을 한다. 추위에 갈고 더위에 김매느라, 몸이 땀에 젖고 발이 고통스럽게 일 년 내내 일해도 굶주림과 추위를 면할 수 없다. 그러나 시장에 의지하여 이익을 얻는 자는 도리어 배불리 먹고 편안히 사는 낙을 얻는다. 이로 말미암아 근본에 힘쓰는 자는 날로 적어지고 말단의 이익을 쫓는 자가 날로 많아지니 어찌 곤궁해지지 않겠는가?

아아! 정전법井田法이 폐지되자 고을에는 드디어 가르치고 훈계하는 어른이 없게 되고, 또 고을에는 단출하게 다스리는 정치가 없게 되어 백성들은 씨를 뿌리고 밭을 가는데, 모두 방법과 절차를 모르게 되고, 재주가

---

1 사민四民 : 선비士, 농부農, 장인바치工, 장사치商의 4가지 신분이나 계급을 말한다.

무디고 거칠게 되었다. 그러니 누가 토양이 굳어지고, 아궁이가 각기 다르다는 것을 알겠는가?

지금 강 문량공文良公이 지은 『금양잡록』2한 권을 보니, 여러 곡식의 종류와 독특한 모양, 모종을 내고 씨를 뿌리는 마땅한 시기, 일을 시행하는 순서 등, 그 이치를 모두 깊이 터득하고 빠트린 것이 없어서 실로 농가의 지침서라고 할 수 있다. 「제풍변諸風辨」, 「농담 農談」, 「농구農謳」편 등은 분석하여 종합적으로 증명한 것이 매우 자세하고, 고통받는 농가의 모습을 자세하게 기술하였다. 비록 금양3 한 고을의 일만 거론하였으나, 농사를 짓는 요지를 대강은 알 수 있다.

공은 누대로 내려온 귀족으로 비단옷을 입고 자랐으므로 일찍이 농사짓는 일에는 거리가 멀었다. 또한 젊은 나이에 문장을 잘하여 대각臺閣4에 출입하고 한 번도 농사를 권면하는 직책을 맡지 않았기 때문에 농가의 일에 막연한 것이 당연하다. 그러나 홀로 농사일에 관심을 갖고 정성을 다하여 책을 지었으니, 이는 그의 근면함의 결과라고 할 수 있다. 그러니 그의 경세經世와 양민養民의 의지가 어찌 심원하지 않다고 하겠는가? 그것은 화훼를 분류하여 계보를 만들거나, 사곡詞曲을 평하는 등, 쓸모없는 문장을 짓는데 정력을 낭비하는 것과 비교하겠는가? 당연히 공이 나라 일을 도와

---

2 금양잡록衿陽雜錄 : 조선 전기의 학자 강희맹姜希孟이 쓴 농서農書로 연산군 때 간행되었다. 성종 때 금양, 지금의 경기도 시흥에 은퇴해 있을 당시 자신의 경험과 견문을 토대로 저술하였다. 농가곡품農家穀品ㆍ농담農談ㆍ농자대農者對ㆍ제풍변諸風辨ㆍ종곡선種穀宜ㆍ농구農謳 등 6장으로 나뉘어 있고, 책머리에 조위曺偉의 서문이 있다.

3 금양 : 지금의 경기도 시흥시 일원이다.

4 대각臺閣 : 조선 시대, 사헌부와 사간원을 통틀어 이르던 말. 여기에 홍문관 또는 규장각을 더하기도 한다.

그 은혜가 백성들에게 미치게 한 것이다.

애석하도다. 하늘이 공에게 더 살도록 수명을 허락하지 않아 시행하여 연구해 보지도 못했으니, 매우 통탄할 일이다. 공이 지은 시문은 이미 널리 통하여 칭찬을 받아 목판에 새기어 간행되었으나, 다만 이 책만 세상에 널리 퍼지지 않았다.

나는 옛날 당나라의 섭이중聶夷中5이 일찍이 〈二月賣新絲〉시6를 지어 임금의 마음을 감동시켰다고 알고 있다. 하물며 우리 조선은 여러 성스런 임금들이 연달아 왕위에 올랐고, 모두 농업을 중시하여 농사를 짓는 사회의 관습과 제도를 존중하여 아득히 천고의 세월 전부터 농잠서를 군현郡縣에 간포하였으니, 실재로 〈빈풍〉시와 서로 표리가 된다고 하겠다.

지금 이 책은 예전의 농서보다 더욱 자세하여 국가에서 농업을 중시하는 뜻에 보탬이 되니, 섭이중이 지은 한 편의 시와 비교하면 크게 차이가 난다. 훗날 임금의 귀에 들어가 궁궐의 임금님 책상 위에 놓여서 좋은 볍씨와 모내기 방법, 땅을 갈고 김매는 고통을 모두 알게 하고, 높은 벼슬아치들에게 소개하며, 향리에 반포하여 남쪽 들판의 백성들이 모두 이 책의 방

---

5 섭이중(聶夷中, 837~884) : 만당晩唐의 시인. 자는 원지坦之이고, 30대 중반에 진사에 합격하였으나, 당시 조정의 당쟁과 전쟁으로 관리로의 진출을 못하여 빈궁한 생활을 하다가 겨우 지방현위華陰縣尉에 임명되어 하급 관료 생활을 하였다. 가난한 서민의 생활을 몸소 깊이 체득했기 때문에 민간의 어려움과 고난을 동정하는 내용을 많이 지었다.

6 원제는 〈상전가傷田家〉이다. 내용을 보면, 2월에는 앞으로 나올 비단을 미리 팔고, 5월이면 가을걷이를 담보로 양식을 빌린다. 눈앞의 종기는 고칠 수 있지만, 그것은 심장을 도려내는 일과 같구나. 내 진정 임금께 바라노니, 부디 밝게 빛나는 촛불이 되시어, 화려한 잔치자리 비추지 마옵시고, 사방으로 도망간 백성 집 밝게 비추소서.二月賣新絲, 五月糶新穀. 醫得眼前瘡, 剜卻心頭肉. 我願君王心, 化作光明燭. 不照綺羅筵, 徧照逃亡屋.

법을 따라 농사를 짓게 하여야 하고, 그 일을 더욱 권장하여야 한다. 또한 윗사람[관리]들이 그 시기를 빼앗지 않는다면 장차 집들이 연달아 이어져 서울에 이르는 것을 보게 될 것이다. 만억년에 또 만억년이 지나도록 태평스런 정치가 주나라 성왕 때에 비해 융성하고, 저 한나라 문제와 경제 때의 부유한 것[7]에 어찌 만족할 수 있겠는가? 그러니 이 책이 세상에 보탬이 됨이 또한 크지 않겠는가?

용집龍集[8]신해년(1491년, 성종 22년) 중춘 청명일 하산후학夏山後學 조모曹某가 서하다.

원문   勸農文序

當讀豳風, 知周家王業之興, 實基於七月之詩. 成王卽政之初, 周公首擧田家
擧趾滌場之苦, 條桑剝棗之細, 日使瞽矇諷誦於前者, 豈徒然哉?
蓋民惟邦本, 食乃民天. 爲人君者, 當先知稼穡之艱難, 然後不以一己之欲自
肆, 而節儉愛民, 不奪其時矣. 農不失時, 則民富庶矣. 民富庶矣, 則敎化行矣.
敎化行矣, 則上下安矣. 隆古聖人之治, 不過如斯而已. 然四民之中, 惟農最苦.
寒耕暑耘, 沾體塗足, 終歲勤動, 未免饑寒. 而倚市逐利者, 反獲舍哺之樂. 由
是, 務本者日少, 而逐末者日多, 奈何民不困且窮也?
嗚呼! 井田廢而鄕遂無敎稼之令, 鄭鄙無簡修之政, 民之播種耕耨, 皆無法守,
而歸於鹵莽矣. 孰知土化疆埴輕燢之各異其宜乎? 今觀姜文良公衿陽雜錄一編,
其諸穀品形樣之別, 蒔種早晚之宜, 先後用功之序, 皆深得其理, 而靡所闕遺,

---

7 한나라 문제와 경제 때의 부유함 : 서한西漢의 문제文帝와 문제를 이어 황제가 된 경제景
   帝가 통치할 때 사회가 비교적 안정되고 부유하여, 역사에서는 "문경지치文景之治"라고
   한다.
8 용집龍集 : 간지干支를 따라서 정定한 해의 순서인 세차歲次를 의미한다. 용龍은 세성歲星
   으로 목성을 가리킨다. 목성의 위치에 따라 해年의 이름을 바꾸는 것을 세성기년법歲星
   紀年法이라고 한다.

眞農家之指南也. 諸風辨·農談·農謳·等篇, 辨證甚詳, 而具述田家作苦之狀.
雖擧衿陽一縣之事, 而爲農之要, 槩可知也.

公以蟬聯世胄, 長於紈綺, 農未嘗親也. 早以文章, 出入臺閣, 未嘗一帶勸農之
職, 其於農家之事, 宜漠然矣. 而獨留意稼穡, 拳拳著述, 若是其勤, 其經世養民
之志, 豈不深且遠哉? 其與譜花卉評詞曲, 費力於無用之文字者, 爲如何耶? 宜
公之毗贊大政, 澤及生民也.

惜乎! 天不假年, 施未得究, 可勝歎哉. 公之詩文, 已被睿獎, 命鋟諸梓, 獨此
錄, 未傳於世. 余以爲昔唐轟夷中, 嘗賦二月賣新絲詩, 能動人主之聽. 況我朝
列聖相承, 皆重農桑, 欽敬制度, 敻越千古, 農蠶之書, 布在郡縣, 實與豳風之
詩, 相爲表裏.

今此錄, 比之加詳, 羽翼朝家重農之本意, 較諸夷中一篇之詩, 大相遠也. 使他
日得徹於宸聰, 細氈之上, 悉知禾稼之名品, 耕耘之艱苦, 詔之公卿, 頒之鄉里,
使南畝之民, 率循是法, 而益勸其業. 上之人又不奪其時, 則將見茨梁抵京. 萬
億及秭, 太平之治, 比隆成周, 彼文景之富庶, 奚足云? 然則是錄之有補於世也,
不亦大哉?

龍集, 辛亥, 仲春, 清明, 日. 夏山, 後學, 曹某 序.

지지당집 서

지지당止止堂은 죽은 김선원金善源[1]이 스스로 지은 호이다. 선원은 본관이 해평海平[2]이며, 성주星州의 가천伽川에서 살았다. 그는 책을 읽고 글쓰기를 좋아하였으며, 특히 시 쓰기를 좋아했다. 날마다 시를 읊조리는 것을 일삼으며 집안의 생산 활동에는 종사하지 않았다. 타고난 본성이 술을 마시지 못했으나 손님이 오면 술자리를 벌이는 것을 좋아하여 문득 거나하게 취해 술 냄새를 풍겼다. 재산이 많고 지위가 높거나, 권세가 있고 없음을 따지지 않고 두루두루 사귀었다.

선원은 벌열집안 출신으로 옛날 재상을 역임한 정숙공靖肅公 안순安純[3]의 외손자이다. 문숙공은 숭선崇善[4]의 생질이며, 친족과 외족들이 조정에 가득하였는데, 간혹 벼슬할 것을 권하였으나 탐탁하게 여기지 않고 마음에

---

1 김맹성(金孟性, 1437~1487) : 조선 전기의 문신. 본관은 해평海平이고, 자는 선원善源, 호는 지지당止止堂이다. 김종직金宗直의 문하에서 수학하여, 1476년 별시문과에 병과로 급제하여 사간원의 헌납과 정언, 이조정랑 · 수찬 등을 지낸 뒤 사직하였다. 향리에 정사精舍를 지어 후진을 양성에 힘썼으며, 저서로는 『지지당시집』이 있다.
2 해평海平 : 지금의 경북 구미시 일원이다.
3 안순(安純, 1371~1440) : 조선 전기의 문신. 본관은 순흥順興이고, 자는 현지顯之이며, 시호는 정숙靖肅이다. 고려조에서 성균관학유成均館學諭를 역임하였으며, 1392년(태조 1) 조선이 건국되자 사재주부司宰注簿로 발탁되었다. 이어 사헌 감찰, 좌습유 겸 지제교左拾遺兼知製敎, 병조정랑, 경상도관찰사, 충청도관찰사, 호조참판, 공조판서, 호조판서 등 내외직을 두루 역임했다. 저술로 『근재집 謹齋集』 부록에 유고가 실려 있다.
4 안숭선(安崇善, 1392~1452) : 조선 전기의 문신. 본관은 순흥順興이고, 자는 중지仲止이며, 호는 옹재雍齋이고, 시호는 문숙文肅이다. 세종 때 형조판서 · 중추원지사 · 집현전 대제학 등을 역임하였고 춘추관지사로 『고려사』 수찬에 참여하였으며, 글씨에 능하였으며, 『근재집謹齋集』 부록에 유고遺稿가 실려 있다.

두지 않았다. 일찍부터 이름을 널리 떨치고 흔쾌히 세상에 뜻을 두었으나 여러 번 과거시험에 떨어지자, 가천伽川 가에 집을 짓고 '지지당止止堂'이라고 현판을 붙이고 시주를 벗 삼아 즐기며 장차 삶을 마감하고자 하는 뜻을 두었다.

성종成宗이 즉위即位 초에 유사有司에게 명하여 유일遺逸을 천거하게 하자, 그를 불러 중부 참봉中部參奉으로 삼았다. 뒤에 병신년(1476년, 성종 7년)에 실시한 과거科擧에 급제하여 사간원의 헌납獻納을 거쳐 정언正言의 직에 올라 화려한 명성이 더욱 널리 퍼졌는데, 얼마 후 어떤 일에 연좌되어 고령高靈에 유배되었다. 고령은 가천伽川과의 거리가 10여 리 밖에 안 되었으나, 3년이 지나도록 한 번도 자기 집을 가지 않았으므로, 사람들이 모두 어려운 일로 여겼다. 오랜 세월이 지난 뒤에 환조還朝하여 이조吏曹의 정랑正郞과 홍문관弘文館 수찬修撰이 되었다. 정미년(1487년, 성종 18년) 봄에 서울에서 작고하였는데, 향년享年이 겨우 51세였다. 집안이 매우 가난하였으므로, 함께 근무했던 동료인 정자건鄭子健[5]이 있는 힘을 다해 경비를 주선해 주어 이에 고향으로 반장返葬하여 상을 치를 수 있었다.

나는 당시에 함양咸陽 군수였는데, 상주尙州 목사인 신언심申彦深과 함께 그의 빈소에 가서 곡哭을 하고 제문祭文을 지었다. 그 후에 그의 고향을 가 보니, 잡초가 우거져 뒤덮여 있는 것이 단양 장우張祐의 집과 같았고,[6] 처량

---

5 정석견(鄭錫堅, ? ~1500) : 조선 전기 문신. 본관은 해주海州이고, 자는 자건子健, 호는 한벽재寒碧齋이다. 1474년(성종 5) 문과에 급제, 정언 · 지평 · 예안禮安현감을 거쳐 1485년 이조좌랑이 되어『삼강행실三綱行實』을 산정하였다. 이어 장령 · 경상도 경차관·동부승지·성균관지사 · 병조참지·대사간·이조참판을 역임했다. 무오사화 때 김종직의 문집을 편찬한 혐의로 투옥되었으나 고령으로 파직에 그쳤다.

6 『운선잡기雲仙雜記』에, 당唐나라 때 장우張祐가 시를 읊는 일에 열중하여 남이 불러도 들

함은 오하백吳下伯이 지은 〈난분鸞墳〉의 시구7와 같아 추도하는 마음을 대략 이와 같이 드러냈다. 나는 선원과 서로 따르며 함께 논 것이 거의 20여 년이나 되니 선원을 매우 잘 안다. 선원은 충효忠孝의 자질을 타고났고, 형제간에 우애가 돈독하였으며, 친구들에게 믿음이 있었다. 또한 진실하고 온화하여 털끝만큼도 꾸미지 아니하여, 사람들이 이를 더욱 사랑하고 사모하였으며, 그가 죽자, 벼슬아치들이 모두 한탄하였다. 문예文藝는 선원에게 있어서 다만 자질구레하여 중요하지 않은 일이었다.

선원이 죽은 지 15년이 지난 뒤, 지금의 경상도 관찰사인 김백춘金伯春이 유고遺稿 몇 권을 나에게 맡기며 부탁하기를 "나는 선원이 일찍 세상을 떠서 그의 뜻을 드러내지 못했고, 또한 그의 시가 세상에 전하지 못할까 두려우니, 자네가 잘못된 것을 바로 잡아주고 서문을 써 주게나."라고 하였다.

나는 세상일에 백에 하나라도 능한 것이 없으나, 다만 사람의 착한 점을 말하기를 좋아할 뿐이다. 무릇 향곡鄕曲의 천한 노예라도 하나의 장기長技와 한 가지 능한 것이 있으면 반드시 크게 칭찬하여 그를 치켜세워 세상에 그 이름이 알려지지 않을까 염려하는데, 하물며 선원과 같은 사람에게 있어서랴?

지 못하였는데, 아내와 하인들이 이를 불평하자 그가 "내 입에서 바야흐로 꽃이 피고 있는데 부르는 소리가 어찌 들릴 리 있겠느냐."라고 답한 고사에서 비롯되었다.

7 백란伯鸞은 후한後漢 때 은사隱士인 양홍梁鴻의 자字이다. 양홍은 집이 가난하였으나 절의를 숭상하고 많은 책을 읽어 박식하였다. 같은 마을 맹씨孟氏의 딸인 맹광孟光과 부부가 되어 패릉의 산중에 들어가 손수 농사짓고 길쌈을 하며 살았다. 그러다 황제의 부름을 피하여 오吳로 가서 고백통皐伯通의 행랑에서 삯방아를 찧으며 살았는데 아내가 밥상을 들고 올 때는 눈썹 높이와 가지런하게 들어 공손한 예를 다하며 행복하게 살았지만 지금은 무덤으로만 남아있다는 의미이다.

내가 바야흐로 남의 문자를 엮어 당시에 죄를 얻어 유배온 이래로 처와 자식들이 내가 문서를 보거나 필연筆硯을 가까이 하는 것을 보면 성을 내면서 불살라 버렸다. 나 또한 뜨거운 국물에 입을 데어 놀란 나머지 나물도 불어서 먹는 것처럼 붓을 찾지 않은 지 몇 년이 되었다. 그리고 나서 스스로 생각하기를 '화복이 일정하기 어려운 것은 하늘에 달려 있기에 피하기 어려우니 어찌 구구하게 능히 두루 방비할 바를 생각하며, 한번 목이 메인 사람이라고 해서 죽을 때까지 먹지 않으면 되겠는가?' 그렇다면 선원善源의 시는 서술하여 전하지 않을 수 없다.

공자가 이르기를 "덕이 있는 자는 반드시 말이 있으나, 말이 있는 자는 반드시 덕이 있는 것은 아니다."라고 하였다. 화순함이 마음속에 쌓이면 영화榮華가 밖으로 드러나니, 언어로 드러나 문장으로 베풀어지는 것은 모두 덕德이 밖으로 드러난 것이다. 공자의 무리들이 어찌 술잔을 잡고 붓을 희롱하여 작문을 배우는 사람들이었겠는가? 시나 문장이 비록 아름답고 언어가 비록 공교로워도 진실로 덕德이 없으면 권할 만한 것이 못된다.

선원의 시는 충담한아冲澹閒雅하여 자못 사람됨과 비슷하니 진실로 덕 있는 자의 말이다. 그러니 그것이 오래도록 전해지는 것은 의심하지 않으나, 오히려 그의 뛰어난 인덕仁德과 올바른 행실이 세상에 전해지지 않을까 걱정이 된다. 그래서 위와 같이 그 훌륭함을 자세하게 말하였고, 아울러 선원의 출처의 전말을 언급하여 후대사람으로 하여금 다만 그가 지은 시문만 탐하지 않게 하였다.

홍치弘治 14년, 세차8 신유년(1501년, 연산군 7년) 8월 1일. 창녕昌寧 조위가 서문을 쓰다.

8　세사歲舍 : 세차歲次와 같은 의미로 간지干支를 따라서 정한 해의 차례를 말한다.

止止堂集序

止止堂者, 故金善源之自號也. 善源, 海平人也. 家于星州之伽川, 好讀書著述, 尤嗜於詩. 日以吟諷爲事, 不事家人生産作業. 性不能飮, 而客至, 喜置酒, 輒醉醺然. 不問有無, 於富貴勢利, 泊如也.

善源生於閥閱, 故宰相靖肅公安純之外孫也. 文肅公崇善之甥, 內外親黨滿朝, 或勸以仕, 不屑也. 早有重名, 慨然有志於世, 旣屢屈科第, 則築室伽川上, 扁以 '止止, 詩酒自娛, 將有終焉之志.

成廟踐祚之初, 命有司擧遺逸, 起爲中部參奉, 後擢丙申科, 歷諫省, 躋禁從, 華聞益遠, 俄坐事貶高靈. 高靈距伽川十餘里, 三年不一往其廬, 人皆以爲難. 久之還朝, 入吏曹爲正郎. 丁未春, 卒於京師, 年纔五十餘. 家甚貧, 賴僚友鄭子健極力經紀, 乃克以喪還鄕.

余時守咸陽, 與尙牧申彦深往哭其殯, 爲文以祭. 後適其鄕, 有蕪沒丹陽張祐宅, 凄涼吳下伯鸞墳之句, 追悼之懷, 略見於此.

與善源上下從遊者, 蓋二十餘年, 知善源爲甚熟. 善源天資忠孝, 篤於友愛, 信於朋友, 眞純和易, 無纖毫修飾邊幅, 人以此尤愛慕, 及其沒也, 搢紳咸嗟咨. 若文藝則於善源, 特末事耳.

善源歿後十五年, 今方伯金公伯春, 以遺稿若干首寄余曰: "余哀善源之早世, 不得顯其志, 又懼其詩之不傳於世, 子其正訛謬, 序其卷端." 余於世, 百無所能, 只喜道人善耳. 凡鄕曲賤隷之人, 有一技一能, 必亟稱而揄揚之, 猶恐不聞於世, 況如善源者哉?

余方以編人文字, 得罪於時, 竄謫以來, 妻孥見余看文書親筆硯, 則詢罵而焚棄之. 余亦懲羹吹虀, 不探筆者數年. 旣又自計曰: "倚伏難常者, 在天而難逭, 豈區區思慮所能周防, 而一噎之人, 終身廢食, 可乎?" 然則善源之詩, 不可不敍而傳之也. 孔子曰: "有德者必有言, 有言者不必有德." 和順積中, 英華發外, 顯於言語, 施諸文章者, 皆德之著於外者也. 孔子之徒, 豈操觚弄翰, 學爲文者哉? 詞華雖美, 言語雖工, 苟無其德, 不足勸也.

善源之詩, 冲澹閑雅, 類其爲人, 信乎爲有德者之言也. 其傳於遠也無疑, 而高風雅屢, 猶恐其不聞於世, 故具道其美如右. 幷及善源之出處終始, 使後之人, 不徒翫其詞也.

弘治, 十四年, 歲舍, 辛酉, 八月, 初吉. 昌寧, 曹某, 序.

최문창후전 뒤에 붙이다

따져 살펴보건대, 최崔 문창후文昌侯는 신라 말에 태어나서 나이 12살에 배를 타고 당나라에 들어가 스승을 찾아 학문에 전력하여 18살에 과거에 급제하고 선주宣州 율수현위溧水縣尉에 뽑혀 시어사侍御史 내봉공內供奉이 되어 자금어대를 하사받았다. 황소黃巢가 반란을 일으키고, 고변高駢이 천하 병마도통天下兵馬都統되자, 그를 불러 종사관으로 삼았다. 그래서 그 당시의 격문檄文과 군용문서가 모두 그의 손에서 나왔으며, 이로 인하여 이름이 천하에 알려졌다. 그가 지은 『사륙집四六集』과 『계원필경桂苑筆耕』은 『당서 예문지唐書 藝文志』에 실려 있다.

그의 나이 28세인 당唐나라 희종僖宗 광계光啓 원년元年(885년), 즉 신라 헌강왕憲康王 11년에 조서를 받들고 신라로 돌아왔다. 그리고 경주에 남아 시독侍讀, 한림학사翰林學士, 병부시랑兵部侍郎, 서서감사瑞書監事를 엮임하고, 뒤에 외직으로 나가 대산1군수와 부성2군수를 지냈다. 진성여왕眞聖女王 8년(894년) 시무책 10여조를 올리자, 여왕은 그것을 옳게 여기고 받아들이고, 그를 아찬阿湌으로 삼았다.

그는 서쪽으로 당나라에 유학을 떠나서 동으로 고국에 돌아올 때까지 모두 난세를 만나, 스스로 때를 만나지 못함을 속상해 하며 소요하였으며, 산수간에 방랑하며 누대를 짓고 송죽을 가꾸며 음풍농월을 일삼았다. 예를 들면 경주의 남산, 강주剛州3의 빙산, 합주陜州4의 청량사, 지리산 쌍계사,

---

1 대산大山 : 지금의 충남 서산시 대산면 일원이다.
2 부성富城 : 지금의 충남 서산시 부춘동 일원이다.

합포合浦5의 월영대 등은 모두 그가 노닐던 곳이다. 훗날 가족을 이끌고 가야산에 숨어 살며 이곳에서 삶을 마쳤다. 이것은 공의 평생 출처의 처음과 끝이다.

어떤 사람은 '공이 뛰어난 재주를 가지고도 당나라의 벼슬을 접고 신라로 돌아왔으니, 온힘을 다해 관직에 나아가 일을 맡아 잘못된 것을 바로잡고, 실수하여 잘못된 것을 이리저리 주선하여 마무리하며, 덕을 숭상하여 학문과 법령으로써 다스리는 정치를 보기 좋게 드러냈다면 나라의 형편이 위태로운 곳에 이르지 않았으므로, 견훤甄萱6과 궁예弓裔7가 어떻게 빠르게 창궐할 수 있었겠는가? 다만 명승지를 천천히 돌아다니며 마음껏 놀고 편안하게 한가로이 쉬면서 벼슬길에 나아가는 것을 달갑게 여기지 않았고, 나라가 위태로워 망하려하는 것을 마치 월越나라 사람이 살찌고 마른 것 보듯 한 것은 차라리 자신을 깨끗이 보존하기 위해서 인륜에 어긋난 짓을 하고, 보물을 간직하기 위해 나라를 혼미하게 한 것에 가깝다.'라고 의심한다.

이는 그렇지 않다. 공은 어린 나이에 아득히 드넓은 바다를 건너는 험난함을 두려워하지 않았으며, 20살도 못된 어린 나이에 콧수염을 잡듯 과거

---

3 강주剛州 : 지금의 경북 의성군 일원이다.
4 합주陜州 : 지금의 경상남도 함양군 일원이다.
5 합포合浦 : 지금의 경남 마산시 일원이다.
6 견훤(甄萱, 867~936) : 후백제의 초대 왕(재위 900~935). 관제 정비, 중국과의 국교를 맺고, 궁예의 후고구려와 충돌하며 세력 확장에 힘썼다. 후에 고려 왕건에게 투항했다.
7 궁예(弓裔, ?~918) : 후고구려를 건국한 왕(재위 901~918). 관제를 정비하고, 강원·경기·황해를 점령하고, 남서해 해상권도 장악했다. 전제군주로서 횡포가 심하였으며, 신숭겸 등이 왕건을 추대하자 도망가다 피살되었다.

에 급제했는데, 그 마음이 어찌 상자평向子平[8]과 대효위臺孝威[9]같은 자들을 본받으려했겠는가? 그가 공명功名을 이루는데 굳건한 뜻을 두었으며, 입신양명에 마음을 둔 것에는 거의 의심할 여지가 없다. 그가 당唐나라에 벼슬하고자 하였으나 환관宦官들이 안에서 국정을 농단하고 절도사節度使들이 밖에서 방자하게 황권을 넘보아 이미 주량朱梁[10]이 나라를 찬탈하고 황제를 시해할 조짐이 싹텄다. 본국에서 벼슬하고자 하였으나, 어리석은 임금이 국정을 비적匪賊에게 맡기고, 여왕은 음란하여 인륜도덕을 어지럽혔으며, 총애받는 사람만 조정에 가득하여 한꺼번에 일어나 서로 헐뜯고 있으니, 진실로 자기 자신도 용납될 수 없는데, 유교儒敎의 도가 실행되기를 바라겠는가? 하물며 공의 현명한 식견은 이미 '청송황엽靑松黃葉'의 시구에서 드러나 보였으니, 큰집이 장차 기울어 가는데 작은 나무 하나로 지탱할 수 없고, 푸른 바다가 비켜 흐르는데 한 손으로야 막을 수 없었음에랴. 그러니 심산深山을 찾아 미록麋鹿을 벗 삼아 칡넝쿨을 타고 올라 명월을 희롱한 것이 어찌 공의 본심이겠는가?

---

8 상자평向子平 : 『후한서後漢書』 「일민逸民 상장전向長傳」에, 상자평向子平은 후한後漢의 가인歌人 상장向長으로 그의 자는 자평子平이고, 노자老子와 역易에 정통하였다고 한다. 건무建武 연간(25~55)에 자식들을 출가시킨 뒤에 오악五嶽의 명산名山을 유람하였으며, 어디에서 죽었는지 모른다.

9 대효위臺孝威 : 『후한서後漢書』 「일민逸民 대효위전臺孝威傳」에, 대효위臺孝威는 후한 때 사람으로 이름은 동仝이다. 벼슬길에 나가지 않고, 무안武安의 산중에 굴을 파고 숨어살며 약초를 캐어 그것으로 생계를 유지했다. 건업 초기에 위군자사魏郡刺史가 불러 벼슬을 주려고 하였지만, 도리어 깊이 숨어버리고 세상에 나오지 않았다.

10 주량朱梁 : 중국中國 오대五代 후량後梁의 건국자建國者. 강소성江蘇省 탕산碭山 사람으로 이름이 온溫이다. 당唐나라 말기에 황소黃巢의 난에 참가했다가 후에 당唐나라에 항복하여 황소黃巢를 평정하는 데 공을 세웠으며, 907년에 애제哀帝의 자리를 물려받아 국호를 양梁이라 정하였다.

아아! 삼국시대 이후로 문인과 재사才士들이 세상에 적지 않건만, 유독 공의 이름만 앞에서 빛나고 뒤를 가리며 사람의 입에 오르내린다. 평생 동안 발자취가 미친 곳은 지금도 나무꾼이나 목동들이 모두 가리키며 '최 공이 놀던 곳'이라고 말한다. 심지어 촌 동네의 어린이와 구석진 시골의 어리석은 아낙네까지도 모두 공의 성명을 말할 줄 알고, 공의 문장을 우러러 받든다. 그가 자신의 한 몸으로 체득한 것이 반드시 명언名言이라고 할 수는 없지만 사람들을 감화시킨 것이 이처럼 크고도 심오하다.

아아! 공의 재주로 오늘날 같은 태평성대에 태어났더라면, 왕조의 업적을 화려하게 꾸미고 대아大雅의 기풍을 진작시킨 것이 얼마가 되었겠는가? 사람이 때를 만나지 못하면 명성과 재능이 조화를 이루지 못하니, 어찌 천고의 한이 아니겠는가?

나는 일찍이 어린 시절에 공이 지은 '인간 요로要路에 통한 나루터에는 눈 뜰 곳이 없고, 세상 밖의 청산녹수青山綠水는 꿈에 돌아갈 때가 있다.'는 시구를 읽고, 공의 마음속에 품고 있는 회포가 홀연히 속된 세상의 사람이 아니라고 생각하였다. 나는 공이 평생 동안 국내의 명승지에 남긴 발자취를 거의 다 둘러보고, '청산녹수'라는 시구가 본래 우언寓言이 아니며, 공의 고상한 뜻이 남아있는 것을 보고 매우 감탄하였다.

지금 직접 은둔했던 곳을 찾아가 손으로 제시題詩한 돌을 만지니, 산의 푸르고 푸른 것은 공의 기상이고, 물의 차고 맑은 것은 바로 공의 풍운이며, 하늘에 소리 내어 우는 소나무는 바로 공의 기침소리이다. 무릇 눈으로 보고 귀로 듣는 것이 그의 음성과 용모와 흡사하여 배회하며 되돌아보아도 아직도 다하지 못한 회포가 있다. 내가 이곳에 찾아온 것이 어찌 다만 이에 그치겠는가?

이런 까닭으로 그를 우러러 그리워하는 회포를 짧은 문구文句 안에 간략히 적고, 또한 공의 평생의 일 가운데 큰 줄거리만 열거하여, 훗날 이 땅에 놀러오는 사람들로 하여금 공의 출처의 본말을 자세하게 알게 하고자 한다.

홍치弘治 4년, 신해(1491년, 성종 22년) 7월 상순, 하산夏山 조위가 쓴다.

題崔文昌傳後

按, 文昌崔公, 生於羅季, 年十二, 隨海舶入唐, 尋師力學. 十八, 中進士第, 調宣州溧水縣尉, 爲侍御史內供奉, 賜紫金魚袋. 及黃巢叛, 高駢爲天下兵馬都統, 辟爲從事. 一時檄文狀牒, 皆出其手, 名動天下. 其四六集·桂苑筆耕, 載於藝文志.

及年二十八, 僖宗光啓元年, 本國康憲王之十一年, 奉詔東還. 仍留 爲侍讀·翰林學士·兵部侍郎·瑞書監事, 後出爲太山·富城太守. 眞聖女主之八年, 進時務十餘條, 主嘉納之, 以爲阿湌.

自以西遊大唐, 東還故國, 皆値亂世, 自傷不遇, 逍遙自放於山水間, 營臺榭植松竹, 嘯詠風月. 若慶州南山·剛州氷山·陝州淸涼寺·智異山雙溪寺·合浦縣月影臺, 皆其遊翫之所. 後挈家隱伽倻山以終老焉. 此公平生出處之終始也.

或者, 疑其以公之大才, 卷以東歸, 陳力就列, 遇事匡救, 彌縫其闕失, 粉飾其文治, 則國勢不至於捏脆, 萱·裔何遽於猖獗. 而顧乃棲遲偃仰, 不屑仕宦, 國之危亡, 視若越人之肥瘠, 無乃幾於潔身而亂倫, 懷寶而迷邦者耶.

是不然, 公以童稚之年, 遠涉溟海, 不憚險艱, 未弱冠, 取科第如摘髭, 其心豈欲效向子平·臺孝威者耶? 其勵志功名, 而有心於立揚者, 蓋無疑也. 由其欲仕唐也, 則宦寺擅於內, 藩鎭橫於外, 朱梁篡弒之兆已萌. 欲仕本國也, 則昏主委政於匪人, 女后淫瀆而亂紀, 嬖倖盈朝, 翕翕訾訾, 固不可容吾身, 而望其行吾道乎? 況公之明識, 已炳於靑松黃葉之句, 大廈將傾, 非一木可支, 滄海橫流, 非隻手可遏, 尋深山而友麋鹿, 攀薜蘿而弄明月者, 豈公之本心哉?

嗚呼! 自三國以來, 文人才士, 世不乏人, 而公之名獨光前而掩後, 膾炙人口.

平生足跡所及之處, 至今樵人牧豎皆指之曰: '崔公所遊之地.' 至於閭閻細人, 鄉曲愚婦, 皆知誦公之姓名, 慕公之文章, 則其所以得於一身者, 必有不可名言, 而感化於人者, 若是其遠且深也.

噫! 以公之才, 生於今日之盛時, 其黼黻王猷, 振起大雅之風者, 爲如何哉? 人與時不偶, 命與才不諧, 豈非千古之恨耶?

余少時, 嘗讀公人間之要路通津眼無開處, 物外之靑山綠水夢有歸時之句, 想公之襟袍飄飄然非塵寰中人. 及觀公之平生, 名區勝地之在國內者, 足迹殆將遍焉, 則靑山綠水之句, 本非寓言, 而益歎公雅意之所存.

及今足躡樓隱之地, 手撫題詩之石, 山之蒼蒼然者, 卽公之氣像, 水之泠泠然者, 卽公之風韻, 松籟之咽於半空者, 卽公之謦欬. 凡接於目入於耳者, 無非髣髴乎聲容, 則徘徊顧瞻之餘, 尚有不盡之懷. 余之來此, 豈苟焉而已哉? 故略敍慕仰之懷於短句之中, 且列公平生梗槩, 使後之來遊此地者, 詳公出處本末云.

弘治, 四年, 歲在辛亥, 七月, 上浣. 夏山, 曹某 書.

해인사 발문서 뒤에 쓰다

앞의 43폭의 문서는 경술년(1490년, 성종 21년) 봄, 학조화상學祖和尙[1]이 왕후의 명령을 받들어 비로전을 중창하면서 도료장 박중석朴仲石이 들보와 문미를 얽어 놓은 사이에서 발견하였는데, 이것은 우리 절의 전장田莊을 매입한 문서이다.

역사를 따져 살펴보니, 건부乾符 6년(879년, 당나라 희종 6년)을 7년이라 하였고, 광명 1년(880년, 당나라 희종 7년)을 3년이라고 하였으며, 중화 4년(884년)을 5년이라고 하였고, 용기 1년(889년)을 3년이라고 하였으며, 경복 2년(893년)을 3년이라고 한 것은, 신라가 멀리 바다 밖에 있어 중국에서 연호를 고치고 정삭正朔[2]을 반포하면 혹 한 해가 지나거나, 또는 두 해가 지나야 비로소 신라에 도착했기 때문이다.

'수藪'라고 부른 것은 곧 총림叢林을 말한다. 을사년(885년, 헌강왕 11년까지 해인사는 '북궁 해인수北宮 海印藪'라고 불렸다. 경술년(890년, 진성여왕 4년) 이후 처음으로 '혜성대왕 원당'이라고 불리게 된 것은 각간 위홍魏弘[3]이 경신년(888년) 2월에 죽었을 때이니, 실제로 진성여왕眞聖女

---

1 학조화상學祖和尙 : 조선시대 때의 스님. 호는 등곡燈谷, 또는 황악산인黃岳山人이다. 세조世祖 때 여러 고승들과 함께 불경佛經을 언해諺解했으며, 해인사海印寺를 중수重修하고 『팔만대장경』3부를 간행刊行하였다.
2 정삭正朔 : 한 해의 처음과 달의 처음으로 정월正月 초하루, 혹은 '책력冊曆'을 의미하나 본문에서는 '책력'말한다.
3 위홍(魏弘, ?~888) : 신라 진성 여왕 때의 총신寵臣. 여왕의 총애로 각간이 되어 권력을 휘둘렀으며, 왕명으로 대구 화상과 함께 『삼대목』이라는 향가집을 엮었으나 현존하지 않는다.

王4 2년이다. 혜성대왕은 여왕이 각간 위홍을 사모해 사사로이 총애하여 추봉한 것이다. 이 문서에 '혜성'이라고 말한 것은 의심할 여지없이 '위홍'이 분명하며, 또한 '강화부인'은 분명 위홍의 처이다. 11년 뒤인 정사년(897년) 6월 진성여왕은 왕위를 효공왕孝恭王에게 물려주고 12월 북궁에서 죽었다.

내가 가만히 생각해 보니, 해인사는 위홍의 원당顯堂이다. 여왕이 그를 지극히 사모하는 마음으로 왕위와 권력을 버리고, 몸을 절간에 의탁하여 끝내 이곳에서 죽어 같은 무덤 속으로 들어가고자 했던 것이 분명하다.

문서 속의 문자文字가 오늘날의 이두吏讀와 통하는 것이 달라 해석되지 않는 곳이 많았다. 다만 애석하게도 건부乾符 무술년(878년)으로부터 오늘에 이르기까지 610여년이나 되었고, 인간 세상의 흥망과 이합집산이 여러 번 바뀌었으나, 이 작은 문서만은 낡은 종이가 전쟁의 화마와 좀벌레가 스는 세월 속에도 아직도 완전하게 남아있으니, 어찌 감탄하지 않겠는가?

다만 한스러운 것은 당시의 문적이 흩어지고 사라져서 따져 살펴볼 것이 없고, 나의 학문이 미숙하고 거칠며, 견문이 넓지 못해 다 분별하지 못한 것이다.

홍치 4년 신해년(1491년, 성종 22년), 7월, 11일, 매계 조태허가 쓰다.

---

4 진성여왕(眞聖女王, ?~897) : 신라의 제51대 왕. 성은 김金이고, 이름은 만曼이다. 재위 기간 중에 나라가 혼란에 빠졌으며 후삼국으로 다시 나누어지게 되었다. 888년 각간 위홍과 대구 화상에게 향가집인 『삼대목』을 편찬하게 하였다. 재위 기간은 887~897년이다.

書海印寺田券後

右四十三幅, 庚戌春, 學祖和尚, 承懿旨, 重創毗盧殿, 都料匠朴仲石得之, 樑楣結構中, 乃本寺買田莊券也.

按史乾符, 只六年, 而此稱七年, 廣明只一年, 而此稱三年, 中和只四年, 而此稱五年, 龍紀只一年, 而此稱三年, 景福只二年, 而此稱三年者, 新羅越在海外, 改元頒朔, 或踰年, 或隔年然後, 始到故也. 其稱藪者, 卽叢林之謂也.

乙巳以前, 只稱北宮海印藪. 庚戌以後, 始稱惠成大王願堂者, 蓋角干魏弘死於戊申二月, 實眞聖女主之二年也. 主念弘私侍之寵追封爲惠成大王. 則此云惠成者, 其爲魏弘無疑, 而康和夫人者, 亦必弘之妻也. 後十一年丁巳六月, 眞聖傳位於孝恭王, 而十二月薨於北宮. 則竊意海印爲弘之願堂, 故主去位釋權惟嫪毒之是念, 托身佛宇之中, 竟殂於此, 其欲同穴之志, 亦皎然矣.

券內文字與今吏牘頓異多所未解. 獨愛其自乾符戊戌至于今六百一十餘年, 人世之興亡離合, 幾許變遷 而獨此斷簡, 故紙宛然尙存於兵火蟲蠹之餘, 豈不爲可感耶?

第恨當時文籍散逸無徵末學荒蕪, 聞見不博爲未盡辨云.

弘治四年, 歲在辛亥秋七月十有一日. 梅溪, 曺大虛書.

고령세고지

　우연히 책 상자를 뒤지다가 이 시편을 얻었는데, 이것은 죽은 친구인 차소次韶가 을미년(1474년, 성종 6년)에 지은 것이다. 차소[신종호]는 젊어서 용사用事를 잘하여 시어가 기이하고 험벽하여 보는 사람마다 읽기가 어려웠다. 이 작품은 비록 이 같은 병통을 아직 면치 못했지만 기상이 웅혼하고 파란이 이는 듯하며, 천근하고 비속한 자태가 없으니, 대개 그 얻은 바가 굉박하고 굉사하였음을 알 수 있다. 이를 어찌 술잔이나 기울이며 붓을 잡고 시를 배운 자들이 바랄 수 있겠는가?

　후에 당시唐詩를 배워 어린 시절의 습관을 혁파하여 침웅호건沈雄豪健하고 유려청장流麗清壯하여 여러 시체詩體를 갖추었는데, 하늘도 인색하여 그 목숨이 짧아 크게 알려지지 않았으니 매우 원통하도다. 그래서 편지 한 통을 써서 그의 장남인 고원위高原尉에게 주어서 가집家集에 붙이도록 하였다.

　신유년(1501년, 연산군 7년) 9월 9일 매계 늙은이가 붙이노라.

원문　**高靈世稿誌**

　偶閱書篋, 得此詩, 乃亡友次韶乙未年間所作. 次韶少時, 喜用事, 下語奇險, 見之者輒難讀. 此篇雖未免此病, 而氣像雄渾, 波瀾活動, 無淺近塵俗之態, 亦槩見所得廣博宏事. 豈操觚秉翰, 學爲五七者, 所可覬耶?

　後學唐詩, 痛革少年之習, 沈雄豪健, 流麗清壯, 備兼衆體, 天嗇其壽, 未究其鳴, 可勝痛哉. 因書一通, 歸其嗣高原尉, 以附家集云.

　辛酉重陽節, 梅溪老叟, 識.

가선대부 사헌부 대사헌 신공 묘지명 병서

내가 일찍이 보건대, 하늘이 만물을 만들 때 한쪽으로 치우치지 않게 하였다. 예를 들면, 뿔이 있는 것은 이를 없애고, 날개를 가진 것은 발을 두 개만 주었다. 이렇기 때문에 대인大人의 덕을 가진 자라도 반드시 뛰어난 재주가 있는 것은 아니며, 월등하게 뛰어난 행실이 있는 자라도 반드시 세상을 경륜할 만한 문장력이 있는 것도 아니다.

공자孔子의 문하에는 4과四科1에 뛰어난 현인賢人들이 많았는데, 안연顏淵2과 민자건閔子騫3등에 대해서도 그 잘 한 점만 언급이 있을 뿐 모든 것을 온전히 갖춘 자가 없었다. 하물며 후세의 멀리 외따로 동떨어져 있는 우리나라의 인물에게 있어서랴?

내 친구인 차소次韶4는 덕행과 문학, 정사政事를 두루 갖추어 완전한 '재

---

1 4과四科 : 공자孔子가 진陳나라와 채蔡나라 사이에서 재난을 당했을 때 그를 따르던 제자들의 장점을 평하여 열거한 네 가지 학과목을 가리킨다. 『논어論語』「선진先進」에 '덕행에는 안연顏淵·민자건閔子騫·염백우伯牛·중궁仲弓이고, 언어에는 재아宰我·자공子貢이며, 정사에는 염유有·계로季路이고, 문학에는 자유子游·자하子夏이다.'라고 하였다. 후세에 위의 네 가지를 공문孔門의 전문학과專門學科라고 하였으며, 그로부터 이것을 공문사과라고 하게 되었다.

2 안연(顏淵, BC. 521~490) : 중국中國 춘추春秋 시대時代 노魯나라의 현인賢人. 자字는 연淵. 이름은 회回. 안회顏回라고 흔히 부른다.

3 민자건(閔子騫, BC ?~?) : 중국 춘추 시대 노나라의 유학자. 이름은 손損. 자는 자건. 공문십철의 한 사람으로, 효행이 뛰어났다.

4 신종호(申從濩 : 1456~1497). 조선 전기의 문신. 본관은 고령高靈. 자는 차소次韶, 호는 삼괴당三魁堂. 중앙의 여러 요직을 거쳐, 도승지·동지중추부사를 거쳐, 병조·예조·이조참판을 역임하였다. 1496년(연산군 2년) 병환을 무릅쓰고 정조사正朝使가 되어 명나라에 갔다가 이듬해인 1497년에 돌아오던 중에 개성에서 죽었다. 문장과 시·글씨

능인'이라고 하여도 누가 반대의 말을 할 수 있겠는가? 일찍이 중국에서 태어나게 해서 그의 귀와 눈이 그곳에 젖고, 빛나는 기운을 빛나게 했다면 그가 이룬 것이 어찌 옛날 현인들에게 뒤지겠는가?

삼가 살펴보건대, 신申 씨의 세계世系는 경상도 고령에서 나왔으며, 5세 조인 덕린德隣5 공은 예의판서禮儀判書를 역임하였고, 좌찬성左贊成으로 추증된 포시包翅6 공을 낳았으며, 좌찬성 공은 공조참판을 역임하고 영의정領議政으로 추증된 장樯7공을 낳았다. 참판공은 다섯 임금을 섬기고 영의정을 역임하여 고령부원군封高靈府院君에 책봉되었으며, 성종成宗의 묘정廟廷에 배향된 시호諡號가 문충文忠인 숙주叔舟를 낳았다. 문충공은 8남을 낳았는데, 큰아들인 주澍는 재기와 덕행이 뛰어났으나 일찍 별세하여 벼슬이 통례문通禮門 봉례랑奉禮에 그쳤으나, 후에 이조참판吏曹參判에 추증되었으며, 상당부원군上黨府院君인 한명회韓明澮8의 딸을 아내로 맞아하여 3남을 낳았는데,

에 뛰어났으며, 저서로 『삼괴당집』이 있다.

5 신덕린(申德隣, ?~?) : 고려 말기의 서예가. 본관은 고령高靈이고, 자는 불고不孤이며, 호는 순은醇隱이다. 문과에 급제하 예의판서禮儀判書 등을 역임하였으며, 고려가 망하자 광주光州에 낙향, 은거하여 조선시대에는 출사出仕하지 않고 고려에 대한 절의를 지켰다. 서예에 뛰어났고 특히 팔분체八分體에 능하여 '덕린체德隣體'라고까지 불리었다.

6 신포시(申包翅, 1361~?) : 호는 호촌壺村이며, 순은공醇隱公 덕린德隣과 정경부인 광주정씨光州鄭氏 사이의 장남이다. 1383년 등제하여 우사간右司諫·공조참의工曹參議로 벼슬을 마치고 후에 좌찬성左贊成으로 증직되었다.
공은 뛰어난 명필로 그 필적이 〈해동필첩海東筆帖〉에 실려 있으며, 남원 두곡서원南原杜谷書院과 개성開城 두문동서원杜門洞書院 등에 배향되었다.

7 신장(申檣, 1382~1433) : 조선 전기의 문신·학자. 본관은 고령高靈이고, 자는 제부濟夫이며, 호는 암헌巖軒이다. 참의參議 포시包翅의 아들이며, 신숙주의 아버지이다. 오랫동안 대제학으로 있었으며, 유학에 조예가 깊고, 서예에도 능하였다.

8 한명회(韓明澮, 1415~1487) : 조선 세조 때의 문신. 자는 자준子濬. 호는 압구정狎鷗亭, 사우당四友堂. 수양 대군을 도와 김종서를 비롯한 여러 대신을 차례로 죽이고 단종을 몰

공이 막내아들이다.

공의 이름은 종호從濩이고, 자는 차소次韶이며, 경태景泰 병자년(1456년, 세조2년) 월 일에 태어났으나 1년도 못되어 부모가 죽었다. 공은 보통아이들과 다르게 매우 영특하였으며 책 읽기를 좋아하여 20살도 못되어서 많은 책을 두루 읽었다. 공이 침식寢食을 잊고 독서에 몰두하자, 할아버지인 문충공이 크게 될 인물이라고 여기고, 시험 삼아 「이필전李泌傳」9을 짓게 하니, 문장이 기특奇特하고 노성老成하였다. 문충공이 기뻐서 이르기를 "훗날 나의 가업을 이을 사람은 분명 이 아이다."라고 하였다.

갑오년(1474년, 성종5년)에 성균관成均館 입학시험에 수석을 하였고, 이어 경자년(1480년, 성종11년)에 실시 한 과거시험에 장원급제하여 사헌부司憲府 감찰監察에 제수되었으며, 겨울에 옥당玉堂에 선발되어 순서에 따라 산사山寺에서 사가독서賜暇讀書를 하다가 사헌부 감찰로 돌아왔다.

신축년(1481년, 성종12년)에 서장관書狀官이 되어 홍겸선洪兼善10을 수행하고 북경北京에 가서 명나라 황제를 조회朝會하고 천추절千秋節을 하례賀禮하였다. 이에 앞서 장마로 인한 습기로 요열병에 걸려 역관驛館에 남겨진

아내는 데 공을 세워 좌익 공신 1등이 되었으며, 뒤에 사육신의 단종 복위 운동을 좌절시키고 그들을 주살하도록 하였다.

9 이필전李泌傳 : 『당서唐書』권 139에 나오는 당唐나라 이필李泌의 전기를 말한다. 이필은 재주가 뛰어나고고 박식하였지만, 평소에 신선神仙 방술을 사모해오다가 현종玄宗 때에 한림학사翰林學士로서 동궁東宮을 보좌하여 동궁으로부터 융숭한 예우를 받았으나 양국충楊國忠의 미움을 사 영양潁陽에 가 숨어 살았다고 한다.

10 홍귀달(洪貴達, 1438~1504) : 조선 성종·연산군 때의 문신. 자는 겸선兼善이고 호는 허백당虛白堂, 함허정涵虛亭. 1598년 무오사화 때에 왕의 실책을 10여 조목에 걸쳐 간諫하다가 미움을 사서 좌천되었으며, 갑자사화 때에 모함을 입어 처형되었다. 저서에 『허백정문집』이 있다.

자가 있었지만 식량을 지급할 수가 없었다. 공은 이에 천추사인 홍귀달과 상의하여 예부禮部에 사실을 보고하자, 예부에서는 위로 보고하여 허락을 받고 서반序班11을 파견하여 호송하게 하였다. 이로부터 우리나라 사신들을 대하는 것이 나아졌다. 그러나 제멋대로 보냈다는 누명에 걸려 홍주洪州 교수敎授로 좌천되었다. 얼마 지나지 않아 다시 광주廣州12로 옮겼다.

임인년(1482년, 성종 13년) 가을 현재賢才와 유일遺逸을 천거하라는 교지를 내리자 대사헌大司憲인 채수蔡壽가 공은 마땅히 고문顧問의 자리에 있어야 한다고 추천하여 홍문관 수찬·지제교知製敎겸 경연經筵 검토관檢討官을 제수되었으며, 얼마 후에 부교리副校理겸 시독관侍讀官으로 승진하였다.

계묘년(1483년, 성종 14년) 가을, 전당錢塘13사람인 갈귀葛貴가 칙사勑使인 김흥金興을 수행하여 우리나라에 왔는데, 그는 제법 문재文才가 있었다. 임금[성종]께서 공과 나에게 갈귀葛貴와 함께 놀고 지내면서 그의 학문의 수준을 은밀히 알아 볼 것을 명하여서 중국 조정의 일을 탐문하니, 갈귀가 공의 재주에 탄복했다.

을사년(1485년, 성종 16년)에 교리校理로 승진하여 특별히 한 계급을 더하여 주었다. 병오년(1486년, 성종 17년)에 부응교副應敎에 승진하였으며, 겨울에 중시重試14에서 또 일등으로 발탁되어 예빈부정禮賓副正으로 정한 등급을 뛰어넘는 승진을 하여 품계가 중훈대부中訓大夫가 되었다. 공은 일찍이 과거시험에서 남에게 수석을 놓쳐본 적이 없었다.

---

11 서반序班 : 명나라 때 번진藩鎭의 조회를 관장하던 홍로시鴻臚寺에 둔 관직 명이다.
12 광주廣州 : 지금의 경기도 하남시, 광주시 일원이다.
13 전당錢塘 : 오늘날 절강성 지역이다.
14 중시重試 : 고려, 조선 시대에, 당하관 이하의 문무관에게 10년마다 한 번씩 보이던 과거 시험. 합격하면 성적에 따라 관직의 품계를 특진시켜 당상관까지 올려 주었다.

갑오년(1474년, 성종 5년) 진사시進士試에서 연달아 초시初試와 복시覆試에서 수석을 차지하였고, 경자년(1480년, 성종 11년)에 시행된 정시庭試에서도 수석으로 발탁되었으며, 또 중시重試에서도 장원을 하여, 세상 사람들은 과거시험이 있은 이래로 처음 있는 일이라고 말들 하였다.

무신년(1488년, 성종 19년)에 홍문관 직제학에 임명되었다. 지금의 황제가 황위에 오르자, 한림시강翰林侍講인 동월董越과 급사중給事中 왕창王敞이 조서를 받들어 새 연호를 반포하러 오자, 충정공忠貞公 허종許琮15이 접반사接伴使가 되어 공을 종사관從事官으로 삼았다. 동월과 왕창은 한 시대의 이름난 선비로서 사행로를 따라 오면서 시를 짓고 읊는 것을 좋아하였는데, 주고받은 시들은 거의 공의 손에서 나왔으며, 두 사신을 감동하게 하였다. 겨울에 부제학副提學으로 승진되었다.

을유년(1489년, 성종 20년) 봄, 승정원承政院 동부승지同副承旨를 제수받았으나, 어지御旨를 거스른 일이 있어, 승정원 관원들이 모두 면직되어 첨지중추부사僉知中樞府事로 옮겼다가 예조참의禮曹參議로 전직하였다. 겨울에 다시 입궐하여 좌부승지左副承旨가 되었다가 얼마 후에 우승지右承旨로 승진하였다. 경술년(1490년, 성종 21년) 6월, 도승지都承旨로 승진하였고, 12월에 예조참판禮曹參判으로 승진하여 품계가 가선대부嘉善大夫가 되었다.

신해년(1491년, 성종 22년) 사헌부 대사헌으로 전직하였는데, 북쪽의

---

15 허종(許琮, 1434~1494) : 조선 전기의 문신. 본관은 양천陽川이고, 자는 종경宗卿·종지宗之이며, 호는 상우당尙友堂, 시호는 충정忠貞으로 성종조의 청백리로 녹선되었다. 평안도관찰사·전라도병마절도사·대사헌·병조판서·우의정을 역임하였다. 문무를 겸전하여 국방과 문예에 큰 공을 남겼고, 서거정·노사신 등과 『향약집성방鄕藥集成方』을 언해하였으며, 윤호尹壕 등과 『신찬구급간이방新撰救急簡易方』을 편찬하였으며, 문집으로는 『상우당집』이 있다.

오랑캐가 국경을 넘어 변방의 장수들을 죽이자, 임금께서 토벌할 것을 굳게 마음먹고 어전회의를 열었다. 공은 무리들을 거느리고 대궐을 떠나지 않으면서 불가함을 끝까지 간쟁하였다. 말이 영의정을 모욕하는 데에 이르자, 임금이 화가 나서 그를 파직시켰지만, 곧 동지중추부사同知中樞府事를 제수하였다.

임자년(1492년, 성종 23년) 예조참판으로 옮겼다가 병조참판으로 전직하여 세자世子 우부빈객右副賓客을 겸임하여 왕세자에게 경서를 강론하며 경전의 의미를 설명하는데 고사古事를 끌어다가 사안에 맞게 풍자하니, 도움이 되는 것이 더욱 많았다.

갑인년(1494년, 성종 25년) 여름, 외직인 경기도 관찰사로 나갔는데, 그 해 한발旱魃과 기근饑饉이 들자 얼마간의 경창미京倉米를 내어 구휼하도록 청하였으며, 또 충청도에서 곡식을 빌려 백성들이 파종을 할 수 있도록 준비를 하는 등 몸과 마음을 다해 흉년을 구휼하여 백성들이 살아날 수 있게 하였다. 12월 성종이 승하하였다. 다음 해 칙사勅使인 김등金等이 우리나라에 도착하자 도내의 경제가 좋지 않았으나 구름처럼 많은 공물을 요구했고, 왕릉을 만드는 일도 성화와 같이 급박하였다. 공은 정성을 다해 이리 뛰고 저리 뛰며 시원스럽게 일을 처리하여 일이 흠결이 없이 이루어지자 더욱 칭찬을 하고 하사품을 내려주었다.

을묘년(1495년, 연산군 1년) 임기가 만료되어 다시 예조로 복귀하여 참판이 되고 동지춘추관사同知春秋館事를 겸임하여 성종실록 편찬에 참여하였는데, 취하고 버리는 것이 자세하고 정당하였으며, 산정하는데도 법도가 있었다. 얼마 후 예문관 제학을 겸임하였다. 병신년(1496년, 연산군 2년) 가을, 처음으로 기침을 심하게 하였다. 다음 해(1497년, 연산군 3

년) 하정사賀正使를 뽑는데, 고관들이 온갖 꾀를 동원하여 빠져나가서 할
수 없이 공이 하정사로 낙점되었다. 사람들은 모두 공에게 질병으로 사양
할 것을 권하였다. 공이 말하기를 "나라의 녹을 먹으면서 이해利害를 따진
다면 대장부가 아니다."라고 하며, 마침내 떠났다. 예전 행차 때는 황제에
게 바칠 물건과 표전表箋 등을 통역관을 시켜 했는데, 공이 손수 예부禮部에
가져다주니, 예부에서는 칭찬하고 예의를 아는 재상이라고 여겼다. 공은
사행에 검속하는 법도가 있자 일행이 모두 감복하였다.

정사년(1497년, 연산군 3년) 2월, 호조참판으로 전직하였다. 돌아오
는 길에 요동성에 이르자 병이 더욱 심하여졌으며, 여럿이 맞들어 부축하
여 겨우 개성開城에 도착하였다. 임금[연산군]은 내의內醫와 공의 아들인
항沆과 형인 종옥從沃 등을 역말을 타고 달려가서 살펴보도록 하였다. 3월
14일 향년 42세로 공관에서 죽었다. 부음을 듣자 임금은 매우 애도하고
관리를 보내 제물祭物과 제문을 내리어 제사祭祀하고 많은 부의금을 하사했
다. 8월 일 양주楊州16의 0산 0향의 언덕에 장례를 지냈다.

공은 종실인 의창군義昌君 강玒의 여식에게 장가를 가서 4남 2녀를 낳았
다. 장남인 항沆은 순의대부順義大夫 고원위高原尉로 혜숙옹주惠肅翁主에게 장
가를 갔다. 나머지 형제들은 모두 어리다. 장녀는 권의權顗에게 시집을 갔
고, 둘째 딸은 권순형權順衡에게 시집을 갔는데, 모두 세력이 있는 집안의
자제들이다.

공은 기상과 도량이 매우 컸으며, 또한 풍채와 태도가 엄정하여 사물에
마음을 빼앗기지 않았으며, 속마음은 크고 너그러워 마음속에 쌓은 담과
경계가 없었다. 매 번 아버지에게 미치지 못할까 걱정하여 추모해마지 않

16 양주楊州 : 지금의 경기도 양주시 일원이다.

앗으며, 매 절일節日17마다 성묘를 하였다. 어머니를 섬기는데, 일찍이 어머니의 뜻을 거스르지 않았고, 두 형을 매우 근실하게 섬겼다. 효도하고 우애하며 충성하고 믿음이 있어서 평화를 즐기면서도 악을 미워하기를 원수와 같이 했다. 그러나 포용심을 가지고 여유있게 대처하여 친구들 가운데 원망하거나 미워하고, 시기하거나 질투하는 자가 없었다. 그가 요직에 있을 때, 만나자는 부탁을 단호하게 거절하니, 마치 대문 안 마당이 물로 씻은 듯 고요해졌다. 그는 일찍이 남의 말로 법을 흔들지 않았다. 경기도 관찰사로 재직할 때, 수령들 가운데 권세를 믿고 방자한 자가 있어서, 즉시 서너 사람을 내치자 도내가 삼가고 두려워하였다. 세 번이나 소종백小宗伯18이 되어 옛 예문禮文을 상고하여, 해박한 식견으로 일처리를 했으며, 팔전八典에 따라 인재를 천거하여 이름난 명사들이 많았다.

책은 읽지 않은 것이 없어서 지은 문장은 웅장하여 막힘이 없이 드넓어서 스스로 독자적인 경지를 이루었다. 시는 매우 기려하고 청장하여 우리나라 사람들이 갖고 있는 기질과 습성이 달랐다. 또한 글씨가 굳세고 날카로우며 힘이 넘쳤다. 집안사람들의 생산 활동에는 관심이 없었으며, 재물과 이익을 말하는 것을 부끄럽게 여겼다. 남들과 사귀는 데는 처음부터 일편단심으로 하였으므로 일찍이 대우가 두텁고 얇음에 따라 마음이 변하지 않았으며, 어려운 사람들을 돕고, 급박한 일에 달려가는데 미치지 못할까 염려하였다.

---

17 절일節日 : 한 철의 명절. 곧 인날(1월 1일), 삼짇날(3월 3일), 단오(5월 5일), 칠석(7월 7일), 중양절(9월 9일) 등을 이른다.

18 소종백小宗伯 : 『주례周禮』「춘관春官에 의하면, "삼족의 구별을 담당하여 친소를 판별한다.掌三族之別, 以辨親疏."라고 하여 예를 담당하는 관리이다.

오호라! 어찌 대인군자라고 이르지 않을 수 있겠는가? 사방의 선비들이 공의 풍채를 사모하고 우러러보았으며, 조만간 상공相公으로 등용되기를 간절히 바랬다. 그러나 하늘이 공에게 더 살도록 수명을 허락하지 않아 베푸는 것을 끝까지 할 수 없었으니, 매우 통탄할 일이다.

공의 나이는 나보다 두 살이 적으나, 기축년(1469년, 예종 1년)부터 서로 알고 지냈고, 동년배들 가운데 나를 최고 좋아했다. 또한 나도 속마음으로 의지했으며, 차소라고 자字를 지어준 것도 내가 한 것이다.

나는 혹심한 변고[아버지 상을 당함]를 만나 궁벽한 산속에서 복상 중이라 세상일에는 뜻을 두지 않았는데, 고원위高原尉가 사람을 보내 편지를 보내왔다. 아울러 가장家狀을 나에게 부탁하며 이르기를 "먼 곳으로 떠나보내는 기일이 되어 근장近葬이 정해졌으니, 지문誌文이 필요하여 감히 묘명墓銘을 청합니다."라고 하였다.

나는 편지를 펴들고 눈물을 흘리며 "옛날 유원보劉原父[19]의 장례에 묘명을 지은 사람은 구양수歐陽修[20]였으며, 범경인范景仁[21]이 죽었을 때, 묘명을

---

19 유원보劉原父 : 중국 송宋나라 유학자인 유창(劉敞, 1019~1068)의 자이다. 그는 구양수歐陽修의 문인으로 호는 공시公是이며, 1406년 진사시에 합격하여 우정언右正言·집현학사 등을 역임했다. 『춘추春秋』에 정통하였으며, 저술로『춘추권형春秋權衡』,『춘추전春秋傳』 등이 있다.

20 구양수(歐陽修, 1007~1072) : 중국 송나라의 정치가 겸 문인. 자는 영숙永叔이고, 호는 취옹醉翁이며, 시호는 문충文忠이다. 한림원학사翰林院學士 등의 관직을 거쳐 태자소사太子少師가 되었다. 송나라 초기의 미문조美文調 시문인 서곤체西崑體를 개혁하고, 당나라의 한유를 모범으로 하는 시문을 지었다. 당송8대가唐宋八大家의 한 사람이었으며, 후배들에게 많은 영향을 주었다. 주요 저서에는『구양문충공집』등이 있다.

21 범경인范景仁 : 중국 송宋나라의 유학자인 범진(范鎭, 1008~1089)의 자이다. 그는 인종仁宗 때 지간원知諫院을 거쳐 한림학사翰林學士가 되고, 평생 동안 사마광司馬光과 의기가 서로 합하였고 소식蘇軾과도 교유하였으며, 저술로『범촉공집范蜀公集』,『동재기사東齋記事』

쓴 사람은 소동파蘇東坡였다. 크고 훌륭한 덕을 드날리고 영원히 드러내 보이거나 전하는 것은 대문장가가 아니라면 할 수가 없다. 오늘날 문인들 가운데 뛰어난 분들이 적지 않으나, 유독 나를 돌아가신 아버지의 삼십 년 지기로 여기고 천리 길을 마다하지 않고 찾아와서 황송하게도 이처럼 은근하게 부탁을 하니, 옹졸하다고 굳이 사양할 수 없어서 삼가 붓을 들어서 묘명을 짓는다. 명에 이르기를,

　도량은 넓어서 웅장하고, 학문은 쌓여서 풍성하네. 집안의 명성을 이은 문충공의 손자. 더구나 이 사람은 세상을 덮을 만한 재주와 명성. 온전한 재주와 덕을 완비하여, 삼공三公이 되기를 바랐건만, 하늘이 그의 목숨을 빼앗았네. 백년지우여! 정의가 돈독하고 깊어서, 차마 이 묘명을 지을 수가 없구나.

嘉善大夫 司憲府大司憲 申公墓誌銘 幷序

　余嘗觀天之賦物, 不偏於一, 如角者去齒, 翼者兩其足. 是故, 有大人之德者, 未必有俊逸之才, 有卓犖之行者, 未必有經世之文.
　自孔門多賢四科之目, 顔閔諸子, 只言其長, 而無有全備者. 況後世偏邦人物乎? 若吾次韶德行·文學·政事, 雖謂之全才, 夫誰曰不宜? 向使生於中國, 濡染其耳目, 澡濯其光華, 則其所得, 豈讓於昔賢于哉?謹按, 申氏系出慶尙之高靈縣, 五世祖諱德隣, 禮儀判書, 生贈左贊成諱包翅, 贊成生工曹參判, 贈領議政諱檣. 參判生文忠公諱叔舟, 佐五朝, 位家宰, 封高靈府院君, 配享成宗廟庭. 文忠公生八子, 長諱澍 賢而早世, 卒官通禮門奉禮郎, 贈吏曹參判, 娶上黨府院君韓忠成公女, 生三男, 公其季也.
　公名從濩, 字次韶, 生於景泰丙子某月某甲, 未及期而孤. 穎秀異凡兒, 好讀書, 未冠, 遍閱群書, 至忘寢食. 文忠大器之, 試命作李泌傳, 文奇而老成. 文忠喜

등이 있다.

曰: "他日嗣吾業者, 必此兒."

甲午, 魁成均試, 又中庚子科壯元, 拜司憲監察. 冬, 選玉堂諸僚, 輪賜暇讀書
于山寺, 公以本官被選. 辛丑, 爲書狀官, 從洪兼善, 朝京師, 賀千秋節. 前此, 遇
有水潦疾病, 留館驛者, 不支蒭粟. 公議兼善, 投書言禮部, 禮部奏准, 仍遣序班
護送, 自此待本國有加. 然坐擅達, 左降洪州教授. 未幾, 移廣州.

壬寅秋, 有旨擧賢才遺逸, 大司憲蔡壽, 薦公宜在顧問地, 除弘文修撰知製教
兼經筵檢討官, 俄陞副校理兼侍讀.

癸卯秋, 錢塘人葛貴, 隨勅使金興到本國, 稍有文藻. 上命公及偉, 與貴遊處,
微扣其學, 仍訪中朝事, 貴歎服其才.

乙巳, 進校理, 特加一級. 丙午, 陞副應教, 冬, 重試又擢第一名, 超拜禮賓副
正, 階中訓. 公於科場, 未嘗屈於人.

甲午, 進士連魁初覆. 庚子, 發解庭試皆第一, 又魁重試, 世謂科擧以來未曾有
也. 戊申, 拜弘文直提學. 今皇帝登極, 翰林侍講董越・給事中王敞, 奉詔來頒,
許忠貞公琮爲接伴, 以公爲從事. 董・王 一時名儒, 沿塗喜題詠, 往復酬答, 多
出公手, 兩使歎服. 冬, 進副提學.

己酉春, 拜承政院同副承旨, 以事忤旨, 合院幷免, 遷僉知中樞府事, 轉禮曹參
議. 冬, 復入爲左副, 俄陞右. 庚戌六月, 進都承旨, 十二月, 進禮曹參判, 階嘉
善. 辛亥, 轉司憲府大司憲, 北虜犯境害邊將, 上銳意攻討, 公率其屬, 守闕爭
之. 語侵首相, 上怒罷其職, 尋拜同知中樞府事. 壬子, 移禮曹參判, 轉兵曹 兼
世子右副賓客, 侍胄筵, 敷陳經義, 援引古事, 隨事規諷, 裨益多.

甲寅夏, 出爲京畿觀察使, 時屬旱饑, 請糶京倉米若干石以賑. 又借忠清穀, 以
備民種, 盡心荒政, 民賴以活. 十二月, 成廟昇遐. 明年, 勅使金等到本國, 畿甸
凋弊, 供億如雲, 山陵事急, 迫於星火, 公奔走竭誠, 能裁閭狹, 事得辦集無欠
闕, 優加賞賜.

乙卯, 任滿, 復入禮曹爲參判, 兼同知春秋館事, 與修成宗實錄, 取舍精當, 刪
有法度. 俄兼藝文提學. 丙辰秋, 始患咳喘, 明年, 賀正使, 爭以計避之, 最後及
公, 人皆勸公宜以疾辭. 公曰: "食祿計利害, 非夫也." 遂行. 前此進獻物表箋,
例使通事齎進, 公親自擎捧付禮部, 禮部稱歎, 以爲知禮宰相. 公於是行, 檢攝
有法, 一行咸服.

丁巳二月, 轉戶曹參判, 回至遼東城, 疾轉劇, 舁至開城府, 上遣內醫曁公子沆
兄從沃等, 馳驛往視, 三月十四日, 卒于公館, 享年四十二. 訃聞, 上悼甚, 遣官
致祭, 賻贈有加. 八月某甲, 葬于楊州某山某向之原.

公娶宗室義昌君玒之女, 生四男二女. 長曰沆, 順義大夫高原尉, 尙惠肅翁主,
餘皆幼. 長女適權懿, 次適權順衡, 皆世家子也.

公氣量宏闊, 風度凝遠, 不以事物嬰情, 胸次坦然, 無城府畛域, 每念不逮嚴顏,
追慕不已, 每遇節日, 不廢省墓. 事母夫人, 未嘗咈其意, 事二兄甚謹, 孝友忠
信, 平和樂易, 而疾惡如讎. 然[22]容心處之裕如. 故人無怨嫌恭媚者, 其在要地,
痛絶干謁, 門庭如水, 未嘗以人言撓法. 在京畿, 守令有怙勢弛慢者, 立黜數人,
一道肅然. 三爲小宗伯, 稽古禮文, 該洽辨博, 八典貢擧, 所收多名士.

於書無所不窺, 爲文章, 雄渾汪洋, 自成一家. 詩尤奇麗淸壯, 不類東方氣習,
筆法亦遒勁. 不問家人生産作業, 恥言財利, 與人交, 初持一心, 未嘗變遷有所
厚薄, 周窮赴急如不及.

嗚呼! 可不謂大人君子乎? 四方之士, 想望風采, 朝夕登庸台鉉, 庶見其有爲
也. 而天不假年, 施未得究, 可勝惜哉?

公少於偉二歲, 自己丑相知, 於輩流中最愛我. 偉亦以腹心相托, 表德以次韶
者, 亦偉之爲也. 遭天大酷 持服窮山 無意人間事. 高原尉遣人致書, 幷以家狀
屬偉曰: “卽遠有期, 卜近葬, 不可無誌, 敢以墓銘爲請?” 偉執書泣曰: “昔劉原
父之葬, 誌墓者歐陽公, 范景仁之歿, 銘墓者蘇東坡.” 揄揚盛德, 昭示不杇, 非
大手筆, 莫可. 今詞林名公, 不爲不多, 而獨以偉爲先子三十年之友, 不遠千里,
辱勤是敎, 則不可以拙固辭, 謹撮而銘之. 銘曰 器廓而雄, 學積而豐, 克胤家聲.
文忠之孫, 乃有斯人, 蓋世才名. 才全德備, 望歸三事, 天奪其齡. 百年知心, 義
篤情深, 忍作斯銘.

---

22 협주 : 有殿字.

선고 증가선대부 이조참판 행통훈대부 울진현령 부군 묘표

돌아가신 아버지의 휘는 계문이고, 자는 윤덕이며, 본관은 창녕이다. 선고의 증조는 정순대부판전의사사를 역임하고 문하좌시중에 추증된 우희遇禧이고, 할아버지는 봉익대부奉翊大夫 밀직사사密直司使를 역임한 경수敬修이며, 아버지는 통정대부通政大夫 병조참의兵曹參議로 추증된 심심深이며, 어머니는 숙부인 서산정씨로 영락 갑오년(1414년, 태종 14년)에 공을 낳았다.

공은 삼군진무三軍鎭撫, 전농주부典農主簿, 사헌감찰司憲監察 등을 역임하고, 외직으로 나가 현풍과 울진 두 고을의 군수를 역임하여 품계가 통훈대부에 올랐다. 고향에서 20여년을 여유롭게 보내다가 홍치弘治 기유년(1489년, 성종 20년) 2월 무오일에 금산 봉계리 집에서 돌아가셨는데, 향년 76세였다. 계축년(1493년, 성종24년) 7월 자식의 일로 가선대부 이조참판에 추증되었다.

공은 먼저 하빈 이씨를 아내로 맞아 1녀를 낳아 자헌대부 형조판서인 김종직에게 시집을 보냈다. 후에 문화 류씨에게 장가를 들어 1남 위偉를 낳았는데, 지금 벼슬이 가선대부 호조참판에 이르렀다. 측실에서 6남 4녀를 낳았는데, 첫째, 윤倫은 선략장군, 둘째, 전佺은 효력부위, 셋째, 신伸은 통덕랑 사역원 주부이며, 큰 딸은 최송수에게 시집갔고, 둘째는 김시종金諟種에게, 셋째는 최맹선崔孟濬에게 시집을 갔으며, 나머지는 다 어리다.

이 해 5월 경신일에 황간현 마암동 자좌子坐 오향午向의 언덕에 장례를 치렀다.

先考 贈嘉善大夫 吏曹參判 行通訓大夫 蔚珍縣令
府君墓表

先公諱繼門, 字胤父, 昌寧人. 曾祖, 正順大夫判典儀寺事贈門下左侍中諱遇
禧, 祖, 奉翊大夫密直司使諱敬修, 考, 贈通政大夫兵曹參議諱深, 妣淑夫人, 瑞
山鄭氏, 永樂甲午生公.
歷官三軍鎭撫·典農主簿·司憲監察, 宰玄風·蔚珍二縣, 階通訓. 優遊鄕里二十
餘年, 弘治己酉二月戊午, 卒于金山鳳溪里第, 享年七十有六. 癸丑七月, 以子
恩贈嘉善大夫吏曹參判.
公先娶河濱李氏, 生一女, 適資憲大夫刑曹判書金宗直. 後娶文化柳氏, 生一
男偉, 今官至嘉善大夫戶曹參判. 側室生六男四女, 曰倫, 宣略將軍, 曰佺, 効力
副尉, 曰伸, 通德郞司譯院主簿, 女適崔松壽, 次適金諟種, 次適崔孟濬, 餘皆
幼.
是年五月庚申, 葬于黃澗縣馬巖洞子坐午向之原.

선비 정부인 문화 류 씨 묘표

돌아가신 어머니는 문화文化의 세족으로 고려의 위사공신을 역임한 문정공 경瓔의 후예이다. 증조부는 가선대부 한성 윤漢城 尹을 역임한 신信이고, 조부는 숭정대부 의정부 좌찬성에 추증된 흡洽이며, 아버지는 이름이 문汶으로 행주 기 씨에게 장가를 들어 부인을 낳았다.

부인은 천성이 어질면서도 숙덕淑德이 있었으며, 이조참판에 추증된 조계문에게 시집을 가서 현재 관직이 전라도관찰사인 큰 아들 위偉를 낳았다. 부인은 선덕 정미년(1427년, 세종 2년)에 태어나서 향년 69세를 누리셨다. 홍치 을묘년(1495년, 연산군 1년) 10월 을묘일에 돌아가셨는데, 자식의 은전으로 정부인으로 추증되었다. 이 해 12월 황간 마암동 동북쪽의 언덕의 서남쪽 향에 장사를 지냈다.

先妣 貞夫人 文化柳氏 墓表

先夫人, 文化世族, 高麗衛社功臣文正公瓔之後. 曾祖諱信, 嘉善大夫漢城尹. 祖諱洽, 贈崇政大夫議政府右贊成, 考諱汶, 娶幸州奇氏生夫人.
賢而有淑德, 適贈吏曹參判曹公諱繼門, 生一男偉, 今官至全羅道觀察使. 夫人生于宣德丁未, 享年六十九. 弘治乙卯十月乙卯卒, 以子恩追贈貞夫人. 是年十二月, 葬于黃澗縣馬巖洞丑坐未向之原.

매계집 부록

梅溪集 附錄

사화사실 *야사에서 뽑음

성종成宗은 선생에게 명하여 점필재佔畢齋가 지은 시문을 모아 책으로 엮도록 하였다. 무오년(1498년, 연산군 4년)에 불충한 신하인 유자광[1]이 연산군에게 참소하기를 "조위가 맨 앞에 수록한 조의제문弔義帝文은 점필재가 지은 문장인데, 자못 사사로운 다른 뜻이 있습니다."라고 하자, 연산군이 크게 노하였다.

그때, 선생은 하정사賀正使로 북경에 갔다가 돌아오지 않았을 때였다. 연산군은 압록강을 건너오면 즉시 목을 베어 죽이라고 명하였다. 선생의 일행이 요동遼東에 이르러서야 처음 그 소문을 들었다. 일행들은 어찌할 바를 몰랐지만, 선생은 얼굴빛도 변하지 않았다.

조신曺伸이 일찍이 요동 땅에 점을 잘 치는 추원결鄒元潔이라는 자가 있다는 소문을 듣고, 그를 찾아가 길흉吉凶을 물었다. 그 사람은 닥쳐올 운수運數를 미리 헤아리어 알면서도 다른 말은 하지 않고, 다만 한 구의 시를 써 주기를 "천 층 물결 속에서 몸은 뒤쳐 나오지만, 또한 바위틈에서 반드시 3일 밤을 묵어야 한다."라고 하였다. 조신이 돌아와 보고를 하자, 선생이 이르기를 "앞의 구절은 아마 화禍를 면한다는 뜻인 듯하고, 아래 구절은 이해하기가 어렵구나."라고 하며, 두 사람은 근심하며 아무 말이 없었다.

일행이 의주 압록강에 이르자, 도사都事인 이지화李之和가 강가에서 기다

---

1 유자광(柳子光, ?~1512) : 조선 연산군 때의 간신. 자는 우복于復. 서자 출신으로, 옥사를 일으켜 익대 공신 1등 무령군武靈君에 봉해졌으며, 김종직, 김일손 등을 모함하여 무오사화를 일으켰다.

리고 있었다. 일행은 멀리 관원들이 기다리고 있는 모습이 보이자, 모두 놀라서 얼굴빛이 변하고, 금오랑金吾郎2이 와서 형을 집행하는 것을 기다리고 있는 것으로 여기고, 서로 마주 보며 오열하였다. 선생은 "이 또한 운명이니, 어찌하랴!"라고 하고, 강을 건너자, 풍랑이 크게 일어 배가 몇 차례 떴다 가라앉았다 하다가, 한참 후에 바람이 고요해져서 어려운 관문을 건널 수 있었다.

이극균李克均3이 구명에 힘써서, 다시 잡아 오라는 명령을 내렸다. 이에 점쟁이가 써 준 시 '천 층 물결 속에서 몸은 뒤쳐 나온다.'라는 뜻이 바로 이것을 말한 것이지만, 다만 아래 구절은 이해할 수 없었다. 붙잡혀 서울에 끌려 와서도 끝내 죽지 않았고, 장형杖刑을 당하고 의주로 유배되었으며, 순천順天으로 이배移配되어 병에 걸려 죽자, 시신을 고향故鄕으로 옮겨 황간黃澗4 땅에 장사葬事를 지냈다.

갑자사화甲子士禍가 일어나자, 연산군은 과거의 죄를 추가하여 기록하고, 본댁을 거두어들이고 부관참시剖棺斬屍하도록 명령하였다. 그래서 무덤 앞에 있는 바위틈에 3일을 방치하고 거두어 장사지내는 것을 허락하지 않았다. 조신은 비로소 요동 점쟁이의 말이 모두 처음과 끝이 딱 들어맞자, 괴상하게 여기어 탄식함을 마다하지 않았으며, 또한 이러한 이치는 궁구하

---

2 금오랑金吾郎 : 의금부 도사의 별칭이다.

3 이극균(李克均, 1437 ~1504) : 조선 중기의 문신. 본관은 광주廣州이고 자는 방형邦衡이다. 1456년(세조 2) 식년문과에 정과로 급제했다. 평안도절도사·한성부판윤·지중추부사·이조판서를 역임하였으며, 1503년에는 좌의정이 되었다. 그가 여러 차례 연산군의 황음荒淫을 바로잡으려고 애쓴 것이 화근이 되어, 이듬 해 갑자사화 때 조카 세좌世佐와 함께 연루되어 인동仁同으로 귀양가서 사사되었고, 뒤에 신원되었다

4 황간黃澗 : 지금의 충북 영동군 황간면 일원이다.

기가 어렵기 때문에 기억한다.

원문 **史禍事實** *出野史

　成廟命先生纂集佔畢齋所著詩文. 戊午, 賊臣子光讒燕山曰: "曺偉首錄弔義帝
文, 佔畢齋文也, 頗有意." 燕山大怒. 時先生以賀正使, 朝天未還. 燕山命越江時
卽處斬之. 先生行到遼東, 始聞之. 一行蒼黃罔措, 獨先生顏色不變. 曺伸嘗聞
遼東有善卜者鄒元潔也, 就問吉凶. 其人推數, 無他言, 只書一句詩曰: "千層浪
裏翻身出, 也須巖下宿三宵." 曺伸回報, 先生曰: "初句, 似是免禍, 下句, 難
解." 相與憫默.

　行到義州鴨綠江, 都事李之和在江上. 一行望見有官人候待之狀, 皆失色, 以
爲金吾郞來候行刑者, 相對嗚咽. 先生曰: "是亦命也奈何?" 越江時, 風浪大作,
幾乎漂沒, 良久風定, 艱關得渡.

則李相克均營救, 更下拿來之命, 乃悟卜者之詩千層浪裏翻身出, 政謂此也, 第
未解下句. 被拿來京, 竟得不死, 杖流義州, 移配順天, 病卒, 返葬于黃澗.

　甲子禍起, 燕山追錄前罪, 命撤本宅, 剖棺斬屍, 仍置墓前岩下三日, 不許收葬.
曺伸始記遼東卜者之說, 皆合首尾, 怪歎不已, 亦此理有難窮也.

선생행록 [*]조신曹伸이 지은 『적암유고適菴遺薹』에 있다.

　공은 어려서부터 사람들이 학문이나 재주가 높은 경지에 오를 것이라는 기대를 하였다. 여덟 살에 『소학小學』을 읽고 예禮로써 자신을 검속하였으며, 경敬으로써 마음을 바로잡고 학문에 충실하고 실천에 힘썼다.

　벼슬길에 올라서도 일찍이 어버이를 봉양하여야 한다는 이유로 사직하고 걸군乞郡하는데, 임금에게 올리는 말이 간절하고 절실하여 임금을 감동시켰다. 임금은 특별히 가까운 고을에 임명하여 어버이를 봉양하는데 도움이 되게 하였으니, 이 또한 특별한 예우이다. 그가 어버이를 섬기는 것이 마음을 즐겁게 하고도, 그 뜻을 어기지 않았으며, 그 정성을 다하고도 예禮에 어긋나지 않았다. 무릇 사람을 대하는 데도 반드시 온화한 기색으로 대하였는데, 하물며 부모님의 앞에 있어서랴?

　일찍이 시묘살이를 할 때, 예학禮學에 뜻을 두고 『예기禮記』의 가례家禮 가운데 관혼상제冠婚喪祭 중 일상생활에 절실한 것을 가려 뽑고, 간간히 자신의 생각을 덧붙였으나, 책으로는 엮지를 못하여 『매계총화』속에 덧붙여 놓았다. 일찍이 남들에게 보여주지를 못하고, 끝내 지은 시문을 몰수당하는 변고를 만나 잃게 되었다. 아아! 원통하구나!

원문 先生行錄二段 [*]在適菴遺薹中[曹伸]

公自童稚, 人期遠到. 八歲, 讀小學, 以禮律身, 以敬持心, 篤學力行.
　及筮仕, 嘗以親老辭職, 乞歸養 疏語懇惻, 感動天聽, 特除近郡, 以資奉養, 亦異數也. 其事親也 樂其心而不違其志, 極其誠而不失於禮. 凡於待人, 亦必以一團和氣, 況於父母之前乎?

　嘗於廬墓時, 有意禮學, 捃摭禮記家禮中冠昏喪祭切於日用者, 間亦參以己意, 未及名篇, 付諸叢話之中. 未嘗出而示人, 竟失於撤籍之變. 嗚呼! 痛哉!

선생행록 *서제인 적암 신이 쓰다

공의 휘는 위僞이고, 자는 태허太虛이다. 어려서부터 학문에 뜻을 두고, 종조부인 충간공[조석문]으로부터 『소학』을 배우고 학문하는 방법을 터득했다. 조금 나이를 들어서는 자형姉兄인 점필재[김종직]에게 배웠는데, 재능은 날로 나아지고 학문은 날로 성숙되어, 사람들이 모두 큰 인물이 될 것이라고 기대했다.

벼슬길에 나아가자 크게 성종의 지우를 입어서 매우 칭찬이 받았으며, 어버이 봉양을 핑계로 걸군하자 특별히 4품으로 승품하여 주셨다. 함양 군수로 재직할 때, 교서를 내려 칭찬하기를 "너는 문장으로 나라에 신명을 바치고, 궁중에서 나를 모셨으니, 내가 국기國器로 삼은 지 오래되었다. 그런데 어버이가 늙은 때문에 사직하고 시양侍養하기를 요구하여 가까운 군郡의 수령守令을 제수하여 어버이 봉양을 돕도록 하였으니, 이는 대체로 부득이한 형편에서 나온 것이다. 나는 네가 시종侍從이었던 관계로 감사監司에게 하유下諭하여, 네 어버이에게 양식을 약간 보내게 해서 향리鄕里 사람들로 하여금 네가 학문學文이 넓고 지식이 많아 네 어버이에게까지 영화가 미치게 된 것을 알게 하고자 하니, 너는 그 뜻을 알라."하였다. 그러자 공公이 전箋을 올려 진사陳謝하였다.

이에 앞서 임금께서 연초에 가려 뽑아 올린 시가 임금의 뜻에 맞는다고 하여, 공의 부모에게 쌀과 콩을 하사하도록 명하였고, 함양 군수의 임기가 다 차서는 상喪을 당하자, 또 부의賻儀로 쌀과 콩을 하사하였으니, 외관外官에 대한 부전賻典은 전에 없었던 것이다. 공은 상제喪祭의 절차를 일일이 주문공朱文公의 가례家禮를 따랐다.

벼슬이 참판參判에 이르렀으며, 연산조燕山朝 때에 점필재의 시문을 수찬하였다는 이유로 죄를 얻어 의주義州에 유배되었고, 이어 순천부順天府로 이배移配되었다. 순천부의 서쪽에는 시내가 있는데, 그곳의 냇가에 돌을 쌓아 누대를 만들고, 이름을 짓기를 '임청'이라고 하였다. 그리고 고을의 여러 사람들과 모임을 만들어서 유유자적하였다. 같은 시기에 좌랑佐郎인 김굉필金宏弼도 이곳으로 귀양을 왔으므로 함께 도의道義를 강론하였는데, 좌랑이 공을 섬기기를 마치 엄한 스승처럼 하였다. 공은 나라의 일이 나날이 잘못되어 감을 알고, 이를 걱정하다 병이되어 홍치弘治 계해년(1503년, 연산군 9년) 11월 일에 작고했다. 김굉필이 예를 갖추어 상喪을 치러주었는데, 향년 50살이었다. 공이 사귀었던 사람들은 모두 한때의 명류名流 거공鉅公들이었는데, 서로 조전朝典을 강론하고 경사經史를 절차탁마하였는데, 제공들이 공경하지 않는 사람이 없었다.

공은 천성이 어질고 후덕하고, 실천함이 독실하였으며, 경사經史를 담론하는데, 훤히 꿰뚫지 않은 것이 없었다. 점필재가 일찍이 말하기를 "나와 태허[조위]가 학문을 강론을 하면 마치 강하江河를 터놓은 것 같으니, 태허는 나의 스승이다. 스승이다."라고 하였다. 공은 부모님께 효도하고, 형제간에 우애하여, 효제孝悌의 도리를 다하였다. 나라에 충성하고, 만물에 서용恕容하여 충서忠恕의 도를 이루었다. 행동하거나 말을 하고 침묵할 때에는 한결같이 선철先哲들을 따라 했으며, 항상 스스로 학식이나 재능을 감추고 남에게 알려지는 것에 힘쓰지 않았다. 그렇기 때문에 당시에 공을 아는 사람이 드물었다.

혹 시사時事를 언급할 때에는 임금을 사랑하고 나라를 걱정하는 마음이 말의 밖으로 넘쳐났다. 비록 벼슬에서 배제되어 있더라도 일찍이 이를 마음에 두고 생각하지 않았다. 또한 문충공文忠公의 일1로 연좌되어 귀양을 갔으나, 오히려 손에서 책을 놓지 않았다. 배우기를 원하는 사람이 있으면 홀연히 죄인이라는 핑계로 사양하고 물리쳤으나, 혹 굳이 청하면 정성을 다해 가르치기를 하루 종일 게을리 하지 않았으니, 천명을 깨달은 군자가 아니라면, 어찌 이런 경지에 이를 수 있겠는가? 일찍이『매계총화』를 쓰기 시작했으나, 원고를 완성하지 못하고 작고했다. 지은 시와 문, 소疏가 매우 많았으며, 학문과 도학을 논한 글이 몇 만언에 이르나 가산家産을 몰수당할 때, 모두 산실되었다. 원통하고 원통하구나! 아름다운 말과 착한 행실이 한두 가지가 아니나, 간략하게 그 줄거리만을 기록하여 알아보는 사람을 기다리고, 공이 이룩한 사업은 국사國史에 기록되어 있으므로, 이곳에는 덧붙이지 않는다.

무오년, 공은 성절사聖節使의 일원으로 연경에 갔다. 되돌아오는 길에 요동에 이르러서 7월의 사건을 들었다. 사건의 추이를 예측하기가 어려웠는데, 유자광이 사화士禍를 일으켰다고 말하자 사람들이 모두 위태롭게 여겼다. 내가 요동에 사는 점쟁이 추원결鄒元潔을 찾아가 점을 쳤다. 그 점괘를 풀이한 시에, "천 층 물결 속에서 몸은 솟구쳐 나왔건만, 모름지기 바위 아래서 사흘 밤을 자야겠다."라고 했다. 이미 서울에 돌아와서 사실이 밝혀져 먼 곳에 귀양 가는 것으로 그치게 되었지만, 끝내 둘째 구절의 뜻은 알 수가 없었다.

아아! 어찌 갑자년(1504) 겨울에 사화가 있을 줄을 알았으랴? 슬프다! 11월에 공의 무덤을 파고 관을 꺼내어 시체를 베고, 이를 묘 앞에 있는

---

1 문충공文忠公의 일 : 점필재 김종직의 시문집을 편찬한 것을 말한다.

바위 아래에 끌어다 놓고 3일 동안 장례를 치루지 못하게 하였으니, 바로 '사흘 밤을 자야겠다.'라는 구절과 딱 들어맞았다. 그러므로 그것을 들어 말을 맺는다.

先生行錄 *庶弟適菴伸

公諱某, 字某, 自童稚有志于學問, 受小學于從祖父忠簡公, 得聞爲學之方. 及年稍長, 學于姉兄佔畢公, 才日以進, 學日以成, 人皆期以遠大.

旣筮仕, 大被成廟之知, 獎愛特甚, 爲親乞郡, 特賜四品. 守咸陽時, 下書褒諭曰: "爾以文章致身, 陪侍帷幄, 爲予所器者久矣. 以親老辭職求侍, 得除近郡, 以資奉養, 蓋出於不得已也. 予以侍從之故, 下諭監司, 令略致餼于爾親. 使鄕里知爾以稽古之力, 榮及其親, 爾其知悉." 公上箋陳謝.

前此, 上令歲抄詩製進稱旨, 命賜父母米豆, 在郡秩滿而丁父憂, 又賜賻祭米豆油蜜等物, 外官賻典, 前所無也. 公居憂之節, 一依朱文公家禮.

官至參判, 燕山朝, 以修撰佔畢齋詩文定罪, 謫義州, 移配順天府. 府西有溪, 遂就其岸, 累石爲臺, 名之曰臨淸. 因與邑中諸子, 約會遊適. 時金佐郞宏弼, 亦同謫于此, 相與講論道義, 佐郞事公如嚴師焉. 公知國事日非, 憂悴成疾, 弘治癸亥十一月日卒. 金宏弼備禮治喪, 享年五十. 所交結皆一時名流鉅公, 每與之講說朝典, 切磨經史, 諸公莫不敬重焉.

公天性仁厚, 踐履篤實, 談經論史, 無不透徹. 畢公嘗曰: "吾與大虛講學, 若決江河, 大虛, 我師也. 師也. 師也."也云. 公孝于親, 友于弟, 孝悌之道盡矣. 忠於國, 恕於物, 忠恕之道至矣. 動靜語默, 一遵前哲, 而常自韜光晦彩, 不求人知, 以故, 當世之知公者鮮矣.

或語及時事, 愛君憂國之心, 溢於言表, 雖在廢錮, 未嘗以此介意. 且以文忠坐謫, 而猶手不釋卷. 人有願學者, 輒引罪辭却, 而若或固請, 則諄諄敎誨, 終日不倦, 非知命之君子, 何能及此. 嘗草梅溪叢話, 未成稿而卒. 所著詩文章疏甚多, 論學論道之書, 亦至累萬餘言, 而籍沒之際, 幷皆見失. 痛哉! 痛哉! 嘉言善行, 非止一二, 而略錄其槩, 以竢知者. 若其事業, 國史有紀, 玆不著爾.

戊午, 公充聖節使, 赴燕都, 還至遼東, 聞七月之事. 事在叵測, 謂子光起史禍, 人皆危之. 余爲訪得遼東卜士鄒元潔卜之. 其繇詩曰: "千層浪裏翻身出, 也須巖下宿三宵." 旣至, 辨明, 止於遠竄, 而終未喩下句之意. 嗚呼! 豈知有甲子仲冬之變乎? 慟哉! 十一月, 剖棺斬屍, 曳置墓前岩下, 三日不許葬, 政合於宿三宵之句. 故云云.

동지중추부사 조공 묘지명 *홍귀달

공의 휘는 위偉이고, 자는 태허大虛이며, 본관은 창녕昌寧이다. 부친 휘 계문繼門은 울진 현령蔚珍縣令을 지냈고 이조 참판吏曹參判에 증직되었으며, 조부 휘 심深은 병조 참의兵曹參議에 증직되었다. 증조 휘 경수敬修는 단성좌명공신端誠佐命功臣 밀직부사密直司使를 지냈고 의정부 좌찬성議政府左贊成에 증직되었다. 부친 울진 현령은 문화文化 유씨柳氏 문汶의 따님과 결혼하여 경태景泰 갑술년(1454) 7월 경신庚申 일에 공을 낳았다.

공은 7세 때 시에 능하다는 명성을 들었으니 신묘한 기상이 보통 사람보다 뛰어났다. 족부族父 충간공忠簡公 조석문曹錫門[1]이 그를 보고 남다르게 여겨 가숙家塾에 머물면서 글을 읽도록 명하였다. 재주가 날로 진보하여 임진년(1472년, 성종 3년) 사마시의 초시와 복시에 합격하였고, 갑오년(1474년, 성종 5년) 문과에 급제하여 승문원 정자承文院正字에 올랐다가, 예문관 검열禮文館檢閱로 자리를 옮겼다.

성종이 특별히 젊은 유신儒臣을 뽑아 사가독서賜暇讀書를 시켜 훗날의 터전으로 삼도록 하였는데 공이 가장 먼저 뽑혔다. 홍문관 정자弘文館正字·저작著作·박사博士·수찬修撰, 사헌부 지평司憲府持平, 시강원 문학侍講院文學, 홍문관 교리弘文館校理·응교應敎 등을 역임하였다. 부모가 연로하다는

---

1 조석문(曹錫文, 1413~1477) : 조선 전기의 문신. 자는 순보順甫. 1434년(세종 16) 알성 문과에 을과로 급제, 정자에 이어 집현전부수찬·사간원정언 및 이조·형조·예조의 정랑을 거쳐, 이조참판, 호조판서 등을 역임하였다. 세조의 즉위에 공을 세우고 1467년 이시애의 난을 평정하였다. 1476년 다시 좌의정에 임명되었으나 병으로 사면하고 창녕부원군昌寧府院君에 봉해졌으며, 이듬해 영중추부사가 되었다. 시호는 충간忠簡이다.

이유로 걸군乞郡하여 외직으로 나가 함양군수가 되었다. 다시 중앙으로 돌아와 의정부 검상議政府檢詳이 되었다가 사헌부 장령司憲府掌令으로 옮겼다. 얼마 지나지 않아 승정원承政院 동부승지同副承旨로 단계를 뛰어넘는 승진을 하여 도승지都承旨에까지 올랐으며, 호조 참판戶曹參判, 충청도 관찰사忠淸道觀察使, 한성부 좌윤漢城府左尹, 성균관 대사성成均館大司成, 전라 감사全羅監司, 동지중추부사同知中樞府事 등을 두루 역임하였다.

홍치 무오년(1498년, 연산군 4년) 성절사聖節使로 북경에 갔다가 돌아오는 길에 김종직金宗直의 시문詩文을 찬집한 일에 연루되어 의주義州로 유배를 갔다. 한참 있다 순천順天으로 이배移配되었다가 결국 병으로 죽었다. 이때가 홍치 16년(1503년, 연산군 9년) 11월 00일이었다.

공은 재주가 굉장하고 학식이 풍부한데다가 문장이 아름답고 빛나 한 시대의 문사들이 모두 그의 아래에 있었다. 성종 임금의 지우를 가장 크게 입어, 함양 군수로 있을 때는 매달 지은 시를 바치라는 교서를 내리고, 매 번 칭찬하는 교서가 있었다. 임기가 차서 돌아오자 파격적으로 등용하셨다. 조금만 있으면 재상이 되었을 터인데 한번 귀양을 가서 돌아오지 못하고 말았으니 애석도다.

공은 현감 신윤범申允範의 딸과 결혼하였는데 후사가 없었다. 운명할 때 신 씨申氏만이 홀로 곁에서 곡을 하였다. 서제庶弟 신伸이 병환이 위급하다는 소식을 듣고 달려갔으나 도착해 보니 이미 염이 끝난 뒤였다. 신 씨에게 말하여 수레로 운구하여 고향으로 돌아와 이듬해 3월 모일 황간현黃澗縣 마장동馬藏洞 선영先塋 곁에 장사지냈다.

내가 일찍부터 친분이 있다는 이유로 글을 지어 묘지墓誌를 쓰라 청하기에 다음과 같이 명銘을 짓는다.

규옥圭璧같은 정령, 난봉鸞鳳같은 자태, 온 세상이 상서롭게 여기었네.

비단처럼 아름다운 몸과 마음, 구름을 내뿜고 무지개를 토해내니, 그 광채 만 길이나 뻗었네.

서쪽 의주로 유배 갔다가, 남쪽 순천으로 이배되어, 결국 머나먼 변경에서 죽었네.

곁에는 처와 첩뿐, 아들도 없고 딸도 없거늘, 누가 상주 노릇을 할까.

장사는 아우가 맡고, 부조는 친구가 맡았으며, 묘지는 내가 지었네.

천추만세에 전하기를, 높은 절벽 깊은 골짜기에, 맑은 향기 그치지 않네.

원문　有明朝鮮嘉善大夫戶曹參判成均大司成梅溪曹先生墓誌

*虛白 洪先生貴達撰

公諱偉, 字大虛, 昌寧人. 考諱繼門, 蔚珍縣令, 贈吏曹參判. 祖諱深, 贈兵曹參議. 曾祖諱敬修, 端誠佐命功臣 · 密直司使, 贈議政府左贊成. 蔚珍娶文化柳汶女, 景泰甲戌七月庚申, 生公.

七歲, 有能詩聲, 神氣出人. 族父曹忠簡公錫門, 見而異之, 命留家塾讀書. 才日以進, 中壬辰司馬兩試, 甲午, 擢文科, 拜承文正字, 遷藝文檢閱.

成廟別選年少儒臣, 賜暇讀書, 以爲後日地, 公爲其首. 歷弘文正字 · 著作 · 博士 · 修撰 · 司憲持平 · 侍講院文學 · 弘文校理 · 應敎. 以親老乞郡, 出守咸陽. 拜議政府檢詳, 遷憲府掌令. 未幾, 超陞承政院同副承旨, 遷至都承旨, 轉戶曹參判 · 忠淸道觀察使 · 漢城左尹 · 成均大司成 · 全羅監司 · 同知中樞府事.

弘治戊午, 朝京賀聖節. 及還, 坐金宗直詩文撰集, 流義州. 久之, 移配順天, 遂病卒. 是弘治十六年十一月日也.

公宏材博識, 爲文章偉麗, 一時文士, 皆出下風. 最遇知成宗朝, 其守咸陽也, 有敎月進所製詩, 每加褒美. 及遞還, 不次遷擢. 朝夕且至公輔, 一斥竟不返, 惜哉.

　公娶縣監申允範女, 無後. 卒時, 獨申氏哭于傍. 庶弟伸, 聞病革馳赴, 至則已
斂矣. 白于申, 輿其柩歸, 用明年三月某甲, 窆于黃澗縣馬藏洞先塋之側. 以余
有夙分, 請爲文誌之, 銘曰: 圭璧其精, 鸞鳳其姿, 爲世之祥. 錦心繡膓, 噓雲吐
虹, 萬丈文光. 西謫龍灣, 南遷順天, 竟死遐荒. 有妻與妾, 無子與女, 孰主其喪.
襄事有弟, 賻弔有朋, 誌則吾文. 千秋萬歲, 高岸深谷, 不埋清芬.

선생묘표 *서제인 적암 신이 짓다.

　나이가 어리고 세상 물정에 어두운 사람이 어질고 훌륭한 사람을 해치고, 재앙이 무덤 속까지 미치자 비통함이 극렬하게 몰려와서 낱낱이 하나하나 이곳에 기록하고자 하였으나, 이수螭首와 귀부龜趺를 세워 전과 같이 장례를 치를 수는 없어서, 지금은 묘표의 음기陰記에 관직의 등급을 대강 서술하였다. 지극히 슬프고, 지극히 공경하나 글로는 다 표현할 수 없구나. 오호라! 원통하구나!

　공의 휘는 위偉이고, 자는 태허太虛이며, 호는 매계梅溪이고, 본관은 창녕昌寧이다. 아버지의 휘는 계문繼門으로 울진(蔚珍, 지금의 경북 울진군) 현령을 역임했으며, 공의 연고로 이조참판吏曹參判에 추증되었다. 할아버지의 휘는 심深이며, 병조참의兵曹參議로 추증되었고, 증조할아버지의 휘는 경수敬脩이며, 봉익대부奉翊大夫 밀직사사密直司使 상호군上護軍을 역임했다.

　참판공參判公은 이씨李氏에게 장가를 들어 1녀를 낳고, 이씨가 작고하자, 다시 류문柳汶의 딸을 아내로 맞이하여, 경태景泰 갑술년(1454년, 단종 2년) 7월 경신일庚申日에 공을 금산군 봉계리 사저에서 낳았다. 이씨가 낳은 딸은 문간공文簡公 김종직金宗直에게 시집을 갔는데, 이분이 바로 점필재佔畢齋이다. 공이 7살 때 아버지가 가족을 거느리고 임지인 현풍玄風[1]으로 부임하여 책을 읽게 하고는 경이롭게 여겼다. 천순天順 갑신년(1464년, 세조 10년), 아버지가 공을 데리고 서울로 와서 종부형從父兄인 충간공忠簡公 석문錫文에게 질정質定시키자, 충간공이 공을 보고서 기특하게 여기고 가숙家

1　현풍玄風 : 지금의 대구광역시 달성구 일원이다.

塾에 머물게 하고 친히 『소학』을 가르쳤다. 또 아버지를 따라 울진蔚珍에 갔다. 성화成化 임진년(1472년, 성종 3년)에 생원生員·진사시進士試에 합격을 하고, 함양咸陽으로 점필재를 찾아가 학문을 따져 묻는데, 아는 것이 많아 막힌 곳이 없었다.

갑오년(1474년, 성종 5년) 봄에 실시한 과거에 병과丙科로 급제하여 승문원承文院 정자正字를 제수받았고, 홍문원弘文院 저작著作을 역임하였으며, 이어 교리校理에 오르고 사가독서賜暇讀書를 하는 등, 크게 성종의 지우를 입었다. 전교하기를 "김흔金訢과 조위曺偉는 문장이 능하여 모두 내가 진용進用한 자들이니, 특별히 1급을 더해준다."하였다. 서너 달 후, 사헌부司憲府 지평持平에 제수했다. 계묘년(1483년, 성종 14년)에 시강원侍講院을 설치하고 공을 문학文學으로 삼았다.

갑진년(1484년, 성종 15년), 홍문관弘文館 응교應敎로 옮겼다가 어버이가 늙어서 봉양하여야 한다는 핑계로 걸군乞郡하자 품계를 조봉대부朝奉大夫[2]로 올려주고 함양군수에 제수했다. 이보다 전에, 임금께서 공과 유호인俞好仁 등에게 명하여 매년 지은 시를 가려 뽑아 올리라고 명하였다. 이에 임금은 가려 뽑아 올린 시가 매우 훌륭하다고 칭찬하고, 공의 부모에게 쌀과 콩을 하사하도록 명하였다. 또 교서를 내려 칭찬하기를 "너는 문장으로 나라에 신명을 바치고, 궁중에서 나를 모셨으니, 내가 국기國器로 삼은 지 오래되었다. 그런데 어버이가 늙은 것 때문에 사직하고 시양侍養하기를 요구하여 가까운 군郡의 수령守令을 제수하여 어버이 봉양을 돕도록 하였으

---

2 조봉대부朝奉大夫 : 조선시대 문신 종4품 하계下階의 품계명. 종4품에 해당하는 관직으로는 경력·첨정·서윤·부응교·교감·제검·편수관·좌익선·우익선·부호군·군문파총軍門把摠·군수·동첨절제사·병마만호·수군만호 등이 있다.

니, 이는 대체로 부득이한 형편에서 나온 것이다. 나는 네가 시종侍從이었던 관계로 감사監司에게 하유下諭하여, 네 어버이에게 양식을 보내게 해서 향리鄕里 사람들로 하여금 네가 학문學文이 넓고 지식이 많아 네 어버이에게까지 영화가 미치게 된 것을 알게 하고자 하니, 너는 그 뜻을 알라."고 하였다.

홍치弘治 기유년(1489년, 성종 20년), 함양군수로 재직할 때 부친상을 당하자 부의賻儀로 쌀과 콩을 하사하였으니, 외관外官에 대한 부전賻典은 전에 없었던 것이다. 신해년(1491년, 성종 22년) 3년 상을 마치자 검상檢詳에 임명되었다가 장령掌令으로 옮겨 품계가 봉렬대부奉列大夫3에 올랐으며, 5월에 품계를 뛰어넘어 동부승지同副承旨가 되었다. 임자년(1492년, 성종 23년)에 승지承旨로 승진하였다. 계축년(1493년, 성종 24년), 가선대부嘉善大夫 호조참판戶曹參判에 제수되었다.

갑인년(1494년, 성종 25년), 외직으로 나가 충청감사가 되었다. 성종이 승하하자 눈물을 흘리며 따라 죽지 못함을 원통해 했다. 다음 해(1495년, 연산군 1년), 한성 우윤右尹으로 체직되어 서울로 올라오자마자 대사성大司成으로 교체되었다. 7월에 다시 외직으로 나가 전라감사가 되었고, 10월에 어머니 상을 당했으며, 정사년(1497년, 연산군 3년)에 3년 상을 마쳤다.

무오년(1498년, 연산군 4년)에 동지중추 겸 부총관으로 임명되고, 성절사聖節使로 연경에 갔다. 간신奸臣이 김일손金馹孫의 사옥史獄을 일으키고, 공을 점필재의 매제이자, 제자라고 하여 제거하려고 하였다. 연경에서 돌아오자마자 체포되어 옥에 갇혔으나, 3자가 꼼꼼하고 차근차근하게 대변

---

3 봉렬대부奉列大夫 : 조선 시대에 둔, 정4품 하下의 종친 및 문관의 품계이다.

해주어 의주義州로 귀양가는 것에 그쳤다. 경신년(1500년, 연산군 6년)에 순천順天으로 이배되었으나, 나라의 일이 나날이 잘못되어 감을 알고, 조정으로 돌아갈 희망이 없자, 이를 근심하느라 먹는 것이 갑자기 줄어들고 점점 말라가다가 계해년(1503년, 연산군 9년) 11월 26일 귀양지 순천에서 작고했다. 부인 신 씨와 서제庶弟인 신伸이 운구運柩하여 고향으로 돌아와서, 다음 해(1504년, 연산군 10년) 3월, 선영의 동쪽 봉우리에 안장했다. 그 해 겨울 변고4를 만나 이곳에 다시 가매장하게 되었다. 현재의 임금(중종)이 왕위에 오른 정덕正德5 원년(1506년, 중종 1년), 원통한 죄를 밝혀 벗겨주고 선례에 따라 포상을 하여 1계급을 추증하여 주었다.

신 씨는 거창현감인 윤범允範의 여식이며, 측실인 김 씨는 평양에 본적을 둔 사람으로 모두 자식이 있었으나 요절하여서 결국 후사後嗣가 없었다. 신 씨 부인은 공의 4촌 동생인 척倜의 아들인 사우士虞를 후사後嗣로 삼았다.

공의 기량器量은 넓고 커서, 일이 비록 급하더라도 즐거운 마음으로 처리했고, 너그러우면서도 부드럽게 절차에 따라 처리하였으며, 크게 규정이나 법식 따위를 생각하여 정하는 데에 뜻을 두었다. 무릇 경전과 역사서를 보다가 그곳에 이르면 일찍이 두세 번 반복하여 뜻을 알아차리지 않음이 없었다. 남에게 거슬린 적이 없었으며, 부모님께 효도하고 형제간에 우애하는데 조금도 불순한 마음이 없었으므로 집안이 화목했다.

어려서 점필재를 스승으로 삼아 의지하여 학력을 배양하였으며, 신종호申從濩, 권건權健, 정석견鄭錫堅, 유호인俞好仁, 채수蔡壽, 이창신李昌臣, 우의

---

4 겨울 변고 : 갑자사화 때 부관참시를 당한 것을 가리킨다.
5 정덕正德 : 명나라 무종武宗의 연호이다.

정 허침許琛, 좌의정 정미수鄭眉壽[6] 등과 서로 사귀며 도의를 강론하고, 시와 술로 서로 즐기며 날마다 그렇지 않는 날이 없었다. 비록 내침을 당해 귀양살이 할 때에도 손에서 책을 놓지 않았으며, 저서 중에 『매계집』이 남아있다. 공과 항렬이 같은 친족은 운명에 따라 다 죽었으니, 이 문집이 전하여 질지, 전하여 지지 못할지는 알 수가 없다. 지금 문병文柄을 잡은 사람이 공을 정중하게 여기지 않는 것은 아니나, 구태여 붓을 들어 공의 업적을 돌에 새겨 주지는 않을 것이다. 아아!

원문 **先生墓表** *庶弟適菴伸撰

昏季賊良善, 患及窀穴, 創鉅痛劇, 歷一紀于玆, 而螭首龜趺, 莫克依葬, 今粗敍官次于墓表之陰, 至哀至敬, 故無其辭, 嗚呼! 慟哉!

公諱偉, 字大虛, 號梅溪, 昌寧其本也. 考諱繼門, 蔚珍縣令, 以公故, 贈吏曹參判, 祖諱深, 贈兵曹參議, 曾祖諱敬脩, 奉翊大夫密直司使上護軍.

參判公娶李氏, 生一女而李氏卒, 再室柳汶女, 景泰甲戌七月庚申, 生公于金山郡鳳溪里第. 李氏女歸于金文簡公宗直, 是爲佔畢齋. 公年七歲, 先君率莅任玄風, 敎讀書警異. 天順甲申, 挈入京, 質其從父兄忠簡公錫文, 見而奇之, 置家塾, 親授小學. 又從先君于蔚珍.

中成化壬辰年生員進士試, 從佔畢于咸陽, 講問博洽. 登甲午春丙科及第, 拜承文正字, 歷弘文著作, 累至校理, 賜暇讀書, 大被成廟之知, 獎愛最深. 傳曰: "金訢·曺偉能文, 皆當進用者, 特加一級." 數月, 拜司憲府持平. 癸卯, 設侍講院, 以公爲文學.

甲辰, 遷弘文應敎, 以親老乞郡, 進階朝奉, 除咸陽郡守. 前是, 上命公及兪好仁等, 每歲抄進所製詩. 至是, 上歲抄詩, 特嘉奬, 命賜父母米豆, 又下書褒諭

---

6 정미수(鄭眉壽, 1456~1512) : 조선 전기의 문신. 자는 기수耆叟이고, 호는 우재愚齋이다. 중종반정 때 공을 세워 우찬성으로 해평 부원군海平府院君에 봉하여졌다. 저서에 『한중계치閑中啓齒』가 있다.

曰: "爾以文章致身, 陪侍帷幄, 爲余所器者, 久矣. 以親老辭職, 求侍養, 得除近郡, 蓋出於不得已也. 予以侍從之故, 下諭監司, 致饋于爾親, 使鄉里知爾以稽古之力, 榮及其親, 爾其知悉."

弘治己酉, 在郡丁父憂, 命賜賻祭米豆, 外官賻典, 前所無也. 辛亥, 服除, 爲撿詳, 遷掌令, 階奉列. 五月, 超擢同副承旨. 壬子, 陞知奏. 癸丑, 拜嘉善大夫戶曹參判.

甲寅, 出爲忠淸監司. 成廟鼎湖, 灑泣恨不得攀髶. 翌年, 遞漢城右尹, 至京, 改大司成. 七月, 復出爲全羅監司. 十月, 丁母憂. 丁巳, 服闋.

戊午, 拜同知中樞兼副摠管, 以聖節使赴京, 奸臣起金馹孫之獄, 以公爲佔畢婦弟, 且門弟, 欲去之. 及還逮獄, 對辨詳緩, 但貶義州. 庚申, 移配順天, 知國事日非, 無望還朝, 憂悴食飮頓減, 漸至消瘦. 癸亥十一月二十六日, 卒于謫所. 夫人申氏, 與庶弟伸, 奉柩還鄉. 明年三月, 窆于先塋之東峯. 其冬, 遇變, 改厝于是. 今上登極之正德紀元, 昭雪冤罪, 擧褒典例, 加贈一級.

申氏, 居昌縣監允範之女, 側室金氏, 平壤籍人, 俱有息而夭, 竟無嗣. 申夫人, 以公之從弟偶之子士虞爲後.

公之器宇寬弘, 事雖急遽, 處之怡然, 儒緩順節, 大有志於制作. 凡觀經史, 至其處, 未嘗不三復致意. 與物無忤, 孝友純至, 家道雍睦. 少師資於佔畢公, 培養學力, 所交結如申公從濩·權公健·鄭公錫堅·兪公好仁·蔡公壽·李公昌臣·許右相琛·鄭二相眉壽, 講論酬唱, 詩酒相歡, 無日不然. 雖在廢謫, 手不釋卷, 所著有梅溪集. 公之行輩, 隨運逝盡, 斯集之傳不傳, 未可知也. 當今秉文之手, 莫不鄭重公, 無敢有操筆銘公之石. 噫!

매계당기 *홍귀달

같은 소리끼리 서로 호응하고 같은 기운끼리 서로 찾는다. 요堯임금과 순舜임금과 우禹임금과 탕왕湯王과 문왕文王과 무왕武王같은 임금이 위에서 임금노릇을 하게 되면 반드시 고요皐陶와 기夔, 후직后稷과 설契, 이윤伊尹과 부열傅說, 주공周公과 소공召公같은 신하가 그 아래에서 나오게 되는 것은 무엇 때문인가? 서로 따르는 기운이 비슷해서 그런 것이다. 사물도 또한 그런 것이 있다. 국화는 꽃 가운데 숨은 자와 같은 것이다. 이런 까닭에 좋아하는 사람은 오류선생 도연명陶淵明이었다. 연꽃은 꽃 가운데 군자와 같은 것이다. 이런 까닭에 좋아하는 사람은 주렴계周濂溪 부자이셨다. 대나무며 매화도 좋아하는 사람이 또한 각각 있었다. 비록 그러하나 어느 것이 매화와 윗자리를 다툴 수 있겠는가?

그 싸늘하게 얼음처럼 맑은 것은 암학巖壑의 기운이 있고, 우뚝 옥처럼 서있는 것은 조정에서의 자태가 된다. 어떤 것은 바싹 마르기 처사와 같고, 어떤 것은 하늘하늘 신선과 같으니, 색깔과 모습이 혹시 같지 않기도 하지만 풍류와 운치는 일찍이 같지 않은 것이 없었다. 비유하자면 백이伯夷는 맑음을 중시하고 유하혜柳下惠는 조화調和를 중시하여 비록 같지 않지만 성인으로 돌아가는 것은 마찬가지다. 고요와 기와 후직과 설과 이윤과 부열과 주공과 소공은 비록 사업이 서로 다르지만 똑같이 성스럽고 밝은 제왕을 보좌하였다. 서호의 임포林逋1신선과 동각의 시 짓는 늙은이2와 먹을

---

1 임포林逋 : 서호西湖의 고산孤山에 집을 짓고 20년 동안 세상에 나가지 않은 채 매화를 아내로 삼고, 학을 자식으로 삼으며 살았던 송宋나라의 은자隱者이다.

읊은 간재簡齋3와 붉은 매화를 읊은 파옹坡翁4같은 이에 이르러서는 비록 그 사람됨의 간결함과 고졸함과 호방함과 방종함이 같지 않지만 요컨대 모두 훨훨 세상에 상서로움이 되는 아름다운 군자들이었다.

　이제 조태허 사또는 문장을 잘 하는 것으로 세상에 이름이 나 있다. 그의 명망은 대개 예전에 이른바 몇 분 군자와 거의 비슷한 정도이니 그가 좋아하는 것을 알 수 있겠다. 태허는 금릉의 산골짝 좋은 곳에 집을 짓고 집의 동북쪽 모퉁이에 당을 지었다. 골짜기물이 바위틈에서 흘러나와 밤낮으로 생황소리를 내며 당을 지나 흘러간다. 사또는 손수 천엽매千葉梅를 당의 언저리에 심었다. 그래서 그것으로 당의 이름을 삼고 나에게 편지를 써 보냈다. "그대는 매화의 품목을 모두 아십니까? 내가 심은 것은 꽃받침이 다른 것에 비해 크고 향기도 또한 보통 것과 다르니 매화 가운데 가장 뛰어난 것을 구한다면 오직 이것일 뿐입니다. 원컨대 그대에게 말 한 마디를 빌려 이 매화의 향기와 덕을 드높이려 합니다."

　내가 말했다. "아아! 이것이 진실로 그러하구나. 주인이 사람 가운데 빼어나니 그가 심은 것은 진실로 보통 것들과 다름이 당연하다. 만약 향기와 덕으로 말하자면 앞서 어진 분들의 말씀에 다 갖추어져 있으니, 내가 무슨 말을 더 보태겠는가? 하물며 태허는 시에 능한 것으로 당대에 이름을 떨치

2　동각의 시 짓는 늙은이 : 남조南朝 양梁나라의 시인인 하손(何遜, ?~517?)은 일찍이 양주揚州 고을 관아에 핀 매화꽃 한 그루를 사랑하였는데, 뒤에 이를 못 잊어 다시 양주를 자청해서 부임한 뒤 종일토록 나무 밑을 서성이며 시를 읊었다고 한다.

3　간재簡齋 : 남송의 시인인 진여의(陳與義, 1090~1139)의 호이다. 그의 자는 거비去非이고, 벼슬은 참지정사參知政事에 이르렀으며, 강서시파江西詩派에 속했다. 저서로『간재집簡齋集』이 있다.

4　파옹坡翁 : 송나라 때 시인이자 정치가인 소동파蘇東坡의 별호이다.

고 전대의 명가들을 압도했다. '그윽한 향기, 성근 그림자' 같은 구절은 진실로 이미 나도 본 적이 있으니, 내가 무슨 말을 하겠는가? 홀로 황정견^{黃庭堅} 시에 '옛부터 솥에 간 맞추는 매실, 이 물건으로 조정에 오르리' 라는 구절을 사랑했다. 은^殷나라 고종이 부열에게 말하기를 '만약 국에 간을 맞추려면 너는 소금과 매실이 되어라' 했다. 이는 진실로 매화를 아는 사람의 말이다. 내가 또한 말하건대 바야흐로 지금은 문왕과 무왕 이상의 임금께서 위에 계시니, 태허와 같은 사람이 어찌 동각^{東閣}과 서호^{西湖}의 몇몇 군자와 같이 스스로 처하면서 성율로 시만 지으며 이름자나 바라보게 하는데 그치는 것이 마땅하겠는가? 장차 그 근본을 북돋아 주어 그 열매를 따서 조정에 올려 은나라의 솥에 간을 맞추어 모든 백성의 입이 모두 다섯 가지 맛의 바른 것을 맛볼 수 있게 한다면, 어찌 이 시대에 다행한 일이 아니겠는가?

태허는 이름이 위이고 창녕이 본관인 사람이다.

[원문] **梅溪堂記** *洪虛白

同聲相應, 同氣相求. 有堯舜禹湯文武之君作於上, 必有皐·夔·稷·契·伊·傅·周·召之臣出於下何? 相須之殷氣類故也. 物亦有之, 菊, 花之隱逸者也. 是故, 好之者五柳先生. 蓮, 花之君子者也. 是故, 愛之者濂溪夫子. 若竹也梅也, 好之亦各有之, 雖然, 孰有梅與爭高者乎爾?

其凜凜氷淸,, 則有嚴鷙氣, 丁丁玉立者, 爲廟堂姿. 或枯槁如處士, 或綽約如仙子, 色相或不同, 而風韻未嘗不同. 譬如伯夷·柳下惠, 雖淸和不同, 而同歸於聖. 皐·夔·稷·契·伊·傅·周·召, 雖事業異宜, 而同是聖帝明王之佐. 至如西湖逋仙, 東閣詩老, 詠墨之簡齋, 賦紅之坡翁, 雖其人簡古豪縱之不同, 而要皆翩翩瑞世之佳君子也.

今曹侯大虛以文章鳴於世, 其名望, 蓋相伯仲於向所謂數君子者, 其所好可知.

大虛家于金陵溪山勝處, 堂于家之東北隅, 澗水自巖石間出, 日夜奏笙竽過堂去. 侯手植千葉梅于堂之除, 因以名其堂, 抵書謂余曰: "子悉梅之品乎? 吾所植, 其花瓣比他較大, 香亦異於常, 求梅之最絶者, 獨此耳. 願借一言, 以發揚其馨德."

余曰: "噫! 是固然矣. 主人是人中之表, 其植固宜異於尋常, 若其馨德, 則前賢之述備矣, 余何言哉? 況大虛以能詩擅名當世, 壓倒前代之名家, 如 '暗香疏影' 之句, 固已奴視矣, 余何言哉? 獨愛黃廷堅詩曰: '古來和鼎實, 此物升廟廊.' 商高宗命傅說曰: '若作和羹, 汝作鹽梅.' 是實知梅者. 余亦謂方今有文武以上之君作於上, 如大虛豈宜以東閣·西湖數君子自處, 止以聲律, 睹名字而已哉! 將培其根, 摘其實, 升之廟廊, 以調和殷鼎, 使萬口皆得五味之正, 豈非斯世幸歟?"

大虛諱偉, 昌寧人.

연경에 가는 조 태허曹太虛[1]를 전송하며 *홍귀달

　　가을 7월 3일은 지금 천자天子, 孝宗의 만수절萬壽節[2]이다. 홍치 11년 (1498, 연산군4년) 우리 전하께서는 조정 신하 가운데에서 예를 좋아하 면서도 행실이 독실하고 공손한 자를 선발하였는데, 조후曹侯 태허씨太虛氏 가 뽑혀 진하사가 되었다.

　　장차 떠나려하매, 어떤 사람이 함허자涵虛子[3]에게 물었다.

　　"몸소 태산에 오른 자가 어찌 다시 산에 오를 것이며, 창해의 장관을 목도한 자가 또한 어찌 물을 구경할 것이며, 가슴으로 하늘과 땅을 삼킨 자가 어찌 멀리 유람할 필요가 있겠는가? 지금 우리 조후曹侯로 말하자면 도량이 넓고 식견이 풍부하며 문장이 아름다우니 비록 문밖을 나서지 않더 라도 진실로 이미 태산과 창해처럼 높고 깊으며, 구주九州와 사오四隩[4]처럼 광대하니, 또한 어찌 굴원屈原처럼 부부賦를 지으며 사마천司馬遷처럼 유람할 필요가 있겠는가?"

　　내가 말하였다.

　　"아! 이는 그렇지 않다. 군자의 도道는 가깝게는 지척의 몇 자 몇 척의

1　태허曹太虛 : 조위曹偉의 자이다.

2　만수절萬壽節 : 천자의 탄생일을 말하며, 왕자나 왕비의 탄생일은 '천수절天壽節'이라한 다.

3　함허자涵虛子 : 홍귀달洪貴達의 별호이다.

4　구주九州와 사오四隩 : 중국 고대 시대 우禹임금은 중국 지역을 기冀, 예豫, 청청靑, 서徐, 양揚, 형荊, 연燕, 양梁, 옹雍으로 나누어 다스렸는데 이것이 '구주'이다. '사오'는 구주 이외의 지역으로 이민족이 살고 있는 곳을 지칭한다.

사이로부터 멀리로는 무궁한 천지에까지 이른다. 그 작은 것은 그보다 더 작은 것이 없고, 그 큰 것은 그보다 더 큰 것이 없기에 천박한 식견과 고루한 견문으로는 억측할 수 없다. 사람들은 모두 생각하기를 조후曹侯의 국량은 지극히 크고 멀어 더 더할 것이 없다고 여기지만, 조후曹侯의 뜻은 그렇지 않아서 바야흐로 나아가기를 그만두지 않을 것이다. 문장을 지을 때는 삼대三代와 양한兩漢5이 아니면 돌아보지 않고, 신하의 도리를 행할 때는 고요皐陶·기夔·직稷·설契6을 모범으로 삼고 그 나머지 인물들은 도외시할 것이다. 임금을 보좌하는 데에는 반드시 요순 같은 성군으로 인도하고자 하니 오패五伯7는 언급하는 것도 부끄러워할 것이다. 지극한 데에 이르지 못하면 그치지 아니하리니 다만 죽은 뒤에나 그칠 것이다. 그가 어찌한 곳에만 국한되어 우물 안의 개구리 신세를 마음 편히 여기겠는가?

게다가 우리 전하께서는 성심으로 사대事大를 하고, 황조皇朝는 우리를 돌보아 줌이 융성하니, 조빙朝聘의 사절에 어찌 평범한 인물을 쓸 수 있겠는가? 그러니 조후曹侯가 비록 가지 않고자 하더라도 그럴 수 있겠는가? 연경은 곧 우공禹貢의 기주冀州 지역8으로 요·순임금의 옛 도읍이다. 그리

---

5 삼대三代와 양한兩漢 : '삼대'는 중국 고대의 하夏·은殷·주周, '양한'은 전한前漢·후한後漢을 지칭한다. 삼대의 문장이란 『시경詩經』, 『서경書經』등 육경六經 고문을 가리키고, 양한의 문장이란 『사기史記』, 『한서漢書』 등을 가리킨다.

6 고요皐陶·기夔·직稷·설契 : 이는 순임금을 섬겼던 훌륭한 신하들의 이름이다. 『서경書經』「우서虞書」편에, '고요'는 법의 집행을 맡았고, '기'는 교육과 음악을 전담하였고, '직'은 농업을 담당하였고, '설'은 백성들의 풍속을 담당하였다고 한다.

7 오패五伯 : 춘추 시대 패권을 다투던 다섯 나라의 패자. 진문공晉文公·제환공齊桓公·초장왕楚莊王·월구천越句踐·오합려吳闔閭를 말하는데, 월·오 대신 진목공秦穆公·송양공宋襄公을 넣기도 한다.

8 우공禹貢의 기주冀州 지역 : '우공'은 구주九州의 지리와 물산에 대해 기록한 『서경』의 편명인데, 여기서 '貢'이란 제후들이 천자에게 바치는 공물의 의미이다. 기주는 구주

고 황명皇明의 성대한 예악과 문물은 백대의 왕조보다 뛰어나서 저 고대 시절 임금과 신하가 화목하게 절하고 사양하던 기상이 아직도 남아 있으며, 인물들이 교제하는 사이는 마치 기夔·용龍·팔원八元·팔개八凱[9] 같은 이들과 어울리는 것 같으니 춘추시대 열국의 대부들이 구차스럽게 주나라 조정에 들어가던 것과 견주어 보면 그 소득은 어느 쪽이 많겠는가?

또 연 소왕燕昭王의 황금대黃金臺,[10] 주 선왕周宣王의 석고石鼓,[11] 태산북두泰山北斗의 창려昌黎,[12] 청풍淸風의 고죽孤竹[13] 같은 곳에 가보게 되면 배회하고 어루만지면서 우러러 보며 탄식하지 않을 수 없을 것이며, 안록산安祿山의 다리[14] 정령위丁令威의 화표주華表柱[15] 같은 곳에서 또한 옛일을 조문하

가운데에서도 가장 중심지역으로서 상고시대부터 계속 천자의 도읍이었다.

9 기夔·용龍·팔원八元·팔개八凱 : '기'와 '용'은 순임금의 현신賢臣으로, 기는 악관樂官이었고, 용은 간관諫官이었다. '팔원'·'팔개'는 각각 고대 전설상의 황제인 고신씨高辛氏와 고양씨高陽氏의 신하들이다. '팔원'은 백분伯奮, 중감仲堪, 숙헌叔獻, 계중季仲, 백호伯虎, 중웅仲熊, 숙표叔豹, 계리季貍 등 8명이고, '팔개'는 창서蒼舒, 퇴애隤敳, 도인檮戭, 대림大臨, 방강尨降, 정견庭堅, 중용仲容, 숙달叔達 등 8명이다.

10 연 소왕燕昭王의 황금대黃金臺 : 중국 하북성河北省 이현易縣의 이수易水가에 있는 대이다. 전국 시대 연燕나라 소왕昭王이 여기서 천금을 가지고 제齊나라에 원수를 갚고자 사방의 어진 사람을 불러들이기 위해 쌓았다고 한다. 황금대부터 아래의 화표주까지는 우리나라 사신이 북경에 갈 때 방문하는 유적지들이었다.

11 주周 선왕宣王의 석고石鼓 : 동주東周의 선왕宣王 때, 사주史籀가 선왕을 칭송하는 글을 지어서 북처럼 생긴 돌에 새겼다고 한다. 현재 '북경고궁박물원北京故宮博物院'에 소장되어 있다.

12 태산북두泰山北斗의 창려昌黎 : 한유韓愈의 호인 창려는 하북성의 지명으로 한유의 출신지이자 한유의 사당이 있는 곳이다. 『唐書』 「한유전」에, 한유의 문장을 두고 '태산북두'라고 칭송하였다.

13 청풍淸風의 고죽孤竹 : 고죽은 고대의 은자 백이伯夷와 숙제叔齊의 고국이었던 '고죽국'을 지칭한다. 이곳에 이들을 기려 이제묘夷齊廟가 세워졌고 사당 북쪽에 청풍대淸風臺가 있으며, '청풍'은 백이와 숙제의 절개를 기리는 표현이다.

면 감회가 일어나 성정에서 발하여 시문으로 드러내리니 그 소득이 또한 어찌 풍성하지 않겠는가? 그것을 가지고 우리나라로 돌아와서 임금님께 바친다면, 이에 이어서 명군明君과 현신賢臣이 하늘의 명을 삼가 받드는 노래를 부르리니 요순시대의 성대한 다스림을 이루어내는 것이 분명 이 일에 달려 있는 것이다. 그대는 어찌하여 조후가 가지 않기를 바라는가?"

그 사람은 웃으며 "그대의 말이 옳다."고 하였다. 함께 술을 마시고 잘 다녀오라 권하였다. 그리고 이 말을 적어 서문으로 삼아 아름다운 시편들의 앞에 둔다.

원문   送曹太虛赴京詩序

秋七月朒, 今 天子萬壽節也. 粤弘治十一年夏, 我 殿下簡廷臣好禮而篤敬者, 得曹侯太虛氏, 爲進賀使. 將行, 或有問於涵虛子曰: "身泰山之登者, 何更登山, 目滄海之觀者, 又何觀水, 胸天地之吞者, 何事遠遊? 今夫器宇之廓大, 識量之洪涵, 文章之富艶, 如曹侯者, 雖不出戶庭, 固已泰山滄海其高深, 九州四隩其廣大, 又何必屈子之賦, 司馬子長之遊乎?"

余曰: "噫, 是不然. 君子之道, 近自咫尺尋丈之間, 遠而至於天地之無窮. 其小無內, 其大無外, 固不可以淺識謏聞而臆料之也. 曹侯之器, 人皆知其極大以遠, 無復有加. 然侯之志則不然, 方且進進不已. 爲文章, 非三代兩漢, 不居, 其相道, 以皐·夔·稷·契爲準, 餘子有不數. 致君必堯舜, 五伯羞稱, 蓋其不至不止,

---

14 안록산安祿山의 다리 : 산해관山海關 너머 계주薊州 부근에 있던 어양교漁陽橋를 가리킨다. 이 다리 왼편에는 양귀비楊貴妃의 사당이 있고, 산꼭대기에는 안록산의 사당이 있어 서로 마주 보고 있다.

15 정령위丁令威의 화표주華表柱 : 한漢나라 때, 요동遼東의 정령위丁令威란 사람이 영허산靈虛山에 들어가 선술仙術을 배워 학으로 변하여 자기 고향에 돌아와 묘문 앞에 세운 기둥인 화표주華表柱에 앉았다는 전설이 있다. 그 화표주의 흔적이 심양瀋陽에 가까운 신요동新遼東 지역에 있었다고 한다.

直躋而後已者也. 其肯局於一方, 安於坐井乎? 況我殿下事大之誠, 皇朝眷遇之隆, 而朝聘使節, 詎容尋常行輩爲乎? 則侯雖欲不行, 得乎? 燕京, 卽禹貢冀州之域, 唐堯·虞舜氏之舊都, 而皇明禮樂文物之盛, 超軼百王, 當時都兪揖遜氣象猶存, 人物交際之間, 想當與夔·龍·元凱之接武, 比諸春秋列國大夫規規入周之庭者, 所得孰多孰少? 至如燕昭之金臺, 周宣之石鼓 昌黎之山斗, 孤竹之清風, 莫不徙倚摩挲, 瞻仰咨嗟, 乃若祿山之橋, 丁仙之表, 亦皆弔古興懷, 發於性情, 形於諷詠, 其所得又豈不萬萬哉! 挈而東歸, 有以奉前席之對, 賡明良勅天之歌, 陶鑄唐虞之盛治, 端在此擧矣, 而子之不願行, 何也?"

或者笑曰: "子之言, 是也." 相與飮之酒而侑其行, 遂書其言以爲序, 弁于群玉之顚.

충청도관찰사로 가는 태허 상공을 전송하는 시축의 서문 *홍귀달

　지금 저 하늘은 툭 트이고 막힌 데가 없으며 그 본체는 비어 있다. 그러므로 해와 달을 걸어두고, 뭇 별들을 펼쳐 놓았으며, 만물을 덮고, 대지를 감싸고도 남음이 있다. 어찌 하늘만 그러하겠는가? 그릇은 비었기에 소리가 날 수 있고, 방도 비었기에 빛이 날 수 있고, 배도 비었기에 뒤집어지지 않는다. 만물이 모두 그러한데, 하물며 인간에게 있어서랴?

　조 상공曹相公은 한 시대의 걸출한 인물이다. 그 마음은 관대하고, 그 국량은 넉넉하여 빈 방과 같기에 언제나 밝아서 흐릿하거나 컴컴한 때가 없고, 빈 배와 같기에 능히 강호江湖의 온갖 것들을 싣고도 뒤집어 지지 않으며, 큰 종과 같은 배가 둥근 것과 같아서 두드리면 웅웅거리며 지축을 흔들고 세상을 울리되 그 소리가 헌원씨軒轅氏의 율려律呂1에 합치된다. 이 모든 것은 텅 빈 데에서 나온 것이다. 그래서 그의 벗들은 그를 '태허大虛'라고 부른다.

　나는 일찍이 태허와 놀며 그의 국량을 살펴보았다. 위로는 요堯·순舜·우禹·탕湯·문文·무武왕이 천하를 다스렸던 대경대법大經大法과 주공周公·공자孔子·안자顏子·증자曾子·자사子思·맹자孟子가 후세에 가르침으로 전한 가언선행嘉言善行으로부터, 아래로는 노자老子·굴원屈原·사마천司馬遷·양웅揚雄의 문장에 이르고, 그 밖의 제자백가의 학설까지 그 숱한 서

1　헌원씨軒轅氏의 율려律呂 : 헌원씨는 신농씨神農氏, 복희씨伏羲氏와 더불어 중국 고대 전설의 삼황 가운데 한 사람인 황제黃帝로 중국 문명의 기틀을 만들었다고 전해진다. 황제는 음악가인 영륜伶倫에게 명하여 율려, 즉 음률을 제정케 하였다고 한다.

적들을 모두 모아 축적하되 잃어버리는 일이 없고 능히 정사政事에 응용하였다. 그것은 크게 비지 않았다면 가능하겠는가?

이제 장차 이것을 가지고 충청도 50여 고을의 산천과 백성들에게 베풀 것이니, 그 은택을 입지 못하는 자가 있겠는가? 그런데, 내가 들으니 그곳은 후백제의 옛 땅으로써 그 풍습이 아직까지 남아 있어, 분노하여 흘겨보다가 사람들을 죽이는 데에까지 이르기도 하고, 혹 조금이라도 자기 마음에 맞지 않으면 곧 수령의 허물을 들추어내다가 죽음에 이르는 자도 있다고 하니, 이는 작은 일이 아니다.

또 그 남쪽 끝은 바다와 접해있어 사나운 파도가 자주 일어나 변경 백성들은 이따금 간뇌肝腦의 피로 칼날을 물들인다. 그러니 윗사람으로서 능히 마음이 흔들리지 않을 수 있겠는가? 태허가 평소 온축한 것은 반드시 이런 일에 소용되는 바가 있을 것이다.

장차 떠나려하매 말할 수 있는 사람들이 모두 글을 지어주니 유독 나만 한마디 말이 없을 수 없어 위와 같이 쓰고서 떠나는 자를 전송하는 시축詩軸의 서문으로 삼는다.

원문   ## 送大虛相公觀察湖西詩序

今夫天寥廓而無闔, 其體虛, 故懸兩曜, 羅衆星, 覆萬物, 包大地而有餘, 豈惟是哉? 器虛故有聲, 室虛故生明, 舟虛故不敗, 物皆然, 況於人乎?

曹相, 一世之偉人也. 休休乎其心也, 恢恢乎其量也, 虛室然尋常皓白, 無黯黮晦盲時, 虛舟然能容載江湖之萬像而不覆敗, 如洪鍾之穹窿其腹也, 扣之春容然搖撼地軸, 鳴於世, 其聲合於軒轅氏之律呂, 皆虛之出也. 故其友字之曰大虛.

吾嘗與大虛遊, 窺其器, 上自堯‧舜‧禹‧湯‧文‧武治天下之大經大法, 周公‧孔子‧顔‧曾‧思‧孟垂世立敎之嘉言善行, 下逮漆園‧三閭‧司馬‧楊雄之文, 其他百家衆流之說, 其書汗漫, 咸匯而瀦之無所失, 能施於有政, 非虛之大者, 能之乎?

今將持是而加於湖西五十餘州山川民物之上, 其有不被覆冒者乎? 雖然, 吾聞後百濟之墟, 餘風尚在, 睚眦之忿, 至殺人民, 或少不快己, 則輒發其守宰之過, 抵死者有之, 非細故也.

其南陸際海, 驚濤屢起, 邊民往往肝腦血鋒刃, 爲其上者, 能不動念乎? 大虛之素蘊畜, 其必有設施於此者矣.

將行, 能言者皆有贈, 獨不可無言, 故書如上, 以爲送行詩序云.

제선생문 *한훤당 김굉필

유세차 홍치弘治[1] 16년 12월 12일, 순천에 유배된 김굉필金宏弼은 삼가 맑은술과 여러 가지 음식을 차려 놓고 존경하는 마음으로 매계선생, 조태 허의 영전 앞에 제사를 올립니다.

생각컨대, 공은 타고난 자질이 너그럽고 인자하여 장자長者의 풍모를 지니셨으며, 아주 어릴 때부터 이름이나 명성이 나라 안에 자자하더니 회시 會試[2]에 선발되어 벼슬길에 올라 화려한 관직을 두루 역임하였다. 한 번 군수로 나아가자 백성들은 그의 은혜를 입었고, 충청, 전라도 감사를 맡아 임금의 덕화를 널리 펴자, 도민들은 아직도 그의 덕을 사모한다. 승정원의 도승지를 맡아 임금의 명령을 비롯한 나라의 중대한 언론을 담당하였고, 홍문관에 출입하며 여러 차례 왕의 전교傳敎와 비답批答을 담당하여 문장으로서 나라를 빛냈으며, 시도 으뜸이라는 칭송을 받았다. 또한 호조참판에 발탁되어 높은 지위와 명성을 드날리니, 선비 집안에서 누군들 영예롭게 여기고 부러워하지 않겠는가?

아아! 복이 없고 팔자가 사나워 중도에 허물을 얻어 관서[의주]로 귀양을 갔다가 남도[순천]에 이배되어 6년 되던 해 병에 걸려 세상을 떠나 끝내 살아 돌아가지 못했다. 찌고 습한 남도 땅에서 고향 길 찾는 영구靈柩는

---

1 홍치弘治 : 명나라 효종孝宗의 연호이다.
2 회시會試 : 『신당서新唐書』 「예문전文藝傳」에 의하면, 용방龍榜은 용호방龍虎榜으로, 회시會 試에 급제하는 것을 뜻한다. 당나라 정원貞元 8년에 구양첨歐陽詹, 한유韓愈, 이강李絳 등 23인이 육지陸贄의 방榜에 합격하였는데, 이들은 모두 뛰어난 인재였으므로 당시 사람들이 용호방이라고 칭하였다.

누구를 의탁하고 누구를 의지하겠는가? 넋도 외롭고 육신도 의지할 데가 없으니, 슬픔이 갑절이나 더하여 곡할 자식도 없고, 조문하는 친척도 없었다. 끝내 그의 후사後嗣가 끊겼으니, 하늘도 어찌 매정하지 않은가?

사람은 누군들 죽지 않으랴만 공은 더욱 가련하다. 내가 공을 본 것은 실로 청년시절부터 였으며, 함께 귀양갔다가 동시에 옮겨져서 함께 승평에 이배되어, 특별히 베풀어 준 은혜가 두터워서 마치 동생과 형인 듯하였다. 서로 반갑게 맞아 강론할 때, 깊은 정으로 대하였다. 장차 의지하며 남은 여생을 보내려고 생각하였으나, 나라 걱정에 병이 들어서 서로의 맹세가 어긋났다. 어찌 지금 살아있는 사람을 헤아리지 않고, 나를 버리고 먼저 갔단 말인가?

오호라! 나의 지극한 궁핍과 외로움이여. 말을 해도 들어줄 사람이 없고, 나서도 갈 곳이 없네. 외로운 몸으로 그림자나 돌아보며 탄식하게 생겼으니, 지금 이후의 세월은 누구와 더불어 보낸단 말인가? 다만 모시고 놀던 일을 생각하면 간과 쓸개를 도려낼 듯 아픈데, 하찮은 제물을 차려 놓고 슬픈 마음을 어찌 다할 수 있겠는가? 술을 걸러서 정성을 아뢰니 늙은이의 눈물이 먼저 흐릅니다.

아 아 슬프구나! 흠향하소서!

원문 **祭先生文** *寒暄堂金先生

維弘治十六年歲次癸亥十二月甲午朔十二日乙巳. 付處人金宏弼, 謹以淸酌庶羞之奠, 敬祭于故梅溪先生曹大虛之靈.
唯公天資寬仁, 長者之風. 蜚英早歲, 聲動海東. 擢登龍榜, 歷敭華秩. 一佩郡符, 民蒙其澤. 宣化兩道, 人思其德. 首居銀臺, 久司喉舌. 出入玉堂, 屢掌綸綍.

文爲華國, 詩稱冠冕. 擢亞地官, 位亦尊顯. 士類家家, 孰不榮羨. 吁嗟薄命, 中道獲譴. 謫西遷南, 六閱暑寒. 一疾而逝, 竟不生還. 瘴中旅櫬, 誰托誰依. 魂單骨孤, 倍增悽悲. 哭欠子女, 吊乏親賓. 終絶其嗣, 天維不仁. 人誰不死, 公更可憐. 我之獲見, 實自靑年. 偕謫同遷, 共配昇平. 特荷眷厚, 分若弟兄. 招邀講討, 待以深情. 將謂仰賴, 以度殘生. 疾疹憂患, 誓莫相捐. 豈料於今, 棄我而先. 嗚呼余乎, 窮獨之極. 言無聽者, 出無所適. 煢煢子子, 顧影咄咄. 今後歲月, 誰與消遣. 只思陪遊, 肝膽若剮, 來陳薄奠. 詎盡哀誠, 瀝酒告情. 老淚先零, 嗚呼哀哉. 尚饗.

황간 송계서원 봉안문 *우암 송시열

　삼가 생각하건데, 조선의 역대 임금들이 교화를 일으키고 어질고 밝은 여러 신하들이 서로 계승하였는데, 그것은 성종과 중종 조에 가장 성했다고 할 수 있다. 비록 불행을 만나 자신의 포부를 다 펴지 못한 이도 있지만 아름다운 사적이 인멸되지 않아 백세의 사표師表가 되어 사람들의 본보기로 전해졌으니, 어찌 은덕을 높여 보답하지 않을 수 있으랴? 이에 온 정성을 다하여 삼가 사유事由를 고한다.

　매계梅溪 조 선생은 탁월한 재주와 관후한 자질을 타고나서 점필재佔畢齋를 사사師事하고, 육니麗尼1에서 김굉필과 학문을 강론했으며, 여사餘事인 문장으로 왕조를 빛냈고, 또 경술經術을 닦아 기夔와 고요皐陶2가 되기를 기약했네. 임금의 지우知遇가 바야흐로 매우 깊었는데 갑자기 승하昇遐하시자 바로 이상한 화3를 중도에 만나 그만 좌절되었네. 그러나 다행히 의관이 이 고장에 모셔지니, 송추松楸가 영원히 새롭고 화초가 향기를 머금었네.

　원문　**黃澗松溪書院奉安文** *尤菴宋先生

　恭惟 列聖興化 群哲相繼 其在成中 最稱盛際. 雖遭不造 不克其施 餘徽未沫 百世之師 軌躅所留 可蒇崇報. 惟玆爰始 敬伸明告 梅溪曺先生 卓犖其才 寬厚之資 摳衣佔畢 麗澤戴尼. 餘事文章 黼黻王朝 經術論思 身許夔皐. 主知方深 弓遺鼎湖 旋罹奇禍 稅于中途. 何幸衣冠 藏我東岡 松檟長新 草卉含香.

1　육니麗尼 : 한훤당寒暄堂 김굉필金宏弼이 거처하던 현풍의 대니산을 가리킨다.
2　기고夔皐 : 순舜임금 시대의 두 어진 신하인
3　이상한 화 : 무오사화戊午士禍를 가리킨다.

금산 경렴서원 봉안문 *사부師傅 박공구朴羾衢[1]

삼가 생각하건대, 선생은 하늘이 낸 영걸英傑. 밝은 기운이 한 몸에 모여 그 기질은 금옥같네. 온아한 자품에 뛰어난 학식일세. 품수稟受함이 이미 높고 고도古道를 체득했네. 예로써 기준을 삼고 의로서 준적으로 삼았네. 효우孝友로운 가풍을 계승하고 소학小學으로 한 몸을 단속하였네. 나이 겨우 약관弱冠에 그 명성 자자하였네. 유림儒林의 주추柱樞가 되고 학계의 종장宗匠이 되었네. 젊어서 진유眞儒인 김종직을 사사師事하였으니, 사문을 맡기게 되었네. 여러 영준英俊들과 종유했으니 이택麗澤[2]의 도움이 많았어라. 관로가 장원하여 봉각鳳閣에 선임되었네. 성대한 시대를 만나 대궐에 드나들고, 왕명으로 시를 올리라고 한 것은 고금에 드문 정리情理였고, 은혜가 부모에게 미쳐 미두米豆를 하사한 것은 너무도 융숭한 은총이었네. 장차 재력才力을 다해 임금을 보필하려 했으나, 하늘이 송나라를 돕지 않아 끝내 큰 화가 일어나니[3], 수많은 철인哲人들이 죄로 몰려서 나라 위해 죽어갔네. 용만[의주]에 유배되었을 때엔 원수들도 감복시키고 승평[순천]으로 이배되었을 때엔 대현과 함께 했으니,[4] 나라와 세상을 걱정하는 마음 바람 앞

---

1 박공구(朴羾衢, ?~?) : 조선 중기의 학자. 본관은 순천이고, 자는 자룡子龍이며, 호는 기옹畸翁이다. 정구鄭述의 문인으로 광해군 때 벼슬을 버리고 성리학 연구에만 몰두하였으며, 인조반정 이후에 대군사부大君師傅를 지냈다. 병자호란이 일어나 인조가 항복하였다는 소식을 듣고 나서는 낙동강가에 은거하였다. 저서로 『기옹집畸翁集』이 있다.

2 이택麗澤 : 친구들끼리 서로 학문을 닦고 수양에 힘쓰는 것을 의미한다.

3 큰 화가 일어나니 : 송나라 철종 때 일어난 당화黨禍인 당고黨錮의 화에 무오사화를 견주어 한 말이다.

4 대현과 함께 했으니 : 순천으로 이배되었을 때 김굉필金宏弼과 함께 유배생활을 함을 이

의 촛불보다 더 다급하게 여겼다오.

해 저무는 경자일에 끝내 복조부鵩鳥賦5를 짓게 되고, 귀양 온 신선은 후사後嗣도 없었으니, 아득한 천리天理를 도저히 알 수 없구나. 무덤 앞에 심은 나무는 아직 남아있으나 옛집은 가시덤불 속에 묻혔으니, 산하山河에 남긴 시축詩軸 사람의 이목을 슬프게 하네. 온 나라 사람들이 우러러 보기를 백세가 흘러도 우러러보네. 사람들은 한결같은 소리이니, 누군들 감히 힘쓰지 않겠는가? 감호鑑湖6의 물가와 황악산의 기슭에 처음으로 유궁을 만드니, 사우祠宇는 날아갈 듯하네. 여러 선비들이 일제히 모여들어 다함께 맑은 술 올리니, 정신과 기개는 드넓어지건만 애닯은 마음은 밀려오네. 천년 만년이 지나도 우리들의 남은 허물이 없게 하소서.

원문 **金山景濂書院奉安文** *師傅 朴狂衢

恭惟先生 天挺英特. 淑氣所鍾 金玉其玉. 溫雅之資 超詣之識. 稟受旣高 學古有獲. 禮以爲基 義以爲的. 承家孝友 環璞小學. 年藐弱冠 聲華籍籍. 儒林根柢 學海宗伯. 少師眞儒 斯文有托. 群游英俊 益資麗澤. 雲路羌永 倚君蓬閣. 遭逢聖際 出入丹極. 至尊徵詩 古今罕覯. 恩及二親 錫賚孔碩. 方期七襄 以補衮職. 天不助宋 鉅禍斯作. 哲人殲盡 殄瘁于國. 得竄龍灣 仇者所服. 昇平遠徙 大賢同蹢. 憂國傷時 感深風燭. 日斜庚子 竟至賦鵩. 謫仙無後 天道冥漠. 封樹猶存 舊宅荊棘. 山河詩卷 愴人耳目. 邦人景仰 瞻仰曠百. 士林同聲 誰敢不力. 鑑湖之濱 黃岳之麓. 經始儒宮 祠宇翼翼. 冠紳齊會 共薦明酌. 神氣洋洋 怳怳來格. 萬世千秋 毋我遺斁.

른다.

5 중국 한漢나라 때 재상인 가의(賈宜, BC 260~BC168)가 장사長沙로 좌천되었을 때 스스로 불우함을 탄식하며 복조부鵩鳥賦를 지은 것에 빗대어 매계가 유배지에서 시를 지으며 자신의 불우를 탄식한 것을 말한다.

6 감호鑑湖 : 경호鏡湖, 즉 강원도 강릉시에 있는 경포호鏡浦湖의 이칭이다.

매계선생집발 *김유

내가 평양에 있을 때, 우연히 선정先正이신 한훤당寒暄堂이 지은 고 매계 조 선생의 제문을 읽었다. 그 중에 "문장으로서 나라를 빛냈으며, 시도 매우 뛰어나다고 칭송을 받았다."고 했고, "관서[의주]로 귀양을 갔다가 남도[순천]로 이배된 지 여섯 번이나 계절이 바뀌었다."라고도 했다. 두서너 번이나 눈물을 흘리면서 유풍遺風을 거슬러 헤아려 보고, 그가 지은 문장과 시가 없어져서 볼 수 없는 것을 원통하게 생각했다. 마침 내 동생인 덕보德甫가 금릉金陵에서 천 리나 떨어진 평양으로 편지를 보내서 선생의 유고 몇 권을 보여주고, 또한 그 후손들의 뜻이라며, 나에게 책의 발문을 써 줄 것을 요구했다.

돌아보건대, 내가 한 말이 어찌 선생을 소중하게 할 수 있으리오? 그러나 오늘에 이것을 얻었으니, 마치 그 사이에 정신이 통한 듯하다. 그러니 어찌 이것에 느낌이 없다고 할 수 있으며, 끝내 한 마디 말이 없을 수 있겠는가?

선생은 점필재佔畢齋의 문인이다. 문장으로서 몸을 이루어, 성종成宗께서 크게 알아주고 장려해주셔서 화려한 요직을 두루 역임하였으며, 관직이 참판에 이르렀다.

연산군 4년인 무오년(1498년)에 유자광柳子光과 이극돈李克墩 등이 실록을 편찬하는 일로 사옥史獄을 일으키자, 선생은 일찍이 점필재의 시고詩稿를 편찬한 일로 연루되어 관서[의주]와 남도[순천]에서 귀양살이를 하다가 6년 만에 돌아가셨다. 이 때 한훤당이 같이 한 고을에서 귀양살이를 하여,

몸소 그의 상喪을 치러주고 제문을 지어 그가 먼저 죽은 것을 지극히 원통해 했으니, 서로 매우 친했음을 알 수 있다. 다음 해인 갑자년(1504년, 연산군 10년)에 사옥이 다시 일어나자, 결국 한훤당도 혹심한 재화災禍에 걸려들었다.[1]

아아! 선생이 먼저 죽은 것이 한스러운 일인가? 한스럽지 않은 일인가? 아마도 이른바 사화史禍는 실재로 의제義帝를 조문하는 한 편의 글[2]에서 빌미가 되었다. 점필재가 이것을 지었고, 탁영濯纓[3]이 사초史草에 기록하여 후대에 군자君子가 혹 그 의미를 알지 못하는 이가 있으 면, 그 의혹된 것의 명분과 의리를 밝히는데 보탬이 되게 하고자 한 것이 아닌가 한다. 그러니 선생이 유자광 등에게 죄를 뒤집어 쓴 것이 틀림없다. 비록 살아서 한훤당과 함께 재화災禍를 당했다고 한들 또 무엇을 한스러워하겠는가?

근년 이래로 명의지설名義之說[4]은 세상에서 언급하는 것을 더욱 금하게 되어, 그것이 어두워져 가는데 광명을 되찾게 한 것은 누구의 공인가? 그

---

1 한훤당도 혹심한 재화災禍에 걸려들었다 : 갑자사화에 연루되어 죽게 된 것을 말한다.

2 김종직이 1457(세조 3) 10월 밀양에서 경산京山으로 가다가 답계역踏溪驛에서 숙박했 는데, 그날 밤 꿈에 신인神人이 칠장복七章服을 입고 나타나 전한 말을 듣고 슬퍼하며 지은 글로, 서초패왕 항우項羽를 세조에, 의제義帝를 노산군(魯山君, 단종)에 비유해 세조가 찬위한 것을 비난한 내용이다. 이후 김종직의 제자인 김일손金馹孫이 사관史官으로 있으 면서, 이를 사초史草에 기록하여 스승을 칭찬했다. 1498년(연산군 4) 이극돈李克墩·유 자광柳子光·노사신盧思愼 등이 왕에게 조의제문이 세조를 비방하는 내용이라고 알려, 김일손 등 많은 사람들이 죽고 김종직은 부관참시되는 무오사화戊午士禍가 일어났다.

3 탁영濯纓 : 조선 전기의 학자·문인인 김일손(金馹孫, 1464~1498)의 호이다. 그는 자가 계운季雲, 호는 탁영濯纓·소미산인少微山人이다. 성종 17년(1486년)에 문과에 급제하고, 이조 정랑을 지냈다. 춘추관 사관史官으로 있으면서 『성종실록』을 편찬할 때에, 이극돈 의 비행非行을 그대로 쓰고 김종직의 〈조의제문〉을 실었다고 하여 무오사화 때에 처형 되었다.

4 명의지설名義之說 : 명분과 의리를 중요하게 여기는 것을 말한다.

러나 세상에는 겉으로는 존경하는 척하면서도 몰래 배척하며 뒷날을 도모하고자 하는 자들이 있다. 일찍이 선생의 일을 묻는 자들은 도리어 칭찬을 마다하지 않으니, 이들은 과연 선생을 진실로 아는 자인가?

말이란 마음이 밖으로 드러난 것이며, 시라는 것은 말의 정화精華이다. 그러므로 그 마음을 얻지 못하면 시를 말 할 수 가 없다. 맹자孟子가 이르기를 "그 시를 외우고 그 책을 읽고도 그 사람됨을 몰라서야 되겠는가? 이것으로 그 시대를 논한다."라고 하였다. 그렇기 때문에 내가 대략 선생께서 사화를 당한 사실을 기록하여 이 원고를 읽는 사람들로 하여금 그 세상을 논하고 그 마음을 얻게 하고, 다만 칭찬만 하지 않게 하려 함이다.

숭정崇禎 91년(1718년, 숙종 44년), 4월, 상순, 후학인 청풍淸風 김유金楺[5]가 발문을 붙이다.

원문

梅溪先生集跋 *金楺

余在浿上, 偶讀先正寒暄堂所爲祭故梅溪曺先生文者曰: "文爲華國, 詩稱冠冕." 曰: "謫西遷南, 六閱暑寒." 則三復流涕, 遡挹遺風, 恨其文若詩之堙沒而不可見也.

余弟德甫, 適自金陵千里貽書, 眎以先生遺稿凡若干篇, 且致其後孫之意, 要余題其後.

顧余言何足以重先生, 然得此於是日, 若有神會於其間者, 亦安得無感於斯而終無一言也哉?

先生佔畢齋之門人也. 以文章致身, 大被成廟之知奬, 敭歷華膴, 官至參判.

5 김유(金楺, 1653~1719) : 조선 후기의 문신 · 학자. 본관은 청풍이고, 자는 사직士直이며, 호는 검재儉齋, 시호는 문경文敬이다. 박세채朴世采 · 송시열宋時烈의 문인으로 1674년(현종 15년) 자의대비 복상문제로 박세채 · 송시열이 화를 당하자 이천에 은거하였다. 이후 숙종 때 관직생활을 하여 이조참판 겸 양관대제학 등을 지냈다.

及燕山戊午, 子光·克墩等, 用史事起獄, 而先生嘗修佔畢詩稿, 以故竄徙西南六年而歿. 時寒暄同謫一府, 躬莅其喪而祭以文, 至恨其先卒, 則相與之深可知也. 越明年甲子, 獄更作, 寒暄竟罹酷禍.

噫! 先生之先卒, 其可恨耶? 其不可恨耶? 蓋所謂史禍, 實祟於弔義帝一篇. 佔畢之作此, 濯纓之錄於史, 後之君子或未能知其意, 無乃取其或可以有補於名義故歟. 然則先生之得罪於子光等, 固也. 雖與寒暄同禍, 又何恨焉?

近年以來, 名義之說, 益爲世所禁. 其將晦而復明者, 是誰之功. 而世乃有陽慕陰排, 爲日後計者, 而嘗試扣以先生事, 則乃反稱艶之不已, 是果眞知先生者哉?

夫言者心之發, 而詩者言之精也. 不得其心, 不足以言詩. 孟子曰: "頌其詩讀其書, 不知其人可乎? 是以論其世也." 余故略著先生被禍之所繇始, 俾讀是稿者, 論其世得其心, 而不徒爲稱艶已也.

崇禎紀元九十一年戊戌, 仲夏, 上澣, 後學, 清風, 金楺跋.

매계선생집지 *김무

　앞의 매계 조 선생의 문집은 시와 문장을 합쳐 모두 4편이다. 나는 옛날부터 선생께서 도학道學이 깊고 문장을 잘 지었다는 소문을 듣고 사모하여 널리 그가 남긴 문집을 구하여 읽어 보고자 하였으나, 세상에 남아있지 않았다.

　마침 내가 금릉 군수로 부임하게 되었는데, 금릉은 선생의 고향이다. 그래서 곧바로 그의 후손에게 가서 문집을 구하자, 선생의 5세손인 술述, 자는 자선子善이 초고草稿 서너 권을 보여주며, "선조의 유고가 정말 이것뿐만 아닌데, 사화士禍의 화난 속에서 남은 것만 수습한 것입니다. 다만 이것을 집안에 보관하기만 하고 가세가 빈약하여 판각하지 못했습니다. 날마다 흩어져 없어지는 것이 저희들은 마음만 아파할 뿐입니다."라고 하였다.

　내가 건네받아서 읽어보며, 옛날부터 선생을 사모하여 한 번 그 머리말이라도 읽어보았으면 했던 것이 간간히 생각났었는데, 지금 다행히도 그것을 얻었다. 그러나 이것은 처음부터 온전한 원고가 아니고, 또 수백 년이 지나도록 판각되지 못하여 점점 민멸되어가는 것이 참으로 애석한데, 한두 권 겨우 남아있는 것을 후세에 영원히 전해지도록 대책을 세우는 것을 어찌 늦출 수 있겠는가? 마침내 봉급을 털고 기술자를 부려서 즉시 간행하도록 했다. 판각을 마치자 자선子善이 나에게 문집에 덧붙일 말 한마디를 부탁하였다. 여러 번 사양하였으나 뜻을 이루지 못하여 간략하게 이와 같이 써서 그의 성의에 보답하고자 했다.

　선생의 도학과 문장의 뛰어남은 우암尤菴 선생이 정론한 것이 있고,[1] 그가 벼슬에 오른 시말과 사화를 만난 원인과 결과, 거듭된 은전이 차례로 내려진 것은 여러 어른들이 서술하여 이미 다 드러내어서 선생의 숨은 덕이 밝게 드러나게 하였으니, 내가 어찌 감히 군더더기 말을 덧붙이겠는가?

무술년(1718년) 8월 하순 후학인 청풍 김무金楙[2]가 붙이다.

梅溪先生集識 *金楙

右梅溪曺先生集, 總詩若文凡四編. 余自昔聞先生有道甚文而慕之, 博求其遺集而欲觀之 世無存者. 會余忝守金陵郡 郡蓋先生食德鄕也. 卽從其後昆而請之.

先生五世孫述子善甫, 出草本數卷示之曰: "先祖之遺稿, 宜不止此. 拾於禍故餘者, 唯此藏於家. 而力微不能刻, 日就爛佚, 不肖輩之所深恫也."

余旣受而讀之, 間自念平昔知慕先生, 求一讀其緖言, 乃今得之幸矣. 而顧此初非全稿, 而又歷數百年, 不登于梓, 浸以泯滅, 良可惜也, 其一二僅存者, 尙可緩其不朽圖耶?

遂捐俸庀工, 使卽刊之. 旣訖, 子善屬余附一語于集. 屢謝不獲, 略書此, 塞其意.

若先生道學文章之懿, 自有尤菴先生定論在, 而其立朝之始終, 遘禍之源末, 泊其後恩章貤典次第侑降者, 則見於諸公之所敍述旣悉, 而先生幽光著矣. 余惡敢更贅?

戊戌季夏下澣, 後學淸風金楙識.

---

1 우암선생이 정론한 것이 있고 : 『매계집』권5의 〈황간 송계서원 봉안문黃澗 松溪書院 奉安文〉을 말한다.

2 김무(金楙, ?~?) : 조선 중기의 문신. 본관은 청풍淸風이고, 자는 덕보德甫로 숙종 25년 증광시에 합격하여 감역監役을 역임하였다.

매계선생집 발문 *조술

아! 선조의 유고는 한우충동汗牛充棟이라고 이를 만큼 많았으나 갑자년의 대재앙[甲子士禍]에 모두 잃어버리고, 선조의 서제庶弟이신 적암適菴 신伸이 흩어져 사라진 것 가운데 일부를 수습하여 겨우 약간의 시문詩文을 구했을 뿐이다. 다만 자손들이 한미하였기 때문에 수백 년이 지난 지금에 이르도록 판각하지 못했다. 선조의 높은 도덕과 성대한 문장이 모두 사라지고 없어져서 장차 전할 수 없는 지경에 이르려 하니, 어떻게 불초不肖한 후손이 어느 것에 의거하여 살 수 있겠는가?

얼마나 다행인지 우리 고을의 태수인 김 군수는 유교의 도로써 통치의 수단으로 삼고, 진실로 이르는 곳마다 잘 다스려 당세에 빛나는 칭찬을 받았다. 부임한 이래 어질고 착한 사람을 존경하고 문인을 우대하는 일에 최선을 다하지 않음이 없었다.

하루는 선조의 유문遺文을 찾아 그 초고를 훑어본 후 개연히 탄식하기를 "어떻게 나의 세대에 와서도 선현先賢의 유문遺文을 전하지 못하여, 그 남긴 덕을 가려질 수 있단 말인가?"하고, 마침내 나무판에 글자를 새기는 일을 상의하고, 월급을 털어 기술자를 모아 작업에 착수하여 여러 날이 걸리지 않고 완성하였다.

문집이 한 시대에 널리 퍼져서 백대百代에 까지 전하여 밝게 드러내려 하니, 썩지 않게 영원히 전하려는 마음이 또한 어찌 그리 자상한가? 자손들이 은혜를 받고 감격함은 굳이 말할 것도 없으나 도를 존숭하는 마음과 현인을 사모하는 정성으로 사문斯文을 빛냄이 어떠한가? 상상컨대 선조의 영령도 분명 어두운 저승에서 감회가 있을 것이다.

무릇 나와 아들, 손자들은 생각이 이에 미친다면 김 군수의 은혜를 잊을 수 있겠는가? 김 군수를 잊을 수가 없다면, 그 은혜가 크고 작던 간에 당연히 어떻게든 갚아야 한다. 과거에 벼슬아치 가운데 이 고을의 사또로 부임한 사람이 많지 않다고는 할 수는 없다. 그러나 생각이 이에 미친 사람이 없었고, 다만 우리 김 군수만 그 책을 들추어내어 영원히 전할 수 있도록 하였으니, 어찌 다 칭찬할 수 있겠는가?

근년에 임금께서 교명教命으로 시호諡號를 주는 은전을 내리시면서 "도덕과 학문은 저와 같이 출중하다."하며, 덕있는 자를 숭상하고 어진 자를 포상하는 뜻이 윤음綸곱에 밝게 빛났다. 그러니 김 군수가 마음 씀의 부지런함이 다만 선현先賢을 위한 것에만 있는 것이 아니라, 성상聖上의 지극한 마음에 보답하여 한 시대에 풍미한 것에 있으니 더욱 가상하다.

훌륭하신 군자들께서 선생의 도를 칭찬한 말은 이미 책머리에서 다하였으나, 또다시 거칠고 졸렬한 글을 덧붙인 것이 지극히 주제넘고 외람된 줄은 알지만, 이 같은 큰 은혜를 입고 감정이 격하여져서 감히 구구한 뜻을 진술하였으니, 은혜를 잊지 않고 우리 후손들이 힘써 이것을 거울삼아야 할 것이다.

5대 불초후손不肖後孫 술述이 감격하여 눈물을 흘리며 삼가 쓰다.

원문 **梅溪先生集跋** *曺述

噫! 先祖遺稿, 多至汗牛充棟, 而幷失於甲子之大禍. 先祖之庶弟適菴伸, 收拾於散逸之餘, 菫得詩若干篇而已. 祇緣子孫之殘微, 迄今數百餘年, 未克入梓. 以先祖道德之尊, 文章之盛, 泯泯偕朽, 將至無傳, 不肖後孫, 尙何所籍生哉?

何幸我太守金侯, 以儒雅爲治, 固所至良於官, 而赫赫負當世稱, 下車以來, 尊賢右文之事, 靡不用極. 一日, 索先祖遺文, 覽其草本, 慨然發歎曰: "豈可以當吾世而不傳先賢之文, 幷掩其遺德也?" 遂謀剞劂, 損俸鳩工, 不多日而功訖. 使之流布於一世, 傳顯於百代, 其所以圖不朽而垂永久者, 抑何眷眷委曲也? 子孫之含恩感激, 直無論也, 而尊道之心, 慕賢之誠, 其有光於斯文者, 爲如何哉? 想先祖之英靈 亦必有感於冥冥之中矣.

凡我若子若孫者, 念及於此, 則其可忘金侯乎? 金侯不可忘, 則其恩輕重大小, 宜如何報也? 前之薦紳大夫, 宰是邑者, 不爲不多, 莫有能念及於斯, 而獨我金侯, 糾其文, 壽其傳, 則此何以稱焉?

頃年, 聖敎特下, 先祖易名之典曰: "道德學問, 如彼卓卓." 崇德褒賢之意, 炳若於綸音. 則金侯用心之勤, 不獨在於爲先賢地, 以仰答聖上之至意, 而風一世者, 尤可尚也.

大君子稱道之辭, 旣盡於卷首, 復贅荒拙, 極知僭猥, 而蒙此大恩, 情激于中, 敢陳區區之志, 以識不諼 勖我後人, 其監于玆.

五代不肖後孫述, 感泣敬書.

역자 후기

매계 조위는 조선초 명문거족인 창녕 조씨의 후예이면서, 신진사류의 영수인 점필재 김종직의 문하에서 수학한 신진사류이다. 그는 21세에 관직에 들어온 이후 시문으로 성종의 총애를 받으면서 순탄한 벼슬살이를 하였으나, 연산군의 등극과 함께 일어난 무오사화에 연루되어 5년여의 유배생활을 하다가 유배지에서 삶을 마감한 관료문인이다.

그의 이력에서 말해주듯이, 그는 관료문인으로서의 현실지향과 신진사류로서의 이상 지향이 때로는 서로 상충되어 갈등을 드러내는 등 다양한 문학의 세계를 구축하고 있어, 역자는 이러한 그의 심사모순心事矛盾의 문학세계를 자세히 들여다보고 싶었다.

그래서 그의 삶과 문학세계를 연구한 학위논문을 정리하여 『매계 조위의 삶과 문학』(보고사, 2004년)이라는 책으로 세상에 선보이게 되었다.

이후 한국 한문학사에서 그가 차지하는 위치와 비중에 비해, 그에 대한 관심이나 연구업적은 소략한 것을 늘 아쉽게 여기며, 선행 연구자로서 막중한 책임감에 두 어깨가 무거웠다. 그래서 틈틈이 학위 논문 준비를 위해 번역한 『매계집梅溪集』을 다시 읽으며, 각주脚註 작업을 더하여 국역 『매계집』을 세상에 내놓았다.

국역 『매계집』을 세상에 내놓으며 학문적 성취의 기쁨보다는 번역상의 오류는 없는지, 오식은 없는지, 무엇보다 선생이 말하고자 하는 의도와 다르게 전달되지 않았는지 등의 고민과 선생의 덕망과 학문에 누가 되지 않았는지 걱정이 앞선다. 그러나 이를 바탕으로 후학자가 연구의 단서를 잡거나 심화를 할 수 있다면 무한한 기쁨으로 여기겠다. 여러 동학들의 아낌없는 질정을 바란다.

　이 책이 번역되어 세상에 나오기까지 문집을 함께 읽어준 김윤수 박사님, 그리고 번역한 글을 꼼꼼히 읽으며 교정과 질정을 아끼지 않은 김창호 박사님과 어려운 출판시장의 여건에도 불구하고 선뜻 이 책을 출간해 주신 평사리 홍석근 사장님과 직원 여러분께 감사를 드린다.

己丑年 初春

謙晦齋에서

역자 李東宰